學術論文集叢書

歷史風華與文藝新象

——第四屆竹塹學國際學術研討會論文集

林佳儀　主編

「第四屆竹塹學國際學術研討會」開幕式全體合影

人文社會學院黃樹民院長於開幕式致詞，右為新竹都城隍廟總幹事
鄭耕亞先生，左為華文所林佳儀所長

第一天專題演講：「地方學的影響力：清華的抓地力」，由王俊秀副院
長（前排左）主講，黃樹民院長（前排右）引言，演講後與來賓合影

第一場發表會「竹塹文化資產」，由許雪姬教授主持

第二場發表會「文化地景與社會實踐」，由陳萬益教授主持

「城市規劃與地方紋理」座談會，由李丁讚教授（左五）主持，
蔡仁堅先生（左六）、潘國正先生（左四）與談，座談後與來賓合影

參訪清華大學文物館籌備處「轉捩年代──甲午乙未戰爭浮世繪」
展覽，由馬孟晶主任導覽

第二天專題演講：「四國學的線上學習」，由林 敏浩教授（左四）
主講，楊永良教授（左三）引言，演講後與來賓合影

第三場發表會「亞洲與地方論述」，由張維安教授主持

第四場發表會「文化情感與藝術符碼」，由李瑞騰教授主持

第五場發表會「殖民景觀與跨域傳播」，由王偉勇教授主持

地方曲藝表演：北管子弟戲《鬧西河・扯甲》，由竹塹北管藝術團演出

地方曲藝表演後與來賓合影

人文社會學院王俊秀副院長（右）於閉幕式致詞，
左為華文所林佳儀所長

現場來賓專注聆聽竹塹學相關議題之討論

工作人員精心準備，牆面張貼歷屆竹塹學回顧海報，迎接嘉賓

茶敘時間，清華台文所劉柳書琴老師，帶著一批學生，
與王俊秀副院長交談

午餐時間，舊雨新知圍坐一桌，暢敘交流

茶敘時間，各方師友或坐或站，盡情攀談

長期關注新竹文史社會的前輩合影，
左起：王俊秀、張德南、蔡仁堅、潘國正

感謝竹塹北管藝術團帶來精彩地方曲藝表演，
由林佳儀所長代表致贈感謝狀

與會貴賓晚宴合影

工作人員合影

第三天地方文化參訪，於北埔金廣福公館前合影

第三天地方文化參訪，於北埔慈天宮前合影

第三天地方文化參訪，於北埔姜阿新洋樓前合影

第三天地方文化參訪，於五峰張學良故居前合影

主編序
竹塹風華正茂

一　第四屆竹塹學會議宗旨及活動內容

　　由國立清華大學中國語文學系暨華文文學研究所主辦之「歷史風華與文藝新象：第四屆竹塹學國際學術研討會」，已於二〇一九年十一月八至十日假國立清華大學南大校區行政大樓五樓第三會議室隆重登場並圓滿落幕，本書為會議論文輯錄，期使竹塹學相關論述，藉由出版發揮影響並持續發展。

　　「竹塹學國際學術研討會」始於二〇一三年，當時由新竹教育大學中國語文學系主辦，如今，合校為清華大學，改由轉型成立的華文文學研究所主辦，持續推動在地連結，薪傳「地方主體」的地方學創辦精神，因以「歷史風華與文藝新象」作為會議主題，進行竹塹文史藝術研析討論，從竹塹及其周邊區域歷史風華、人文傳統、書寫意涵的討論，延續至當代的社會參與、文化資產之維護、文學藝術之遞嬗新變，乃至清華大學做為新竹學府之一，校園收藏文物及文獻之在地意涵、研究應用等；並邀約來自日本、韓國、馬來西亞的研究者，就其他區域之地方學關注議題、實踐經驗，共同研討，呈現竹塹文化魅力、創新意涵，及地方學之最新關懷議題。

　　本次會議，兩大特色可從兩場專題演講見及：第一場專題演講為清華大學王俊秀教授，講題為「地方學的影響力：清華的抓地力」，強調清華大學的社會責任、在地全球化的方向；第二場專題演講為日本香川大學林 敏浩教授，講題為「四國學的線上學習」，以四國數所大學如何整合，將地方學的主題課程，以線上方式推展，呈現本次會議與亞洲其他區域地方學對話之企圖。五個場次的研討，邀請多位重量級學者主持，分別為：許雪姬教授主

持的「竹塹文化文學資產」、陳萬益教授主持的「文化地景與社會實踐」、張維安教授主持的「亞洲與地方論述」、李瑞騰教授主持的「文化情感與藝術符碼」、王偉勇教授主持的「殖民景觀與跨域傳播」。海內外學者共聚一堂，發表新近研究心得，無論作品內涵詮釋、文獻挖掘、議題開發，皆頗具亮點，並開啟未來持續對話與關注的契機。又邀請李丁讚教授主持「城市規劃與地方紋理」座談會，由新竹資深文史研究者蔡仁堅先生、潘國正先生與談。活動部分，不僅參訪清華大學文物館籌備處展覽、邀請竹塹北管藝術團演出子弟戲，第三天還到北埔、五峰參訪文化史蹟、體驗在地風物，具可見在地學府推動地方學，並與民間文化資產結合之努力與觀照。透過第四屆竹塹學國際學術研討會的交流互動與多元激盪，期能再現竹塹藝文的光燦歷史，發掘在地文化魅力。

此次校內自十一月六日的「《圖說竹塹》新書發表會」、十一月七日的「共筆臺灣續章：地方學、公民科學與大學共學工作坊」、十一月八至十日的「歷史風華與文藝新象——第四屆竹塹學國際學術研討會」，串連三個地方學的活動，合成一氣，校內外研究者與文史工作者同堂論學，蔚為盛事。未來，推動竹塹學研究、教學、實踐，亦將是清華不同單位共同玉成之美事。

二　論文輯錄概述：歷史風華與文藝新象

本書輯錄十五篇海內外學者鴻文鉅作，包括兩篇專題講座，一篇座談實錄，會議論文主題關涉文學底蘊、文化資產、文化地景、社會實踐、亞洲與地方論述等，部分作者因另有考量，未能收入。

兩場主題演講，皆關注大學在地方學的角色及實踐，又借鑑日本四國學的經驗：王俊秀教授專題演講實錄〈地方學的影響力：清華的抓地力〉，立基的「抓地力」為地方學跟公民科學的共通語，研究地方學可以從清華大學所在的赤土崎、二戰工業遺址開始著手，由此啟動「當學士袍遇到市鎮」的「在地全球化」，積極促進地方學的典範轉移：從「全球在地化」（Glocalization）到「在地全球化」（Lobalization）；從公民參與到公民科學；從社會

培力到社會設計等，期許清華師生奮起抓地，提升竹塹學在全球的影響力。林　敏浩教授專題演講實錄〈四國學的線上學習（Online Learning of Shikoku-gaku）〉，以日本四國島為例，說明在地的八所大學，結盟設置eK4計畫（e-knowledge consortium Shikoku），從「教養」（通識課程）的角度來設計課程，包括文藝、歷史、社會、自然四個科目，另有跨學際的學習，預期有三個效果：使學生產生四國意識、提高學生的四國知識、易於將四國魅力傳到全日本。

　　竹塹涉及的流動意涵，不僅是當代作家的移動經驗；上溯歷史，新竹閩南人自稱「Hohlolang」，亦與移民相關：陳惠齡〈作為隱喻性的竹塹符碼──在「時間–空間」結構中的地方意識與地方書寫〉，未及收入《第三屆竹塹學國際學術研討會論文集》，故集結於本書；該文以「移動性」經驗的作家為例，強調在變動、驛動與流動中所銘刻對應的地方意識，將有別於「根著一地」的地方認同感，並藉此探討不僅是「根源」，而是「路徑式」與「開放性」的地方概念。韋煙灶、李易修〈閩南族群之他稱族名Hohlo／Hoklo 的漢字名書寫形式與變遷──從歷史文獻與地圖地名的檢索來分析〉，發掘指稱閩南族群名 Hoklo／Hohlo 漢字名（河老、貉獠／獠、貉老、鶴老／佬、學老／佬、福老／佬、河洛）用詞的起源、變遷、使用年代與頻率，推測新竹地區閩南人的「Hohlolang」自稱用法，應是受粵東移民裔用法的影響。

　　竹塹涉及的實踐內涵，諸如竹塹詩社傳統的延續、文化資產教育的進行以及青年地方創新的實踐，皆有精彩論述：武麗芳〈竹塹民間詩社的傳薪與再生──我手寫我口‧我口吟我調〉，考察竹塹古典詩社的活動方式與重要成員、現代竹社的成員與活動方式，並著重於竹社吟唱的「新竹調」，作詩與吟唱雖是詩人的日常，但今日「吟、唱、賞、習、作」，成為時下竹社薪傳的變革選項，先學會吟唱再入手詩作，文末並附五首新竹調吟唱詩詞的五線譜記譜，期望有助於傳承。榮芳杰〈關於竹塹舊城文化資產教育價值的幾點芻議〉，從文化資產教育的角度出發，探討新竹舊城內的文化資產該如何藉由教育價值的詮釋與呈現，讓更多的市民與外來訪客能夠更認識竹塹舊城

存在的歷史意涵，甚至能夠從中尋找新舊並存的可能；本文強調文化資產教育的關鍵是「現地教學」，並提出六點芻議，期望透過跨領域合作找出當代能接受的歷史論述。李天健、邱星崴〈竹塹創新與青年實踐〉，針對清華青創團隊其中之二：見域工作室與耕山農創，分析他們在新竹舊城、南庄農村面對的問題，及其社會創新推動經驗，說明他們的問題思考、發展軌跡與模式，以見臺灣年輕世代的社會創新思考與實踐特點，並就「地方社會作為臺灣年輕世代的實踐場域」，提出存有層次、社會實踐型態、地方社會創新課題的三點意見。

竹塹涉及的地方記憶，因學者的考掘而逐漸清晰，印刷媒介、空間場域，潛藏複雜的意涵：劉柳書琴〈印刷媒介中的尖石鄉泰雅族李崠山事件記憶〉，討論發生於一九一〇年到一九一二年，強烈衝擊北泰雅族和尖石地域社會的李崠山事件（Tapung事件），整理風景明信片、報導文學作品、報紙討伐新聞、理蕃人員記事、後代耆老口述，分析尖石鄉泰雅族重大歷史事件在不同時期印刷媒介上的再現，梳理李崠山集體記憶的層位與樣態，盼挖掘釋放更多底層記憶。黃美娥、魏亦均〈冷戰、反共時代下的地方娛樂場所——印尼僑領章勳義與新竹關東橋介壽堂戲院〉，以一九六〇年由印尼僑領章勳義籌資興建的新竹關東橋介壽堂戲院為對象，當戲院遇到華僑，當在地牽涉跨國與遷徙，隱含戰後臺灣涉入冷戰、反共體制的複雜網路，新竹地方戲院潛藏的世界脈絡，揭櫫新竹區域研究透過在地／跨國研究張力所衍生的方法論意義。

竹塹涉及的文學創作，本次探索吳濁流、李喬、陳銘磻三位不同世代的作家，從故鄉成長到胸懷亞洲，從文學創作到相關志業：余昭玟〈從《臺灣文藝》創刊及小說創作談吳濁流的文學志業〉，以吳濁流於一九六四年號召同好創刊的《臺灣文藝》為對象，探討《臺灣文藝》創刊始末、《臺灣文藝》與省籍作家崛起、吳濁流小說創作風格的建立，綰合吳濁流經營雜誌及創作小說的初衷，對照文壇給吳的兩個稱號：「鐵漢」與「文俠」，吳濁流的文學志業，不僅提出作品，也引領風潮，振興文壇。蔣淑貞〈李喬的兩種亞洲觀——極權與養生〉，討論李喬兩部近作：《亞洲物語》呈現的主題，是

「文化傳統」如何導致「極權」的意識形態，而處在周邊的國家或地區如何「反抗」；稍後出版的《生命劇場》，也有一種亞洲式的「養生觀」，接近道家的生活方式，進行自我修養的工夫，為了保存生機，唯有轉化自己的創傷，對萬物的神靈奧秘性質敞開心扉。黃雅莉〈空間敘事下生命座標的尋找──論陳銘磻故鄉系列成長書寫的現實意義〉，探討陳銘磻故鄉三部曲：《石坊里的故事》、《父親》、《安太郎の爺爺》，以見作家如何從建構自我人生來創造文學與空間場域相生相形的藝術，開拓「因地及史（生命史）」的抒情模式；亦見陳銘磻如何透過「石坊街」風土人情的回憶來紀錄時代、銘篆成長地方的特徵與現象。

　　從竹塹學出發，關注國際地方學，兩位馬來西亞學者論述南洋書寫、城市地景，提供借鑑：黃琦旺〈讀《大唐西域求法高僧傳》──七世紀末的南海印象探識〉，以義淨法師《大唐西域求法高僧傳》為對象，討論其中三十九位僧侶沿著海路求法的意義，及其海路航線中南海幾處屬馬來亞地域的佛國印象，乃至參考《南海寄歸內法傳》識其「海上轉身」自內證，何以對戒律與器物如斯重視，由此敘說七世紀末海上求法探識建構出的南海印象。黃美冰〈檳城的藝術符碼──解讀喬治市街頭鐵塑〉，以馬來西亞檳城州（又稱檳榔嶼；Penang）「標識喬治市」藝術工程於二〇一三年完成之五十二幅位於街頭牆面的鐵塑漫畫為對象，對喬治市的鐵塑藝術進行歷史的巡禮、美學的凝視、文化的審思，反思現代藝術與文化遺產的關係，探勘其可能揭示的城市形象之建構、經營與發展之意義。

　　竹塹涉及的城市脈絡，蔡仁堅、潘國正座談會實錄〈城市規劃與地方紋理〉，蔡仁堅從新竹格局形成與紋理刻畫談起，包括設治、三重城牆、殖民時期改正、戰後迷惘、新竹日記等；再談城市規劃，援引長安城、新德里、鹿港、京都等市鎮相互參照闡發，期許新竹這個有歷史的城市，關注如何「維持」。潘國正則從新竹「蔡仁堅空間」的實踐談起；再提出每個人都可以是城市觀察家的概念；並以如何保存新竹眷村記憶、申請新竹火車站成為古蹟、歐洲布拉格、薩爾斯堡的例證，闡釋城市的文化政治，應扣住「留舊迎新」。

三　致謝：風城風起

　　清華大學華文文學研究所在拓展華文文學的「全球」視野之際，我們珍視竹塹「在地」的歷史風華與文藝新象，「北地文學之冠」與「北臺書畫薈窟」的雅稱，縱非今日新竹勝景，華文所雖屬文學系所，卻不僅關心竹塹古今文學，第四屆竹塹學會議的論題，較往年更為寬廣，文化資產、社會實踐、國際地方學，往事歷歷、時間長河滾滾，藉由一屆一屆竹塹學研討會的積累，原本分散的議題，終將聚合彰顯塹城與周邊區域的多元景致及深厚底蘊。

　　首先感謝專題演講者、論文發表人、座談會與談人，眾多專家學者掘發議題，發表精彩論述，拓展地方學研究的方法與疆界；以及主持人與特約討論人縱覽全局、議事論學，數位師長多次參與竹塹學會議，隆情盛意，銘感五內。感謝科技部、財團法人新竹市文化基金會、新竹都城隍廟、沛錦科技股份有限公司、王默人周安儀文學講座挹注經費，都城隍廟總幹事鄭耕亞先生蒞臨開幕式，並支持竹塹北管藝術團演出，精彩的地方曲藝展演，與會議相得益彰。校內教務處、人文社會學院、系所調整院務中心、人文社會研究中心、臺灣文學研究所等單位的支援，人社院黃樹民院長、王俊秀副院長參與會議，亦是活動成功的重要助力。而華文所、中國語文學系師生共同籌備方能迎來嘉賓，特別感謝發起竹塹學會議的陳惠齡老師分享前三屆的辦會經驗，所上同仁鼎力協助，工作人員負責任事，尤其總召陳敬鴻同學勤勉踏實，帶領莊怡萱、陳思璇、孟弋捷、劉家好、蔡鈞傑、劉紋安、吳旻陵、竇奕博等工作人員，妥為安排會務，身為所長及會議籌辦人，藉此一角，敬申謝忱。論文集的出版，感謝合作多年的臺北萬卷樓圖書股份有限公司梁錦興總經理、張晏瑞總編輯、官欣安執行編輯等協助，書封折口呈現的竹塹學論文集系列，允為竹塹學的最新研究成果；最後感謝撰稿者在校對過程中費心閱覽並準時交稿，陳思璇同學細心收稿、協助校對、留意時程，方使論文集順利刊行。

　　風城竹塹，無論是竹塹學會議時猛烈的九降風，或者春夏的清風徐徐，

風起之際，流動不羈，竹塹的各式文史活動、文藝新象、社會創新，在城裡城外以各種形式吹拂著，兩年一度的竹塹學國際學術研討會，邀請學者專家、文史工作者共聚一堂，盤桓數日，大風起兮！

林佳儀　謹誌於客雅溪畔

2021年8月18日

目次

座談會

附錄

地方學的影響力
──清華的抓地力

引言人：黃樹民院長[*]
主講人：王俊秀副院長[**]

引言人／黃樹民院長

　　各位女士各位先生大家早，今天第一場專題演講是由王俊秀教授來講〈地方學的影響力：清華的抓地力〉。我認識王俊秀院長非常久，記得我一九九一年到清華當客座教授，同時身兼人社院社人所的所長，那時王俊秀教授還是年輕的社會學者，至今已三十多年。王教授是美國Texas Tech的博士，專攻社區設計及環境社會議題。他拿到博士學位之後就回到臺灣參與許多關於環境保護、區域發展等地方活動。另外他也參與很多地方性的、草根性的工作，譬如說「竹蜻蜓綠市集」的推動。在這方面他有很多具體的經驗可以來告訴我們，怎麼樣從學術的立場與社會結合推動新的作為，走向地方學新的發展方向。

主講人／王俊秀副院長

　　沈君山校長曾說過：「做你所能，愛你所做」。每個人都有他的在地脈絡，只要引起關心，就有希望號召所有人加入地方學。學術界在從事文學、

---

*　國立清華大學人文社會學院院長。
**　國立清華大學人文社會學院副院長。

詩歌的學術研究之上，可加入稱之為「公民科學」的脈絡，讓市民們一起加入與合作（包括收集老照片、講故事等），即每一位社會成員被培力而共同創造社會影響力。所以今天首先必須定義「社會影響力」，大學亦同，清華大學長期著力的SSCI或SCI的研究論文，談及論文的impact factor，SCI原意為Science Citation Index，但藉著「地方學，學地方」的推動，SCI也可以轉便為Social Contribution Index（社會貢獻指數），所有的大學老師都應該有雙重的SCI，其中的社會貢獻指數的就是本演講稱的「抓地力」。

最近出現幾項具有抓地力的的活動，從《圖說竹塹》的再版、共筆臺灣地方學工作坊到竹塹學國際研討會，清華更把最近與在地互動的各種活動整合成為「創生抓地季」，突顯出清華想要在這一向度結合「竹師精神」，發揮一加一大於二的目標，再加上蔡仁堅前市長一直支持的社區大學[1]，期許讓竹塹學迎頭趕上其他的地方學。會說「迎頭趕上」是因為其他各地的地方學相對活躍。

在本研討會的系列活動「共筆臺灣地方學工作坊」中，主題演講的題目為：當米粉遇到烏龍麵，邀請了一位代表日本四國（烏龍麵）的教授，和一位代表臺灣新竹（米粉）的博士對話，產生許多火花，從日常的生活食開始，體現了具「飲食文化層」的地方學，讓許多在地市民因吃而關心在地事務。在過程他們提出了三個概念「風物」、「風華」及「風味」，當然也可以加入「風水」。「風」這個字就能延伸出很多的學術論述，再將其放到地方上，大家一起「公民科學」，尋找前述四個「風」的飲食文化脈絡。

社會學者本來就把社會當作實驗室，就像人類學者進入田野。實驗的過程有成功有失敗，有時甚至失敗得多，比如說當年我們居住的「清大北院」（原美軍顧問團宿舍）被拆除，努力搶救文化資本仍不敵經濟資本。新竹的美軍顧問團宿舍足以作為文化資產，說明當年除了國軍眷村，還有美軍眷村的存在。韓戰之後臺灣突然成為反共堡壘，美援也同時帶來了美軍顧問團，

---

1 因為合校，竹松社區大學也成為清華大學承辦的社區大學，校址仍在原竹教大的南大校區。

其總部就是也就是現在的中山足球場，對面就是PX，不少美國的罐頭與食品流出成為委託行的貨品。當年清大北院的住戶們還曾多次組團去陽明山緬懷留下來的美軍顧問團宿舍。

除了美軍顧問團之外，還有兩個特別的中隊，一個在桃園的「黑貓中隊」，一個是新竹的「黑蝙蝠中隊」，黑蝙蝠中隊後來也成為我的研究對象。清大北院因搶救不及被拆了，更想知道它的前世與今生。今生我們參與了其中的最後一段。前世更激起了研究精神，搜尋各種文獻與資料，更找到了當年美軍顧問團住戶的後代，請對方提供老照片與資料。

那些照片是當時新竹美軍顧問團團長Brayle中校使用柯達幻燈片底片照的，所以後來洗出了彩色照片，照出了北院與新竹市的彩色過去。當時的美軍顧問團周圍共有十七個國軍眷村，但兩者天差地別，國軍眷村的甲乙丙三種眷舍的坪數很小，但美軍的每一棟都超過兩百坪，還附有車庫，居然把車子隨軍艦從美國運來。美軍顧問團宿舍還有俱樂部、游泳池，可以想像美軍在這邊的生活樣子。

在新竹的美軍有兩個脈絡，一個是穿便服的CIA黑蝙蝠中隊，一個是穿軍服的美軍顧問團，還共用一個機場，兩邊盡量避免互相接觸，因為一邊是CIA一邊是美國國防部。但私下他們會在俱樂部或游泳池見面，所以在新竹美軍顧問團資料中發現了黑蝙蝠中隊的一些資料。以地方學而言，它是新竹獨有而不可替代者，理所當然成為新竹的地方學的教材。

黑蝙蝠中隊最標準的是P2V的飛機，負責大陸的低空電子偵測，承載量十四人。重要的是電子官從這時候開始，黑蝙蝠中隊與清華、交大也有其脈絡，當時因為冷戰，當年一般大學的師資沒有軍事學校好，空軍通校的電子官就是第一批去美國留學者，所以當時在推動電子專業時是向空軍通校借調了八位，剛好是臺成清交，一個學校兩位，那時我們稱為悲壯的「四大皆空」：四所大學的電子師資皆來自空軍通校。

黑蝙蝠中隊出任務如果失敗，一架飛機掉下來就是十四個家庭的破碎，前後共有十架飛機犧牲，有些空軍的眷村也因此被稱為悲壯的「寡婦村」，黑蝙蝠中隊任務就是交換美援的一部分。當時蔣經國常造訪新竹隊部（現東大

路黑蝙蝠文物館），因為該中隊由他直接指揮，還常帶著空軍藝工大隊來，包括名歌星楊小萍也曾來過幾次。經過清華師生（竹掃把行動聯盟[2]）的研究與倡議（包括龍應台老師），共同促成了「黑蝙蝠中隊文物館」，就是現在文化局對面的公園，外觀則採用美軍顧問團宿舍，因為兩者都有美國的脈絡。

　　而在原美軍顧問團對面的大煙囪，就是國防部的十三處戰爭文化遺產中之一的「日本海軍第六燃料廠新竹支廠」，也與清華有關。清華的校園前面四十五公頃，就是日本海軍第六燃料廠的福利地帶，它是支持生產的部分後勤地區，包括海軍共濟醫院、中級軍官的宿舍（高級軍官的廠長則住在現光明新村）、生協購物處（合作社）、軍官俱樂部（現大禮堂）。後來由燃料相關的中油來接收，當時接收委員裡面有一位金開英是清華的校友，促成了這塊地給清華復校。

　　由於大煙囪無人干擾，居然每年進駐了六百隻的霜毛蝙蝠（白蝙蝠），而且是霜毛蝙蝠棲息緯度的最南端（霜毛蝙蝠較多棲於寒帶），感謝她們選擇了臺灣的新竹。大煙囪成為牠們的坐月子中心，生產完之後就一起離開，等到明年再來，這件守望計畫也成為了「公民科學」，我們號召清華的同學和在地居民，協助在黃昏時協助統計有多少蝙蝠出沒，每個參加者都成為了關注地方學的「蝙蝠俠」。

　　清華師生想要做的是購置很輕的GPS，以便追蹤霜毛蝙蝠的行蹤與遷徙時間。近期也有一些與此有關的工作坊。友校交大正執行一項「保溫計畫」，期望清大與交大一起為生態與文化環境而努力，甚至讓兩校的梅竹賽加入保護文化與生態的項目，而不是只有體育項目的競爭。有一陣子因為文化資產（大煙囪）正在維修，霜毛蝙蝠飛到民家，為追蹤蝙蝠，使用了熱力儀偵測，竟然發現三百隻蝙蝠住進民家牆壁的夾縫中。

　　當自己成為「搶救不及」的受害者時，無力感反而成為尋找歷史與推動地方學的動力，但不能讓「受害者運動」成為常態。所以要積極促進地方學

2　王俊秀：〈清華大學的抓地力：社會運動二三事〉，《竹塹文獻雜誌》2015年第59期，頁2-23。

的典範轉移，第一：從「全球在地化」（glocalization）到「在地全球化」（lobalization），即把b與c互換。地方學是在地全球化的主軸，而非全球在地化的註腳，突顯出臺灣文化歷史的「不可替代性」，從地方出發讓臺灣被看到。第二：從公民參與到公民科學，透過大學提供系統性的規劃，讓公民也可以參加，同時研發出簡單的公民科技，例如：水的檢測的技術、鳥類探索的iNaturalist與eBird等app，公民就在其生活脈絡中守望環境，第三：從社會培力到社會設計，用好玩、自願的方式來care（關懷），can（增能）與change（改變），就是另類3C。第四：從「自我博物館化」（self-museum）到「生態博物館」（Eco-museum），自我博物館化是地方學的理念之一，每一位同學與市民都有自己的一座自我博物館，增加自己的館藏是每個人的責任，「專業」是第一個館，其它會是什麼館藏則由每個人自由發揮。第五：要從自卑感、無感到光榮感，對很多事情的無感，可能讓清華、交大的學生成為新竹的過客，讀完四年書就離開了，當他們回想新竹時，會認為新竹是鄉下，什麼都沒有！若大學不能培養同學將其就學的地方變成他們的新（心）故鄉，那大學教育就是失敗的。

二十年前我們在交大、清華做了一個環境認知地圖，請同學畫地圖，給他的朋友和父母，憑著這個地圖來新竹找他們。因為他們對新竹不求甚解，於是就產生了「選擇性扭曲」（Selective Distortion）的現象，那就是將他知道的無限擴大，不知道的則消失或變小，像是他們都知道的光復路畫得又寬又廣，按照地理尺度已延伸到臺灣海峽中，東門城也走位。這份環境認知地圖成為地方學的負面教材，號稱「適合送給敵人的地圖」。

相對於光榮感的自卑感可以舉出兩個例子，小室哲哉是久石讓和宮崎駿合作的音樂家。而小室哲哉與久石讓卻成為臺北市某兩棟住宅大樓的名字，日本音樂家的名字卻變成我們住宅大樓的名字，而且和音樂也無關，另外採用國外地名如「維也納」等大樓名稱，就是自卑感作祟，而地方學為的是發掘更多的地名、故事、傳說，足以產生光榮感，例如前述的黑白兩到（文化黑蝙蝠與生態霜毛蝙蝠）。

抓地力是地方學跟公民科學的共通語，八百年大學劍橋最重要的一個精

神為Town and Gown，Town即為新竹，而Gown就是大學的學士袍。地方學可以從「校園學」，「清華學」、「梅竹學」、「赤土崎學」一路上去，例如清華的地目為「赤土崎」。都城隍廟也在赤土崎內擁有土地，因此研究赤土崎就會包括清華大學，由此開始的地方學就是啟動「當學士袍遇到市鎮」的「在地全球化」。再舉京都大學的「京都通檢定」為例，作為畢業門檻，為的是讓畢業生都能了解自己就學的所在，不要成為過客。或許類似的「竹塹通檢定」也可能是推動竹塹學過程中的一項任務。

地方學正在各地方興未艾，例如「淡水學」、「臺北學」、「臺中學」、「花蓮學」、「屏東學」等，特別是於二〇〇三年成立的聯合大學「苗栗學研究中心」，率先體會到「當學士袍遇到市鎮」的抓地力。其它如「屏東學」甚至還出了一系列的書作為屏東大學通識課程、成大更規劃了了解府城的「十條路線」成為大一同學必修的地方學。而通識護照的課程更企圖讓大學生進入所在市鎮的博物館、美術館，以獲得藝文簽證來提升抓地力。

我們可以從校園的歷史現場展開赤土崎的公民科學與地方學，清華校園由三塊歷史現場所構成，前半段為日本海軍第六燃料廠新竹支廠的福利地帶，而整個廠區包括對面的宵夜街、大煙囪、建功中學與小學，共三百多公頃；中段則是「新竹高爾夫球場」，在一九四五年時以糧食基地與飛機滑空場（國民航空）而落幕；後半段是雞蛋面，號稱風水寶地，成為數百年來陰宅的區域：義塚、共同墓地、公墓、火葬場等，還有兩處土牛紅線（土牛溝）經過。乙未戰爭，一八九五年的八月六號八月七號，在清華校園曾有兩天的戰爭，戰場也包括十八尖山、雞蛋面、枕頭山（現新竹公園）。若用清華大學的地方學來看赤土崎學，清華大學曾是燃料場、高球場、戰場、獵場、墓場、農場、射擊場，增加了許多地方學研究的可能性。而「竹北一堡赤土崎庄」更是清華的地理原點，赤土崎這個地名已被里所取代，且地段也被地號（0026）所取代，只留下幾處街道名、公園與地下停車場以茲紀念，例如赤土崎一街、二街、赤土崎停車場、赤土崎公園等，還有「淡新檔案」當年的土地申告書還繼續訴說著赤土崎的前世。

當年以赤土崎為地址的一些單位名稱還在，例如：臺灣總督府天然瓦斯

研究所（現工研院光復院區），當時天然瓦斯研究所的正門是在後面的水源地（新竹水道）及新竹高爾夫球場、赤土崎競馬場，天然瓦斯研究所（簡稱天研）雖然不見了，可是卻留下了痕跡，在水源街的電線桿上仍然能看到「天研」二個字，成為了另類的歷史現場。另有赤土崎競馬場（現新竹高商），後來遷到牛埔（香山）。可以說當年從天研的原正門出去，右前方為赤土崎競馬場，正面為水源地（新竹水道）與東山公園（現十八尖山公園），左前方為新竹高爾夫球場。周圍還有赤土崎林業試驗場（現高峰植物園）、赤土崎保甲修練所等。

由原日本海軍燃料廠的圖，藍色這塊是消防湖（現成功湖），成功湖由新竹研究所命名，當時已陸續和聯合國有所合作，因此以原臨時聯合國所在地的Lake Success命名之。燃料廠見證了由「煤炭到石油」的轉變，而日本海軍燃料廠（六燃）是唯一在臺灣新蓋的。為了因應戰爭航空燃料的需求（加油時分成93、95，他是100），而最後合成是在新竹，加上生質能源的研發，因此也被視為新竹科技的源頭之一。另外，以前有五條臺車路線在新竹，最主要的臺車線是在竹東街道（現光復路）。另有路線一路從六燃到現科學園區的甘蔗園區，將甘蔗運到六燃來做類似酒精原料的生質能源。

而在燃料廠的人事制度中有「技術將校制度」，這跟大學有關，兵源一般來自徵兵，由有名的學徒出陣可見一般。但技術將校制度，包軍人也可以進到一般大學去獲燃料相關學位（碩博士），或是在文學校唸書的人，願意短期或長期的拿獎學金而成為未來的軍人。例如日本海軍燃料廠廠長編制為技術中將，而其學歷常是軍校畢業與東大博士。而中下階的技術中大尉等常是大學理工科系畢業，轉成有役期的技術軍官，他們號稱「大學中穿著軍服的科技人」。這些大學如東大、京都大學等大都為當時的帝國大學。這一批技術將校之中，最有名的是一九八一年獲得諾貝爾獎的福井先生（福井教授），先是技術上尉，到最後是少校，他研發的就是航空燃料。其次日本前首相中曾根康弘也曾是主計的技術將校，在高雄六燃擔任過主計少校。而團體有名者的為京都帝大為海軍燃料廠培養了十五位博士，其中有三位在新竹六燃。新竹六燃的技術將校總共有二十九位技術將校，包括前述的三位博士。

　　在探討六燃接收檔案時，也發現使用了「敵性語」。當時日本偷襲珍珠港後，將美國視為敵國，把許多外來語紛紛改名，像是高爾夫球不能用「ゴルフ」改成「槌球」。接收的檔案中有所謂的「敵國情結」，例如：故意把接收的汽車名字寫錯，Buick故意少一個c。本來普利茅斯(Plymouth)是以前美國的牌子，改成Plimus，這個字後來反成為Toyota一款電動車的名字；或者將Baby Ford叫Bad Ford，變成「爛福特」等。

　　交接的油槽更是燃料廠的指標，其中一個最有趣再生個案為建功國小的「大圓筒」研討室，它就是以前六燃時代的油槽。然後公道五那邊有一條「六燃支線」，他是運燃料或生質能源到新竹車站，然後從新竹的車站再接「新竹飛行場線」到海軍機場。如果沿著原來的路線，在現在的路面加上標誌，市民就知到以前臺車線或六燃支線曾經過，成為歷史現場的一種表現，也是促近市民好奇心與開啟地方學的機會。

　　此外，圖書章中也會出現歷史現場與歷史人物：我書故我在。這些圖書來自天然瓦斯研究所、清華、竹師、附小等，還能在圖書館裡面找到總督府的圖書章以及海軍第六燃料廠的圖書章。在天研的圖書借閱單中也能知道，哪幾位技術將校借了那些書與期刊，還親筆簽了名。

　　最有意義的是讓當時由六燃送到日本二燃留學的臺燃班同學的清華聚會，他們居然闊別了七十五年（1943-2018），平均年齡九十三歲了，最後找到五位，一位在臺南不能來，剩下四位全部到。當時留學有文武兩條路線，軍屬的留學很不一樣，都是選拔出來的，且先在光復路和東光路路口處的的赤土崎保甲修練所（已經拆掉）上課（留學先修班），因為其中一位學員李錦上先生一直在俳句上和許多同好交流，因此保留了一批當時的名信片，皆有住址在上，因此也了解了這些歷史現場的住址，例如高雄六燃楠梓宿舍31-13、三重縣四日市塩燃料廠工員寄宿舍2-3、新竹市赤土崎2-5保甲修練所等。

　　連公車站牌也有地方學的線索，例如二〇一九年十一月一日通車的八十三號公車，除了連接了清華兩個校區，也在公車站排上連結了「雞蛋面」的原來地名。另外二十號公車，其第十五站為雞蛋面，第十六站為翠璧岩寺，

也再次連結了歷史現場。一號公車的站牌還有海軍新村（光復中學與馬偕醫院之間）與水源地。光復路上，清華人最常利用的國光號車站，原來就是新竹客運的「赤土崎招呼站」，現在名稱也消失了。

最後我要談老師除了研究地方學之外應該要站出來關心地方事務，例如文化界人士共同成立的「竹掃把行動聯盟」，以新竹的掃把自居，企圖掃除不公平、不文化、不社會等，當時曾經以廣告批市政，竹掃把聯盟租了公車跑了一個月稱為「公車上書」，還有「搶救護城河」的黑雨傘運動，市民們躺在地上，反對護城河兩邊的道路改成柏油路。最近也參與搶救我們的母親河頭前溪，並支持地方公投：灌排分離，由喝乾淨水聯盟的五位母親領頭，其中有兩位清華校友，身體力行實踐抓地力。最後，我喜歡用海明威說過的「流動饗宴」這句話做結尾，意思是說：如果一生中曾經到過巴黎「如此的經驗就像一輩子可以如影隨形的饗宴。期許以竹塹、赤土崎來取代巴黎。讓我們一起努力抓地吧！

引言人／黃樹民院長

謝謝王俊秀教授精彩的演講。除了有很多扎實的資料之外，還有很多幾乎是考古發掘出來的文物檔案照片。我們還有三、四分鐘的時間，不知道各位還有什麼問題，或者需要王教授補充的？

第一位發言人

前幾天才知道我們王俊秀教授是前聯合大學校長，也是我們輔大社會系的傑出校友。我是一位天主教神父。我的問題是，也許清大和交大有很重要的責任，就是，我們的科學園區三十幾年前政府從加州舊金山矽谷移過來，已經是很落後的矽谷法規。一位新竹署立醫院病歷室副主任的姊妹在七、八年前跟我講：「神父，這一年新竹的癌症比例為臺灣最高。」原因就是科學園區，例如前陣子政府不敢公布的新竹地下水提到含氨含量三百，超標多倍

為全臺灣第一名。去年主婦聯盟請了政大的胡教授在立院，提他在臺大二、三十年前的公民運動中也提到在地力量。科學園區來到新竹三十幾年影響了新竹縣市民的健康，可是交大、清大卻沒有專業團隊可以針對新竹縣市的健康研究或耕耘。我們所談及的文化固然重要，但如果沒有生命，何來文化？這是清大、交大的在地責任，也希望我們輔大的傑出校友俊秀校長可以幫忙這一塊，謝謝。

主講人／王俊秀副院長

謝謝，因為「陽明交通大學」即將成立了，他們的醫學院整合後就是一個機會，另外在清華也即將有醫學院與教學醫院的籌劃，也是另一個推動「環境醫學」的機會，早期常說：上醫醫國，其次醫人。但由於地球環境的惡化，汙染所產生的疾病大量增加，例如日本曾發生的四大公害病。因此沒有生態健康，就沒有人的健康，原來上醫醫國之新論述由清華與陽明交大「醫起來」合作，修正為：上醫生態（環境），中醫國，下醫人，讓正好都有醫學院的兩校進行資源整合，常態性的針對地方（桃竹苗）進行環境的流行病學調查，並積極以改善生態環境來促進市民健康，也算是兩個學校在新竹對地方的貢獻（USR），更是延續梅竹賽的精神：期許梅竹「醫起來」。謝謝。

引言人／黃樹民院長

我們今天早上第一節專題演講就到這裡結束。再次謝謝王俊秀教授的演講。（眾人鼓掌）

四國學的線上學習
（Online Learning of Shikoku-gaku）

主講人：林 敏浩教授[*]
引言人：楊永良教授[**]
口譯者：詹慕如小姐[***]

引言人／楊永良教授

　　大家早，我是楊永良，今年二月從交通大學退休。很榮幸來竹塹學國際研討會，我是土生土長新竹人，住在城隍廟附近的古市巷。我對四國的印象第一個會想到一位人物——空海，密教的佛教大師，日本叫作弘法大師。他這個人非常有才能，一直影響日本到現在。另外一件事為，在這個源平爭霸的時候，屋島的戰役Yashima No Tatakai中一個神箭手那須與一（Nasuno Yoichi），在海上有一個平家的船隻的宮女拿著一支竹竿，上面弄一個扇子，然後對源氏的軍隊招招手，源氏這時就坐在旁邊說：「如果你們能夠把這個扇子射下來，就代表你們這場戰爭會贏。」隨即派了一個神箭手那須與一拿著弓箭把扇子射下來。這也發生在四國的屋島。還有一個非常有名的小說家瀨戶內寂聽（Setouchi Jukuchou），也是一位比丘尼，她還有一項偉大的事業——將《源氏物語》翻譯成現代日文。雖然翻譯現代日文的人非常多，卻一直到她翻譯這本書才變成當年度暢銷書。還有一個就是獲得諾貝爾獎，LED、藍光的發明人——中村修二。我們往往認為科學研究東京大學、

---

[*] 日本香川大學創造工學部教授。
[**] 國立交通大學通識教育中心退休教授。
[***] 譯窩豐工作室口譯。

京都大學首屈一指，但德島大學博士的中村修二照樣拿諾貝爾獎，這是值得臺灣好好借鏡的。另外還有與空海有關的宗教名勝四國八十八箇所。很多日本人除了觀光以外，也會去那表達自己的信仰，或為考驗自身毅力而前往。還有美食烏龍麵Sanuki Udon也是非常有名的。

其中一項與四國有關的也與今天的主題有關係，這個線上學習我本人教學也有經驗。直到現在我是兼任老師，仍然還在用這個網路學習。還有王俊秀老師發起的一個合作計畫，起先是我們松、竹、陽、梅，中央大學、交通大學、陽明大學、清華大學，四所大學，後來變成臺灣聯合大學系統。當時我們就已經開始作四校共同網路學習，以及遠距教學，等一下我們會聽到林教授這方面更精采的演說。

主講人／林 敏浩教授

一 自我介紹（Self-introduction）

我們謝謝楊老師的介紹，我來自香川大學，我是林 敏浩，請大家多多指教。先跟各位做一個簡單的自我介紹。我也是土生土長的香川縣人。然後剛剛楊老師有介紹，我們香川有出過一個研究LED的博士，我自己也是這個學校出生的。接下來我暫時離開四國到九州的佐賀大學任教，二〇〇四年我又回到了故鄉在香川大學教書一直到現在。這是我在香川大學所做的一些事情，大家可以看到我列了很多項，我的專精領域包括資訊工學、還有教育工學。在研究教育工學的這一塊裡我又涉略了一些四國學研究，是跟我們當地地區比較有關的學問。不管事教學或是研究，其實我已經從理科涉略到文科了，算是一個比較奇怪的老師。

二 前言（About this presentation）

日本是由幾個比較大的島所組成的，四國是當中比較小的一個島，同時四國現在又面臨非常嚴重的少子高齡化問題。因此我們認為我們要積極培養

一些人才，藉由這些人才讓四國可以更加的活化。因為我在研究教育工學就一直在思考有沒有辦法用一個可以跨越時間跟空間的方法來培育人才。

我們線上學習的內容可以說是包羅萬象，包括四國當地一些特殊的資源、特有的品牌、文化、歷史、傳統等等，都包含在我們線上學習的內容裡面。我今天主要跟大家分享的有兩大部分。第一個就是我們剛剛有講到，要藉由線上學習來介紹四國學，那四國學這個部分剛剛楊老師都幫我介紹得差不多了。第二個部分想要跟大家分享一下，我們是用什麼樣的線上學習方法來介紹四國學。

三　四國（Shikoku）

這張圖我們先讓大家對四國是什麼樣的地方有個概念。四國如同其名「四國」，在日本以前是用國來代表一個區，當然我們現在都已經把他當作一個縣了，看到右邊這個變大圖我們就知道有香川、德島、高知、愛媛這四個縣。我就來自香川縣這個日本所有的縣當中最小的縣。人口圖表顯示這四個縣人口都不多，尤其是前面三個香川、德島、高知，加起來他們都沒有破一百萬。像這樣子的地方我們必須想一些方法來幫這個地方、讓這個地方更加活化，同時也希望年輕人能留下來為地方做點事。

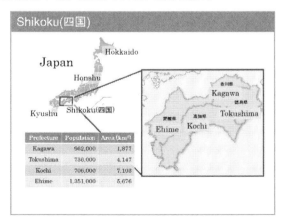

圖一　四國學的線上學習（四國學）英文版簡報PPT in English　P.4

四 背景（Background）

我們可能會在接下來的演講當中提到現在四國所面臨的非常嚴重的問題──少子高齡化。四國的永續發展必須依靠大家的關注與推動。在我們這個圖表當中下面放了兩張表，這兩張表都是在給大家簡介四國的人口與老化狀況，雖然圖是日文，但大家仍然能夠感覺到現狀真的非常嚴重。

五 宗旨：當地大學的角色（Purpose: the role of local universities）

接下來我要跟大家講我們現在正在做的這個線上學習計畫目的。首先我們要去思考最重要的是，身為一個地方上的大學可以做什麼樣的事情，大家對於我們為在四國的這些大學到底有什麼期待。針對問題思考後的結果，我們認為大家希望我們能培育出具有高度專業性的人才，而且這些人才能夠紮根四國當地去思考、解決四國當地的問題。剛剛我們曾經稍微提到四國學包含的內容非常廣泛，包括有當地的資源、品牌、歷史文化、傳統等等。所以我們首先希望透過學生們了解、學習四國相關的背景知識。但光是了解這些

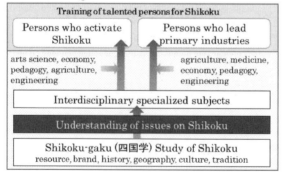

圖二　四國學的線上學習（四國學）英文版簡報PPT in English　P.6

問題，可能還沒有辦法馬上地讓學生去解決問題。下一步我們就希望讓這些學生學會一些專業的技能，將來有需要的時候就可以運用這些知識解決問題。

六　理論（Method）

我們剛剛講到我們的科目大致可以分為兩類，第二類是你要有一些比較專精的知識，這就是我們在白框中間所寫的學際的專門科目，就是為了讓大家了解專門知識之後進行應用。我們身為這個教育者，要怎樣去進行這些教學呢？在四國範圍裡面有很多的學生，大家都散落在不同的縣。老師們當然不可能一個一個到每個地方去親自教學，所以就想到運用線上學習這個模式，透過線上學習的方法、線上學習的平臺來幫我們剛剛講的這兩大塊，一個是四國學相關的科目，一個是這個跨學際這些專業的科目。

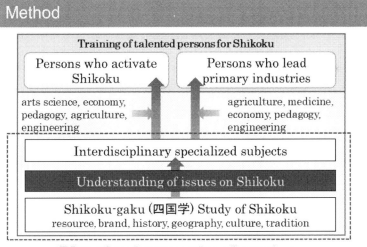

圖三　四國學的線上學習（四國學）英文版簡報PPT in English　P.7

七 四國學（Shikoku-gaku）

　　雖然剛剛楊老師有講過，但我自己想要再跟大家分享一下什麼是四國學。可以將四國想像成一個很大的島，兩面環海，左邊是靠近內陸的地方，這是瀨戶內海，右邊靠太平洋，所以首先我們可以做的是海洋研究。剛剛楊老師也稍微提到八十八箇所，也就是說我們有「遍路」跟宗教相關的研究。同時我們每個縣也有自己獨特的特色，比方說香川縣就是烏龍麵很有名，我也非常喜歡吃烏龍麵，還有LED這個他也有提到，就是中村修二老師他在德島大學因為研究LED而得到諾貝爾獎。

　　那另外在這個圖裡面看不出來，但是其實四國有很多高山，因此與「山」相關的研究也非常豐富。四國本身擁有非常豐富的研究資源。四國學可以說是研究地區學的其中一部分。四國很多大學也都非常期待能夠運用當地的特色納入教育內容中。所以四國學除了是一門跟當地有關的文化傳統之外，也是一種教育。

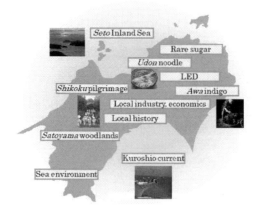

圖四　四國學的線上學習（四國學）英文版簡報PPT in English　P.8

八　eK4：推動 e-Learning 的組織（organization for promoting e-Learning）

　　接下來重要的事情就是我們要如何讓這樣廣泛的學問納入線上學習的框架當中，讓學生容易吸收呢？要建構起一個整體的四國學的線上學習框架光是由我們香川大學的努力是不夠的，所以我們就跟其他幾所，同樣在四國的大學一起合作打造這個線上學習的模式，我們把它稱為「eK4」，eK4當初是我們為了要去推動線上學習而成立的一個聯盟。他正式的名稱叫做e-knowledge consortium Shikoku。那這個eK4的這個簡稱，e跟K大家可以看到就是這個英文的簡稱。然後後面的這個四就是四國的四。這個聯盟的概念是希望能夠活用資通訊的科技，運用每一個大學裡面原本累積的大學特色教育研究的成果，變成我們線上學習的內容。德島大學、鳴門教育大學、香川大學、愛媛大學、高知大學、四國大學、德島文理大學、高知工科大學，這些是屬於國立的大學。下面這個四國大學、德島文理大學是私立的大學，然後這個高知工科大學它是公立的大學。那大家可以看到這八所大學，每一所的性質都不太一樣，是我們一開始大家一起合作要打造這個線上學習的時候參與的學校，大家集結起來成立了這個聯盟，希望能推動線上學習。

九　eK4 的架構（Structure of eK4）

　　eK4最大的宗旨就是推動教育，一起把知識的基礎給構建起來。這樣的一個知識基礎，我們想了一個名詞，就是「四國的知」，知識的「知」。eK4整體的概念，這裡有兩個圈圈，這是跟我們合作的大學。下面這個藍色的圈圈，是我們要去建構線上學習的時候的這個電腦相關的技術。這一頁講到的三個重點，第一個是分散管理學習系統，分散LMS這個地方。第二個是Shibboleth，它是一個單點登陸系統，是可以做跨校身分認證的一個系統。那還有我們必須要有一個多點的電話會議的系統、視訊會議的系統。我每次在一些地區學的會議當中跟大家提到這三個名詞的時候，大家就會開始眉頭

皺起來，覺得很煩。他們都會覺得這個技術濃度很高，聽不太懂。所以我不打算太著墨於這一塊，大家只要知道我們有使用這些技術就可以了。

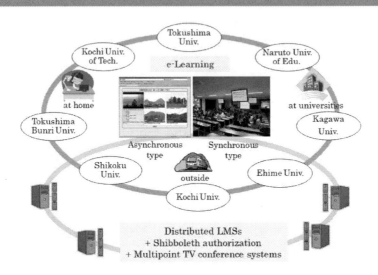

圖五　四國學的線上學習（四國學）英文版簡報PPT in English　P.10

十　eK4 **教育科目的概念**（Concept of educational subjects by eK4）

具體看一下這樣子的平臺上，我們提供了哪一些教育的內容。我們透過線上學習提供的跟四國學相關的內容，在這個地方我們把它歸類在所謂的「通識課程」，日本叫做「教養」。初期的時候提供了四門課，就是各位現在所看到的第一個講到四國相關的文藝，第二個是歷史，第三個是社會，還有自然這四個科目。這是我們過去討論一些地方學的時候常常運用的類別。除了四國學之外，我剛有提到，我們另外一個比較專業的知識是跨學際的學習（Interdisciplinary specialized subjects, ISS）。在這個領域裡面我們累積了剛

剛我們有講到跟我們一起合作的這所有學校和他們的研究所與四國學相關的研究成果。也就說如果你只學習的是下面這些跨學際的專業領域科目，實際上你在學習的內容可能不會和四國學有直接的相關。因為我們的構想是希望先讓學生學習四國學，進而再學習這些學際的專門領域。

我們一開始希望所有參與的學校可以用一個學分互換的方式來運用這樣的平臺。但是我們用了這樣的學分互換的制度之後發現、引發了一些問題，這個部分待會再跟大家解釋。後來開始實際讓線上學習的課程上線，學生開始在線上進行選課，但是其中有一些科目，因為一些例如著作權的方式的問題，沒辦法讓大家直接在線上透過網路收看，因為有些內容遷涉到相關的著作權如果任意地把它公布在網際網路上，這在日本這件事情是違法的，這個時候我們會用遠距教學，不把我們教學的素材放在網路上的方法解決。

十一　二〇一一年 e-Learning 的內容

在二〇一一年的時候，其實我們這個線上學習這個科目，從剛剛講說有四個科目把歷史跟文化合併在一起變成了三個科目，所以現在各位看到的是我們把它分為三個大的領域。我們先來看第一個四國的歷史文化，比方說讚岐這個地方的古名、讚岐古代有哪一些知名的人家、德島跟當時的江戶或是大阪有哪些交流，還有剛剛老師提到的屋島發生源義經跟屋島的這場戰役，以及為什麼現在會有這麼有名的遍路，四國八十八箇所的緣由。這個四國八十八箇所就是八十八個寺廟或靈社，我自己曾經也繞過，而且我繞這個八十八遍路繞了三次。

第二塊在講四國的社會，我們會從一些當地特殊的產業來觀察四國的社會。第一個我們看到的是香川的鰤魚，就是臺灣的青甘，它的養殖還滿盛行的。青甘的養殖可以說是日本香川縣第一個養殖成功的例子。還有一個第二項的重點是，我們會介紹大學跟當地產業之間的連動，還有高知豐富的森林產業，高知縣有大概百分之八十，有八成以上都是森林，森林對高知來說是一項非常重要的產業。

　　第三個部分就是四國的自然環境，這個類別的名稱是四國的「自然環境與防災」。根據學者的研究，接下來的三十年之內的四國將會發生嚴重的大地震，所以我們對於防震的關注度非常高。當我們講到自然的環境時，也一定連帶會想到防災相關問題。其中包括緊鄰四國的瀨戶內海的自然環境問題。在日本經濟高度成長的七〇年代，瀨戶內海曾經因為公害的嚴重問題讓大家非常關注，它的養殖漁業因為公害實在太嚴重了，有一陣子魚都死光光，所以我們在四國的自然環境放入這塊討論也是包含對過去的反省。第二個我們講到的是如何去製作一個「防災地圖」。最近我們可能會有災害地圖叫做「Hazard Map」。

　　四國的德島縣有一條很大的河叫做吉野川，有一門課就是在探討吉野川這條河是如何形成的或者探討四國其他的河川，以及人要怎麼跟河川共生，讓學生對自己所生長的四國能夠有更多的了解，這與一般我們所講的地方學有點不一樣，因為討論的是四國整個領域，並不像一般比較小範圍的「地方」可以小範圍的深入挖掘，因此這邊的四國學提供的可能較淺層而廣泛的學習。但是大家不用擔心，如果說學生學了某一門課對這一門課特別有興趣的話，教這門課負責的老師就在四國，這些學生都非常有機會可以去親自找這些老師。其實我自己也有教授四國學的課程，但是很遺憾的是，幾乎都沒有學生來找我問問題。

圖六　四國學的線上學習（四國學）英文版簡報PPT in English　P.12

　　現在給大家看實際線上學習課程的畫面，現在這是比較舊的二〇一〇年時候的版本。相信各位如果有機會接觸線上學習的話應該也都不陌生，大同小異。這是很典型的方式，左上角會看到老師的影像，右邊是老師提供的資料，上課的講義等等。

十二　四國學內容的預期影響（Expected effects by Shikoku-gaku contents）

　　透過線上學習可以有三個效果。第一個是讓學生透過學習之後大家可以產生一個意識，就是自己也是屬於四國的一員、一分子。第二個，我們也希望他透過這樣子的學習提高他對四國在知識層面的了解。再來是，因為這是一個放在網際網路上面的內容，所以不只是四國，日本全國的人只要有興趣都能接觸到，那麼我們就可以把四國的魅力和吸引力傳播到日本全國。尤其是第三點，我們為了希望能夠讓它的影響力更大。但這是我們的期望，因為還有一些著作權的問題，或者是我們跟這些老師界定的使用權問題，所以全面的開放我們目前還沒辦法做到。如果真的能夠達到完全開放的話，也期望有一天各位都能看到這些我們現在提供的日文的內容。

　　我們會希望所有來參加這個課的學生，他可以用站在四國整體的觀點來了解四國這個地方的問題，同時能夠意識到自己是四國的一分子。也期待上完這門課之後的學生，在將來都能夠對四國未來的發展能夠擔負起一些責任和角色，然而這是一條漫長的道路，我們要持續地在耕耘。

十三　eK4 開發課程的統計數據（Statistical data of eK4 activity）

　　再來分享一下我們在前面講到的「eK4」這個聯盟，努力至今的一些統計數字。首先左上角是我們到目前為止開發的這個課程內容的數量。二〇一三年我們已經開發超過四百門課。但是今天講的不是課程的數量，我們一門課裡面大概會需要十五堂課的內容，我們會用個十五堂課的內容來形成一門

課，或者是由八堂課組成一門課。但是儘管如此，我相信我們目前所開發出來的課程內容，應該數量剩還是滿多的，有些很遺憾的地方是，像我們左邊開發出這麼多課堂的內容，但是實際上的課堂的數量卻沒有這麼多，或者有些是我們內容已經開發完了，但放在這邊沒有辦法使用。

Statistical data of eK4 activity

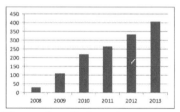

The number of e-Learning contents

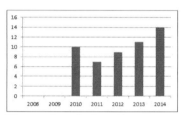

The number of e-Learning courses

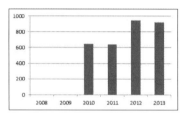

The number of total e-Learning subject registration

圖七　四國學的線上學習（四國學）英文版簡報PPT in English　P.15

　　線上課程所提供的內容必須要永遠都跟上這個時代，必須不斷的更新，有時候過去開發出來的這些課程如果能夠使用當然是最好的，有些課程則很可惜，我們好不容易把課程開發出來了卻放在這邊十年都沒有用。像這種開發完的課程卻沒有辦法上線使用是一個很重要，並且必須被解決的問題。

十四　e-Learning 的內容（The e-Learning contents）

　　我們目前想到的解決辦法是將這些已經開發出來卻不能使用的課程內容

用一個公開的方式讓大家都能看。最下面的這個表格是線上學習這門課的選修人數，當初在還是這個eK4的聯盟的時代有將近一千個人。前面我們給大家看的是二〇一〇年開發的學習內容，現在這頁給大家看是二〇一三年，所以介面有點不一樣。有一些課程會完全用錄影的方式把課拍下來。

再來看烏龍麵的這個專欄。這堂課是我們實際去請一位很有名的烏龍麵廚師幫我們講課。如果各位有在高松機場吃過烏龍麵的話，大概就是這位師傅煮的。內容他還告訴大家怎麼做烏龍麵。從捏麵糰、拉出烏龍麵麵條。當然不只是教你怎麼做烏龍麵，他也會告訴烏龍麵相關的歷史等等。我們希望盡量提供有趣、多元的內容讓學生對於課程的內容感興趣。我相信在座各位的大學有時候會去請到一些校外的老師、各行各業的人來講課。那我們現在的做法就是在這種校外的業師來上課的時候，盡量把他拍起來成為線上學習的內容。

還有另外是這個專業的學際的科目的學習內容，這堂是我教的「電腦與教育」，這個是我剛剛講過這四國的八十八遍路，我去走了三趟遍路，我走到高知縣的時候拍的畫面。雖然只是一個開場，我還是希望可以讓學生對我接下來要講的課更有興趣。（我自己在錄這個的時候非常地害羞很難為情，因為我剛好是在那個寺廟的大門口，是在正門口拍。而是我是自己拍，用三角架自己拍自己。所以有其他跟我一樣在走遍路的人，他們就在旁邊，就一直看說這個人鬼鬼祟祟的不知道在做什麼。）這是我為了上課所花的一些心思。

十五　開課狀況與學生跨校選修轉換的問題（The subjects of eK4 and he issue of credit transfer）

在線上學習這樣的平臺上，很多不同的老師用各自不同的方法幫我們製作、開放了很多的內容。有一些老師就會像我一樣費盡了心思希望讓自己的課程很吸引人。那這頁給大家看的是到底有多少學生來選修我們這個線上學習的課程。那這個科目後面有個括號是「選集型」。叫「選集型」是因為我們的這個表格最左邊它是寫這門課提供的大學，隔壁這欄是寫這個課程的內

容提供的大學，但是這個東西有時候可能不是這麼好分別。比方說四國的歷史跟文化，幫我們進行課程內容製作的總共有我們這邊所寫的五所大學。最後由最左邊的科目型理工大學由香川大學開這門課給大家來選。最右邊有選修人數，在「選修人數」後面還有個括號，這個一一三是指香川大學去選修的人數。那這個括號十三呢，是指香川大學以外的學校學生來選修的人數。大家可以很明顯的發現，除了香川大學，也就是提供這門課的大學以外，不太有其他的學生、外校的學生來選。不只是這門課，在其他的課也都有這樣的現象，就是科目提供大學以外的學生，外校的學生不太會去選課。甚至像這一頁括號裡面是零，根本沒有外校的學生來選課。一開始我們也搞不清楚為什麼這麼的不踴躍，後來我們瞭解了，因為學分交換的制度本身非常的複雜，對於選課的學生來講，如果去選一個其它大學提供的線上課程的時候手續會變得十分複雜。比方說有個德島大學的學生選了一門香川大學的課，這個學生考試也合格了。這個學生就能在自己的學校申請這個學分互換，但可能要等一到兩個月學校才會承認這個學分。一般的課程也就算了，但是如果線上學習課程需要花這麼久的時間，其實會大幅降低學生選課的意願。

eK4 subjects (omnibus style) in 2013

Subject provider	Contents provider(s)	Subject name	Total
Kagawa Univ.	Tokushima(1), Kagawa(9), Naruto(1), Ehime(2), Shikoku(1)	History and Culture of Shikoku Area	113(13)
Kagawa Univ.	Kagawa(9), Kochi(2), Tokushima Bunri(3)	Local Development of Shikoku Area	187(3)
Kagawa Univ.	Tokushima(1), Kagawa(9), Ehime(1), Kochi(2), Tokushima Bunri (1)	Natural Environment and Disaster Measures of Shikoku Area	105(11)
Total			405(27)

The numbers in parentheses are the total numbers of each subject registration by students of universities which don't provide the subject.

圖八　四國學的線上學習（四國學）英文版簡報PPT in English　P.17

eK4 subjects in 2013

Subject provider	Subject type	Subject name	Total
Naruto Univ. of Edu.	Shikoku-gaku	Awa(Tokushima) Studies	75(0)
Tokushima Bunri Univ.		Local government theory	78(0)
Tokushima Univ.	ISS	Guidance of Human Intelligence	19(0)
Tokushima Univ.		Disaster prevention of seismic and volcanic hazards	48(0)
Kagawa Univ.		Computers in Education	118(10)
Ehime Univ.		Introduction to Future ability	14(4)
Kochi Univ.		Disaster of Floods and Waves	54(4)
Tokushima Bunri Univ.		Information oriented society theory	107(2)
Total			513(20)

圖九　四國學的線上學習（四國學）英文版簡報PPT in English　P.18

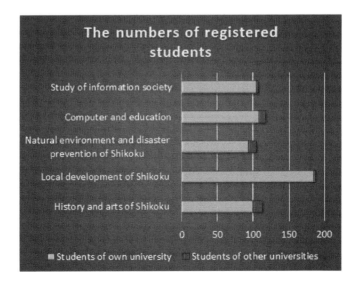

圖十　四國學的線上學習（四國學）英文版簡報PPT in English　P.19

十六　Chipla-e：eK4 的下一代計畫（Chipla-e: Next e-Learning project）

　　eK4所提供的這些線上學習課程對選修學生來講要去轉換學分非常複雜、不方便。不只是我們這個eK4這個線上學習，在其他的實體課程上也有學分互換的這種制度。也就是說我們不能夠為了讓我們的線上學習系統進行的比較順利，而去改變原本的這個學分互換的制度，所以我們就想了其他的方法，要來解決這個問題。我們接著開發出來另外一個線上學習的計畫Chipla-e（Knowledge〔知＝Chi〕Platform by e-Learning），是eK4的下一代，這個新的平臺它是由五所，而且都是在四國的國立大學（香川大學〔Kagawa Univ.〕、愛媛大學〔Ehime Univ.〕、德島大學〔Tokushima Univ.〕、高知大學〔Kochi Univ〕、鳴門教育大學〔Naruto Univ. of Edu.〕）所合作起來的一個平臺。這個計畫最大的目的是希望在四國的這五所國立大學能夠互相合作，大家在各自擅長的研究、教育領域互通，在人才的部分能夠地互相的共享。希望能夠藉由這樣的機制來改善、提升我們教育的品質。

　　這個就是我們下面的一個構圖，我們希望五所國立大學能夠互相的合作。接下是一張比較複雜的表。在這張圖表當中比較重要的是中間綠底的這塊，跟下面水藍色底的這塊。中間綠底的這塊是這個平臺組成的結構圖。首先我們在香川大學成立了黃底的地方所寫的是一個大學合作e-Learning教育支援中心，設立在香川大學。這個中心有四個分所，分別設立在其他四所大學，我擔任這個中心的主任。e-Learning這個新的線上學習平臺，基本上基礎架構是沿襲eK4。全名「四國五大學習共同教育實施模式」，我們叫它「共同教育」，而不是一個學分互換的制度，我們可以對剛剛參與的五個大學去提供一樣的課程內容。

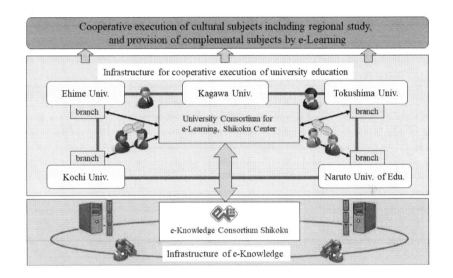

圖十一　四國學的線上學習（四國學）英文版簡報PPT in English　P.22

　　所有的科目，每一所大學都會把它當成是自己大學所開設的科目來進行、實施。為什麼能夠達到像這樣的狀況呢？我們可以用下面這個圖表來跟大家解釋。比方說我就對香川大學我所任職的學校提供了一門課。除了香川大學之外，我就會變成這邊列的其他四所大學的兼任講師，同樣提供這門課給其他四所學校。差異在於對其他四所學校來講，這門課是他們自己學校所開的課。對我來講，我只要製作一次內容就好，但同時變成五所大學的老師。這其中藏著一個機巧，加入我們這個平臺的這些老師，他除了自己任職的學校以外，他在其他學校所掛的名義是兼任講師，但是都是沒有薪水的兼任講師。所以其他學校的校長都很開心，因為他們不用付薪水。

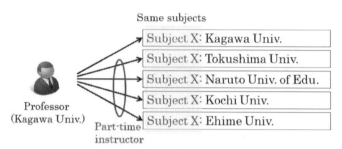

圖十二　四國學的線上學習（四國學）英文版簡報PPT in English　P.23

　　我們實施了這樣的新的平臺之後，這個是我們看到一個比較新的一個選修學生的數字。大家可以看到這個圖表右邊紅色部分外校學生選修科目的人數增加了非常多。甚至我們可以看到有一些幾乎就全部都是紅色，就是自己學校不選這個課，但是其它學校選得很踴躍。

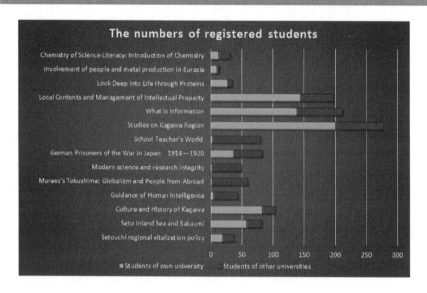

圖十三　四國學的線上學習（四國學）英文版簡報PPT in English　P.24

十七　現在四國學教育的改變與反饋（Current changes and the feedback on the educationof Shikoku-gaku）

　　我們再回到四國學，四國學有一些分類的改變。這三個領域選修的人數雖然有一些變動，但是可以說都是逐年成長。那我們剛剛也有講到四國學整體是十五堂課，現在調整到八堂課，quarter的制度。舉一個例子：二〇一七年中間的這個地方，四國地區也是之一之二加起來，比方說「一」這個地方竟然有三百多個同學有選這門課，這一堂就是我上的。然後大家也可以觀察到四國學這一堂課堂名稱也有一點改變。學生上完數位學習課程之後會給他們做一個問卷。這邊有兩個重點可以跟大家分享，一個重點是跟線上學習、數位學習本身有關的。那另外一個學生分享的觀點是跟四國學學習內容比較有關的，我們先來看看，跟學習內容，跟四國學有關的一個部分。比方說最上面這一格，這門是四國的歷史與文化學生給的反應。左邊這個學生就有講到，「我覺得我對四國又有新的認識。」但這個學生它寫得很簡單，我們其實不太了解它有收穫的地方具體而言是在哪邊。我們再看中間這個，這個是跟四國地區社會有關的部分，學生給的回饋還滿多的：「我可以聽到很多不同教授的課」，對學生來講他們可以上到自己學校以外的教授的課，他們好像覺得還滿有趣的。也有講到說：「我們去訪問縣長，放問縣知事」，他們覺得這一個單元很有趣。最下面我們看到的是四國的自然環境與防災這門課大家的感想。我們看到一些比較典型的回答，就是說我可以多多了解四國的地形自然環境、防災政策等等。

Comments from students

Subject name	Good point	Bad point
History and Culture of Shikoku area	• I can take lectures anytime. • I could learn about Shikoku again.	• It is hard to ask questions. • I couldn't keep lecture schedule. • It is hard to watch small parts in contents. • Self management is difficult.
Local Development of Shikoku area	• I can take lectures anytime. • I can take lectures of variety professors. • I could repeat to watch contents. • I can deeply understand about Shikoku and Kagawa. • The interview of Prefectural governors is interesting.	• It is hard to ask questions. • The quality of movie and sound is not good. • I want additional materials for learning.
Natural Environment and Disaster Measures of Shikoku Area	• I can take lectures anytime. • I can take lectures without going to campus. • I could learn about the shape and natural environment of Shikoku. • I could learn about disaster prevention in Shikoku.	• It is hard to ask questions. • I want additional materials for learning.

圖十四　四國學的線上學習（四國學）英文版簡報PPT in English　P.27

　　然後這個表中間這一欄寫的是他們覺得好的地方，那右邊這一欄是他們提出對課程的疑慮。還有一個我自己個人覺得非常不可思議的、較難想像的，有一個學生寫說：「因為線上學習隨時隨地都可以上課，所以我沒辦法依照計畫執行。」根據我自己個人的經驗，大概有七八成的學生，都是在課程的功課繳交期限快要到的時候他們才會趕快交。其實你隨時隨地都可以學習，那大家為什麼都要趕最後一刻呢？

　　這個是我最後一頁的總結，這個eK4線上學習的平臺目的是希望我們能夠培育出一些具有高度專業性同時對四國這個地區有深刻了解的人才。那同時我們也在這樣的一個平臺上面提供了非常多線上學習的內容，但是進行了一段時間之後我們發現了一個問題，就是對學生來講，這個學分互換這件事對他們來講非常繁瑣。為了要解決對學生來講是很麻煩的學分互換的制度，我們將eK4進展到下一個階段為Chipla-e這個新的平臺，由五所國立大學他

們所進行的共同教育。最後我們也有一個反省點，我們認為在四國學的課程內容當中有一些內容可能都必須要再琢磨怎麼重新建構課程內容，或著開發新的課程的內容，這個是我們今後要再努力的方向。目前我們還在一個進展的階段，我還沒有真正的看到這個效果。我也是持續希望我們繼續努力，繼續的耕耘，藉由這樣的學習，我們可以培育出很好的人才。那最後我要謝謝大家，給我今天在這邊發表的機會。謝謝。

與會學者／王俊秀副院長

有兩個議題，所以我們臺灣已經有「Spark」半天半地的課程，一半在一天上，一半在地上。在地上就是要他們的老師要來討論，雖然那個上課的是林老師，上面的影像是他，可是各校的老師可以派一個人，在那九堂課裡面，也是一個學分，比較能夠促進討論，所以不知道他們那邊有沒有這種Spark的課，這是第一個問題。那第二個問題是，那八十八，他自己走了三次啊，我覺得很好，這個活動更能讓學生也變成他們的。就學生可以在暑假，或在畢業以前完成，走完八十八個廟，我覺得是對他們當地的同學來講是一個很不錯的體驗，變成是四國學一個特色。

主講人／林 敏浩教授

我們先回答您的第一個問題。我今天是第一次聽說半天半地Spark的這個構想。我們在教育工學裡面有一個說法叫做Branding Learning，我不曉得跟老師講的這個概念是不是一樣。還有Flipped Learning，那我知道確實有結合一半的實體課程教學的這種可能，不過我們現在這個計畫最大的一個目的是希望能夠走全數位的方式。在日本的教育方針是國家政府會給我們一些指令，告訴我們盡量地做Active Learning「主動化的學習」。學校也做了很多的努力去結合傳統的課程跟所謂的主動學習的方法。第二個您問到的是能不能實際讓學生去走遍路。沒有錯，我自己走了三次。而且我拍了很多的照片。

其實我自己也非常想要把遍路這樣走完的過程製作成學習內容，只不過我自己本人現在負責的這些線上教學內容已經非常多了，如果要再開下去，首先我自己會小命不保。但是謝謝老師給我這個提醒，我希望我有一天能夠開成這樣的一門課。

與會學者／陳惠齡教授

今天聽了非常精彩的演講，那我這邊有兩個疑問。第一個就是林教授提到的，他們有開發四百門的課程，但是真正掛網的e化學習的只有十四門，那這邊是為什麼，裡面有什麼技術性的難題嗎？第二個就是說，畢竟四國學涉及的是四個縣，由單一的一個大學，譬如說香川大學的老師來整個設計主導這樣的不同的地方學課程，那要對其它四個縣的地方知識要非常的通透，材料內容的輕重是否會無法平衡，謝謝。

主講人／林 敏浩教授

謝謝老師的問題，我來一個一個回答您剛剛所提的問題。首先當我們在開發這個線上學習的時候，希望能夠盡可能提供多一點的內容給大家，所以就像我們剛才說的開發了四百多種內容。只要我們認為跟四國學可以沾上一點邊都會盡量去把它拍攝收錄下來。

其實那個時候我們根本連整體的課綱都還沒有。那後來等到我們決定線上學習內容的老師團隊之後，再由這些老師們去從製作好的內容裡面挑選我們要哪些課放道線上學習的課程。所以這樣就會變成我剛剛講的狀況，我們製作了很多素材，很多的內容，但並不是每一個我們都有使用。但是有一些課程可能是某一個大學自己製作的，雖然沒有放在我們線上學習的平臺，校方他們自己有去使用。也就是說有一些我們製作的這個內容沒有放在四個四國學線上學習，但是可能在其他的課程上面有使用。

我們要製作一個課程的內容非常的不容易，要花時間又要花錢，所以我

們既然好不容易製造出來，我們還是希望能盡量的再活用它。所以就會有我剛剛跟各位介紹的這個想法，我們希望將來是不是可以把這些內容開放，讓更多的人都可以接觸到。我們希望可以建立起一個跟四國學相關資料庫，您問的第二個問題是，確實是以香川大學為主導，跟其他三個縣合作。關於四國學這樣的一個範疇來講，每一個學校都有自己擅長專精的部分。我們也認為如果各個學校他們可以發展他們比較專精的部分，進行一個整體的帶動，讓整體四國學研究可以更興盛。然後我也承認，因為我們剛剛講到最新的線上學習的平臺Chipla-e是以我們香川大學為主導，所以其他學校他們的態度就是，那香川大學就拜託你們了，他們就把很多事情丟給我們做。我並不覺得這是一個好的狀況，我覺得最理想的狀況應該是所有參與的學校，甚至是所有四國的學校都應該要，老師們都應該要很積極的來投入。這個才是所謂大學之間的合作應該有的樣貌，以上是我給老師簡單的回答。

作為隱喻性的竹塹／新竹符碼
——在「時間—空間」結構中的地方意識與地方書寫[*]

陳惠齡[**]

摘要

　　本文將具有新竹背景之作家的「地方經驗」視為一個問題意識，意在探討經由如何的歷史與知識背景，使「地方經驗」成為可能，進而造就「地方意識」的特質。爰此，「被描述的地方」，也將引向一種方法論的學術視域，亦即「竹塹」一詞作為歷史襲用性的地方符碼，其所具有從傳統到現代社會區域文化特質的隱喻性及其關鍵性為何？立基於「理解地方的關鍵成分是身體移動性（bodily mobility），而不是根著和真實性」的論點，本文因擬以具有「流動」性而非「釘根」於竹塹鄉土的作家群，作為觀察對象。並依歷史時序為軸線，概分為日治、戰後兩階段，如日治時期魏清德、吳濁流、龍瑛宗等鄉土書寫及地誌文史敘事；戰後迄今的新竹書寫，如李歐梵、張系國、愛亞等地方記憶感懷諸作，以及徐仁修和陳銘磻等地方日常與行遊踏查寫作等，作為參差對照之討論重點。

關鍵詞：竹塹　鄉土　移動　地方意識　地方文學

* 本文初稿宣讀於「第三屆竹塹學國際學術研討會」（新竹市：國立清華大學中國語文學系／華文文學研究所、新竹縣政府聯合主辦，2017.11.10-11），感謝黃美娥教授評論提點。復蒙匿名審查者惠賜卓見，經修訂後刊載於《成大中文學報》第67期（2019年12月），頁227-260。本文為一〇五年度科技部專題研究計畫「在『時間—空間』結構中的『竹塹意識』：竹塹文學的地景書寫及其地方詮釋」（II）（104-2410-H-134-018-MY2）之部分成果。
** 國立清華大學臺灣文學研究所教授，華文文學研究所合聘教授。

一　前言：地方經驗、地方意識與地方書寫

　　人文學者段義孚《經驗透視中的空間和地方》一書，區分了非人類動物的「領域感」（空間感）與「地方感」，其中「空間」乃對抗侵入者的防護及隔離措施；至於「地方」則是生物所需感覺價值的中心所在，例如有食物、水、休憩和適宜生產的場所。然人類終究異於動物性，而具有心境、思想和感覺，段義孚因此取徑「經驗」的本質，藉以透視「空間感」和「地方感」，並將「感覺」與「觀念」視為一個經驗連續體的兩端，代表兩種不同的認知方法：一為情緒性色彩，產生內心的影響與對外的意向；一則偏於概念化與思想性的空間詮釋。其意認為人類空間感的構成，雖然必須依賴實有的景觀，但人類的空間感卻反映了人的感受和精神能力。特別是人的感覺並非由個別的感受形成，而是基於長時期的許多經驗的記憶和預期的結果。援此，而取「地方是一種對象物」的概念，提出若欲透過感官而產生地方印象，必須是地方或對象具有「穩定性」與「整體性」，並且當一個地方意識化的對象物，被經驗至其實在層面性時，也迥非是外來者角度的觀察、想像與認識。[1]

　　承上所論，顯然可以區隔出「地方經驗」與「地方意識」的不同。人的經驗有長短、深淺，也有直接、間接，片段與完整的區別，如果將「地方經驗」視為一個探述地方意識的途徑，值得探討的是：必須具有怎樣的地方感知與知識背景（一如段義孚所言「經驗是感覺和思想的綜合體」），[2]才能讓那「地方經驗」成為可能，並進而形構「地方意識」的特質？而這賴以建構地方主體，以之確認自我主體存在位置的「地方意識」，如何表現？在地方經驗中，屬乎個人記憶或集體記憶，又如何在「認知」與「建構」地方意識的過程中，成為不同的關鍵點？

1　段義孚界定「經驗」為「乃跨越人之所以認知真實世界及建構真實世界的全部過程」。由經驗透視出地方性質等相關論點，參見（美）Yi-Fu Tuan 著、潘桂成譯：《經驗透視中的空間和地方》（臺北市：國立編譯館，1998年），頁2、7、13、15、16。

2　Yi-Fu Tuan 著、潘桂成譯：《經驗透視中的空間和地方》，頁8。

　　從「竹塹埔」、「竹塹社」到「竹塹城」，「竹塹」一詞作為隱喻性與關鍵性的符碼，主要取其沿用迄今，具有三百多年的歷史事實與文化表徵性。昔為「新竹」舊稱的「竹塹」符碼，不僅可視為一「地理實體」（座落位址與自然環境）、「歷史實體」（地方發展與環境變遷）、「文化實體」（在地文化脈絡與生活方式），同時也表徵為在地住民生活經驗所建構的一個「多元世界」——涵攝自然、人文、歷史、族群、區域、社會、科技等諸多遞變流動而互為關聯性的大新竹生活區域。由是，在「時間—空間」結構中的「竹塹」，除了具有共時性的「家園」、「社會空間」、「日常生活」、「社群」、「集體意識」和「城鄉歷史文化」等符碼意義外，也同時隱喻了歷時性的地方脈絡，諸如閩客原漢多元性的族群文化形態，以及異文化輸入後所產生本土與外來、傳統性與現代性、古都與新城交接，甚至是根著與移動共構等「混融性」、「辯證性」的區域文化特質。

　　書寫地方，顯然不只是一種在地經驗或攸關地理、歷史的地方知識敘事，而是涉及「人與地方的情感聯繫」，一如人文地理學者所強調地方做為「關照場域」（field of care），實源於「地方之愛」，以及對地方的依附感。[3]地方書寫既表徵了觀看者對於地方、空間的特有想像、情感與詮釋，因此涉及書寫者位置及其地方意識。由是思及，在竹塹歷史各階段文人書寫「我城竹塹」的現象中，理應有其來自於鮮明地方色彩的事實表徵與視覺性地景，也有其在地方經驗視角下，所產生建構「我和地方」關係性的地方意識，然而，在地方與認同（即或深淺不一）的鏈結基礎上，新竹作家所表現的地方意識，究竟是什麼？

　　相較於前山（西部）的繁華盛景，地處邊陲的後山洄瀾（花蓮），文化人士的遷移或歸返花蓮，必然是基於一種自主性與認同感的選擇——對於此間生活空間寄予高度的期望，準此，其所擇定的鄉土歸趨，遂有其濃郁、確認且趨同性的「後山意識」。此即顏崑陽所規模出花蓮地區所隱括「中心—

3　（英）Tim Cresswell 著、徐苔玲等譯：《地方：記憶、想像與認同》（臺北市：群學出版有限公司，2006年），頁35。

邊陲」、「文明─野蠻」與「先進─落後」等二元對立結構的「後山意識」。[4]
反觀地理位置居於島嶼中樞的竹塹／新竹，商旅舟楫、南北往返、遷徙流動
皆便利之際，在地住民或離鄉遊子是否還具有鮮明而確然的竹塹／新竹在地
意識？或只是將此地視為一處便利而暫棲的中途站？或是一種流動性而非釘
根性的家園意義？

　　權以西方人視域中的臺灣全景而論，「竹塹」總是作為行旅遊採訪福爾
摩沙島各地的中途站，只有極南的打狗或偏遠的澎湖與花蓮，才是下榻或停
駐之地。[5]正因為彼時竹塹的文明開發遠勝於一般地區，因此在旅行者挾帶
「西方之眼」的書寫中，竹塹並未被視同於其他僻遠邊地般，因獵奇與探險
的色彩而存在的異質性區域。同理推論，從彼時迄今，居於全島交通樞紐的
竹塹，對於地方作家而言，是否也會因穿越便利，導致因多重移動下，而產
生不同的「觀看」、「轉換」、「位移」與「位置」等書寫地方的命題？在地方
概念的論述中，也特別提出「地方是核心概念，但理解地方的關鍵成分是身
體移動性（bodily mobility），而不是根著和真實性」，[6]其意認為藉由空間的
的移動，包括日常移動，可以發現本質性的地方經驗特質。特別是值此全球
化時代的來臨，移動頻仍，在穿越疆界擴大，國土消解的世界裡，地方性作
為生命經驗的本質究竟為何？[7]

　　總理上述，本文擬以具有新竹身分的現當代作家，[8]包括此地出生，或

4　顏崑陽：〈「後山意識」的結構及其在花蓮地方社會文化發展上的異向作用與調和〉，
　　《淡江中文學報》第15期（2006年12月），頁117-151。

5　如（美）費德廉、羅效德編譯：《看見十九世紀臺灣——十四位西方旅行者的福爾摩沙
　　故事》（臺北市：大雁文化事業股份有限公司，2006年）。文中所賦予竹塹的極簡與平
　　淡的寫真：「次日，大部分時間都在高地上走。風吹在臉上很強勁，因為東北信風，或
　　叫季風，已到來。我們經過無數個村莊與有圍牆的竹塹市。大部分的人口為客家人。」
　　（頁98）

6　Tim Cresswell 著、徐苔玲等譯：《地方：記憶、想像與認同》，頁57。

7　（美）阿君・阿帕度萊著、鄭義愷譯：《消失的現代性：全球化的文化向度》（臺北
　　市：群學出版有限公司，2009年），頁73。

8　「中國現代文學發端於五四運動時期，但以鴉片戰爭後的近代文學為其先導。」大致
　　是文學史家公定的結論。惟「現代文學」是一個「時間年代」的概念，卻同時在時間

移居於此地，歷經成長、求學或長期生活者，作為考察對象，探論其離返、流動現象後的地方意識及其地方書寫概況。在此論題的設定下，研析的文本遂以「流動」而非「釘根」於竹塹鄉土的作家作品為主，強調的是在「變動」與「流動」中的地方意識與地方書寫，而非在地寓居所呈顯的「地方感」或「在地書寫」。本文以日治時期迄今的地方書寫現象為探討，討論範圍雖大，惟因限縮於新竹書寫及具有雙鄉生活經驗的竹塹作家諸作，[9]因此依歷史時序為軸線，概分為日治與戰後兩階段，擇取日治時期魏清德（新竹／萬華）、吳濁流（新埔／苗栗），以及龍瑛宗（北埔／花蓮）等鄉土書寫及地誌文史敘事，其次則以戰後迄今諸家，如李歐梵（新竹／香港）、張系國（新竹／美國）、愛亞（新竹／湖口）等記憶感懷性的地方書寫諸作；以及徐仁修（芎林／域外）、陳銘磻（新竹／桃園）等地方日常書寫與地方行旅圖誌，作為參差對照，藉此辨析具有新竹地方背景的作家，即便離開新竹而移居異鄉，在時間與空間的變化中，其新竹書寫又將如何呈顯地方經驗與地方意識？而當作家將地方文化特性內化為文學經驗題材、主題類型或語言風格時，作家對地方的詮釋是指竹塹這個地理空間？或是對竹塹的認同與回歸？或是另有修辭想像的文學動機？就書寫竹塹／新竹而觀，是否已形成足資辨識的一種地方文學傳統？

本文論述進程主要將移動往來新竹的作家的「地方經驗」視為一個問題意識，並探討經由如何的歷史和知識背景，使「地方經驗」成為可能，進而

概念中隱含著文學的性質與特質，涉及的界定面向頗為複雜。本文處理作家作品的年限，主要強調時間之別，且取用作品也兼及古典漢詩與現代文學，因含「現代文學」文類，而以出生於日治前後的「現當代作家」為擇定依據。如竹塹東勢莊的甲午科舉人鄭家珍（1868-1928），於一八九五年內渡泉州後，多次游移於南安與新竹之間。參詹雅能編校：《雪蕉山館詩文集》（新竹市：新竹市文化局，2016年12月）。其詩〈秋夜登樓即事〉，透露「作客」心情；返臺設帳教學期間，亦以《客中日誌》題署，皆見另一種新竹地方意識與地方書寫。惟基於鄭家珍跨清領、日治與跨內地—臺島之移動，並不同於跨日治、民國之魏清德、吳濁流諸人島內移動之對照議題，本文暫不列入處理。

9　本文主要以「新竹地方書寫」為觀察，有關新竹作家書寫他鄉諸作，若未涉及與「竹塹／新竹」作為對照，則不列為研析文本。

形成「地方意識」的特質。爰此,「被描述的地方」,也即引向「將地方視為一種方法論」的學術視域。以下即依此開展論述。

二　書寫位置與地方觀視:魏清德和吳濁流的鄉土敘事

　　日治階段,處於世變國難之際,作家作品大致見證日治情境現實,演述臺灣歷史種種波折,由於身處臺日互動頻密的背景,地方文學與殖民政治之間遂有了微妙而複雜的對話關係。

　　竹塹區域既摻雜日本和漢族的文字文化交融,在作家的竹塹書寫中,自也繫連著「殖民地性格」下,另一種地方書寫的現實。從清領至日治期間,臺灣既先後受容了多元文化而產生文化的混雜性,加上作家活動範圍並不拘限於一地一區的流動性,則作家筆鋒所及,是否還具有原鄉本籍的「地域性文風」?同為日治時期竹塹媒體人,魏清德(1886-1964,曾任《臺灣日日新報》漢文部編輯主任)和吳濁流(1900-1976,曾任《臺灣日日新報》記者),皆有雙鄉移動的跨域經驗,此外,也都深具漢學根柢而才情洋溢,漢詩文之外,也兼擅小說、散文等新文藝創作。生命經驗相近的魏吳兩人,其竹塹書寫的命題,是否也有類同的地方觀想與鄉土關懷?

(一)魏清德的「現代化鄉土」視景

　　魏清德一八八六年出生於竹塹北門外崙仔庄,一九一三年先是客居艋舺,一九一六年全家方移籍北遷。魏氏嘗言:「余亦為壯者散而之四方之一人」,[10] 他在離與返之際,觀視竹城,大致是以詩體呈現,且多為應景之

10　見〈維桑與梓〉,此長文分六回刊發於《臺灣日日新報》(1928年12月6-11日)。今收錄
　　於黃美娥主編:《魏清德全集‧肆‧文卷》(臺南市:臺灣文學館,2013年),頁142-
　　151。

作，發表於一九二八年〈維桑與梓〉一文，是專務新竹書寫的難得之作。彼時魏氏已遷居萬華十餘載，篇名點題「桑梓」，顯見是懷歸之作：

> 吾鄉新竹，舊為淡水廳治所在，人情純樸。在昔科舉時代，文物蔚然，至今者（舊）縉紳猶尚以氣節相勉勵、道德相磨濯，流風遺澤，不少浸潤於後生小子腦庭。保守之譏，容或不免，迥異乎西人之稱世紀末人心澆漓、江河日下者焉。（《魏清德全集‧肆‧文卷》，頁142）

　　啟筆不忘禮讚鄉土民風淳美，縱然自知「鄉俗保守」，鄉心與鄉情則溢於言表。作者載記陪同臺日社友人，從臺北驛南下新竹遊覽，旅途中搭乘火車與自動車，行經村鎮街道，一一收攬新竹名勝鳳山崎鐵橋、十八尖山、新竹神社、南寮海水浴場、冷水坑、金山寺等。魏氏矚目地景而懷想人地歷史風華，如林占梅與爽吟閣、鄭如蘭夫人與淨業院、竹社鄭養齋與金山面等地方盛事，間又敘及乙未年間北白川宮能久親王與吳湯興戰役之塹城歷史，以及竹城著名餅餌香粉物產，所謂「閨中唯一貢品」。[11]

　　上述魏清德重返今昔鄉土，藉行遊敘事，勾繪新竹地方文史圖誌，以及地方傳統產業。值得注意的是，此文著墨最多的並非是檢視記憶與現實的遷變，其書寫觀照與聚焦主要在於現代化與文明意義的新竹印記。由於此行並非公務，山水遊觀行程並不少，但魏氏卻多關注於道路橋樑、水道裝置、會社工場、防砂造林、模範果園等工事實業，對於日本治臺引進現代性文明躍進，多所推崇，如改善井水水質與興造森林公園等等地方治績，皆歸功於日人地方施政制度。旅途中適逢新竹數次停電，在譏評「竹電為非文明的也可知」之餘，更藉題發論：「一部臺灣人士閒遊中華歸，則必曰民國亂甚，科學太不發達……」。在新竹景觀的描述中，透顯地方空間與殖民統治的共謀

---

11 此處應指創立於日治時期之「丸竹」粉餅、椪粉。昭和年間為臺灣香粉全盛時期，新竹竹蓮街一帶即多達二十八家香粉店，現在僅存丸竹一家，至今猶為新竹著名之傳統化妝品店。見三立新聞網。https://www.setn.com/News.aspx?NewsID=253018（2019年1月30日）

關係，益見魏清德新竹書寫的實踐，乃在於將殖民文明景觀嫁接至地方自然景致。

日殖民政府前後階段，對臺灣施政方針，大致是以「人民的融洽為經，文運的暢達與產業的興隆為緯」，特別是當政策轉為內地延長主義、同化主義時，不僅致力於教育、文治、民族的融和，更是強調島內的產業開發與經濟發展建設。[12]魏清德此次返鄉行程動機，正是緣於「最近日新月異之建設，末由而知」，方欣然願為同仁負笈，齊遊故里。[13]

論者有謂魏氏攸關現代性的論述，是以「日本」為本位之東洋文明觀，並意欲藉此以與西洋文化抗衡。[14]類此以日本文化／文明為主體性的啟蒙論述，尚表現於魏氏〈第七回臺展之我觀〉文中，品評東方與西洋繪畫風格，[15]全文針對東、西，內、臺人用筆色澤、畫風濃淡發論，並特別廓清與強調「物不必舶來品，畫之取材不必巴黎」之藝術主體性，力主東西畫作宜「各發揮個性」，蓋因東洋畫需根據東洋人之生活，若輕忽此，則「安能達到還我亞細亞及脫卻追隨之領域乎？」由微觀新竹鄉土到鉅視東洋文化，固然有其自省性的思考，但魏清德的書寫位置與認同寓寄，也呼之欲出。

另作〈島人士趣味一斑〉，是博涉臺灣詩畫金石藝術的專業析論，幾近一篇臺灣藝術小史，充分展現魏氏精擅藝品的涵養與品味。文中盤點歷來新竹藝文人士，如林占梅、李逸樵、張純甫、鄭肇基、羅炳南、李逸樵、周笑軒、王石鵬等名家，魏氏除了呼籲「創造臺灣鄉土藝術殿堂」，也述及藝文名家南北遷移的流動現象，並總結「新竹人士之書畫熱頗為普及，以舊家多重斯文，又少實業可以振興，有以使然之也。」[16]魏氏此作可謂留存了竹塹

---

12 見（日）矢內原忠雄著、林明德譯：《日本帝國主義下的臺灣》（臺北市：吳三連臺灣史料基金會，2004年），頁219-220。

13 見〈維桑與梓〉，黃美娥主編：《魏清德全集・肆・文卷》，頁142。

14 黃美娥：《重層現代性鏡像：日治時代臺灣傳統文人的文化視域與文學想像》（臺北市：麥田出版社，2004年），頁220。

15 分上下回刊發於《臺灣日日新報》，1933年10月27-28日。黃美娥主編：《魏清德全集・肆・文卷》，頁244-247。

16 黃美娥主編：《魏清德全集・肆・文卷》，頁391。

在地藝文史概況，在比較臺島藝文風氣之際，也見證新竹素負「文學為北地之冠」盛名，[17] 及其藝文影響力之擴張。藉由審視與讚辭，不僅共享竹塹藝文風氣，形塑新竹固有藝文書畫傳統，也間接表顯魏清德對於竹塹地方人文的認同感。

至於魏氏漢詩諸作，以旅游紀覽、寫景詠物與人際唱酬居多，其中行旅紀遊之作豐碩，尤以描繪臺灣諸景為多，如〈日月潭〉八首、〈埔里社道上〉十首等等，相較之下，新竹景觀書寫則有限，僅見〈竹東〉、〈五峰鄉〉、〈北埔〉、〈尖石〉、〈重遊古奇峰雜詠〉、〈自新竹望雪翁山〉等少數作品。[18] 魏氏雖吟詠「我家生長在竹城，年年出門與山晤」、「竹風蘭雨古臺灣，生長名茶異等閒」，但主要藉題新竹以發抒個人獨到之觀景品味與詠景抒懷，並未涉及更深層的地方觀想或空間感。觀其〈獅山行腳〉所言：「沿途風景，為余所熟經之地，從略不贅。」[19] 或只緣身在此山中，觀景距離太近，司空見慣，以致鮮少書寫在地景觀；再則「觀景」乃攸關一種「選擇」與「詮釋」的立場，魏清德投注於「現代化新竹」的視點，於焉浮露身為知識分子在彼時日治現代性體驗下，對於器物文明型態與現代都會語境的欽慕。

魏氏鄉土意識的流動，見諸〈維桑與梓〉所言：「計離桑背梓，前後凡廿星霜，雖無桑乾之渡、并州之望，卻已把萬華斷作故鄉。」文末收梢語，敘及驅車返回萬華之際，室中兒女歡呼：「阿父歸來！歸來！」[20] 不僅回應作者移動的實境，歸返之地由「新竹」轉為「萬華」的雙鄉情結，更昭顯他所聚焦的鄉土世界，並非單是念念新竹家園與回溯記憶的個人鄉土，而是轉以新竹概括臺灣全景的「現代化鄉土」意涵。由是觀之，魏氏書寫新竹的主體問題，顯然是思索鄉土如何邁向現代性與文明化的一種地方關懷。

---

17 連橫：《臺灣通史》〈鄉賢列傳・鄭用錫〉（臺北縣：眾文圖書股份有限公司，1979年），頁968。

18 分見黃美娥主編：《魏清德全集・壹・詩卷》、《魏清德全集・貳・詩卷》。

19 黃美娥主編：《魏清德全集・肆・文卷》，頁242。

20 黃美娥主編：《魏清德全集・肆・文卷》，頁150-151。

（二）吳濁流的「家園性鄉土」敘事

　　至於吳濁流《臺灣連翹》（副標題「臺灣的歷史見證」），[21]和《無花果》（副標題「臺灣七十年的回想」），[22]兩作皆是以第一人稱撰寫的自敘傳記兼報導文體；另篇名作《亞細亞的孤兒》，[23]則以日治時期臺灣人被遺棄的「孤兒化」歷史情境為主題。[24]上述三作，作者為臺灣歷史作見證的意圖昭然。然則日治與國府時期，極具標識性的新竹地方記憶與歷史景觀，也可由上述諸作，管窺其貌。如《亞細亞的孤兒》第一篇〈苦楝花開的時節〉即刻繪茶園、山歌、書院塾師等新竹地景風物，此外，〈水月〉、〈功狗〉、〈狡猿〉短篇小說，也多收攬茶園山歌等竹苗客家區域的自然與人文生態文化。

　　吳濁流紀實性兩作，則更多述及竹塹區域歷史經驗所伴隨的文化記憶與特殊的地方敘事。如《無花果》第一章〈聽祖父述說抗日故事〉，[25]娓娓道來地方抗日民軍的歷史事件，其中北埔少年英雄姜紹祖帶領客家子弟，於十八尖山與日軍鏖戰場景，以及義民爺崇祀等地方信仰風貌，皆可與竹塹史詩〈姜紹祖抗日歌〉互文對讀；[26]第四章〈在故鄉的分教場苦惱人生問題〉，敘及吳濁流返鄉後的教職生涯，深入探討彼時內地與臺灣教育現狀之餘，也載記日本當局為抗衡「文化協會」風潮，而於新竹新埔設立「青葉會」，遂行籠絡與操縱臺島知識分子之陰謀。《臺灣連翹》更觸及新竹北埔蔡清琳隘勇事件、地方私塾教育、書院塾師課徒情狀等庶民生活諸相。[27]於焉浮現的風土人物與歷史記憶，除了見證日本殖民時期的臺灣紀事，也再現了竹塹鄉情與地方視景。

21 吳濁流著、鍾肇政譯：《臺灣連翹》（臺北市：前衛出版社，1989年）。

22 吳濁流著、鍾肇政譯：《無花果》（臺北市：前衛出版社，1988年）。

23 吳濁流著、張良澤編：《亞細亞的孤兒》（臺北縣：遠景出版事業有限公司，1993年）。

24 荊子馨著、鄭力軒譯：《成為「日本人」：殖民地臺灣與認同政治》（臺北市：麥田出版股份有限公司，2006年），頁238。

25 吳濁流著、鍾肇政譯：《無花果》，頁1-16。

26 黃榮洛：《臺灣客家傳統山歌詞》（新竹市：新竹縣文化局，2002年）。

27 吳濁流著、鍾肇政譯：《臺灣連翹》，頁23-26。

　　學界大致藉從「殖民歷史學」視域，[28]論評吳濁流諸作；然則探掘吳濁流靈魂深處的「孤兒意識」或「臺灣意識」，宜乎溯源於原初的「地方意識」──「生活與家園」的素樸概念。如《無花果》第一章，即輾轉托出義民廟崇祀神靈，乃植基於「為村莊而戰死的英雄」、「保衛自己的村莊是自己的義務」的素樸觀念，由是而使義民英魂與捍衛地方精神絪縕結合一。又敘及六家的林家與北埔姜家的抗日義舉，吳濁流也同樣別有所見地總理出「臺灣人具有這樣熾烈的鄉土愛，同時對祖國的愛也是一樣」的「地方愛」論點。[29]《臺灣連翹》亦以「家園」意象作為敘事啟始，第一篇章的小標目，依序是「我的住家」、「我的家」、「我家的前面」。作者敘情述事，先是規模出太平風物的村落景象，繼則控訴愚蠢文明的入侵，對於臺灣的戕害。[30]凡此，新竹地方之所以獲得定義和意義，即是與「家園」或「村莊」的連繫。

　　由是，解讀吳濁流諸作，或可從吳氏「新埔書寫」切入。惟「新埔地方」雖是一個被意義化了的「生活／家園」空間，吳濁流的「地方意識」卻非僅限於新埔區域或客家意識，[31]他對地方詮釋一以貫之的正是由「新埔家園」、「農家日常生活」而至「日殖社會空間」、「客家族群」，以至「集體意識」和「歷史感」，最終則凝鑄為「臺灣人意識」。易言之，安置於臺灣文學史大敘述的吳濁流諸作，其原初敘事的基點，理應是作者在心物主客觀條件及特殊時空交互作用下，透過極具識別性的歷史與地方景觀，再現殖民地臺灣的國族認屬關係與身分認同等命題。

　　一生以詩人為職志，卻以小說聞名，素有「鐵血詩人」之稱的吳濁流，一九六三年輯印《濁流千草集》行世。[32]該詩集以行游覽勝、體物懷人、詠

28　荊子馨著、鄭力軒譯：《成為「日本人」：殖民地臺灣與認同政治》。

29　吳濁流著、鍾肇政譯：《無花果》，頁38-39。

30　吳濁流控訴日殖政府的殘暴威權，其意以為即如兒玉、後藤治臺階段堪稱黃金盛世，依舊留下斑斑腥紅記錄。《臺灣連翹》，頁19。

31　吳濁流曾表明身為客家人的感情是本能地，自然地發生的，沒有理由，但他卻不願意隱藏在這樣狹小的世界觀中，即使無法從中自拔出來。吳濁流著、鍾肇政譯，《無花果》，頁65。

32　吳濁流著，呂興昌審訂、黃哲永主編：《濁流千草集》（臺北縣：龍文出版社，2005年）。

史懷古為要,並兼有社會紀實之作,總計一〇四三首漢詩。其中以竹塹地景風物為題者頗多,如慈雲寺、新埔大橋、竹風、竹塹風光、竹北松濤、青草湖、採茶等地方鄉土風情之作,其中「竹風」和「茶園」是極具辨識性的地方景觀:[33]

> 五指獨擎天,塹城芳草邊。竹風常颯颯,阡陌綠楊煙。(〈竹風〉)
> 四月煉花香,農村婦女忙。山歌日當午,戴笠採茶娘。(〈採茶〉)

竹塹地形多山地、丘陵而少平原,向有茶鄉與風城之稱。上引〈竹風〉、〈採茶〉兩詩為例,除了表呈詩人地方經驗的視角,詩作表現地方核心焦點的手法,也頗能映證吳濁流力主「抽象或是印象的」漢詩觀點:

> 例如描寫觀音山,不是走近觀音山前看,此徑之斜,此石之頑,此木之奇,此竹之秀,彼花之美。要離開觀音山來看,然後抽出一個概念,或由所反映於心的概念,由此概念表現出來,所以,一定要相當的距離來看,但也不能距離太遠,在看不到的地方來想,若是看不到的地方來想的描寫,現實的再現就難,太過於抽象,變為空想或幻想……。(《濁流千草集》,頁13)

上述詩論,也可轉用於地方書寫對應於「所反映於心的概念」與「觀看位置」的解說。自然空間方位原是一種客觀存在,然而實際觀景書寫,卻非是客觀寫實或報導紀錄,而是涉及觀視的立場與向度,因此當地景經由被觀看而「再現」成為某種特殊意義時,實已透顯觀看者的特定意識。

上述兩位新竹名家書寫同一時代的歷史感受,卻各有獨特的地方視角。當身處歷史情境而涉入現實鄉土社會時,吳濁流詩文所呈現的微觀「家園性鄉土」世界,相較於魏清德詩文寓寄以大東亞文化思維下,所關注宏觀「現

---

33 吳濁流著,呂興昌審訂、黃哲永主編:《濁流千草集》,頁56。

代化鄉土」視域，這地方書寫背後的詮釋反差，以及殊異性的「地方感」思維模式，正突顯出所謂「地方書寫」，不必然被統一在一致的「地方意識」框架中。

三　多重移動中的地方意識：龍瑛宗與吳濁流的自敘傳散文／地誌文史

　　一般指稱「地方性」，大都用來作為社會生活的一種特質或區分項，這是因為作為社會生活的現象學性質，本身即涉及一種情感結構，意即作為在特定處境下的共同體意識形態，並因此而帶來各種特定的地方性物質生產成果。故而論者嘗以「鄰坊」（neighborhood）一詞來指稱「地方性」，意指在特定處境中的共同體。[34]由是，「地方性」除了攸關地方特殊的自然與地理環境，此外，也反映在村群日常生活中，諸如村落形態、交際網絡、死生禮俗、物產農作、時令節慶與宗教信仰等等，皆可形塑出特有的地方文化心理結構與住民生活行為慣習。總此，以地方人事和地方詮釋為題材的地方書寫，基本上可稱之為載錄有關地方性社會文化的另類文獻與地誌文史。

　　且以極具竹塹地方視野與庶民歷史觀的《百年見聞肚皮集》為例。[35]該書載記各地趣聞掌故，卻主要以竹塹鄭林兩大家族為題材，雖事屬稗官野史，內容未必可盡信，但卻包攬清領時期竹塹地方人事、社會現象與庶民文化，堪稱「竹塹地方史筆記」。除了類此民間逸史或野史外，自傳性文學作品所涉及地方民俗文史，也具有實質而可參考的地方感與地方意識的資料，日治時期作家龍瑛宗（1911-1999），即撰有多篇以故鄉北埔為經驗場景與地方知識性的書寫。

---

34 阿君·阿帕度萊著、鄭義愷譯：《消失的現代性：全球化的文化向度》，頁256、261、255。

35 （日治）恇我氏著，林美容點校：《百年見聞肚皮集》（新竹市：竹市文化中心，1995年）。

（一）龍瑛宗穿越北埔與花蓮的書寫圖景

〈夜流〉一文，敘述唐山父祖移民北埔邊地，草萊初闢，栽植茶樹橘樹，搭蓋腦寮，提煉樟腦油之際，遭逢漢蕃衝突，遂由此引渡出理蕃撫墾與山村樟腦產業的滄桑史話。從「私我家傳」轉為「公共敘述」，交錯體現出文化記憶與地方史事。[36]近似〈夜流〉以家傳架構地方產業視景的〈時間與空間〉一文，則是以竹縣樟腦寮與高山族爭界事件為敘事開端，並兼及殖民地政府為管治臺人鴉片癮，而採鑑札制度等史實現象。[37]藉成長紀事與家族故事，引介地方民俗歷史，尚有〈山居故鄉之記〉一文，細膩刻繪年菜農作、作糕細節、除夕祭祖等偏山部落年節即景。[38]另有以北埔公學校為材的〈半世紀前的往事〉，則是追記彭家祠私塾興廢之區域教育現象；[39]〈還鄉記──素描新竹北埔鄉〉，以還鄉為主體敘事，秀巒山、彭家祠、金廣福、慈天宮等綴段式的地方景觀，交叉浮露出今昔北埔的變貌，並總匯出地方歷史文化編碼；[40]〈北埔金廣福〉一文，則意在簡介北埔名勝古蹟，雖近乎地方導覽，對於大隘開闢史話，卻是重要的註腳。[41]總此，顯見「故鄉」圖景在龍瑛宗生命與創作中的分量。

相較於北埔書寫諸作，龍瑛宗一生移動頻仍，雖終老於臺北，但青壯期間客居花蓮十月餘，創作後山地景諸作，受矚目程度尤甚於北埔書寫。論者有謂：「龍瑛宗見證了一九四〇年代初花蓮港廳現代化的歷史進程、多元族群的互動關係。」[42]龍瑛宗書寫花蓮的詩文質量雖豐碩，但作品中歷歷可見

---

36 有關〈夜流〉析論，參見陳惠齡：〈地景、歷史與敘事：竹塹文學的地方詮釋及其文化情境〉，臺灣文學館《臺灣文學研究學報》（2014年第18期），頁77-119。

37 〈時間與空間〉，收錄於龍瑛宗作，葉迪等譯，陳萬益主編：《龍瑛宗全集‧中文卷第七冊隨筆集（2）》（臺南市：國家臺灣文學館籌備處，2006年），頁112。

38 《龍瑛宗全集　中文卷》第六冊，頁246-252。

39 《龍瑛宗全集　中文卷》第七冊，頁324-327。

40 《龍瑛宗全集　中文卷》第七冊，頁151-155。

41 《龍瑛宗全集　中文卷》第七冊，頁60-62。

42 其意指龍瑛宗花蓮地誌書寫，再現花蓮港廳風華、與阿美族邂逅等等。見王惠珍：《戰

由「異鄉客」、「觀景人」而至「懷想者」的曲折心境。〈在沙灘上——從波濤洶湧的小鎮〉一文，即敘及初履花蓮的寂寥與惡夢，因而將花蓮名之為「古怪的城鎮」和「西部美國的寂寞城鎮」、「愛慾的韻味濃烈的城鎮」。然則異鄉異想的畫面，卻是緣於對比北埔深村生活的反差感受。[43] 類此鏡像式的地方寫真，顯然坐實了人文地理學者所論：「我們對距離感的感受效果，基本上是由一地方至另一地方的相對相關，例如聽到靜夜中的狗吠聲，或看到環境不同的景物。」[44]

隨著久居後山，感受到「這個寂寥的城鎮也有歷史在搏動著」，龍瑛宗後續撰寫〈努力的繼續〉，則開始稱美先人建造花蓮港的毅力與氣魄；到了〈新天長斷崖〉一文，已然跳脫異國情調式的地域想像，轉為禮讚花蓮如太古幽邃般的雄偉景致，並興發自然山水與人文共構的臺灣高山建設藍圖。[45] 與花蓮更緊密聯繫的作品，尚有〈薄薄社的饗宴〉一文，內容為薄薄社洪水神話傳說，以及混融傳統與現代的阿美族結婚習俗。其後〈花蓮港回想〉（詩）、〈花蓮港風景〉（詩），和〈時間的嬉戲〉三文，則是離開花蓮之後的瑣記與懷想，文中浮現參差對照的雙城，一是已離開而懷念殷殷的花蓮；一是難以適應的「近代風景」，「對可憐的鄉下人來說，就像天方夜譚的遙遠異國故事似」的臺北城。上述溯源與憶往篇什，總結出龍瑛宗所思考人生、時間與歷史的命題：[46]

　　所謂小說家就是以時間之絲來刺繡人生和社會的。……人生是時間的
　　嬉戲。由肉體和精神的堆積產生社會，而把時間賦予它的話，歷史就

　　鼓聲中的殖民地書寫：作家龍瑛宗的文學軌跡》（臺北市：臺大出版中心，2014年），頁181、179-220。

43　見龍瑛宗：「有一天，我從激烈的生活逃脫，坐在沒有人煙的海邊，聽著海濤洪鳴。我向來的生活是深山村落的生活。然後是中部寂寞的城鎮，之後，是城市生活。可是，這回我的生涯裡第一次展現海的生活。」見《龍瑛宗全集　中文卷》第六冊，頁196。

44　見 Yi-Fu Tuan 著、潘桂成譯：《經驗透視中的空間和地方》，頁13。

45　〈新天長斷崖〉，《龍瑛宗全集　中文卷》第六冊，頁208-209。

46　上下引言分見〈時間的嬉戲〉，《龍瑛宗全集　中文卷》第六冊，頁219、221。

出現了。

時間之流所營構的歷史變化意義，暗相呼應龍瑛宗在多重移動中，所播散與投射對於新竹／花蓮的地方意識與地方記憶，而其移動路徑與暫停之節點網絡的關連，尤在於藉認識異鄉（花蓮）而賦予家鄉（北埔）的意義。

故鄉容或在生命歷程中，必然有心境與視域的滄桑變貌，一如〈歸鄉記〉述及歸返北埔庄的情境：「少年時代，新竹對我來說是唯一了不起的都會。然而，現在走在新竹的鎮上一看，卻覺得是頗為寂寞的市鎮。」[47]在歲月飛逝中固然改變並轉嫁了「鄉愁」，然而在「經驗」與「時間」要素中，交匯而出的「地方感」，卻始終是往回看的「故鄉情」，無怪乎龍瑛宗要如此宣示：[48]

> 自從離開了北埔鄉和母校以後，我一直流浪於異鄉，除了南投四年半，花蓮一年，臺南一年之外，一直居住於臺北市。可以說，臺北市是我的第二故鄉，雖然臺北市政府曾經勸誘我改為臺北市民，但是我仍然以北埔鄉民為榮。

龍瑛宗穿越流動的地方圖景如是，吳濁流在經驗透視中的地方記憶與地方書寫，也同樣未局促於生命起源處新埔。

（二）吳濁流進出新埔與苗栗的地方經驗

在吳濁流（1900-1976）生命流光中，也有多重繁複動線，特別是以進出新埔與苗栗（1922-1937）為最鮮明的移動地圖。權以吳濁流簡要年譜為

---

47 〈歸鄉記〉，《龍瑛宗全集中文卷第六冊詩‧劇本‧隨筆集（1）》，頁171。
48 〈半世紀前的往事〉，《龍瑛宗全集中文卷第六冊詩‧劇本‧隨筆集（1）》，頁326。

軸線，[49]標識「新埔」與「苗栗」兩地與吳濁流生命的交織難分：

> 一九二二生於新埔鎮巨埔里→一九一〇就學「新埔」公學校→一九一
> 六負笈「臺北」臺灣總督府國語學校師範部→一九二〇任新埔照門分
> 教場教諭→一九二二左遷苗栗四湖公學校→一九二四調苗栗五湖分教
> 場→一九二六調回四湖公學校→一九二七參加「苗栗詩社」→一九三
> 二因病回新埔休養，加入「大新吟社」→一九三三復職五湖公學校→
> 一九三七任關西公學校首席訓導→一九三九調任馬武督分教場主任→
> 一九四〇因新竹郡「新埔運動場」事件，憤辭教職→一九四一年一月
> 前往南京，任南京《大陸新報》記者→一九四一年八月返臺，受監
> 視，攜眷再渡大陸→一九四二年三月返臺，任米穀納入協會苗栗出張
> 所主任→一九四三，調米穀納入協會新竹支部，移居竹北和新埔→一
> 九四四任《臺灣日日新報》記者，遷居臺北→一九四八任大同工業職
> 業學校訓導主任→一九四九轉任機器工業同業公會專員、財務組長→
> 一九五七東遊日本→一九六五退休後頻密出國旅遊，遍及五大洲→一
> 九七六辭世。

　　承上得知，「新埔」和「苗栗」兩處地方，是吳濁流念茲在茲，與其際
遇牽扯相連的重要地標與書寫線索。上一節已論及吳氏新埔書寫諸作，至於
〈一束回想〉、〈回憶我的第二故鄉〉、〈重返西湖〉諸文，則是吳濁流為就讀
新埔國校七十一週年慶、任教五湖國小、西湖國小五十週年校慶而撰寫之紀
念稿。[50]在新埔與苗栗並置的地理視景與自傳敘事中，所提供的歷史向度，
包括日殖期間的教育制度、新埔公學校與國語學校師範部的漢文學習等往時
往事；另也以左遷荒鄉苗栗「四湖」的個人痛史，直指殖民地歷史的苦難與

---

49 此處簡要紀年資料，參考自洪米貞整理「吳濁流生平寫作年表」，吳濁流作、彭瑞金
　　編：《吳濁流集》（臺北市：前衛出版社，1991年），頁289-296。
50 皆收錄於吳濁流：《南京雜感》（臺北市：遠行出版社，1977年）。

傷痕。此外，也透過五、四、三湖老地名與鴨母坑、打木溪等蕃名，載記彼時竹苗地方意象，間接拼貼出苗栗古地圖；篇章中溯及夙有「文化鄉」之稱的苗栗文脈、唱山歌夜行的竹苗生活記憶等等，堪稱是竹苗地誌簡史與人文風華錄。

「地方」的重要性，在於它帶來人們的「親切經驗」，並與人們的日常生活息息相關。地方或場所精神，最主要的體認意義即是「定居」的空間概念與特性——意即置身於空間中，且同時又暴露於某種環境特性中。上述這兩種相關的精神即稱之為「方向感」和「認同感」。[51]援此，吳濁流的地方意識、地方認同與方向感的座標點，除了是家鄉「新埔」，也關乎他「半生青春熱血在此消耗」，被他視為「娘家」的「咱的西湖」。[52]且觀吳濁流〈過新埔橋〉與〈訪苗栗〉二詩：[53]

> 百丈長橋綠水灣，憑欄迴首舊青山。馳車商客黃沙捲，叱犢兒童載月還。題柱有人懷雁塔，成名他日望鄉關。一番歸里一番老，廿載風塵鬢髮斑。

> 竹北新居未慣時，又來栗里為談詩。雖云第二故鄉好，酒不澆愁憶鳳池。幸遇雅仙及慕仙，鶴仙急殺好茶煎。眾仙皆不談風雅，為恐詩狂詠百篇。歸途寂寞思無邪，偶遇同窗舊話加。沿道水田新釀綠，竹南風景海漂沙。

上述兩首詩，一是回溯少小離家老大回的還鄉感喟，一是正視生活實境的風景。具有「穿越疆界」意象的「新埔大橋」，曾被吳濁流書寫多次，詩

---

51 （挪）諾伯舒茲著，施植明譯：《場所精神——邁向建築現象學》（臺北市：田園城市文化事業有限公司，1995年），頁18-19。

52 吳濁流曾敘及回苗栗西湖的感覺，「到咱的西湖去嘛」，就像是女人回娘家一樣的心情。吳濁流：《南京雜感：吳濁流作品集》卷4，頁37-38。

53 吳濁流著，呂興昌審訂、黃哲永主編：《濁流千草集》，頁189、126。

中馳車商客與叱犢兒童的對照，箋註了新埔與苗栗如影隨形，也反照出吳濁流在生命移動歷程中，故鄉與第二故鄉相互填補記憶的縫隙，因此而成為相互依存與互為主體的吳濁流生命核心地點。

作為最重要的、永恆感覺價值的「地點」，也將會決定書寫者是這地方的「過客」或「歸人」身分。在龍瑛宗和吳濁流多重移動的書寫中，我們看到作家如何在「路徑」（第二故鄉）與「根源」（原鄉家園）的交錯流動裡，重新產生認識地方的新經驗。當花蓮、苗栗這些陌生的「空間」，一旦置換成「親切的地方經驗」時，其實並未消滅北埔或新埔的地方感或家園感，而是重組與深化了作家的地方意識，並且使地方獲得了更多樣、更複雜的定義與意義。

四　鄉土感懷與認識地方：李歐梵、張系國、愛亞、徐仁修和陳銘磻的新竹書寫

地方與作家之間，原就存在著多樣關係的可能性。本文所界定與竹塹區域有關涉之作家，概可分為兩大類，一以籍貫為據，如出生地為新竹縣市者；一為遷徙移動於此地者，如一九四九年前後隨中央政府播遷來臺，落籍於此地；或因遷居、成長、負笈、任職、長期居住於新竹縣市者。地方的自然、地理與人文環境對於在地出生或遷居流寓者的文學創作，可能體現為某種影響、作用或共性，但人與地方環境之間的關係，終究是複雜多變的一種互動與辯證關係，特別是涉及個人生命特質、生活經驗、本籍文化或客籍文化影響下的感情結構等等。循此，竹塹作家對於地方身分感的認知及其地方書寫，也必然大異其趣。

以下擬就出生於河南、重慶，成長就讀於新竹中學的學者／作家李歐梵（1942-）與張系國（1944-）；出生於四川，童幼時期居住新竹縣市的廣播媒體人／作家愛亞（1945-）；生長於新竹縣芎林鄉的自然生態專家／作家徐仁修（1946-），以及生於新竹市，曾任新竹縣國小教師的出版界文化人／作家陳銘磻（1951-）等具有多重身分的作家群，探述其如何以各具特色的地

方想像、表現形式、取材主題，展開個人與地方的對話情境，及其所蘊蓄在地文化的辯證意義。

（一）鄉土的根：新竹作為「地方精靈」[54]的起點

1 李歐梵的記憶斷片與成長敘事

　　喜用「日常文化人」稱呼自己的李歐梵，其所有的人文藝術教養皆源起於新竹這塊沃壤。李歐梵嘗言對於新竹的記憶，是一種永遠的溫馨：「這種溫馨記憶，使得我早年時候就產生了各式各樣的浪漫理想。」[55]他的新竹記憶中有三個重要的畫幅，一是新竹師專校舍家居生活，二是新竹中學的師友故事，三是國民戲院的觀影經驗，這三個記憶斷片恰好勾勒出他成長啟蒙的軌跡。父母皆任教於新竹師專，一生奉獻音樂教育，李歐梵在《音樂的往事追憶》中曾敘及父親李永剛在竹師操場和新竹東城門廣場指揮演奏的溫馨情景，[56]人事追憶的場景構築中，已然延伸至地方淳美祥和的風土民情。另一篇〈母校新竹中學瑣記〉則載記母校新竹中學：[57]

> 半個世紀前，我在這裡消磨了六年的青春時光。消磨，卻不是浪費。每一個人都有一段難忘的成長經驗，回憶的方式也不同。新竹是我成長的地方，每提起新竹和新竹中學，總有一種親切感。

---

54 「地方精靈」（genius loci）即註五十所稱「場所精神」，原是古羅馬人的一種信仰，認為每一種「獨立的」本體都有自己的靈魂，守護神靈這種靈魂賦予人和場所生命，自生至死伴隨人和場所，同時決定了他們的特性和本質。參諾伯舒茲著，施植明譯：《場所精神──邁向建築現象學》，頁18。

55 李歐梵：〈文學中的地方精靈〉，陳惠齡主編：《傳統與現代──第一屆臺灣竹塹學國際學術研討會論文集》（臺北市：萬卷樓圖書股份有限公司，2015年），頁3。

56 李歐梵：《音樂的往事追憶》（臺北市：一方出版社，2002年），頁150、147。

57 李歐梵：〈母校新竹中學瑣記〉，《人文文本》（香港：牛津大學出版，2009年），頁257。

　　「新竹中學」的往事再現，不僅是最重要的生命經驗，也是李歐梵新竹
鄉土情境的核心圖景。中學六年的時光斷片記憶，蒙太奇的鏡頭先是特寫辛
志平校長巡視校園，彎腰撿拾地上垃圾、紙片的身影，而後再分鏡至竹中越
野賽跑游泳等校園運動傳統、集體狂野的班級同學群像等等，最後則是聚焦
於老浪子返回母校演講的場景。全文並置了兩重時間層次，也位移了校園師
生角色。除了提領生命的記憶，款款深情述說昔日「新竹中學」種種人事風
華，李歐梵最津津樂道、出奇愛戀的「國民大戲院」（即今新竹影像博物
館）觀影點滴，間也展現地域情感與青春歲月的行跡：

> 上回返校令我稍感「疏離」的原因，是校門口的那條筆直的學府路，
> 已經今年昔比了，它本來是一個斜坡，騎單車逃課時可以飛馳而下，
> 不用踩腳踏車的踏板，瞬間就可逃之夭夭，鑽進城裡的國民大戲院去
> 看電影。這一段經歷，我曾多次寫文懷念過，覺得這是我的青春階段
> 最值得回味的插曲。（〈母校新竹中學瑣記〉，《人文文本》，頁257）

　　國民戲院是李歐梵最珍貴的定格記憶，也是他日後獻身文學與研究的因
緣起點。此外，生活所居的南大路、中學逃學的學府路，以及記憶戀慕尤深
的東門城牆等等，在在是召喚童年往事的地方記憶。當捕捉到一種地方意義
與記憶映象時，新竹對李歐梵而言，即是充滿了靈性的地方，這就是他所援
借並詮釋發揮的 "Genius Loci"（場所精神、地方精靈）：

> 這個精神本來是從「居屋」、「住的場所」，發展至「城鎮」的範圍，
> 並賦予它一種空間的意義，因此這個意義變成了「地方的靈
> 魂」。……一個地方不管表面上看起來怎麼樣的普通，沒有特色，可
> 是當你進去之後，有的地方就是沒有靈性；有的地方就是有靈性，這
> 個靈性不是客觀的，完全是主觀的。（〈文學中的地方精靈〉，《傳統與
> 現代——第一屆臺灣竹塹學國際學術研討會論文集》，頁6、9）

對李歐梵而言，新竹所具有的地方的靈性，即是新竹和他成長記憶所縮結的一種特殊而親密的關係。遑論他對「鄉土的根」的認知並不那麼濃厚，且因流動經驗累積之後，更增添了個人認同的混亂，以致地方認同並不限於「單一」，[58]然而新竹對李歐梵而言，迥非是視覺性暫留的幻視，而是無比熟悉、永恆收納摺藏的生命場景與歷史寫真。

2　張系國的戀土情結與歸根還鄉

在〈美哉吾校〉一文裡，[59]張系國開宗明義說道：「我雖然祖籍江西，始終視新竹為故鄉。每次回國，祇要有一天空閒時間，必回新竹，也必去探望辛校長。在我的意識裡，辛校長、新竹、故鄉……似乎都成了同義詞。」與李歐梵同樣畢業於新竹中學的張系國，相關新竹書寫的作品，並不多。〈美哉吾校〉以笑談語調，鋪陳出竹中校園別具一格的校長形貌、奇特傳統與叛逆校友的敘事脈絡，在「竹中專出怪人」的奇聞軼事中，透顯出竹中人的自豪與自傲。張系國顯然是藉竹中人事風雲的凝聚，映照新竹印象與地方光影。

〈竹塹堡、科技城與烏托邦〉是一篇專題講稿，「我是新竹的產品」、「新竹是我的故鄉」，誠是此篇講稿的開端與核心脈絡，並由此架構出新竹故鄉未來發展的藍圖：「科技烏托邦與桃花源」。張系國採以離根在外的遊子位置，引導細審「人如何安身立命」的哲思視景。他認為何處可安身立命，理應有多樣的選擇，因此主張「人間處處有桃源，桃花源不是一個地方，而是到處都有。」「桃源」理論，間接傳達出張系國所思縈的「歸根」與「還鄉」概念：[60]

---

58 李歐梵：〈文學中的地方精靈〉，陳惠齡主編，《傳統與現代——第一屆臺灣竹塹學國際學術研討會論文集》，頁18。

59 張系國：〈美哉吾校〉，《竹嶺》第17期（2013.7.13）。新竹中學數位博物館：http://hchsdm.blogspot.com/2013/07/ blogspot13.html（2019.2.27檢索）。

60 張系國：〈竹塹堡、科技城與烏托邦：我的科幻小說創作專題演講〉，收錄於陳惠齡主編：《自然、人文與科技的共構交響——第二屆竹塹學國際學術研討會論文集》（臺北市：萬卷樓圖書公司，2017年），頁8、5。

> 「歸根」一直是一個很重要的概念。老了一定要回家，回家以後一
> 看，人物全非，往往就會有一種愁情，或者莫名的悲嘆：「未老莫還
> 鄉，還鄉須斷腸。」

張文將「浪漫鄉土情結」連鎖到獨身老人「回那兒去養老」的現實關懷
層面，雖有其人生感喟，卻也深具意義。當故鄉家園人事凋零、時光難再，
只餘孤身一人時，附著於鄉土的愛戀情感，對於故鄉地方的認同意識，理應
不會改變，但對於「鄉土」，或許只能作為精神上的寄託與認同，而無法成
為實質生活家園的處所，一如識者所言：「生活在城市中的人們的情緒都結
著另類地景，例如他們所不在那裡生活的聖山，泉水和小樹林。」[61]值得註
記的是，張系國於二〇一八年十一月休假期間，由美返臺擔任清華大學榮譽
講座。返臺前，他積極在網路檢索，亟亟於新竹購屋安居，擇屋地點無他，
只要是「舊遊之地」皆可，最後終於順利在家鄉覓得居所，一圓「落葉歸
根」夢想。張系國說：「從此在故鄉有了落腳點！」[62]離鄉去國多年的作
家，以身踐履了他的「歸根」說，此後重新歸隊風城，正名為「新竹人」，
不再是「風城客」。

3　愛亞的文本地景與懷舊滋味

作家愛亞九歲那年即隨母親的教職，遷居新竹湖口，同時開始了乘火車
到新竹市區上小學生活。[63]在多數作品中，常見愛亞以「新竹住民」的身分
登場，追憶逝水年華的歲月印象，間亦攝錄五〇年代歷史上的新竹諸景。如
散文《喜歡》概分三輯，其中「心之扉頁」所輯皆是新竹和湖口童年生活光
影，在記人記事中，接駁了地方敘事，包括族群生活面貌、語言現象；也映

---

61 Yi-Fu Tuan 著、潘桂成譯：《經驗透視中的空間和地方》，頁152。

62 張教授有意於家鄉新竹購屋，筆者因此提供「591售屋網」資訊，竟促成美事。在與筆
　　者往復信函中，作家時時披露還鄉心境。相關購屋、返鄉情節，另見張系國：〈俯首甘
　　為孺子牛〉，《聯合報・聯合副刊》第D3版，2019年9月5日。

63 愛亞：《喜歡》〈夢裡情人〉（臺北市：爾雅出版社，1984年），頁24。

照了空間符號，如家居宅院、公共地景等等。從分不清是東大、西大或南大路的市區街道漫遊穿梭為起點，而後逐一展開城市地圖：麗池、公園與兵營……。其中原為新竹公園屬地，而後獨立為幽雅景觀的麗池風光中，重現了愛亞記憶中拎著小木屐，穿過廚房到後院撿拾巴樂、池邊觀看划船、鑽七里香樹籬到高坡上玩秋千等溫馨童年生活。又或者是臨近南門國小、湖口等共居的公教日式宿舍、新竹車站內販售木皮盒式的便當和昂貴的零嘴羊羹、湖口宿舍的泡菜罈子、新竹中央戲院門廊下的白色尼龍雨衣等等，皆是以地方記憶繫連古老物件的老新竹氛圍，回應歷史與地景交匯中的見證、回憶與懷舊。

另作《暖調子》，[64]也集錄了許多新竹市生活即景，如〈走過十八尖山〉文中的新竹山景、〈我的新竹車站〉中宏偉的車站廳堂與廊柱，以及〈上學遊戲〉情節裡的「四維路」等等。這些往事遺事裡的地景與地標，顯然不單是文學裡的地方風景，而是作家為自己找尋安頓的記憶裡的一種「竹塹學」，誠如論者所言：「愛亞不僅讓過去的新竹復活，也紀錄了被遺漏的新竹民間歷史」。[65]隨著成長時間的調度，愛亞的新竹書寫逐漸讓位給湖口。《湖口相片簿：新竹湖口的輕雅之旅》概屬旅遊文學，[66]全書分從人文視角，記錄湖口歷史民情風俗。作者以文學筆調收攬湖口景點，兼以老湖口人的身分，傳播旅遊資訊。在回溯式的地方敘事與地景描寫中，愛亞湖口書寫最具特色的即是濃郁的眷村味。

茲因新竹在日治時代的戰略位置特殊（是日本南侵的重要軍事基地），國府配署的軍事單位頗多，因此移入新竹市的外省籍人口，相對於臺灣地區外省籍人口比例平均數為高，眷村文化遂順勢成為令人矚目的新竹地方特色之一，二〇〇六年十月二十八日整修竣工啟用的眷村博物館，即作為眷村文

---

64 愛亞：《暖調子》（臺北市：大田出版有限公司，2002年）。

65 陳銘磻：《風城遊‧愛亞的竹塹學》（臺北市：愛書人雜誌，2004年），頁94。

66 愛亞：《湖口相片簿：新竹湖口的輕雅之旅》（臺北市：紅樹林文化出版事業部，2003年）。

物與臺灣常民文化展示的基地。[67]愛亞另以湖口眷村為背景的長篇小說《曾經》，不僅寫出早期眷村小說所映現飄泊離散的年代，也臨流鑑照出新竹地區特有的多族群多聲調的地域文化風貌，如《曾經》裡的李芳儒即形容童年好友邱家兄弟的不同語調，志維的語音帶些奇怪的「臺灣腔」，又帶些原籍特有的「客家腔」；至於志紹，則口音標準，無法聽辨出是「國語人」還是「臺語人」。[68]在少女情懷總是詩的故事情節中，洋溢著眷村人與閩客族群之間的人際人情交融現象，排闥而來的盡是新竹特具多元族群包容共生的地域文化。從紀實性散文到虛構性小說，皆見作者以竹市和湖口雙城作為創作的文本地景，愛亞以回味與鄉愁方式，銘刻地方特殊的生活樣貌，當可為竹塹書寫記上一功。

（二）認識鄉土：地方日常與行遊踏查

1 徐仁修的頑童歷險與客庄視景

　　一九七七年以出版《月落蠻荒》系列域外蠻荒探險／自然書寫名家的徐仁修，自一九八八年返回臺灣後，即開始探尋臺灣高山森林，並投身於臺灣自然生態與環境倫理運動。關懷所及，遍於自然生態、溼地保育、動植物觀察等，相關著作頗為豐碩，諸如《自然生態散記：太魯閣國家公園四時觀察記》、[69]《大地別冊守護家園》等等。[70]此外，徐仁修更以自然觀察者的角色專注投入，於一九九五年六月二十五日成立「荒野保護協會」，將理念轉化為實際的組織行動。[71]在徐仁修諸多自然與環境倫理書寫中，所謂「守護家

---

67 https://culture.hccg.gov.tw/ch/home.jsp?id=148&parentpath=0,145。（2019年6月30日）

68 愛亞：《曾經》（臺北市：爾雅出版社，1987年），頁219。

69 徐仁修：《自然生態散記：太魯閣國家公園四時觀察記》（花蓮縣：太魯閣國家公園管理處，1993年）。

70 徐仁修：《大地別冊守護家園》（臺北市：大地地理旅遊雜誌社，1999年）。

71 徐仁修於二〇一九年三月出版攝影集《臺灣最後的荒野》（屬集資出版），記錄臺灣生態，為家鄉土地發聲。

園」的理念，大致是以臺灣全島生態作為書寫視景與著作定位。因此，單以家鄉九芎林為大背景，縱身躍入往日時光，刻繪誠摯動人的生命即景與在地圖像的《家在九芎林》，[72]在徐仁修諸作中尤其顯得獨樹一幟。

《家在九芎林》，被譽為「東方的頑童歷險記」，是讀者詢問度最高的發燒書籍。徐仁修在前後兩序的標目中，分別題為「童年與鄉愁」和「回首純真年代」。書序中交錯著今與昔、童年與玩伴、鄉土與鄉人，而以此編織成回憶的人與事：

> 離開家鄉愈遙遠就愈惦念故土，年華越老大就越懷念童年舊事。……
> 整個童年大多在新竹鄉下的九芎林度過，環繞我童年最重要的莫過於
> 伙伴了。……如此一再地循環著童年。那許許多多哀哀樂樂，發生在
> 那時代的故事，是今天的孩子們再也看不到或經歷得到的事了……。
> （頁4）

小說以年僅十一歲的堂兄弟雄牯和老鼠湘作為敘述者，全書有關鄉土的空間想像，則繫連著「溜出後門的計畫」、「避過大人的注意」等頑童式浪遊活動（頁159）。小說中空間經驗的對象，顯然並不限於家、鄰居或學校，而是廓及特意尋索或特殊偶然發現的空間情景，可見作者意欲藉此拓展孩童進一步認識鄉土空間與鄉俗人情世態。例如小說敘及在王爺廟前的空地——廟坪，窺看大士爺的首級；又如中元節到頭前溪河床放水燈、殺豬爭競普渡賽事、鄉間神棍亂童裝神弄鬼等地方奇觀與民俗風情，以及白鼻心和石虎侵噬咬家畜、野豬肆虐菜園等山區客家庄的村野景觀；又或是客庄墾殖營生、季節農事與磨米作粿、客家老山歌等有關九芎林的鄉野生活描寫。於焉浮現的地方禮俗傳統，可謂饜足了讀者對於客庄風情的想像與重塑。

〈福佬人來鎮的時候〉一文，敘及彼時閩客第一類接觸的情景，乍見閩人士，客庄孩童一致失望地說：「跟我們長得一模一樣嘛！」（頁72）作者於此呼應閩客一家的觀念，但隨即藉童稚之眼，為福佬人賦形定調為嚼檳榔與

---

72 徐仁修：《家在九芎林》（臺北市：遠流出版事業股份有限公司，2000年）。

罵髒話的刻板印象：「福佬人真是怪啊！……牙齒是黑的，嘴唇是紅的，吐的口水是赤的，說話時，喜歡加一個幹字。」（頁82）這別有嘲謔的弦外之意，對比今日族群無嫌猜的合融觀念，或許不合時宜，卻也照見了彼時族群齟齬經驗的歷史情景。

　　徐仁修撰作《家在九芎林》之際，適值身處尼加拉瓜蠻荒農場與菲律賓叢林間，域外離境的鄉愁想像，於是傾注於斯，而寫出「遠方的老家」。小說充溢了昔日臺灣鄉間兒童的日常生活經驗，藉著回憶，作者所營構的客庄氛圍和地方素材，顯然也遙擬了新竹地緣色彩與歷史年月。

2　陳銘磻的新竹地圖與城市導覽

　　嘗言「喜歡新竹勝過臺北，因為這座城市讓我嘗到故鄉的滋味」的風城人陳銘磻，[73]出版諸多在地書寫之作，堪稱是書寫新竹大家。從二〇〇一年到二〇〇三年，總計出版六本名為「旅行文學」，或稱「報導文學」的創作：《出草》、《尖石櫻花落》、《五峰清泉夢》、《尖石夢部落》、《竹塹風之戀》和《櫻花夢》。陳銘磻並將上述這些行旅走尋地點，區分為「出生地故鄉」和「生命地故鄉」。[74]

　　新近之作《安太郎の爺爺》，敘事視角則是以父親的長孫（作者的兒子）作為說書人，來描繪他的父親（作者自己）和他父親的父親（作者的父親），藉此觀看兩個不同世代的父親形貌。這本自敘傳小說回顧處在大歷史間隙中兩個父親的年輕故事，最大的敘事奇觀則在於運用新竹市全景地圖把各樣故事串連起來，[75]如在舊省立新竹醫院草地葬埋白兔；利用爺爺任職戲院經理之便，至勝利路上的樂民戲院、武昌街上的新竹戲院看霸王電影；隨祖母到又名觀音亭的竹蓮寺拜神；家住彼時獨領風騷——「樹林頭」空軍眷舍的威風同學；保有清朝歷史陳跡的楊氏牌坊與石版路等等。故事或許不全

73　陳銘磻：《安太郎の爺爺》〈自序〉（臺北市：布克文化，2014年），頁8。
74　陳銘磻：《新竹風華》〈新竹紀行〉（臺北市：愛書人雜誌，2004年），頁15。
75　小說中雖也述及父親被派任至尖石那羅部落錦屏國小任教諸事，但相較於新竹市的寬廣版圖，新竹縣地圖顯然限縮許多。

都發生在這些地點上，卻是藉由這些地方象徵性的建物景觀，延續且銘刻了陳銘磻對於新竹市的回憶視野。

不同於《安太郎の爺爺》以新竹地理綰結家族歷史的回憶脈動，《新竹風華》（副標：新竹縣歷史人文與文學風景行吟）、《風城遊》（副標：新竹市人文史蹟與典雅景緻散步），[76] 顯然更趨近於旅遊導覽書。以「作家人文之旅」的書寫方式，收攬新竹縣市「文化地圖」的出版用意，固然附麗於政府建構臺灣文化主流價值，推動本土化政策下的宣傳品，但透過陳銘磻以極熟極博的筆調視野與文學品味，描述地方風土人物，使個人親切的地方經驗，得以顯現可見度與識別性，兩本連作因此堪稱最整全「認識新竹」的文學行旅書。

發人深思的是陳銘磻在《新竹風華》〈導言〉中，一再強調「半世生活在新竹縣市的長久歲月，問自己到底對故鄉認識多少？」（頁15）觀景反思的對象，顯然是已成為「外在者」（outsider）的「自己」；反之，在《風城遊》〈導言〉裡，卻是從「內在者」（insider）觀景的角度，質詰了新竹城市的變貌：

> 歲月時間卻不好輕鬆走著，省立醫院變成大遠百，和尚寺變成內媽祖廟、西門街小診所變成螞蟻咖啡、石坊里逃不過開發命運，整個老社區被從中切腹般闢出一條新路，原來清清悠悠一個守成式的聚落，忽然變成我難以辨識的新街道、新方位。（頁12）

在時間流光中，大多數的地方公共符號，都將失去它原本作為一個「地方」的特徵與地位，而伴隨著時移事易，混入「新的空間」裡。這些逃不過開發命運的地景地標，或許並非是新竹地方文化的重要符徵，但對於陳銘磻而言，卻是新竹作為「我城」，所滋生親切經驗與記憶圖景中的「地方」意義，因此當目睹城市變易為「他城」時，不免投射出「找尋的焦慮」。綜上

---

76 陳銘磻：《風城遊》、《新竹風華》（臺北市：愛書人雜誌，2004年）。

新竹縣市風景巡弋之作，可以推論出：位居偏遠位置的新竹縣自然人文地貌地景，或許變遷不大，無多差異性，然而聚集異鄉客日益增多、發展較快速的新竹市，相對而言，則擁有了摩登都會景觀與城市新樣貌。無怪乎《新竹風華》、《風城遊》兩作導言裡的景觀概念與地方意識，判然有別。惟對於每一個獨立個體的新竹人而言，地方感的認同，並非全然歸屬於公眾環境或集體記憶的共享世界，因此陳銘磻文末也有了反觀自照，重新觀看與接受「改變中的風城」，不再執著於孜孜追尋或打造一個契合於自我追憶版本的新竹世界。

五 結語：以「附著感」和「中心感」鑄造的「竹塹世界」

本文析論日治至戰後現當代作家作品篇什，主要針對各階段具有移動經歷的作家群對於新竹過去歷史和現代生活的一種特殊觀察，以及屬於個人詮釋性和記憶性的書寫現象，並意圖從中觀測是否有足以表徵「恆常的地方群體身分感」的可能性，諸如對於地方的記憶與印象，是否可能有其「地方集體意識」下的概念性產物，諸如賦予群體身分感與認同感的地方核心文化或空間景觀要素等等。

總理本文探述結論，發現同時期作家書寫地方性時，因涉及作家身分、社會位置，書寫表現的地方想像與美學認知，因此多有不同，如同為殖民地情境下的魏清德對於桑梓的聚焦關懷，在於表現地方自然景致中的殖民文明景觀，這自是他胸懷東亞文明性與共榮圈的情結，並藉此置換新竹為概括臺灣全景式的「現代化鄉土」思維與地方敘事。至於吳濁流對地方詮釋，則立基於「家園性鄉土」，「新埔家園」因而是他首要的「關照場域」，若欲探掘其靈魂深處的「孤兒意識」與「臺灣意識」，宜乎溯源於他的「鄉土愛」，以及帶有「生活與家園」素樸概念的新埔「地方意識」。

再觀及作家屢經流動的生命歷程，發現並無法單以原初鄉土作為地方書寫的考察，如龍瑛宗雖有北埔書寫諸作，同樣也有為學界關注的花蓮地方記

憶諸作,惟異鄉與故鄉雖有其不同的意義,卻終究是鏡像式的相對與相關。同樣具有多重穿越移動經驗的吳濁流,以故鄉新埔與第二故鄉苗栗書寫而相互填補記憶的縫隙,這雙鄉已然成為吳濁流生命核心地點與書寫線索。

由是而觀,作家或受到出生成長之地的本籍文化影響,但也因為遷徙流動而有客籍文化的影響,對於地方認同與地方意識的述寫姿態,則肇始於生活經驗、感受體驗與生命意識等實質存在意義,並藉由流動而重組了作家的地方意識,使地方獲得了更多元的定義。

對於現當代作家而言,天涯若比鄰的觀念已然成為事實,海外的靈根自植或國內的島嶼移民,皆已成為常態,生於斯、長於斯而老於斯的生命圖式,因而是「不必然」或「不可能」。饒富意味的是,在本文盤點新竹作家作品中,可以覺察作家書寫地方認同感,主要植基於地方接樺作家的生命場景與記憶深處,尤其「地方」所具「地方精靈」的特質,即或作家已遠離了地方家園,卻依舊頻頻回眸,愛戀此地,並將之視為存在的立足點。如李歐梵即以中學六年的時光與景物地貌,濃縮成新竹記憶的斷片;張系國顯然也是藉由竹中人事風華,映顯新竹印象與地方光影;只是前者趨於非單一的地方認同,而後者則是以返鄉覓屋,實踐歸根。至於愛亞則是以諸多公眾地標和古老物件連結童年家居經驗與地方記憶,表徵懷舊與見證。惟作家的地方意識與認同指向的空間經驗,也不必然是具有公眾特徵或集體記憶的地景地物,如學校、戲院、車站、公園等等。依循個人獨具親切性而難以「公眾化」的地方經驗,也間接成就了另一種地方書寫的焦點,例如讓徐仁修興發新竹地方感的起源地,主要是作為大遊戲場的鄉野空間。這個空間屬性,除了鑲嵌親切溫暖的地方日常意象,也作為召喚作家童年浪遊地圖與客庄生活色彩的介質。至於陳銘磻的地方書寫,則是以感性的「參與者」之姿,現身於家族歷史,藉此連鎖新竹街市圖誌的回憶視野,復又以「文化人、作家身分」等「外在者」的知性身分,帶領踏查地方歷史步道與文學風景。

不可否認的,場所精神是代表人與物的集結,存在「時間」和「空間」結構中的地方記憶,必須含藏「景物」或「人事」的要素,才能產生一種「地方感」或「地方意識」。物是人非,或物非人是,只要還有一樣屬於地

方意義的恆久性元素，該處就會是有靈性、有意義的「地方」；反之，一旦物非人亦非，地方不再具有親切性與熟悉性時，地方也就成了不具有意義與情感附著性的純粹「空間」。

　　如是，且回到本文原初的提問與思考：地方區域特性是否可以形成一種定型的地方文學的傳統？承上所述，「竹塹作家們」面對的雖是同一處地方風土與地方景觀，卻因著個別所認識、感知與經驗的不同，而產生可變性與多樣性的地方感。由是，作家群所呈現的地方書寫，顯然不是客觀的地方認知，而是主觀的地方意識，並且終究無法表現出地方的「全部」事實，而只能是地方的「部分」真實。然而「地方」的概念與精神，即在於它是「一個有意義的區位」[77]，是人類創造的有意義空間，也是人群以某種方式而依附其中的空間。從「地方意識」和「地方書寫」面向出發的地方學研究，本不在於整體綜觀地方，也不在於全面繪製這個地方或那個地方模樣的地圖學，而是意在探問「是什麼東西使得地方成為地方？」[78]並藉此發明各區域地方無可取代的「特殊性」與「多樣性」。

　　總理本文作家群筆下的各種「竹塹世界」，顯然並未聚焦於經緯度座標方位的新竹地理空間；作家的書寫意識，也非是將「竹塹」轉為修辭化的「地方」概念，或只是依循簡單的地方生活經歷線索的敘事罷。竹塹諸家的地方書寫與詮釋，誠然各有愛戀地方的各式情感形態，也各自擁有不同的經驗、記憶與觀想視角，卻是有志一同地透過書寫，「找出對自己具有重要意義的地方」。由是可知，作家主要源自於「親切的地方經驗」與「地方與我的關係」，而從「曾經家園」與「鄉土情懷」的意義出發，藉此賦予並鑄造地方成為一個「意義世界」。作家書寫地方的「地方意識」，注入的情感也即是對於家園／鄉土的一種「附著感」（意謂著鄉土情懷的產生）和「中心感」（認為所在位置有無可比擬的特殊價值）。[79]作為隱喻性的竹塹／新竹符

---

[77] Tim Cresswell 著、徐苔玲等譯：《地方：記憶、想像與認同》，頁14。

[78] Tim Cresswell 著、徐苔玲等譯：《地方：記憶、想像與認同》，頁40。

[79] 在段義孚的論點中，「中心感」，並非是地球表面上之某一特定地點，而是由坐標方位形成的幾何概念所引出的「中心」，且幾近於是宇宙結構的焦點，世界的中心，具有神

碼,實是以「家園」和「鄉土」為基石,而由書寫者重新點染,創造他所喚生的時空焦點與地方情境。爰是,竹塹書寫所聚焦的「地方」,遂獲得定義和意義,並成為有別於「他方」的一個特殊的地方型式。

　　各區域皆有特殊地方建構的地方性特質,諸如涉及自然環境、人文景觀、文學傳統、語言習俗等等,必然存在可供指認辨識的地方獨特性,而各區域文學也必然有其研究之存在課題與價值,一如自鄭、林兩家名園推動藝文風尚、詩社吟會,至今竹塹文脈流衍未歇,而山村眷戶與閩客小鎮風光,科技新都與文化古城,更匯聚出多元而獨特的在地文學風貌。本文以「移動性」經驗的作家為例,進行析論,主要強調在變動、驛動與流動中所銘刻對應的地方意識,將有別於「根著一地」的地方認同感,並藉此探討不僅是「根源」,而是「路徑式」與「開放性」的地方概念。[80]面對時代潮流更迭與多重流動播遷的現實,生疏如異鄉般的地貌地景與人事滄桑,正顯現出地方在時空結構中的許多裂變。如何進入在地人所生活的存在樣態,怎樣理解地方作家所感知與經驗的地方意識,或許才是通往關於現代思維的地方學路徑,而非徒汲汲於營造一種定型而足資辨識的地方文學傳統,而輕忽了在全球化底下的移動性脈絡中,來理解地方意識或地方書寫的開放性與新的可能性。

　　　　　　──原刊於《成大中文學報》第六十七期（2019年12月）

　　話思維的概念。參見 Yi-Fu Tuan 著、潘桂成譯:《經驗透視中的空間和地方》,頁143。
80 參 Tim Cresswell 著、徐苔玲等譯:《地方:記憶、想像與認同》,頁87。

徵引文獻

一　原典文獻

連　橫　《臺灣通史‧鄉賢列傳‧鄭用錫》　臺北市　眾文圖書公司　1979年

恠我氏著，林美容點校　《百年見聞肚皮集》　新竹市　竹市文化中心
　　　　1995年

龍瑛宗作，葉迪等譯，陳萬益主編　《龍瑛宗全集》1-8冊　臺南市　國家
　　　　臺灣文學館籌備處　2006年

吳濁流著，呂興昌審訂、黃哲永主編　《濁流千草集》　臺北縣　龍文出版
　　　　社，2006年

魏清德著、黃美娥主編　《魏清德全集》1-8卷　臺南市　臺灣文學館
　　　　2013年

詹雅能編校　《雪蕉山館詩文集》　新竹市　新竹市文化局　2016年

二　近人論著

（一）專書及專書論文

王惠珍　《戰鼓聲中的殖民地書寫：作家龍瑛宗的文學軌跡》　臺北市　臺
　　　　大出版中心　2014年6月

吳濁流　《南京雜感：吳濁流作品集》卷4　臺北市　遠行出版社　1977年

吳濁流著、鍾肇政譯　《無花果》　臺北市　前衛出版社　1988年

吳濁流著、鍾肇政譯　《臺灣連翹》　臺北市　前衛出版社　1989年

吳濁流作、彭瑞金編　《吳濁流集》　臺北市　前衛出版社　1991年

吳濁流著、張良澤編　《亞細亞的孤兒》　臺北市　遠景出版事業有限公司
　　　　1993年

李歐梵　《音樂的往事追憶》　臺北市　一方出版有限公司　2002年

李歐梵　《人文文本》　香港　牛津大學出版　2009年

徐仁修　《自然生態散記：太魯閣國家公園四時觀察記》　花蓮縣　太魯閣
　　　　國家公園管理處　1993年

徐仁修　《大地別冊守護家園》　臺北市　大地地理旅遊雜誌社　1999年

徐仁修　《家在九芎林》　臺北市　遠流出版有限公司　2000年

荊子馨著、鄭力軒譯　《成為「日本人」：殖民地臺灣與認同政治》　臺北
　　　　市　麥田出版股份有限公司　2006年

陳銘磻　《風城遊》　臺北市　愛書人雜誌　2004年

陳銘磻　《新竹風華》　臺北市　愛書人雜誌　2004年

陳銘磻　《安太郎の爺爺》　臺北市　布克文化出版事業部　2014年

黃美娥　《重層現代性鏡像：日治時代臺灣傳統文人的文化視域與文學想
　　　　像》　臺北市　麥田出版社　2004年

黃榮洛　《臺灣客家傳統山歌詞》　新竹市新竹縣文化局　2002年

愛　亞　《喜歡》　臺北市　爾雅出版社　1984年

愛　亞　《曾經》　臺北市　爾雅出版社　1987年

愛　亞　《暖調子》　臺北市　大田出版有限公司　2002年

愛　亞　《湖口相片簿：新竹湖口的輕雅之旅》　臺北市　紅樹林文化出版
　　　　事業部　2003年

（挪）諾伯舒茲著，施植明譯　《場所精神——邁向建築現象學》　臺北市
　　　　田園城市文化事業有限公司　1995年

（美）Yi-Fu Tuan（段義孚）著、潘桂成譯　《經驗透視中的空間和地方》
　　　　臺北市　國立編譯館　1998年

（日）矢內原忠雄著、林明德譯　《日本帝國主義下的臺灣》　臺北市　吳
　　　　三連臺灣史料基金會　2004年

（美）費德廉、羅效德編譯　《看見十九世紀臺灣——十四位西方旅行者的
　　　　福爾摩沙故事》　臺北市　大雁文化事業股份有限公司　2006年

（英）Tim Cresswell著、徐苔玲等譯　《地方：記憶、想像與認同》　臺北
　　　　市　群學出版有限公司　2006年

（美）克利弗德・紀爾德著，楊德睿譯　《地方知識：詮釋人類學文集》
　　　　臺北市　麥田出版社　2007年

（美）阿君・阿帕度萊著、鄭義愷譯　《消失的現代性：全球化的文化向
　　　度》　臺北市　群學出版有限公司　2009年

（二）期刊論文

顏崑陽　〈「後山意識」的結構及其在花蓮地方社會文化發展上的異向作用
　　　與調和〉　《淡江中文學報》第15期　2006年12月　頁117-151
陳惠齡　〈地景、歷史與敘事：竹塹文學的地方詮釋及其文化情境〉　臺灣
　　　文學館《臺灣文學研究學報》　2014年第18期　頁77-119

（三）論文集論文

李歐梵　〈文學中的地方精靈〉　陳惠齡主編　《傳統與現代——第一屆臺
　　　灣竹塹學國際學術研討會論文集》　臺北市　萬卷樓圖書股份有限
　　　公司　2015年　頁6-9
張系國　〈竹塹堡、科技城與烏托邦：我的科幻小說創作專題演講〉　陳惠
　　　齡主編　《自然、人文與科技的共構交響——第二屆竹塹學國際學
　　　術研討會論文集》　臺北市　萬卷樓圖書股份有限公司　2017年
　　　頁5-8

（四）報刊、網路資料

張系國　〈俯首甘為孺子牛〉　《聯合報・聯合副刊》第D3版　2019年9月
　　　5日
新竹眷村博物館　http://superspace.moc.gov.tw/hall/local_culture_page.aspx?oid=
　　　38837a44-b99b-4c87-9216-cea6ea195b7c　2018年11月30日
丸竹報導（三立新聞網）　https://www.setn.com/News.aspx?NewsID=253018
　　　2019年1月30日

閩南族群之他稱族名「Hoklo／Hohlo」的漢字名書寫形式變遷
——從歷史文獻與地圖地名的檢索來分析

韋煙灶[*]、李易修[**]

摘要

　　本文從文獻檢索與地圖地名兩個面向切入，希望發掘指稱閩南族群名Hoklo／Hohlo漢字名（河老、貉獠／獠、貉老、鶴老／佬、學老／佬、福老／佬、河洛）用詞的起源、變遷、使用年代與頻率，發掘更有力的論證，以突破過去在這方面議題探討的視野侷限性。研究發現，這些稱呼似乎都是來自以音套字（音名），且應來自客家族群對閩南族群的他稱用法。這些「地圖地名」只出現在廣東，不見於臺、閩。其中數量最多的是「學老」地名；其次為「鶴老」，未見「河老」與「河洛」地名。「Hoklo／Hohlo」的漢字名中，最早出現的是河老與貉獠，貉老與鶴老可能稍晚一些；再來為學老，再次為福老。鶴佬、學佬與福佬出現最晚，廣泛被認知應在十九世紀末到二十世紀初。本文推測新竹地區閩南人的「Hohlolang」自稱用法，應是受粵東移民裔用法的影響。及至今日，「Hohlo」（音名）與「福佬」（漢字名）已經成為臺灣閩南族群的慣用稱呼了。

關鍵詞：閩南族群　他稱族名　地名　福佬　音名

---

* 　國立臺灣師範大學地理學系教授，通訊作者（email: t24002@ntnu.edu.tw）。
** 　國立臺灣師範大學地理學系研究助理

一 前言

　　Hohlo 是閩南話指稱閩南族群的音名；Hoklo 則是以客家語及粵語指稱閩南族群的音名。過去學者討論到 Hoklo／Hohlo 的河老、貉獠／獠、[1]貉老、鶴老／佬、學老／佬、福老／佬／狫、和老／佬、賀老、河洛等的漢字名，由於欠缺廣泛的文獻檢視，有時會流於過度推論。現今網路對各類文獻資料庫的檢索功能很強，文本攤開來，不辯自明；其次，地理學者多了兩種檢驗方式，就是地圖及地名，地理學者的優勢不言可喻。因此，本文擬從文獻檢索與地圖地名兩個面向切入，希望突破過去相關研究的侷限，發掘更有力的文本證據。

　　本文在檢索中國閩、粵歷史文獻主要利用「中國哲學書電子化計劃」、「漢籍電子文獻資料庫」、「維基文庫」等資料庫，並儘量核對所對應的紙本書類；臺灣文獻的檢索主要利用「漢籍電子文獻」、「臺灣文獻叢刊資料庫」、「臺灣大學歷史數位圖書館（THDL）」。地圖地名檢索所用的電子地圖為「Google Maps」與「百度地圖」；紙本地圖包括：《中國歷史地圖集》（第五冊、第六冊、第七冊、第八冊）（譚其驤，1996a；1996b；1996c；1996d）、《新世紀廣東省地圖集》（胡捷、何忠蓮編，2008年）、《廣東省地圖冊》（劉業華、葉雁玲編，2003年）、《廣東省地圖冊》（張紅編，2016年）、《福建省地圖冊》（林春敏編，2010年）、《福建省地圖冊》（石家星編，2019年）等地圖冊及地圖集。而閩南族群之他稱族名的音名（sound name）Hoklo 及 Hohlo，係以「臺灣語言音標方案」（TLPA）拼寫，漢字名（Chinese name）則以華語發音與「漢語拼音」拼寫。

1　獠：古來母、效攝、上聲，今漢語拼音為 lǎo；獠：古來母、效攝、平／上聲，今漢語拼音為 liáo、lǎo，「獠」字與老、佬的韻調相符，「獠」字的上聲一讀，或當即是「獠」之異體，而其平聲一讀，詞性上為形容詞，意為「兇惡貌」，如「青面獠牙」，然此音韻地位終與本文論旨未侔，故據音韻條件看，本字或可做「貉獠」，惟以下行文為配合歷史文獻的寫法，均寫成「貉獠」，不再一一說明。

二　從河老到福老、福佬，再到河洛

　　《（萬曆）漳州府志》（成書於1573年）〈傜人〉一文：「屬邑深山皆有之
人，俗呼畬客。舊志不載，今載之。傜種本出槃瓠，椎髻跣足，以槃、藍、
雷為姓，自相婚姻。隨山散處，編荻架茅為居。植粟種豆為糧，言語侏儷弗
辨。善射獵，以毒藥塗弩矢，中獸立斃，以貿易商賈。居深山，光潔則徙
焉。自稱狗王後，各畫其像，犬首人服，歲時祝祭。其與土人交，有所不
合，詈毆訟理。一人訟，則眾人同之，一山訟，則眾山同之。土人未敢為
敵。國初，設撫傜土官，令撫綏之。」（羅青霄修纂，1573／2010：377）

　　明末清初的顧炎武（1613-1682），在《天下郡國利病書》（約1639-1682
年間成書）：「猺人，楚、粵為盛，而閩中山溪高深之處間有之。漳猺人與
虔、汀、潮、循接壤錯處，亦以槃、藍、雷為姓。隨山種插，去瘠就腴。編
荻架茅為居，善射獵，以毒藥塗弩矢，中獸立斃。其貿易商賈，刻木大小短
長為驗。今酋魁亦有辨華文者，山中自稱狗王，後各畫其像，犬首人身，歲
時祝祭。族處喜讐殺，或侵負之，一人訟，則眾人同；一山訟，則眾山同。
常稱城邑人為河老，謂自河南遷來畏之，繇陳元光將卒始也。」（顧炎武，
2011：2991-2992）。據聞此文收錄郭造卿（1532-1593）〈防閩山寇議〉的記
載；又稱，郭文抄自（萬曆）《漳州府志》。然郭文究竟有無涵蓋後文之「常
稱城邑人為河老，謂自河南遷來畏之，繇陳元光將卒始也。」，未得原文，
乃未得知。若顧炎武之文轉引自郭文，則〈防閩山寇議〉與〈傜人〉撰寫年
代應相近。

　　康熙年間第二次修纂（康熙58年，1719年）之《〔康熙〕平和縣志》（知
縣王相總纂）「閩省凡深山窮谷之處，每多此種，錯處汀潮接壤之間（中
略）。居無常所，視其山之腴瘠，瘠則去焉。（中略）土人稱之曰客，彼稱土
人曰河老」（王相總纂，1719／2000；引自施添福，2013：27）。指的是畬族
被當時漳州閩人稱為「客」，閩人被「客」稱為「河老」。且從《（萬曆）漳
州府志》、《天下郡國利病書》、《（康熙）平和縣志》相承的文脈來看，此處
之「客」、「彼」乃指畬人；至於是否指客家族群（含客家化的畬族人），

則未可知。[2]

　　大埔縣秀才溫廷敬（1869-1954）〈潮州福佬民系考〉：「福老初本名河老。《郡國利病書》云：漳猺人與虔、汀、潮、循接壤雜處，中略。常稱城邑人為河老，謂自河南遷來，畏之縣陳元光將卒始也，其後始訛為福老。蓋就其來自河南而言之，則名為河老；就其處於福建而言之，則名為福老。今漳、泉人尚自稱為河老，而他省及客家則稱為福老，此可證其得名之由也。」（溫廷敬，2005年）

　　郭造卿〈防閩山寇議〉與（萬曆）《漳州府志》文脈相承，但查（萬曆）《漳州府志》只錄「畬客」，未錄「河老」，故可推定「河老」之詞確切錄於《天下郡國利病書》之中。閩地漢人曾經被畬族人稱為「河老」的脈絡已經清晰了，[3]且《天下郡國利病書》及《康熙平和縣志》所載兩文之文脈來看，「河老」一詞應是源自畬人稱呼閩人的用詞，到了〈潮州福佬民系考〉一文認為「河老」已轉為閩南人的自稱族名了。

　　至於「福老／佬」一詞出現年代，目前可考以年代以溫廷敬〈潮州福佬民系考〉最早。歐榘甲（1870-1911）〈新廣東〉一文揭示當時之廣東族群語

2　本文初稿在二〇一九年十一月九日「第四屆竹塹學國際學術研討會」中宣讀時，評論人洪惟仁教授認為在漳州客家話裡的/-k/入聲韻尾有弱化為/-h/的現象，貉/hok[8]/ > 貉/hoh[8]/的讀音似如「河」，並寫成「河『佬』」，且因此「河老」地名就不會出現在比較能保持/-p/、/-t/、/-k/等非喉塞入聲唸法的廣東客家區。對洪教授的說法，研究者持保留態度，其一、從歷史文獻的文脈清楚可辨「河老」說法所對應的是漳州畬民。其二、是語音會隨時間產生變異，三百～五百年前「貉」讀/hok/而今讀/hoh/，或已轉讀平聲是不無可能的，若當時「貉」仍讀/hok[8]/，就未必會寫成「河」了。其三、三百～五百年前漳州與粵東是否已成為客家話區不無疑問，明武宗時，王守仁掃蕩贛南及閩西土著勢力，並據此於正德十三年（1518）奏請在漳州府增設平和縣；（林春敏編，2010：61）丘逢甲在一八九九年抵饒平縣舊縣城三饒訪友時寫下詩句：「舊俗仍高髻，遺民半客音」（引自：韋煙灶，2014：1-29），高髻的梳頭方式是畬族婦女的表徵，半山客是指粵東半客家化的畬民，半客音為半山客所說的語言。到清末，與漳州府接壤的潮州府饒平縣中北部，仍然畬、漢雜處的狀態，更何況是在十六世紀之時。

3　從文脈來看，本文在此處所稱的「漳州地區的漢人」帶有不同地域社群的相互稱呼，未必全然是指說閩南話的特定族群。

言分類及使用情形：「……廣東言語約分三種：一客家，二福佬，三本地。……福佬之族，則據福建一省，而連潮州一府，其形勢與客家相近，亦與客家雜居為多，本地則罕有之。……。」《鳳山縣采訪冊》（1894）「粵稱閩人曰福老，謂福建人也。」（盧德嘉編，1894／1961：427）《臺灣通史》（1920）「稱粵籍曰『客人』，粵人則呼閩籍曰『福老』」。（連橫，1962：560）故可推定「福老／佬」一詞十九世紀中後期已為當時的臺、粵人士所認知。

連橫曾用「河洛」來對應「ho11 lo53」一詞，（引自：洪惟仁，1985：131-132）目前臺灣地名中只見於嘉義市鹿寮里「河洛仔庄」一個相關地名。（陳國章，2019：41）[4]

開始用「河洛話（語）」一詞來指稱閩南話，似起於1955年吳槐發表於《臺北文物》第4卷3期的〈河洛語（閩南語）中之唐宋故事〉一文：「顧現在之河洛語（閩南語）中尚存許多歷代典故」（吳槐，1955：67-75），文中未具體論證依據。其後在〈河洛話叢談〉一文以：「閩南語，俗謂之河洛話。書之者或作河老或作福老，學老，間至有書老作佬作狫者。由涵義而言，由造語而言，竊以為莫愈[5]於河洛二字。不獨音諧而意賅，且為數千年來之成語。洛古時音近老，今語言仍然。」（吳槐，1958：1-19）來論證Hoklo／Hohlo是源於「河洛」的諧音；《臺北文物》第7卷3期有三篇以「河洛」為主題。吳槐（1958-1967）在《臺北文物》及《臺灣風物》等期刊共登載了11篇〈河洛話叢談〉[6]，但上述文章未見有以語音學角度論證者。以當時的政治社會氛圍下，「閩南語即是河洛話」當屬非常「政治正確」，持異

---

4 這個「河洛仔庄」雖未知出現年代，但根據該書地名詞條的描述：「意『閩系臺灣人的村莊』。原名「鹿寮」。係里內唯一非客系臺灣人的聚落，乃得名。」推測地名出現年代當不會太久遠。

5 按：「愈」為「逾」之誤。

6 〈河洛話叢談〉～〈河洛話叢談之十一〉，其中在《臺北文物》所刊登的「河洛話叢談」，在第8卷第4期與第9卷第1期均使用〈河洛話叢談（五）〉，共10篇（1958-1960）；登載於《臺灣風物》第17卷第5期為〈廣雅中的河洛語釋詁：河洛話叢談之十一〉（吳槐，1967：72-79），未見〈河洛話叢談（十）〉。

議者（如林元本，1958：25-29）的聲音相對微弱，加上「河洛」與「河老」、Hoklo／Hohlo的音感確實頗接近，因此這種在特定年代被特定人士製造出來的說法，就廣為流傳迄今。然而這些文章都是以漢字訓詁、歷史文獻或漢人南遷「史實」來作論證依據，不僅欠缺歷史文本的考據；只從發音近似的表象推論，經不起嚴謹的語言學理論證。後續採用此觀點見於：許成章（1992）《臺灣漢語辭典》、陳修（2000）《臺灣話大辭典》、梁炯輝（2003）〈臺灣閩南語正名──「河洛」乎？「福佬」乎？「貉獠」乎？〉[7]等等。

將 Hoklo／Hohlo 解釋為源自「河洛」的諧音，以及將「河」的地理區位解讀為「河南」或「河洛」，目前臺灣語言學者概以「聲韻俱疏」加以否定，其最大的論據基礎是目前 Hoklo／Hohlo 的首音節「貉、鶴、學、福」在閩、客話均讀入聲，就常民語言接觸而產生語音變異的規律而言，由入聲轉非入聲易，由非入聲（河）轉入聲難；[8]其次，將與次音節「洛」聲韻相同的詞彙進行排比，在目前閩、客話均仍讀入聲，未見轉為上聲（-lo 的唸法）者；再者，漢字地名的書寫，會由音譯與粗鄙趨向寓意與文雅，如高雄市內門：麻漢文/bun/→羅漢門/bun/→羅漢內門→內門/bun/，由「河洛」轉寫成「貉老、鶴老／佬、學老／佬、福老／佬」卻違反這種地名流變的規律。

研究者透過歷史地理的視角來補充論證，Hoklo／Hohlo 認為是來自「河洛」的諧音，或將「河」的地理區位解讀為「河南」或「河洛」，結果也是傾向於否定的看法：

（一）唐代陳政、陳元光（開漳聖王）父子，以及五代閩國開閩王（王審知）三兄弟的祖籍地所在之光州固始縣（今河南東南部與安徽中西部交會之地），唐代的光州屬河南道（包括今山東省、江蘇省北部、河

7　梁炯輝（2003：50）：「合上述五項查考，語音「ho^{11} lo^{53}」一詞，今日對應漢字有『河洛』、『貉獠』、『福佬』。而『貉獠』再延申出『賀佬』、『鶴佬』二詞，所得較妥切的漢字對應方案，應屬百多年前臺灣閩南語傳統所用『河洛』二字最為適切。」

8　人類語言變化的共性，總體上是傾向「弱化」的，亦即從有入聲的形式轉讀為無入聲的形式，是較為「無標」（unmarked）的，也就是較為自然；反之，從本非入聲的形式變讀為具入聲的形式，則份屬「有標」（marked），毋寧較不自然，也較不普遍。是故，倘將「河」字設定為閩、客語 hok/hoh 之來源，毋乃違背語言發展的共通性。

南省洛陽以東之地）（譚其驤，1996a）。如果說「河老」來自畬族聽
到城裡的人「謂自河南遷來」，似乎說得通，但以唐代的光州或固始
縣均在淮水之南，為何不自稱「自淮南遷來」？

（二）唐代的「河南道」屬於虛級的監察區而非實級的行政區，加上宋代的
　　　監察區──「路」並未有命名為「河南路」者，元代的行省中也無
　　　「河南省」（譚其驤，1996b；1996c），故以「河南」作為中原區域的
　　　代稱，未必為唐、五代、宋、元時人所認知並進一步作為認同的人文
　　　區域範圍。

（三）「河南」相當於今河南省的概念，則是在明代設河南布政使司（河南
　　　省）之後才具體化，（譚其驤，1996c）故本文認為「河老，謂自河南
　　　遷來」這樣的思維，乃明朝以後文人（如郭造卿、顧炎武等）的「後
　　　設認知」（meta cognition）所衍生的概念。[9]其次，「老／佬」也不是
　　　閩人自稱或稱人的習慣用法。

（四）方圓五百里的郡級行政區（即唐宋的州、明清的府）是過去漢人作為
　　　區隔彼此的地理區單元，具體的證據是清代臺灣漢族姓氏在標示其追
　　　遠原鄉的空間符號──「堂號」，多數（約70%）以郡級行政區為堂
　　　號名，固始縣應屬汝南郡（兩漢）或光州（隋唐）。（韋煙灶、張智
　　　欽，2002：12-28）

（五）四百餘年前以當時閩南地理資訊傳播閉塞的情況下，畬族民人如何具
　　　備對千公里之遙的河南（中原）之區位與區域的認識？然則這些歷史
　　　文獻（已經轉譯成漢語文獻），呼應前述第3點，「河老」一詞若出自
　　　深受「中原文化」薰陶的文人手筆，「雅化巧飾」並非不可能。

（六）以「河」作為河流通名，不是閩人的習慣詞彙（多慣以「江」或
　　　「溪」稱呼）（韋煙灶，2016a：91-113），因此「河老」就不會是閩
　　　南、粵東常民口語慣用的稱呼。

9　「後設認知」是指「是指個人對自己的認知歷程能夠掌握、控制、支配、監督與評鑑
　　的一種知識；是在已有知識之後為了指揮、運用、監督既有知識而衍生的。」（陳李
　　綢，2000年）。

　　Hoklo／Hohlo轉化成漢字名的過程，是採取「以音套字」（音名）來書寫，還是「以義套字」，或者是「音義俱達」呢？我們認為「以音套字」最為可能，否則不會有河老、貉獠、貉老、鶴老、學老等音相似，而形不同、義不連的用詞出現。

三　從貉獠到貉老

　　《臺灣閩南語辭典》詞條「河洛話」：「ho5 lok8 ue7，臺灣光復後所出現之誤稱，原字作『貉獠話hoh8 lo2 ue7』，為中原人士對福建、廣東一帶語言之稱呼，後改稱為『貉佬話』、『福佬話』。作『河洛話』者，聲韻俱疏，乃中國沙文主義者有意竄改歷史事實之誤稱」。「福建和廣東之原住民，舊稱閩越人與南越人。例：貉佬人hoh8 lo2 lang5。（本為『貉獠人』、後來變成『貉僚人』，最後才稱為『貉佬人』；現在亦有人稱為『福佬人』，或作『鶴佬人』。）」（董忠司總纂，2001：415、417）其內容言簡意賅，但作為研究者難免會有所保留，思索其論據基礎為何？因此企圖再溯其本源。

　　古代中國稱東北方的一支外族為「貉」，《周禮》：「職方氏‧掌天下之圖，以掌天下之地。辨其邦國都鄙四夷八蠻七閩九貉五戎六狄之人民。」（林尹註譯，2005：344）。《孟子》〈告子下〉：「欲輕之於堯舜之道者，大貉、小貉也。」（朱熹，1983：346）。《荀子》〈勸學〉：「干、越、夷、貉之子，生而同聲，長而異俗，教使之然也。」（王先謙，1988：2）。後來似逐漸轉為中原人對南方人的輕蔑稱呼。如裴松之所著之《三國志》〈關羽傳‧註〉中記載關羽箋罵孫權為：「貉子敢爾」（陳壽、裴松之註，1971：942）。《晉書》〈陸機傳〉記載，西晉時南人陸機（西晉吳郡人）任河北大都督，引起了北人攻訐，爭執中，北方將領孟超譏諷陸機：「貉奴能作督不！」（房玄齡，1974：1480）。顯示「貉」這個字在漢字裡用來箋稱外族由來已久的，後來語意似逐漸轉為以中原人自居者箋稱南方人的用詞。

　　「貉獠」之地名出現在顧炎武的《天下郡國利病書》引廣東《（萬曆）永安縣志》（知縣葉春及總纂，萬曆14年，1586）：「上鎮黃花北近藍能、大

小逕，東出程，揭貉獠坪、南嶺，南通螺溪、馬公寨、黃峒、新村、捲蓬，南徭、松坑、碗窰。」（顧炎武，2011：3201；引自謝重光，2002：126）。《古今圖書集成》：「貉老坪在南嶺社，與歸善界。」[10]貉老坪水之地名出現在《廣東新語》：「自南來者，一出磜頭，一出黃坑，合流至小鱉，合貉老坪水。[11]」十七世紀後半葉至十八世紀初，惠州府永安縣貉老坪、貉老坪水或貉獠坪之地名已為當地官府所知、所載。

雖有些地名也取自動物，山豬湖、蜈蜞窩、鹿場、熊空等，似乎只是反應自然生態。然就字面義，「貉獠」、「貉老」為歧視字眼是殆無疑問的。貉老坪（貉獠坪）這個地名歷史悠久，是以歧視字眼成文，或許是以中原人自居的廣東客家人借用此詞，來貶抑閩南人是犬科動物！以研究「歷史記憶與歷史失憶」著稱的歷史學者王明珂，在《華夏邊緣：歷史記憶與族群認同》一書中以提到「我們可將族群分為『自稱族名』與『他稱族名』，……，當一群人以一些『他稱族名』稱呼其他人群時，這些族名常有『非人類』或卑賤含義」（Wolfram Eberhard, 1968: 2；引自王明珂，1997：72），可提供閩南族群被套用「貉獠」、「貉老」這些他稱族名的概念基礎。

從歷史上漢人文獻一貫對「中原」周邊少數民族帶有貶抑稱呼的漢字書寫形式，以及閩粵地區的區域發展歷程來看，以本文所提出的證據顯示，最早出現的 Hoklo／Hohlo 漢字書寫形式與洪惟仁（1986：125-129）推斷的「貉獠」相符，也接受洪教授的漢字語源學論據。但若將「貉獠」漢字的書寫形式直接視為貉老、鶴老／佬、福老／佬的語源，是否適切？其次，Hoklo／Hohlo 最原初（或可能來自畬語之音譯）的語義為何？「貉獠」與「河老」的語源關係又如何說明？再者，尚有疑問未解：「貉」字形、字義均比較冷僻，客家平民大眾會用嗎？貶抑或詈罵人時，一般是希望對方能真

---

10 《古今圖書集成》初稿完成於康熙四十五年（1706），雍正四年（1726）校成。本處節錄自該書〈方輿彙編・職方典・惠州府部・彙考・惠州府山川考一〉。（陳夢雷、蔣廷錫，1726／2003）。

11 《廣東新語》係清初廣東人屈大均編纂的筆記類書，成書於康熙十七年（1678），本處節錄自該書〈第四卷水語・永安五江〉。（屈大均，2006：170-171）

正感受到，否則就達不到貶抑或置罵的作用，古代文盲畢竟是佔絕大多數。這是否為初編纂地方志者，僅聽居民發音（或輾轉聽到），而以音套字置入「貉」於地名中。但換一個角度來看：一般平民雖然未必看的懂，但族群的傳統領導者往往是知識分子，他們會用「較高級」的方式傳答對其他群體觀感，並傳布社會大眾，或許貉獠、貉老用語是有意為之！

四　鶴老、鶴佬、學老、學佬

　　本文找到最早出現以「鶴老」來他稱閩南族群的文獻是在一六二六～一六四二年間，由西班牙道明會神父與馬尼拉閩南人（唐人）合作編寫《西班牙──華語辭典》：「頁666：『鶴老』ho?8 lo2閩南族群的通稱」。繼之美國漢學家衛三畏於同治甲戌年（1874年）所編輯的《漢英韻府》收錄「Hoklo」一詞。（引自張屏生，2019：33、48）顯示在十七世紀初「Hoklo」這個他稱族名已被用來稱呼「福建閩南來的」族群（當時移居馬尼拉的華人以福建閩南籍占絕大多數）。

　　施添福（2014）引康熙二十八年（1689）《東莞縣志》〈卷二‧風俗〉：「邑至六七都，無物產，土瘠人窶，歲一種稻即止。田事之隙，搏鹿射虎，捕逐鷗鶴，狐狸與犵猺雜居，言語侏離（按：儷之誤），衣服鄙陋。……。如涌口之民，間為東語（閩泉鄉語）。七都所操亦雜鶴音（犵猺曰鶴），所謂方言也。」（李作楫，1994：62-63；引自施添福，2014：44-45），施添福認為「『鶴』或『鶴音』亦可視為福老或福老話的原型」。根據其研究，在廣東粵語區，可將以「鶴」稱呼 Hoklo/Hohlo 人的年代推至一六八九年以前，且由「犵猺曰鶴」，可知「鶴」是帶有貶抑的他稱用法。在廣東話「犵」唸成/ngaai/（根據艾之唸法推測）、「猺」唸/jiu/、「鶴」唸/hok/，三者的聲韻調俱疏，很難想像與發音有連結關係。然而，不免讓人聯想，「貉」與「鶴」可算是聲韻調俱同，同樣是帶有貶抑的用詞，彼此交替使用，似在合理可解之中。

　　約作於一八八○年的〈新界九約竹枝詞〉：「……。馬頭涌過宋皇臺，鶴

佬村前玩一回，行向沙垻醫院過，疑魂打鼓嶺中催。……。」（詹伙生、鄭嬌，2018；葉德平編，2019）。顯示至少在十九世紀末廣東已經使用「鶴佬」這個他稱族名。

　　至於在臺灣，從「臺灣大學歷史數位圖書館」（THDL）檢索到兩筆「鶴老」，找不到河老／佬、貉老、福老／佬、學老／佬等用詞。「中央研究院漢籍電子文獻」只檢索到上述兩筆「福老」及一筆「鶴老」（同 THDL 所檢索到的「鶴老庄」），找不到河老／佬、貉老、福佬、學老／佬等用詞。「臺灣文獻叢刊資料庫」找到一筆「學老」（臺灣銀行經濟研究室編，1963：102），找不到河老／佬、貉老、福老／佬、學佬等用詞。[12]

　　研究者整理族譜資料時發現，新竹縣芎林鄉新鳳村鍾姓祖籍記載：潮州府揭陽縣「半山鶴」，據此推斷半山鶴應位於潮州府揭揚縣（今揭陽市榕城區、揭東區或揭西縣）境內，推測該鍾姓渡臺移居新竹年代約為一八一〇年前後。（莊吳玉圖總編，2004：世系456；索引103）。半山鶴係與半山客對稱，或許該鍾姓是福老化的粵東畬族家族後裔，半山鶴也未必然是個地名，但我們卻可據此推知在十八世紀末至十九世紀初，臺灣的粵東移民已有他稱閩南族群為「鶴」的用法。

　　「仝立石牌人大排竹鶴老庄等，蓋聞萬物本乎天，人民賴乎神，其由來也久矣。奉祀福德爺，建置廟宇，欲隆廟祀者，必先建置田業以為春秋，享祀之資，故自此鄉村報祈有定，從茲歲月享祀無窮，今將建置香煙田壹段開列于左欄。……。」（標題：福德爺香燈碑；作者：董事楊營生（等）；成文日期：咸豐元年8月；出處：《臺南縣志稿》，卷10〈附錄〉）[13]。

　　「臺灣文獻叢刊資料庫」：「立找絕根契人蕭天生，有承曾祖父明買過蔡

---

12 研究者找到另一則「鶴老」，因為不是典型的證據，故以註釋方式呈現：「……。初五日。許憲丹兄班頭去民十員。為出罵頭陳克正稟水案。郭先生交。鶴老兄轉交。鄉保長去紅包辦貳百。為十八庄之事。著正交手。……。」（標題：文武衙門簿；成文日期：乾隆34年10月11日至12月25日；出處：岸裡大社）見國立臺灣大學：《臺灣歷史數位圖書館》，檔名：cca110001-od-al00956_008_01-u.txt。

13 國立臺灣大學，《臺灣歷史數位圖書館》，檔名：ntu-0754345-0007900079-0000063.txt。

廷草地一所，坐落頭橋塗樓、北勢<u>學老厝</u>下洋等莊，[14]帶田園、荒埔、壙地、埤堀、水圳、山崙、糖廍等業。東至白灰墓，西至大路，南至溪底水邊，北至山腳圳溝，四至明白為界。（後略）。

即日同中收過找契內銀八十大元足訖，再炤。嘉慶元年十二月日　在場人堂叔捷元　為中人陳承業　翁成魁　知見人孀祖母吳氏　代書人陳宗敬立杜找絕根契人蕭天生」（見於《臺灣私法物權編》，〈第四七找絕根契字〉）。

以「鶴老」或「學老」來他稱「閩南族群」的用法，應在十七世紀初已出現。在臺灣，乾隆三十四年（1769）之前已有以「鶴老」的稱呼；嘉慶元年（1796）之前已有以「學老」的稱，反推粵東地區，「學老」這個詞的使用應更早。「鶴佬」用法則在十九世紀末已經出現。

五　地圖上的閩南族群他稱地名

臺灣的語言學者與族群研究學者對於清代臺灣粵籍移民之原鄉（如圖1所示）：潮州府九邑、嘉應州五邑、惠州府海豐、陸豐兩邑等的閩、客的分布概況，已有所認知。（韋煙灶、程俊源、許世融，2016；韋煙灶、程俊源，2018；洪惟仁，2019a；洪惟仁，2019b）粵東的閩、客族群分布呈現區域性的分布型態，客家人分布於山脈以西北內陸地區，閩南人分布於沿海平原地區；族群交界地帶的客、閩族群則呈犬牙交錯的分布型態。

較不為臺灣學者所熟悉的清代廣東省惠州府歸善、惠陽、河源、永安、博羅、龍川等縣（相當於今惠州市惠城區、惠陽區、惠東縣、博羅縣；河源市之源城區與龍川、紫金兩縣）Hoklo／Hohlo人的分布，則呈現居城鎮及沿江的點狀分布（圖2）。（潘家懿、鄭守志，2010：145-165）一九四八年編成之《博羅縣志》就其境內閩人分布概況，有扼要說明：「（前略）大半又自閩來，為漳州語系。泰市瀲圖至水北，剝折嶺，皆是也。」（廣東省文史研究館、博羅縣志地方志編纂委員會辦公室編，1959/1988：156）。

---

14 頭橋塗樓、北勢學老厝下洋等莊位於今嘉義縣民雄鄉興南村一帶。

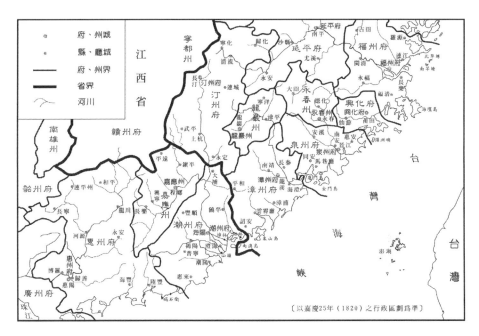

〔以嘉慶25年（1820）之行政區劃為準〕

圖一　清代臺灣漢人原鄉行政區圖

資料來源：改繪自：譚其驤，1996d：42-45。

　　上述兩個粵東 Hoklo 人分布區域，與相關閩南族群他稱地名的分布範圍具有區域的一致性。圖三的閩西南與粵東之客、閩方言界線與「語言弱界線」[15]，是參照韋煙灶等（2009：B3.1-22），以及韋煙灶與程俊源（2018）等文的概念與附圖，再次修訂而得。在此，不再詳述其繪圖依據及過程。

　　從《中國歷史地圖集：第八冊（清時期）》、各類「福建省地圖冊」、「廣東省地圖集╱冊」與 Google Maps、百度地圖的檢索（如圖3及表1所示）；Hoklo╱Hohlo 他稱的地名有二十九個，都是在廣東找到的（縣級以惠東縣

---

15 美籍漢語學者羅杰瑞（Jerry L. Norman）認為大部分漢語分界線不是截然一分為二，而是有其過渡性，因此提出在語言過渡帶上，仍然需要有一條界線，就稱為「語言弱界線」。（張惠英譯：168；王恩涌等，2008：221）

最多），福建省及臺灣都沒有發現這些地名。[16]這些地名中以「學老／佬」的比例最高（83%，24/29），就絕對數量來看，已經可以認定是目前「學老／佬」是粵東客家人「他稱」閩南族群的最常見用詞。其次，為「鶴老／佬」（10%，3/29），與「學老／佬」之比例與數量均相差甚多，但出現3個（若加上未列入統計的香港鶴佬村為4個）已不算是孤例。和老、和佬各一，但未敢驟然認定是指稱 Hoklo，故未列入統計；未找到帶有賀老的地名。從「貉老坪」到「學老坪」或「鶴老」到「學老」（惠州市惠東縣多祝鎮的鶴老山與學老兩地相當靠近，似有相互關聯）之地名轉換，似乎間接提示某些「學老／佬」或可能也是經歷這樣的地名演變過程。香港之「福佬村（道）」是在一九二〇年代才出現，是屬孤例。以本研究的地圖地名統計為準，「福老／佬」並非粵東客家人閩南族群慣用的地名，也間接佐證這個用詞（地名）是較後起的。本研究運用可找到地圖，在臺、閩、粵三地均未真正檢索到一個「河老」地名，〈潮州福佬民系考〉：「今漳、泉人尚自稱為河老」，卻未反映在地圖地名上，頗值得推敲。

這些地圖上的閩南族群他稱地名，使用的區域均位於廣東（含香港），大多數位於成片的客家話區，或是局部優勢的客家方言島（如汕頭市潮南區、博羅縣觀音閣鎮與香港新界），也就是說這些以閩南族群他稱族名為名的地名，其所在的人文區位均屬於客家方言區中的閩方言島，表示當地客家族群占優勢，閩南人相對處於弱勢，但卻是占少數閩南族群的群聚之地，具有地標性，而產生這些「他稱地名」。另有二個位於粵語優勢區（廣州市白雲區鐘落潭鎮學老庄、博羅縣園洲鎮學佬），數量雖少，卻也顯示粵語區也有類似稱呼。

---

16 楊明璋先生二〇一三年三月二十日提供苗栗市一個特殊地名：內麻二坪山「學老排」，但這個地名不見於臺灣的任何地圖中。該聚落為楊姓家族所居，該楊氏祖籍：廣東省潮州府揭陽縣柳陽鄉甫田村柳樹崁，被苗栗當地客家人視為閩南人。

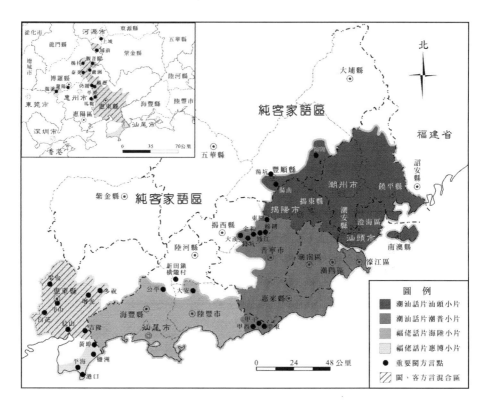

圖二　粵東閩南語的分片及分布區域

資料來源：整理自潘家懿與鄭守治（2010：145-165），該文繪圖者為本文作
者繪圖。

表一　地圖上檢索到的閩南族群他稱地名

地名詞	地名	今歸屬行政區	資料來源
貉老	貉老坪	河源市紫金縣南嶺鎮	《中國歷史地圖集：第八冊（清時期）》
鶴老／佬	鶴老坑	梅州市興寧市徑南鎮	《新世紀・廣東省地圖集》、Google Maps、百度地圖

地名詞	地名	今歸屬行政區	資料來源
	鶴老山	惠州市惠東縣多祝鎮	Google Maps、百度地圖
	鶴老洋	河源市龍川縣黃布鎮	Google Maps、百度地圖
學老／佬	學老庄	廣州市白雲區鐘落潭鎮	百度地圖
	學佬	惠州市博羅縣園洲鎮	《新世紀‧廣東省地圖集》、Google Maps、百度地圖
	學老崗	惠州市博羅縣觀音閣鎮	百度地圖
	學老窩	梅州市梅縣區桃堯鎮	Google Maps、百度地圖
	學老坑	梅州市梅縣區梅南鎮	《新世紀‧廣東省地圖集》、Google Maps、百度地圖
	學老坑路	梅州市興寧市徑南鎮	百度地圖
	學老池[17]	汕頭市潮陽區穀饒鎮	Google Maps、百度地圖
	學老東	揭陽市揭西縣坪上鎮	Google Maps、百度地圖
	學老壋	揭陽市普寧市梅林鎮	Google Maps、百度地圖
	學老麻洋	揭陽市普寧市高埔鎮	Google Maps、百度地圖
	學老坪	河源市紫金縣南嶺鎮	Google Maps、百度地圖。為「貉老坪」雅化之地名
	學老光	河源市紫金縣鳳安鎮	Google Maps、百度地圖
	學老灣	河源市紫金縣中壩鎮	《新世紀‧廣東省地圖集》、Google Maps、百度地圖
	學老嶂	河源市紫金縣蘇區鎮	百度地圖
	學老龍	汕尾市陸河縣河口鎮	Google Maps、百度地圖

---

17 扣除香港的福佬村（道），汕頭市潮陽區穀饒鎮街上講潮汕話，周邊小北山區講客家話，因此學老池應是屬於小北山客方言區中的閩方言島。潮南區南部的大南山區是屬於客方言區，學老埔也應是其中的閩方言島。（參吳中杰，2016：174-189；2019年4月20日與吳中杰教授私人通訊）。香港的福佬村（道）也應是被客家村落包圍的Hoklo/Hohlo 村莊。

地名詞	地名	今歸屬行政區	資料來源
	學老陂	梅州市豐順縣湯西鎮	Google Maps、百度地圖
	學老窩	梅州市大埔縣銀江鎮	Google Maps、百度地圖
	學老爐	惠州市惠東縣安墩鎮	《新世紀・廣東省地圖集》、Google Maps、百度地圖
	學老窩	惠州市惠東縣平山街辦	Google Maps、百度地圖
	學老埔	惠州市惠東縣白花鎮	Google Maps、百度地圖
	學老頂	惠州市惠東縣白花鎮	百度地圖
	學老	惠州市惠東縣多祝鎮	Google Maps、百度地圖
	學老壩	惠州市惠陽區澳頭街辦	百度地圖
	學佬巷	香港長洲	Google Maps
福老／佬	福佬村道	香港九龍九龍城	Google Maps、百度地圖
貉獠	貉獠坪	河源市紫金縣南嶺鎮。與前述之貉老坪為同一地點。資料來源：《天下郡國利病書》引廣東《永安縣志》，非地圖地名，不列入統計，以下同。
貉老	貉老坪水	河源市紫金縣南嶺鎮。資料來源：《廣東新語》。
學老	學老窩	汕尾市海豐縣黃羌鎮。資料來源：《廣東省汕尾市：張氏族譜》。
學老	學老埔	汕頭市潮南區（似在臚崗鎮）。資料來源：〈潮陽行政區劃〉（光緒年間），《Wikiwand》。
鶴佬	鶴佬村[18]	香港（疑在新界大埔）。資料來源：〈新界竹枝歌〉。
和老／佬	和老塘	Google Maps：河源市連平縣繡緞鎮之地名，未確定是指

---

[18] 鶴老村地名來約自作於一八八〇年的〈新界九約竹枝歌〉詩句：「鶴佬村前玩一回」，為香港沙田本地的兩位客籍人士許永慶及羅文祥所作。（葉德平編著，2019年）推測「鶴佬村」位於今香港新界大埔、沙田一帶的沿海地區。九龍城之福佬村（福佬村道），當地原本無人居住，約在一九二〇年代以後才有來自福建及海、陸豐閩南人聚集居住，因此稱為福佬村。（維基百科，n.d.）故鶴老村與福佬村應當非同一地點。

地名詞	地名	今歸屬行政區	資料來源
		Hoklo。	
	和佬麵館	珠海市香洲區之地標名，未確定是指Hoklo。	
河佬	河佬人商行	Google Maps：東莞市茶山鎮之地標名，未確定是指Hoklo。	

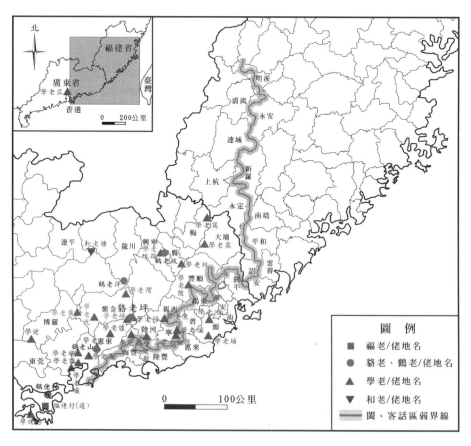

圖三　地圖上的閩南族群他稱地名

資料來源：表一。

六　綜合討論

　　從上述的歷史文獻與地圖地名的呈現，我們至少可確定的是，廣東客家人曾以貊獠、貊老、鶴老來他稱閩南族群是具體存在的。此外，間接的佐證是閩南話將這個詞彙唸成 Hohlo，其唸法比較接近「河老」，較帶有閩南人自稱族名的意涵；Hoklo 是客家話的唸法，但漢字名貊老、鶴老／佬及福老／佬，若依照閩南話唸法，均應唸成 Hoklo，與閩南話的 Hohlo 唸法相似卻不相同。這樣的演變乃因為，其一越古老的唸法與寫法越接近源初型態，越後期的唸法與寫法越趨向簡化、雅化、通用化、標準化、政治化的影響；其二，地名的讀音會比漢字書寫形式更接近地名源初意涵。在臺灣地名中可以到如「沙鹿」唸成/Sualak/（來自對沙轆/lak/社〔Salach 社〕的稱呼）而非閩南話從字形直唸的/Salok/或/Sualok/。

　　除了上述「河洛」的用法外，多數學者持「福佬」之說，顯然較多學者樂見將 Hoh[8] lo[2]的漢字書寫形式，雖有人的認為是他稱族名，有的認為是自稱，但都是傾向帶有「從福建人漳泉來的人」意涵的「福佬」，只有洪惟仁（1986；1988；2010）與謝重光（2002）持不同看法。各家論述要點摘錄如下：

　　林本元（1958：25）定義：

　　　　福佬：本省俗呼和老，是客話的訛音；指閩南人，包括屬漳泉祖籍的本省人而言。所以在本省的客人，照樣的，叫漳泉州屬的本省人為福佬人，講福佬話。而漳泉州屬的本省人們，對客人也承認他是福佬人，依然效客人自呼福（和）佬。

　　此文在當時政治氛圍下，顯得政治不正確，於是很快受到圍剿，如集鴉（1958：23-25）：「本誌第七卷第三期，載林本元先生大作『福佬人乎河洛人乎』一文，乍見之下至感興奮，且寄望甚殷。……及閱讀全篇，則又不能

不痛感失望焉。……無如文剌於題，言而不實，且欲以今證古，似是而非，殊難捕捉，莫知要領。」

許極燉（1990：35）認為：

有些人不解「福佬」的由來，而有意無意地把它曲解或誤解為：「河洛」、「河佬」或「鶴佬」，是缺乏根據的。……。「福佬」一詞是客家人對閩南人的稱呼，它的含義是「福建人仔」的意思，但是，如上述，並非泛指所有福建人。

吳守禮（1996）述及：

連同前五十年的日治時代，筆者除了在圖書館的雜誌架上，瞥見美國的世界地理雜誌，有關福建民俗報導文中出現「鶴佬」一詞以外，一直不再見到有人用「鶴佬」二字來表達〔ho7 lo2 e3〕。

謝重光（2002：123-127）考據：

我們認為，從「福佬」一詞的使用情況來看，就像客家本是他稱一樣「福佬」也是他稱，是客家人對於閩南和潮汕人的一種帶有貶義的稱號。……。「福佬」之「佬」，應是由「獠」字轉化而來，作為他稱，帶有輕篾和侮辱的意味，或可無疑。

至於「福」字，似指這一部分「獠」是從福建來的，「福佬」者，乃福建「夷獠」也。不過，在客家方言中，「福佬」之「福」讀如「貉」，「貉」與「獠」字相配，貶義更強烈，篾視的程度更深。

最後，閩南人和潮汕人也接受了這種稱呼，不過排斥了「貉」字，選定了「福」字，並把「佬」字另加詮釋，解為長老之老，或乾脆稱為「福老」。

吳坤明（2008：54-73）討論：

> 將「福佬話」、「河洛話」、「貉獠（鶴佬）話」併在一起討論，是從語
> 音可以清晰認出「河洛話」、「貉獠（鶴佬）話』都是由「福佬話」衍
> 生出來者。……。「貉獠（鶴佬）話」，此名稱係以「臺灣閩南語」是
> 「百越語」之認知，並針對「hoh8 lo2」之音而衍生出來者，幸好，
> 與事實不合。[19]

洪惟仁（1986：125-129；1988：1-2）考據：

> 我將閩南人自稱的 hóh-ló 一詞由「河佬」改為「鶴佬」，這是由方言
> 比較中認定 hóh 為入聲，其同音字當是「鶴」，不是「河」
> （hô）。……。如果我們要取族民或地名的字，那麼只有「貉獠」二
> 字最適當，獠、佬、狫是同義字。……。但這兩個字太刺激了，所以
> 我們採用廣東人習用的比較不具色彩的同音字「鶴佬」來表示。

洪惟仁（2010）續論：

> 筆者早期有多篇文章考證 Hôh-ló 的本字應當是「貉獠」二字，……。
> 而「貉」字當為自古中國對夷狄的蔑稱，客家人稱閩南人為「貉獠」，
> 以「貉」形容「獠」，含有「野蠻的獠族人」之意。因為客家人自稱

---

19 兩篇討論臺灣語文的網路文〈河洛？福佬？其真義〉，其一是署名魚美人，在二〇一〇
年六月二十八日張貼，節錄：「至於什麼賀佬，鶴佬，貉獠，全是學者虛誕之新創詞，
徒增加混亂而已。」另一篇〈「hôh-ló」宜寫成「福佬」的道理〉，作者為傅欽雲，在二
〇一一年六月三日張貼，節錄：「溯本追源，『hôh-ló 人』是由『鶴佬人』而來。『鶴佬
人』是由『hok55佬人』而來。『hok55佬人』是由『福建人』而來。不論 hôh-ló 話的
『hoh55[11]-lo53[55]』和客家話的『hok55-loh31』，都跟『福』、『福建』有關係。」由
於兩文非以學術論文形式表現，因此置於附註，作為旁例。

是中原人，而閩粵地區在唐代以前仍是蠻地，因此以「貉獠」二字稱呼其鄰族的閩南人是可以理解的。……。接受 Hȯh-ló 這個名稱並沒有什麼不好。我也曾經有這樣的主張，但是仔細思考仍然認為不妥。第一是 Hȯh-ló 的原始意義本來就含有歧視的意味，第二是並不是每一個閩南人都樂意接受，……，所以最近我已經很少使用「鶴佬」這個名稱。

本文所考據的河老、貉獠、貉老、鶴老／佬、學老／佬等稱呼都在歷史文獻或地圖地名上實實在在出現過的，且透過文獻文本與地圖地名的梳理，這些用詞出現的年代脈絡，隱約浮現。因此，針對這些文章看法，以洪惟仁（1988；2010）的論據與本文所提出的新證據最能契合，因為 Hoklo／Hohlo 是他稱的語彙，漢字名的書寫形式並無對錯，只有適切與否。謝重光（2002）前半段說法與洪惟仁相近，後半段的推論少了語言學論證的基礎，顯得有些過度推論。林本元（1958）、吳守禮（1997）與吳坤明（2008）等文，則是囿於未全面檢視歷史文獻與地圖地名的情況下所作的過度推論之說。

另外，上述論文都未檢視到「老」、「佬」在歷史文獻出現的先後順序與地圖文本的寫法，將「老」訛寫成「佬」，[20]謝重光（2002）更是倒果為因的將「老」誤認為是「佬」的雅化寫法。還原文本，「老」才是諸多歷史文獻所書寫的漢字形式，這部分在施添福（2013；2014）兩文則都已注意到。

河老或許有指稱閩南族群「來自河南（中原）」的意涵，貉獠、貉老、鶴老／佬、學老／佬等對閩南族群的稱呼，都是「以音套字」的他稱族名，其中更以「貉獠」最不懷好意！福老／佬可勉強算是自稱用法。然而不管 Hoklo／Hohlo 的漢字名如何書寫，語源如何！至少證明上述用法與客家人箋稱閩南人有關。如同臺灣客家社會俚語：學老嫲／福佬嫲喻為：情婦，小三有關，[21]有異曲同工之妙。至於宣稱 Hoklo／Hohlo 是源自「河洛」的說法，

---

20 本處所稱的「訛寫」係指歷史文獻之文本的漢字書寫形式，而非指涉「正字」考據的討論。

21 詞條見：徐兆泉編著（2001：264）。

是後起的特定時代所衍生的政治化用詞，前面已有說明，就不再贅述了。

　　將上述指涉 Hoklo／Hohlo 的漢字用詞，由閩、客方言的比較，大致上可判斷其「音韻地位」，首音節字大抵是中古的「匣母」、「宕、江攝」、「入聲」；次音節字大致是中古的「來母」、「效攝」、「上聲」字。「河」字在中古與現今的閩、客話均讀「平聲」；Hok-/Hoh-在現今的閩、客話大抵是讀「陽入」。「河」在聲韻上的不對當（phonological correspondence），也間接提醒其出自文人之手「假借」的可能性，這其實也從側面呼應了本文廣泛蒐羅相關地圖地名，卻未見「河老」與「河洛」地名。[22]

表二　指涉Hoklo／Hohlo的漢字用詞在中古聲韻來源表

首音節字			次音節字		
字	聲韻	聲調	字	聲韻	聲調
貉	匣母、宕攝	入聲	老	來母、效攝	上聲
鶴	匣母、宕攝	入聲	佬	來母、效攝	上聲
學	匣母、江攝	入聲	狫	來母、效攝	上聲
福	非母、通攝	入聲	獠	來母、效攝	上聲
河	匣母、果攝	平聲	獠	來母、效攝	平／上聲
和	匣母、果攝	平／去聲			
賀	匣母、果攝	去聲			

資料來源：程俊源教授整理提供（2019年11月15日）；《漢字古今音資料庫》
　　　　　檢索（2019年11月15日）。

　　這些閩南族群的他稱族名，從對上述歷史文本及地圖地名的解讀來看，以「河老」與「貉獠」出現的年代最早，起於十六世紀末葉之前。「貉老」

---

22 程俊源教授提供之相關資訊（2019年11月22日）由於「賀老」未見於前述查詢的各類地圖中，本以為只存在於文獻討論，想不到卻是真實存在，而且是在臺灣找到。臺南市東山區南勢里有「賀老寮」地名（參見圖四與圖五），「賀老」是 Hohlo 的意思（楊巽彰先生提供2021.07.01）。由於賀老寮一直作為戶籍住址編號，可見這個地名出現由來已久，不是近期才有的。

與「鶴老」可能稍晚一些，均起於十七世紀初以前。再來為「福老」與「學老」，兩者當起於十九世紀下半葉以前，而「學老」一詞因為沒有「福建」之地理區概念，完全是以音套字，廣泛使用年代應比福老更早一些，似介於「鶴老」到「福老」變遷的過渡期（在臺灣，「學老」一詞至少在一七九六年已經出現）。至於「鶴佬」、「學佬」與「福佬」出現年代最晚，可能起於十九世紀末期之後，二十世紀以後才廣泛被認知，這一點從表一中也可發現「學老」地名數量遠多於「學佬」；「鶴老」地名的數量也超過「鶴佬」頗多，可為證明。因為地名可視為語言的化石，會殘留較多早期的讀音及書寫形式。

　　「福老／佬」可視為進階版 Hoklo／Hohlo 的雅化他稱族名，多少已經是帶有閩南族群的自稱族名的意涵。原是「他稱」，透過字形及字義的轉換，逐漸由他稱轉為自稱，字形用法也就固定下來，只是回溯語源已非文本原意了。至於「此名稱應是族群先人和客家先人都來臺灣以後，兩個族群共處一地，才應分別彼此之需要而產生者。從其用『福』標示地方，用『佬』表示族群（人），可知係出客家人士之手。」（吳坤明，2008：54-73），從本文的研究結果來看，「（臺灣）客家人士之手」說法仍是以偏概全，由於有前述溫廷敬〈潮州福佬民系考〉一文為佐證，應當是以出自「廣東客家之手」較合理。

　　三十餘年前臺灣大部分地區（尤其是南部地區）的臺灣漢人是不識「Hohlolang」之意，只識「臺灣人」（Taiuanlang）。作者曾在二〇〇九年訪談一位廈門退休的小學校長（世居廈門市同安區新民鎮），他也不識「Hohlolang」之意，可見 Hohlo 也不是目前廈門地區閩南族群自稱的慣用唸法。作者居住於泉州閩南移民裔占絕對優勢（超過95%）的新竹沿海地區，（韋煙灶，2016b：84-123）從小就注意到長輩習慣的自稱「Hohlolang」，而非自稱「臺灣人」。然而目前福建泉州地區的人卻是不使用 Hohlo 來作為族群自稱，故 Hohlo 這一語彙對新竹地區閩南族群而言，應是借詞自客家族群稱呼閩南族群的他稱族名。也多次在廣東汕尾市海、陸豐地區閩南人訪談，當地人十分肯定「Hoklo／Hohlolang」是閩南人的「自稱」用法；二〇一九年十月在馬來西亞馬六甲州阿羅牙也縣馬接峇魯新村訪談一位祖籍海豐

縣公平鎮的蔡姓耆老（該家族約二十世紀初期移民馬來西亞），自認為講的是「Hohlo」話（而非「福建話」），並以手寫「學『佬』」。新竹內陸地區是清代廣東移民裔（含客家裔與閩南裔）聚集的區域，推測新竹地區閩南人以「Hohlolang」自稱，應是受粵東移民裔用法的影響。

在臺灣，目前許多人已經慣於以「Hohlo」（音名）與「福老／佬」（漢字名）來指稱「臺灣閩南族群」，「臺灣人」則仍維持原有「臺灣閩南族群」自稱的意涵；其次，「福佬」一詞已普遍見於臺灣的中、小學教科書之中。然而蔣為文認為應使用「臺灣人／語」（Taiwanese）替代具有源於「蛇種野蠻人」的「閩南人／語」（Southern Min）（Chiung, 2010：1-29）。「閩南話」等用法係民國初年中國民族主義盛行下，將國族地理學對境內地域、人群、語言的稱謂，套用於漢語「方言」的命名而成，王甫昌認為 Hohlo 與福佬的族群自稱，其實是本文前述一九五〇～一九六〇年代《臺北文物》一系列閩南人、福佬人（Hohlo）、河洛人等論戰下一種「勉強的自我認同」（Reluctant），即政治妥協下所選擇的稱呼。（Wang, 2014：79-119），這種妥協下的稱呼連續至今。

結論

本文從文獻檢索與地圖地名兩個面向切入，希望發掘閩南族群的他稱族名Hoklo／Hohlo漢字名（河老、貉獠／獠、貉老、鶴老／佬、學老／佬、福老／佬、河洛）的變遷、使用年代及使用頻率，發掘更有力的論證，以突破過去在這方面議題探討的視野侷限性。然而在此要聲明的是，本研究採取文獻分析法，以歷史文獻與地圖地名檢索到文本，來討論其歷時性（最早出現的年代）與共時性（地圖上分布的區域），擱置超越文本的詮釋。

檢索工具包括：中國閩、粵文獻的檢索主要利用各類中文「中國哲學書電子化計劃」、「漢籍電子文獻資料庫」、「維基文庫」等文獻資料庫；臺灣文獻的檢索主要利用「漢籍電子文獻」、「臺灣文獻叢刊資料庫」、THDL。電子地圖檢索為「Google Maps」與「百度地圖」；紙本地圖有各類「廣東省地

圖集／冊」與「福建省地圖冊」，並將檢索結果彙整成表一與繪製成圖三。

討論內容包括：依據河老、貉獠／獠、貉老、鶴老／佬、福老／佬、學老／佬等面向。研究發現：這些稱呼除了「河老」或許帶有閩南族群自稱的意涵，其餘都是其他族群對閩南族群「以音套字」的他稱族名，「河老」最早出現在成書於明末清初的《天下郡國利病書》，是畬族人對閩地漢人的他稱用法。後來這些他稱族名成為客家人與廣府人對閩南人貶抑的稱呼。這些漢字名中，以貉獠與河老出現最早，貉老與鶴老可能稍晚些，可能起於十七世紀初以前。再來為福老與學老，而學老應比福老更早一些，兩者當起於十九世紀下半葉以前，在臺灣，「學老」一詞至少在一七九六年已經出現，來自客家人及廣府人對閩南族群的他稱用法，兩者在字面上已經較無貶抑成分。鶴佬、學佬與福佬出現年代最晚，可能在十九世紀末至二十世紀初才廣泛被認知。

在相關地圖上沒有找到河老與河洛這兩個地名，福老、貉老、鶴老／佬、學老／佬等地名，只出現在廣東的相關地圖，不見於臺、閩的相關地圖。廣東的相關地名以學老／佬，數量最多；其次為鶴老／佬，扣除二十世紀初葉出現的香港九龍「福佬村」，廣東客家區實則未見福老／佬地名。

從文獻及地圖地名的檢索發現：這些Hoklo／Hohlo的漢字名，在歷史文獻或地圖地名中實實在在曾經出現過，並非如部分學者所認為是「虛構的新詞」。此外，本文推論，新竹地區閩南人自稱Hohlolang的用法，應是受當地粵東移民裔用法的影響。及至今日Hohlo（音名）與福老／佬（漢字名）已經普遍用來指稱「臺灣閩南族群」。

圖四　臺南市東山區南勢里賀老寮(1)　**圖五　臺南市東山區南勢里賀老寮**(2)

資料來源：感謝楊巽彰先生提供相關資訊，廖雅玟2021.07.14拍攝。

謝辭

　　本文修改自《地理研究》第七十一期〈閩南族群之他稱族名「Hoklo／Hohlo」的漢字名書寫形式與變遷——從歷史文獻與地圖地名的檢索來分析〉一文。為一〇七年度科技部整合型研究計畫「閩客研究的跨界調查比較：臺灣對應粵東潮州三陽與海陸豐地區的調查比較——形塑廣東海陸豐地區客閩族群之地理環境與歷史過程探討（I）（MOST：107-2410-H-003-026-MY2）」的部分研究成果，特此致謝。承洪惟仁教授在「第四屆竹塹學國際學術研討會」中擔任評論人，給予諸多寶貴的指教，謹此表達謝意；臺中教育大學臺灣語文學系程俊源教授提供語言學專業的諮詢，中山大學社會學系葉高華教授的指正，一併致謝。

——修改自原刊《地理研究》第七十一期（2019年11月）

徵引文獻

王先謙　《荀子集解》　北京市　中華書局　1988年

王明珂　《華夏邊緣：歷史記憶與族群認同》　臺北市　允晨文化公司　1997年

王恩涌、胡兆量、周尚意、赫維紅、劉岩　《中國文化地理》　北京市　科學出版社　2008年

石家星編　《廣東省地圖冊》　廣州市　廣東省地圖出版社　2019年

朱　熹　《四書章句集註》　北京市　中華書局　1983年

林本元　〈福佬人乎河洛人乎？〉　《臺北文物》第7卷第3期　1958年　頁25-29

林尹註譯　《周禮今註今譯》　臺北市　臺灣商務印書館　2005年

林春敏編　《福建省地圖冊》　福州市　福建省地圖出版社　2010年

吳中杰　〈粵臺潮陽人之閩客族群析辨〉　《第十五次語言、地理、歷史跨領域研究工作坊》　雲林縣　國立雲林科技大學　2016年　頁174-189

吳守禮　〈一百年來的閩南系臺灣語研究回顧〉　董忠司主編　《臺灣語言發展學術研討會論文集》　1997年　頁6-7

吳坤明　〈臺灣閩南語之淵源與正名〉　《臺灣學研究》第5期　2008年　頁54-73

吳　槐　〈河洛語（閩南語）中之唐宋故事〉　《臺北文物》第4卷第3期　1955年　頁67-75

吳　槐　〈河洛話叢談〉　《臺北文物》第7卷第4期　1958年　頁1-19

屈大均　《廣東新語（上）》　北京市　中華書局　2006年

房玄齡　《晉書》　北京市　中華書局　1974年

施添福　〈從「客家」到客家（一）：中國歷史上本貫主義戶籍制度下的「客家」〉　《全球客家研究》第1期　2013年　頁1-56

施添福　〈從「客家」到客家（二）：粵東「Hakka・客家」稱謂的出現、蛻變與傳播〉　《全球客家研究》第2期　2014年　頁1-144

洪惟仁　《臺灣河佬語聲調研究》　臺北市　自立晚報社　1985年

洪惟仁　《回歸鄉土；回歸傳統》　臺北市　自立晚報社　1986年

洪惟仁　〈談鶴佬語的正字與語源〉　《臺灣風物》第38卷第1期　1988年　頁1-49

洪惟仁　〈臺灣話？閩南話？鶴佬話？〉　2010年　https://www.facebook.com/notes/柯柏榮/沒有名字的語言-洪惟仁李勤岸/10150437467522825/　2019年4月22日瀏覽

洪惟仁　《臺灣語言地圖集》　臺北市　前衛出版社　2019年a

洪惟仁　《臺灣語言的分類與分區：理論與方法》　臺北市　前衛出版社　2019年b

胡捷、何忠蓮編　《新世紀廣東省地圖集》　廣州市　廣東省地圖出版社　2008年

韋煙灶　〈臺灣饒平裔原鄉之歷史語言及地理意涵探討〉　《環境與世界》，第30期　2014年　頁1-29

韋煙灶　〈客、閩族群對河流通名之用法差異〉　《地理研究》第64期　2016年a　頁91-113

韋煙灶　〈清末—日治初期新竹市居民祖籍之空間分析〉，《竹塹文獻雜誌》第62期　2016年b　頁84-123

韋煙灶、林雅婷、李科旻　〈以地圖作為研究工具來解析臺灣閩、客族群分佈的空間關係——以桃園新屋與彰化永靖的比較為例〉　《第十三屆臺灣地理學術研討會論文集》2009年　B3.1-22　臺北市　國立臺灣師範大學地理學系

韋煙灶、張智欽　〈臺灣漢人之堂號——兼論閩南人與客家人堂號之差異〉　《宜蘭技術學報—人文社會專輯》第9期　2002年　頁12-28

韋煙灶、程俊源　〈形塑廣東海陸豐地區客閩族群之地理環境與歷史過程探討〉　《2018年跨域客家與族群研究研討會》　新竹縣　國立交通大學客家文化學院　2018年　頁1-31

韋煙灶、程俊源、許世融　〈「明代閩人遷陸豐；清代陸豐人渡臺」之關聯性初探〉　《2016桃園學研討會》　桃園市　國立臺灣大學客家研究中心暨桃園市政府文化局　2016年　頁70-103

徐兆泉編著　《臺灣客家話辭典》　臺北市　南天書局　2001年

許成章　《臺灣漢語辭典》　臺北市　自立晚報社文化出版部　1992年

莊吳玉圖總編　《鍾氏大宗譜》　桃園縣　百族姓譜社　2004年

許極燉　《臺灣語概論》　臺北市　臺灣語文研究發展基金會　1990年

連　橫　《臺灣通史》　臺北市　臺灣銀行經濟研究室　1962年

陳李綢　〈教育大辭典〉　《國家教育研究院辭書》　2000年　網址：https://pedia.cloud.edu.tw/ Entry/Detail/?title=後設認知　2019年9月22日瀏覽

陳　修　《臺灣話大辭典》　臺北市　遠流出版社　2000年

陳國章　《嘉義縣市地名辭典》　臺北市　社團法人臺灣地理學會　2019年

陳壽撰、裴松之註　《三國志》　香港　中華書局香港分局　1971年

陳夢雷編纂、蔣廷錫排校（1726／2003）　《古今圖書集成（標點版）》http://skqs.lib.ntnu.edu.tw/chinesebookweb/home/index.asp/　2019年4月22日瀏覽

傅欽雲　〈「hò-ló」宜寫成「福佬」的道理〉　2011年　https://taiwangok.blogspot.com/2011/06/03-hololanguage.html/　2020年4月14日瀏覽

梁烱輝　〈臺灣閩南語正名──「河洛」乎？「福佬」乎？「貉獠」乎？〉《鵝湖月刊》第28卷第9期　2003年　頁48-53

集　鴉　〈福佬人乎河洛人乎獨後書感〉　《臺北文物》第7卷第4期　1958年　頁23-25

國立臺灣大學　《臺灣歷史數位圖書館》　2009年　http://doi.org/10.6681/NTURCDH.DB_THDL/Text/　2019年4月22日瀏覽

國立臺灣大學中國文學系暨中央研究院資訊研究所　《漢字古今音資料庫》2011年　http://xiaoxue.iis.sinica.edu.tw/ccr/　2019年11月15日瀏覽

張屏生　〈《西班牙─華語辭典》中的閩南話音系及其相關問題〉　《第十

八次語言、地理、歷史跨領域研究工作坊》　臺中市　國立臺中教
育大學　2019年　頁33-58

張　紅編　《廣東省地圖冊》　北京市　中國地圖出版社　2016年

張惠英（譯）　《漢語概說》　1995年　北京市　語文出版社　原著
J.L.Norman, 1992年

魚美人　〈河洛？福佬？其真義〉　《寧靜兮革命》　2010年　http://isilme
0103.blogspot.com/2010/06/blog-post_6046.html/　2019年4月22日瀏
覽

溫廷敬　〈潮州福佬民系考〉　揭西縣地方志編纂委員會編　《揭西縣志
（1973-2003）》　廣州市　廣東人民出版社　2005年

葉德平編著　《沙田文化研究計劃：竹枝詞研究（沙田部分）》　香港　沙
田文化藝術推廣委員會　2019年

董忠司總纂　《臺灣閩南語辭典》　臺北市　五南圖書公司　2001年

詹伙生、鄭嬌　〈新界九約竹枝詞〉　《維基文庫》　2018年　https://zh.
wikisource.org/zh-hant/新界九約竹枝詞/　2019年4月22日瀏覽

維基百科　〈福佬村道〉　https://zh.wikipedia.org/wiki/福佬村道　2019年4
月26日瀏覽

臺灣銀行經濟研究室編　《清代臺灣大租調查書》　1991年　南投縣　臺灣
省文獻委員會

臺灣銀行經濟研究室編　《臺灣私法物權編》　1963年　臺北市　臺灣銀行
經濟研究室

劉業華、葉雁玲編　《廣東省地圖冊》　廣州市　廣東省地圖出版社　2003年

廣東省文史研究館、博羅縣志地方志編纂委員會辦公室編　《博羅縣志》
博羅縣　博羅縣志地方志編纂委員會　1959／1988年

廣東省汕尾張氏族譜編輯理事會　《廣東省汕尾市：張氏族譜》　汕尾市：
張氏族譜編輯理事會　2008年

潘家懿、鄭守治　〈粵東閩南語的分布及方言片的劃分〉　《臺灣語文研
究》第5卷第1期　2010年　頁145-165

盧德嘉編 《鳳山縣采訪冊》 臺北市 臺灣銀行經濟研究室 1894／1961年

謝重光 《畬族與客家福佬關係史略》 福州市 福建人民出版社 2002年

羅青霄修纂 《漳州府志（上）》 廈門市 廈門大學出版社 1573／2010年

譚其驤主編 《中國歷史地圖集》 第五冊（隋・唐・五代十國時期） 北京市 中國地圖出版社 1996年a

譚其驤主編 《中國歷史地圖集》 第六冊（宋・遼・金時期） 北京市 中國地圖出版社 1996年b

譚其驤主編 《中國歷史地圖集》 第七冊（元・明時期） 北京市 中國地出版社 1996年c

譚其驤主編 《中國歷史地圖集》 第八冊（清時期） 北京市 中國地圖出版社 1996年d

顧炎武 《顧炎武全集》 第12-17冊《天下郡國利病書》 上海市 上海古籍出版社 2011年

Chiung, W.V.T. (2010). Taiwanese or Southern Min? On the Controversy of Ethnolinguistic Names in Taiwan. *The 16th North America Taiwan Studies Conference*(pp.1-29). Berkeley: UC Berkeley.

Wang, F.C. (2014). A Reluctant Identity: The Development of Holo Identity inContemporary Taiwan. *Taiwan in Comparative Perspective*, *5*: 79-119.

竹塹民間詩社的傳薪與再生
——我手寫我口‧我口吟我調

武麗芳[*]

摘要

　　詩,本就是出於口,成於文,繼而吟詠誦讀至流傳。而詩人們的閒詠、唱酬與結盟自古以來,便是知識分子的風雅韻事。從清治、日據、臺灣光復到現代,新竹地區民間的漢詩傳薪與吟唱,始終持續不輟;尤以「竹社」在各地詩社相繼消失後,依然屹立,並因緣際會將這一線斯文串連,與全臺各有心於此的同好們共織。而臺灣的漢詩吟唱,可以說是推動詩詞文化的最好詮釋與最佳幫手。現今流傳的各種吟調,如民謠、小調、酒令、灘音調、貂山調、天籟調、新竹調、鹿港調、歌仔調、江西調、文人調、流水調、宜蘭調、恆春調……等,亦多各有所依或師承;由於教育的紛歧與社會的裂變,溫柔敦厚的詩教雖已不復常見,但拜鄉土文學運動,新竹詩社正如浴火鳳凰讓漢詩的傳薪與吟唱再綻曙光。

關鍵詞:詩社　傳薪　吟魂　吟唱　新竹調

---

*　中華民國古典詩研究社理事長。

一 前言

（一）臺灣詩社的源起與概說

臺灣早期的開發，先民們篳路藍縷，多係以墾荒拓殖生養為主，根本無暇顧及溫飽之外的教育發展與文化活動；及至各地墾家、富賈郊商等安身立命後，在事業有成之餘便慷慨捐輸，並協助各地衙署及公私書院，積極培育與重視地方百姓子弟的教育養成，這也才使民間的文風漸漸崛起。而竹塹地區的人文教育於此同時也順勢發展起來。又因兩大名園主人[1]本身學淵識博熱心公益，且喜好風雅[2]，更提供活動場所，以邀集文士雅集；使得詩社的活動亦陸續活絡展開。

詩人為了要尋求共鳴，邀集吟侶，交流詩句，逐漸發展成為詩酒唱酬的雅集聯吟與結社。千年以來這種活動始終不絕於史，如：蘭亭修禊、竹林七賢等流傳千古的風雅韻事比比皆是。而這股風氣隨著南明[3]沈光文、王忠孝、辜朝薦、郭貞一、李茂春、許吉燝……等諸士進入臺灣，並以詩文寫下了臺灣第一批漢字的文學作品，除在文學史上具有特殊的意義外；更為十七世紀以前臺灣島上的情形，留下極為珍貴的第一手文字資料。

沈氏也因朝代更替身家漂零，而著地生根於臺灣，並於其晚年[4]與諸羅縣令季麒光、華袞、韓琦、陳元圖、趙龍旋、林起元、陳鴻猷、屠士彥、鄭廷桂、何士鳳、韋名渡、陳雄略、翁德昌等十四位流寓諸公[5]，創立「東吟

---

1 即「北郭園」的鄭家與「潛園」的林家。

2 道光二十九年潛園初成，主人文采風流慷慨好客，各地詩人聞風踵至；晚年的鄭用錫，令其子如梁於咸豐元年（1851）督築北郭園，以享山水之樂吟詠自娛。士大夫慕名過往唱和，風靡一時。

3 南明（1644-1662，亦稱後明）是李自成攻陷明朝首都北京後，明朝皇族與官員在大陸南方建立的若干政權的統稱，為時十八年。加上臺灣的鄭氏政權（1662-1683，亦稱明鄭），則為三十九年。

4 清康熙廿四（1685）年。

5 王文顏：《臺灣詩社之研究》（臺北市：政治大學中文所碩士論文，1979年），頁15-19。

社」[6]，這是臺灣詩人結社的濫觴。「東吟」二字意取臺灣位處中土之東，且臺灣東部山高谷深，無有詩文，詩人遂有意藉此「東吟」[7]推廣。他們每月聚會，擇勝尋幽，分題拈韻，各抒性情，不拘體格。

季麒光曾在〈題沈斯菴雜記詩〉起首即言：「從來臺灣無人也，斯菴來而始有人矣；臺灣無文也，斯菴來而始有文矣。」[8]如此的說法雖然過於「漢人中心主義」。但是，也的確是如此。沈光文確實開啟了臺灣漢人文學的先河，也是第一個將中土華夏文學移植、播種到臺灣的文人。他與一批大陸的移民（盧若騰、徐孚遠、陳永華、朱術桂、孫元衡、藍鼎元、高拱乾……），因緣際會於明末清初來到金門、澎湖、臺灣，他們用詩文漢學與行醫濟世，來教化生民深耕鄉土於南臺灣[9]，為臺灣詩學與文學奠下了根基，實可謂是臺灣文化的開山祖。

在清朝治理下的臺灣，傳統的八股制藝與科舉盛行，文人為了前程，自然會全力博取功名，因此自康熙二十四（1685）年「東吟社」之後，到道光六年（1826），長達一百四十一年之久，臺灣便未再有其他詩社出現。這期間的遊宦詩人中，亦不乏高手，雖有許多個人詩集付梓，然多屬自吟自聆與自賞；或傳之同好，或藏之名山，或登高狂嘯，或斗室沈吟，並沒有群集結社聯吟的行為。

雖說「東吟社」為臺灣詩社的濫觴，但其後也因時代背景的差異，與參加成員的不同，而逐漸沉寂。從道光六年（1826）臺灣第二個詩社彰化「鐘毓詩社」成立後，到光緒廿一年（1895）這七十年間，臺灣也才陸續有十二個詩社誕生（詳附表一）；這其中包括了竹塹城的「斯盛社」、「竹社」、「梅社」、「潛園吟社」、「北郭園吟社」、「竹梅吟社」、臺南的「崇正社」、「斐亭

6　見廖一瑾（雪蘭）：《臺灣詩史》（臺北市：文史哲出版社，1999年），頁32。

7　龔顯宗主編《沈光文全集及其研究資料彙編》〈東吟社序〉（臺南縣：臺南縣立文化中心，1998年），頁138。

8　見（清）周鍾瑄：《諸羅縣志》卷十一〈藝文志〉，收錄於《臺灣文獻叢刊》第141種（臺北市：臺灣銀行經濟研究室，1962年）。

9　當時從荷蘭到明鄭，臺灣的開發僅至於中南部。

吟社」、「浪吟詩社」，彰化的「荔譜吟社」、臺北的「牡丹詩社」、「海東詩社」，這當中新竹地區，即佔有一半，足見當時北淡水廳的新竹[10]，文風之盛。

（二）傳統詩社的另類使命

從光緒廿一年（1895）日本據臺始至民國卅四年（1945）期間，臺灣本土傳統詩社如雨後春筍般的蓬勃發展起來[11]；究其原因乃是日本據之後（1895），臺民不甘異族統治，有意延續民族文化，加上知識分子與讀書人的功名路斷，在弔古傷今之餘，乃藉詩酒結社唱吟，以消內心塊壘。於此附帶的現象是：在全臺皇民化之前，臺灣的私塾（漢文書房）就有一七〇七所[12]。甚至有老一輩的臺灣人，禁止子弟入公學校（如新埔陳朝綱）[13]。其次，基於士大夫觀念，詩人寫詩除了自娛遣愁之外，尚以集會唱和，應酬交遊，提高其社會地位。不過，主因仍在日本當局對於詩社，未加禁止。他們認為這樣可以一方面籠絡地方上有影響力的文人，另一方面也營造臺灣的昇平氣象。大正十三年（1924），全臺詩社已有六十六所[14]。昭和十一年（1936），已達一七八所[15]，但實際數目不止這些[16]，從《詩報》、《詩刊》、

---

10 光緒元年（1875）臺灣府分設二府，大甲以北設臺北府，分淡水廳為淡水縣、新竹縣與基隆廳，同時竹塹改稱新竹，淡水廳城成為新竹縣城。

11 見廖一瑾（雪蘭）：《臺灣詩史》（臺北市：文史哲出版社，1999年），頁28-29。

12 見張永堂總編：《新竹市志・文教志》〈教育設施篇〉書房義塾之設施（新竹市：新竹市政府，1996年）。

13 黃旺成總編：《臺灣省新竹縣志》（新竹縣：新竹縣文獻委員會，1957年）記載：「陳朝綱字佐卿，新埔鎮五分埔人，祖籍廣東，遷臺年代未詳。父超學、別號勤創逸叟，累世業農，家富裕」，日據時期配授紳章一九〇二年去世。

14 連雅堂：〈臺灣詩社記〉，《臺灣詩薈（上）》（臺北市：成文出版社有限公司，1977年），頁98。

15 徐坤泉、廖漢臣、王金蓮：《臺灣省通志稿：學藝志文學篇》（南投：臺灣文獻館，1971年）。

16 參見廖一瑾：《臺灣詩史》（臺北市：文史哲出版社，1999年）、龍文出版社編輯部：

《臺灣詩史》等資料的盤整比對後，應是超過三百個以上。這在臺灣文學史上，或中國大陸的文學史上，的確是從未有的現象。

二次世界大戰結束，臺灣光復重回祖國懷抱，傳統詩社階段性任務完成而轉型回歸正統的雅集聯吟；但隨著時勢的轉變與國語運動的積極推行，傳統詩社遂載浮載沉於時代洪流當中。直至八零年代鄉土意識抬頭與開放，電子網路興起，一些老詩社[17]紛紛變革圖存重新出發。從民歌唸謠，到詩經與楚騷，從漢賦、樂府、六朝駢體文、唐詩、宋詞、元曲到明清的小說章回，已迄於今，上下流變三千餘年；而這些傳統詩歌在歷史的長河裡，始終保持著一股無限的生命力；特別是在朝代興替與社會動盪的世局中，這股生命力，竟然能夠維係著華夏文化血脈的薪傳。

「竹社」也許是責任使然，除保有原來的擊缽聯吟例會與詩文閒詠外，更以中原雅韻鄉土文化為號召，透過研習授課與唱吟，招收青年學子以注入新血；紮根鄉土，深耕在地，為的也只是想以民間的微薄之力，盡一分讀書人應有的本事，要把固有優質的詩教薪火繼續傳承下去。

二　竹城詩社的流金歲月

新竹八景[18]中的「潛園探梅」與「北郭煙雨」是竹城翰墨因緣的搖籃，而竹塹地區詩社的出現，在有清代一代實與林、鄭兩家的兩大名園有著莫大的關聯。從潛園雅集到北郭吟詠以來，新竹地區的缽韻詩聲始終繚繞不絕，或百花競豔百家爭鳴，或而私塾詩社交相輝映；因緣際會形成世人所謂的北臺風騷。本文係以光緒元年（1875）之前稱「竹塹地區」，之後則統稱「新竹地區」，而「塹城」或「竹城」即是以範圍縮小的城中區而言。

《詩報：日治時期臺灣傳統文學大成一九三〇～一九四四》（臺北市：龍文出版社，2007年）。

17 如臺灣瀛社、天籟吟社、龍山吟社、攤音吟社、貂山吟社、新竹詩社（竹社）……等。

18 新竹八景來自於清光緒十四年（1888）陳朝龍等編纂，詹雅能點校的《新竹採訪冊・卷一・古蹟》：「隙溪吐墨、指峰凌霄、香山觀海、合水信潮、鳳崎晚霞、北郭煙雨、靈泉試茗、潛園探梅。」（臺南市：臺灣歷史博物館，2011年10月），頁81。

（一）騷風雅韻盪潛園

「潛園」主人林占梅（1821-1868），幼名清江，字雪村，號鶴山，又作鶴珊，別號巢松道人。清朝淡水廳竹塹（今新竹市）人，祖籍福建同安。先祖移居到臺灣之初是先到臺南一帶，祖父紹賢（1761-1829）從事外貿並經辦臺灣鹽務，遂成為竹塹巨富；父祥瑞（1797-1826）早卒。占梅十四歲即隨岳父黃驤雲進士北上入京。此行對其以後的人生來說，影響極大；也因岳父的提攜，在北京得以交遊文人雅士，暢覽名山大川，所以自然也提早熟悉人情世故。曾驤[19]在《潛園琴餘草》序中直言占梅是「慷慨任俠，有東漢八廚風」、且「其抱雅尚而多才思」[20]，從京城的交遊、學習與出入儒門的勵進，以及目之所轄的人文、藝術、湖光山色、水樹亭臺、樓閣花池…等等，在這段近三年旅居外地的日子，不止開闊了占梅的心胸、眼界，也助長其對藝術人文的追求與企盼。

道光廿九年（1849）對林占梅而言，應是他人生當中最慘悽的一年，「昂藏年幾三十歲，妻妾死亡竟相繼；慈闈棄養亦同時，搥胸幾絕痛長逝。天昏地慘日無光，欲向泉臺覓阿娘；況複惠連春草恨，死者已矣存者傷。[21]」因為這一年與其情感甚篤的結髮妻子黃孝德（黃驤雲進士的女兒）、生母楊恭人、愛妾葉氏，相繼去逝，至愛的離去，對一個家大業大三十而立的人來說，這是何等重大的打擊？

於此同時占地二甲餘的「潛園」規模已具，小橋流水樓臺亭閣均備，於是在情境轉移的引導下，林占梅廣邀海內外名士至潛園作客，並以吟詠為是。各地騷人墨客聞風踵至，詩酒爭逐，熱鬧非凡；不少文人客寓潛園多年，更受到主人占梅的禮遇（管吃管住管零花）。雖然未及孟嘗君食客三千，但也是賓客如雲，座無虛席。林園美景使人流連忘返；眾賓客與主人論

---

19 曾驤字簫雲，粵籍文人，住北埔，以詩文，往來於竹塹三大家族鄭、林、姜之間。

20 《潛園琴餘草》〈曾驤序〉。見徐慧鈺：《林梅梅資料彙編》（一）（新竹市：新竹市立文化中心，1994年），頁4。

21 見《潛園琴餘草》〈悲歌行〉。

詩唱和；時而風花雪月，時而感興抒懷；其中淡水同知秋日覲、茂才曾驤、林亦圖、葉松譚、舉人林豪，貢生查少白，以及與占梅情同手足的妻舅黃偉山舉人等，都先後客寓潛園。占梅更著《潛園琴餘草》八卷傳世，當中也收錄了許多他日常生活記事、唱酬與出遊即興的詩作，從而也可看出潛園主人翁的感性、細膩與豪邁的一面。而雅集之初，雖然有聯吟之實，但是似乎沒有結盟的明確社名，後來林亦圖編《潛園唱和集》，人們才推想可能有「潛園吟社」之名。

當然這種詩酒唱酬雅士聯吟的愜意日子久了；而所謂詩社的雛型也就自然而然的水到渠成了。時人常謂：「內公館，外公館，詩文若拼館」[22]，當時竹塹地區林占梅的「潛園」與同時期的鄭家「北郭園」著實引領了北臺風騷。而占梅之詩，實可謂品類眾多且氣象萬千，頗有唐宋李杜蘇黃之風。

占梅平素急公好義，於兵馬倥傯間勞累過度，加上家業龐雜事繁[23]，竟於同治七年（1868）十月廿九日病逝，時年四十八歲。其生前胸懷錦繡氣度恢宏，對桑梓邦家之務更是熱心尚義慷慨捐輸；於捐輸中得來，看似風光的官銜，如：貢生加道銜、知府即選、賞戴花翎、加鹽運使銜、准簡用浙江道、加布政使銜等；卻在他的內心深處仍有著深深的遺憾，他曾於咸豐六年（1856）寫下〈有感〉五言律詩一首云：

〈有感〉
成文時怒罵，對酒每悲歌。世亂腸空熱，家貧累更多。
功名羞捷徑，身世寄吟窩。未遂封侯志，樽前劍自摩。

上詩所呈現的即是占梅真正的想法，蓋占梅捐贈，本出自肺腑，實為鄉土百姓盡力，別無所求；雖得朝廷給予榮譽功名頭銜，但他終感羞愧，故有此慨也。而身為其父執輩姻親的開臺進士鄭用錫，曾寫一首玩笑詩〈戲贈鶴珊〉，對占梅而言，不可不謂是謔而虐，與難以承受的重啊！

---

22 蘇子建《鄉詩俚諺彩風情》〈鄉音篇〉（新竹市：新竹市政府，2000年），頁175。
23 相傳為林、鄭二家訟事，鬱病。

〈戲贈鶴珊〉

托跡潛園宇宙寬，故鄉歲月樂盤桓。

使君疑是陶宏景，既愛山林更愛官。

　　在《潛園琴餘草》中，咸豐八年（1858）時年三十八歲的占梅其所寫的〈潛園適性六十韻〉就已經很清楚的表明自己的人生態度了；他是多麼期盼能夠過著自由自在「閒散即神仙」的逍遙生活啊。

〈潛園適性六十韻〉

不作封侯想，潛蹤已十年。……射覆詞壇立，猜枚酒令宣；笙簫分雅部，醽醁醉華筵。釀厭中山困，車乘下澤便；衷懷希魏野，氣概仰張顛。性拙薄戎算，平生輕嶠錢；言狂人竊笑，癖怪我難悛。默默置塵減，悠悠俗慮捐；有心追隱逸，無志慕騰騫。況免饑寒逼，猶兼疾痛蠲；**曾聞唐白傅，閒散即神仙。**

（二）煙雨山青橫北郭

　　開臺進士鄭用錫在道光十七年（1837）以親老為由辭官返鄉後，便積極提倡文教獎掖後學，且熱心公益造福鄉梓，在濟濟多士的竹塹地區，儼然成為當時的文壇祭酒。洞察世事人情的鄭進士與其次子鄭如樑於咸豐元年（1851）開始修築「北郭園」，三年後，名園完成，園中美景處處，頗有山水之樂。北郭園之興建本是供用錫晚年自娛，但凡士大夫之過竹塹者，主人必傾樽酬唱，吟詠為歡，故風靡一時。正因為園林之樂的吸引，使得咸豐年間的竹塹，成為文人薈萃雲集之所在，汪昱、許蔭亭、蕭薦階、丁曰健、曾驤、劉星槎、鄭祥和……等本地文士與流寓文人皆於此活動頻頻，吟詠不輟而形成一個文化社群；而園中文人的結社活動亦隨之應運而生[24]。

────────────

24 似有竹城吟社、北郭園吟社之型。

　　由於北郭園主人－鄭用錫經常邀集士大夫到北郭園吟詠酬唱。當時除了「竹塹七子」[25]、鄭用鑑、鄭如松等鄭家自己人外，茂才劉星槎、舉人陳維英、名士、官宦，都成為鄭家的座上客。鄭用錫所著的《北郭園詩鈔》中存有多首唱酬的詩，由中即可以讓後人推想當時的盛況。

　　咸豐七年（1857）七月七日，青年學子鄭景南[26]邀集其好友七人，祭祀奎星[27]，組織「斯盛社」，並請祖父開臺進士鄭用錫為其盟主，鄭進士亦先後賦詩三首[28]勉勵他們，從而也看出身為長輩的鄭進士，對晚輩的關愛、提攜與期待。「斯盛社」是鄭景南等青年學子為科舉考試切磋詩藝的組織；也是新竹文獻資料上所記載的最早詩社[29]。鄭景南是舉人如松之子，用錫的長孫；十五歲進學，十七歲補廩生。在《北郭園詩鈔》二七九首詩裡，賦詩提到景孫的就有六首之多。可見用錫對景南的期許很大，也非常疼愛他，並時時賦詩勉勵他。

　　《北郭園詩鈔》的作品，時間大約在道光十七年以後，至咸豐八年（1858），用錫去世為止。鄭用錫去世於咸豐八年，享壽七十有一；離「斯盛社」的成立（咸豐七年）僅差一年，時間太短了。那麼從他告老還鄉後，到去世前一年約有廿年的歲月，尤其是北郭園興築後（咸豐元年），冠蓋雲集，文人墨客，接踵而至，這當中豈會無雅集聯吟之舉？只是無法確定，這是「臨時性的詩會」還是「定期性的結社」而已。然而「斯盛社」究竟是不是竹塹地區有「詩社」之名的濫觴，還是尚有其他呢？

25　竹塹七子，在《臺陽詩話》中又作新竹七子，是清朝道光年間活動於臺灣竹塹地區（今新竹市）以新竹北門鄭氏為主的文人集團，即鄭用錫、鄭如松父子與鄭士超、鄭用鑑、鄭用話、郭成金、劉藜光。

26　鄭用錫長孫，號少坡如松之子。

27　俗訛稱為魁星。魁星是北斗七星之第一星，古天文學家認為是掌世間文運之神。景南選擇七年七月七日招七友祭星斗，有其選吉時，討吉利的意義。

28　見《北郭園詩鈔》。

29　明治四十三年《臺灣日日新報》及黃美娥：《清代臺灣竹塹地區傳統文學研究》（新北市：輔仁大學中文系博士論文，1999年），指出尚有資料不詳的「竹城吟社」，見頁295。

林占梅的《潛園琴餘草》是依年段編輯的，在自少時至辛亥（咸豐元年）篇，其中有七律二首題目為：

〈諸友人夜集潛園小飲分韻得「新」字〉
巨羅光映玉盤珍，頓腳筵開酒令伸。
和韻獨慚聯句拙，藏鉤共喜飲盃頻。
蘭膏夜永生金粟，荷露風搖瀉水銀。
雅集渾忘天欲曉，開門曙色正生新。

本首七言律詩就字面來看即可得知，是某年某月的十五日月圓之時，占梅先生在潛園與諸雅士，乘興醉飲於明月如霜好風如水的清清夏夜裡；大家擊缽催敲，限時限韻吟風嘯月飲酒賦詩，樂不可支到渾然忘我的黎明將屆之時。又

〈邀曾蘭雲先生（驤）偕同人涵鏡軒納涼，烹茶賞荷，分韻得「嬌字」〉
半畝瀰連趣已饒，芙蓉更喜綻今朝。
如臨寶鏡凝妝靚，似浴溫泉山水嬌。
玉柄風生含麝馥，翠盤露滴愛珠搖。
熱塵即此銷除盡，暑氣何緣到綺寮。

就本首七言律詩的題目推敲，從敘述即可以瞭解，占梅邀集曾蘭雲偕同人（即詩社同人）在涵鏡軒賞荷吟詩，時間是在咸豐元年或元年以前。雖然潛園的詩會，當時的社名為何？無考，但確實是比「斯盛社」還要早，這是無可置疑的。

類似這樣的雅集詩會，在咸豐七年以前發生過很多次，可見北郭、潛園兩大名園在咸豐七年（1857）以前就已經有詩社的出現了。但在斯盛社結社之前，竹塹詩壇，就已有雅集聯吟之舉，也是事實。我們至少可以確定的

是，當時的文人雅集多是集中在「北郭園」與「潛園」鄭、林兩大家族的園林之中，而社名「斯盛社」、「竹社」、「北郭園吟社」、「梅社」、「潛園吟社」的出現年代（詳附表二），從咸豐元年（1851）到同治年間，前後十幾廿餘年都有；可見如此之盛的風氣，對後世竹塹地區的人文發展，必然是起了一定的鼓勵與影響。

（三）竹梅詩話記因由

咸豐八年（1858）用錫病逝，斯盛社也逐漸被人淡忘。按《新竹縣志》記載：同治二年「竹社」、「梅社」先後成立。「竹社」集曾得意科舉者，以北郭園為雅集之地；而「梅社」成員多半為未成名之童生，以「潛園」為聚會場所。這兩大詩社有意無意中，形成分庭抗禮之勢。而詩風之盛，吟客之數，也不分軒輊。當時即有「內公館，外公館，詩文若拼館」的時諺流傳風光於全臺。

光緒十二年（1886），苑裡茂才蔡啟運[30]移居新竹，由於他為人豪爽，愛好風雅，頗得人緣。他眼見竹塹詩壇濟濟多士，卻亟待騷風重振，於是邀陳濬芝（瑞陔）、鄭兆璜（葦卿）、陳叔寶（紫亭）、陳朝龍（子潛）、劉廷璧（維圭）、鄭鵬雲（毓臣）鄭家珍（伯璵）等諸名士發起，多方撮合將「竹社」、「梅社」、塹城諸社重組為「竹梅吟社」高舉吟旗；但初期吟侶卻是寥寥，到後來始「聞風至者甚多」這期間波翻墨海全臺矚目。每次詩會，百家齊鳴、佳作連篇。而此活動的盛況竟也只持續到光緒十五年（1889），主要原因是部分社員或應官遠去，或作客他方，或因故別世，以致詩社活動逐漸消停。如此江山樓主－詩人王友竹曾在鄭如蘭的《偏遠堂吟草》跋文中提到他「弱冠時（光緒十二年）從諸先達後入北郭園吟社」。由此敘述，我們可

---

30 蔡見先（1855-1911），字啟運，又字振豐，號應時、運時，以字行，清新竹人。蔡氏博學能文，喜兵書，好交遊，時與諸名士詩文唱酬。光緒十二年（1886）將「竹社」、「梅社」聯盟為「梅竹吟社」，並擔任社長。光緒十七年（1891）取中秀才，二十年（1894）遷居苗栗苑裡……。

以了解當時除了「竹社」、「梅社」之外，還有「北郭園吟社」的存在。

光緒廿年中日甲午之戰，馬關條約割地賠款，臺灣遂為日本的殖民地。竹梅詩人蔡啟運隱跡林下，後來移中部參加櫟社；鄭家珍、鄭鵬雲、陳濬芝、陳朝龍等多人移居大陸後，或終老斯地；其他如王友竹、葉文樞、張純甫、張息六等人則內渡避亂，亂平回臺；因此竹梅吟社的吟詩活動便正式曲終人散了。

甲午戰後馬關條約，日軍入臺，竹塹城破，居民四散。日軍司令入城北白川宮能久親王下塌爽吟閣；因戰火瀰漫，潛園主人亦舉家內渡避難。那時，占梅及族弟汝梅均已離世，人丁單薄，潛園也已荒廢。亂後回臺的王松，遊至潛園別有所感，藉劉禹錫的〈烏衣巷〉賦詩如下：

〈亂後遊潛園〉
醉過西州更愴神，潛園無復舊時春。
忍看石筍鐫為柱，況說梅花斫作薪。
臨水高樓餘瓦礫，藏山絕業化灰塵。
傷心來去堂前燕，悲語如尋舊主人。

大約再過十年，秋涵鄭虛一（鄭用鑑之孫）由外地回到新竹，路經潛園故址也留詩感嘆。

〈經潛園故址〉
一代勳名載口碑，亭臺池館已無遺。
繁華自古多銷歇，舉目蕭條異昔時。

我們由詩中的描述，便可以瞭解，那時的潛園也已由絢爛歸於平淡了。

三　浴火鳳凰的傳薪與再生——我手寫我口

　　馬關條約割臺之後的「竹梅吟社」雖然解體，但生命會尋找出路，總是要面對。是以「竹梅吟社」中的竹社同人於光緒廿三年（1897）將「竹社」重新復名，為延一線斯文，默默入世耕耘。因為「竹社」的前輩們知道「飄零的種子，只能尋求落地生根，才有出路」若只是一味的以武力對抗，所換來的，定會是同胞們寶貴性命的慘痛犧牲；因此唯有以溫和漸進的詩社與書房（私塾）活動，我們的民族文化才能得以延續，也才能夠對抗異族的侵略。所以日本據臺期間可說是臺灣地區詩社成長最多的一個特殊際遇的年代[31]。

（一）竹社復名雅韻傳

　　竹社復名後（1897），在北郭後人鄭以庠[32]（1873-1939）社長的領導下活躍異常，並與各地詩社往復連繫[33]。同時經常與臺北瀛社、桃園桃社三社聯吟，四時輪值。每遇竹社值東時，多相會於「北郭園」，雅士畢集，文光衝斗，頗有重振清朝道、咸以來的竹塹騷風盛況。以庠社長更分別於昭和六年（1931）與鄭神寶[34]，及昭和十一年（1936）兩次邀集全島詩人，主辦「全臺詩人聯吟大會」與全島「五州聯吟會[35]」（時全島行政區劃分為五州），此為竹塹少見盛事，尤為當時全臺詩壇盛事。鄭社長平日常率社友參加各地詩社集會，由於其漢文根基深厚且學養俱佳，亦常被舉聘為詞宗，

31　康熙二十四年至光緒二十一年全臺僅有十二個詩社；然日人據臺五十年間詩社成立可　　考者有二六一個以上。見廖一瑾（雪蘭）《臺灣詩史》〈臺灣詩社繫年〉（臺北市：文史　　哲出版社，1999年），頁32-66。

32　鄭以庠（1873-1939），譜名安國，號養齋，乃鄉賢鄭用鑑之孫，世居竹塹家學淵源深　　厚，學有根柢，善詩文，不預俗事，有「高士」之稱。

33　參見（日）伊能嘉矩：《臺灣文化志》。

34　鄭神寶（1880-1941），字珍甫，又字幼香。北郭園鄭如蘭之子生於竹塹北門外，個性　　風雅，賦性慷慨，被推為竹社、瀛社、桃社等聯合詩社的副社長。

35　臺北州、新竹州、臺中州、臺南州、高雄州輪流主辦。

備受時人推重。而「竹社」也因以庠社長的領導與積極栽培後進，其後人才輩出於全臺。而自以庠社長赴召修文後，竹塹詩壇頓失支柱，為懷念以庠社長對新竹詩壇的貢獻「竹社」遂不再置社長，改以總幹事任之。而繼任的主持人羅百祿（迴南）、鄭蘊石、陳竹峰（堅志）、李子波、謝森鴻等，亦繼續前人衣缽，推廣詩學風氣與聯吟擊缽於新竹。

日據時期復名後的竹社人事[36]：

西元年	年號	年	詩社名	主持人	成（社）員
一八九七〜一九四五	清朝光緒（日本明治）〜民國（日本昭和）	二十三年（30年）〜三十四年（20年）	竹社	鄭以庠（養齋）羅百祿（迴南）鄭蘊石陳竹峰（堅志）李子波謝森鴻	曾吉甫、葉文樞、葉文遊、鄭虛一、張息六、魏潤庵、林榮初、蔡汝修、鄭神寶、林簹堂、謝森鴻、謝景雲、吳　祿、羅百祿、陳濬筌、鄭蘊石、鄭雨軒、陳金龍、黃龍潛、高華袞、鄭香圃、陳竹峰、許烱軒、曾秋濤、王子擎、鄭王田、林鍾英、林知義、李子俊、張奎五、鄭旭仙、郭仙舟、陳如璧、黃祇齋、謝載道、洪曉峰、許函卿、朱杏邨、郭夢凡、林丙丁、郭茂松、黃嘯秋……等

---

36 參見《新竹縣志》、《竹社沿革志》

　　也正因為臺灣文人懷著國家興亡的責任感，遂相互鼓勵文士同好組織詩社，並積極保存漢學文化，及持續不斷的舉行擊缽聯吟，將傳統詩歌代代傳遞，此乃日據時代全臺各詩社社員的共同心聲與使命。新竹地區在「竹社風華」的引領之下，於日本據臺期間，至少有廿個詩社，陸續出現，而私塾書房更是不計（另不知名的詩社也有不少），這些詩社與新竹地區的書房相互輝映，成就了漢學詩文與鄉土文化的命脈延續。

（二）塹城詩社散枝葉

　　老詩人曾說樹大分枝是力量的增生，日據時期新竹地區（新竹州[37]）由「竹社」社員與社友出面主持或創立的新竹各詩社[38]（詳附表三）成員有塾師、生徒、公務員、乃至士、農、工、商、醫，他們大部分的人，表面上多是以揚風挖雅為名，實際上則是藉由詩社活動，來達到保持民族氣節，與延續漢文詩學傳承的目的。

　　到了二次世界大戰末期，一九四四～一九四五年（臺灣光復）間，新竹地區尚有一群為數不少屬社相跨的詩人們，他們常以詩文唱酬社交往返於各詩社；如：釋無上法師（青草湖靈隱寺住持）、釋斌宗法師（古奇峰法源寺住持）、釋覺心法師（法源寺第二代住持）、釋印心法師、寒崖、汪式金、沈國材、沈江楓、張國珍（柏社）、陳福全（笑仙）、莊宏圖、李組唐、蔡燦煌、楊椅楠、吳朝綸等，實可謂熱鬧非常。

　　民國卅四年（1945）八月，日本投降臺灣光復，二次世界戰也宣告結束，新竹地區的詩人們，見於鄭養齋、鄭家珍、葉文樞、張純甫等前輩詩人、塾師先後去世群龍無首；於是遂由他們的高徒們號召全市詩人們參加合

37　一九二○年，臺灣總督府修改地方制度設五州三廳。五州即高雄州、臺南州、臺中州、新竹州、臺北州，三廳即澎湖廳、花蓮港廳、臺東廳。

38　詳見廖雪蘭：《臺灣詩史》〈臺灣詩社繫年〉（臺北市：文史哲出版社，1999年8月），頁32-66、蘇子建：《塹城詩薈》下冊（新竹市：新竹市文化中心，1994年6月），頁330-331、《詩報》。

組的「新竹市聯吟會」，繼續揚風扢雅，諸如：張奎五、曾秋濤、洪曉峰、謝森鴻、謝景雲、鄭蕊珠、陳竹峰、許炯軒、鄭郁仙、王火土、郭仙舟……便是繼承乃師衣缽設館授徒，延續詩壇香火的傳薪者。一時間，四處詩聲朗朗詩幟吟旗飄揚，此亦激勵了《臺灣心聲》詩刊的籌辦，並於民國卅五年（1936）七月卅一日正式出刊；眾人推「竹社」謝森鴻任董事長，許炯軒（光輝）擔任主編，黃瀛豹任總經理。旋因翌年二月，發生二二八事件，《臺灣心聲》也就在出刊到第七號後停刊了。

其後政府當局極力推行國語教育，提倡白話文學，以鄉音及文言文為主流的傳統詩壇，也就隨著老成凋謝後繼乏人的狀況下，便逐漸或合併或萎縮了。但「竹社」誠如浴火鳳凰經清治、日據、到現今，一再蛻變，透過朗朗詩聲、透過擊缽聯吟，更透過我手寫我口，這一線斯文依然流傳存在至今。

（三）詩聲朗朗見吟魂

一八九五年中日雙方於春帆樓簽定了馬關條約，這個歷史性的條約，切斷了臺灣與中國形式上的官方關係，但卻切不斷臺灣人民，與祖國大陸的血脈。雖然日本據臺五十年，從最初的武力鎮壓，到前期的懷柔，中期的恩威並用，及二次世界大戰期間的廢止漢文教育與漢文書房、停止漢文報紙，推行國語（日語）家庭，乃至如火如荼的皇民化運動等，臺灣人民並沒有因日本官方的高壓手段而忘了自己是誰，祖先從何而來！此實歸功於各地詩社的林立，即使在二次世界大戰後期，漢文書房不見了，但詩社的活動卻仍繼續存在，這不能不說是臺灣人民的驕傲。

如前所述在歷史的洪流當中，新竹地區的漢文書房與詩社，在日據時代曾大放異彩於全省；這些塾師或詩人，他們抱持民族氣節，為維護民族文化，傳授漢文，受盡異族的壓迫而不改其志；這當中對鄉里的詩學影響最深，貢獻最大也影響最深的詩人——漢文塾師，要算是前清竹塹東勢庄舉人鄭家珍（伯嶼），北門大街秀才葉文樞（際唐）與張純甫先生他們三位了。

由於他們的境遇很相似，皆因乙未割臺而功名路斷，又生不逢時際遇坎

坷，滿懷一腔熱血，內渡大陸原籍，回歸踏上從未謀面的祖先故國。卻因時局動盪生活困頓，以致「青雲有路志難酬」，其後又為漢文傳承與生計重返臺灣，多年以來，徘徊往返臺海兩岸之間；明明是土生土長的臺灣人，卻要被據臺的日本官方認定是華僑，而百般刁難，這是何等的痛苦與無奈！「耕心吟社」、「讀我書吟社」、「柏社」以及「青蓮吟社」、「陶社」、「大同吟社」、「切磋吟社」、「御寮（漁寮）吟社」、「來儀吟社」「大新吟社」、「竹林吟社」、「南瀛吟社」……幾乎都是漢文書房（私塾）的延伸。在他們主持之下，溫柔敦厚的詩教與民族文化的薪火，也因師徒間的一脈相承，終被延續保存下來。

葉文樞秀才最後被迫離開生養他的故鄉臺灣，與奔波勞累的鄭家珍舉人皆卒於大陸原籍；只有張純甫先生，壽終於臺灣新竹故里，且子孫綿延令人稱羨。鄭家珍、葉文樞、張純甫他們皆分別於光緒年間，到日據時代加入歷史悠久的「竹社」，活躍於新竹詩壇且馳名全省，在教學方面，更是深深的影響新竹地區的後輩詩人與生徒，對鄉土文化的紮根與傳承有著不可磨滅的功績。對新竹地方而言，特別是鄭家珍、葉文樞、張純甫與曾秋濤……等具詩人身分的塾師，他們維護固有文化與國學，樹人樹德的風範，著實令人敬佩與推崇，相信他們絕對不會被歷史洪流所汩沒。

臺灣光復以後，隨著時勢與客觀環境的轉變，這些人卻逐漸的被時間所遺忘；當鄉土文化再度抬頭的時候，塵封的歷史重新再被開啟，家珍、文樞、純甫的徒子徒孫們，從光復以來，在新竹地區各詩社相繼消失之際，挺而撐起漢文教育傳承的使命。雖然光陰不再，哲人日遠，身為塹城子弟與竹社的一員，尋著歷史記憶，希望追隨前輩精神，為鄉土文學盡一分心力。漢代有今古文之爭之辯；於今有現代文學與古典文學……；而今古典詩雖已非「大眾」，但詩社的傳薪，亦已刻不容緩。社會的變遷與階段性的任務，透過國學修煉、生活體驗、閒詠盡情、擊缽聯吟、敲字煉句……等，已為新竹詩社的課題了。

四 雅韻元音新竹調──我口吟我調

　　古人說讀書要有「四到」即「心到」、「眼到」、「手到」、「口到」，故《詩大序》云：「詩者，志之所之也。在心為志，發言為詩。情動於中，而形於言；言之不足，故嗟歎之；嗟歎之不足，故詠歌之；詠歌之不足，不知手之舞之足之蹈之……」。而孫洙[39]在《唐詩三百首》序亦云：「熟讀唐詩三百首，不會作詩也會吟。」是以出聲、口誦、吟唱，對讀書人來說是非常重要的。古人讀書是如此，今人亦然；特別是現今傳統詩社的傳薪，作詩、寫詩、應酬、吟唱，特別是具有記憶性、音樂性的吟唱部分，更能夠吸引學習者的興趣；甚至坊間有部分詩社只以吟唱為主……當然這是見仁見智的問題，筆者僅就新竹詩社再生以來前輩詩人口耳相傳下來的寶貴唱吟資料予以文字化編採創作。

（一）傳統詩社的成員與活動方式

　　竹塹地區詩風鼎盛，實歸功於開臺黃甲鄭用錫與「潛園」主人林占梅的積極倡導，而「北郭園」也於第二代主人鄭如梁[40]、鄭如蘭[41]昆仲的努力經營下，從同治二年（1863）到光緒十二年（1886）廿三年間，儼然成為北臺墨客騷人的雅集勝地。當時除了「竹社」、「梅社」之外，還有「北郭園吟社」……等的存在，其實並不止以上所說的這些社名而已。

　　這些竹城的詩人們，大多是跨社而吟，通常一人多具好幾個社的詩人身分，此時的所謂「○○詩社」「○○吟社」似乎也只是一個概念並無特別的分野。例如潛園幕客林維丞，本是潛園主人的至友與幫手，他不只是「潛園吟社」的主力成員之一，更分別參加了「竹社」、「梅社」、「北郭園吟社」以

---

39 孫洙（1711-1778），字臨西或苓西，別號蘅塘退士，大清江蘇無錫人，編有《唐詩三百首》。

40 如梁為鄭用錫進士次子。

41 如蘭為鄭崇和三男鄭用錦之子，鄭用錫進士之姪。

及合併後的「竹梅吟社」。從他們的詩文創作與唱酬往來中，雖無法很精確的知道，但至少可概略性的瞭解，這些所謂的「詩社」、「詩人」們，均有跨社參與及聯吟的現象。

1 「詩社」[42]之成員

西元年	清朝		詩社名	主持人	成（社）員
一八五一	咸豐	元年	北郭園吟社	鄭用錫	竹塹七子、鄭如蘭、許蔭庭、陳維英、黃蕃雲、曾藺雲、黃雨生、汪韻舟、王松……等
一八五一	咸豐	元年	潛園吟社	林占梅	葉松潭、陳性初、曾藺雲、鄭貞甫、林維丞、查元鼎、林豪（潛園築成，占梅廣邀海內外諸名士吟詠，初似無社名，潛園吟社之名係據其唱和集而來）……
一八五七	咸豐	七年	斯盛社	鄭用錫	鄭景南及其勝友等《北郭園詩鈔》
一八六三	同治	二年	竹社	鄭用鑑 鄭如蘭	鄭用鑑、鄭如蘭、鄭如梁、鄭如恭、鄭景南、楊浚、吳逢清、林維丞、黃淦亭、鄭毓臣……等
一八六三	同治	二年	梅社	林占梅	林占梅、林豪、秋日覲、許廷用、吳春樵、林維丞、郭襄錦、林汝梅、查少白、施和丞、許超英、黃玉桂、彭廷選……等《新竹縣志》、《臺灣詩史》等

42 蘇子建：《塹城詩薈》下冊（新竹：新竹市文化中心，1994年），頁69。

西元年	清朝		詩社名	主持人	成（社）員
一八八六～一八九四	光緒	十二年至二十年	竹梅吟社	蔡啟運	陳瑞陔、鄭家珍、黃如許、林鵬霄、李祖訓、吳逢清、鄭葦卿、陳叔寶、劉廷璧、陳朝龍、鄭鵬雲（即鄭毓臣）、林維丞、陳世昌、鄭如蘭、曾吉甫、陳連三、張謙六、戴還浦、鄭養齋、鄭幼佩、鄭十洲、王松、王石鵬、王瑤京、黃應奎、魏篤生、郭鏡蓉……等《新竹縣志》

2 傳統詩社的活動方式

（1）詩社成員們的聚會，大多分為定期與不定期兩種；定期聚會時，通常會把「課題詩」或「試帖詩」[43]，即是將在家磨練的詩作拿出來，共同討論析評鑑賞。至於詩社按期舉行的課題習作，係屬學習中的一個進程，亦為社友之間，借此以為進步程度的衡準而已；對「揚風扢雅」的基本精神，與作詩的宏旨，均有極大的助益。

（2）擊缽吟會，〈擊缽吟〉的宗旨，在乎的是「以文會友」。大家聚集在一起，以限題、限體、限韻、限時，競賽作詩。擊缽聯吟是「會友」，是場中最熱烈而精彩的餘興節目，並對獎掖後學兼而有之。是以〈擊缽吟〉可以說是一種帶有趣味性的學習方式，因為這種詩會的活動設計，有競賽、有獎品，又有餘興節目，同時也有聚餐，更能藉此聯誼暢敘，又可達到互相切磋、觀摩的效果；是一種多元性的活動。

（3）除課題吟作外，尚有「詩鐘會」，通常都會另定日期舉行。

---

43 古代科考均須作詩，此為詩作部分考試的模擬試題；多為八韻十六句。

（4）閒詠或口占，即詩人自己平日，興之所至的作品，亦可藉詩社活動
　　時發表分享。

（5）吟唱則是詩人無論是自作或是以別人的作品，將其內涵融入個人情
　　境，不用宮、商、角、徵、羽，也不用五線譜的框架，以用漢字的
　　平上去入分陰陽，發而為聲將情感投入；可在私領域閒詠，亦可在
　　詩會雅集中與同好分享。

　　通常一般的詩會，都利用交卷後，詞宗評閱的時間，來舉行吟詩助興活
動，而各社詩友則會依地方吟調展現所長。「傳統詩」的吟詠，是要使用文
讀音的。所謂「文讀音」是指讀文言文或詩詞採用的讀法即「讀書音」。因
為語音（白話）可以隨著說話的方便因時而異，讀音則必須保持傳統的讀
法，其主要目的，就是在於維繫音韻的完整與協調，乃致美聲悅耳。

（二）現代竹社的成員與活動方式

　　臺灣光復後，由於交通逐漸發達，往來方便，跨縣市的聯吟經常舉行。
北、桃、竹、苗[44]四縣市從民國四十年代一直到現今仍定期舉辦聯吟活
動──「三社聯吟」[45]。一般詩社聯吟，通常是以二至三人或視人數多寡編
組輪值，由值東社員主持當日雅集會務，未曾仰賴地方政府補助或財團贊
助，也沒向政府申請登記。民國五十九年（1970）端午節，佛教會理事長張
錫祺先生組織「新竹縣詩經研究會」，並由「竹社」成員協助活動事務。兩
年後張老因病去世而告中止。其後「竹社」耆老黃金福（祉齋）先生曾廣邀
大新吟社、栗社、陶社等詩人組織「新竹縣詩人聯吟協會」，其後也因新竹
升格為省轄市而告分家[46]。兩位詩界前輩擴大詩社聯吟之圖，均譜下戛然而

---

44 臺北-瀛社，桃園-桃社今蘆社，新竹竹社，苗栗栗社今苗栗國學會。

45 即現今的臺北─瀛社、桃園─蘆社、新竹─竹社。

46 民國七十一年六月奉總統七十一年六月十日（七一）臺統（一）義字第三四四一號代
　電，准予自七十一年七月一日起將原屬新竹縣之香山鄉併入縣轄新竹市改制升格為省
　轄市，省轄市新竹市政府於七十一年七月一日正式成立。

止的休止符。詳（附表四）

　　「竹社」一直到民國六十二年還有自己的擊鉢吟會。民國六十三年（1974）以後，因詩人們的搬遷他縣市，再加上老成凋謝，遂漸呈後繼乏人之態，於是便改以課題通訊方式以接續辦理，遇重大慶典或社員家有喜事，才會特別辦理大型詩會詩人聯吟來共襄盛舉。民國八十一年（1992）中華民國傳統詩學會印發的名冊，共有會員六五二名，其中竹社僅存黃炎煙（嘯秋）、范根燦（元暉）、范天送（炯亭）、李春生（東明）及蘇子建（鶴亭）等五人。而新竹縣僅劉進（彥甫）、曾煥灶（克家）、陳心蔣三人，而苗栗縣則餘陳俊儒一人參加而已。詩盟漸漸沈寂，令人感慨！其後只剩七老一小[47]的「竹社」在蘇子建老師與武麗芳女史及多位熱心前輩的奔走下，依照政府「人民團體法」的規定，於民國八十八年十一月正式向新竹市政府提出籌組立案申請；在八十九年五月十三日舉行成立暨第一屆第一次社員大會。直至今日亦已二十年矣。而現今「竹社」的成員，士農工商皆有，更利用每周三與周五晚間集會，修習漢文課程與詩學研討。生徒們始終秉執著「溫柔敦厚詩之教」的社訓，也一直持續辦理古典詩學、鄉土語文與雅韻薪傳等教學研習，學員亦多來自各階層，大家一起鑽研討論與推廣，塹城的傳統詩脈才得以延續至今。

（三）我口吟我調

　　為了推廣詩詞文化與河洛漢音，竹社詩人一直以來，把融入詩詞意境的吟唱（暢氣舒懷）視為人文資產的秘徑。就詩詞吟唱部分，時下的趨勢，可謂百花競豔百家爭鳴，守舊也好，創新也罷，在既有的古調基礎上，出現了許多借調今吟、唐詩新唱的吟調，而所謂的文人調、民謠、小調、酒令、灘音調、貂山調、天籟調、新竹調、鹿港調、歌仔調、江西調、文人調、流水

---

47 「七老」即曾克家、劉進、范根燦、李春生、范炯亭、黃煥南、蘇子建七詩家；「一小」即武麗芳女史。

調、宜蘭調、恒春調等，亦相互觀摩取經，這是非常值得高興，且令人鼓舞的現象。

竹社的「新竹調」寬鬆自在且文情相調，雖似率性而吟，但平仄分明，甚至有裝飾音，但依舊不失古樸之意。吟唱之人常會因個人的人生際遇、經驗、情感……等，甚至不一樣的人，如大人、小孩、年輕的、老的、得意的、失意的、或男、或女，都會有所不同，即使跟著老師亦步亦趨的學，也常會有初一十五不一樣的感覺。而上下「音差」，這對初學者而言，似乎是有點困難，而不若五線譜的明確。

所以「記譜」與「經驗法則」是非常有用的方法，至少能原則性將之框住，不致失傳，吟者用之有上下「音差」，亦是正常的，否則不就如同卡拉OK 那般依樣畫瓢了嗎？電影《魯冰花》，有一幕說「畫畫，一定要一模一樣！那就乾脆用相機拍攝就好了」[48]，其實如果真是用相機照片取代畫畫的話，那也應該有遠近、曲折、明暗吧！

詩詞格律的平仄互換，一三五不論，二四六分明，甚至連三平、連三仄，乃致孤平、孤仄，若對詩作而言可能犯忌，但對詩詞吟唱來說，反倒是運用靈活，音樂性更佳，而不會僵化。例如：李白的〈宣州謝朓樓餞別校書叔雲〉起句「棄我去者昨日之日不可留」，連續六個「仄」聲字，然後接著一個「平」聲「之」字，再接著是仄仄仄平，一句共十一個字，九個仄聲字，中間穿插著兩個平聲字，起了很大的作用，且看齊鐵恨教授與莫月娥老師的吟調流傳至今即知。

有人說「套調」對初學者而言，可說是相對的容易；把七言絕句或七言律詩直接套進歌仔調中的「七字仔」之中，便可依樣吟唱之，這樣或許可說得通；但是筆者以為如果能把對平仄音韻的認知，放入所謂的「七字仔」，以平聲悠揚，仄聲短促的原則來吟唱，也是不失為優雅的庶民吟調了。例如竹社詩人吳身權[49]的一首七言絕句〈飲酒歌〉「浮生本短莫蹉跎，得意醺來

---

48 《魯冰花》，導演：楊立國，演出：黃坤玄、李淑楨、陳松勇，年代：1989，DVD。
49 吳身權一九六七年生，雲林人為警界詩人竹社才子，現居新竹市。

復縱歌。我是劉伶真病酒，還須再飲治沈痾」。這首詩若用歌仔調中的「七字仔」或是本社原有的「新竹調」，只要抓住平仄長短，一樣會是異曲同工的雅韻。

人類是先有聲音後有文字，其實不懂詩，也可以學習吟唱；就如同唱歌一般，不識字也能學；但與歌唱不同的是詩詞吟唱原是無須配樂，完全以清吟為主；且重點是當吟唱時，必須原則性的依照漢字的平仄陰陽來發聲，同時也必須把自己當作是吟唱內容的當事人或是作者，因了解始有聲情的流露，這才是吟唱。竹社的前輩詩人多遵此一原則，雖無固定吟譜，但代代相傳至今的「新竹調」，始終有著文人的調性，也算是吟詩的最高境界。

其實只要了解詩意詩律、與字音，學習詩詞吟唱也不是那麼困難，當然這也要看學習者的意願，最重要的是教學者的態度與引導方式。若說學詩作詩是抒胸己意美化思惟，而傳薪則是文化精神的介面，那麼詩詞的唱吟，就可說是以上的最佳詮釋與人文推手了。

為了方便後人學習，以免失傳，我們也不得不運用五線譜方式來記錄保存；但須知五線譜的音符記譜，僅為原則性的而已，上下音差因人而異，詩詞內容與漢字的平仄陰陽，才是吟唱的主要靈魂啊！先學會吟唱再入手詩作，也是詩社傳薪的方式之一；「吟、唱、賞、習、作」，已成為時下竹社薪傳的變革選項了。

這些年來看到坊間多位詩家，先後推出詩詞唱吟教學的有聲教材，如邱燮友教授《唐詩朗誦》、《唐宋詞吟唱》，潘麗珠教授《古韻新聲》、《雅歌清韻》，黃冠人老師《唐詩正韻》、《唐詩天籟》，莫月娥女史《大雅天籟》，中壢以文吟社《客家詩人古詩吟唱集》，周植夫老師《周植夫先生古詩吟唱紀念集》，林鳳珠老師《詩詞吟唱精選》，貂山吟社《貂山吟》，洪澤南老師《大家來吟詩》，魏子雲教授《詩經吟誦與解說》……以及諸多網站對詩詞的推廣，如網路展書讀、古典詩圃、臺灣語文學會、臺灣古調、涼井山莊……，竹社似乎也該將家中蔽帚與之分享；而在現代竹社的前輩詩人裡，作詩與吟唱幾乎都是家常，而其中最為著名的有張奎五、黃嘯秋、范根燦、劉進、黃煥南、李春生、蘇子建……等，然這些前輩均已赴召修文，所幸的

是筆者曾親聆恩師蘇子建社長與伯父黃煥南先生對新竹調吟唱的教導，由於是口耳相傳，並無文字紀錄，於今也只能憑記憶與相關資料的收羅、過濾重新整理，並以下面幾首作為起步，雖往者已矣，但來只可追啊！

譜一 〈兵餉支絀勸輸感作〉樂譜[50]

兵餉支絀勸輸感作

作者：清朝竹塹—林占梅
吟唱：新竹調—武麗芳
記譜：黃雨婷

肉 食何人 有遠謀？ 可憐 未 雨失綢繆！ 一朝 聞警

忙 攝甲， 半夜量沙 枉唱籌。 中澤嗷鴻 聲倍苦， 孤城 掘鼠

事堪憂！ 男兒 莫作守錢虜， 納粟曾聞 卜式侯？ 納粟曾聞

卜 式侯？

50 記譜者黃雨婷為美國肯塔基大學（University of Kentucky）音樂藝術博士。

譜二 〈臨江仙〉樂譜

臨江仙

作者：明朝.楊慎
吟唱：新竹調—武麗芳
記譜：黃雨婷

滾滾長江東逝水，浪花淘盡英雄。是非成敗

轉頭空，青山依舊在，幾度夕陽紅。白髮漁

江渚上，慣看秋月春風。一壺濁酒喜相逢，

古今多少事，都付笑談中。白髮漁樵江渚上，

慣看秋月春風。一壺濁酒喜相逢，古今多少事，

都付笑談中。

譜三 〈水調歌頭〉樂譜

水調歌頭

作者：宋朝.蘇軾
吟唱：新竹調－武麗芳
記譜：黃雨婷

譜四 〈螽斯〉樂譜

螽斯

作者：《詩經》〈周南〉第五篇
吟唱：新竹調－武麗芳
記譜：黃雨婷

螽 斯 羽， 詵 詵 兮。 宜 爾 子 孫，振 振 兮。 螽 斯 羽，

薨 薨 兮。 宜 爾 子 孫，繩 繩 兮。 螽 斯 羽， 揖 揖

兮。 宜 爾 子 孫，蟄 蟄 兮。 螽 斯 羽， 揖 揖 兮。

宜 爾 子 孫，蟄 蟄 兮。

譜五 〈定風坡〉樂譜

定風波

作者：宋朝.蘇軾
吟唱：新竹調－武麗芳
記譜：黃雨婷

莫聽穿林 打葉聲， 何妨吟 嘯且徐 行，

竹杖芒鞋 輕 勝馬，誰 怕？ 一蓑 煙 雨任

平 生。 料峭春風 吹 酒醒，微 冷， 山頭

斜 照卻 相 迎。 回首向來 蕭 瑟處，歸

去， 也無 風 雨也無 晴。 回首向來

蕭 瑟處，歸 去， 也無 風 雨也無 晴。

五 結語

　　詩本是抒發情感的文學作品，其實並無關所謂的傳統與現代；好的「詩作」在於情感豐富，有血有肉，而不只是文字的堆疊而已。精采的吟唱可使詩詞的意象情景，由隱微而顯露，再次呈現，一如銀幕般的功能，更能夠推波助瀾。傳統詩可說是在浩瀚的墨海當中，最精緻的文學創作。若從《詩經》算起，在華文社會中也有著三、四千年的歷史；而所謂創作，亦即是作者將深入日常生活中所蒐集到的素材，經過觀察、體驗、分析、類化等程序後，再利用形象思維，透過審美意識和藝術技巧而加以錘鍊、修飾、重組所創造出來的藝術作品而已。臺灣數百年來的傳統文學即是以古典漢詩為主流，我們從臺灣各地詩社的《吟集》乃至現今「竹社」《松筠集》一、二、三集的陸續出版，便可以看出傳統詩人以文會友揚風挖雅溫柔敦厚的情懷。

　　從竹塹騷風冠北臺，到面對林園百感生的老竹社詩人，他們如何尋找生命的活泉，到「竹社」的開枝散葉，再到新竹城詩人們在地播苗，再從臺灣光復後的竹社詩人，與為延一脈斯文創刊「臺灣心聲報社」，並持續社際間的聯吟；但因主客觀環境的改變，傳統詩社與漢詩式微；「竹社」則因應時代變遷重新立案取得社團法人資格；並賡續前輩詩人遺風，積極辦理雅韻薪傳「閩南語漢詩、讀經研習班」，更多次配合新竹市政府舉辦暨參與全國詩人聯吟、徵詩、學術等活動，此外主動積極鑽研鄉土記憶，同時出版鄉土文化書籍、教材與竹社課題、閒詠詩集等。近期更將「新竹調」重新整理編排記譜，這又何嘗不是一種另類的「斯文」傳承，相信一加一必然大於二。

　　在此筆者僅以霧峰林痴仙[51]的〈盆梅〉：「不辭風雲老天涯，傲骨偏遭束縛加。打破金盆歸瘦嶺，人間饒有自由花。」[52]自我勉勵，也是對我新竹在地詩社「竹社」的期許；無論是時代的巨輪如何滾動，我們的社會如何變

---

51 即林朝崧，臺中「櫟社」創辦人。

52 林朝崧：〈盆梅〉，收錄於余美玲、施懿琳編：《臺灣漢詩三百首‧下冊》（臺南市：國立臺灣文學館，2019年），頁441

遷，詩人的錚錚傲骨與詩社，對人文素養的提升與鄉土文化的固本培元，依
舊是責無旁貸的。只是一定要與時俱進，萬不可故步自封，否則必將汩沒在
滔滔歷史的長河裡了。

徵引文獻

一　史誌類（依作者、編者姓名筆畫為序）

連雅堂　《臺灣通史》　臺北市　黎明文化事業股份有限公司　2001年

張谷誠《新竹叢誌》　新竹市　新竹市立文化中心　1996年

廖一瑾　《臺灣詩史》　臺北市　文史哲出版社　1999年

二　相關專書著作類（依作者、編者姓名筆劃為序）

王松　《臺陽詩話》　南投縣　臺灣省文獻委員會　1994

陳榮村、洪德豪　《竹塹潛園之建築研究》　臺北市　胡氏圖書出版社
　　　　1995年7月

蘇子建　《鄉詩俚諺采風情——鄉音篇》　新竹市　新竹市政府　2000年

蘇子建　《塹城詩薈》　新竹市　新竹市立文化中心　1994年

三　詩文類（依作者姓名筆劃為序）

林占梅　《潛園琴餘草》徐慧鈺編　校新竹市　新竹市立文化中心　1994年

蔡汝修編　《臺海擊鉢吟集》　臺北市　龍文出版社　2006年

鄭家珍　《雪蕉山館詩集》　臺北市　中華民國傳統詩學會出版　1983年

鄭用鑑　《靜遠堂詩文鈔》　詹雅能　編校新竹市　新竹市政府文化局
　　　　2001年

鄭如蘭　《偏遠堂吟草》　臺北市　龍文出版社　1992年

蘇子建　《雅懷詩興》　新竹市　新竹市竹社1991年7月

四　論文類

（一）學位論文（依畢業年度先後為序）

陳丹馨　《光復前臺灣重要詩社作家作品研究》　東吳大學中文所碩士論文
　　　　1991年

黃美娥　《清代竹塹地區傳統文學研究》　輔仁大學中文所博士論文　1999年

武麗芳　《日據時期竹塹地區詩社研究》　玄奘人文社會學院中國語文學系　碩士論文　2003年

潘玉蘭　《天籟吟社研究》　臺灣師範大學國文所碩士論文　2004年

（二）會議論文（依作者、編者姓名筆劃為序）

陳惠齡主編　《傳統與現代——第一屆臺灣竹塹學國際學術研討會論文集》　臺北市　萬卷樓圖書股份有限公司　2015年5月

黃美娥　〈發現「魏清德」的意義——《魏清德全集》導論〉第一屆「竹塹學國際學術研討會」　新竹市　新竹教育大學中國語文學系　2013年11月

詹雅能　〈臺灣擊缽吟的推手——蔡啟運生平事蹟及其詩社活動探析〉　第一屆「竹塹學國際學術研討會」　新竹市　新竹教育大學中國語文學系　2013年11月

（三）期刊論文（依作者姓名筆劃為序）

吳文星　〈日治時代臺灣書房之研究〉《思與言》第16卷第3期　1978年9月

李美燕　〈林占梅詩中的遊藝生活及美感意境〉　《中國學術年刊》第24期　2003年

徐慧鈺　〈高吟四座互飛觴—話潛園詩酒盛會〉　《竹塹文獻》第6期　新竹市　新竹市立文化中心　1998年1月

黃美娥　〈新竹地區傳統文學史料存佚現況〉　國家圖書館館刊　第86卷第1期　1997年6月　頁117-137

張清泉　〈詩歌吟唱教學的理論與實務〉　彰化師大《國文學誌》第11期　2005年12月

五　報刊雜誌類（依出版時間先後排序）

《臺灣日日新報》　國立中央圖書館臺灣分館館藏　1898-1944年

《古典詩刊》月刊　臺北市　中華民國古典詩研究社　1990年發行迄今

《中華詩壇》雙月刊　雲林縣　中華民國傳統詩學會　2001年發行迄今

《詩報》合訂本（1930-1944）　臺北市　龍文出版社　2007年

六　其他（依筆劃為序）

《臺灣歷史年代對照表》　國史館臺灣文學館　南投縣　南投中興新村

《臺灣重要史事年表》　國史館臺灣文學館　南投縣　南投中興新村

蘇子建編註　《塹城詩社雅集》　新竹市　竹社　2000年

蘇子建編註　《塹城雅集擊缽錄》　新竹市　竹社　2001年

蘇子建編註　《竹塹詩社錄》　新竹市　竹社　2002年

七　電子資料庫

中央研究院漢籍電子文獻　hanji.sinica.edu.tw/

臺灣文藝叢誌資料庫　http://140.125.168.74/literaturetaiwan/WenYi/main.html

附表一　西元一八九五年之前臺灣各地詩社概況

社名	年代	記載於何書	作者	說明
東吟社	康熙廿四年（1685）	《文開詩文集》臺灣詩史（臺灣詩社繫年）	沈光文 廖一瑾	
鐘毓詩社	道光六年（1826）	臺灣詩史（臺灣詩社繫年）	廖一瑾	
斯盛社	咸豐元年（1851）	新竹縣志	黃旺成	用錫晚年退休，建北郭園從事吟詠締結斯盛社。
	咸豐七年 一八五七年以後	北郭園詩鈔	鄭用錫	七年七月七日景孫祭奎星招七友為斯盛社。鄭進士主盟。
竹社	咸豐八年以後（1858）	新竹縣志	黃旺成	用錫建北郭園，海內外名人時相過從，詩酒酬唱乃成立竹社，參加者多為得意科場之人。
	同治二年（1863）	竹社沿革誌	范根燦	
	咸豐元年至咸豐十一年（1851-1861）	臺灣詩史	廖一瑾	
梅社	咸豐八年以後（1858）	新竹縣志	黃旺成	占梅建潛園，結交海內外名人，成立梅社，參加者多為未成名之童生。
	咸豐元年至咸豐十一年（1851-1861）	臺灣詩史	廖一瑾	
潛園吟社	同治元年（1862）	臺灣詩史（臺灣詩社繫年）	廖一瑾	戴萬生亂平，占梅詩酒琴歌於園，舉人林豪、閩縣林亦圖，乃創潛園吟社。
崇正社	光緒四年（1878）	臺灣詩史（臺灣詩社繫年）	廖一瑾	

社名	年代	記載於何書	作者	說明
北郭園吟社	不詳 1885年以前	友竹詩文集（偏遠堂吟草跋）	王松	友竹自述，弱冠參加北郭園吟，受香穀如蘭青睞。
竹梅吟社	光緒十二年 （1886）	臺灣詩史（臺灣詩社繫年）	廖一瑾	
荔譜吟社	光緒十六年 （1890）	臺灣詩史（臺灣詩社繫年）	廖一瑾	
牡丹詩社	光緒十七年 （1891）	臺灣詩史（臺灣詩社繫年）	廖一瑾	
浪吟詩社	光緒十七年 （1891）	臺灣詩史（臺灣詩社繫年）	廖一瑾	
海東詩社	光緒廿年 （1894）	臺灣詩史（臺灣詩社繫年）	廖一瑾	
斐亭吟社	光緒廿四年 （1898）	臺灣詩史（臺灣詩社繫年）	廖一瑾	

附表二　竹塹地區詩社社名出現的時間與出處

社名	年代	記載於何書	作者	說明
斯盛社	咸豐七年 （1857）	北郭園詩鈔	鄭用錫	七年七月七日景孫祭奎星招七友為斯盛社。
	一八五一年以後	新竹縣志	黃旺成	用錫晚年退休，建北郭園從事吟詠締結斯盛社。
	咸豐初年	風城故事	黃瀛豹	咸豐初年用錫與詩友數人組織斯盛社。七賢是竹塹七子，但這不是正式記錄，因為人事有變遷，人數永遠不會固定。
竹社	咸豐八年以後	新竹縣志	黃旺成	用錫建北郭園，海內外名人時相過從，詩酒酬唱乃成立竹社，參加者多為得意科場有「功名」之人。
	同治二年 （1863）	竹社沿革誌	范根燦	
	咸豐元年至咸豐十一年 （1851-1861）	臺灣詩史	廖一瑾	
北郭園吟社	不詳 一八八五年以前	友竹詩文集（偏遠堂吟草跋）	王松	友竹自述，弱冠參加北郭園吟，受香谷如蘭青睞。
梅社	咸豐八年以後	新竹縣志	黃旺成	占梅建潛園，結交海內外名人，成立梅社，參加者多為未成名之童生。
	咸豐元年至咸豐十一年 （1851-1861）	臺灣詩史	廖一瑾	
潛園吟社	同治元年 （1862）	臺灣詩史（臺灣詩社繫年）	廖一瑾	戴萬生亂平，占梅詩酒琴歌於園，舉人林豪、閩縣林亦圖，乃創潛園吟社。

附表三　日據時期新竹地區（新竹州）由「竹社」社員與社友
出面主持或創立的新竹各詩社

西元年	日本年	民國	詩社名	主持人或創立者	成（社）員
一九〇九	明治四十二年		奇峰吟社	王瑤京	李逸樵、張純甫、李逸濤、王瑤京、汪式金、王石鵬等。新竹縣知事櫻井勉常參與唱和。
一九一九	大正八年	八	亂彈會	曾吉甫、張麟書	張式穀、陳旺成、李良弼、吳萬來、江尚文、新竹公學校教師之研究會（據江尚文質軒文摘）
一九二三	大正十二年	十二	耕心吟社	鄭家珍（竹市）原「竹梅吟社」成員	集門弟子創立。葉文樞、張純甫、黃玉成、郭仙舟（江波）、謝森鴻（字啟書、號鴻安壺隱）、謝景雲（大目、小東山）、王少蟠（火土）、鄭炳煌（字旭仙、號郁仙）、陳竹峰（堅志、號寄園）、許炯軒（光輝）、高華袞、許炯軒、曾秋濤……
一九二五	大正十四年	十四	青蓮吟社	鄭香圃原「竹社」成員	黃植三、鄭玉田、江尚文……
一九二六	大正十五年	十五	陶社	邱筱園（竹縣關西）	與地方人士創立。陳子春、沈梅岩、鍾盛鑫、徐錫卿、葉步蔕、吳雁賓、黃子鷹、蕭德宏、黃香模、羅南溪、羅潤亭、余

西元年	日本年	民國	詩社名	主持人或創立者	成（社）員
					子華、郭景澄、陳蒼耳、陳其五、徐修境、余皋鳴、羅玉書、陳鏡清、陳釣客、朱興、魏雲鵬、劉南雄……[53]
一九二六	大正十五年	十五	大同吟社	鄭香圃原「竹社」成員。	葉文樞、葉文游、鄭家珍……
一九二九	昭和四年	十八	讀我書吟社	葉文樞（竹市）原「竹社」成員。	集門人創立：張純甫、盧瓚祥（史雲）、蕭文賢（獻三）、莊田（禮耕）、鄭指薪（火傳）、周伯達（德三）、蔡錦蓉（希顏）、郭茂松（鶴庵）、蘇清池（鏡平）、徐煥奎（錫玄）、許水金（涵卿）、陳湖古（鏡如）、楊存德（達三）、吳文安、胡介眉、漢秋、祖坤、夢樵、敏鑑、林丹初、黃炎煙（嘯秋）、蔡燦煌（東明）、黃詠秋、張錫祺、友鶴、保三、雪峰、遠甫、柯天賜、莊禮持、曾宗渠（石閣）、文魁、孟玉、洪一擎、金隆、含實、聖和、鄭煙地、燦南。後期社員：清涵、敏

53 見《大新吟社詩集》（新竹縣：新竹縣文化局，1990年12月）。

西元年	日本年	民國	詩社名	主持人或創立者	成（社）員
					燦、圖麟、鄭蘊石、盼青、鄭雨軒、許炯軒、沈江楓、蔣亦龍、邦助、定基、葉旭生、張寶蓮。
一九三〇	昭和五年	十九	切磋吟社	黃潛淵原「竹社」成員。	集門人創立。
一九三一	昭和六年	二十	竹林吟社	謝森鴻等七人（新竹市）原「竹社」成員。	効竹林七賢而名。謝森鴻、陳竹峰、謝景雲、許炯軒、鄭炳黃、王火土、郭仙舟。
一九三二	昭和七年	二十一	御寮（漁寮）吟社	戴還浦原（竹北）「竹梅吟社」成員。	邀集地方人士創立
一九三二	昭和七年	二十一	來儀吟社	曾秋濤原（鳳崗）「竹社」成員	集門人與地方人士創立
一九三三	昭和八年	二十二	南瀛吟社	羅南溪（關西）	邀集地方人士創立
一九三四	昭和九年	二十三	大新吟社	藍華峰（新埔）	邀集地方人士創立
一九三五	昭和十年	二十四	柏社（堅白書屋）（世第三孝人）[54]	張純甫（新竹市）原「讀我書吟社」成員	純甫回鄉設塾後，集門人與詩友[55]創立。葉文樞、蕭振開（春石）、陳泰階（伯墀）、鄭葉金木（天鐸）、張寶

---

54 張氏曾祖父首芳、祖父輝耀暨曾祖母陳順，承撫軍兼學政劉銘傳題奏，受旌表為孝友、孝婦令譽傳頌當時，時故有三孝人家之美稱。

55 見詩報。

西元年	日本年	民國	詩社名	主持人或創立者	成（社）員
					蓮、劉梁材（梓生）、張國珍（友石）、鄭木生（東青）、陳永昌（穎沖）、吳成德（達材）、陳淋水、陳瑯江、李樹木（樹人）、謝添壽（凱八）、潘欽義（宜徽）、曾廷福（亭鶴）、郭文彬（君質）、陳振基（礎材）、陳萬坤（厚山）、南洲、沈江枋（江楓）、陳蒼石、曾華維（夏聲）、蘇起五、謝振銓、張君聘、蕭新、吳澤生、陳太郎、陳星平、吳承得、保三、謝少漁、漢迪、寶臣、謝載道、傅興、欽仁、鷹秋、少滿、益村、曾文新（小東郎）。
一九三七	昭和十二年	二十六	聚星詩學研究會	徐慎圭（錫玄）	邀集地方人士創立。
一九三七	昭和十二年	二十六	鋤社	曾東農	鳳崗「來儀吟社」改組
一九四〇	昭和十五年	二十九	柏社同意吟會	洪曉峰原「竹社」成員。	社員多為柏社社員與地方人士。黃潛淵、謝載道、周春渠、駱耀堂、謝少漁、洪燧初、郭仙舟、陳厚山
一九四二	昭和十七年	三十一	竹風吟社	高華袞、林榮初原「竹社」成	邀集地方人士創立。周德三、曾石閣、謝森

西元年	日本年	民國	詩社名	主持人或創立者	成（社）員
				員。	鴻、朱杏邨、陳湖古、徐錫玄、陳金龍、陳如璧、洪燧初、胡桂林、蕭竹生、陳雲從、黃詠秋
一九四二	昭和十七年	三十一	新竹朔望吟會	鄭濟卿、羅百祿原「竹社」成員。	新竹各詩社合組新竹各詩社合組[56] 林榮初、吳蔭培、朱杏邨、吳瑞聰、洪曉峰、王緘三、彭嘉南、陳楚材、張極甫、謝景雲張奎五、郭茂松、曾寬裕
			敦風吟會	不詳	

---

56 是年由於戰事緊，新竹各社幾瀕瓦解，熱心人士乃倡議合組一大社，每月朔望集會聯吟。

附表四　民國卅四年至民國八十九年（1945-2000）新竹地區傳統詩社與竹社

西元年	民國	詩社名	主持人	成（社）員
一九四五	三十四年	新竹市聯吟會[57]	郭江波（仙舟）	臺灣光復後各詩社聯合（新竹縣誌）
一九七〇	五十九年	詩經研究會	張錫祺	臺灣光復後各詩社聯合（新竹縣誌）
一九七四至今	六十三年	新竹縣關西陶社[58]	羅享彩、劉錦傳魏欽雲	魏欽雲、羅享彩、劉錦傳、林礽湖、徐慶松、陳關開、杜錦如、邱雙土……
一九八二	七十一年	新竹縣詩人聯吟會	黃金福（祇齋）	臺灣光復後各詩社聯合（新竹縣誌）
一九四五〜二〇〇〇迄今	三十四年〜八十九年	竹社	謝景雲（大目）郭茂松（子雲）黃金福（祇齋）張文燦（奎五）劉進（彥甫）范根燦（元暉）蘇子建（鶴亭）	旅居外地但仍時返竹社參與活動之社員：郭茂松、陳竹峰、蕭獻三、蘇鏡平、鄭指薪、陳礎材、莊禮耕、蕭振開……等。朱杏邨、王秋蟾、王緘三、謝景雲、謝麟驥、曾秋濤、黃嘯秋、張文燦、劉　進、范根燦、范天送、李春生、杜文鸞、胡介眉、許焆軒、范根燦、郭添益、曾克家、戴維南、黃景星、林則誠、

---

57 每月集會兩次；二次世界大戰起，葉文樞茂才，於昭和十四年（1939）返回中國，社友分散南北各地，詩社遂解散。郭茂松獲社友徐錫玄、黃嘯秋等人的協助，師承衣鉢，在有斐樓設帳授徒，因得重興旗鼓。待戰後社友漸次星散，原讀我書社社友，留在新竹者，合併加入新竹聯吟會，此後不久，新竹聯吟會也併入竹社。

58 詳見《大新吟社詩集》林伯燕「關西陶社」（新竹縣：新竹縣文化局，2000年12月出版）。

西元年	民國	詩社名	主持人	成（社）員
				陳心蔣、陳俊儒、莊鑑標、戴碩甫、陳丁鳳、蘇子建、武麗芳……等。

關於竹塹舊城文化資產教育的幾點芻議

榮芳杰[*]

摘要

新竹地區古稱「竹塹」，遠在漢人入墾之前，最早是平埔族道卡斯族「竹塹社」的所在地。依據歷史文獻《熱蘭遮城日誌》的記載，竹塹早在一六四四年就已經有第一筆的進出口貿易資料。接著在康熙五十至五十七年間（約1711-1718）間，由泉州移民王世傑率領族人來竹塹地區拓墾；雍正十一年（1733）開始植竹為城；道光六年（1826）則由開臺進士鄭用錫為首的竹塹士紳呈請興建磚石城，直到道光九年（1829）完工才擁有完整的城廓規模；日本殖民時期，因一九〇五年實施「市區改正」後，陸續拆除清代城牆而僅保留東門（迎曦門）城至今。

這一段歷史時期接近四百年的竹塹生活史，理論上我們應該要在這個北臺灣最早開發的歷史城市中看見竹塹城在不同時代的歷史痕跡，但現實是現今的新竹市民對於竹塹舊城的認識卻極為有限。本研究希望從文化資產教育的角度出發，探討新竹舊城內的文化資產該如何藉由教育價值的詮釋與呈現，讓更多的市民與外來訪客能夠更認識竹塹舊城存在的歷史意涵，甚至能夠從中尋找新舊並存的可能。

* 國立清華大學環境與文化資源學系、人文社會學院學士班合聘副教授。

一　研究緣起

　　二〇一六年新修正的《文化資產保存法》第十二條明定：「為實施文化資產保存教育，主管機關應協調各級教育主管機關督導各級學校於相關課程中為之。」這是《文化資產保存法》自一九八二年頒布以來，首次將「文化資產教育」納進總則篇章中，此舉意謂著國人的文化保存意識將從學校教育體系之中找到實踐的可能。不僅如此，二〇一九年新頒布的《文化基本法》第十四條第一項亦指出：「國家應於各教育階段提供文化教育及藝文體驗之機會。」這兩部近三年的重要法令變革，更加確定了文化教育所扮演的角色已經從文化部為主體的思維，銜接到教育部的管轄範疇。

　　然而，究竟甚麼是「文化資產教育」？文化資產教育要反映的是文化資產本身的知識？價值？還是為了提升民眾的保存觀念？這個問題意識的確立關係到如何執行「文化資產教育」的實質內涵。以目前國內與「文化資產教育」有關的實務面向至少可以區分為「專業教育」以及「常民教育」兩大主軸。「專業教育」指的是文化資產相關專業人才的培育養成，以及專業職能的訓練。這部分的教育工作牽涉到的通常是高教體系或是技職體系的教學範疇，一般是透過大學以上的學校教育體系，以及各種專業組織所開設的各種校外非正規課程為主要學習管道。此部分暫不納入本文的研究範疇。

　　「常民教育」則可概分為學校內的正規教育，以及學校外的非正規教育。學校內的正規教育泛指目前十二年國教的學生在學校所能學習到與文化資產有關的知識，通常會被歸納在社會學習領域或是藝術學習領域。學校外的非正規教育則是指學生在正課時間外，透過各種文化體驗、教育導覽、參訪、工作坊……等方式進行各種認識文化資產的學習管道。由於本研究的假設情境為國人的文化資產保存素養之提升，必須從國民義務教育階段開始接觸。因此，本研究所要探討的即是在「常民教育」的框架下，無論是學校內的正規教育或是學校外的非正規教育，當前新竹舊城區的文化資產教育所面臨到的問題與現象，該如何回應目前國內相關法令或是國際間對於「遺產教育」（Heritage Education）的具體觀念，並且進一步的提出因應對策。

二 問題意識與研究方法

　　回顧竹塹地區的歷史，曾妤珊（2018）曾提到：「竹塹第一筆進出口資料在熱蘭遮城日誌裡面提到的年代是一六四四年，最後一筆是一六五六年。」，不僅如此，竹塹新港仔與臺南的大員有頻繁的水運往來，同時也是發䲕地區中䲕金[1]最高昂的。因此，可以間接證明在臺灣尚未歸入清朝版圖之前，臺灣的貿易活動已經在清順治年間展開。而後，陳鴻圖（1996）指出：「康熙二十二年（1683）在施琅『棄之必釀成大禍，留之誠永固邊圉』的堅持主張下，臺灣歸入清朝版圖，次年再奏減臺灣地租。清廷將昔日『遷沿海居民，禁接濟』禁令開放，設海防同知於鹿港，准許對口通商。稍後旋及實施海禁，制定『赴臺者限單身不許攜眷』，『必需取得官廳印單』等禁令，並將明鄭移民及各省難民遣回原籍，造成農村勞力的普遍缺乏，農墾與水利進展遲緩，康熙三十五年（1696）以後，始廣募移民來墾。」於是，張德南（2018）在「王世傑史料析釋」一文中指出，王世傑來竹塹地區拓墾的時間應是康熙五十七年（1718），換句話說，從一六四四年開始到一七一八年之間，漢人在竹塹地區的人數與活動範圍已逐漸的從單純的貿易交換地點，進而成為族群匯集的聚落之地。於是，清代的治理期間開始建立竹塹城的各種興築工作，然後到日治時期，再到戰後至今。

　　這近四百年的歷史軌跡，若用真實存在的物件來見證竹塹的歷史，我們

1　參考「臺灣大百科全書」的詞彙定義，「䲕社」係指荷蘭至清朝年間，一種專屬於原住民部落的特殊稅賦制度。「䲕」意為「雙方取得協議」，「條約」，「社」則是指「番社」，也就是原住民居住的部落，因此所謂「䲕社」，從字面意義加以解釋，便是「有關於社的（稅賦）承包制度」。當時的商人貿易的對象以番社為主，因此他們通常被稱為「社商」；又因為這種承包制度（「䲕」）主要是針對番社而設置，所以這種特定的徵稅方式，便被稱為「䲕社」。䲕社制起於荷蘭統治，在明鄭時期得到進一步發展，並在清領時期持續推行，透過此一制度，臺灣統治者的財政得以穩定，然而社商為獲取利潤而進行的重重剝削，卻使原住民生活日趨困苦，至清朝時，䲕社制下的番社已經面臨「雞犬牛豕布縷麻菽悉為社商所有」的慘況；由此可知，此制實為一「利官不利民」的制度。資料來源 https://nrch.culture.tw/twpedia.aspx?id=5998，2021年1月26日。

可依據文化部文化資產局最新（2019年10月10日）的統計資料來檢視，新竹市不可移動的有形文化資產（國定古蹟、新竹市定古蹟、歷史建築）共六十一筆。其中創建年代在清領時期的有形文化資產二十三筆（38%）、日治時期的三十六筆（59%）、戰後的二筆（3%）。如果又細從創建年代來分析的話，在清代二十三筆的有形文化資產類型，我們發現共有牌坊四筆、廟宇十筆（含孔廟）、住宅六筆，以及城門、墳墓與古井等三筆。日治時期的三十六筆名單中，則絕大部分的類型都是公共建築。戰後僅有二筆的是汀甫圳渡槽與金城新村。

從上述既存的法定文化資產數量與類型來看，新竹舊城區內絕大部分保存下來的是清代與日治時期的公共性空間，戰後與清代之前的文化資產則保存不多。更令人驚訝的是竹塹舊城區內並沒有任何一處考古遺址，這對於號稱北臺灣最早開發的歷史城市而言是非常遺憾的事情。綜觀上述，竹塹舊城在清代以前，以及戰後至今的歷史發展是否能夠透過其他手段來拼湊竹塹歷史在時間與空間上的拼圖。為了要填補這個歷史城市的縫隙，本研究假設文化資產的教育與詮釋應該是這個問題的解答關鍵，因此本文擬從文化資產的常民教育與詮釋議題來探討竹塹舊城與當代常民生活斷裂的問題。

本研究將從常民教育的角度出發，透過目前國際間重要的文化資產教育相關理論與規範進行與國內教學現場的對話，並且分別就學校內的正規教育，以及學校外的非正規教育進行探討。在學校外的非正規教育部分，本研究將從全世界最大的文化資產國際組織 ICOMOS 的兩個重要的活動與文件來討論。一個是二〇〇八年所頒布的《文化資產場所詮釋與呈現憲章》（ICOMOS Charter on the Interpretation and Presentation of Cultural Heritage Sites），另一個是每年四月十八日的「國際古蹟日」（the International Day for Monuments and Sites）。這兩個分別是憲章文件與慶祝活動的訴求與觀點，正好可以作為學校外的非正規教育的借鏡。

在學校內正規教育的部分，本研究則參酌一九九〇年代，英國文化部組織旗下的「英格蘭遺產」（English Heritage）所推動的文化資產教育政策。當時英格蘭遺產針對英國諸多文化資產場所的教學問題展開了一系列的研究

與出版工作，並且最後由不同領域的專家學者陸續在十年內完成了一套非常完整的教師手冊（English Heritage: A Teacher's Guide）。此一系列的書籍強調是提供給學校教師，協助他們在歷史性環境中有更好的教學成效。因為文化資產教育必須回到教育者的角色，透過課程融入場所的方式，讓中小學的學生能夠先有機會親近場所，再重場所認識文化資產本身。這構想遂得到文化遺產領域與教育部門的讚賞，並且開始著手進行各種可能在遺產場所內實施的課程教案設計。對比於國內的十二年國教剛起步，特別強調的「核心素養[2]」其實也正好反映在文化資產場域的背景知識之中。

三　關於文化資產教育的定義與文獻評述

相較於國內所稱的「文化資產教育」，在歐洲國家則較常用「遺產教育」（heritage education）來闡述文化資產的教育工作。如果依照一九九八年三月十七日歐洲部長委員會通過的《關於部長委員會所屬會員國遺產教育之第R（98）5號建議文》（Recommendation No. R（98）5）來看，該建議文定義「遺產教育」是指：「教學的方法以文化遺產為基礎，強調以積極整合的教育手段、透過跨學科的方式，以及結合教育和文化有關的領域，並運用最廣泛的溝通和表達方式所建立的一種夥伴關係。」因此，文化資產教育所探討的不只是「教導」什麼事情給學生的問題，它還包括了教學方法的運用與引導，甚至是文化素養能力的建立。於是乎，當我們在瞭解一個國家或一個城市的歷史，往往會有國家級或地方級的文化資產來見證其歷史脈絡的一面。從歷史詮釋的角度來看，一般社會大眾不只希望閱讀到政治角度下的詮釋，

2　張盈堃（2019：5）提到：「核心素養」指一個人為適應現在生活及面對未來挑戰，所應具備的知識、能力與態度。核心素養承續過去課程綱要的基本能力，但涵蓋更寬廣和豐富的教育內涵。為了培養學生的核心素養，學校教育不再只以學科知識作為學習的唯一範疇，而是彰顯學習者的主體性，重視學習者能夠運用所學於生活情境中。核心素養主要應用於國民小學、國民中學及高級中等學校的一般領域／科目，至於技術型、綜合型、單科型高級中等學校則依其專業特性及群科特性進行發展，核心素養可整合或彈性納入。

也會希望看見常民生活角度下的詮釋，甚至是理解每一個文化資產在不同時代所扮演的角色與時代意涵。藉由文化資產的真實存在來敘述一個國家或一個城市的歷史發展。常民角色的參與，在這樣的文化資產保存概念下，自然而然會變成是一種地方認同的開始，更是鑑古觀今的明燈。

印度的「中等教育中央委員會」（Central Board of Secondary Education, CBSE）在二○一一年的遺產教育計畫（The CBSE Heritage Education Programme）中也提出「遺產教育活動的概念與綱領」（Ideas and Guidelines for Heritage Education Activities）。該份資料也提到：

- 遺產教育並不僅是學生們的一種課外休閒活動，它更應該是一個學習過程中重要的部分。遺產教育應能夠幫助學生去瞭解歷史與社會，以及灌輸他們尊重與包容多元價值的存在。
- 遺產教育具有一種聯繫不同課程的特質，它可以讓遺產在學校的環境裡開創出一些創新且具創意的方法，同步地將遺產本身多元的特質透過教育而整合。
- 遺產教育是一方面是為了未來的使用而詮釋過去的手段，另一方面，遺產教育也將確認當代的傳統習慣如何影響現在與改變未來。

在目前全世界「遺產教育」相關的研究論文中，大抵可以分為兩大群組，一是考古學領域在遺產教育上的具體作法；另一大區塊就是「社會學習領域」（Social Studies）與遺產教育之間的密切關係。以 Yeşilbursa 與 Barton（Yeşilbursa and Barton, 2011）刊載於《社會學習領域教育研究》的一篇名為「職前教師邁向內含『遺產教育』精神的國小社會科教學態度」期刊論文為例，作者認為遺產教育是一種作為連結過去與現在最好的工具。遺產教育除了可以讓學生從歷史場所中獲得寶貴的傳統知識體系，更重要的是可以鼓勵學生從歷史環境中的諸多細節提出更創新的想法。該研討訪問了二十八位職前教師，分兩組實驗，一組的操作方式是在大學教室內，藉由建築物的影像或文物進行介紹；另一組則是帶到地方的歷史博物館現場進行現地教學。

　　兩組的教師都必須回答二十六個李克特式的問卷內容，最後的結果是這些職前教師們都認同遺產教育所指涉的歷史性場域、建築物、博物館以及文物等應該要做為遺產教育的重要教學場域，因為這些遺產物的背後都具有重要的場所意義與價值。

　　因此，英國的英格蘭遺產在針對學校內正規教育的部分，例如圖一至圖四的數學課程，則是將學生帶往古蹟現場，讓學生可以根據身體部位創建自己的測量形式。除了用手繪之外，在適當情況下也可使用計算機來生成其結果對稱圖形的理解，棋盤式佈置也可以在房屋的裝飾元素中看到。調查和測量繪圖也需要許多數學技能的實際應用。年幼的孩子可以要求尋找特定的形狀，如圓形、三角形或矩形。

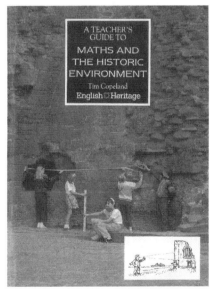

圖一　《數學與歷史性環境》課程　　圖二　《數學與歷史性環境》課程中孩童利用工具量測尺寸，並應用數學公式計算。

圖三　在《數學與歷史性環境》的課程教學手冊中
學生用身體當做尺度進行量測

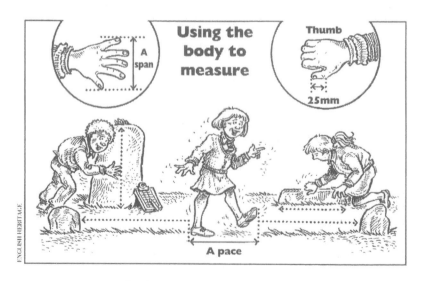

圖四　在《數學與歷史性環境》的課程教學手冊中
學生用身體當做尺度進行量測

其他有趣的課程設計包括圖五，在具有歷史性的住宅（HISTORIC HOUSES）內透過偵探般的尋找線索，讓學生將建築過去歷史遺跡中的線索拼湊在一起，如同一種常見的考古技術讓學生體驗老建築的空間內部。特別是英格蘭遺產的教學小組認為空的、破舊的房子可以提供一流的教學資源，但它們的教學潛力往往被低估，因為似乎很難被使用，需要有所轉換。這樣的場域擁有許多優勢，不怕只有單一路線使無法返回再看看那些具有興趣的事物，也能夠觸摸使得建築的材料和技術都能清楚的呈現。廢墟能讓學生以偵探的方式，將所觀察到的證據拼湊出自己獨到的看法。或是圖六透過一棟老舊的建築物的佈局反映如何被使用，並且依著社會的價值觀建造。具網路相關經驗的人可以這樣的方式嘗試分析特定房屋。請學生分組進行討論，使他們能夠交流彼此的論點，並請他們設法制定出個別房間的功能，並標記有何顯著的特點，例如是否有任何跡象表明有些房間具有較高的地位？而內部材料的使用或開門的方向等又有哪些意涵？每組學生輪流展示他們的研究。從這些觀察建築空間的過程中，可以延伸很多的課程內容，從建築紀錄、表演、策展、詮釋等都可以深化學生對於一棟建築物的來龍去脈有完整的認識。上述這些操作概念也完全符合文化資產場域能給予學生的核心素養能力。

圖五　using historic houses教師手冊的封面

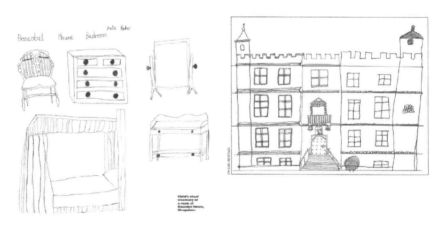

圖六　由小朋友觀察舊建築物室內與室外空間後的手繪圖稿

　　至於學校外的非正規教育部分，主要可以從ICOMOS對於四一八國際古
蹟日的宣傳手法來思考。ICOMOS每年在四一八這一天均事前公布年度主題，

並且建議各國都能在四月十八日這一天鼓勵民眾參與相關活動，甚至包括：

- 造訪文化資產場所、修復個案能夠儘可能的免費參觀。
- 邀請地方或國際間的專家學者參加國際研討會或相關會晤活動。
- 在文化中心、市政廳以及公共場合動員一些討論活動。
- 舉辦展覽（相片、繪畫……等等）。
- 出版書籍、明信片、紀念郵票以及海報。
- 頒發一些獎項給予組織單位或個人，藉以表彰他們在文化遺產維護與推廣的實質貢獻或是出版相關文化遺產傑出著作的努力。
- 替某一最近展開修復工作的文化紀念物舉行動工或完工典禮。
- 藉由活動來提昇學校學童與年輕人對這日子有特別的體認。

這些慶祝方法的建議，其實反映了文化資產必須要融入當代生活的情境，無論是進入文化資產空間的體驗，或是藉由各種不同的多元媒介讓更多的民眾認識與親近文化資產場域。在這過程中，除了是把不同族群與年齡層的民眾帶往場域，同時在場域內的內涵也必須要經過特定的價值詮釋與呈現。這部分 ICOMOS 也提出更具體的作法。在 ICOMOS 的《文化資產場所詮釋與呈現憲章》之中提到，文化資產的「詮釋」（Interpretation）：「是指一切可能的、旨在提高公眾意識、增進公眾對文化遺產地理解的活動。這些可包含印刷品和電子出版物、公共講座、現場及場外設施、教育項目、社區活動，以及對闡釋過程本身的持續研究、培訓和評估。」文化資產的「呈現／展示」（Presentation）：則是指「在文化遺產地通過對詮釋資訊的安排、直接的接觸，以及展示設施等有計劃地傳播詮釋內容。可通過各種技術手段傳達資訊，包括（但不限於）資訊板、博物館展覽、精心設計的遊覽路線、講座和參觀講解、多媒體應用和網站等。」

在此定義之下，文化資產場域的詮釋與呈現應能關注憲章所提的七個原則：

原則一：場域的可及性與認識（Access and Understanding）

原則二：資訊來源（Information Sources）

原則三：重視場域的背景脈絡（Attention to Setting and Context）

原則四：保存的真實性（Preservation of Authenticity）

原則五：永續性的規劃（Planning for Sustainability）

原則六：關注場域相關的包容性（Concern for Inclusiveness）

原則七：研究、培訓和評估的重要性（Importance of Research, Training, and Evaluation）

四　研究實驗結果與發現

本研究在歸納與分析不同國家對於文化資產場域的教育與詮釋方法後，回到新竹舊城區內的文化資產場域，思考未來該如何面對常民教育下的各種可能，並作為竹塹城未來可供參考的依據。這部分有兩個主軸需要被考慮，一個是詮釋，一個是教育。詮釋的部分主要在關照文化資產的價值與意義如何被轉譯為讓常民能理解的語言。教育的部分則是在關照，如何將詮釋後的文化資產價值透過不同年齡或學制的教育體系擴散文化資產場域的重要性。

（一）竹塹城內正規教育操作的可能性

二〇一六年六月二十八日本研究曾邀請新竹市東門國小高年級的同學，一起參與「古蹟就是我們的教室」－文化資產教育實驗課程計畫。以新竹市定古蹟辛志平校長故居為課程的實驗場域，該故居為日治時期新竹中學校附屬之校長宿舍，縱使新竹中學後遷移，校長宿舍卻並未隨之遷徙。而辛校長為戰後新竹中學的第一任校長，為感念其對教育界發展歷程的貢獻，及木造建築宿舍空間的代表性意義，於民國九十一年八月一日經新竹市政府公告指定為市定古蹟。本研究在參酌英國的英格蘭遺產現地教學的經驗後，將五年級翰林版數學「面積」與南一版自然領域「植物的世界」的學科內容結合辛

志平校長的生平故事在該場域之中，使學生對於學科領域的能力增進外，亦能熟悉教育界偉人——辛志平校長的教育理念和生平事蹟，同時讓文化資產保存與維護的觀念緊密的反應在真實的文化資產場域。

本實驗課程在數學課「面積」的單元，讓學生藉由觀察日式住宅空間後，用各種可能的方法或工具測量該生活空間的面積大小。透過分組操作的過程，各組學生展現了各種觀察環境的細微能力，有的學生可直接用榻榻米的數量來快速計算空間面積大小，有的則用量尺分段計算空間的長度與寬度。最後，各組學生必須再將平方公尺的單位面積換算為五年級下學期的公畝換算單位。課程結束後的檢討與回饋，各組學生均反映這樣的數學課程單元在古蹟現場進行操作是第一次，但也覺得是最有趣的一次。

圖七　數學課的室內課程討論

圖八　數學課的室內課程討論

圖九　學生量測榻榻米的尺寸

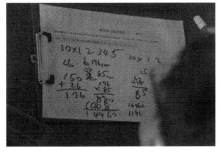

圖十　學生計算日式空間的實際面積尺寸

至於自然課「植物的世界」的操作，則在事前將辛志平校長故居中所有的植物花卉名稱與特性均做了一次徹底的盤點與資料收集，最後選擇了幾款與辛志平校長治校理念有關的植物（例如：竹子、荷花）進行課程設計。最後，透過讓學生實際觸摸植物的葉脈紋理，以及手繪眼睛所觀察到的植物特徵與細部構造，讓學生理解到各類植物的生長特質與隱喻。

圖十一　學生實際觀察竹子的葉脈紋理　圖十二　學生手繪植物的細部特徵

圖十三　學生手繪植物的細部特徵　圖十四　最後課程結束的檢討與回饋

（二）竹塹城內非正規教育操作的可能性

非正規教育的操作其實是為了突破學校內正規教育體系的束縛，無論是教材教法或是透過各種活動，甚至是針對不同年齡與不同族群能夠一起參與文化資產場域內的教育活動。新竹市已經連續蟬連很多年位居國內各縣市居

民平均年齡最低的城市，依據內政部發布最新統計數據指出，新竹市總人口四十四萬，居民平均三十八歲，其中將近百分之十八為十四歲以下，老年與幼年人口比例為五十九點三六，是全臺灣最年輕的城市[3]。

　　在此概念下，新竹市的文化資產場域應該要用更貼近市民年齡層的詮釋與呈現手法進行各種文化資產教育的可能。我們都知道竹塹城在北臺灣的重要歷史與意義，但這個重要的歷史與意義隨著有形文化資產的數量逐漸減少外，我們還欠缺了如何親近、認識、閱讀與了解這個城市的過去、現在與未來。以表一的整理資料來看，目前新竹市市定古蹟共有三十二處，但卻有多達百分之三十七點五的市定古蹟不主動對外開放參觀，雖然有些部分是正在進行古蹟修復工程，但對比於其他先進國家，文化資產的修復工程期間依舊可以在安全無虞的狀況下，進行各種古蹟修復知識系統的介紹與學習。

　　此外，目前新竹市定古蹟的價值詮釋與呈現手法仍舊非常的傳統，僅僅靠解說牌、摺頁介紹……等媒介，且還不是全部的市定古蹟都享有同等的待遇。更遑論解說牌與摺頁內容的圖文呈現，絕大部分均無法滿足當代新竹市民的需求與期待。這個問題的癥結在於過去我們對待文化資產場所的態度都是被動消極地等著訪客上門，欠缺站在「服務科學」的角度思考會來造訪文化資產場域的訪客需求與期待。這也突顯了文化資產場域嚴重欠缺「內容」（content）與專業管理（management）能力來作為價值詮釋與呈現的基礎。

3　請參閱〈竹市全臺最年輕嘉縣最老〉，《自由時報》財經政策版，2019年2月6日，資料來源：https://ec.ltn.com.tw/article/paper/1266164。

表一　新竹市三十二處市定古蹟目前的教育詮釋與呈現方法一覽表

詮釋或呈現方式 古蹟名稱	目前不主動 對外開放	解說牌	摺頁介紹	專人導覽	設置官網
新竹都城隍廟		○		○	○
新竹關帝廟		○			
新竹長和宮		○			
新竹鄭氏家廟	○				
新竹金山寺		○			
張氏節孝坊					
蘇氏節孝坊					
楊氏節孝坊					
李錫金孝子坊					
新竹水仙宮		○			
吉利第	○				
春官第	○				
周益記	○				○
竹蓮里傳統聚落古井		○			
淨業院	○				
新竹神社殘蹟	○				
新竹信用組合					
新竹州圖書館	○				
新竹專賣局	○				
新竹市役所		○	○	○	○
新竹高中劍道館	○				
香山火車站					
辛志平校長故居			○		

詮釋或呈現方式 古蹟名稱	目前不主動對外開放	解說牌	摺頁介紹	專人導覽	設置官網
新竹水道-取水口新竹水道-水源地					
李克承博士故居			○		
新竹少年刑務所演武場	○				
康朗段防空碉堡					
康樂段防空碉堡					
新竹州警察局高等官舍	○				
新竹國小百齡樓					
原臺灣銀行新竹支店	○				
新竹市消防博物館		○	○	○	○

資料來源：本研究整理

　　以歷史文獻的記載來說，新竹地區的私塾在過去十分發達，清朝後期應該有將近五十所，是地方最主要的啟蒙教育機關。日本殖民臺灣以後，因一八九五年的戰亂及臺灣總督府的書房對策而逐漸沒落。新式教育的公學校逐漸成為兒童主要的教育機構。（許佩賢，2018：132），這也使得日本殖民政府於領臺之初創設的新竹國語傳習所（現為新竹國小）成為新竹地區歷史最悠久的學校。因此，當新竹國小的百齡樓成為新竹市市定古蹟之後，這個學校所需要扮演的文化資產教育角色遂更為重要。因為，對新竹國小的學生來說，他們擁有一個咫尺相鄰的文化資產可以探索。但對新竹國小的教師來說，卻需要額外利用課餘時間來設計不歸類在正課的百齡樓教學課程，這中間的教學重擔也正是教育部門與文化部門需要攜手突破的地方。這個現實的問題在許多擁有古蹟或歷史建築的各級校園內都同樣面臨相同的考驗，因為文化資產在十二年國教中並不是一門教學科目，每一位中小學老師都必須額外透過自身的熱忱來完成這一個任務。

五 研究討論

　　綜整上述竹塹舊城內在正規教育與非正規教育的實驗與問題盤點後，本研究嘗試提出一個可能。一個是面對 K-12不同階段的學生在面對同一個文化資產場域可以如何分野其不同年齡所能應對的文化資產素養能力（如圖15）。另一個是所謂的文化資產素養的建構該如何循序漸進（如圖16）。但無論哪一種可能性，都必須建立在以「場域學習」（on-site learning）為基礎的假設前提下操作。

　　以面對 K-12不同階段的學生而言，從幼兒園的孩童開始，我們應該不斷的創造學童在場域內遊戲或熟悉場域的各種可能。讓學童跟場域之間的關係不是刻意的參訪連結，而是自然的遊戲場所。同樣的，進入到國小階段，更應該開始將文化場域跟學校的課程內容相結合，創造透過遊戲或活動來學習課本裡的單元知識。更重要的是在此階段應該大量的透過課程統整的方式，讓不同學科領域的課程內容可以在文化資產場域內完成。進入國中階段後，學生在分科教學的壓力下，透過特定文化資產場域內蘊含的課本單元知識，應該創造一種學習情境是找出場域內可被理解的應用型知識，讓學生在這個階段從本來在教室內所學習到的課本知識，可以移轉到場域內進行實踐與應用的機會。最後，當學生進入到高中階段，我們才開始導入文化資產對於國家、社會、族群……所扮演的角色與意義，甚至在這個階段可以透過保存與開發之間的矛盾性，讓學生開始理解文化資產保存不該是二分法的只有保存與不保存，而是有更多的可能性是在決定我們要留下甚麼遺產給下一個世代。

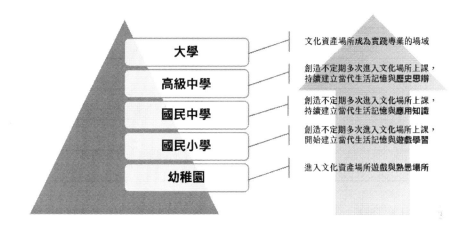

圖十五　K-12階段的學生在文化資產場所內的學習假設

　　在此概念下，本研究也藉由圖十六的層級建構，嘗試的將圖十五所欲傳達的長期學習成效透過層級建構的方式，呈現最終的文化資產素養能力的建構。簡單來說，「一般知識的建構」在於反映所有的文化資產教育內容若欲結合正規教育課程進度，勢必要讓所有的教科書的內容能扣合場域內的教學能量。讓文化資產場域至少要先滿足教育部課綱與各出版社教材的基本條件。在此條件滿足後，才能透過課程設計導入「在地知識的建構」，也就是透過學生離開教室，進入到文化資產場域後，讓場域的在地知識能夠融入到正規課程的單元之中。這個動作的目的在於培養學生具備「地方感」（sense of place）。倘若在 K-12 階段都能創造學生有多次進入同一場域，卻進行各種不同學習領域課程的內容，這不僅可以打破過去參訪單一場所，便不會再進去第二次的刻板習慣。同時也能累積學生在單一場所內，擁有不同活動記憶的可能。

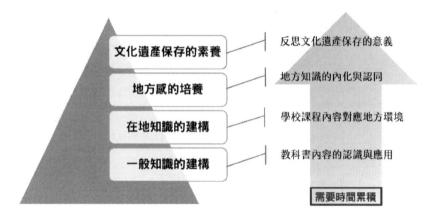

圖十六　文化資產保存素養的建構層級

六　研究結論

　　透過前述的研究過程發現，新竹舊城區其實蘊含著北臺灣非常重要的漢人發展脈絡，無論是反映在漢人的常民生活，或是原住民與漢人間的生活互動，在過去近四百年的時空發展過程中，仍然保有許許多多有形或無形的文化資產，值得透過教育體系有系統的方式進行場域的探索，或是課程發展的結合。本文也嘗試提出六點芻議供參：

（一）文化資產教育在小學階段應建立場所熟悉感與認同感

　　過往的鄉土教學工作，或是社會學習領域所習慣的文化資產教育，通常都是在古蹟的場所內進行「認識古蹟」的教學或導覽工作。這部分的教學模式已成為常態，是必須，但並非適用在各年齡層的學生，特別是小學階段的學生。因為，小學階段的學生，最簡單的教育心理分類方式就已經可以分為低年級、中年級與高年級的學生，每一個年級的學生對於環境與空間的認識有著很大的差異。因此，「文化資產」四個字已經無法用簡單的概念說明清

楚。也因為文化資產背後所意涵的複雜因子過多，對於小學生來說，在尚未能理解其真實的意義前，教師對於學生所能引導的是讓他們「喜歡」那樣的場域環境。先讓學生自然而然地進入場所內認識環境、生態，以及眼睛所能觀察到的有趣事物，進而透過不同學習領域的統整課程來讓學生有多次進入文化資產場所的機會，最後在建立了場所的熟悉感與認同感之後，才能在國高中階段逐步的將文化資產的完整面向進行更深入的教學課程規劃。

（二）跨科學習領域的統整課程應由文化與教育部門共同建立教學資料庫

如同前述英國的「英格蘭遺產」作為英國文化部旗下的行政法人組織，執行政府部門對於文化資產保存與維護的重要工作。「英格蘭遺產」十分清楚文化資產的專業知識領域並不容易進入中小學第一線授課教師的教學範疇。因此，文化部門有必要協助教育部門將教學場域中的障礙逐一排除。其中，「英格蘭遺產」採取的方法就是由文化部門提供專家學者審定過的教材大綱或教學內容給各級學校的教師使用。也就是說，文化資產教育不是直接增加第一線授課教師的負擔，而是由文化部門轉譯過成為可執行的教材方案後才由教師進行教學工作。這樣的概念背後必須經過長年累積各種不同文化資產的類型教學材料，且建立具有高度彈性但正確的教師手冊供第一線的教師使用。

（三）文化資產教育應突破校外教學的桎梏

過去以來，臺灣的正規教育體系常受限於升學主義的影響，校方與家長並不太支持在學期中間有太多的戶外教學課程，最主要的原因還是希望學生能夠依照正常的課程進度實施教學工作，但文化資產教育的關鍵卻是「現地教學」。這個問題需要面對的議題有兩個層次，一是戶外教學並非遊玩行程，他理應是正規課程裡學習單元的一部分，只是現今戶外教學的場所通常

無法滿足正規課程單元進度的實際需求，使得家長會視戶外教學有延宕教學進度的錯誤認知。第二個層次的問題是，如果戶外教學能夠滿足正規課程進度的需求，且能有更好的學習效果，是否我們就能接受學生在學期間多次的離開校園前往其他的場所進行教學課程？本研究試圖解決的正是後者的提問，希望能夠在文化資產場所內建立各種跨學習領域，以及跨主題的課程教學模組或方案，提供給鄰近的學校進行戶外教學使用。

（四）文化資產教育應朝向跨科學習的課程統整設計

社會學習領域一直是國內中小學教學環境中最接近文化資產議題的課程，然而，從西方國家的遺產教育經驗中可以得到驗證，文化資產教育應建立跨科學習的觀念，無論是語文、數學、自然、健康教育、體育……等，應該都有各種不同的可能性可連結不同類型的文化資產場域。這個目標要達成前，必須要全面的盤點與分類各種文化資產類型那些可被作為學習教室的可能，哪些可以透過跨域學習的方式進行課程統整的教學工作。

（五）文化資產教學課程的設計可建立主題（類型）式的教學範本

依據「英格蘭遺產」的經驗，各種不同類型或主題的教師手冊是第一線教師最需要的授課工具。這個類型或是主題的概念（請見附錄列表）有助於將多樣的文化資產特質，透過分類的方式，提出一個概括的教學架構供教師參考。例如：臺灣的日式住宅等級繁多，但日式住宅的空間特質差異並不會改變小學課本中教學內容的差別（因為不是要認識文化資產，而是在文化資產裡面上課）。因此，針對日式住宅的類型可以單獨做成一套教學建議模組，讓第一線的授課教師知道在日式住宅內，可以操作數學課程的哪一個單元；音樂課程的哪一個單元；社會科課程的哪一個單元等。

（六）竹塹城歷史時期的常民生活史應有更多的探索與詮釋

回顧過去竹塹舊城區內的各種歷史研究或是文獻盤點，我們都不難發現竹塹歷史中欠缺不少常民生活的相關研究與考證。特別是從荷治時期到戰後的新竹，我們保存了部分的實體物件作為法定的文化資產，但我們卻刻意遺忘這些空間內曾經有過的生活史，這也是目前新竹舊城區內的古蹟或歷史建築除了建築特色以外，不容易提出更多的內容來證明其作為文化資產價值的敘述。或許，透過考古發掘找出更多的常民生活物證會是未來可以思考的取徑。

文化資產價值的詮釋與呈現是過去臺灣社會普遍忽略的一個工作。這項工作的複雜度在於它必須打破學科領域的範疇，透過跨領域的合作與整合才能找出符合當代能接受的歷史論述。新竹市是全國最年輕的城市，本研究也相信新竹市民需要的不是古板的歷史物件，而是能看見新舊並陳的文化資產場域。

徵引文獻

榮芳杰　〈「古蹟就是我們的教室 !?」：文化資產常民教育與專業養成的想像〉　《建築學會會刊》　第76期　臺北市　臺灣建築學會　2014年　頁23-27

榮芳杰　〈新竹市有形文化資產管理維護工作之芻議〉　《竹塹文獻》　第58期　2014年　新竹市　新竹市文化局　頁96-112

榮芳杰　〈工業遺產的價值管理思維：從西班牙「阿爾瑪登礦場園區」學習到的一堂課〉　《新北市立黃金博物館2018年學刊》　第6期　2018年　新北市　新北市立黃金博物館　頁37-50

榮芳杰　〈古蹟就是我們的教室：臺灣文化遺產教育的實驗課程設計〉《海峽兩岸中生代學者建築史與文化遺產論壇》　南京市　東南大學建築學院　2018年

吳怡蒨、榮芳杰　〈文化資產教育議題融入國小跨科學習領域之研究：以英格蘭遺產教育計畫為例〉《第十五屆文化山海觀「山通‧大海」文化資產學術研討會》　斗六市　雲林科技大學　2015年

張德南　王世傑史料析釋　載於韋煙灶（主編）　《從清代到當代：新竹300年文獻特輯》　新竹市　新竹市文化局　2018年　頁285-304

曾妤珊　與世界擁抱：荷蘭文獻《熱蘭遮城日誌》中的竹塹地區　載於韋煙灶（主編）　《從清代到當代：新竹300年文獻特輯》　新竹市　新竹市文化局　2018年　頁340-366

張盈堃　十二年國教課綱上路，發展可融、可主的性平素養導向課程　載於張盈堃主編　《教育部性別平等教育季刊》　第88期　2019年　臺北市　教育部　頁5

陳鴻圖　《水利開發與清代嘉南平原的發展》　臺北市　國史館　1996年　頁96

Yeşilbursa, C.C. and Barton, K. C. (2011). Preservice teachers' attitudes toward the inclusion of "heritage education" in elementary social studies. Journal of Social Studies Education Research, 2 (2), 1-21.

竹塹創新與青年實踐

李天健*、邱星崴**

摘要

　　近幾年，多位清華青年，陸續在大新竹地區組織青創團隊，如見域、開門、智庫驅動、老玩客、大山北月、元沛農坊、耕山農創、風起、泔源青等，投入不同議題的社會創新，包括舊城文化、市場活化、數據分析、高齡產業、廢校活化、永續農業、農村創生、地方媒體、食農教育。

　　不只清華，臺灣許多大學青年，一波波的在全臺各地開創他們的社會實踐道路。相對於上一個世代多以 NGO 或社會運動作為主要的社會實踐方式，這十多年來形成的年輕世代，自己組織團隊，發展創新模式，回應他們面對的處境與問題，為青年實踐開創嶄新的時代面貌。

　　我由於在清華工作，與這些青創團隊都有或深或淺的合作關係，特別是近四年推動科技部跨域治理計畫[1]、科技部人文創新與社會實踐計畫[2]，以及

---

* 國立清華大學人文社會學院學士班助理教授。

** 耕山農創股份有限公司負責人、國立陽明交通大學客家學院博士生。

1 清華大學於二〇一六年一月一日至二〇一八年十二月三十一日期間，執行科技部「大學與地方政府合作推動跨域治理計畫」：「新竹新故鄉：跨域治理與公民創新文化」，由蔡英俊教授擔任計畫主持人，計畫團隊成員包括李丁讚教授、莊雅仲教授、王俊程教授、榮芳杰副教授與李天健助理教授等共同主持人，計畫場域與主題包括：水源與千甲都會邊緣農村治理、歷史街區文化治理、園區飛地治理、東門市場創新創業基地、開放資訊平臺。第一期三年計畫執行完畢後，同一計畫團隊接續自二〇一九年一月一日起執行第二期計畫：「再造新竹：邁向一個從容自在的智慧城市」。本文部分內容引自該計畫申請書與成果報告。

2 清華大學於二〇一九年七月一日開始執行科技部人文創新與社會實踐計畫：「新竹智慧城鄉創生」，由黃能富院長、莊雅仲教授、李天健助理教授等共同主持人負責推動子計

教育部 USR 計畫等等，邀請見域工作室、開門工作室和耕山農創成為計畫伙伴，一同思考新竹區域發展面對的問題，並一同行動改善這些問題。

　　本文將針對上述清華青創團隊其中之二：見域工作室與耕山農創，分析他們在新竹舊城、南庄農村兩個不同地方社會面對的問題，及其社會創新推動經驗，說明他們的問題思考、發展軌跡與模式，從中整理臺灣年輕世代的社會創新思考與實踐特點。

關鍵詞：年輕世代　地方社會　社會創新　區域發展

畫三「苗北城鄉生活圈」，並邀請邱星崴創辦人一同參與。

一　全球化下的地方社會變遷

　　一九八〇年，新竹科學園區正式成立，為老舊的「竹塹城」注入新的血液，新竹的城市發展也因此有了嶄新的面貌。一九九〇年代開始，新竹科學園區進入鼎盛期，包括清華大學、交通大學、工業技術研究院等學術研究單位在內的「新竹東區」，逐漸變成新竹最摩登的區域。這個區域大致從光復路開始，向東、向北延伸，包括科學園區附近的關埔特區，以及竹北的高鐵特區、縣政特區等，方圓幾公里之內，高樓大廈林立，儼然有現代大型都會的樣貌。

　　「東區」興起的一九九〇年代，其實也是全球化迅速擴張的年代，各種國際企業，包括大型的賣場、銷售中心，紛紛在東區設立。這些大型的銷售中心，如好市多、家樂福、大潤發等，不只價格具競爭力，停車也方便，又因為樣品多元可以一次購足，以前在市區商店、或是在附近的小商家購物的消費者，逐漸改變習慣到東區這些大賣場購物。以前繁榮的市中心，也就是所謂的「舊城區」因為停車不便，道路又狹窄，所受的影響最大。目前，黃金地段的中正路前段，因為生意一落千丈，店鋪的淘汰率很高，經常看到店鋪招租或改裝的招牌。過去人潮最多、最繁榮的東門市場，自一九九〇年步入蕭條，在近幾年活化之前（2016年之前）除了一樓還有攤位，二、三樓幾乎都是閒置。

　　新竹是一個在臺灣北部已經存在超過二百八十年的歷史名城。從一八三〇年代成形的「竹塹城」，在一九八〇年代之後轉為全國知名的「科技城」，近四十年都市紋理大幅改變，傳統市街的產業生態既不被受到保護，也無人協助轉型。當過去四十年全球化擴張帶動新竹東區與竹北新興市區發展之際，舊城區相對而言，處於停滯發展的狀態。

　　竹科園區的發展，影響所及除了新竹城市的都市紋理與生活空間，也擴延到大新竹地區，例如南庄農村也成為科學園區生活圈的一部分。曾幾何時，一條沒有桂花的桂花巷，成為南庄農村的代表意象。如今週末假日來到南庄，熙熙攘攘的遊覽車和觀光人潮，幾乎塞滿南庄狹窄的老街、吊橋、桂

花巷。在南庄創辦耕山農創的邱星崴，高中到臺中求學，就讀臺大時回到南庄，卻發現山林蓋滿標舉異國風情的民宿，河川開挖著砂石，孩提記憶中的自然遊樂園都不復在。

百年前的臺三線地帶，是臺灣向國際輸出原物料如茶葉、樟腦的主要區域，至今南庄仍保有紅毛館，顯示從清朝時期，南庄便是臺灣重要的樟腦生產空間，是那個時代全球化生產體系的重要基地。

時過百年，在新竹地區，臺灣在全球化體系中的生產基地，轉移至竹科園區。同時間，大新竹地區逐步被納入以竹科園區為中心的再生產空間，清華與交大成為竹科人才培育基地，竹科鄰近良田被推平，打造為現代城市，成為竹科人的居住空間，各種被跨國企業型塑的全球性現代生活風格，主導了人們的生活想像。在這個以竹科園區為中心的再生產空間之中，東門市場、舊城區、南庄等地方社會原有的豐富紋理不斷被抹平，在被動配合全球化單一生活風格的過程之中，原有的獨特地方性逐漸消失，地方發展停滯甚至沒落。這些地方社會變遷，還有其他複雜的臺灣內部政治經濟因素，但非本文探討範圍，不作深入分析。本文主要關切是臺灣年輕世代如何回應這些地方社會的處境，以下將分別討論兩個青創團隊，見域工作室在竹塹城，耕山農創在南庄的發展經驗。

二　見域發展歷程與模式

二〇一四年年底，一群清大青年成立「見域工作室」，著眼於外來工作人口和新竹舊城的斷裂，嘗試「讓認識新竹變簡單」，轉化故事，重新搭建新生活圈與舊城的連結。工作室獨立編採，發行《貢丸湯》新竹地方生活誌，強調主題性書寫並結合城市議題討論。此外，更親手粉刷、裝潢，活化北門大街一處日治時期老屋，將其打造為結合講座、展覽和休憩功能的文化據點：「見域亭仔角」。同時開發文創商品，舉辦特色導覽等，讓市民能將新竹文化「帶著走」。

在發展初期，見域工作室不僅獲得文化部青年村落計畫補助，更於

Tic100社會企業創業競賽獲得「社區整合獎」等。二〇一五年春季,《貢丸湯》創刊,亭仔角開幕,除了逐漸吸引園區族群注意,獲得《科技生活》雜誌採訪,並於二〇一五年八月首度承辦新竹市生活美學館展覽策展,與市府逐步建立合作關係。二〇一六年至今,見域除了持續參與由清華大學執行的科技部跨域治理計畫:「新竹新故鄉:跨域治理與公民創新文化」,並與新竹市府和地方行動者發展多重的合作關係,例如連續辦理三屆的「新竹社計營」。

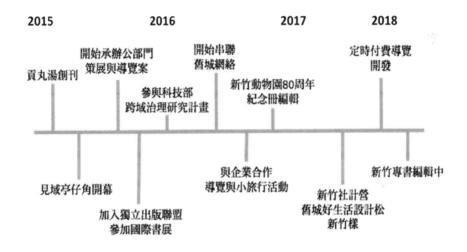

圖一　見域工作室發展歷程（由見域提供）

歷史城市的傳統產業往往伴隨著時代的更迭而有所消長,從暗仔街延伸至北門街、米市街、西門街、南門街、北鼓樓街,清治時期的竹塹城就是新竹地區日常生活用品交換中心及對外貿易的門戶（劉月琴,2012）,但在都市紋理大幅改變的衝擊下,傳統市街的產業生態是不被受到保護,也無人協助轉型。對於歷史城市而言,傳統產業必須藉由結合歷史與地方特色,在文化價值進行創新,藉此吸引、創造不同的消費習慣,透過和在地社群結合的方式,尋找重新發展的軌跡。

有別於過往單點式的文化保存或抗爭,見域工作室的操作方式是透過各

種載體如雜誌、導覽、社計營等，將新竹故事轉化為市民能親近的語彙、活動，並在此過程中串連不同在地行動者。當舊城的歷史經驗與文化資產能重新回到市民的視野中，才有機會在政治面向，開啟城市議題的討論空間。這就是見域的核心理念：「讓城市變好玩，才有改變的可能」。

以二〇一九年九月出刊的《貢丸湯》第十八期「風城移動物語」為例，此期主要討論新竹的交通問題，並以雜誌報導內容為基礎，見域與新竹市府共同辦理一場論壇：「許一個更好走的新竹舊城」，結合「交通×觀光×城市紋理」三個面向，邀請市民共同討論新竹作為一個步行城市的可能性。

「風城移動物語」的主題製作，奠基於見域將近四年的城市導覽經驗，以及這段期間他們與舊城區諸多傳統產業和年輕店家串連的組織網絡。在這四年期間，透過《貢丸湯》採訪報導、傳統產業與老屋調查、社計營的老店改裝……等等，見域在舊城區逐漸與各個行動者建立信任關係，發展對於共同關切與問題的討論，並在今年（2019）糾集新竹在地餐飲、旅宿店家與文化團體，成立一個新興組織：新竹市永續觀光發展協會，作為整合民間意見，與公部門討論政策制度的主要機制。

回顧近五年的發展歷程，幾位見域核心成員如林宗德、吳君薇、王昱登，都認為掌握地方性是見域最重要的發展基礎；長期在地方耕耘，建立信任度，發展可合作的組織網絡，是推動各種事務最重要的條件；轉化歷史元素，創造性的融入當代生活，開創多元豐富的城市文化生活，是見域主要的推動目標；最終能夠協調整合在地意見，改善政策與制度，讓文化環境的改變成為可能。

見域發展架構

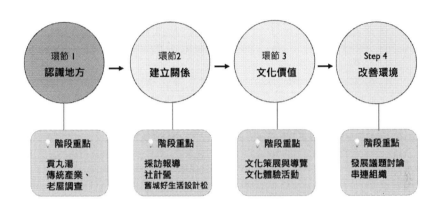

圖二　見域發展架構（作者整理）

　　二〇一九年見域規劃了一個秋天飲品的文化體驗活動，他們將新竹傳統青草巷裡的青草茶和位在東門市場中的咖啡店相互搭配，舉辦青草茶咖啡試飲會。此項文化體驗同時結合三項文化活動。（1）舊城串門子去：到店內蒐集與海報的合照，即可參加抽獎，以打卡拍照方式，拓廣新竹市民接觸文化體驗的機會。（2）舊城區步行導覽：讓民眾用身體感受歷史街區的空間以及透過解說認識歷史文化的價值。（3）龍鯉君小派對：從建立起的文化社群中，透過不同主題媒合新舊文化間的融合，並以聚會的形式廣邀市民一同參與。

　　青草咖啡的飲品研發，需要對在地元素的掌握如青草巷（長安街）歷史文化的整理，也需要拉近傳統店家與年輕店家的合作關係，以促成新舊融合，發展出具有現代風味的文化價值。

　　見域工作室主要是由一群清大青年合力創辦的青創團隊，他們在清華的學習歷程，大多是在厚德書院接觸城市文化議題，經過多次活動歷練，最後決定創辦見域，投身於舊城區，開展他們熱愛的文化工作。他們有人希望以此為自身社會運動實踐的方式（王昱登），有人想在此開創理想的工作模式

（吳君薇），有人期待新竹城市有更豐富的多元性（林宗德）。

這群清大青年有幾個特點。理想性高，問題意識清晰，世界觀開闊，行動力強，合作默契佳，有跨越世代的企圖心。他們眼中的文化不是存在於歷史中的文化，而是融合於當代生活的細節，試圖回應城市多元群體的多樣文化需求。

回顧見域發展歷程，吳君薇表示《貢丸湯》初期內容與人們的生活有距離，近兩年開始較能捕捉生活細節，從中開創人們共同關切的主題。最新一期《貢丸湯》的主題「about 19」，見域試圖描繪風城的高中生活輪廓，並以高中職學生的「豆知識」為題，在粉專上引發大量留言與上百次分享。

讓歷史文化重現於當代生活細節，透過生活中的小確幸，引發市民對公共環境的關切和參與。見域捕捉到全球化脈絡下的新自由主義時代特徵，在舊城區中發展多重地方認同下的社群性與地方社會想像，這是年輕世代開創的社會實踐道路。

三　耕山農創發展歷程與模式

南庄，臺三線中段一個典型的客家莊。一百五十年前，泰雅、賽夏、客家共同開發了這片豐饒山林。國際價格與白銀一比一的昂貴樟腦、日本人喜愛的番庄茶、席捲歐洲的東方美人茶、珍稀的高山木材等珍奇物藏，使臺三線一直餵養著國際。百年前的臺灣，只消這條細細的山陵線，就能拉動整個世界。

臺三線，曾經是獵人馳騁的獵場以及山歌飄盪的茶園，如今化為一棟棟高聳的歐式小木屋；各地高度雷同由外地人賣外地貨給外地人的老街面貌，僵固了人們對地方的感知，遮蔽了豐富的在地生態與人文資源內涵。連帶而來的棄山、棄農，山林如同都市一樣開始更新，貼滿兜售農地農舍的廣告，文化仰賴依存的土地被連根刨起。

南庄青年邱星崴在大學的社會學訓練，讓他想從村莊的公共性著手來改變地方。二〇〇八年以社區營造的方式舉辦鄉土營以及田野調查，發現許多

社區的文化寶藏，試著傳承土礱、開辦社區報，並且推動土地復耕。這段時間恰逢反對「農村再生條例」以及土地正義運動的風潮。二○一二年，邱星崴等青年集結了苗栗的自救會，舉辦第一場遊行，結果形象一夕翻轉，這些青年從單純可愛的學生，變成別有用心的職業學生。這場公共行動遭受挫敗，有機耕作的土地被地主以長草為理由收回，傳承土礱的手藝被說是偷學技術。

這個歷程讓邱星崴意識到知識青年與農村長輩的落差。前者以為公共的關鍵在於理性思辨的過程；然而，在傳統農村，公共的關鍵卻是結果，必須人人參與、人人有份。尤其在地方倫理中，青年不可能是公共性的擔綱者，只是後生晚輩，不具有公共議題的發言權。

面對在地文化邏輯的困境，邱星崴後來決定採用「社會企業」的作法，創辦「耕山農創」，依循農村「先私後公」的公共邏輯，盤點既有資源重新出發，並為此發展一套從產業復甦文化的方法論如下圖，用社會創新重新耕作一座山。

▌青年返鄉階段流程

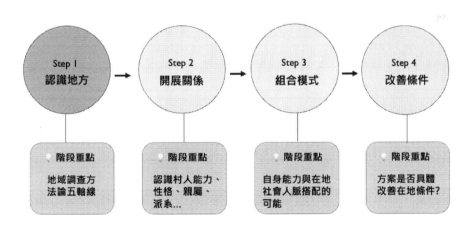

圖三　青年返鄉階段流程（引自邱星崴演講簡報）

　　邱星崴認為，社會創新在農村的推動，是繼承了一定歷史條件下的運動，需要對地方有足夠的了解，才能有效進入，加以組織與轉化，規劃出可行的社會行動方案。這一套方法，從處理歷史文獻開始，了解臺三線產業的始末，理解各式力量如何交織，產業條件又如何繼承、轉換或衰退，從中尋找歷史遺留的可能性。如此一來，就能建立解釋地域社會的架構，然後實際走入地方進行訪談與觀察，以了解當代的社會真實。

　　對邱星崴而言，耕種一座山，具體而言，就是重新打造在地的產業鏈。山林地帶的產業，不外乎種茶、造紙、築陂、燒炭、煉腦等，看來或許稀鬆平常，但都是地方社群與自然環境的黏著劑，正是客家人俗諺說「耕山耕田」中的耕山技藝。維繫產業，也就維繫人與自然的關係；復耕山林，才是積極傳承客家文化的機制，也是打造在地社企的核心精神，因此，這個建立於南庄，屬於臺三線的社企，命名為「耕山農創」。

　　耕山農創的運作機制分為三個部分，發展出住宿、旅遊以及農創為核心的架構，循序漸進，建立永續發展的在地生態系統。住宿方面創辦老寮青年旅社，提供充分休憩的空間，讓各國旅人可以充裕品味臺三線之美；旅遊方面，規劃野外體驗、產地旅行以及慶典旅行，深入了解生態文化特色；農創方面，發揚地方特色農產，構思創新產品。耕山農創將從產業鏈的末端往源頭追溯，從第四級服務到第一級生產的產業，完整建構在地的經濟循環，並且不斷來回深化，如此一來，就能擴大產業規模，創造青年返鄉以及產業永續的整體條件。

　　耕山農創的初衷是在地文化保存，恢復地方產業鏈是必要條件，而充分條件則是在地公共生活的營造。由耕山農創創辦的老寮青年旅社，在地方上彷彿磁鐵一般，吸引四面八方關注草根民主與地方文化的有心人士。鄰近地區的歌手、作家與藝術家常來一同聚會共食，討論地方藝文發展的方向；選舉過後，因為不買票而落選的年輕人也常來老寮，一起守衛家鄉，商討公共事務。老寮對社區開放，許多小孩常常來此玩耍，跟背包客一起玩桌遊；這裡甚至收留了流浪狗，協助找到新主人。不知不覺間，老寮已經成為在地新興公共領域，並且醞釀許多有趣的事物，包括在地獨立刊物《拾誌》、環境

音樂劇《河壩》等。

　　帶著公共性的理想回鄉，為接合地方文化邏輯，改採社會企業的作法，依循農村「先私後公」的公共邏輯，邱星崴創辦的耕山農創，這幾年獲得許多肯定與迴響，包括關鍵評論網評選未來大人物（2016）、客家委員會客家青年創新發展獎（2017）等。近幾年更積極參與清華大學許多地方實踐計畫與教學，帶領多位學生成立農業調查小組，分別在橫山、新埔與芎林等地進行農業調查。星崴以其人類學專業，在農村長期深耕經營，既長於分析論述，又有深厚實踐能力，已漸成為年輕世代重要的代表人物。

四　地方社會作為臺灣年輕世代的實踐場域

　　自竹科興起，各種資本力量這四十年在大新竹地區，引動了一個重大且全面滲入的區域再結構與文化再創造歷程。整個區域以竹科園區與相關工業區為生產基地，大新竹地區為再生產空間，依照經濟邏輯重新架構了每個地域的功能角色，改變各個地方的文化面貌。然而，在這一波區域再結構的過程之中，多數原有的地方社會無法主動再創造自身的角色與文化意涵，發展陷於停滯如舊城區，或是沒落如東門市場，或是任由它者給定如南庄。

　　「區域再結構與文化再創造」是黃應貴在《二十一世紀的地方社會》導論中用以描述新自由主義經濟對地方社會產生之影響的主要概念之一。黃應貴認為，臺灣整體正經歷由新自由主義經濟所驅動的區域再結構與文化再創造，但「臺灣主流社會至今仍然是以上個世紀現代化時期的觀念來處理新自由主義化後這個新時代的新問題。」（2016：VII）

　　邱星崴（2015：7-9）仔細爬梳了臺灣地方社會戰後至今經歷的三個時期：現代化時期（1950～以科學規訓地方）、社區營造時期（1990～打造地方公民）、社會創新時期（2014～以創新恢復主體）。他認為在新自由主義經濟體制的驅動之下，個人可以依賴市場經濟取得所有財貨與服務，卻也面臨意義感匱乏的副作用。當代的市場只提供快速消費的商品；真正與土地、社群、歷史相連，讓人安身立命的文化土壤，都在地方。我們要尋找生產地方

性的機制，透過社會創新的方法，加以補強、加固，讓有助於在地文化意義生產的的地方社會想像可以蔓延覆蓋。（2015：11）

黃應貴（2016：36）認為，新自由主義化後的地方社會，已漸脫離過往以血緣、地緣為主的結構，更多的是以個人為基礎的社群性群體。當代地方認同或關係網絡往往是建立在日常生活中那些看似微小瑣碎、極其普通平凡之人、地、物的互動。基於此種社群性認同而形成的社會想像，具有其理想性成分而為其成員未來發展的方向。也就是說，以個人為基礎所形成的社群性群體，逐漸取得了新地方社會的文化意識與主體性，作為其共同社會想像的基礎。

見域與耕山農創這兩個青創團隊，紮根於地方社會，經營特定生活空間，如城市文化空間、農村（產業與文化）生活空間等，一方面接合一般人的小確幸需求，如在地食物、深度旅遊、獨立刊物等，同時將人們與這些生活想像背後的公共關懷和社會變革構想相連結，形成一種新型態的創新社群網絡。這樣的青創團隊，如今在臺灣各縣市鄉鎮處處可見，是臺灣年輕世代的重要特徵。

本文主要目的是描述臺灣年輕世代開創的時代面貌。以此為基礎，本文結語想針對何以臺灣的年輕世代，能夠開創出這個嶄新的時代面貌，提出一些初步的思考。

首先在存有的層次上，年輕世代是在新自由主義體制下成長的一代。新自由主義體制透過全球化商品貿易，提供人們多樣商品的服務體系，但這些商品與人之間的關係是去脈絡化的，沒有社群、歷史、土地的連結關係於其間。在這個體制下成長的年輕世代，固然極大化的豐富了個人感受的心智結構，但同時也面臨意義感匱乏的困境。在當代臺灣，具有存有意涵的文化與意義，只能往地方社會去找尋。在這裡，臺灣社會的歷史軌跡航向新的位置，新自由主義浪潮與本土化伏流的結合，製造了對地方社會重新想像的基礎。

其次在社會實踐型態方面，年輕世代成長於一個資本擺脫了空間束縛，於全球範圍高度流動的年代。在這個高度流動的年代，權力集中於四處流動

的全球菁英圈，被束縛於地域空間的人們，成為權力結構的下層（Bauman：2001，頁36）。因此在一個權力全球化、人群持續分化、公共參與逐漸式微的年代，民主更需要紮根於地域空間之中，讓人們的需求被呈現出來。以特定地域生活空間經營為主軸，開展生活政治可能性的創新社群，地方社會在傳統以議題為導向的NGO之外，提供了年輕世代新型態的運動空間。

最後針對地方社會創新課題，這些由年輕世代組織的青創團隊，形成一種嶄新的發展模式。周睦怡、熊慧嵐、陳東升（2018）分析近年多個由大學與地方團體合作推動經驗，提出BLOR（Bottom-up, Local, Open, Reassembling）行動者網絡的理論框架。他們認為BLOR行動者網絡開展出一種方便導入各種資訊、媒合不同資源、迅速回應社會變動的組織型態，有益於促成合宜、及時的社會創新方案，相較於傳統社區營造、彈性生產網絡、國家創新系統，是一種更有利於面對快速社會變遷發展社會創新的組織型態。就近十年臺灣各地發展經驗來看，由年輕世代組織的青創團隊，其運作方式大多具有BLOR的特點，成為地方社會創新的重要催生者。

筆者這些年與年輕世代一同成長，協同許多青創團隊合力深耕地方。本文一方面代表我對這些青年伙伴的佩服與敬意，同時提供上述三點初步意見，尚有待進一步的研究調查與論證分析，於此敬請各位先進多予斧正。

徵引文獻

科技部　大學與地方政府合作推動跨域治理計畫　「新竹新故鄉：跨域治理與公民創新文化」計畫書　2015年

科技部　大學與地方政府合作推動跨域治理計畫　「再造新竹：邁向一個從容自在的智慧城市」計畫書　2018年

科技部　大學與地方政府合作推動跨域治理計畫　「再造新竹：邁向一個從容自在的智慧城市」第一年成果報告　2019年

邱星崴　〈以啟山林──臺三線的社會創新〉　《臺東大學人文學報》　第5卷第2期　2015年　頁1-36

周睦怡、熊慧嵐、陳東升　在地社會創新網絡：以人文創新與社會實踐計畫在地實作為例　《臺灣政治學刊》　第22卷第2期　2018年　頁147-202

黃應貴主編　《21世紀的地方社會：多重地方認同下的社群性與社會想像》　臺北市　群學出版社　2016年

Bauman, Zygmunt (2001) *The Individualized Society*. Cambridge: Polity Press.

印刷媒介中的尖石鄉泰雅族
李崠山事件記憶

劉柳書琴[*][**]

摘要

發生於一九一〇年到一九一二年的李崠山事件（Tapung 事件），迄今已逾一百一十年。該事件泛指一九一一年八月到一九一三年九月期間，臺灣總督府從攻占李崠山到鎮壓卡奧灣（Goagan）、馬里光後山群（Mrqwang）、基那吉群（Mknazi）乃至霞喀羅群（Skaru）的一系列討伐。這個強烈衝擊北泰雅族和尖石地域社會的事件，泰雅族人長期無法掌握該事件的話語權與記述條件。在地域振興的需求下，挖掘與李崠山事件有關的文化記錄，釐清記憶層位（Memory Horizons），逆讀並重新結構它與尖石泰雅族集體記憶的關係，是必要的工作。本文嘗試以李崠山事件為中心，整理風景明信片（絵はがき）、報導文學作品、報紙討伐新聞、理蕃人員記事、後代耆老口述，分析尖石鄉泰雅族重大歷史事件在不同時期印刷媒介上的再現，透過梳理李崠

[*] 國立清華大學臺灣文學研究所教授。

[**] 本文為筆者科技部人文司專題研究計畫「高山探險文本、殖民地觀光媒介與臺灣原住民族再現：以濁水溪上游與玉山山區為範疇」（MOST 106-2410-H-007-083，2017年8月～2019年7月）之部分成果，曾在「歷史風華與文藝新象——第四屆竹塹學國際學術研討會」宣讀，投稿《臺灣文學學報》期間另蒙兩位匿名專家給予指導。此外，承蒙國際日本文化研究中心於筆者參與「画像資料（絵葉書・地図・旅行案内・写真等）による帝国域内文化の再檢討国際共同研究会」（2014-2015）期間，提供該中心圖書館收藏的《絵葉書帳：臺灣風景絵葉書》翻拍，謹此一併致謝。

山集體記憶的層位與樣態，盼望挖掘和釋放更多底層記憶。首先，從一九二〇年代以尖石後山馬里光群、基那吉群人物為主題的風景明信片開始，揭開地方被壓抑與被凝視的歷史。其次，透過報導文學作品，揭示一九七〇年代漢族作家關切山區原住民議題時，如何看待Tapung事件的影響，記錄了哪些戰爭記憶和反抗記憶，這些當地人的記憶具有什麼價值。最後，將尖石鄉耆老在二千年後的口述回憶，比對《理蕃誌稿》裡日本討伐警察隊員的回顧，指出李崠山事件乃係山地戰爭的本質。

關鍵詞 尖石鄉　Tapung 事件　李崠山事件　泰雅族　戰爭記憶　集體記憶　記憶層位　風景明信片（繪葉書）　古蒙仁　陳銘磻

一 前言

　　李崠山事件（Tapung 事件）迄今已一百一十年，該事件泛指一九一一年八月到一九一三年九月期間，臺灣總督府從攻占李崠山到鎮壓卡奧灣（Goagan）、馬里光群（Mrqwang）、基那吉群（Mknazi）乃至霞喀羅群（Skaru）的一系列討伐。日本軍警對相當於今日尖石鄉、五峰鄉、復興區一帶不願歸順和繳交槍枝的泰雅族進行掃蕩，激起泰雅族聯合抵抗，死傷慘重。

　　這個強烈衝擊北泰雅族的事件，歷經二〇〇三年行政院原民會推動「原住民部落重大歷史事件」調查後，終於有泰雅族學者官大偉教授以專書為這段歷史發聲[1]。新竹縣也將該事件納為「原住民族實驗教育」的資源[2]。但是由於日本殖民體制及戒嚴時期「去日本，再中國化」的情境，泰雅族長期無法掌握該事件的話語權。在地域振興的需求下，整理與李崠山事件有關的文化記錄，挖掘更多記憶，重新結構它與尖石鄉泰雅族集體記憶（collective memory）的關係，是必要的工作。

　　本文嘗試以李崠山事件為中心，整理風景明信片（絵はがき）、報導文學作品、報紙討伐新聞、理蕃人員記事、後代耆老口述，分析泰雅族重大歷史事件在不同時期印刷媒介（print media）上的再現，透過梳理尖石鄉泰雅族李崠山集體記憶的層位與樣態，盼望挖掘和釋放更多底層記憶。首先，從一九二〇年代以尖石後山馬里光群、基那吉群人物為主題的風景明信片開始，揭開地方被壓抑與被凝視的歷史。接著，透過報導文學作品，揭示一九七〇年代漢族作家關切山區原住民議題時，如何看待 Tapung 事件的影響，

1　參見張洋培、林瓊柔：《原住民部落重大歷史事件：李棟山事件研究》（臺北市：行政院原住民族委員會，2003年）。官大偉：《李崠山事件》（新北市：原住民族委員會，2019年5月），頁68-70。

2　參見王恭志：〈新竹泰雅族勇士參與李崠山事件歷程分析及其對鄉土教育的啟示〉，《竹縣文教》44期（2013年12月），頁79-83；以及，徐榮春：〈新竹縣尖石鄉嘉興國小辦理泰雅族 Nahuy 小學實驗教育課程計畫書〉，嘉興國小學校內部文書。

記錄了哪些戰爭記憶和反抗記憶，這些當地人的記憶具有什麼價值。最後，將尖石鄉耆老在二千年後的口述回憶，比對《理蕃誌稿》裡日本討伐警察隊員的回顧，指出李棟山事件的戰爭性質。

二 被視覺化的反抗者：風景明信片中的馬里光群與基那吉群

本節將從一組以馬里光群、基那吉群人物為主題的套裝風景明信片開始，揭開新竹縣尖石鄉後山地方在日治時期被壓抑的歷史。

二〇一四年筆者在京都「國際日本文化研究中心」圖書館，偶然發現日治時期臺北赤岡兄弟商會印刷和發行的一組彩色套裝明信片。總計二十六張，每枚大小十乘以十五公分，無出版時間，發行量不明。信封套長三十二公分，中間印有「臺灣風俗繪葉書」標題，左側註記出版者資訊[3]。

隨著一九〇〇年日本郵政法允許私人印製明信片之後，揭開明信片的時代。一九〇四年到一九〇六年日俄戰爭期間，遞信省首度為慰問出征士兵、紀念開戰和凱旋而發行的明信片大受歡迎，使得明信片不只流行於國內，更有宣傳國策、展示治理和文化介紹等功能。明信片與報紙同等速度傳播圖像，讓大眾看見陌生土地的風景、名勝和風俗，解析度卻超過報紙單色照

---

3 佚名：《繪葉書帳：臺灣風景繪葉書》（臺北市：赤岡兄弟商會發行，年份不詳），現藏京都市國際日本文化研究中心圖書館。本文使用的明信片圖像感謝下列單位授權、提供或提供翻拍：圖一、圖二、圖八由國家圖書館提供。圖三為國立臺灣大學圖書館提供。圖四、圖六之一、圖七為國際日本文化研究中心圖書館提供（來源：https://www.nichibun.ac.jp/pc1/ja/，2020年12月22日）。圖五為翻拍自國家圖書館特藏組編：《世紀容顏：百年前的臺灣原住民圖像（上）》（臺北市：國家圖書館，2003年），頁85。圖六之二翻拍自國家圖書館特藏組編，《世紀容顏（上）》，頁109。圖九翻拍自國家圖書館特藏組編，《世紀容顏（下）》，頁57。圖十為國立臺灣圖書館提供。惟因圖像版權因素，故部分圖像無法在本論文集中呈現，欲配合圖像閱讀者，請參見：劉柳書琴：〈印刷媒介中的尖石鄉泰雅族李棟山事件記憶〉，《臺灣文學學報》第37期（2020年12月），頁123-164。

片，因而在二十世紀前半葉風行一時[4]。

《絵葉書帳：臺湾風俗絵葉書》（以下簡稱《臺灣風俗明信片》），以平地的風俗名勝為主，有三分之一左右位在蕃界（特別行政區），其中有四張在標題上標示マリコワン（馬里光群／Mrqwang），一張標示キナジー（基那吉群／Mknazi）。出版商為何選用這五張並非大眾觀光可及的風景人物圖像，並突顯族群或部落名稱，引起了筆者的注意。馬里光群為泰雅族的活躍亞群，曾與基那吉群聯合抵抗「五年計畫理蕃事業」（1910-1915），讓人不由得意識到分布於新竹縣尖石鄉的這些族群與李崠山事件的關聯。

李崠山屬於雪山山脈北段桃竹屋脊的最高峰，是大漢溪與油羅溪的分水嶺，泰雅族稱為 Tapung，附近蘊藏樟腦、檜木、煤礦等資源。日治初期樹杞林支廳蕃地首開支廳設置先例，隘勇線設廢頻繁，先後設有七十處駐在所[5]。官方將分布於李崠山和魯壁山之後者稱為「マリコアン後山蕃」，將分布於油羅溪上游之嘉樂溪、武羅溪流域者稱為「マリコアン前山蕃」，但兩者往來密切。

分布在桃竹的 Mrqwang 群、Mknazi 群、Goagan 群為抵抗隘勇線作戰及森林樟木等掠奪，曾在一九一〇年到一九一三年間結合宜蘭廳太魯閣族，與官方軍警爆發激烈衝突。臺灣總督府經過三次大規模戰役，首先建置李崠山、那羅山隘勇線，與天打那山、內橫屏山等隘勇線銜接；接著，攻占馬美到烏來戰略要地，新增馬里科灣隘勇線、馬石隘勇線，建造馬美山、烏來山、馬石三處砲臺，瞰制馬里光群。最後，一九一三年打通尖石後山通往霞喀羅方面的通道，於馬里光溪兩側山稜建置西堡溪隘勇線、屯諾富士羅灣隘勇線，配置兩個砲臺，瞰制基那吉群部落，完全控制尖石前後山。

《臺灣風俗明信片》涉及李崠山周邊地域的明信片總計八張，有三張在

4　參見二松啓紀著、郭清華譯：《繪葉書中的大日本帝國》（臺北市：麥田出版股份有限公司，2020年2月），頁16-19。
5　參見林一宏、王惠君：〈從隘勇線到駐在所：日治時期李崠山地區理蕃設施之變遷〉，《臺灣史研究》第14卷第1期（2007年3月），頁74-76。

桃園廳，[6]五張在新竹廳。以下，首先介紹角板山方面的明信片。角板山，在今桃園市復興區，為日本據臺後積極控制的山區之一，一九一〇年代角板山社已成為蕃界治理的示範部落。圖一到圖三分別從交通、產業、教育，展示臺灣總督府統治下新時代的「蕃地生活」。

　　圖一：「蕃界鐵線橋 MANNERS OF FORMOSAN」。一位原住民男性在充滿陽光的日子，穿著輕薄的傳統罩衫，前胸斜掛背袋，愜意地走在一座簇新的鐵線橋上的姿影。版面下方以日、英雙語提示內容。參酌生蕃屋本店發行的〈角板山の鐵線橋（Kappanzan A Suspension Bridge at Kappanzan）〉明信片，可知為角板山橋下溪流為大嵙崁溪，即大漢溪中游[7]。同款彩色與黑白明信片，可見於國家圖書館臺灣記憶系統，發行者為赤岡商會，時間約一九二〇年代。

　　圖二：「角板山蕃人／水田耕作 Savage Plasants, Kappanzan, Formosa」。五位男女在平坦山谷的水田中除草，站立的兩位為構圖焦點。穿著漢人服飾的中年女性，在勞動中間叉開手腳直立，目露疲態地對著鏡頭瞪視，給予觀者不友好的第一印象。另一位背對鏡頭而立的男性，彷彿在小憩間，被鏡頭自然捕捉。然而他不只以服飾圖騰讓這幀照片散發民族情調，他的旁視更將讀者的視線帶離，引導到後方連綿水田和更多勞動者的大現場。同款彩色明信片，可見於臺灣記憶系統，發行者為臺灣物產館，時間約一九二〇至一九三〇年代。

　　圖三：「角板山蕃童教育所 The School For Young Savages Kappanzan Formosa」。一位警官專注督導，教室以大幅日本地圖和五彩繽紛的萬國旗為基調，襯托出三十二位學童。學童穿著花樣各異的和服，分齡就座，收斂情緒，或誦或讀。攝影空間被安排過的痕跡性明顯，底端最高處的天皇夫婦御影和兩側懸掛的大幅教育敕語，使教室沉浸於日本在臺推動的近代教育秩序裡。同款彩色明信片，可見於臺灣記憶系統，發行者為生蕃屋本店，發行時

6　桃園廳三張圖像（圖一至圖三）請參見：劉柳書琴：〈印刷媒介中的尖石鄉泰雅族李崠山事件記憶〉，《臺灣文學學報》第37期（2020年12月），頁123-164。

7　參見國家圖書館，臺灣記憶系統，來源：https://reurl.cc/b6Ye3X，2019年11月8日。

間不詳，應在一九〇九年十月角板山蕃童教育所設立之後。

　　圖四開始的五張明信片，拍攝對象都在新竹廳樹杞林支廳蕃界，集中在今日尖石鄉後山的秀巒村和玉峰村。

圖四　「ハカ社蕃人BARBARIANS HAGA」

圖五：「マリコワン蕃BARBARIANS MARIKOWAN FORMOSA」

　　Haga 社，又稱 Kin Iwan 社，現名錦路，位於今秀巒村十之十一鄰，屬於基那吉群。這家的擺拍（staged photography），父著胸兜、布披風，表情內斂。稚氣未脫的少年配戴獸皮披肩，面露猜疑，父子都配有腰刀。母穿長背心、胸兜、腳套、小腰袋，抿嘴，似有若無地微笑。

　　一群武裝男性，在高山的合影。被鏡頭框定的立者，手持長槍。蹲踞者手持長矛，其中兩位配掛蕃刀。四位男子配合攝影師表現面容、肌肉、武器、服飾與頭巾，沒有征戰感，膃像似的，展示意味濃厚，但眼神不無幾分無奈。未標地點，依標題推測為當時馬里光群分布地（包括今油羅溪上游和玉峰溪流域）。同款彩色明信片，可見於臺灣記憶系統，發行者為赤岡兄弟商會，時間約一九二〇年代。

圖六之一、二　「マリコワン蕃人出草の景BARBARIANS MARIKOWAN」

　　描繪 Mrqwang 群出草的情景。持槍埋伏的勇士潛藏在菅茅叢生的溪畔，預備向下狙擊。繁盛的草木掩不住三人精壯的軀幹，子彈彷彿一觸即發。這也是精心布置的編導式攝影，內容聳動，刻意營造的部落日常時間和駭人聽聞的風俗，充分迎合了讀者獵奇的心理。彩色版在臺灣圖像資料庫中沒有收錄，黑白版則可見於臺灣記憶系統，發行者為赤岡商會，時間約一九二〇年代[8]。

　　一位辛勤使用地織機的女性，露出誘人的豐滿乳房，臉上紋面清晰，還背著一個嬰兒。她雙腳踢動織機，手無間斷地工作，似自然地偶然回望，事實上是不可隨意亂動地配合多次取景拍攝。圍繞在她身邊的十名幼童，暗示了豐沛的生育力。他們或蹲或站，身上披掛布衫或現代服飾，色彩豐富，最左邊裸身的小男孩也能引更多想像。

　　這張明信片的黑白照片，可見於井上伊之助一九二五年出版的《生蕃記》（圖七）。依據井上的圖說，這位婦女是「馬里光群的トミーヌン・チンリガン」[9]。臺灣記憶系統另有同場景，但角度不同、小孩較少的另一幀照片（圖八），出處標示《臺灣寫真大觀》，標題為「蕃婦的紡織（泰雅族）」[10]。

8　國家圖書館，臺灣記憶系統，來源：https://reurl.cc/M7jj6n，2019年11月1日。

9　井上伊之助：《生蕃記》（東京市：警醒社書店，1926年），前置頁7。井上曾在該書一九一三年一月十二日日記，提到有臺北來的照相師。

10　國立臺灣圖書館，日治時期期刊影像系統：寫真資料庫，來源：https://reurl.cc/ObjlVr，2019年11月8日。圖八請參見：劉柳書琴：〈印刷媒介中的尖石鄉泰雅族李棟山事件記憶〉，《臺灣文學學報》第37期（2020年12月），頁123-164。

另外，臺灣大學日治時期繪葉書資料庫也有再增加另一名抱著幼兒的婦女，總計十三人的照片，標題為「臺灣リリユン社蕃婦の機織 Savage woman at weaving, Formosa」，發行時間為一九二〇年左右[11]。

圖七　「マリコワソ蕃婦機織FORMOSA」

　　透過多張圖像交叉比對可知，這應是私人相館的攝影師前往尖石後山，在 Llyung 社（今玉峰社）對 Tbin・Lihang 女士及部落孩童的同一主題攝製。攝影師必須邀請模特兒、佈置場景、編導姿態、多角度拍攝，再予著色或維持單色，供應給不同商家刊載或發賣。

　　Tarakaasu 是基那吉群位於薩克亞金溪畔的深山部落——粟園。Trakis 為小米之意，位於今秀巒村十三鄰。相片記錄該社居民在高山上的農作。一男兩女在高山峻嶺中的燒墾地休息，山坡上搭有簡單工寮，背簍置於三人中間，烤煮地瓜的白色炊煙冉冉上升。狀似悠然的被攝者皆旁視他處，心思似在鏡頭外自己的時空。此張明信片在臺灣記憶系統中也有典藏，發行者為赤崗商會，時間約為一九二〇年代。

　　綜合上述八張明信片，前三張展示了桃園廳「角板山示範蕃社」的進步情景，後五張則呈現傳統的新竹廳「奧山蕃社」。英文解說以 barbarian 或 savage 描述原住民族，誠如當時《臺灣日日新報》常用的「獰猛」一

圖九　標題為「タラカス蕃生活，芋ヲ燒て食事BARBARIANS TARAKAASU」

11　國立臺灣大學，日治時期繪葉書資料庫，來源：https://reurl.cc/2gQ8bm，2019年11月8日。

詞，讓讀者衍生「未開化、野蠻、原始、野性、凶殘」等想像。上述明信片圖像無論何者，都有明顯的編導虛構和佈置痕跡。它們之所以看起來栩栩如生，在於攝影師努力傳達現場性、日常性與互動性。除了圖六和圖九採用窺視者視角，營造意外撞見的效果之外，其餘照片都配置了視線的回看者，與讀者對望，滿足讀者「用眼睛走入蕃社觀光」的欲望和驚喜。

筆者將國際日本文化研究中心典藏這套《臺灣風俗明信片》，比對臺大圖書館「臺灣舊照片資料庫」、國家圖書館「臺灣記憶系統」、漢珍公司「臺灣百年寫真 GIS 資料庫」，發現重複者甚少。然而，卻存有一些明信片的黑白版或相片原圖，也有內容酷似只是細節或構圖稍有出入的同系列作品，顯示素材不變，但選配與組裝已有多種作法。許多相片原圖出自一九一一年遠藤寬哉等人出版的《臺灣蕃族寫真帖》，亦有圖像一模一樣卻由不同商會發行的明信片。依此推測，取材於馬里光群和基那吉群的這些泰雅人物風俗照片，極可能是臺灣最早開設的照相館──諸如遠藤寫真館攝影師入山拍攝後，供應給赤岡兄弟商會、生蕃屋、臺灣物產館等印刷業者，並形成一個攝繪、印刷、封裝、發行的生產鏈。銷售圈除了日本帝國統轄地，也不排除中國或外國。

一九二〇年代到一九三〇年代日本本土興起東亞觀光熱，殖民地名勝在「外地旅行」或「殖民地旅行」等品項下被旅程化、標籤化，定價為異國情調商品。南島民族在體質和風俗文化上的特色，於包括朝鮮、關東洲、滿鐵附屬地在內的日本觀光市場中獨樹一幟，是「臺灣觀光」特色元素。一九二〇年以後，濁水溪上游、玉山和阿里山山區率先被納入原住民觀光旅程，佐藤春夫的臺灣之旅系列小說，日本最大旅行機構「日本旅行協會」一九二四年創辦的《旅》雜誌的宣傳，都促使殖民地觀光風行[12]。旅行手冊（旅行案

---

12 相關資料可參考全國中等學校地理歷史科教員協議會編：《臺灣省臺灣旅行報告》（一）、（二）（臺北市：成文出版社有限公司，1985年複刻本，1932年出版）；やまと新聞臺灣支局編：《臺灣週遊概要》（臺北市：成文出版社有限公司，1985年複刻本，1927年出版）；李資深編：《臺灣案內》（臺北市：成文出版社有限公司，1985年複刻本，1931年出版）；日本旅行協會臺灣支部編：《臺灣鐵道旅行案內‧昭和十四年版》

內）、風景明信片（絵葉書）、照片集（写真帖）等印刷媒介及商品也應運
而起。

　　除了原始、野性、異國情調想像之外，商會選用示範部落安居樂業的圖
像，或營造未開化風俗引發旅行者的現代優越感，都符合臺灣總督府的政策
方向。一九二四年《旅》創刊後，以外地特輯號打造「用身體體驗帝國領土
的旅行圈」，一九二五年總督府與《旅》聯手行銷臺灣觀光，前總督府地理
課長野呂寧受邀在雜誌上發表〈去吧！看吧！永久居住吧！〉一文，大力鼓
吹臺灣旅行。該文強調臺灣的治安與衛生已改善，航線頻繁，「因此，各位，
去臺灣旅行吧！去臺灣吧！不，乃至永住臺灣吧！」[13]野呂寧呼應了後藤新平
〈臺灣觀光訓〉的論述：臺灣曾是瘴癘黑暗之地，承蒙先驅者的奉獻始有今
日，因此「去臺灣」，見證治理奇蹟，非比一般旅遊，乃是意義非凡之旅。

　　風景明信片，風行於大正時期殖民地旅行熱興起之後，在總督府行銷臺
灣觀光的一九二〇至一九三〇年代達到高峰。《臺灣風俗明信片》套組，有
意地選用李崠山事件中抵抗最烈的後山各群，滿足讀者的獵奇。在旅行商品
的凝視和編碼下，讀者在接觸一幅幅精美圖像的同時，也透過民族稱謂、部
落名稱、風俗、肢體、高山風景等等符號，被植入民族偏見和文化歧視。殖
民主義話語因而散播、編碼、銘刻了泰雅族被討伐的歷史傷痛及生活實況。

　　最快速記錄和傳播泰雅族被武力討伐實況的印刷媒介，是截至一九二四
年時發行部數已達一萬八千七百九十份的《臺灣日日新報》。在一九一一至
一九一二年李崠山隘勇線及馬里科灣隘勇線的前進期，討伐新聞經年累月在
固定版面刊出，每隔一段時間就配置照片，從毛筆繪製的「討蕃畫報」、低
畫素攝影到高畫素攝影，用於對外報導長官巡視，以及警察、人夫、軍人鋪
路、架橋、設砲、運補、戰鬥等艱鉅推進的動態。及至一九一三年六月基那

　　（臺北市：日本旅行協會臺灣支部，1939年）；張良澤、高坂嘉玲合編：《日治時期
　　（1895-1945）繪葉書：臺灣風景明信片（全島卷）》（新北市：國立臺灣圖書館，2013
　　年）；遠藤寬哉、岡野才太郎：《臺灣蕃族寫真帖》（臺北市：遠藤寫真館，1911年）；
　　成田武司編：《臺灣生蕃種族寫真帖（附：理蕃實況）》（臺北市：成田寫真製版所，
　　1912年）等。

13 野呂寧：〈行け見よ而して永住せよ〉，《旅》第2卷12期（1925年12月），頁10-15。

吉隘勇線推進期已逼近「五年計畫理蕃事業」總結階段，橫跨新竹、桃園、宜蘭三廳的警察隊更在陸軍討伐守備隊支援下聯合作戰，佐久間總督上山巡視慰問或滯陣指揮的消息，頻頻報導。一九一三年九月五日系列戰役結束，總督搭乘專用火車從桃園站抵達臺北站，隨行軍警在喇叭隊、市民團體、學生團體夾道歡迎呼喊萬歲下步入凱旋門，這一幕也被披露於隔日的《臺灣日日新報》，文中也肯定本島人父老的由衷歡迎「特值欣慰」等等[14]。

最後，軍方和官廳限用的戰鬥照片和報上刊載過的圖像，又被精選輯錄於總督府監修的《討蕃記念寫真帖》出版[15]。這本以「討蕃事業政績記念」為宗旨的寫真帖中，有不少報紙上未揭露的關於泰崗、斯馬庫斯、鎮西堡社、塔克金社……被占領、繳械、威嚇、拘禁、降伏、歸順、訓喻、施食、剪髮的照片，至於南投、宜蘭方面的討伐行動更留下不少集體俘虜、繳槍、乃至砍頭和殺戮的照片。

圖十為一九一三年陸軍步兵第一聯隊第十二中隊，針對位於圍剿基那吉群補給要衝的馬美社（マメ社）實施「示威運動」之後，脅迫社眾蹲踞合影的照片。[16]未見於《臺灣日日新報》，僅見於寫真帖[17]，不過一九一三年八月二十六日的報紙記事，曾對陸軍守備隊派遣水谷中隊實施「示威運動」之概況有所報導。軍方認為馬美社等盤踞要地之社，表面投誠（一九一一年第一次李崠山戰役後），暗中從事偵查和反間工作，並以種種理由拖延規避銃器彈藥押收，因此須予「示威運動」（軍事用語）。該篇報導寫道：

> 各地屯駐軍隊猛然開進蕃社施行吶喊演習，有的吹奏喇叭顯示堂堂軍容，有的手持銃劍對每戶臨檢，給予各種威示運動。此行動能使蕃實

---

14 無著撰人：〈佐久間總督の凱旋〉，《臺灣日日新報》1913年9月6日，第2版。

15 臺灣日日新報：《討蕃記念寫真帖》（臺北市：臺灣日日新報社，1913年），參見臺灣記憶系統，來源：https://reurl.cc/k0RLv3，2020年12月20日。

16 圖十請參見：劉柳書琴：〈印刷媒介中的尖石鄉泰雅族李崠山事件記憶〉，《臺灣文學學報》第37期（2020年12月），頁123-164。

17 參見「日治時期期刊影像系統：寫真資料庫」（來源：https://reurl.cc/bRLnyX，2020年12月20日）。

頑冥不遜的蕃奴頓時束手無策，把銃器交出，並哀求軍隊立刻從蕃社退出⋯⋯如今全如待宰羔羊，老幼男女瑟縮顫慄。[18]

臺灣總督府透過大眾媒介《臺灣日日新報》的常態報導傳播官方立場的信息，輔以《討蕃記念寫真帖》等直觀性圖像，制約李崠山事件的詮釋方向與言論標準，對此事件集體記憶第一層位造成絕對性的霸權。媒介文化刻意呈現的泰雅族形象，在預期的主流讀者（內地的日本人、臺灣普通行政區的內、臺人）心中，難以磨滅。儘管戰事期間及其後，有井上伊之助、森丑之助等人為泰雅族請命[19]，但在公共領域更多可見的是日本人及漢人投稿於報紙，謳歌李崠山戰役或佐久間總督的詩歌文章。至於泰雅族——這場山地戰爭中遭槍砲威嚇和封鎖的主角，往往是帝國新聞再現和視覺技術凝視下最凶殘或最沒有聲音的一群。直到風景明信片有如傷口上的花覆蓋的一九二〇年代之後，泰雅族仍然不是自身民族圖像和歷史記憶的擁有者及消費者。他者的銘刻和流行商品，持續主導著李崠山事件詮釋和「獰猛」形象的生產，弱小民族至多只能在不公平的合作拍攝時，以瞪視、旁視、木然的演出、若有所思、無奈的疲態、對殖民者的微笑，透露深埋的苦痛和抗拒[20]。

三 Tapung 事件與黑色的部落：一九七八年臺灣報導文學的尖石年

李崠山事件結束後，隨著山區統治的落實，民間照相館得以入山物色題材，布置場景，營造意象。《臺灣風俗明信片》召喚「理蕃」戰爭記憶，增

---

18 無著撰人：〈タケジン支隊の動靜，蕃地縱斷と各要害の占領〉，《臺灣日日新報》1913年8月2日，第2版。

19 柳書琴：〈井上伊之助《生蕃記》研究：隘勇線社會的風俗誌〉，《臺大文史哲學報》第92期（2019年11月），頁149-150。

20 梁廷毓：〈凝視下的破口：鳥居龍藏的臺灣原住民攝影中之違抗面孔〉，《原住民族文獻》第34期（2017年10月），頁68-85。

加商機。無論是被接受同化教育的新世代、會種稻的「土著」，抑或男獵女織的「奧山蕃人」，五年計畫以武力討伐確立的山地國有化體制，是這些泰雅族主題明信片得以生產的前提。因此馬里光群與基那吉群被旅行商品視覺化，也就隱喻了該族群及其傳統領域的被征服和秩序化。

　　被視覺化的泰雅族，不只沒有自身文字可以生產對抗論述（counter discursive），連身體和風俗也成為征服者用來編碼自身的符號。帶有文化歧視、誇耀殖民功績、也向本島人（漢族）顯示統治權力的這些文本，盛行於泰雅族被討伐傷口未癒的一九二〇到一九四〇年代的「後李棟山時期」，筆者將它們歸類於尖石鄉李棟山事件集體記憶的第二個層位。第二層位適值撫育政策施行的年代，這時期的出生者雖未經歷討伐卻也是創傷噤聲的一代。其中的極少數或曾與長輩一起受邀拍攝照片，但非這些商品的消費者或主要受益者。

　　在新興的視覺媒介裡，當地民族被物化，也被東方主義化。觀光凝視與商業利益，抹除了那些砲聲隆隆、血流成河的真相。第一層位為一九一一至一九一三年間官方利用《臺灣日日新報》和《討蕃記念寫真帖》，對三次李棟山戰役的報導和攝影紀錄。第二層位的美麗商業文本，在同化教育、授產、移住的背景下，逐漸淡化了《臺灣日日新報》對李棟山系列戰役的制度性報導。那麼，在李棟山事件之前一、兩年的前置掃蕩階段，筆者稱為「第零次李棟山戰役」的時期，我們能否從他者的記錄中逆讀泰雅族處境，拼找民族主體的記憶碎片呢？

　　李棟山三次戰役構成了李棟山事件的第一層位記憶，在一九七〇年代迄今有關「理蕃政策」、隘勇線前進、李棟山事件、理蕃設施的研究中，已有大量描述[21]。一九七〇年後，官方文獻檔案被學者以臺灣史事的角度逆寫，

---

21 重要著述除本文已引用者之外另可參見：林柏燕：〈前進李棟山〉，《新竹文獻》第13期（2003年8月），頁6-33。姜義鎮：〈李棟山古戰場〉，《新竹文獻》第13期（2003年8月），頁34-47。黃榮洛：〈李棟山方面前進記（明治四十四年，1911）〉，《新竹文獻》第13期（2003年8月），頁48-57。傅琪貽：《日本統治時期臺灣原住民抗日歷史研究——以北臺灣泰雅族抗日運動為例》（北京市：團結出版社，2015年）。

進行臺灣山區抗日史事的建構，它們的重要性是重啟漢人社會關注李棟山事件，其成果又直接啟示了第三層位的作家古蒙仁的歷史認識。但是，一九一一年以前更底層的在地部落記憶，卻在一九七八年報導文學獎中意外露出。本節將透過兩位漢族作家對 Tapung 事件的理解、他們對當地人反抗記憶的再現，了解尖石鄉李棟山集體記憶在戰後浮露的樣態及價值。

　　一九七○年代，尖石鄉罕見地受到臺灣社會關注。首先，是秀巒村的泰雅族運動員張金全（1950-），在一九七一年臺灣退出聯合國後的低迷氣氛中，接連於一九七三年第一屆、一九七五年第二屆亞洲田徑錦標賽中跑出亮麗成績，成為電視臺轉播焦點[22]。其次，在臺灣光復三十週年紀念的一九七六年，出現了名為〈李棟山抗日史蹟調查〉的學術論文[23]。楊緒賢教授將事發之後到一九四五年殖民結束前諱莫如深的該事件給予「臺灣史事」、「抗日事件」的高度評價。第三，一九七八年漢族作家古蒙仁與陳銘磻不約而同報導尖石鄉歷史與現況，且在文壇新創的「報導文學獎」連袂受到肯定。

　　一九七○年代初期，小說家古蒙仁在《中國時報·人間副刊》「現實的邊緣」專欄的邀請下，開始一系列有關漁村、礦村、部落的報導書寫[24]。他從亞運明星張金全之口，首次得知秀巒村的存在，一九七八年便以〈黑色的部落——秀巒山村透視〉（以下簡稱〈黑色的部落〉）獲得「第一屆時報文學獎·報導文學推薦獎」，出版後四年間連續再版四次。該文同年被收錄於《黑色的部落》一書出版[25]。此書不只使「黑色的部落」成為斯馬庫斯

---

22 張金全，一九六九年獲臺灣省運會男子一萬公尺田徑賽冠軍，一九七○年獲得冠軍並破全國紀錄。一九七三年於第一屆亞洲田徑錦標賽一萬公尺賽跑中獲得第八名；一九七五年第二屆亞洲田徑錦標賽中再獲五千公尺第五名及一萬公尺第四名，其中五千公尺項目所破之全國紀錄還保持了二十六年。

23 參見楊緒賢：〈李棟山抗日史蹟調查〉，《臺灣文獻》第27卷第4期（1976年12月），頁87-95。

24 古蒙仁（1951-），本名林日揚，臺灣雲林人。小說家、報導文學家、記者、主編、大學教師、文化局長，曾獲「第十屆吳三連獎報導文學類」等多項榮譽。

25 古蒙仁：〈黑色的部落——秀巒山村透視〉，《黑色的部落》（臺北市：時報文化，1978年），頁165-209。

（Smangus／新光部落）與司馬庫斯（Smangus）[26]的代名詞，「走出黑色部落」的經驗迄今仍為當地部落永續共營的佳話；也為報導文學的提倡推波助瀾；更成為學者蕭阿勤所謂保釣運動「回歸現實世代」之山地關懷的一種類型。它激起了《人間雜誌》、《山海文化》等社群對原住民議題更深廣的關懷，不愧為「臺灣報導文學發展中不可等閒視之的經典之作」[27]。

〈黑色的部落〉兩萬餘字，從族群、產業、風俗、教育各方面，報導作者一九七六年下半年蹲點所見的部落振興過程。新光部落（斯馬庫斯），原屬鎮西堡部落，是基那吉群的重要部落。Smangus 原指高山櫟，衍生義為「櫟樹茂密，獵物豐富，土壤肥沃之地」，位於塔克金溪左岸，今秀巒村第八鄰，海拔約一千六百五十公尺。鎮西堡（Cinsbu）位於新光部落上方約二公里，第九鄰，海拔約一千七百二十公尺，意指「曙光最早照到，終年陽光充滿，土壤肥沃之地」[28]。

古蒙仁開篇便詳述從竹東鎮進入秀巒村的交通狀況：首先，須在九贊頭辦理入山證，之後由新竹客運終點站那羅徒步四十分鐘抵達道下，再上坡三小時至宇老分界嶺。從標高一千四百五十公尺的宇老下行，至田蒲約七點五公里，步行需兩小時。再蜿蜒而下三小時，可至兩溪匯流地秀巒。橫越部落後方的百尺吊橋後，攀行三小時可抵泰崗。最後沿塔克金溪向基那衣山脈深入三小時，「那些低矮的竹屋，坍塌的竹籬，小狗的吠聲，光著屁股的泰雅小孩，一個個都變得清晰了。那兒，就是新光。」[29]耗時兩天抵達，使古蒙仁稱這段旅程為「茫茫天涯路」[30]。

新光，既是日照充足之地為何又會淪為「黑暗的部落」呢？作者有兩層

---

26 尖石鄉玉峰村第十四鄰，一九七九年開始才有電力供應。

27 陳銘磻：《大地阡陌路》（臺北縣：業強出版社，1990年），頁60。

28 新光部落，總戶數四十八戶，人口二三三人。參見林修澈：《臺灣原住民部落事典》（新北市：原住民族委員會，2018年5月），頁127。

29 古蒙仁：〈黑色的部落——秀巒山村透視〉，頁169。

30 古蒙仁使用的九贊頭，今名九讚頭。田蒲，今名田埔。基那衣山，キナジ山，今名基那吉山、金納吉山。西舊斯山，今名西丘斯山，標高二四四四公尺。薩加牙珍溪，今名白石溪，又名薩克亞金溪。馬里克灣、馬里闊丸、馬里科灣，今稱馬里光。

解釋：第一，一九七九年以前此地電力未達，是全臺灣最晚通電的地方：

> 世界消失了，泰雅人點起的燭炬在部落裏黯淡地燃燒著，吃過飯不
> 久，他們就得上床睡覺了。因為上帝賜給他們的是一個完全的黑色的
> 部落，愛迪生的手伸不到這麼偏遠的山地，光明離他們仍然是十分的
> 遙遠啊！[31]

第二，李崠山事件造成的打擊。古蒙仁詳細介紹了三次交鋒：第一次，發生在拉號社、田勝台等地之李崠山隘勇線推進期；第二次發生在馬里科灣隘勇線推進期；第三次發生在基那吉隘勇線推進期：

> 民國二年，日本總督府下定決心要討平他們，在該區發動了史無前例
> 的大戰。計動員三千軍警，分屬四個大隊、砲隊、救護隊，另有挑夫
> 嚮導無數，大舉入山。並將總司令部設在李崠山上，由民政廳長官親
> 任總指揮官。面臨大軍壓境，基那衣番毫不示弱，轉戰各山區，與日
> 軍展開慘烈的惡鬥。李崠山上的砲聲震天，殺聲震野，基那衣番被猛
> 烈的砲火炸得支離破碎、身首異處，他們依舊前仆後繼，衝鋒陷陣。
> 漫山的腥風血雨飄灑下，這場慘絕人寰的血戰終於結束了。[32]

古蒙仁吸收了楊緒賢的觀點與成果，但戒嚴體制下不免有該時代常見的論述框架和話語限制。譬如：一，不直述殖民機構：提到「總司令部」設在山頂，由「民政廳長官」指揮作戰，所指其實是「隘勇線前進本部陸軍司令部」和臺灣總督府民政部蕃務本署署長「大津麟平」。二，與國軍抗日論述連結想像：譬如「山胞不因而屈服」、「決心死守，浴血奮戰」、「前仆後繼，

---

31 古蒙仁：〈黑色的部落──秀巒山村透視〉，頁178。
32 古蒙仁：〈黑色的部落──秀巒山村透視〉，頁174-175。經過三次戰役，臺灣總督府打通了尖石後山通往霞喀羅方面的通道，並以「西堡溪隘勇線」、「屯諾富士羅灣隘勇線」，瞰制後山各部落。

衝鋒陷陣」等修辭。三，襲用日文文獻未充分清理日本觀點：譬如，「日本總督府下定決心要討伐他們」、「暴露在臼砲的火網之下，無所遁跡」、「配置臼砲，防止他們突圍」等。

然而，古蒙仁已給予讀者認識這個事件的許多線索，譬如「史無前例的大戰」、「挑夫嚮導無數，大舉入山」、「漫山的腥風血雨」、「慘絕人寰的血戰」等，都是泰雅族遭「血洗」的記述。前後文中，亦可讀見日方原本不敵，大肆增設通電鐵條網、臼砲，動員砲隊、救護隊之後，才壓制泰雅族。而基那吉群誓死抵抗等敘述則是楊緒賢等第一代研究者在逆讀日文討伐史之後暗亮的抗暴身影。古蒙仁詳述史事意圖指出——臺灣總督府「動用軍警」鎮壓導致後山的泰雅族長時間弱化，傷痕之深超越一甲子。

隘勇線前進政策以分割和包圍等戰術，搭配討伐及限制物品供給等威壓手段，達到落實山地國有化的目的。Tapung事件，是泰雅族各群聯合向殖民者進行的對決。然而，迄今梳理部落記憶仍不容易，因為從一九一一年到古蒙仁撰文的一九七〇年代，絕大多數的臺灣人（或日本人）並不知道或已遺忘這個縱橫雪山諸餘脈、牽延多年的戰爭，對泰雅族造成的致命打擊。有關此事的討論在事件結束後被壓抑六十五年，一九二〇年代以後官方控制諸山，同化教育、集團移住、授產、水田耕作、皇民化、軍事人力徵用前仆後繼。爾後報章雜誌上雖有尖石前山、後山的地方消息[33]，但樹杞林蕃地並沒有像阿里山、日月潭或霧社那樣變成觀光勝地，而是朝向水田、果園等農牧地域發展。

一九二〇年後殖民政府開始鼓吹後山部落向前山移住。新竹州廳勸導「集團移住」的前山處所有四：一、那羅溪流域的那羅；二、錦屏溪流域的比麟、竹園；三、油羅溪上游內灣南岸的馬胎；四、油羅溪上游的新樂、水田[34]。在官廳規劃下，翻山越嶺從馬里光河階地或海拔一千七百公尺以下的高地遷出的人口，在前山移住部落闢建耕地，建築水圳，開始了對官廳依賴

---

33 前山、後山的分界嶺，包括李崠山、魯壁山、東穗山等。

34 林一宏、王惠君：〈從隘勇線到駐在所：日治時期李崠山地區理蕃設施之變遷〉，頁114。

較高的生產型態和社會組織。在淺山地帶被析離的馬里光群和基那吉群，到一九四五年日本戰敗前行政控制薄弱時，部分遷回後山。歸返之後，面對的卻是百廢待舉的荒蕪聚落和舊墾地。

筆者之所以重視古蒙仁及陳銘磻的地方報導作品，是想關注作品中的李棟山歷史敘事。上述作品皆寫於戒嚴時期發展主義盛行的半世紀前，作品中指涉的意識形態在後殖民運動持續前進的今日已然落伍。誠如蔡政惠所言，〈黑色的部落〉描寫部落的飲食習慣有如受罪、肯定保留地政策、讚許民族主義教育等等，是文明論觀點和漢人中心主義下的偏見[35]。不過，我們也應看見古蒙仁在〈後記〉描述，離開四個月後依然理不盡的對部落的掛記與憂懷，所反映的一九七〇年代平地知識分子受到原住民被壓迫歷史震撼的認識歷程。

在新光部落蹲點半年的古蒙仁，是當時極少數洞察到這場遠去的高山戰爭，對後山泰雅族烙下的傷痕歷久未癒的報導者。他的鬱結、震撼乃至優越感，反映平地人的認知結構，因此能使〈黑色的部落〉喚醒日漸富庶的平地社會驚覺，「山地同胞」還在意想不到的貧困中匍匐。古蒙仁透過歷史之眼，勾勒脫落在臺灣經濟起飛列車之外的尖石後山部落。他向讀者大眾提出莫忘山地的兄弟姐妹們，呼喚大眾思考——重返祖居地三十年，依然落後的這般令人驚訝的黑暗模樣，究竟是怎樣造成的呢？

四 尖石前山抗日記憶：〈部落裡的一次事件〉、〈最後一把番刀〉

古蒙仁〈黑色的部落〉成功帶動社會議題，使地方的殖民史浮出，在後殖民時期出現最初的清理。它是在臺灣脫離日本殖民的三十年後，第一篇由漢人創作的李棟山事件文學。無獨有偶，另一篇屬於李棟山事件集體記憶第

---

35 蔡政惠：《戰後臺灣作家文學中的「原住民族書寫」：自1945到1987》（高雄市：中山大學中國文學系博士論文，2015年1月），頁424-444。

三個層位的先驅之作，也出現在「第一屆時報文學獎」，那是陳銘磻獲得「報導文學優等獎」的散文〈最後一把番刀——高山族的昨日、今日、明日〉（以下簡稱〈最後一把番刀〉）。陳銘磻另有小說〈部落裡的一次事件〉描寫泰雅族在青蛙石一帶狙殺日警的事件，本節將一併討論。

短篇小說〈部落裡的一次事件〉原載聯合副刊，描繪「山鳶一號」五名青年阻止日本人入侵的事件。故事開展於叔姪爭執的場面，十七歲青年「達利斯」毅然離開部落，投入夜襲日本部隊的行列。他沒有把計畫透露給身為頭目的叔叔，導致叔叔們和族人對他無法理解的舉止有不少非議。事實上，達利斯自從探知日軍即將進佔山頂之後，便與四位青年秘密策劃突擊。

某夜，他們分成兩組行動，一組直趨崖邊埋伏，一組藏身青蛙石溪谷伺機而動。「山鳶一號」發現日方先遣部隊在人數和武器上皆處優勢，仍不惜決一死戰，終於殲滅所有入侵者。小說結束在三名青年的遺體被迎回部落廣場，安放在雨神雕像前的一幕。長老引領族人祭靈，眾人悲悽，決心團結禦侮。「明天，是的，或者後天，一場鬼哭神嚎的血戰就會在叢林中展開，我們要讓日本人知道：做一名泰雅魯，除了英勇善戰，還有永不屈服的意志。」[36]

小說以那羅部落流傳的抗日故事為原型，勾勒泰雅青年以生命保全部落與土地的 Gaga 精神，地景包括錦屏村的青蛙石、沙那伊溪、竹林、後山菇寮與杉林[37]。早在李棟山事件發生前，一九〇六年佐久間總督啟動武力討伐後，從今日關西鎮及五峰鄉方面逼進的隘勇線戰火已不斷威脅尖石前山和東側地帶。但是一九七〇年代學界對當地細部情況並不清楚，在錦屏村任教的陳銘磻也不例外，因此故事中充滿地方色彩的襲擊情節令人印象深刻，但時間不明，外敵入侵背景也是模糊的。

---

36 陳銘磻：〈部落裡的一次事件〉，《最後一把番刀》（新竹：新竹市立文化中心，1993年），頁115。

37 沙那伊溪，小說中用以指稱那羅溪。二〇二〇年十二月十七日，筆者請教那羅部落耆老頂定・巴顏（Tingting Payan），他表示部落人所指為那羅公車站旁匯入那羅溪的小支流。

　　筆者核對《臺灣日日新報》，發現在一九〇六年起，起自今日五峰鄉油羅山到尖石鄉外橫屏山、內橫屏山、野馬敢溪（ヤバガン，Yabakan，那羅溪的舊稱）、梅嘎浪溪流域，不斷有討伐和衝突。及至內灣上坪隘勇線（1909年7月25日～9月10日）、麥巴來隘勇線（又稱油羅山隘勇線1910年5月5日～1910年6月3日）、內灣溪上游隘勇線（1910年6月15日～9月23日）推進期間，麥樹仁山、尖石山、拉洛山、外橫屏山、內橫屏山至油羅山沿線，以及加拉排社以上之油羅溪上游兩側的上野山、八五山、田勝台等，皆被隘勇線包納，建構兵戰基地。這三條隘勇線的推進打通從新竹廳進軍李棟山的左右翼通道，應視為「第零次李棟山戰役」。「第零次李棟山戰役」發生於一九〇九至一九一〇年間，隸屬該事件集體記憶的零層位，卻未被第三層位的學者列入李棟山事件史的研究範疇，只有第一層位井上伊之助的日記、森丑之助的雜文，以及第三層位的七〇年代耆老口傳，反應了某些片段

　　在一九〇九至一九一〇年間的先導戰役期間，日軍雖利用族群差異或部落敵對關係進行離間、勸降和情報蒐集，但部落出草或聯合抵抗情況不斷[38]。《臺灣日日新報》一九〇九年至一九一〇年間報導的某次衝突，與〈部落裡的一次事件〉若合符節。譬如，一九〇九年八月十二日（內灣上坪隘勇線前進期）的報導：新竹廳討蕃前進隊占領內橫屏山，居民遷逃他處但仍零星游擊，使討伐隊決心奪下內橫屏山頂，以便瞰制野馬敢溪對岸腹地，並向南監視梅嘎浪社、馬胎社、加拉排社、麥樹仁社[39]。又譬如，一九一〇年七月五日（內灣溪上游隘勇線前進期）的報導：野馬敢社前頭目之長子與現任頭目爭執，分頭召集勇士出草[40]，尤其接近「小說中的口傳故事」。小說中

---

38 譬如，一九〇七年七月二日報載，與麥樹仁社敵對的Mayhuman小部落頭目密告日軍：前次討蕃隊砲擊加拉排山北方岩窟時，有麥樹仁社兩人、馬里科灣社三人死亡。六月二十三日梅嘎浪社則因蕃丁Watan中槍身亡，該社將於三日內在滑石分遣所南方高地集結出草，攻擊附近隘察。參見，無著撰人：〈蕃人の密告〉，《臺灣日日新報》1907年7月2日，第2版。

39 無著撰人：〈新竹前進隊情報　內橫屏山占領後の狀況〉，《臺灣日日新報》1909年8月12日，第2版。

40 無著撰人：〈討蕃隊情報土目出草〉，《臺灣日日新報》1910年7月5日，第2版。

雖未指明部落，但一九二〇年代以前青蛙石附近（今吹上部落一帶）的島田山麓，確實有名叫野馬敢社的老部落[41]。

　　觀察報紙上的連續報導可知，討伐隊和部落一開始都不能確定彼此意圖。日方甚至看輕情勢，誤判野馬敢社出草是解決內部紛爭。陳銘磻的小說則捕捉到當地人在一九〇九到一九一〇年間第一波侵略到來時，對於是否反應、如何對抗的態度不一。那羅等社牽制李棟山方面日軍的行動，從未間斷。譬如，一九一一年十月報載：「凶蕃」不斷潛入警戒區線內伺機襲擊[42]。一九一二年三月報載：「凶蕃」潛往李棟山方向，遭埋伏的日警近距離射殺[43]。一九一二年九月報載：「蕃人」多次穿越那羅山鐵線網，必須加強警戒[44]。一九一二年十月報載：「蕃人」潛行第一隘寮的線外，那羅山電線修補隊遭狙擊，巡查員斃命等[45]。日警在前山遭遇狙擊的報導不斷，顯示當地部落持續在反抗。將文學創作與討伐新聞對讀，筆者希望強調，李棟山事件存在前山兩翼先導戰役的事實，陳銘磻聽聞的地方抗日故事並非偶然事件。

　　參照地方州廳密集發佈的「討蕃消息」及當地耆老戰後的記憶，將使我們有機會在殖民崩解、物是人非之後，透過層位式閱讀，理解當地民族口傳的證言。帝國的形成，是帝國、地理與文化相互交織的歷史進程。格雷布納（F・Graebner）在其「文化層位分析法」中指出任何文化都會在地域留下印記，新的文化層覆蓋於舊的之上，以上下序列的形式表現，新舊層次穿刺交錯在同一平面，除非例外發生，否則同一層位鮮少為同質區域，正因其混合的特性，所以層位也往往擁有再構的潛力[46]。薩伊德也主張在解讀現代西

---

41 野馬敢社位於今那羅溪、錦屏溪匯流處南側山坡，當時在島田山後方較高處為天打那社（テンタナ）。不過在一九二四年地圖中野馬敢社便已消失。參見中央研究院人社中心臺灣百年歷史地圖系統「一九〇七年日治時期五萬分之一蕃地地形圖」、「一九二四年日治時期五萬分之一地形圖」。

42 無著撰人：〈新竹前進隊潛入蕃搜索〉，《臺灣日日新報》1911年10月7日，第2版。

43 無著撰人：〈蕃人要擊，兇蕃二名〉，《臺灣日日新報》1912年3月28日，第2版。

44 無著撰人：〈兇蕃襲來情報ナ口山方面警戒〉，《臺灣日日新報》1912年9月18日，第1版。

45 無著撰人：〈李棟山蕃情電線補修隊狙擊〉，《臺灣日日新報》1912年10月1日，第2版。

46 錢今昔、王星：〈文化地理學的主題與過程研究〉，《人文地理》第4卷第2期，1989年2月，頁47-51。

方文化時採取一種類似複調音樂的「對位閱讀法」（contrapuntal reading），將帝國主義和他者的抵抗連繫在一起觀照。透過層位的對位閱讀來分析李崠山事件相關文獻，我們不僅能洞察帝國欲展示和傳播的一面，也能發現被報社／作者／商家有意排除的另一面，進而想像這些文化遺產中被殖民者的無聲姿影，如何與統治者的堂堂話語抗衡。

　　泰雅族於李崠山事件發生時仍為沒有文字的民族，且沒有掌握媒介與言說權力，事後也長久未能參與集體記憶建構，認識到記憶層位（memory horizons）間的競逐與傾軋。事件當事人及其後第一個世代，多不是日文報刊雜誌、明信片的受眾，戰後涉獵與本地民族高度相關之文學作品的族人也不多。所以事件的起訖和經緯被他者依各自需要定義，三次之說成為定論，導致兩翼（另有桃園方面的）的掃蕩與抵抗被遺忘，前山形同無災難無抵抗的歷史空白之地。

　　陳銘磻汲取口述再現的那羅溪泰雅族戰鬥者身影，使主體記憶的弱音被保存，也使當地人心中李崠山事件及其先導掃蕩之「戰爭」本質顯露無遺。〈部落裡的一次事件〉以小說為媒介，將口述者的記憶文本化，使短暫記憶，透過印刷媒介的再生產，轉化為長程的集體記憶[47]。

　　陳銘磻榮獲「第一屆時報報導文學獎」的〈最後一把番刀〉，通過文學獎體制的肯定，同樣有助於尖石地方記憶朝泰雅族集體記憶發展。〈最後一把番刀〉報導前山部落在一九七〇年代公路開通，遭到平地文化和影視媒體襲捲時，以「一把番刀」隱喻「李崠山精神」。這篇報導文學作品從耆老回憶開始：「為了瞭解現階段留守山地的人群，他們處在文明激盪中的心態，我特地走訪那羅村一位姓謝，六十七歲高齡的老人，他在年輕時，曾跟隨他的父親參加『李崠山之役』的對日抗戰。」[48]

---

47 一九二五年 Halbwachs 提出集體記憶概念，用以指稱能夠保障一個集團的特點、延續性的記憶，以此相對於沒有保障身分認同作用的歷史記憶，他在《記憶的社會框架》一書中，清楚說明符號系統、認同框架、社會框架對於集體記憶的影響。參見，Maurice Halbwachs 著，畢然，郭金華譯：《論集體記憶》（上海市：上海人民出版社，2002年），頁37-43。

48 陳銘磻：《最後一把番刀》，頁170。

　　老人提到他年幼時被日本人奴役，被迫跟父親去李崍山開路；又提到，日警不許族人配刀，一次父親帶刀外出工作遭毆打囚禁，卻不忘把刀藏入密洞，因為番刀是用來保護自己與家園的，他堅決不願失去。老人反顧，如今他的長孫一心想到平地當歌星，一句「這是什麼時代了，還用番刀」的頂撞，終於使他傷心地把「日據時代留下來的最後一把番刀」擲進湖裡。然而，老人相信孫子最後仍會不適應，回來那羅種香菇。作者敬佩老人的信念，但還是相信「文明無法被徹底拒絕」。

　　〈最後一把番刀〉透過世代對比，傳達部落年輕人被主流文化席捲的現實。事實上，文化媒介對部落價值取向的影響，在後李崍山世代參加地方州廳主辦的參訪活動中已見端倪。一九三三年十二月十日起為期十一天，新竹州大湖郡的霞喀羅群及大溪郡的卡奧灣群各二十人，被安排參觀臺北、基隆方面泰雅族部落的文化設施，以及新竹州的「先進蕃社」。在李崍山事件過去二十年的此時，早年抵抗的大豹社、那羅社已是被參觀的移住示範部落了。以下，是來自於桃竹的後山部落參觀溪口台社和那羅社之後的感想：

> 那羅社的水田，是他們沒去狩獵又花了數年的苦心才完成的。該地也建造有堆肥屋舍，以我們現在的耕作方法，雖然不會直接感覺有必要，但是遷移後是需要的。[49]

> 即使不在雪見、卡奧灣的偏遠山區生活，遷移到溪口台、奎輝那樣的平地附近，也能過著安樂的日子，為什麼祖先要反抗呢？有想要怨恨祖先的心情。[50]

　　鼓勵移住前山並種植水田，是這次官辦活動的目的。儘管參訪者很務實地觀察生活與生產的面向，但在警察整理的參訪者發言中，「為什麼祖先要反

49　無著撰人：〈觀光蕃人的感想（新竹報）〉，原刊載於《理蕃の友》第2年3月號（臺北市：理蕃の友發行所，1933年3月）。

50　無著撰人：〈觀光蕃人的感想（新竹報）〉，頁159。

抗呢？」這句尖銳的質疑，卻有意暗示與李棟山抗日世代背道而馳的立場。

理蕃警察介入的代理發聲，被印刷在臺灣總督府理蕃課《理蕃之友》上，形成後李棟山世代有別於風景明信片之異國情調，另一種在官方治理媒介下塑造的勤勞進步的馴化形象。《理蕃之友》是專為宣示官方政策並報導原住民族動態而發行的月刊，提供給全臺理蕃警察使用，一九三二年創刊號時發行量五千部[51]。治理媒介的再現和文化商品的符號，是李棟山事件集體記憶第二層位中的兩大內容。一九三〇年代被政策扭曲的參訪者發言「有想要怨恨祖先的心情」，和一九七〇年代嚮往都市的青年反駁「這是什麼時代了，還用番刀」，顯示記憶的雪崩持續著。

在李棟山事件幾乎已被臺灣社會遺忘之際，漢人作家卻記下當地人一息尚存的記憶。劉智濬認為雖然〈最後一把番刀〉與〈黑色的部落〉都存在西方文化中心論的外部眼光[52]，但陳銘磻於文末以在地人錦屏國小阿雲老師用山地語向青年說話的一幕作結，具有主體發聲的意識。

在第一屆報導文學獎中，〈最後的番刀〉挖掘了第一層位的故事，〈部落裡的一次事件〉撿拾一九一〇年代先導掃蕩中的零層位記憶。略加比較可以發現：古蒙仁關注三次戰役，參考漢人學者對此事件最初的歷史評價，當時正是該事件開始被納入臺灣史論述的階段，因此古蒙仁強調該事件導致了後山發展的困境時，不侷限於地方層次思考，而能帶動平地人的共感。陳銘磻則另闢蹊徑，向耆老取經。他採錄的個人記憶和地方記憶雖有視野受限、混沌不明的特性，卻是當地人真實的感受。主體的記憶揭露了前山居民在李棟山戰役前，如何首當其衝遭遇掃蕩。古蒙仁將歷史化的李棟山事件記憶第一層位連結後山當代議題，陳銘磻則文本化了比第一層位更不為人知的零層位。作者無法分辨〈最後的番刀〉、〈部落裡的一次事件〉中記憶層位的差別，因為在講述者的觀點中，這些事件都是李棟山事件，而講述者不排除是日治時期無法發聲的當事人世代或後李棟山世代。

---

51 淺野義雄：〈理蕃之友創刊祝詞〉，《理蕃の友》創刊號（臺北市：理蕃の友發行所，1932年1月），頁4。

52 劉智濬：〈陳銘磻的生命原鄉追尋〉，《臺灣文學研究》第4期（2013年6月），頁208。

一九一〇年代的殖民時期及一九七〇年代的後殖民時期，尖石有兩度受到臺灣乃至亞洲社會矚目的階段，前者以討伐為背景，後者以亞運為契機。前述各節檢視各種印刷媒介與產物與民族記憶之間的關係，提出李棟山事件在泰雅族人集體記憶中重大且依然有待探索的現況。李棟山事件百年間引發的關注，包括前置期的推隘新聞、李棟山三次戰役報導和圖像、後李棟山時期的風景明信片和警員記事、一九七〇年代的報導文學、千禧年後的耆老口述等，其質與量或許堪為提出「李棟山文學」一詞加以研究。

五　尖石前山抗日史與「第零次李棟山戰役」

百餘年過去，尖石鄉當地泰雅族如何看待李棟山事件呢？本節將比對耆老口述與日治時期報紙雜誌上的文獻，挖掘更多第一層位或第零層位的記憶。

二〇一九年官大偉《李棟山事件》一書，詳述清末開山撫蕃、採樟煉腦、總督府山地國有化、理蕃政策等治理歷程，從神話傳說、族群系統、部落位置、攻守同盟、文獻記載、耆老口述等角度，呈現泰雅族主體觀點的李棟山事件始末，同時闡述官方於事件後的族群分化操縱、山林開發、土地控制、移住及同化政策，全面揭示當地族群近代以來的被殖民情境。

官大偉在二〇〇三年「原住民部落重大歷史事件調查」脈絡下採錄的這批耆老口述，以調查報告和學術出版等印刷媒介再現，成為尖石鄉泰雅族李棟山集體記憶的第四個層位。書中透過耆老自述幼年所見或轉述父老所言，勾勒李棟山記憶殘存在族人心中的樣態，其中有幾個鮮明的記憶點：一、屍骨成堆；二、李棟山碉堡攻防戰；三、泰雅族的戰略；四、抗日族人及戰功。

嘉樂村的 Lawa Mequy（田寶珍）提到一個充滿仇恨意味的身體記憶：

> 我在念小學的時候，日本老師帶我們去郊遊，李棟山的山頂，我親眼看到地上有很多骨頭，Tayal 和日本人打仗留下來的，有頑皮的男同學，還把頭骨當作球在踢。[53]

53　官大偉：〈耆老口傳的 Tapung 事件〉，《李棟山事件》，頁68。

此外，她對李棟山古堡上祖先無法攻克的電網記憶分明[54]，也提到族人會利用日本人下溪取水等時機襲擊：「Tayal 的戰術就是用突擊的方式。躲起來，等時間到了，再出手……像打獵一樣，可以追一頭獵物追三天三夜。」[55]

梅花村的 Badu Bonai（高良雄）提到，祖先們趁颱風時搶奪日本大砲，從山頂推落溪谷。新樂村的田子雄也轉述長輩說過的日本人喝尿的故事，證實 Lawa Mequy 所說「古堡地勢高日軍取水困難」等說法。

耆老憶述時，很重視祖先家系、參與的戰役、戰功，也會提起被迫移住等往事。嘉樂村的 Talu Behu（邱致明）說到，事件後家族被迫從馬里光遷村到那羅。他還記得堂哥 Losin 的爸爸 Hoyon 在李棟山事件時俘虜了日人將軍，在輪流背負下山途中，Hoyon 怒罵：「豈有此理！為什麼日本人欺負我們，我們還要揹日本人？」，便拔刀砍下將軍的頭[56]。

玉峰村的 Yumin Hayon（尤命・哈用），強調他祖父 Batu Behu 是當時 Mrqwang 社頭目，領導作戰並砍下一位日本軍官的頭，「我不太知道，反正是很大的官」[57]。他多次提到祖父是「真正的頭目」，反映 Batu Behu 肩負了跨族群攻守同盟任務，他的證言也符合學界對李棟山第二次戰役的考證。

以上略舉官大偉所採錄的「子代」和「孫代」記憶，接下來筆者嘗試將它們和文獻進行對讀，以期獲得更多族群信息。

首先，將梅花村 Badu Bonai「祖先們趁颱風時搶奪大砲」的說法，與官大偉整理的事件史加以比對，可知其傳述的內容極可能是今梅花村一帶部落，在一九一二年八月到九月期間令人振奮的一些成功襲擊。

官大偉寫道：一九一二年八月二十八、二十九日第二次李棟山戰役發生期間，正值颱風來襲，九月十四日再逢颱風，泰雅族兩次趁勢攻擊，利用暴風雨剪斷電話線，攻佔派巴拉分遣所，奪走砲彈火藥。十五日，日方派出軍隊二百三十，又下令臺中廳派遣警察與隘勇一〇五名、桃園廳六十五名、宜

---

54 同上註，頁68。
55 同上註，頁69。
56 同上註，頁69。
57 同上註，頁70。

蘭廳一百五十名增援，才解除包圍[58]。

第二，將 Yumin Hayon 的家族記憶比對林一宏、王惠君的論文，可知描述的是同一次颱風期間後山方面的行動。

林一宏、王惠君指出：一九一二年九月十一至十七日，玉峰社頭目 Batu Behu 帶領戰士，趁內灣發電所受損停擺、鐵條網停電、日警通信中斷之際，向李崠山隘勇線發動反攻，攻陷太田山砲臺、馬石分遣所等要塞，並焚毀據點房舍，奪取槍械火砲，幾將日警全數趕往前山。後因日方大舉增援，利用李崠山監督所的砲火優勢轟擊，才阻止族人奪回李崠山制高點。但日方蒙受重大損失，稱此役為「太田山事件」[59]。綜合 Yumin Hayon 與 Badu Bonai 所言，可以略窺一九一二年颱風期間，尖石前後山部族聯合反攻的壯舉。

第三，將 Talu Behu 提到祖先砍下日本將軍的頭一事，比對《臺灣日日新報》，可推測這位「將軍」應為太田角太郎警部補。

新竹廳樹杞林支廳的太田角太郎分隊長，在一九一〇年十月內灣溪上游隘勇線推進期間擔任大隊長，曾引導「臺中市官民協議會慰勞隊」參訪拉號社附近，上野隊長等人殉職的前山激戰地。一九一一年李崠山第一次戰役時，太田於八月十一日下午三點負傷死亡，三天後消息發布於報紙上[60]。官大偉指出，八月三日激戰開始日方便人傷損連連，佐久間總督親臨督戰，緊急電召桃園廳長追加二二〇名警察與隘勇支援。討伐隊急於俯攻，希望儘速支援先行登上 Tapung 山的斥候隊，不料在險峻處遭泰雅族由上而下狙擊，雙方陷入肉搏，太田以下十八名前鋒戰死，後續者在血路中撤退。此役造成日本警部以下七十九名戰歿，六十三名負傷[61]。總督府將該山命名為「太田山」，以資悼念。逆讀上述報導可知，這是泰雅族在李崠山鞍部的一次大捷。

第四，將 Lawa Mequy、田子雄的口述，比對吉野雍堂〈發自李崠山本

---

58 同上註，頁82。

59 林一宏、王惠君：〈從隘勇線到駐在所：日治時期李崠山地區理蕃設施之變遷〉，頁92。

60 無著撰人：〈新竹前進隊情報〉，《臺灣日日新報》，1911年8月14日，第2版。

61 官大偉：《李崠山事件》，頁79-81。

部〉一文，可知有關警員取水被狙擊，或缺水飲尿等憶述，所言不虛。

一九一三年三月，李崠山事件結束前半年，吉野雍堂在李崠山隘勇線前進本部撰文，向日本內地讀者簡介「隘勇線前進」的戰鬥實況。他寫道：隘勇線前進，為警察執行的軍事性掃蕩，其危險無庸贅言，單就物資運補也困難重重。雖然輕便鐵道已從新竹站鋪設到樹杞林街軍用物資基地，但是從那羅山倉庫中繼站到李崠山隘勇線前進本部，完全仰賴人力。物資貯存點沿著隘勇線據點向深山配置，暴露在敵人攻擊和掠搶之地。野馬敢溪、梅嘎浪溪的深谷，那羅山聞名的陡坡和峭壁，使物資運送到前進本部時已耗盡龐大苦力和警備員，遑論再配送到各部隊、小隊、乃至線上警察的手上。日常飲食和生活的艱苦，一言難盡。以炊事場為例，場地須設在水源地，但隘勇線哨點多半在稜線上，兩者間常有距離及高度落差，遠至相隔一里。飲用水、漱洗水和餐食通常一起運送，運水格外麻煩，必須考量輕便性和防漏等問題。在惡劣條件下，餐食難以保溫，食物經常冰硬難以下嚥，而運送者往來奔波暴露，更是冒盡危險[62]。

借助吉野雍堂的說明，不難想見隘勇線遭截斷、包圍或出現衝突時，線上日警斷糧斷水的窘境。因此，「喝尿說」並不是泰雅人的黑色幽默，或弱者的諷喻式反抗，而是戰地實況。

除此之外，筆者在二〇二〇年初以半結構式訪談方法，訪問尖石鄉九位耆老，包含：Sozi' Temu（黃末吉）、Yasuko（黃招甘）、Tali' Behuy（達利・貝夫宜）、Temu Kumay（李金水）、Yumin Hayon（尤命・哈用）、Atung Yupas（阿棟・優帕司）、Masay Sulung（馬賽・穌隆）、Hola Yumin（江瑞乾）、Makus Suyan（徐榮春），以下摘錄三位耆老轉述其父祖們的事件回憶。

Tali' Behuy 口述其父親與祖父、伯公、叔公兩代人，在事件中連袂作戰的情形。一九一二年日軍攻上李崠山，興建碉堡，安置砲臺。族人為了阻止碉堡工事，不斷騷擾、攻擊砲臺，或在日本人壕溝前埋伏。「我祖父說，他

---

62 吉野雍堂：〈李崠山本部より（二）〉，《蕃界》第2卷（1913年3月），頁75-78。

常常帶頭突破隘勇線，必須從地勢低的地方上跳，才能越過高處的隘勇線電網，潛入線內攻擊，因此突破電網相當不容易。他不只一次遇過日軍投手榴彈到我方陣營，族人撿起來就反扔回去，大家都很勇猛，部落同盟也曾一度攻陷李崠山碉堡。」[63]一九一三年日軍第一次提出議和，但是當泰雅族代表們前往時，卻遭日軍一陣毒打，族人認為日軍存心威赫，因此決定出草抵抗到底。日方事後才派遣代表，送來米、鹽巴、味噌、醬油等致歉，再次遊說族人息兵，幾次協議後才達成停戰的共識[64]。

Yumin Hayon 說在事件發生前，就有上山的客家人警告族人說，日軍要進山鎮壓了，更提供槍枝、彈藥給各部落頭目，頭目們將武器平均分配到每戶人家，並擬定作戰計畫。最大規模的一次作戰，是一九一一年青壯年突襲日軍營地，將大型軍火全部推落河谷那次。一九一二年戰事進入白熱化，族人狙擊過河日軍、誘殺日警小孩、偷襲日軍碉堡、馘首衛兵。隨後，日軍決定在バガ山興建砲臺，使周圍部落遭受巨大威脅。有些部落為了躲避砲擊，乾脆棄村逃到後山。砲臺築好以後，日本人便封鎖了上山的通路，使族人沒有必要物資，部落大頭目 Batu Behu 不忍族人挨餓受凍，只好向日軍投降[65]。

Hola Yumin 說他的曾祖父、伯公、叔公、伯父，三代人都參與了李崠山事件。與 Yumin Hayon 有相似口述，在事件爆發前從客家人口中聽到日軍即將入山鎮壓的消息。一九一二年後山各個部落開始激烈反抗，直到一九一四年也並未完全恢復平靜。戰役期間，泰雅族完善的分工及各部落的聯合作戰，埋伏、游擊、狼煙等戰術，曾經有效阻止日軍前進。「當時許多受困在半山腰的日軍，因後勤補給被截斷，只好喝尿求生，極為狼狽。」他也對李崠山事件提出他的獨特觀點：「我祖父兄弟三人抗戰到最後一刻才被抓。一度受到日軍拷打、拘禁，最後成功逃脫、遷徙並回歸。戰役期間有許多家

63 Tali' Behuy（達利・貝夫宜）口述，劉柳書琴紀錄，〈我祖父們的李崠山事件〉（2020年2月25日，尖石國小）。

64 同上註。

65 Yumin Hayon（尤命・哈用）口述，劉柳書琴紀錄，〈我祖父們的李崠山事件〉（2020年1月18日，新竹縣尖石鄉玉峰村宇抬（Ulay）部落）。

族投降，他們如今大多已沒落，因此我認為曾祖父們的抗戰精神是我家族得以興旺至今的關鍵。」[66]

根據Tali' Behuy與Yumin Hayon的口述，對讀石田貞助警視一九三五年的證言，可以想像當地人的抵抗，補充第一層位的主體記憶。石田警視對他指揮的第二回討伐作戰有如下回顧：

> 「注意！小心！附近有敵人！」苦米地的低沉雄厚聲音，提醒著大家。勇敢的高橋及高塚二人應聲道：「嗯，再忍耐片刻就好了。」「沒關係，我可以的。」……深夜的密林中，三人排成一列，前方立著鐵盾，敵方不斷地發射子彈打在鐵盾上，但三人依然匍匐前進。（後略）

> 以上為大正元年李崠山第二回討伐之役的當時情景，兩個部隊約150名人員擔任先鋒，抵達預定地後，便立即開始建造掩堡。敵方仍然不斷進行攻擊，妨礙我方作業。敵人身上披蓋著茅草樹枝潛行而來，或開槍射擊，或丟出石頭，或高聲吶喊，雙方幾近肉搏戰，令人不禁毛骨悚然。儘管如此，我方絕不能因此退縮，得趁天色未明前，建造完畢可容一人身軀大小的掩堡。否則一旦天亮，我方先鋒部隊勢必成為敵人的明顯標靶，絕無活路。而敵營亦不容小覷，竟然能夠建造出令文明人嘖嘖稱奇的加蓋掩堡。[67]

石田警視還提到：某次傍晚，日方先在防線上發動攻擊，他下令警察隊利用地上物作掩護埋伏，以仰姿藏身在壕溝之中，用腳夾槍待命，果然誘出敵人前來偵查，遂給予痛擊。泰雅族的掩堡（壕溝）看似很大，堅固難攻，但後方粗糙，僅用茅草、木材遮蓋。因此他下令改由弱處進攻，用黑火藥替

---

66 Hola Yumin（江瑞乾）口述，劉柳書琴紀錄，〈我祖父們的李崠山事件〉（2020年1月19日，竹東車站附近）。

67 石田貞助：〈回憶李崠山討伐之役〉，原刊載於《理蕃の友》第4年10月號（臺北市：理蕃の友發行所，1935年10月）。

代照明彈，著火後投入敵陣，再追擊五發炸彈。經過三小時肉搏奮戰，敵方終於無法再逼近防線[68]。

石田在一九三五年「始政四十週年紀念臺灣博覽會」召開之際，為文回顧當年戰術，流露治理者的優越感。如今逆讀這位高階官員的憶述，使我們有機會了解口述者未嘗細述的「泰雅掩堡」。官大偉的研究也指出：總督府討伐臺灣山地原住民時，引進了日俄戰爭的技術。一九〇四年日軍攻打旅順口高地時運用的壕溝戰、通電鐵絲網，以及山砲等輕便易拖動的武器等，都被用在仰攻山區制高點，對抗手無寸鐵的泰雅族，極為殘酷[69]。討伐者的證言，雖能反證泰雅勇士的能動性，然而與現代作戰技術的懸殊對陣，卻致使幾個世代的泰雅族猶如不幸的印地安人，努力從戰爭的陰影中掙脫。

綜合官大偉和筆者的訪談可知，官大偉主要訪談「後李崠山世代」（子代），耆老回顧重點為三次戰役，來源為抵抗當事人的口述，或受訪人直述自身在日治時期被迫參訪戰爭遺址的體驗。其中曾有受訪者細述一九一一年太田先鋒隊慘敗之役和一九一二年太田山戰役，亦即第一、二次李崠山戰役的高峰。筆者的訪談對象為一九四〇到一九六〇年代出生的跨時代及戰後第一代，屬於李崠山事件的孫代，他們皆無日語教育經驗，回憶內容為三次戰役，來源出自父代轉述，少數人聽過祖代親述，Tali' Behuy 與 Hola Yumin 甚至能細述第三次對基那吉群的作戰。至於尖石前山的反抗抗，官大偉和筆者的受訪者都未提起。

事實上有關前山的抵抗，楊緒賢論文、古蒙仁、陳銘磻皆有涉及，本文借助下列研究，說明它們作為「李崠山事件先導戰役」的性質。林一宏有關一九〇九年內灣上坪隘勇線的研究，指出尖石前山戰役對奪下李崠山制高點的戰略意義：加拉排、尖石、內橫屏山至上坪溪的隘勇線建置時，遭到加拉排群、美卡蘭群（Mekarang）激烈抵抗，大漢溪方面的卡奧灣群也前來聲援，大小戰鬥不絕。九月，新竹、桃園兩廳警察隊聯手才攻佔油羅山高地，

---

68 同上註。掩堡，指戰壕。

69 官大偉，《李崠山事件》，頁64。

串連自馬武督（今關西鎮）至上坪溪的隘勇線。藉此切斷內灣前山諸部落與後山馬里光群的聯繫，取得通往李崠山制高點的西北方通道，迫使加拉排社於一九一〇年屈服[70]。

劉澤民有關一九一〇年內灣溪上游隘勇線的研究，也詳述該線的先導功能。他指出該線推進的目標如下：第一到六次，與前一年修築的帽盒山隘勇線相連，並從武羅灣沿內灣溪上游南岸，延伸到李崠山與鳥嘴山間的鞍部；第七次，在田勝台、茅原、中之島、上野山、拉號社等西側高地，配置大砲，強化火力網[71]。這七次的推進，為次年的李崠山隘勇線前進（1911年8月1日～1911年10月31日），確立了兵戰基地、補給線及戰略優勢。而李崠山制高點的奪下與碉堡建設，又為接續的馬里科灣隘勇線（1912年9月24日～12月17日）及基那吉隘勇線（1913年6月25日～8月2日）的推進，奠定基礎。

筆者認為，應將三條隘勇線推進期的衝突統稱為「第零次李崠山戰役」，藉此突出迄今為止被忽略的尖石前山族群的抵抗。前山抵抗的族群，包括屬於馬里光群的拉號社、西拉克社、鳥嘴山社等，澤敖列群的麥樹仁社、加拉排社等，以及霞喀羅群的野馬敢社，美卡蘭群的梅嘎浪社，基那吉群的馬胎社等等。

內灣溪上游隘勇線推進期間，大湖支廳長兼前進隊第二部隊隊長的飛田孫兵衛，於一九一〇年七月二十一日重傷，二十四日死亡。大湖支廳辦公室前設置昭忠碑，由佐久間總督親題「昭忠」碑額，內田民政長官撰文。稍早於七月九日，日方在拉號社、田勝台附近作戰時，還有新竹廳上野昌治巡查戰歿[72]。時至今日，尖石鄉仍沿用殖民政府命名紀念的上野山、飛田山、太田山等等，無言地憑弔日方功勳者。反觀那羅溪流域、油羅溪上游的泰雅族犧牲者，和更多未被當時媒介記錄的當地抵抗者呢？各社被迫屈服和遷徙的

---

70 林一宏、王惠君：〈從隘勇線到駐在所：日治時期李崠山地區理蕃設施之變遷〉，頁90。

71 劉澤民：〈「故新竹廳巡查五十嵐長輝外拾名之碑」與馬里柯灣原住民抗日事蹟探討〉，《臺灣文獻》683期（2017年9月），頁60-72。

72 參見，劉澤民：〈「故新竹廳巡查五十嵐長輝外拾名之碑」與馬里柯灣原住民抗日事蹟探討〉，頁48。柳書琴：〈井上伊之助《生蕃記》研究：隘勇線社會的風俗誌〉，頁125。

歷史，又該如何被銘記？

　　李崠山事件是否可逕稱為「李崠山戰爭」？筆者對此問題抱持肯定答案。吉野雍堂曾在文章中開宗明義指出「隘勇線前進」和「討伐」的功用不同，但性質相似，兩者交互為用。「前進」為陸軍野戰組織用語，隘勇線前進的目的是將綏服地納入普通行政區線內長期治理，討伐是一時性的膺懲，達成包納之後即可解除。佈署或討伐都由警察官執行，必要時出動軍隊。因此，雖未及戰爭規模，但性質上就是戰爭。譬如馬里科灣隘勇線推進時，前進隊便配置了事務部、非常通信所、現金前渡官吏派出所、物品倉庫等陸軍機關，有功人員經蕃務本署調查確認後，舉行一年一度聯合論功行賞，比照國際戰爭的規格給予褒揚，戰歿者合祀在靖國神社，並予遺族撫卹[73]。吉野雍堂對一九一〇年代日本讀者的解說，不意在百年後成為了泰雅族歷史的證言。

　　本節透過文獻與口述的比對，使第四層位尖石鄉耆老的漂流記憶獲得確認和定位，也試圖使被遺忘於集體記憶之外混沌不明的前山抵抗記憶略微浮現，並經由層位分析，發現「後李崠山世代」（子代）在主體記憶的保存傳遞上，無論在一九七〇年代或二〇〇年以後，都發揮了關鍵性的影響。李崠山事件在千禧年前後被政府正視，事隔九十年子代和孫代的耆老對於事件的記憶已逐漸風化，所幸經由五個記憶層位的逆讀確認，李崠山事件無疑是一場戰爭。第零次戰役，只是本文的分析用詞，希望藉此有助於揭露前山人的抵抗經驗。在二〇一九年尖石民族實驗國中、嘉興民族實驗國小、新樂民族實驗國小、葛菈拜民族實驗小學等前山四校，積極推動民族實驗教育的此刻，新的歷史傳播媒介──實驗教育，應能透過泰雅族銀少共創，開展「李崠山事件」的主體詮釋，實踐「減少種族不平等」的SDGs精神。

六　結論

　　本文嘗試透過不同時代、屬性、大眾性程度不一的印刷媒介，透過層位

---

[73] 吉野雍堂：〈李崠山本部より（一）〉，《蕃界》第1卷（1913年1月），頁108-111。

結構的觀察法，梳理尖石鄉泰雅族李崠山集體記憶的形態，並歸納出從上而下的五個記憶層位（圖十一），以下逐項說明。

尖石鄉李崠山事件集體記憶層位圖

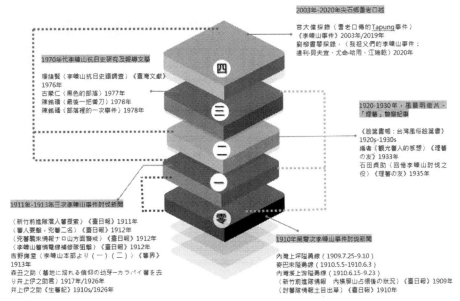

圖十一　尖石鄉李崠山事件集體記憶層位圖

　　第四層位為官大偉等人執行「原住民部落重大歷史事件調查計畫」期間（2003年訪錄／2019年出版），挖掘和公佈的耆老記憶；以及筆者在二〇二〇年訪錄的「我祖父們的李崠山故事」。

　　第三層位為一九七〇年代李崠山抗日史論著及報導文學，包括楊緒賢等第一代研究者對李崠山戰役的調查，以及三篇尖石鄉地方書寫〈黑色的部落〉、〈最後一把番刀〉、〈部落裡的一次事件〉。

　　第二層位為一九二〇至一九三〇年代官製記事和觀光商品壓倒當地人記憶的時期。本文分析隱身於視覺圖像中的帝國之眼，同時對《理蕃之友》中的官員記事進行批判性閱讀。

　　第一層位為一九一一至一九一三年間官方利用《臺灣日日新報》和《討蕃記念寫真帖》，對三次李崠山戰役的報導和影像記錄。

　　第零層位為總督府在一九〇九至一九一〇年間為啟動李崠山戰役，在前山兩翼推進內灣上坪隘勇線、油羅山隘勇線、內灣溪上游隘勇線，而在《臺灣日日新報》上留下的報導。

　　殖民者與被殖民者的關係本質是社會凶殘與文化抹黑，因此釐清歷史記憶與帝國主義的關係是必要功課。本文採用後殖民批評，一方面透過對既有符號、形式與媒介的重看（revisioning），包括新聞記事、編導式攝影、口傳故事、報導文學、口述歷史；另一方面，透過記憶層位的梳理與對位閱讀，探討記憶與政治在特定脈絡下的生產關係和效應。

　　李崠山事件，是一場牽延多年、跨州廳的北臺山地戰爭。目前學界指涉的李崠山事件，著重一九一一至一九一三年間的三次大規模衝突，本文肯定這樣的觀點，但呼籲給予前山抵抗史更多重視。臺灣山地歷史的解殖工作，必須從帝國歷史敘述和話語的破壞做起。本文挪用以隘勇線前進作為李崠山三次戰役論述的邏輯，亦即挪用主導李崠山戰役定義的帝國話語，增加第零層位的史料挖掘與定義，將此戰爭至遲從一九〇九年即已開始的事實指明出來。透過尖石鄉的案例，可以印證學者藤井志津枝、近藤正己等人的「殖民地山地戰爭」主張[74]。看見不同媒介如何各自記憶或抹消這場戰爭，不同媒介和層位之間又有怎樣複雜的辯證、浮沉與交錯。

　　在李崠山集體記憶百餘年的累積中，有將近九十年（1913-2003）的層位不在尖石當地，非由當地人的媒介記錄，是漂流在他者文化版圖中的記憶。這些記憶直到擁有「主體敘史能力的世代」出現，輔以政策機制和轉型正義，才有統整詮釋的契機。記憶的回家，經過「橫的移植」，對讀、逆寫、主體補述為必要步驟。主體重塑「縱的繼承」，將多源的記憶層位清理，容納到民族記憶之中，才能逐漸轉換為批判性資源。

——原刊於《臺灣文學學報》第三十七期（2020年12月）

---

74 近藤正己：〈臺湾における植民地軍隊と植民地戦争〉，坂本悠一編：《帝国支配の最前線：植民地》（東京市：吉川弘文館，2015年），頁44-74。藤井志津枝：《日治時期臺灣總督府理蕃政策》（臺北市：文英堂出版社，1997年）。

徵引文獻

一　專書

やまと新聞臺灣支局編　《臺灣週遊概要》　臺北市　成文出版社有限公司　1985年複刻本　1927年出版

二松啟紀著、郭清華譯　《繪葉書中的大日本帝國》　臺北市　麥田出版股份有限公司　2020年

井上伊之助　《生蕃記》　東京市　警醒社書店　1926年

日本旅行協會臺灣支部編　《臺灣鐵道旅行案內・昭和十四年版》　臺北市　日本旅行協會臺灣支部　1939年

古蒙仁　《黑色的部落》　臺北市　時報文化　1978年

全國中等學校地理歷史科教員協議會編　《臺湾省臺湾旅行報告》（一）、（二）　臺北市　成文出版社有限公司　1985年複刻本　1932年出版

成田武司編　《臺灣生蕃種族寫真帖（附：理蕃實況）》　臺北市　成田寫真製版所　1912年

坂本悠一編　《帝国支配の最前線：植民地》　東京　吉川弘文館　2015年

佚名　《絵葉書帳：臺湾風景絵葉書》　臺北市　赤崗兄弟商會發行　年份不詳　現藏於京都國際日本文化研究中心圖書館

李資深編　《臺灣案內》　臺北市　成文出版社有限公司　1985年複刻本　1931年出版

官大偉　《李棟山事件》　新北市　原住民族委員會　2019年5月

林修澈　《臺灣原住民部落事典》　新北市　原住民族委員會　2018年5月

陳銘磻　《大地阡陌路》　臺北市　業強出版社　1990年

陳銘磻　《最後一把番刀》　新竹市　新竹市立文化中心　1993年

張良澤、高坂嘉玲合編　《日治時期（1895-1945）繪葉書：臺灣風景明信片（全島卷）》　新北市　國立臺灣圖書館　2013年

張洋培、林瓊柔　《原住民部落重大歷史事件：李棟山事件研究》　臺北市
　　行政院原住民族委員會　2003年

傅琪貽　《日本統治時期臺灣原住民抗日歷史研究──以北臺灣泰雅族抗日
　　運動為例》　北京市　團結出版社　2015年6月

遠藤寬哉、岡野才太郎　《臺灣蕃族寫真帖》　臺北市　遠藤寫真館　1911年

臺灣日日新報　《大正二年討蕃記念寫真帖》　臺北市　臺灣日日新報社
　　1913年

藤井志津枝（傅琪貽）　《日治時期臺灣總督府理蕃政策》　臺北市　文英
　　堂出版社　1997年

臺灣總督府警務局理蕃課原編，陳連浚、黃幼欣、陳瑜霞編譯　《理蕃之友
　　中文初譯本・第一卷》　新北市　原住民族委員會　2016年5月

臺灣總督府警務局理蕃課原編，陳連浚、黃幼欣、陳瑜霞編譯　《理蕃之友
　　中文初譯本・第二卷》　新北市　原住民族委員會　2016年

Maurice Halbwachs著，畢然，郭金華譯　《論集體記憶》　上海市　上海人
　　民出版社　2002年

二　論文

（一）期刊論文

王恭志　〈新竹泰雅族勇士參與李棟山事件歷程分析及其對鄉土教育的啟
　　示〉　《竹縣文教》第44期　2013年12月　頁79-83

林柏燕　〈前進李棟山〉　《新竹文獻》第13期　2003年8月　頁6-33

林一宏、王惠君　〈從隘勇線到駐在所：日治時期李棟山地區理蕃設施之變
　　遷〉　《臺灣史研究》第14卷第1期　2007年3月　頁71-137

柳書琴　〈井上伊之助《生蕃記》研究：隘勇線社會的風俗誌〉　《臺大文
　　史哲學報》第92期　2019年11月　頁117-161

姜義鎮　〈李棟山古戰場〉　《新竹文獻》第13期　2003年8月　頁34-47

梁廷毓　〈凝視下的破口：鳥居龍藏的臺灣原住民攝影中之違抗面孔〉
　　《原住民族文獻》第34期　2017年10月　頁68-85

黃榮洛　〈李棟山方面前進記（明治四十四年，1911）〉　《新竹文獻》第
　　　　13期　2003年8月　頁48-57

楊緒賢　〈李棟山抗日史蹟調查〉　《臺灣文獻》第27卷第4期　1976年12
　　　　月　頁87-95

劉澤民　〈「故新竹廳巡查五十嵐長輝外拾名之碑」與馬里柯灣原住民抗日
　　　　事蹟探討〉　《臺灣文獻》第68卷第3期　2017年9月　頁60-72

劉智濬　〈陳銘磻的生命原鄉追尋〉　《臺灣文學研究》第4期　2013年6月
　　　　頁208

錢今昔、王星　〈文化地理學的主題與過程研究〉　《人文地理》第4卷第2
　　　　期　1989年2月　頁47-51

（二）學位論文

　　蔡政惠　《戰後臺灣作家文學中的「原住民族書寫」：自1945到1987》
高雄市　中山大學中國文學系博士論文　2015年1月

三　雜誌文章

石田貞助　〈回憶李棟山討伐之役〉　《理蕃の友》第4年10月號　1935年
　　　　10月

吉野雍堂　〈李棟山本部より（一）〉　《蕃界》第1卷　1913年1月　頁
　　　　108-111

吉野雍堂　〈李棟山本部より（二）〉　《蕃界》第2卷　1913年3月　頁75-
　　　　78

淺野義雄　〈理蕃之友創刊祝詞〉　《理蕃の友》創刊號　1932年1月　頁4

四　報紙文章

無著撰人　〈蕃人の密告〉　《臺灣日日新報》1907年7月2日　第2版

無著撰人　〈新竹前進隊情報，內橫屏山占領後の狀況〉　《臺灣日日新
　　　　報》1909年8月12日　第2版

無著撰人 〈討蕃隊情報土目出草〉 《臺灣日日新報》1910年7月5日 第2版

無著撰人 〈新竹前進隊情報〉 《臺灣日日新報》1911年8月14日 第2版

無著撰人 〈新竹前進隊潛入蕃搜索〉 《臺灣日日新報》1911年10月7日 第2版

無著撰人 〈蕃人要擊，兇蕃二名〉 《臺灣日日新報》1912年3月28日 第2版

無著撰人 〈兇蕃襲來情報ナロ山方面警戒〉 《臺灣日日新報》1912年9月18日 第1版

無著撰人 〈李崠山蕃情電線補修隊狙擊〉 《臺灣日日新報》1912年10月1日 第2版

無著撰人 〈タケジン支隊の動靜，蕃地縱斷と各要害の占領〉 《臺灣日日新報》1913年8月2日 第2版

無著撰人 〈佐久間總督の凱旋〉 《臺灣日日新報》1913年9月6日 第2版

無著撰人 〈觀光蕃人的感想（新竹報）〉 原刊載於《理蕃の友》第2年3月號 臺北市 理蕃の友發行所，1933年3月

五 電子媒體

國立臺灣圖書館 日治時期期刊影像系統：寫真資料庫http://stfj.ntl.edu.tw/cgi-bin/gs32/gsweb.cgi/login?o=dwebmge 2019年11月8日

國立臺灣圖書館 日治時期期刊影像系統：寫真資料庫 https://reurl.cc/bRLnyX 2020年12月20日

國家圖書館 臺灣記憶系統 https://tm.ncl.edu.tw/index 2019年11月1日

國家圖書館 臺灣記憶系統 https://tm.ncl.edu.tw/index 2020年12月20日

國立臺灣大學圖書館 日治時期繪葉書資料庫https://dl.lib.ntu.edu.tw/s/postcard/page/Home 2020年10月8日

六　其他

徐榮春　〈新竹縣尖石鄉嘉興國小辦理泰雅族Nahuy小學實驗教育課程計畫
　　　書〉　嘉興國小學校內部文書

Tali' Behuy（達利・貝夫宜）口述，劉柳書琴紀錄　〈我祖父們的李崠山事
　　　件〉　2020年2月25日　尖石國小

Yumin Hayon（尤命・哈用）口述　劉柳書琴紀錄　〈我祖父們的李崠山事
　　　件〉　2020年1月18日　新竹縣尖石鄉玉峰村宇抬（Ulay）部落

Hola Yumin（江瑞乾）口述　劉柳書琴紀錄　〈我祖父們的李崠山事件〉
　　　2020年1月19日　竹東車站附近

冷戰、反共時代下的地方娛樂場所
—— 從印尼僑領章勳義談新竹關東橋介壽堂戲院[*]

黃美娥[**]、魏亦均[***]

摘要

　　一九四九年十月共產黨建立中華人民共和國，同年十二月國民黨政府全面撤退臺灣；自此，臺灣不僅被視為反共復國基地，同時也成為數百萬海外華僑心中念茲在茲的自由祖國。而一九六〇年由印尼僑領章勳義籌資興建的新竹關東橋介壽堂戲院，實際上正是在國共內戰與世界冷戰局勢下所共構的政治景觀與娛樂場所。對此，本文一方面考查章勳義來臺背景，另一方面則爬梳新竹關東橋介壽堂戲院「無中生有」的歷史進程，並嘗試以此為經緯，說明看似只是「地方型」的娛樂場所，背後卻隱含戰後臺灣涉入冷戰、反共體制的複雜網路，以及新竹地方文化的世界脈絡。大抵，本文所析不僅攸關一個過去提供軍民觀影娛樂的地方老戲院個案研究，從中亦能一窺新竹區域研究在全球化脈絡下「以小見大」的可能路徑，以及透過在地／跨國研究張力所衍生的方法論意義。

關鍵詞：新竹　介壽堂戲院　章勳義　冷戰　反共　華僑

* 本文原發表於清華大學華文文學研究所主辦「歷史風華與文藝新象：第四屆竹塹學國際學術研討會」，二〇一九年十一月八～九日，會中承蒙清華大學環境與資源學系江天健教授擔任講評，提供寶貴修改意見；另撰稿之際，亦蒙新竹市文化局文獻小組吳慶杰委員多所指點，以及與章勳義合資經營戲院之王晉京家屬王淑娥女士、王炎宏、王榮宏先生接受訪談，於此一併致謝。
** 國立臺灣大學臺灣文學研究所教授。
*** 國立臺灣大學臺灣文學研究所博士候選人。

一　前言

　　一九四九年十月共產黨建立中華人民共和國，同年十二月國民黨政府全面撤退臺灣；臺灣不僅因此被視為反共復國基地，同時也變成數百萬海外華僑心中念茲在茲的自由祖國。而一九六〇年代由印尼僑領章勳義所籌資興建的新竹關東橋介壽堂戲院，實際上正是在國共內戰、冷戰與反共局勢下所共構的政治景觀與娛樂場所。

　　關於「關東橋」這個地名，其實不只是新竹人耳熟能詳，因為在被劃入科學園區用地之前，此處曾是中華民國陸軍步兵第二〇六師「威武部隊」篤行營區所在地，是早年陸軍新兵重要訓練中心，甚且還有「血濺車籠埔，淚灑關東橋」威名在外，因此對於全臺許多在此受訓的陸軍士兵而言，無疑留下終身難忘的記憶。不過，若是在一九六〇年代到九〇年代之間，曾有機會駐足於此的士兵和寓居鄰近之住戶，對往昔在光復路和介壽路轉角路口，有過風光時刻的介壽堂戲院也必然不陌生，因為這裡曾被視為新竹地區屬一、屬二的戲院。[1]至於戲院的誕生，不僅為附近軍民帶來欣賞電影的樂趣，其「介壽堂」命名背後更蘊含著強烈效忠領袖的愛國意識。那麼，介壽堂戲院在新竹文化史或臺灣戲院發展史上，究竟扮演著怎樣的角色？介壽堂戲院的出現，又是如何輻輳當時反共的政治表述，並輻射出臺灣在戰後冷戰體制中的重要性？

　　目前許是囿於相關文獻史料的缺乏，有關新竹介壽堂戲院的論著仍相當匱乏，而與本文所要展開議題最直接相關的，主要是葉龍彥、吳慶杰的研究成果。首先，葉氏在《新竹市電影史》、《新竹市戲院誌》中，[2]指出新竹介壽堂戲院的設立，是由於「當時在部隊裡缺乏大型活動場地或電影院，軍人休假看影都必須大老遠跑到市區。於是在附近居民與阿兵哥的相互期盼下，

1　詳參吳慶杰：〈關東橋介壽堂戲院興衰史〉，《竹塹文獻雜誌》第23期（2002年4月），頁59。

2　詳參葉龍彥：《新竹市電影史》（新竹市：新竹市立文化中心，1996）、葉龍彥編：《新竹市戲院誌》（新竹市：新竹市立文化中心，1996年）。

軍民合作在民國六十五年[3]興建了一座大型電影院」的背景因素；[4]並且言及
「放映的影片都屬二、三輪的拷貝，因此票價比新竹市區的戲院便宜一半左
右，也流行著兩片聯映的薄利多銷方式」，[5]使我們對於戲院的經營模式有了
基本的理解。相較於葉龍彥透過史料、田野調查方式建構介壽堂戲院情形，
吳慶杰則從自身的成長經驗出發，一方面透過關東橋地名的由來與相應的地
緣、歷史關係，重新脈絡化介壽堂戲院與新竹之間的共榮興衰；[6]另一方
面，也重新指出介壽堂戲院應是興建於民國四十九年而非民國六十五年的謬
誤。[7]但最重要的是，吳慶杰還揭露了介壽堂戲院乃由印尼歸國華僑所籌資
興建，這不僅為新竹介壽堂戲院研究帶來全新的視野，同時也有助於我們深
化、重構介壽堂戲院在臺灣戲院史上的定位。

　　回顧上述從《新竹市電影史》到〈關東橋介壽堂戲院興衰史〉的研究進
程，葉龍彥雖嘗試定位介壽堂戲院在新竹戲院／電影發展史中的文化意義，
但可能受限於文獻史料不足，或為了突顯新竹本位，因而更加看重戲院／出
資者與新竹的地緣關係和發展過程中的繼承、演進現象。換言之，他明顯較
為強調有樂館、大國民戲院、新世界戲院、新竹戲院等，現今或仍存在，或
屬於較大型之戲院對於新竹人文、電影娛樂的影響，連帶對於介壽堂戲院著
墨鮮少。至於吳慶杰，由於獲得介壽堂戲院經營者後代提供的寶貴資訊，[8]
因此能夠掌握戲院是由章勳義和王晉京合資之重要線索，不過其文主要是以

---

3 葉龍彥另在《臺灣戲院發展史》中將介壽堂戲院的設立時間是一九九六年，應該有誤。
　詳參葉龍彥：《臺灣戲院發展史》（新竹市：新竹市影像博物館，2001年），頁197。

4 〈介壽堂〉，收入葉龍彥編：《新竹市戲院誌》，頁17。

5 〈介壽堂〉，收入葉龍彥編：《新竹市戲院誌》，頁17。

6 詳參吳慶杰：〈關東橋介壽堂戲院興衰史〉，《竹塹文獻雜誌》第23期（2002年4月），頁
　58-61。吳慶杰：〈關東橋地名的由來〉，《竹塹文獻雜誌》第32期（2005年1月），頁48-
　53。

7 另，根據筆者的訪談結果，新竹關東橋介壽堂戲院確實興建於一九六〇年。詳參後文。

8 筆者請教吳慶杰先生而知悉。又，撰稿期間承蒙吳先生許多指點，並介紹十七歲時曾
　在介壽堂戲院擔任售票人員，現年七十歲的曾盈華女士受訪，裨益本文進行，在此一
　併致謝。

地方性的視野描繪介壽堂戲院的歷史，因此並未進一步追究被稱為「反共鬥士」的章勳義的身分歷史與文化資本積累，以及為何身為印尼華僑，卻遠道而來選擇在新竹關東橋地區蓋起介壽堂戲院的緣由？於是，更多的疑問，引發本文想要重探這座戲院的身世，並設法釐析介壽堂戲院背後涉及冷戰、反共、華僑資本三者之間錯綜複雜的跨國網路問題。

有鑑於此，以下擬以介壽堂戲院為節點，展開向內並同時向外串接起新竹與臺灣、臺灣與世界間的跨國路徑及相關文化政治的討論。首先，本文將透過《中央日報》、《徵信新聞報》等報刊與《反共鬥士章勳義》傳記史料，一方面廓清章勳義由印尼轉進臺灣的背景與後來在臺情況；另一方面則以此為基礎，勾勒僑領章勳義被建構、認識、接受的個人形象；接著，再以此為經緯，重新詮釋介壽堂戲院於戰後臺灣電影院的座標景觀。而為了重新說明看似只是「地方的」介壽堂戲院，實則折射出籠罩在冷戰與反共的世界視野，本文擬將論述視角由「戲院」轉為「場所」，希望藉此能更細膩傳遞「介壽堂戲院」開設的時代特殊意義。

所謂的場所，在中文的語脈即是指活動的處所，[9]從字面意義來看即是指活動發生的地方與空間，但諾伯舒茲（Christian Norberg-Schulz）在《場所精神》中，衍伸海德格（Martin Heidegger）「定居」（dwelling）的概念，將「人要定居下來，他必須在環境中能辨識並與環境認同」，且「必須能體驗環境是充滿意義」的觀念與「場所」結合並建立新的關係。[10]這也促使我們重新追問，對於歸僑子弟而言，「回歸」自由祖國究竟是返家？還是離散？尤其是，後來許多因為戲院的興建、經營，而選擇直接寓居落戶在戲院旁的他們而言，究竟是一個娛樂場所？抑或是凝聚、再現他們對於「家」的渴望與想像？意即，介壽堂戲院除了作為一個慰勞軍人、在命名上傳達效忠蔣介石愛國心境的娛樂場所、政治場景外，又如何體現戰後臺灣不同移居社群認同的焦慮、失落或落地生根等有待深掘的議題。因此，透過「場所」所

9　漢語大詞典編輯委員會：《漢語大詞典・第二卷》（香港：三聯書店，1988年），頁1149。
10　諾伯舒茲：〈前言〉，收入諾伯舒茲著、范植明譯：《場所精神》（臺北市：田園城市文化，1995年），頁5。

牽引出理論視野，或能為我們提供觀看介壽堂戲院的新見解，並有助於我們跳脫以戲院作為單一論述視角的可能遮蔽。此外，為了更有效地回應上述所提種種問題，本文在研究方法上也將結合口述訪談的路徑，嘗試廓清與介壽堂相關的迷霧，並拓展研究議題，以求裨益彰顯「介壽堂戲院」本身重層而繁複的跨國網路與政治表述。

簡言之，本文針對介壽堂戲院的再考察，要說明的不僅攸關一個地方型老戲院的個案研究，或是這個戲院與軍營之間的共生、共構狀態，又或是反共時期新竹地方百姓日常生活娛樂的顯影，還會更進一步涉及冷戰時代華僑跨國逃難，設法在自由中國落地生根的歷程，相信這也有助提供區域研究在全球化脈絡下「以小見大」的可能路徑。

二 印尼僑領章勳義及其被逐事件

一九六〇年由印尼僑領章勳義發起合資興築的介壽堂戲院，最主要的目的、功能是為了服務、慰勞在新竹關東橋服役的軍人，此點在葉龍彥、吳慶杰論著中，已明確說明。不過，我們必須更加審視戲院的出現，和其置身冷戰、反共特定歷史時空與政經環境的密切關係，乃至於選擇採取「介壽」命名等，所輻射出的文化政治意涵，實際已遠遠超越「地方戲院」所指涉的意義範疇。

我們先從章勳義以「介壽」為戲院命名一事來看。此舉不僅反應國民黨政府退守臺灣的時代背景，或蔣中正被視為凝聚反共勢力的精神象徵；事實上，章勳義也同時藉由介壽堂戲院重新定義、定位自身在臺灣的身分。與此呼應的正是諾伯舒茲在《場所精神》中所強調場所的形構，除了涉及人與環境之間的需求關係外，也包括人對此地的認同情感如何被建構與實踐的觀點。[11] 在此情境下，身為從印尼「歸國」的愛國僑領章勳義而言，在臺灣宣示反共復國的忠心自是重要，因此創設一座名為「介壽堂」的戲院，無疑是

---

11 詳參諾伯舒茲：〈第一章場所？PLACE？〉，收入諾伯舒茲著、范植明譯：《場所精神》，頁6-22。

一種服膺領袖、擁護中華民國的愛國行為,更是想要認同臺灣的心理展現。只是,章勳義為何會從印尼來到臺灣,並遷徙於此?且又要如何在人生地不熟的自由祖國/自由中國/臺灣「定居」,真正找到安身立命之所?我們顯然需要進一步關注章勳義離開印尼、定居臺灣,乃至後來投資戲院,或在臺從事其他發展的生命軌跡。

實際上,一九五四年印尼僑領章勳義遭印尼政府驅逐出境後,到定居臺灣的過程中,不僅在當時的臺灣、印尼造成莫大的爭議,馬來西亞、菲律賓與美國等國的海外華僑也紛紛給予聲援。[12]那麼,章勳義事件發展的始末與意義為何?何以章勳義何能獲得各界的關注、資助?他後來又怎樣展開在臺灣投資事業,以及籌建介壽堂戲院呢?

首先,我們必須先將論述的視野聚焦在一九四五年脫離日佔後,旋即宣告獨立的印尼共和國。從華人離散或經濟史的角度來看,選擇或被迫從中國出走到東南亞或世界各地的華人,多數都渴望能藉此改善原先困厄的生活,而華人以成群結隊、組織公會的形式在僑居地展開經商、從事勞務的景觀,便成了世界華人最主要的圖像之一。[13]而一九三八年同樣以華人為主要訴求的亞弄公會,便是當時印尼橫跨戰前與戰後最重要的華人商會與五大僑團之一,儘管亞弄公會從未獲得任何官方的資源與支持,但卻集結了「三千多家華僑雜貨商店」的規模,[14]不僅發揮了不可小覷的影響力,在當時的印尼也有著舉足輕重的地位。[15]至於領導亞弄公會,走過日殖與戰後獨立不穩定的局勢的領導者,便是章勳義。[16]但,章勳義何以能在印華雜處,甚或是華人

---

12 中央社:〈旅居菲泰華僑聲援章勳義〉,《中央日報》1954年10月13日。紐約廿八日合眾電,〈美國人的正義感自由聯盟函杜卿要求對章勳義給予政治庇護〉,《聯合報》1954年10月29日。

13 戴鴻琪:《印尼華僑經濟》(臺北市:海外出版社,1956年),頁89。

14 陳恩成編:《反共鬥士章勳義》(臺北市:國際書局,1956年),頁65。

15 陳恩成編:《反共鬥士章勳義》,頁65。

16 依據張道藩為《反共鬥士章勳義》所寫序文,可知章勳義尚曾當選洪義順公會主席。又,此序尚言及出生廣東梅縣的章勳義,因為廣東是革命基地而培養對三民主義的信心和始終反共的意志,以及十七歲前往印尼奮鬥成為僑領的生命歷程。

並未取得任何優勢的印尼政經環境中受到重視、發揮號召力量？從結論來看，關鍵的因素都與「抗日戰爭」有關。[17]先從遠因來說，一九三七年中國爆發抗日戰爭，中國內部歷經晚清八國聯軍等內憂外患後，人力、軍事與財政早已民窮兵疲；於是，遠在海外的章勳義除了一方面透過公會等組織提供奧援外，同時也「創辦劇團、四處籌款，捐助祖國的抗日戰費」；[18]而由這個遠因所引來近果就是，一九四二年日本南進印尼後，章勳義旋即被日軍逮捕，並「在集中營囚禁了三年多」。[19]章勳義的遭遇，在後來往往被視為「因為愛國而遭牢獄之災」，[20]也因此受到印尼與當地華人的重視與尊重。

　　章勳義的「愛國」之舉，首先說明了其反殖、反帝的信仰與理念，再者則體現了其對印尼這塊土地／國家的情感。因此，一九四九年印尼宣告脫離荷蘭統治而獨立之初，亞弄公會立即表達「擁護獨立的新邦」的主張，[21]不僅積極配合新國家的成立與建設，「政府一切糧食糖食等日用必需品，乃由公會領得配給各區，轉發各會員商人零售，供應椰城兩百餘萬的人口」。[22]亞弄公會與「印尼政府密切合作」的表現，[23]說明章勳義所領導的亞弄公會，不單只是華商之間民間性／區域性的活動或組織，同時也呈現了其深入印尼，並且扮演著連結民間與政府、華人與印尼人、印尼與世界的重要橋樑，同時也對戰後印尼政經發展有著明顯介入的事實。[24]

　　到了一九四九年印尼獨立之際，章勳義的祖國「中國」由於政權的鬥爭分歧，形成中國大陸由共產黨把持，而國民政府則退守臺灣以待來日的反共復國分治情勢。這使得章勳義、亞弄公會，與印尼政府之間產生了分歧。一九五○年印尼政府正式承認中共政權，並聯合中共在印尼舉辦一連串「慶

17　陳恩成編：《反共鬥士章勳義》，頁65。
18　陳恩成編：《反共鬥士章勳義》，頁64。
19　陳恩成編：《反共鬥士章勳義》，頁64。
20　陳恩成編：《反共鬥士章勳義》，頁64。
21　陳恩成編：《反共鬥士章勳義》，頁65。
22　陳恩成編：《反共鬥士章勳義》，頁65。
23　陳恩成編：《反共鬥士章勳義》，頁65。
24　陳恩成編：《反共鬥士章勳義》，頁65。

祝」活動。對此，五大僑團中，有些商會因此分裂、停擺，但「亞弄公會就明標反共的旗幟，毅然拒絕參加那所謂『中印建交』的慶祝」，[25]於是亞弄公會因此成為當時印尼最大的反共華人組織，而當時的主席章勳義，便成為中共與親共的印尼政府首要打擊對象。

在印尼政府的支援下，中共開始透過《生活報》、《新報》以「挑撥離間，威脅利誘」的方式「發動對于亞弄公會主席的攻勢」，[26]指控章勳義「違背會員意志及利益，背叛祖國人民政府」，[27]希望透過輿論的方式將章勳義及其勢力連根拔除。面對共產黨「要赤化印尼，必先控制全印尼華僑社會」的「瘋狂計畫」，[28]章勳義除了幾次透過《天聲報》聲明自身反共的立場，也藉此提醒大家「共產走卒顛倒黑白」，亞弄會員們應該「同心協力以對付共黨走卒的造謠挑撥」。[29]事件之初，雖有不少華僑與團體抱持觀望局勢的態度，但以章勳義為首的反共勢力基本上未見動搖，直自一九五三年親共的佐第接任法務部長後，印尼的政經與反共局勢「顯然就大大不同了」。[30]佐第上任後，專事外僑事務的移民廳，旋即以有民眾檢舉章勳義「組織非法團體，陷害僑胞，妨礙地方治安」為由傳訊章勳義，[31]歷經數個月後，印尼政府宣告「將於十日內將反共的華僑章勳義遣回大陸」。[32]面對印尼政府的制裁，章勳義始終強調「我沒有做任何違犯印尼憲法或損害印尼國家的事情」的立場，並主動表達「司法當局能找出我犯罪的具體證據，我願自動離開印尼。可是如果他們蔑視人權和國際慣例而逼迫我向朱毛匪幫投降，那麼我寧願死在印尼的土地上」。[33]同時，臺灣「立法院和華僑就及聯合總會已開始

25　陳恩成編：《反共鬥士章勳義》，頁65-66。

26　陳恩成編：《反共鬥士章勳義》，頁66。

27　陳恩成編：《反共鬥士章勳義》，頁68。

28　陳恩成編：《反共鬥士章勳義》，頁67。

29　陳恩成編：《反共鬥士章勳義》，頁67。

30　陳恩成編：《反共鬥士章勳義》，頁109。

31　陳恩成編：《反共鬥士章勳義》，頁111。

32　陳恩成編：《反共鬥士章勳義》，頁112。

33　陳恩成編：《反共鬥士章勳義》，頁114。

採取營救」章勳義的辦法，[34]而散佈在世界各地的海外華人也紛紛「同伸義憤」，[35]積極主張釋放章勳義，不應將其遣送到赤化的中華人民共和國去。

最終，儘管印尼政府拿不出章勳義「組織非法團體，陷害僑胞，妨礙地方治安」的實質證據，章勳義也堅守「我既未犯法，更無罪狀，所以就拒絕在判決書上簽字」的立場，[36]但在法務部長佐第的執意下，章勳義被判以遭驅逐出境之刑名。[37]但，在印尼當地與海外華僑、人權團體不斷聲援，且直指印尼政府與中共藉此進行政治鬥爭，便是要殺雞儆猴以打壓、消滅海外的反共勢力的輿論與批判下，[38]印尼政府更動了原先將「驅逐本人送返匪區」的判決，[39]而權宜性地將章勳義「送回自由中國」。[40]而之後，得以順利來到臺灣的章勳義，其堅決反共的意志與理念，並沒有因此被打倒或消磨，反而更加堅定地在「繼續推動他的反共工作」。[41]

大抵，上述已就章勳義定居臺灣以前的背景，進行了簡要的勾勒。最後要附帶補充的是，章勳義在印尼時，除了曾以亞弄公會主席的立場，迎戰印尼政府與中共的壓迫外，還曾以國民黨「黨員」的身分，主持國民黨於一九五〇年九月三日「勝利節」在雅嘉達紅溪召開的支部紀念會，並在致詞時表示：「盼望自由中國堡壘的臺灣，即速反攻大陸，來解救正在水深火熱中的全國同胞，恢復他們的自由幸福。」[42]藉此，我們除了能確認、揭示章勳義在印尼時期，已具有國民黨黨員身分外，我們也得以明白章勳義回歸臺灣的背後，不僅是從印尼來到臺灣的跨「國」之行，同時還發現箇中也有勾連「國」民黨勢力朝海外跨越與部署等面向的議題。

---

34 陳恩成編：《反共鬥士章勳義》，頁121。

35 陳恩成編：《反共鬥士章勳義》，頁123。

36 陳恩成編：《反共鬥士章勳義》，頁151。

37 陳恩成編：《反共鬥士章勳義》，頁151。

38 雷武球：〈匪特操縱的章勳義案〉，《中國一周》第238期（1954年11月15日），頁33。

39 陳恩成編：《反共鬥士章勳義》，頁151。

40 陳恩成編：《反共鬥士章勳義》，頁140。

41 陳恩成編：《反共鬥士章勳義》，頁140。

42 陳恩成編：《反共鬥士章勳義》，頁68。

　　事實上，在此指出國民黨政府，曾經藉由華僑／僑務／章勳義實踐、推動跨國的反共工作，將有助於我們理解章勳義何以會在臺灣定居？和介壽堂戲院又是如何落腳新竹？以及介壽堂戲院此一娛樂場所，又是如何體現章勳義「繼續推動他的反共工作」[43]等一連串問題。

三　章勳義來臺之後與事業投資

　　經歷過被逐事件風波的印尼僑領章勳義，目前所見對其人的理解或評價，大多不脫「反共鬥士」、「反共僑領」說法，[44]而較少強調僑領章勳義的「黨員」身分，更未曾有論者指出章勳義來臺後慣以「商人」自居的現象。[45]然而，章勳義複雜多變的身分，恰恰提醒我們在追索章勳義如何發揮「僑」的政治支援、文化資本，繼而在臺灣定居並持續反共事業時，[46]我們不能忽略其「商人」性格與角色所發揮的效益；另外，我們也必須更謹慎地留意到，身為黨員的章勳義，其實與國民黨之間也存有多重矛盾關係。

　　一九五四年十二月章勳義被印尼驅逐出境，途經菲律賓後於同年十二月十七日「飛抵祖國」。[47]根據當時報載，章勳義返抵國門時，「臺灣各界代表千餘人於七時半即將松山機場龐大之候機室壅塞得水洩不通」，而章勳義甫下機、踏上自由中國的土地時，「『歡迎章大哥歸來』之呼聲，震澈雲霄」。章勳義見國人、僑胞熱情擁戴之盛況「竟不知所措，除頻頻揮手外，已熱淚盈匡」，並向記者表示「我將永遠不忘今日」。[48]如此看來，「章勳義事件」

43　陳恩成編：《反共鬥士章勳義》，頁140。

44　詳參張道藩：〈反共鬥士章勳義〉，收入陳恩成編：《反共鬥士章勳義》，頁1-3。

45　本報訊：〈共匪鬥爭目標第一就是商人章勳義向商界陳述〉，《中央日報》1954年12月31日。

46　陳恩成編：《反共鬥士章勳義》，頁140。

47　本報訊：〈反共僑領章勳義昨晚飛抵祖國各界千餘代表熱誠歡迎曾乘車在市區環行一週〉，《中央日報》1954年12月18日。

48　本報訊：〈反共僑領章勳義昨晚飛抵祖國各界千餘代表熱誠歡迎曾乘車在市區環行一週〉，《中央日報》1954年12月18日。

確實在當時的臺灣、僑界與自由或共產世界，造成相當程度的影響，故「自由祖國各界亦立即掀起『迎章』的熱潮」。[49]他也接受了當時僑務委員會委員長鄭彥棻、立法院院長張道藩、司法院院長王寵惠、教育部部長張其昀等政要的召見，甚至有專人為其出版傳記《反共鬥士章勳義》等情況，[50]而這背後可以看見國民黨收編、建構章勳義或「歸僑」的企圖與用心。

回顧章勳義來臺後，便先後被總統蔣中正、[51]行政院長俞鴻鈞、[52]三軍司令召見，[53]以及先後被高雄市、臺北市市長頒發榮譽市民，或被委派為僑務委員會委員、中華民國僑資生產促進會名譽理事長等現象來看，[54]章氏之所以能返抵「祖國」，並受到如此高規格的禮遇，其中很大的程度取決於國民黨的安排與政治性的操作。對此，陳恩成在《反共鬥士章勳義》序言中即指出，為章勳義做傳「立意不在讚揚個人」，[55]而是欲以章勳義及其抗日、反共最後被驅除出境的事蹟，借以「闡發忠貞愛國的義理，使足以激勵海內外明敏之士，勉同致力於反共建艱鉅；並以警惕頑懦，使知覺悟而自立互助」。[56]換言之，「迎章」現象背後的癥結，並非章勳義何以能擁有如此的名望，反而是國民黨究竟要如何回收、並再利用從海外被驅逐的章勳義文化資本的問題。

於是，次第檢視章勳義回臺後的經歷，我們不難發現章勳義來臺後，成了國民黨使臺灣與「大陸同胞」認識共產黨與自由祖國的途徑與方式。首先，章勳義回臺後第一個對外的公開行程，就是透過「自由中國之聲向大陸

---

49 陳恩成編：《反共鬥士章勳義》，頁148。

50 詳參陳恩成編：《反共鬥士章勳義》，書前有張屬生、俞鴻鈞、莫德惠、鄭彥棻題詞，張道藩作序，以及編者陳恩成自序。

51 中央社訊：〈蔣總統接見章勳義垂詢非法被逐經過各界昨日舉行盛會歡迎高市長頒發榮譽市民證〉，《中國時報》1954年12月23日。

52 本報訊：〈俞鴻鈞接見章勳義〉，《聯合報》1954年12月21日。

53 本報訊：〈章勳義訪三軍司令〉，《聯合報》1955年1月9日。

54 本報訊：〈僑資促進會宴勳義〉，《聯合報》1955年1月1日。

55 陳恩成：〈反共鬥士作者自序〉，收入陳恩成編：《反共鬥士章勳義》，頁6。

56 陳恩成：〈反共鬥士作者自序〉，收入陳恩成編：《反共鬥士章勳義》，頁6。

同胞廣播」，[57]章勳義在廣播中除了「概述印尼僑胞之反共鬥爭史實」外，[58]還開宗明義地指出，「自己為純粹商人，僑印三十六年，從不問商業以外之事，所謂『三反、五反、土改』實際全係謀財害命的勾當，而所謂『清算、鬥爭、新婚姻法』等等，摧毀固有文化的罪行，尤令人髮指。本人為愛國心之驅使，而與匪幫誓不兩立」的態度與立場。[59]且相隔數日後，章勳義又再以「我回到了自由祖國」為題，[60]向海外數萬的僑胞進行廣播，[61]並同樣強調自身「一個純粹的商人，旅居印尼前後已經有三十六年之久了。在那裡一向安分守法，營生樂業」的出身，卻無故遭受共產黨迫害的背景。[62]唯不同於前一次積極揭露共產黨的惡行，面對與自己同樣處境的僑胞，章勳義反而像是在向各界報平安似的，他說明「回到祖國之後，眼見祖國社會安定，經濟進步，政治修明，軍事力量壯大，民心士氣，都有極良好的表現」，且「只要時機一到，反攻復國的日子很快就會來臨了」，到最後也不忘呼籲要一起與「海內外同胞共同致力反共救國工作，來報效祖國」的心願與意志。[63]另外，就目前所見的資料來看，章勳義在接下來兩、三年的時間中，除了與僑團、救國團接觸，[64]或拜會當時的政要與高官外，[65]同時也展開全臺與離島考察、演講的工作，先後至少涉足東臺灣[66]、竹東[67]、頭份[68]以及離島金門

57　中央社：〈共匪利用外交便利迫害海外正義人士章勳義昨對大陸廣播〉，《中央日報》1954年12月21日。

58　中央社：〈共匪利用外交便利迫害海外正義人士章勳義昨對大陸廣播〉，《中央日報》1954年12月21日。

59　中央社：〈共匪利用外交便利迫害海外正義人士章勳義昨對大陸廣播〉，《中央日報》1954年12月21日。

60　中央社：〈我回到了自由祖國章勳義向僑胞廣播〉，《中央日報》1954年12月24日。

61　中央社：〈我回到了自由祖國章勳義向僑胞廣播〉，《中央日報》1954年12月24日。

62　中央社：〈我回到了自由祖國章勳義向僑胞廣播〉，《中央日報》1954年12月24日。

63　中央社：〈我回到了自由祖國章勳義向僑胞廣播〉，《中央日報》1954年12月24日。

64　中央社：〈救國團茶會歡迎章勳義〉，《中央日報》1954年12月24日。

65　中央社：〈監察院于院長歡宴章勳義〉，《中央日報》1954年12月31日。

66　中央社：〈反共僑領章勳義等在臺東講演〉，《中央日報》1955年2月14日。中央社：〈章勳義朱昌東東部考察反省沿途接受熱烈歡迎〉，《中央日報》1955年2月18日。

等地。[69]此外，也以僑務委員會委員的身分前往菲律賓、星加坡、馬來西亞、泰國、日本，以及美國等地考察僑情。[70]

整體而言，章勳義來臺前幾年間，無不積極發揮其遭印尼政府驅逐危機，以及身為「僑領」的反共政治文化資本，努力扮演著海外華僑與祖國同胞的橋樑。但頗堪玩味的是，國民黨任命章勳義為僑務委員會委員，[71]並特派其前往菲律賓與星馬等地，並不單純只是為了考察僑情或宣揚反共思想，主要的目的，反而要利用章勳義「商人」的特質與過去在僑界所經營的人脈網路，繼而更進一步地與海外「建立商業關係」，為反共事業尋找海外的金援。[72]

另外，就章勳義來臺後的反共工作進程看來，從宣揚反共思想到建置商業網路的轉折，實已突顯當時臺灣社會或反共事業最根本的難題：支持／維持反共事業的龐大資金，究竟要從何而來？再者，若將這一個問題縮小或放回到章勳義個人對象而言，一個無法忽略與迴避的問題是，因遭驅逐出境而無能處理財產，且「因印尼限制外匯，資金不易移出」情況下的章勳義，[73]要如何在臺定居，繼而順利落地生根？一言以蔽之，章勳義到底要如何透過反共事業來營生？

章勳義來臺後便曾以僑務委員會委員長、中華民國僑資生產促進會名譽理事長的身分拜會有關機與政要，[74]也曾參加全國工礦業[75]、全國商界代表[76]

67 中央社：〈章勳義昨赴竹東〉，《中央日報》1955年3月1日。

68 中央社：〈章勳義昨赴頭份〉，《中央日報》1955年3月2日。

69 中央社：〈章勳義金門慰僑暢談反共經驗與致勝秘訣〉，《中央日報》1956年2月9日。

70 中央社：〈章勳義赴菲考察僑情章勳義抵星〉，《中央日報》1956年5月15日。

71 中央社曼谷十五日專電：〈章勳義讚揚政府協助海外僑胞〉，《聯合報》1956年4月18日。

72 中央社：〈章勳義抵星〉，《中央日報》1956年5月15日。

73 陳恩成編：《反共鬥士章勳義》，頁52-153。

74 本報訊：〈僑資促進會宴章勳義〉，《聯合報》1955年1月1日。

75 本報訊：〈共匪三殺主義第一先殺商人全國商界代表昨歡宴章勳義章氏認為商人應該群起反抗〉，《中國時報》1954年12月31日。

76 本報訊：〈本省與印尼可進行貿易全國工礦業昨歡宴章勳義他主張派代表團前往調查〉，《徵信新聞報》1954年12月30日。

所舉行的餐會；由此可知，章勳義不僅對華僑在臺投資的處境相當關切外，同時也一面透過環島考察的方式，積極深入理解臺灣當地的產業結構，[77]甚至因此獲致投資的契機，繼而展開在臺的投資事業。例如，一九五五年章勳義即以一百萬的價格，收購臺鹼長年擱置的廠房，並將其改建為罐頭加工廠。[78]又，一九五七年二月章勳義投資設立的興華企業股份有限公司安平化工廠開幕，該工廠主要以生產殺蟲劑為主，並強調此產業「對臺灣農村必有所裨益」。此外，一九六〇年代初章勳義也曾在新竹山區從事開採硫礦、墾伐殘木的工程，[79]但最後此工程卻被相關人士揭弊，檢舉章勳義在包案與工程中，不僅私下饋贈紅包，還以比價發標不合理的形式發標，[80]而章勳義的相關爭議與弊端，也出現了「有不合規定者，被監察院經濟、僑政兩委員會提案糾正」情形，[81]雖然目前仍無法釐清此糾正案最後的結果，透過章氏日後在臺活動力與投資力的衰退，甚至在稍早的一九六〇年向國民黨政府提出《自由報》在臺復刊的申請也遭駁回等現象看來，我們可以合理推斷此際的章勳義，其人在臺的影響力已逐漸被削弱。[82]

　　回顧章勳義在臺的事業，雖有不少投資是「營業欠佳，而歇業與改組」，[83]但確實也為章勳義累積了不少財富，而一心「興華」的章勳義，在先前考察新竹時，「有鑑於湖口地方太枯燥，而戰士們的康樂活動又不夠普遍，為表示對國軍健兒一點敬軍熱忱，特捐出鉅資，在湖口建築一座現代化

77　本報訊：〈朱昌東章勳義將作環島訪問〉，《聯合報》1955年2月4日。

78　本報訊：〈臺鹼安平廠賣給章勳義〉，《中國時報》1955年5月27日。

79　本報訊：〈包工嫌涉盜伐林木警處查畢呈報內部監院認紅包係債務比價發標不合理〉，《中國時報》1962年6月6日。

80　本報訊：〈包工嫌涉盜伐林木警處查畢呈報內部監院認紅包係債務比價發標不合理〉，《中國時報》1962年6月6日。

81　本報訊：〈處理章勳義挖掘殘材案農廳林局措施欠當監院兩委會昨提案糾正〉，《聯合報》1963年5月24日。

82　章勳義：〈自由中國需要有一家華僑報紙：我申請「自由報」在臺復刊的幾點理由〉，《聯合報》1960年8月22日。

83　本報訊：〈包工嫌涉盜伐林木警處查畢呈報內部監院認紅包係債務比價發標不合理〉，《中國時報》1962年6月6日。

的影戲院」，[84]而一九五八年興建的捷豹戲院，便是章勳義「奉獻給戰士們作康樂活動的場所」。[85]值得一提的是，章氏以捷豹戲院為起點所開創的娛樂事業，在目前所知其來臺後乃以工業為主的投資事業趨向中，無疑是重要的特例。

那麼，繼湖口捷豹戲院之後，新竹關東橋的介壽堂戲院又是緣何而設立？這座戲院如何經營？室內設備與放映影片情形？做為地方娛樂場所，介壽堂戲院究竟是一座怎樣的戲院呢？

四　關於介壽堂戲院

一如前面所述，葉龍彥、吳慶杰有關介壽堂戲院的研究所得，已為我們勾勒出介壽堂戲院興建的背景，而這基本上也是目前學界認識介壽堂戲院的重要根據來源。但，仔細比對葉龍彥、吳慶杰的調查成果，其實彼此存在某些矛盾之處，最關鍵的分歧即在於，介壽堂戲院開設的時間與戲院的規模、陳設兩部分。有鑑於此，本文為了更確切地釐清介壽堂戲院在新竹從無到有的來龍去脈，以及介壽堂戲院究竟如何扮演、發揮作為一個娛樂場所的空間效益等問題，筆者循線找到與章勳義合資創立介壽堂戲院的股東之一的王晉京（1911年1月1日～？）家屬王淑娥、[86]王炎宏、[87]王榮宏三人，[88]以及曾

---

84 本報訊：〈愛國領章勳義捐建戲院勞軍湖口捷豹電影院完成〉，《中央日報》1959年2月8日。

85 本報訊：〈愛國領章勳義捐建戲院勞軍湖口捷豹電影院完成〉，《中央日報》1959年2月8日。

86 王淑娥，王晉京之女。筆者分別於二○一九年十月二十七日、十月二十八日、十月二十九日、十月三十日、十月三十一日、十一月一日，以 Facebook Messenger 與王淑娥進行聯繫。

87 王炎宏，王晉京之子。筆者分別於二○一九年十月三十一日、二○一九年十一月一日，以電話的形式與王炎宏進行訪談。

88 王榮宏，王晉京之子。筆者分別於二○一九年十月三十一日、二○一九年十一月一日，以電話的形式與王榮宏進行訪談。

在戲院擔任售票員的曾盈華女士進行訪談。[89]以下會統整呈現此次的訪談內容，[90]希望有助廓清相關疑點。

首先提到介壽堂戲院究竟何時新建於新竹關東橋的問題時，一九五九年前後來臺、並隨父親王晉京定居新竹，現年七十二歲、七十三歲的王炎宏、王榮宏兄弟二人，不約而同地說介壽堂戲院是在一九六〇年正式對外營運；發起人就是後來的董事長「愛國僑領」章勳義，而他們的父親則是戲院的總經理。介壽堂戲院籌建與營運之初，包括章勳義在內共有三十名股東，每股出資五萬元。股東的身分全屬印尼華僑，且多數股東皆以介壽堂戲院為據點，選擇在周邊置產落戶，形成了環繞介壽堂戲院，以印尼華僑為主體的特殊地方場所認同模式與社群景觀。

至於為何會在關東橋設立介壽堂戲院，王炎宏對吳慶杰所記「章勳義先生、王晉京先生等多位華僑見當時關東橋地區周圍正蓬勃發展，於是便合資於光復與介壽路轉角路口處興建一大型戲院」，[91]提供了另外一種現身說法。王炎宏表示，當年建置介壽堂戲院的土地，其實是歸關東橋軍營／國防部所有，而關東橋軍營本就有意在此建造提供軍隊娛樂、活動的多功能場所，因此便對外招募投資對象，而其父親王晉京以為此投資事業亦即愛國事業，因此最終在章勳義的號召下，以「軍民合作」的方式，共同在新竹關東橋打造出一座在當時「最時髦、最高級」（王炎宏語）的介壽堂戲院。王炎宏、王榮宏亦形容，當時一般家庭的生活仍相當簡樸、刻苦，因此，能容納四、五百人，且又有冷氣設備的介壽堂戲院，不僅天天高朋滿座，更是「當時新竹地區最好的戲院」。[92]

---

89 曾盈華女士，現年七十歲，十七歲時進入戲院擔任售票員。筆者分別於二〇一九年十月二十六日、二十七日，以電話的形式進行訪談。

90 本文以下內容出自於口述所得者不少，均採統整敘述處理，不逐一加註出處，特此說明。

91 詳參吳慶杰：〈關東橋介壽堂戲院興衰史〉，《竹塹文獻雜誌》第23期（2002年4月），頁60。

92 吳慶杰則說是「當時新竹地區屬一屬二的戲院」。詳參吳慶杰：〈關東橋介壽堂戲院興衰史〉，《竹塹文獻雜誌》第23期（2002年4月），頁61。

　　只是，章勳義又為何會選擇投資此軍民合作的「戲院」生意？對此，由於接受訪談的王晉京家屬皆屬章勳義的晚輩，所以對此事也是一無所知。但，只要我們稍稍回顧章勳義在臺的投資活動，如一九五八年才特地以勞軍的名義捐資在湖口設置捷豹戲院來看，我們不難看出，當時被尊奉為愛國僑領、反共鬥士且身兼僑務委員會委員的章勳義，應該與軍方保持某種程度的友好關係。於是乎，我們可以合理推斷，章勳義先前已因捷豹戲院而與軍方搭上線，並在熟悉經營戲院相關業務後，趁勢把握關東橋部隊有意以軍民合作共同建置娛樂場所的機會，接著再以其「歸僑理事長」的身分，號召當時因印尼排華運動而紛紛返回「祖國」的歸僑共同投資的可能性極大。[93]

　　那麼，章勳義、王晉京以愛國為名義所建構的娛樂事業，究竟又是怎樣展開運作的呢？事實上，在軍民合作體制下被建造起來的介壽堂戲院，在營運之初便與軍方簽訂以服務國軍為第一優先的協議。只是，介壽堂戲院到底要如何以「軍民合作」的方式來經營？其實，介壽堂戲院平時與一般的戲院並無二致，但若軍方要藉此地開會、舉辦活動等需求時，介壽堂戲院便須暫停對外營業，將介壽堂戲院的使用權全權還給軍方。

　　具體而言，介壽堂戲院平日是開放對外營業，因此，一般民眾只要花費一到二元左右的票價，便能享受觀賞《江山美人》（1962）、《梁山伯與祝英臺》（1963）等時新的電影，或《宮本武藏》（1954）等二、三輪片的娛樂時光。對此，曾盈華憶及，當年播放的電影以國片居多；而王炎宏、王榮宏則提及除了國片外，亦有香港的邵氏電影、日本片與臺語片供當時的觀眾自由選擇，而由石原裕次郎主演或內容與武士道有關的日本電影在當時都頗受歡迎；而最受當時軍民喜愛的電影，則非《梁山伯與祝英台》莫屬，如王炎宏回憶當時有個六、七十歲的阿婆，買票進戲院看了四、五回的《梁山伯與祝英台》還是樂此不疲。換言之，《梁山伯與祝英台》在電視尚未普及的年代，不僅為當地的軍隊和人民帶來莫大的娛樂，能暫且將反共復國的現實焦慮拋諸腦後，也意外地為介壽堂戲院帶來相對可觀的營收。

---

93 本報訊：〈印尼歸僑會選章勳義任理事長〉，《聯合報》1960年9月27日。

　　另一方面，由於介壽堂戲院主要服務的對象是軍人，因此每到週末便會以「勞軍」的名義，提供勞軍票給在關東橋服役的軍人使用。至於，整連整部隊前往介壽堂戲院觀影的軍人們，是否都被指定觀賞「愛國國語電影」？王炎宏、王榮宏表示，除了「愛國國語電影」外，免費的勞軍票其實能有各種選擇，並沒有限制只能觀看愛國國語電影的規定。此外，較鮮為人知的是，介壽堂除了作為播放電影的娛樂場所，以及軍方的活動場所外，介壽堂不時也有歌舞劇團進駐，或舉辦歌唱大賽等活動，[94]為當地的軍民提供另一種娛樂的選擇之外，同時也曾是不少從海外投奔自由中國鬥士的聚集之地，他們回歸「自由祖國」後便以介壽堂戲院為據點，一方面揭露共產黨的惡行、一方面宣揚三民主義的精髓，藉此重新號召、凝鑄反共復國的士氣與決心；而這也將平時看似歌舞昇平的介壽堂戲院，再次拉回當時臺灣「保密防諜、人人有責」的現實情境，以及蔣介石來臺後「維護中華民國的民主法統，保持中華民國的光榮歷史，為建設臺灣，反攻大陸，光復祖國，拯救僑鄉而奮鬥」的口號與承諾之中。[95]

　　但儘管當時的介壽堂戲院因設備新穎、先進，又標舉反共、愛國的鮮明旗幟，備受當地軍方青睞，但戲院卻也因軍民合作的體制，以及數十位股東經營理念偶有分歧的狀態下，在經營與事業拓展上陷入困局。而在介壽堂戲院數十餘年發展的歷史中，自章勳義將所有持股讓給巫嘉賢並退出戲院的經營後，戲院的生意也日漸平淡、衰弛。當然，真正讓介壽堂戲院從日常走向歷史的主因，王氏兄弟歸因於電影院生態敵不過電視逐漸普及於各個家庭的時代轉折，[96]終於在一九九〇年代走入歷史。

---

94 吳慶杰在〈關東橋介壽堂戲院興衰史〉中，附有一枚珍貴的歌星剪影照片，詳參吳慶杰：〈關東橋介壽堂戲院興衰史〉，《竹塹文獻雜誌》第23期（2002年4月），頁59。

95 本報訊：〈蔣總統播告全階洲僑胞反共抗俄誓死奮鬥光復祖國拯救僑鄉決不辜負股切期待〉，《中央日報》1950年9月16日。

96 吳慶杰文章以為七〇年代後期階段，當地部隊自己興建國軍活動中心和電影院，導致戲院營業業績受到影響，逐漸沒落；八〇年代因電視普及、錄影帶衝擊，使經營更為慘澹。以上原因大抵說明時代環境變遷等外部因素，對介壽堂戲院經營生態的衝擊與影響。但，透過王炎宏、王榮宏等人的口述訪談，我們能更近一步指出，章勳義與股

回首往昔，在冷戰、反共時代中，新竹關東橋一帶不僅是陸軍步兵第二〇六師與陸軍新兵訓練基地，也曾是印尼歸僑認識、認同並在此定居生根的生命所在，這一切隨著介壽堂戲院的解散，[97]那些曾經居住在戲院旁邊的印尼華僑們，也漸漸離去，徒留記憶。

五 結語

隨著一九九九年老爺酒店在介壽堂戲院原址出現，介壽堂戲院就此正式宣告消失，這所地方戲院在目前新竹電影史上，並未獲得特別青睞，因此歷來討論有限。本文透過報刊與圖書資料，以及口述訪談訊息，重現新竹關東橋介壽堂戲院「無中生有」的歷史進程，嘗試掌握章勳義其人其事，設法理解這所新竹地方娛樂性戲院的身世。結果發現，這背後還勾連著反共、冷戰時期，國民黨員印尼愛國僑領章勳義被印尼驅逐出境的事件，以及做為華僑日後想在臺灣落地生根的投資行為，乃至與軍方進行合作的顯影。是故，原本單純的娛樂行為，遂顯得複雜而曲折。從愛國之舉到商業經營，從遷徙到定居，本文有關地方戲院的研究邊界已然擴大許多。

再者，若干戲院合資者後來就居住在臨近，使得戲院本身不單只是娛樂軍民大眾的場所，更成了這群華僑在地認同所繫，尤其戲院名稱亦投射出對於國家領袖耿耿忠心的情感認同，故使戲院遭週能一體成為別具凝聚力的特殊地理景觀，這也是本文特別從「場所精神」予以闡釋的原因。

綜上，當戲院遇到華僑，當在地牽涉跨國與遷徙，本文指出了新竹地方

東之間理念的分歧，以及讓股退出經營團隊等內部因素，亦是造成介壽堂戲院的由盛轉衰的主因之一。關於吳慶杰的說法，請參照吳慶杰：〈關東橋介壽堂戲院興衰史〉，《竹塹文獻雜誌》第23期（2002年4月），頁58-61。

97 在網路上可以查到介壽堂戲院股份有限公司向經濟部登記公司解散的時間為一九八九年十月十四日。網址：https://opengovtw.com/ban/46460809，查索日期：2019年11月4日。附帶說明，登記資料註明營業項目是電影、戲劇和以上相關業務，另外核准公司設立日期是一九六七年三月二十四日，至於為何戲院於一九六〇年成立，卻於一九六七年登記核准，確切理由筆者尚無法得知。

戲院所潛藏的世界脈絡;而事實上,介壽堂戲院所輻射/輻輳出的空間張力,也有利於為我們揭櫫以新竹為起點,向內又同時向外跨界、跨境研究的豐富意義,重思區域研究的新方法論。

徵引文獻

一　報刊

中央社　〈旅居菲泰華僑聲援章勳義〉　《中央日報》　1954年10月13日

中央社　〈共匪利用外交便利迫害海外正義人士章勳義昨對大陸廣播〉
　　　　《中央日報》　1954年12月21日

中央社訊　〈蔣總統接見章勳義垂詢非法被逐經過各界昨日舉行盛會歡迎高
　　　　市長頒發榮譽市民證〉　《中國時報》　1954年12月23日

中央社　〈我回到了自由祖國章勳義向僑胞廣播〉　《中央日報》　1954年
　　　　12月24日

中央社　〈救國團茶會歡迎章勳義〉　《中央日報》　1954年12月24日

中央社　〈監察院于院長歡宴章勳義〉　《中央日報》　1954年12月31日

中央社　〈反共僑領章勳義等在臺東講演〉　《中央日報》　1955年2月14日

中央社　〈章勳義朱昌東東部考察反省沿途接受熱烈歡迎〉　《中央日報》
　　　　1955年2月18日

中央社　〈章勳義昨赴竹東〉　《中央日報》　1955年3月1日

中央社　〈章勳義昨赴頭份〉　《中央日報》　1955年3月2日

中央社　〈章勳義金門慰僑眷暢談反共經驗與致勝秘訣〉　《中央日報》
　　　　1956年2月9日

中央社曼谷十五日專電，〈章勳義讚揚政府協助海外僑胞〉　《聯合報》
　　　　1956年4月18日

中央社　〈章勳義赴菲考察僑情章勳義抵星〉　《中央日報》　1956年5月
　　　　15日

中央社　〈章勳義抵星〉　《中央日報》　1956年5月15日

本報訊　〈蔣總統播告全階洲僑胞反共抗俄誓死奮鬥光復祖國拯救僑鄉決不
　　　　辜負殷切期待〉　《中央日報》　1950年9月16日

本報訊　〈反共僑領章勳義昨晚飛抵祖國各界千餘代表熱誠歡迎曾乘車在市
　　　　區環行一週〉　《中央日報》　1954年12月18日
本報訊　〈本省與印尼可進行貿易全國工礦業昨歡宴章勳義他主張派代表團
　　　　前往調查〉　《徵信新聞報》　1954年12月30日
本報訊　〈共匪三殺主義第一先殺商人全國商界代表昨歡宴章勳義章氏認為
　　　　商人應該群起反抗〉　《中國時報》　1954年12月31日
本報訊　〈共匪鬥爭目標第一就是商人章勳義向商界陳述〉　《中央日報》
　　　　1954年12月31日
本報訊　〈僑資促進會宴章勳義〉　《聯合報》　1955年1月1日
本報訊　〈僑資促進會宴章勳義〉　《聯合報》　1955年1月1日
本報訊　〈章勳義訪三軍司令〉　《聯合報》　1955年1月9日
本報訊　〈朱昌東章勳義將作環島訪問〉　《聯合報》　1955年2月4日
本報訊　〈臺鹼安平廠賣給章勳義〉　《中國時報》　1955年5月27日
本報訊　〈愛國領章勳義捐建戲院勞軍湖口捷豹電影院完成〉　《中央日
　　　　報》　1959年2月8日
本報訊　〈包工嫌涉盜伐林木警處查畢呈報內部監院認紅包係債務比價發標
　　　　不合理〉　《中國時報》　1962年6月6日
本報訊　〈印尼歸僑會選章勳義任理事長〉　《聯合報》　1960年9月27日
本報訊　〈處理章勳義挖掘殘材案農廳林局措施欠當監院兩委會昨提案糾
　　　　正〉　《聯合報》　1963年5月24日
紐約廿八日合眾電　〈美國人的正義感自由聯盟函杜卿要求對章勳義給予政
　　　　治庇護〉　《聯合報》　1954年10月29日
章勳義　〈自由中國需要有一家華僑報紙：我申請「自由報」在臺復刊的幾
　　　　點理由〉　《聯合報》　1960年8月22日

二　專書

陳恩成編　《反共鬥士章勳義》　臺北市　國際書局　1956年
葉龍彥　《新竹市電影史》　新竹市　新竹市立文化中心　1996年

葉龍彥　《臺灣戲院發展史》　新竹市　新竹市影像博物館　2001年

葉龍彥編　《新竹市戲院誌》　新竹市　新竹市立文化中心　1996年

漢語大詞典編輯委員會　《漢語大詞典‧第二卷》　香港　三聯書店　1988年

諾伯舒茲著　范植明譯　《場所精神》　臺北市　田園城市文化　1995年

戴鴻琪　《印尼華僑經濟》　臺北市　海外出版社　1956年

三　期刊論文

吳慶杰　〈關東橋介壽堂戲院興衰史〉　《竹塹文獻雜誌》第23期　2002年
4月　頁58-61

吳慶杰　〈關東橋地名的由來〉　《竹塹文獻雜誌》第32期　2005年1月
頁48-53

雷武球　〈匪特操縱的章勳義案〉　《中國一周》第238期　1954年11月15
日　頁33

從《臺灣文藝》創刊及小說創作
談吳濁流的文學志業

余昭玟[*]

摘要

　　吳濁流於一九六四年號召同好創刊《臺灣文藝》，當時他已六十五歲，此後到一九七六年去世，十二年之間他出錢出力，負責編輯及銷售等事務。《臺灣文藝》在吳濁流的奠基之下，終能維持運作，後續由鍾肇政、陳永興接辦，直到八、九〇年代為止，這本刊物對省籍作家產生了長遠且巨大的影響。考察吳濁流此一文學志業的肇始，其實從早期的小說創作即可看出端倪；不論描寫日治時期的〈水月〉、〈功狗〉、〈陳大人〉、《亞細亞的孤兒》，或戰後的〈三八淚〉、《無花果》、《臺灣連翹》等篇，其內容均傾向殖民反抗與政治批判。可以說吳濁流的文學走向始終如一，是面向土地的思考。本論文依此分三部分討論：一、一九六〇年代臺灣文壇——探討《臺灣文藝》的創刊始末。二、《臺灣文藝》與省籍作家的崛起——論證此一刊物長期在臺灣文壇上的影響力。三、小說創作風格的建立——追溯吳濁流小說主題所透露的文學理念，嘗試綰合吳濁流經營雜誌及創作小說的初衷。論文最後回應文壇給吳濁流的兩個稱號：「鐵漢」與「文俠」，由此歸納吳濁流一生的文學志業，他不僅自己提出作品，也引領風潮，振興文壇，是文學史上極為獨特的作家。

關鍵詞：吳濁流　《臺灣文藝》　殖民反抗　跨語一代作家

---

* 國立屏東大學中國語文學系教授。

一 前言

吳濁流（1900-1976），屬於臺灣跨語一代作家[1]，新竹縣新埔鎮人。吳濁流性情開朗而剛毅，說話夾雜著國、臺、客、日語，雖然他出身富裕的地主家庭，但一生飽嚐困厄。日治時代擔任公學校主任，二十三歲時因發表〈論學校與自治〉的論文，被降遷至苗栗任職。二十六歲因肺炎幾乎隕命。他篤信正義與公理，但在實際生活中，卻目睹種種日本人對臺灣的種種壓迫。三十六歲時，《臺灣新文學》於一九三六年六月號，公開第一次小說徵文比賽，吳濁流以〈泥沼中的紅金鯉〉獲得首獎，小說敘述封建制度下女性為婚姻而犧牲的故事。從此他創作的信心倍增。四十一歲因日本督學肆意侮辱臺灣籍教師，憤而辭職，結束小學教師生涯，回歸祖國南京當記者，兩年後回臺灣任《臺灣日日新報》記者，開始起草《亞細亞的孤兒》。

戰後歷任《臺灣新生報》記者、編輯，省社會處科員等職。吳濁流具有客家「硬頸精神」的典型個性，做事有開創性、有魄力，而且固執到底，這都表現在他辦雜誌、設文學獎上。他的創作文類有小說、古典詩、遊記、文藝論評等，古今兼賅。重要著作包括：《無花果》（1970）、《泥沼中的金鯉魚》（1975）、《亞細亞的孤兒》（1977）、《南京雜感》（1977）、《黎明前的臺灣》（1977）、《臺灣文藝與我》（1977）、《功狗》（1980）、《臺灣連翹》（1987）、《波茨坦科長》（1993）等。

吳濁流的創作，一貫建立於強烈的社會關懷上，在日治末期創造一個高峰，光復後又寫出《狡猿》、《無花果》等佳構。又寫又推動，努力彌補日治新文學和戰後臺灣文學間的鴻溝。吳濁流本身作品自不待言，而提攜後進、維護本土文學之心志，是令人佩服的。一九六四年他創刊《臺灣文藝》，鼓舞了跨語一代作家的創作。《臺灣文藝》注重現實性，這股寫實風潮也引爆

---

1 「跨語一代」，又稱跨語世代。當林亨泰在一九六七年接受日本詩人高橋久晴的訪問時，用以指涉那些在日治時期即接受日語教育，並在戰後因為國民政府的語言政策，而必須重新學習中文的詩人與作家。林亨泰：〈跨越語言一代的詩人們〉，《臺灣詩史「銀鈴會」論文集》（臺中縣：臺中縣立文化中心，1995年），頁79-80。

了七〇年代鄉土文學論戰。《臺灣文藝》在吳濁流堅持下持續下去。一九七〇年，年屆七十的他，又創設「吳濁流文學獎」[2]，這是戰後第一個私人創設的文學獎，獎勵了眾多臺灣作家。

　　本文從作家論著手，探討吳濁流的文學志業，以及產生的影響。先從一九六〇年代臺灣文壇說起，說明《臺灣文藝》的創刊始末。其次探討《臺灣文藝》與省籍作家的崛起的關係，證明此一刊物長期在臺灣文壇上的影響力。最後追溯吳濁流小說主題所透露的文學理念，結合吳濁流經營雜誌及創作小說的初衷，論證其異於其他作家的文學志業。

二　一九六〇年代臺灣文壇

　　戰後才一年多，就於一九四六年十月二十五日臺灣行政長官公署發布語言禁令，禁止報刊出現日文欄，致使以日語為載體的作家的創作深受打擊，不少人因此放棄了寫作。省籍作家因政權更迭與語言轉換，暫時被排除在五〇年代文壇主流之外。這正是以國家的政策控制文藝界，在「反共」的口號下，作者實難自外於這個潮流，所以說在當時文學的空間是十分狹小的。

　　此時期政府將反共當成一般群眾的義務，將文藝做為反共的利器，認為作家責無旁貸要以筆來做號召民眾、討伐共產黨的工作。密集發動政治力量來掌握文壇，紛紛成立各種團體，依序有一九五〇年三月立法院院長張道藩創設「中華文藝獎金委員會」，提供高額獎金，獎勵十一項文藝創作。五月，張道藩在教育部長程天放、國防部主任蔣經國的贊助下，又成立「中國文藝協會」[3]，成為五〇年代成立最早，包容範圍最大的一個文藝組織。集

2　「吳濁流文學獎」原名「臺灣文學獎」，其宗旨為「鼓勵文學創作，振興文運」，當時國內各大報都發佈消息，《中央日報》、《大眾日報》、《臺灣新生報》專文推介，文友許為文壇創舉。第五屆後更名為「吳濁流文學獎」，仍積極鼓勵新人創作。

3　「中國文藝協會」宗旨為：「自覺地以戰鬥姿態，在精神上武裝自己，在行為上發揚民族主義，安定人心，肩負起反共復國的神聖使命。」其下有十七個委員會，並以《文藝創作》為機關雜誌。

結在「中國文藝協會」社群系統之下，非專業化導向的特殊文學生產現象，一是以個人為單位或與友人集資的出版商；一是個人兼作家，編輯、出版商等多重身分的生產機制。[4]例如張道藩主持的「文藝創作出版社」、葛賢寧等人組成的「中興出版社」、穆中南等人組織的「文壇出版社」、任卓宣主持的「帕米爾書店」等均是。一九五四年「文化清潔運動」[5]是「中國文藝協會」所主導，而以國民黨國家機制執行的文藝運動，為期不長，但對文學生態造成深遠的影響。

　　五○年代種種的政策限制壓縮了文學的發展，到了六○年代，此種政治口號仍未消歇，一九六○年《自由中國》停刊，一九六五年國軍新文藝運動展開。不過，一九六四年本土文藝雜誌《臺灣文藝》[6]創刊了，為臺灣本土作家提供了專屬的發表園地，也將過去四散各地的創作者集合了起來，提供了發表的空間。吳濁流自言創辦《臺灣文藝》的初衷：

　　　　若論現在我們的文藝界，最大的缺點就是沒有充足的文藝園地，因此不知埋沒了幾多有為的青年作家？我每想到此，甚感遺憾，是以不敢默然，不顧身輕力薄，創辦臺灣文藝雜誌社發行臺灣文藝月刊。[7]

　　　　到了冬天，老枝刈了，待春天到來發出新芽來替舊的。文藝界也是一

4　陳康芬：《斷裂與生成：臺灣五○年代的反共／戰鬥文藝》（臺南市：國立臺灣文學館，2012年10月），頁41。

5　「文化清潔運動」是陳紀瀅所提出，一九五四年八月九日全國各報共同發表〈自由中國各界為推行文化清潔運動例行除三害宣言〉，點出「赤色的毒」、「黃色的害」、「黑色的罪」，將會摧殘民族文化、斷送國家命脈，所以要提出自清與對外清除的要求。

6　臺灣文學史中，同樣以《臺灣文藝》為名的文學刊物共四次。最早是一九三一年由日本留學生吳坤煌所創，只發行兩期；其次是一九三四年由賴明弘、張深切等人共組「臺灣文藝聯盟」，而《臺灣文藝》是其機關誌，共發行了十五期；第三次是在決戰期間由「皇民奉公會」接收了《文藝臺灣》與《臺灣文藝》，所另辦的《臺灣文藝》。

7　吳濁流：〈給有心人的一封信〉，《臺灣文藝與我》（臺北市：遠行出版社，1980年2月），頁5。

樣，一定要培養青年為主力，才有進步。[8]

　　目的就是為提供園地供給青年作家耕耘，他認為應該做的事，就不辭困難致於負起責任，盡力去做。追溯緣起，吳濁流曾說，一九六三年有一次作家五、六人在中壢聚會，討論到創刊文藝雜誌的事，他們熱心希望吳濁流主辦，於是他開始申請創辦《臺灣文藝》。一九六四年二月二十二日，在臺北市懷寧街的臺灣省工業會四樓，一群日治時代的文化人在吳濁流的號召之下，開了一場為《臺灣文藝》創刊而舉辦的文藝座談會。這是戰後日治時代的文化人難得一見的公開聚會。吳濁流在會中表示，願意拿出二萬元辦雜誌，也呼籲其他人響應。之後他積極籌畫和撰稿，《臺灣文藝》於四月一日推出創刊號，由他擔任發行人兼社長，龍瑛宗編輯。創辦雜誌時，吳濁流大病初癒，感到年紀已大，為了臺灣文學，必須及早行動：

> 我今年六十五歲，前年患了一場大病，險將老命送掉，病好後，深覺再不能猶豫，就決心創辦這個「臺灣文藝」雜誌，提供青年作家耕耘的園地，以期在文化沙漠中培養新的幼苗，進而使其苗長、綠化。[9]

　　他既無意於賺錢，也並非想沽名釣譽，只是痛感生命的可貴，在老年仍想對臺灣文學有一番作為。

　　《臺灣文藝》創辦之初，吳濁流曾被警總約談，質疑他為何不用「中華文藝」、「亞洲文藝」，卻偏要使用「臺灣文藝」的用心，並再三禁止他使用「臺灣」二字。但在他的勇氣和堅持下，依然創刊了《臺灣文藝》。吳濁流堅決主張要冠「臺灣」二字，才願出刊，他說：「我們要推動的是臺灣本土文藝，若非冠有『臺灣』二字即失去辦雜誌的意義。」[10]從歷史上看，以

8　吳濁流：〈我辦臺灣文藝及對臺灣文學獎的感想〉，《臺灣文藝與我》，頁24。

9　吳濁流：〈臺灣文藝雜誌的產生〉，《臺灣文藝》創刊號（1964年4月）。

10　引自陳千武：〈談「笠」的創刊〉，《臺灣文藝》第102期（1986年9月）。

「臺灣文藝」四字為刊名，和一九三四年由巫永福等人創辦的臺灣文藝聯盟所發行的刊物《臺灣文藝》同名，吳濁流隱然有承續當年臺灣文藝聯盟的主張：「立足臺灣一切真實的路線上，與臺灣社會、歷史一起進展」的意味，而且標舉「臺灣」二字，強調臺灣本土性與自主性的風格不辯自明。

《臺灣文藝》創刊的宗旨在第五期刊出，[11]以青年為主要對象，顯示吳濁流承傳臺灣文學的心願，這本雜誌是繼承日治時代新文學的基本精神的，主張文學反映人生，特別注重鄉土色彩，較傾向於寫實主義現實文學。張金墻歸納它創刊重要意義在於：繼承了日治時代的文學傳統、臺灣本土作家的大集結、開創性、顛覆性、刺激了《笠》的創刊、鼓動了現實主義的風潮、鼓勵漢詩創作。[12]依此七項而論，《臺灣文藝》繼承日治時代文學傳統方面，從創刊時由龍瑛宗、吳瀛濤負責編務開始，到《臺灣文藝》舉辦文學獎的評審名單，有王詩琅、龍瑛宗、張文環、張深切、吳新榮、葉榮鐘等人，可以看出日治時代作家擔當了接續戰後文學的橋樑的角色。在創刊當時，這是唯一集結本土作家的雜誌。因為《臺灣文藝》的創刊，使臺灣文學出現新局面，開創出本土的風格，對往後文學發展具有指引作用。

創刊後的幾十年來，彭瑞金肯定《臺灣文藝》為臺灣文學樹立了一座「臺灣精神」的燈塔：

> 當文藝的商業化氣息越來越濃的時候，《臺灣文藝》的存在顯得有點孤單，然卻從未失去它臺灣本土文學的燈塔地位，被視為文學界臺灣精神意識的堡壘。[13]

11 《臺灣文藝》創刊宗旨為：一、本刊的園地提供青年作家耕耘，以期在文化沙漠中培養新的幼苗，進而使其苗長、綠化。二、本刊希望青年們以青年的純真、熱情、熱血、勇敢的負擔起來共建有中國文化格律的文藝。三、不拘形式門戶派別，希望作家以本刊為中心，攜手合作共同努力來推進中國文化之向上。

12 張金墻：《斷裂與再生──《臺灣文藝》研究（1964-1994）》（臺南市：臺南市立文化中心，1999年6月），頁134-160。

13 彭瑞金：《臺灣新文學運動四十年》（臺北市：自立晚報社文化出版部，1994年6月），頁121。

　　葉石濤則說，《臺灣文藝》之所以深深吸引人的，並不單單是那簡陋而有趣的封面，而是刊物裡的每一篇文章都紮根於大地，雄壯地透露出一個訊息──唯有真實，才是值得去挖掘表現的東西。[14]不過，在現實中，《臺灣文藝》始終是慘淡經營的，吳濁流把積蓄拿來辦《臺灣文藝》雜誌，把工業公會的退休金充作文學獎基金，一個人編、寫、拉稿、邀稿、募款、跑印刷廠兼發行，每次雜誌印妥後，他就動員家中大小寫信封、裝雜誌、貼郵票、送郵局交寄，都是以最省錢的方式進行，接著他自己再用包袱包一些雜誌分贈親朋及捐款者。

　　六〇年代因文字賈禍的大事包括一九六〇《自由中國》雜誌社長雷震涉嫌叛亂被捕，一九六三年郭良蕙的《心鎖》被臺灣省新聞處查禁，一九六三年林海音因「船長事件」辭去聯副主編職務，一九六八年陳映真被控「閱讀毛澤東、魯迅著作」、「涉嫌叛亂」判刑七年，一九六九柏楊在《自立晚報》改寫大力水手漫畫因匪諜罪名被捕。而一份以「臺灣」命名的雜誌卻能安然存留下來，這樣錯綜的文學文壇百狀也很耐人尋味。當《現代文學》在七〇年代因編輯相繼出國而停刊，《文學季刊》和《夏潮》也因鄉土文學論戰結束而廢止，《臺灣文藝》卻能持續到九〇年代。當吳濁流以兩萬元經費創刊《臺灣文藝》時，他大概也沒想到這份刊物能有如此因緣吧！

　　五、六〇年代的二十年間，正是國民政府以壟斷媒體和推行國語本位政策來主宰臺灣文壇之際，省籍作家在此特殊的歷史環境下，承襲日治時期文學傳統、轉換中文為創作語言、閃躲政府的高壓懷柔文藝政策，但在這樣的文學典律運作下，他們也樹立了自己的敘述風格，不讓作品被消費市場及利益團體所壟斷，以孜孜矻矻的創作，脫離了邊緣地位，建立廣大的敘述網絡。

三　《臺灣文藝》與省籍作家的崛起

　　第二次世界大戰結束後，國民政府派遣軍隊與官員來臺接收。不久，發

14　葉石濤：〈懷念吳老〉，《文學回憶錄》（臺北市：遠景出版社，1983年）。

生二二八事件，社會上瀰漫一股蕭條、不安的氣息，知識分子告別文壇，往日的豪情已不復見。就文學而言，戰後在威權體制下，唯有官方的戰鬥文藝得以存在，不願妥協的臺灣作家，多數停筆，在失語的年代，只能作無聲的抗議。時代的改變與政治的動盪，讓日文環境中成長的跨語一代作家，承受了語言文字轉換的壓力。當時政府以政治力強行操縱、控制文學的狀況之下，臺灣作家在文學的發展裡喪失了發言權，使得自日治時期以來的臺灣新文學精神，出現難以銜接的斷層，臺灣新文學傳統一度中斷，本土意識隱而不彰。直到一九五七年《文友通訊》、一九六四年《臺灣文藝》創刊，才又再度集結離散的本土作家，打下以臺灣為主體的文學基礎。不過《文友通訊》參加人數少，未有正式刊物流通，真正能號召省籍作家的，仍非《臺灣文藝》莫屬。

葉石濤認為《臺灣文藝》的創刊，對吳濁流本身或臺灣文壇都意義非凡，吳濁流雖屬於過去的世代，但又奮起創刊，以更堅定的步伐向新時代邁進，「似乎歷史之手未曾把他擊倒。他決心再在臺灣文學史上寫下新的一頁。」[15] 而這份刊物幾乎囊括了當時臺灣本土的老、中、青三代作家，所以吳濁流可以視為繼楊逵後，日治時期作家影響戰後臺灣文學發展最關鍵的靈魂人物。[16]

《臺灣文藝》成立次年，吳濁流設置「吳濁流文學獎」，[17] 第一屆獲獎者為：一、七等生〈回鄉的人〉，二、鍾鐵民〈點菜的日子〉，三、鍾肇政〈骷髏與沒有數字板的鐘〉，四、張彥勳〈妻的腳〉，五、廖清秀〈金錢的故事〉。在得獎的鼓舞之後，這些作家也都陸續創作出重要作品。無怪乎彭瑞金論定：「從六○年代到七○年代，幾乎所有的本土作家都直接或間接從

---

15 葉石濤：〈吳濁流論〉，《臺灣文藝》第12期（1966年7月）。

16 戴華萱：《鄉土的回歸──六、七○年代臺灣文學走向》（臺南市：國立臺灣文學館，2012年11月），頁29。

17 「吳濁流文學獎」以「鼓勵文學創作振興文運」為主旨，評選對象為「以該年度發表於本刊之創作小說中選出一篇最佳者」為得獎作品，獎金五千元，金額是當時《臺灣文藝》每冊定價五元的一千倍，可謂優渥。

《臺灣文藝》或「吳濁流文學獎」的存在，得到啟示。」[18]

　　從創刊號發表作品的作家名單來看，《臺灣文藝》的確是戰後臺灣本土作家的首次大集結。小說家有：鍾肇政、張彥勳、張良澤、江上、黃娟、鄭煥；詩人有：錦連、陳錦標、詹冰、靜雲、白萩、趙天儀、林亨泰、桓夫、古貝。戰後還存在的日治時代重要作家也被網羅進來，他們負責的是編務，大多扮演幕後推動者的角色。此時，日治時代作家的創作量並不多，但他們的加入，象徵了《臺灣文藝》在臺灣文學的承續性與集結性。

　　戰後跨語一代的作家，因為要跨越由日文到中文的障礙，以及其他種種困境，在戰後文壇已沉寂了十多年，有了《臺灣文藝》這個園地，他們又重新出發，張彥勳（1925-1995）說：

> 臺灣文壇我只認識鍾肇政和林鍾隆兩個人；但是去參加《臺灣文藝》的創刊紀念大會之後，就認識了很多作家，彼此互相交流與激盪，刺激我寫作的信心與興趣，對我的持續寫作很有助力，那以後我的作品大部分都在《臺灣文藝》發表。[19]

　　張彥勳十分感念《臺灣文藝》的創辦人吳濁流，並且認為自己是受到他的鼓舞，還有《臺灣文藝》中眾多本土作家交流的影響之下才有了後來持續不懈的寫作動力。[20]他在《臺灣文藝》活躍的時間大致在一九六四年至一九七五年之間，他在此發表的小說大約佔了當時發表篇數的三分之二左右。

　　《臺灣文藝》對葉石濤（1925-2008）的復出文壇也有關鍵性的影響，葉石濤曾入獄三年，出獄後生活環境惡劣，無所適從，就在這個時候，偶然在臺南「淺草」鬧市的書攤上看到一本其貌不揚、薄薄如小冊子的刊物──

18　彭瑞金：〈吳濁流──臺灣文學的戰鬥士〉，《臺灣文學50家》（臺北市：玉山社出版事業股份有限公司，2005年7月），頁118。

19　施懿琳、許俊雅、楊翠編：《臺中縣文學發展史──田野調查報告書》（臺中縣：臺中縣文化中心，1993年），頁267。

20　施懿琳、鍾美芳、楊翠：《臺中縣文學發展史：田野調查報告書》，頁267。

《臺灣文藝》。他發現省籍作家在吳濁流的號召下，還有一線生機，這勾起他深埋心中，凍結已久的作家精神，於是他重新提筆，此後不論小說或評論，都開創出寫作的高峰。六、七○年代的葉石濤，小說多發表於《文壇》、《幼獅文藝》或報紙副刊，而評論幾乎都刊登在《臺灣文藝》，他所評論的對象也不乏《臺灣文藝》的作家，《臺灣文藝》的確是促使葉石濤復出文壇，並成為重要評論家的契機。

王白淵與張深切先後於一九六五年年底去世，日治時代作家漸漸凋零，《臺灣文藝》出刊三次人物專集，分別是：「鍾理和追念專輯」（第5期）、「悼念王井泉特輯」（第9期）、「江肖梅先生紀念特輯」（第11期），加上「吳濁流先生紀念特輯」（第53期），在六○年代的臺灣文壇中，《臺灣文藝》是唯一曾紀念日治時代文人的刊物。[21]這也代表了吳濁流與日治時代臺灣文學的傳承關係。

吳濁流、鍾肇政、葉石濤、張彥勳、林鍾隆、鄭煥、詹冰等，屬於跨語一代作家，戰後十多年後，在此園地開始他們的中文創作，小說平均數量比年輕一代更多，形成一個跨語的文學世代。戰後受中文教育成長的作家開始大放異彩，寫作小說的七等生、李喬、鄭清文、鍾鐵民、周梅春、黃娟等人，往後都成為臺灣文學的旗手。寫作新詩的莫渝、莊金國、趙天儀、李魁賢等人，既是「笠」詩社成員，也充實了《臺灣文藝》的新詩陣容。

七○年代《臺灣文藝》是邊緣性的刊物，刊物的成員也是不被重視的本土作家。可是就如吳濁流所標榜的「無花果」精神，《臺灣文藝》也是在沒有人看見的地方默默地結果，所以當《現代文學》、《文學季刊》、《夏潮》等雜誌旋起旋滅時，《臺灣文藝》卻能維持長久，對臺灣文學抱持著理想性憧憬的吳濁流，以他的使命感一步步走下去。張金墻說：吳濁流時期《臺灣文學》最重要的意義，就在於默默地寫下了許多紮根於臺灣土地、描寫臺灣人心靈的作品；以及凝聚、培養了許多臺灣本土的作家。[22]一語道出吳濁流經營雜誌的貢獻。

---

21 張金墻：《斷裂與再生——《臺灣文藝》研究》，頁179。

22 張金墻：《斷裂與再生——《臺灣文藝》研究》，頁388。

　　省籍作家群能匯聚到《臺灣文藝》，有其時空因素，五〇年代的重要雜誌如《文藝創作》、《文星》停刊後，提拔省籍作家不遺餘力的林海音也在一九六三年離開聯副，省籍作家真正喪失了大半發表作品的園地，此時《臺灣文藝》的創辦，將戰後當臺灣文學形同中斷的場域接續到日治以來的文學傳統，並由此開啟了七〇年代鄉土寫實文學的脈絡。《臺灣文藝》雖然條件差，沒有一定的發行量與影響力，仍然在文壇的邊緣地帶，但它將大部分省籍作家集結起來，在《文友通訊》停刊後，鍾肇政、廖清秀、文心都加入《臺灣文藝》的行列。其他跨語一代如張彥勳、林鍾隆、鄭煥等人，也成為《臺灣文藝》的重要支柱。鍾理和在《臺灣文藝》創刊前已去世，《臺灣文藝》也曾刊出兩次「鍾理和專輯」，戰後跨語一代作家的寫作，若無《臺灣文藝》在背後支撐，結果將是大不相同的。

四　吳濁流的小說創作

　　吳濁流的文學生涯起步晚，或許是因為進入中年才開始創作，他的人生觀、世界觀、創作觀都已確立，其文學是建立在強烈的社會關懷上，他從現實取材，以反抗威權政治的姿態來寫作。由於使命感關係，他在作品中強烈表達自己的理念，企圖被接受、被瞭解，並據以為改進臺灣政治、社會狀況的一種動力，意識型態變成寫作欲望的客觀表述，所以作品不斷拉進和讀者的距離，其結構都對應著作為主體的「讀者」。他的寫實論述都不免透露出一個強烈意圖，就是回到歷史現場，去挖掘那些被統治者所消音的歷史碎片，並在諸種殖民的語言系統夾縫中找尋一個自我表達的據點。

　　〈水月〉是吳濁流小說處女作，係受日本女同事袖川老師之刺激而寫。初次寫小說便有不凡的風采，題為「水月」，意象十分清晰。男主角仁吉不斷幻想要到日本留學，但冷酷的生活不可能讓他如願。小說只講一對夫妻一日內的遭遇，而社會的底蘊便暴露無遺：日本對殖民地經濟的壓榨、製糖會社的欺瞞手法、臺灣知識分子在工作上薪水偏低又升遷無望、小孩在飢餓邊緣掙扎……。而最突出的是作者用反諷來表現仁吉始終不忘少年時對東京留

學的憧憬，作者以詠歎的筆調寫著：

> 啊！像初戀的美夢，甜蜜和艷麗。
>
> 藕雖斷而絲仍連，啊！仍然初戀一樣的心情，永遠不會忘掉，他的夢想像水裡的月亮一樣，圓了又缺，缺了又圓。[23]

作者情感介入文中表達其嘲諷的筆法，卻留下無限餘味，對一個人的理想被生活漸次消磨、埋葬，又幻化為不散的陰魂，像水中之月時時魅惑著主角，那種虛虛實實的幻覺，是被殖民的臺灣知識分子的心底惡夢，多少凌雲壯志終歸是空茫的月影，這個反諷含有強烈的控訴與力量。

一九四三年，太平洋戰爭如火如荼進行時，吳濁流冒險執筆創作長篇小說《胡太明》，後來更名為《亞細亞的孤兒》。[24] 書中描述以現代資本主義為基礎的、強有力的中央集權的日本殖民專政下，胡太明痛苦地躲躲閃閃，終也逃不出日本殖民主義的暴力：

> 胡太明的一生，是這種被弄歪曲的歷史的犧牲者。他追求精神上的寄託，遠離故鄉，遊學日本，飄泊於大陸。但，畢竟都沒有找到他安息的樂園，因此，他一生悶悶不樂，感到沒有光明的憂鬱，不時憧憬理想。[25]

胡太明有確切的民族意識，書中以孤兒意識為具象表徵，塑造了一種極為鮮明的殖民地性格。它代表了臺灣人的一種典型。論者稱此部小說充滿臺灣知識分子的苦惱的歷程，正是日本的殖民統治所引起的社會、精神問題的

---

23 吳濁流：〈水月〉，《臺灣新文學》1936年3月。又收入《吳濁流集》（臺北市：前衛出版社，1997年4月）。該段引文見前衛版，頁19。

24 《亞細亞的孤兒》因為原名《胡志明》，書名（主角名）恰與越共領導人同名，所以將中文譯本定為《亞細亞的孤兒》，也將主角名字改為胡太明。

25 吳濁流：《亞細亞的孤兒》〈自序〉（日文版）。

縮圖。[26]吳濁流觀察臺灣人強韌的民族性，以敏銳的眼光和冷靜的分析力，把社會病態赤裸裸地展現在讀者的眼前，控訴的力量非常深刻，筆法也十分犀利。

《亞細亞的孤兒》是以臺灣民眾的真實心境為基礎，描寫臺灣人對大陸的認同危機。胡太明身為臺灣青年，不論在臺灣或中國都得不到一體的認同，日本人認為他和「支那人」血脈攸關，不能信任。中國人認為他是日本的順民，必然會做日方間諜。他想加入抗日陣線時，一暴露臺灣人身分，即被當成間諜而入獄。回到戰時的臺灣故鄉，胡太明生活更窮困破敗，無希望可言，弟弟被強制勞動夭折而亡是最後的導火線，胡太明因悲憤至極而發瘋了，這就是被殖民所產生的孤兒意識，他象徵著殖民下臺灣知識分子的命運，吳濁流藉胡太明的遭遇指出了歷史的動向與臺灣的歸宿。《亞細亞的孤兒》是吳濁流對時代脈動的犀利捕捉，此部小說探討了臺灣人認同問題、二十世紀初期的新舊時代遞演、日本對臺灣的殖民狀況、中國人的多種面相等等，寫實手法將社會百態表現得淋漓盡致。

《亞細亞的孤兒》提升了臺灣移民的祖國認同，也質疑來自原鄉的臍帶關係。其小說對臺灣的知識分子的心靈有深沉的刻劃，胡太明紛亂的思緒代表了臺灣人一言難盡的苦悶。大陸原鄉的情懷不斷呼喚，等回到原鄉時又找尋不到認同的出路。在中國，胡太明感到更大的矛盾，隱藏不住臺灣人的身分時，隨即受到唾棄：

> 「我叫胡太明，是臺灣人。」這時，陳的臉色突然大變，先前那種親密的樣子竟一掃而空，頓時露出侮蔑的神態，歪著嘴角說：「什麼？臺灣人？哼！」[27]

《亞細亞的孤兒》分析長期受日本現代化教育的臺灣在文化、觀念、衛

---

26 尾崎秀樹著，陸平舟、間扶桑子合譯：〈決戰下的臺灣文學〉，《舊殖民地文學的研究》（臺北市：人間出版社，2004年），頁203。

27 吳濁流：《亞細亞的孤兒》（臺北市：遠流出版社，1977年），頁77。

生習慣上，領先大陸人民甚多，預告了光復後的國民一味歧視、壓迫臺灣人，必然會引起積怨。一旦爆發，後果就無法收拾。二二八事件發生的緣由，在小說中已有脈絡可尋。從今日的現狀來看，吳濁流是超越時代的。

吳濁流健談、健遊，足跡遍寰宇，相識滿天下；與友好交談，興頭來了，多半是「破口大罵」。在鍾肇政眼中：

> 濁流先生生前每個月總會到舍下一兩次，有時是為了『臺灣文藝』或獎金委員會的事務，有時只是為了聊聊。每次見面，幾無例外地他都要罵罵人，罵那些「大頭病」患者、「雞栖王」、「怯懦卑屈的臺灣人」，或者「自我陶醉的精神勝利者」，還有「文化仙」、「御用紳士」等等，幾乎到了破口大罵的程度。此刻閉上眼睛，他那侃侃諤諤、滔滔不絕的健談模樣便又在腦膜上出現，歷歷如在眼前。[28]

吳濁流所罵的臺灣人，其實他早就在小說中批判過了，雞栖王、功狗、狡猿、三腳仔等。所以吳濁流像一名社會病理學家，將小說作品當作解剖檯，把臺灣人的種種病態一一解剖，務必讓它原形畢露，無所遁形。〈功狗〉描寫沒有自覺的青年，為日本上司鞠躬盡瘁，到了病死也得不到日本上司的同情或補償。〈先生媽〉道出皇民化運動下御用士紳的嘴臉。〈陳大人〉諷刺「三腳仔」，比日本警察更會荼毒臺灣百姓。〈狡猿〉、〈波茨坦科長〉、〈銅臭〉、〈三八淚〉、〈幕後的支配者〉以光復後的臺灣為背景，解析社會問題。這些角色有的為虎作倀、有的甘作走狗、有的逢迎應變，是臺灣人的種種變貌。因為任職報界，親睹二八事件，吳濁流不顧一切寫下《黎明前的臺灣》和《無花果》，因為經歷戰後大動盪，看到政客醜陋惡行，不畏白色恐怖寫下《臺灣連翹》。

《無花果》一書詳述先祖來臺開墾的過程，及一八九五年日本佔領時，族人的抵抗。他對土地的認識是從墾殖與保衛開始的，到後來他所形成的

---

28 鍾肇政：〈風雨憶故人〉，《臺灣文藝與我》，頁39。

「臺灣意識」正是此種感情的延伸。《無花果》是最早期描寫「二二八事件」的作品，一九六八年於《臺灣文藝》連載完交由林白出版社出版時，遭警總取締沒收，此書遂長期以禁書被流傳。因此事件影響，吳濁流另作《臺灣連翹》，完成時密不公開，他並在遺囑中交代：死後十年才得出版。《無花果》與《臺灣連翹》深切地關懷臺灣的現實社會，以無花果「總是在暗處開花」的精神自許，而以臺灣連翹這種堅韌的黃藤植物來鞭策臺灣人不屈的意志。

吳濁流曾說自己的作品「帶有歷史的性格，所寫的各篇都是社會真相的一斷面」，他認為值得讓後人知道的事情，便毫無忌諱地寫下來，記錄其所處的時代環境與社會真貌，所以若將其小說連串起來，即可窺見日治及光復後的社會投影。彭瑞金說：「作家筆下率真無隱地表達自己的真性情，吳濁流可稱世界第一。」[29]葉石濤以「瘡疤，瘡疤，揭不盡的瘡疤」[30]為題論述吳濁流的小說，認為他以筆當劍，在黑暗的時代裡，堅持作家應盡的使命。

王幼華認為不論是〈水月〉、《亞細亞的孤兒》、《無花果》、《臺灣連翹》，其社會性、批判性很強，充滿抑鬱、苦悶的激情。」[31]吳濁流以身為知識分子的使命感，希望作品中能為社會、歷史留下紀錄，以供後人見證。當然複雜的文藝現象不能簡單地化約成「寫實／非寫實」、「本土／非本土」、「嚴肅／通俗」的二元理解模式，文學創作的體制尚指涉到一個社會的價值觀和文化內涵，但吳濁流以寫實手法來建構臺灣歷史，正是唯有生長在驟變的時代下的作家得以運用自如的寫作策略。

---

29 彭瑞金：《歷史的側影——日據時代臺灣新文學作家作品選集》（高雄市：河畔出版社，1982年7月），頁24。

30 葉石濤：〈吳濁流論——瘡疤，瘡疤，揭不盡的瘡疤〉，《臺灣文藝》第3卷第12期（1966年7月）。

31 王幼華：〈面具在說話——政權變動下的吳濁流〉，《族群論述與歷史反思》（苗栗縣：苗栗縣文化局，2005年）。

五 結論

《臺灣文藝》有自己的文學主張,鼓動新的文學風潮,創造新的文學典範。跨語一代作家努力以中文書寫,經營文學園地,年輕一代作家也在這些刊物中逐漸成熟,成為臺灣文學中的重要角色。本土文學在七〇年代經鄉土文學論爭之後,獲得歷史上的地位,陸續地產生了優秀的作品。至此,日治時代臺灣新文學與戰後臺灣現代文學接續,構成貫徹始終的一個完整的文學體系。

吳濁流正是填補這段文學史缺憾的功臣,《臺灣文藝》是戰前與戰後臺灣文學的橋樑,當時以吳濁流為主的跨語一代作家,賴和的抵抗精神、呂赫若的藝術手法都可以在他們的小說裡找到痕跡;如果日治時期和七〇年代之間,沒有《臺灣文藝》提供跨語一代及戰後年輕世代作家留下作品的話,日治時期新文學就很可能中斷了。

從吳濁流的作品來看,大多具有強烈的歷史意識,文詞鮮少華麗,直接表現其社會觀點,讓豐富的意象靜默流動,內容訴說人生及人性。如同他一向呼籲的,作家要把握臺灣的特殊性、現實性,將作品根植在臺灣的土地中。

吳濁流的一生,盤桓在抗議與堅持,追尋與叛離的拉鋸中。孤兒意識、認同情結,思考「臺灣人」的身分定位。在二二八事件所造成的心理衝擊之後,作家又要面對高壓封閉的社會,以及荒涼的文壇,李喬曾說,吳濁流在那種蕭殺的時代氛圍中「曲折而行」。「吳濁流文學獎」像嚴冬冰封大地的小草,掙扎著冒出綠芽來。[32]那種反抗是個別的、細碎的、迂迴的。希望能得到社會上點點滴滴的支援。

被殖民的體驗使吳濁流等跨語一代作家與父祖的歷史斷裂,遭逢一種「內在放逐」的處境,不論日本或國民政府的時代,他們大多只能成為小學教師,難有其他躋身之途,於是寫作成為最重要的排遣,及重建自我的途徑,而此種背景下,他們作品的政治性就顯得特別犀利。跨語一代作家的作

---

32 〈開幕式及頒獎典禮〉,林柏燕主編:《吳濁流百年誕辰紀念專刊》,頁11。

品形成相當大的內聚力，以及向外延伸的能力，在各種時間、空間的不同階段，和歷史構成聯繫，並做新的詮釋。

一九七六年，吳濁流逝世於臺北，享年七十七歲。文壇同時以專輯悼念，鍾肇政編輯的《臺灣文藝》五十三期，刊載了「吳濁流先生紀念專輯」；《出版家》雜誌五十二期由鄭美玫小姐執筆，編輯了「吳濁流紀念專文」；陳秀喜擔任社長的《笠詩刊》七十六期也特闢「吳濁流先生紀念輯」；《夏潮》雜誌也撰文追悼。繼鍾理和、楊逵、賴和等作家紀念館之後，二○○六年六月，在他的百歲冥誕，「吳濁流紀念館」開幕。新竹縣政府附近的「吳濁流路」，是臺灣第一條以作家為名的路。

吳濁流真實的凝視，穿透時代，作品中述及臺灣人認同的矛盾糾葛、對理想樂土的憧憬追尋，這些仍是迄今待解的課題。不論是歷史承傳，本土意識的發揚，或本土人才的培養，他都做到當時無人能及的成果。對照文壇給吳濁流的兩個稱號：「鐵漢」與「文俠」，吳濁流一生的文學志業，可以說不僅自己提出作品，也引領風潮，振興文壇，是文學史上極為獨特的作家。

徵引文獻

一　專書

林柏燕主編　《吳濁流百年誕辰紀念專刊》　新竹縣　新竹縣文化局發行
　　2000年12月

施懿琳、許俊雅、楊翠編　《臺中縣文學發展史——田野調查報告書》　臺
　　中縣　臺中縣文化中心　1993年

陳康芬　《斷裂與生成》——臺灣五○年代的反共／戰鬥文藝》　臺南市
　　國立臺灣文學館　2012年10月

張金墻　《斷裂與再生——《臺灣文藝》研究》　臺南市　臺南市立文化中
　　心　1999年6月

彭瑞金　《歷史的側影——日據時代臺灣新文學作家作品選集》　高雄市
　　河畔出版社　1982年7月

彭瑞金　《臺灣新文學運動四十年》　臺北市　自立晚報社文化出版部
　　1994年6月

彭瑞金　《驅除迷霧、找回祖靈》　高雄市　春暉出版社　2000年5月

彭瑞金　《臺灣文學五十家》　臺北市　玉山社出版事業股份有限公司
　　2005年7月

葉石濤　《文學回憶錄》　臺北　遠景出版社　1983年

戴華萱　《鄉土的回歸——六、七○年代臺灣文學走向》　臺南市　國立臺
　　灣文學館　2012年11月

二　單篇論文

王幼華　〈面具在說話——政權變動下的吳濁流〉　《族群論述與歷史反
　　思》　苗栗縣　苗栗縣文化局　2005年

吳濁流　〈臺灣文藝雜誌的產生〉　《臺灣文藝》創刊號　1964年4月

吳濁流　〈惜哉！臺灣文藝月刊〉　《臺灣文藝》第4期　1964年7月

吳濁流　〈給有心人的一封信〉　《臺灣文藝與我》　臺北市　遠行出版社　1980年2月

吳濁流　〈我辦臺灣文藝及對臺灣文學獎的感想〉　《臺灣文藝與我》　臺北市　遠行出版社　1980年2月

尾崎秀樹著，陸平舟、間扶桑子合譯　〈決戰下的臺灣文學〉　《舊殖民地文學的研究》　臺北市　人間出版社　2004年

林亨泰　〈跨越語言一代的詩人們〉　《臺灣詩史「銀鈴會」論文集》　臺中縣　臺中縣立文化中心　1995年

陳千武　〈談「笠」的創刊〉　《臺灣文藝》第102期　1986年9月

彭瑞金　〈吳濁流——臺灣文學的戰鬥士〉　《臺灣文學五十家》　臺北市　玉山社出版事業股份有限公司　2005年7月　頁115-120

葉石濤　〈吳濁流論〉　《臺灣文藝》第12期　1966年7月

鍾肇政　〈回顧與前瞻〉　《臺灣文藝》第55期　1977年6月

鍾肇政　〈風雨憶故人〉　《臺灣文藝與我》　臺北市　遠行出版社　1980年2月

李喬的兩種亞洲觀
──極權與養生

蔣淑貞[*]

摘要

　　李喬在耄耋之年仍舊創作不斷，在十七部長篇小說中，可以看出他不斷在主題的拓展和寫作技巧的精進做出努力。作為讀者，我比較關注的是他的近作《亞洲物語》（2017年）和《生命劇場》（2018年）。他的寫作態度彷彿是使徒，重複述說幾個理念──臺灣的困境與出路。在他的觀察下，臺灣由於被殖民因此苦難尚未結束，更由於文化論述從後殖民轉向後現代的身分認同、以及全人類共同面對的生態浩劫、生物科技引發的倫理問題，使得臺灣人處在時代震動而缺乏信念。這種現象令老作家寫出《亞洲物語》和《生命劇場》，甚至用論述方式出版《思想想法留言》（2019年），表達他關懷社會的心思。

　　本文主要討論李喬在《亞洲物語》中呈現的主題，也就是「文化傳統」如何導致「極權」的意識形態，而處在周邊的國家或地區如何「反抗」這個意識形態。李喬在這部小說中，提出自己的亞洲看法，立場雖然鮮明，但所涵蓋的亞洲議題，在學術層面上卻牽涉到非常廣泛複雜的領域，並不容易梳理清楚。本文僅是在某些議題上提供一點歷史資料的詮釋，加上一些西方理論上的連結，試圖對這部李喬口中所說的「最難看的小說」進行深度閱讀。另外，在接續《亞洲物語》之後出版的《生命劇場》，也有一種亞洲式的「養生觀」，接近道家的生活方式，讓我們看到在這個互聯網時代裡，最能

---

* 國立陽明交通大學人文社會學系副教授。

夠和生態界動植物溝通的，反而是一個類似「自閉」的人：作為一個有創傷情結的青年，他象徵一種「新本土觀」，也就是立足於家鄉土地，但同時面對著即將因為天災人禍而注定荒蕪的自然，唯有「喪失自我」來轉化這種創傷，對萬物的神靈奧秘性質敞開心扉，從消極的自由找到創造生機，開創積極的自由。

關鍵字：李喬　《亞洲物語》　《生命劇場》

　　李喬的《亞洲物語》在二〇一七年出版，內容描述二〇XX 年來自中國、臺灣、日本、新疆、圖博的五名研究生，齊聚紐約 New School University，在美國教授面前，各自報告研究計畫，並進行意見交流。兩年後他們在校方資助下，探訪各自的出生地：臺灣、日本東京和京都、中國南京和新疆、以及印度達蘭薩拉，然後順利完成學業，各自找到教學和研究的工作。情節推進的過程中，一股戰爭的氛圍籠罩著小說人物，但不妨礙他們彼此的同學情誼。故事最後，各個主要人物依序做了一個關乎個人民族前途的夢：（1）維吾爾族青年都達爾在葉城家裡，夢到「新疆新文化」，它結合了維吾爾族和漢人文化的優質部分，形成在地認同；（2）圖博族青年埃耳克在返回家鄉的飛機上，夢見他以教育的方式，復甦了民族語言和文化；（3）日本青年富井任職防衛廳，在一次飛往沖繩途中俯視「保釣運動」的漁船，回來後在宿舍夢到中日開戰，尖閣島屍橫遍野；（4）臺灣女子吳美治趁著赴香港教書前在臺與友相聚，夢見中國渡海襲臺，臺灣受到核彈攻擊；（5）中國高幹女兒龍一華在南京家裡，夢見國家主席講話，宣布未來將實施具有中國特色的社會主義民主自由國家，對內開放政黨，保持內蒙、新疆、西藏自治區的權利，另外與臺灣維持原狀，至於南海爭議，則決定維持公海通暢。

　　這部小說透露出李喬的亞洲觀，那就是本世紀的亞洲以中國為中心，即使曾經經過文化革命，但骨子裡仍承襲儒家文化傳統和政治秩序，「只有天下觀，沒有國家觀」，以帝國之眼看待邊陲，只是靠著集權/極權的力量把不同區域、不同文明、和不同語言的族群兜攏在一起，不是一個正常的「現代國家」或「民族國家」。在鄧小平的改革開放和後來搭上全球化的列車之後，「中國崛起」的態勢造成周邊國家的恐慌以及以美國為首的西方國家之忌憚，而其境內少數民族的反抗（疆獨與藏獨）也成為全世界關注的議題。李喬所說的亞洲的故事，藉由中國周邊地區的幾個視角，說出作家心目中的「中國（文化本質）的問題」。本文將討論李喬在這個作品中呈現「中國問題」的技巧：人物命名與性別的安排、角色的（性）權力關係、以及時間的設定。

　　李喬採用他一向標榜的「敘事觀點」來編排全書，在二十九章中，全知觀點佔十一個，其他則分布給五位主要人物：中國女子龍一華有五個、日本

男子富井直大有四個、其他三位則各有三個，似乎暗示他們所代表的國家／區域在當前世界政治舞臺的分量。但是他們五人所建立的關係網中，臺灣女子吳美治卻是言論的主導人物，具有舉足輕重的地位。

首先從這幾人的名字來看，最有象徵意涵的當然是「龍一華」和「吳美治」了。除了用「龍」姓代表中國的自我想像[1]，「一華」也指向「一統中華」的意思，集權意味濃厚。李喬不忘調侃「華」字，譁（喧鬧吵雜）、驊（駿馬）、姡（面目醜惡和狡猾）、滑、猾（擾亂）、蛞（蟹類）、化、畫、話、嬅（美女）。

至於吳美治，指涉「美國統治」，反應了戰後臺灣在冷戰的架構中，受到美國深刻的影響。從早期以反共、軍事國防為主的「亞東」定位[2]，過渡到以經濟發展、文化尋根的「東亞」論述，到現在積極連結東南亞的「華人國家」自稱，不但顯示臺灣地理位置的特殊，也凸顯文化上的變遷。

用女性來代表中國，男性代表日本，可以如何解讀呢？此先按下不表。我們先看小說結尾部分。

這五個人物最後的夢，是值得我們深度加以分析的。這些夢基本上分為兩種：一種是都達爾和埃耳克期盼回到原鄉，把精神放在民族的、地方的、有獨特文化的家鄉，關注文化的根、地方社群的發展，追求開放，與別的文化做橫向連結，埃耳克甚至發現不再有政府監視而感到「身心舒暢」[3]。另外一種則是戰爭災難降臨，中國打日本、臺灣，臺灣被核彈（來自美國或中國）摧毀。最後這四個人則出現在龍一華的中國夢裏，他們對於她宣稱將有比美國還好的「中國特色的社會主義民主自由國家」，笑而不答。全書在此結束。

---

1 有一本學術著作採用拉岡的精神分析討論中國人的龍想像，書名是 *The Great Dragon Fantasy: A Lacanian Analysis of Contemporary Chinese Thought* by Guanjun Wu, published by World Scientific Publishing Company, 2014.

2 前些時候亞東技術學院舉辦第一屆亞東盃校際籃球賽，令我想起幼年時有「亞東」一詞。

3 《亞洲物語》，頁268。

　　如何解釋都達爾和埃耳克的和平之夢呢？根據臺大已故教授胡佛提出來的「統攝性的政治文化」觀點，我們可以理解這兩位小說人物的心理傾向。胡佛認為西方政治文化的研究用一種「普世化」的量表，衡量各國的民主進程，所注重的是政治結構、行政、立法、以及公民行使權利的效能感，這種研究取徑只能觀察到公民在選舉時的個人情感取向，卻無法解釋臺灣選民對整個政治系統的情感取向。他早在一九七〇年代就觀察到臺灣有統獨問題，因為他發現醫學院和法學院的學生有特別強的自由主義傾向，因此反對國民黨的威權統治。他可以理解法學院學生受到自由主義教授的影響，但醫學院學生其實是銜接殖民地文化的脈絡，也就是在日本醫生和律師是受人尊敬的行業，而在中國的社會裡（無論解放前解放後），醫生不是特別受到重視。正由於臺灣有兩種知識系統，分別來自殖民時期的日本和戰後的美國，因此奉行自由主義的年輕一代對於「政治系統」的情感投射，也就不一樣。換言之，胡佛認為在臺灣爭取民主、高唱「天賦人權」的訴求之時，在「天」和「個人」之間的「群」——也就是統攝性文化——有了不同的情感依歸，一個是心向美國的，另一個則是緬懷日本殖民者帶來的現代法治。而在中國大陸，漢族和少數民族的關係便是在同一個「統攝性文化」的框架裡，系統中的人認為彼此屬於同一個「群」的情感導向[4]。

　　從第一種夢境的安排，我們可以看出李喬的亞洲故事如何定義中國。他認為當前稱霸亞洲的是中國，它實施的市場經濟，較之西方的「資本主義＋民主制度」——尤其是在冷戰架構下對照於「共產主義＋極權手段」——顯然有所重整，也就是說，它的資本主義市場經濟的實踐方式由於有源自傳統統攝性文化的加強，已經變得有高度效率，以至於不再需要民主來彰顯西方資本主義的效能了[5]。李喬在二〇一〇年所寫的《我的心靈簡史——文化臺

4　參考胡佛〈臺灣地區民眾對政治參與的態度：系統功能的權力價值取向〉，楊國樞、瞿海源編，《變遷中的臺灣社會》，中央研究院民族學研究所專刊乙種第二十號，1983年，頁327-354。另外，石之瑜對胡佛的學術貢獻也集中在「統攝性文化」的討論，見其弔祭文章〈兩代苦難的終極關懷：科學愛國，民主法治〉，《風傳媒》2018年10月12日。

5　關於中國對於未來五年經濟體制的規劃，由於總理李克強於2015年採取美國經濟與社

獨筆記》就引述埃及理論家 Samir Amin，說中國在西方政治的觀察角度下，原是邊陲國家，發展不出中產階級的利益與結構，所以民主法治不可能[6]。

　　李喬對於中國的不信任，也來自他個人對於文化的研究心得。他認為臺灣如果要有主體性，必須徹底去除從中國帶來的「文化傳統」。在《亞洲物語》中，他安排龍一華和吳美治的論文題目中都有「文化傳統」：龍一華的是《「文化傳統」與「意識形態」的比較研究—以中國為場域》，而吳美治的是《臺灣原居民（一九四五年以前定居者）的「傳統文化」中「文化傳統」批判》。究竟什麼是李喬所說的「文化傳統」呢？他認為「文化傳統」有別於「傳統文化」：後者是比較中性的、描述性的概念，通稱「一個民族（或族群）經歷多年累積下來的習俗、制度、信仰、價值觀等」，而前者則是「傳統文化」中的一種「習慣性勢力」（不是習慣的勢力），「不必或不許反省思考的觀念、精神力量；一種集體的潛意識狀態的文化力量。指的是具有傳承意義的價值觀、強力規範、思行標準、道德規範等。」李喬又說：「文化傳統是文化體系中，較高層級的抽象觀念部分，變遷適應力較弱而緩。文化傳統越深厚的民族，其包袱越重，時代越久遠它越頑固。[7]」以中國的「文化傳統」來說，具體的例子就是「以中國為中心的文化哲學」，例如中國向來以「天朝、上國」自居，視周圍民族為蠻夷之邦，符合了西方社會學的「中心——邊陲」理論，對於文化的價值判斷就是「與中心的距離成反比，距離越遠，價值越低，距離越近，價值越高。」

會理論家 Jeremy Rifkin 在《第三次工業革命》倡導的「自動化社會」、「分享經濟」、「永續發展」、「非營利社會經濟」等既可以因應氣候變遷又可以推動經濟的策略，受到 Rifkin 高度肯定，並預測「一帶一路」必定成功。參見紀錄片"The Third Industrial Revolution: A Radical View of Sharing Economy"（http://www.youtube.com/watch?v=QX3M8Ka9vUA）。然而，Rifkin 受到當代最受學界歡迎的哲學家齊澤克（Slavoj Žižek）的嚴厲批評，說他嚴重輕忽中國的政治風格。齊澤克到中國演講時，詢問在座學者和年輕學子所謂儒家的「和諧社會」是什麼意思，他聽完解釋後，說「人人彼此協調、各安其位」正是 fascist corporatism 的集權理想，納粹已經證明必定失敗。

6　《我的心靈簡史——文化臺獨筆記》，頁204。

7　同上，頁124-125。

　　李喬的這種「文化傳統」的定義，如果用胡佛所說的「統攝性文化」，大致可以理解為一種超穩定的情感結構，也就是一種集體的潛意識狀態的文化力量，與意識形態無異。所以龍一華的題目，要比較文化傳統和意識形態，那又是什麼意思呢？

　　根據齊澤克（Slavoj Žižek）所定義的意識形態[8]，是從辯證唯物論（dialectical materialism）的觀點來批判它的。意識形態指的是潛藏於無意識的一種物質東西（李喬認為是力量，這是對的），我們不能採取認識論的路徑去掌握它，而必須是本體論的鬥爭（或是李喬喜用的「反抗」）。例如，階級鬥爭和意識形態的關係不應該是紙上談兵，以為要發動普羅階級就要先發展普羅意識，然後設定階級敵人，用觀念來指導行動，這種主體性只是康德所說的「形上主體」（transcendental subject），沒有實際效果；相反地，我們要直接掌握生存的物質現況，改變物質條件，然後才有可能改變觀念，這就是黑格爾所說的「歷史主體」，歷史主體到了馬克思手上，進而發展到「革命主體」。因此，意識形態作為一個支配性的觀念，只有改變物質狀況，才能改變意識形態。而「歷史主體／革命主體」所面臨的往往是一種窮途末路、一籌莫展的生存狀態，用精神分析的術語來說，就是「主體的貧窮」（subjective destitution），在此時也是分析工作結束之時。主體面對這種貧窮，所採取的行動可以有兩種：一是重新對原有的意識形態產生幻想，重組其中幾個元素，如同都達爾和埃耳克，能夠在原有系統中找到理想的工作，並期待原有系統在當前「文化觀光」的潮流下獲得生機，就感覺「身心舒暢」了；另外一種行動則是「與神（意識形態）同行」（traverse the ideology），改變主體要生存下去的客體條件，例如富井的夢裡，日本不惜與中國一戰，吳美治則更極端，令臺灣毀於核彈爆發。

　　第一種行動，根據齊澤克，仍是限於意識形態的操作，尤其是當前資本主義社會的「文化主義」，例如買杯 Starbucks 的咖啡就覺得幫助到南美洲貧窮的咖啡農，買有機農業產品就感覺盡到對地球友善的倫理責任，這其實還

8　Slavoj Žižek, *The Ideology of the Sublime Object*(New York: Verso, 1989).

是很康德式的形上主體，沒有和意識形態真正搏鬥進行殊死戰，結果就是變成容易被「收編」，向權力或權威靠攏。他們都忽略了這種「本體論式的依附」，就像電影《駭客任務》（Matrix）的製造人類的「母體」（matrix），是沒有自由的。

我們從學界討論「西藏問題」[9]，就可以瞭解埃耳克在小說裡為何總是抱持一種疏離、甚至是嘲諷的姿態，去看吳美治與龍一華兩人在漢人的傳統文化和文化傳統針鋒相對：對於吳美治來說，「去除文化傳統的臺灣主體」論述是貧窮主體的殊死戰，然而對於埃耳克來說，「圖博主體」給予不同的物質條件，就可以轉成「西藏主體」，臣服於「統攝性文化」的意識形態。

那麼第二種行動呢？那種彷彿在煉獄邊緣檢視「臺灣主體」，吳美治在小說裡步步為營，強調臺灣文化正處在仍在演進中的「未完成狀態」[10]。如果李喬念茲在茲的是要建構臺灣文化為完整的「自主文化體系」，不是無法破繭而出的「本土之蛹」[11]，那麼他期待臺灣人要先做思想反省，經過一種精神練習達到人格轉化。這種精神打造工作（或是他所說的「文化哲學」）第一步是去除文化傳統。「文化傳統」的具體內容除了上述「位居中心」的傲慢霸道之外，主要還有那種「凌駕在法律之上的權力感」，也就是「人治高於法治」。用淺顯的話來說，就是貪腐濫權、目無法紀。李喬認為這是內含在「（漢人）傳統文化」中的惡質部分，李喬親身經歷多次，深惡痛絕。一九八〇年代柏楊也說過中國文化是醬缸文化，李喬則使用「中國底」、「中國意識形態」名之[12]，意思大致相同，只不過兩人提出論述的時間點不一樣。

9　例如汪暉的《亞洲視野：中國歷史的敍述》（2010年）即有專章論述「西藏問題」，大約一百頁的篇幅，歷史資料豐富。

10　臺灣主體的未完成狀態，究竟是「策略性的本質主義」，還是「策略性的去本質主義」？前者需要有領導者強力進行動員，在過程中往往忘記「策略性」而變成壓迫。後者則是在個人選擇的層面上，如對我有利時才說「我是中國人」或「我是臺灣人」。李喬的領導統御性格明顯，應該是採用前者進行打造工程，不過因為他又主張尚未有明顯本質的臺灣民族主義，所以目前只有反抗而沒有壓迫的論述。

11　《我的心靈簡史》，頁136-137。

12　《我的心靈簡史》第五章〈文化臺獨的路〉，頁165-172。

在《亞洲物語》裡，龍一華並沒有明確提出「文化傳統」和「意識形態」的不同之處，不過李喬個人偏好用「文化傳統」作為分析詞，而西方學界則用「意識形態」，從馬克思到齊澤克，無論是主張意識形態是 conscious 的還是 unconscious，一致認為一個社會若沒有意識形態的支撐，是無法長久存在的。所謂自由，根據齊澤克所言，就是與意識形態的奮鬥（struggle），但絕不等於不需要意識形態。比如一個女人在父權體制的意識形態下被定位在兩種角色，一是母親（或是母親的代理人妻子與情人），另一個是妓女；在這個體制下生存的女人，若感覺自己與社會期待的角色格格不入，產生了歇斯底里的症狀，就等於面臨到「主體貧困」的狀態，此時所採取的自救行動，就是挑戰現有的體制，改變物質條件，爭取生存空間。譬如在流行文化中，我們看到「少女學」的興起，就是一種對於「文化傳統」的反抗[13]。改編自童話寓言的少女小說或電影大受歡迎，其中少女主體所彰顯的活力與自由，都是奠基在赤足走過父權體制荊棘路上的心酸血淚經驗。閱讀成為一種「賦權」方式，不只是看到原有的故事被轉變，而且對讀者也起了變化作用[14]。

回到《亞洲物語》的龍一華，她在小說裡的人物關係中位居中心，象徵中國霸權的位置，但是她的女性身分和高幹子女的特權身分，使她在霸權的意識形態中左支右絀，而另外四個「邊緣」角色與她的層層對話更是逼迫她進入一種「貧窮主體」狀態，不得不面對採取行動的問題。李喬對她這個狀態的描述如下：

> 龍一華的問題，伊自己很清楚：自己對於 Ideology 來龍去脈，批評，實況與現實等伊可以朗朗上口，甚至不用引經據典。問題是：這是自己現實的「實情實況」好剖白──這個闡釋，論點，結論是要「放

---

13 參見 Lucy Fraser, *The Pleasures of Metamorphosis: Japanese and English Fairy Tale Transformations of "The Little Mermaid"* (Wayne State University Press, 2017).

14 李喬自己也改編了「白蛇傳」，成為《情天無恨》，重新塑造白素貞的角色。《藍彩霞的春天》更是妓女反抗「文化傳統」意識形態的經典之作。

在」「現在家鄉」的一學術之外還有「現實」；現實上，我龍一華如何
把論文「獻給」父親大人與「國家」。當然，這是私事，而且與論文
優劣無關[15]。

龍一華採取的行動是「戀愛」，用愛來形成懷柔關係。她首先愛上的對象是
維吾爾族都達爾，卻由於維吾爾族不與外族通婚的傳統文化而不獲青睞。在
此同時，她發現日本人富井追求她，也礙於歷史民族仇恨而拒絕他。有趣的
是，吳美治默默愛戀富井，而富井卻以她「配不上」他的理由婉拒了。富井
的說法是「美治可愛，但是不能『轉化』是『愛』」，為了掩飾尷尬，還立刻
調動了西方古典哲學的一個術語「質料-hyle」[16]，表示和美治可以理念形式
相同，但無法有身體的配對，兩人只能是「兄妹情」。李喬用富井的觀點說
出下面的話：

> 在他的心靈上，龍一華與吳美治是 hyle 差異的存在。記得中文的漢
> 詞裡有「匹敵」、「匹配」兩個詞。他的體會是：男女愛情是建立在
> 「匹敵」之上的「匹配」。龍一華是適於匹配的匹敵，而美治是可愛
> 妹妹姐姐……

這意思是說富井感覺只有棋逢對手才能產生愛情，而美治根本不是與他旗鼓
相當的對手？富井的「勢利眼」態度，作為臺灣讀者如何理解？從現實的區
域地理政治來說，很容易說明富井的心態，也就是日本也想要參與領導亞
洲[17]，但我認為可能還可以用「誰能詮釋中國文化正統」的角度去解釋。歷
史上不乏有日本、韓國、和越南的儒家學者宣稱，中國的正統在滿清入關後
就不在了，他們才是保存中華正統的人。臺灣在戰後也有把自己當成是「正

---

15 《亞洲物語》，頁84。

16 源自亞里士多德所說的「物質」（matter），與「形式」（form）相對立。

17 雖然富井自我分析對龍一華的追求動機「很純潔」，他說「完全出自純情，也就是擺脫
   日中兩國歷史傷痕，回到純粹『男女情愛』層面上」。

統」（亦稱「道統」）的情形。富井所謂的「匹敵」不只是在科技軍事實力上的較勁，他還在意兩人在文化正統上的「匹配」。

龍一華、富井直大、和吳美治三人在彼此追求不成的情況下，李喬安排龍一華改變性取向，主動追求吳美治，而美治也接受了，兩人產生「境遇性同性戀」，而且不分 T、婆，滿足彼此追求「平等」與「尊嚴」的需求。這種情節的安排，頗令讀者耳目一新，因為李喬對於中、臺關係的關係，在性別對應上，不是男對女，也不是男對男，而是女對女。我們如果採用同志理論（Queer theory），就可以知道「女同志」才能真正建立起「承認他者」的關係。「男同志」基本上仍是自戀的延伸[18]。龍一華原本被眾人放置的中心霸權位置也因為與吳美治的「同志」關係而鬆動了，名字中的「華」字，不再有僵硬的意涵，而是變成了一個意義流動的符碼，其意義隨情境流動為「譁、驊、娃、滑、猾、蠟、化、畫、話、嬅」[19]。小說動線也因此從「知性的悲觀主義」推進到「意志的樂觀主義」，大家各自堅守自己的立場，還可以集體進行田野工作。

李喬在《亞洲物語》中如何處理時間？他先在主題上用大卸八塊的方式，類似畢卡索繪製《丟石頭的女人》的手法，以及小說人物密集對話的方式，召喚出中國的本質——一個緊抱「文化傳統」、停滯不前的極權政體，導致「五人小組」瀰漫著集體的沮喪感覺。局勢的變化也許風起雲湧，但長期的文化討論卻令人覺得腐敗的現況永遠存在，小說用季節轉換、日夜交替呈現這種一直拖著、始終延宕的現象，無論是旅行到什麼地方，大夥兒仍舊漂浮在熟悉的 limbo 般的中間狀態、地獄邊境，惟有藉著最後三人（都達爾、埃耳克、富井）選擇回到家鄉、兩人（龍一華、吳美治）奔赴香港才算有短暫的「安置」。當然，「香港」作為延續兩位主要人物關係的地方，自有

---

18 見 Slavoj Žižek, "The Lesbian Session," *The Symptom* 13 (Summer 2012). https://www.lacan.com/symptom13/the-lesbian.html（取用日期2019年11月3日）。

19 不過，熟悉佛教典故的讀者可能在此也讀出「龍一華」另一層的含義：達摩祖師傳衣給二祖慧可時，留下一首偈頌，尤其「一華開五葉，結果自然成」這兩句，引發參悟的熱潮。

其特殊原因。它和臺灣一樣，曾經是又有正統性又有華人性[20]，所以複雜度比東南亞、東北亞更大。也因為香港有「南來者」的歷史，基本上都是與大陸的政治採取敵對立場，但自認是文化正統，所以前些年在保釣運動的愛國表現上，比中國大陸還激烈。中國崛起之後，臺灣和香港要說自己有文化正統性就顯得非常困難了。小說最後在龍一華的夢境裡，她藉由國家主席的「趙九條」宣布，感受中國和平崛起、中華民族復興的希望，但是顯然未獲其他四人的認同，問題仍舊懸在空中。

讀完小說，我們不由得聯想到這個亞洲故事的發生地——紐約，以及美國學術界生產亞洲知識的方式。關於亞洲的論述總是要從亞洲以外的地方開始，從十八世紀的歐洲開始談亞洲[21]，到二十一世紀的西方各地的「亞洲研究」，都令人感到亞洲彷彿是個咒語，有無窮的吸引力。李喬在這部小說中，提出自己的亞洲看法，立場雖然鮮明，但所涵蓋的亞洲議題，在學術層面上卻牽涉到非常廣泛複雜的領域，並不容易梳理清楚。本文僅是在某些議題上提供一點歷史資料的詮釋，加上一些些理論上的連結，試圖對這部李喬口中所說的「最難看的小說」進行深度閱讀。

最後我想簡短地談一下接續在《亞洲物語》之後的長篇小說《生命劇場》[22]，來討論李喬表面上非常「亞洲式」的「養生觀」。故事大綱如下：

> 閒居在苗栗鄉間的退休教員莊秋潭與詹信林，賦閒鄉居的生活裡仍不時收到人世間的紛擾牽動著；無故失蹤的女婿導致女兒中年失婚，小兒子的亞斯伯格傾向和未來依靠，甚至是家鄉水源的保衛戰，不僅在兩位老人的生活裡蕩起波瀾，也冥冥牽引著天地間的萬象生命[23]。

---

20 「華人性」是英文 Chineseness 一字常見的翻譯，一般用法並沒有負面意涵。若譯為「中華性」，則強調「文化正統」的地位。李喬則是譯為「中國底」或「中國意識形態」，對它有負面用法。

21 參考尤根・歐斯特哈默著，劉興華譯：《亞洲去魔化：十八世紀的歐洲與亞洲帝國》（臺北縣：左岸文化事業有限公司，2007年）。

22 二〇一八年印刻出版。

23 《生命劇場》封底。

這本小說道出了鄉下地方許多陳年往事，讀起來非常有真實感，即使穿插了這對老夫妻和其子與動植物對話的奇怪場景。李喬在第一章便很嚴肅地提醒讀者莫把此書讀成童話故事，其中的動植物被稱為「人物」，計有老樟樹「香婆」、老茄冬「澀婆」、大葉桃花心木「太箍」、藍鵲「長尾仔」、大山豬「洛卡」、野鯉魚「阿錦」、鱸鰻「踻踻」，讀者很容易用「齊物論」加以論述化[24]，但是李喬一向是信服西方理論，所以他從生物學、人類學去說明他這部小說的「理論層面」。

> 人類有眼耳鼻舌身五種與外界的溝通部門，但明確知道各有侷限，侷限外是無感的；已經證明的，其他生物的感覺器比人類的繁多敏銳驚人。植物的感與覺「人無能」覺知，可不能斷為它無感無覺。……「所有彼此」是可以相互溝通的，「孤獨狀態」是人類未盡責任。因為唯人類「知覺設備」，「心志能量」最明確且可以傳達嘛！……在「生命劇場」出現的人物，他、牠、它都是「主體」，不是人的相對「客體」[25]。

以上的說法，若是用佛教「眾生平等」的觀念和實踐，便很容易理解。但是我認為李喬比較特別的地方是他致力於一種哲學工夫，以之作為鍛鍊主體自主性[26]的方法。他曾自我描述有「知識飢渴症」，經常以研究、懷疑、靜觀、自我主宰、自我控制[27]的方式進行「修養」，對於生命中的貧窮、痛

---

24 清末章太炎把莊子研究和西方思潮結合起來，得出一種新的平等觀，即「齊物平等」。參考汪暉〈曾被篤信的平等，為何反致新的不平等？〉，《文化縱橫》2019年8月19日，https://twgreatdaily.com/p3x2rmwBvvf6VcSZRJRu.amp。取用日期2019年11月5日。

25 《生命劇場》，頁13。

26 這裡談的「自主性」(autonomy)，是古典哲學裡定義人的自由很重要的觀念，強調個體的獨立思考能力。但它在當前「第三次工業革命」所談的生命互聯網時代，似乎已經變成一個陳腐的概念了。

27 盱衡李喬長年用讀「硬書」(也就是「理論」)、直觀映像術、宗教探索與實踐等方法，把哲學當作生活方式，也就是「工夫」，把生命看成是實驗的場所。

苦、死亡有深刻的沈思，彷彿是用哲學在療癒自己，進而學習對事物養成淡漠的態度[28]。這種修煉如果不用東方的佛教語彙去說明，那麼我們也可以採用歐陸哲學的古典主義，也就是一個人如何用「控制自然」（自己的自然和外在的自然），來形成主體。李喬的短篇小說中，我們看到有許多人物希望藉由與「自身自然」（情慾和激情）的對抗和壓抑，來獲得精神的自由[29]。不過，李喬的長篇小說呈現的是一種新的主體觀：自由不只是擺脫衝動能量或身體活動，重點不在理性的自我控制，而是包含一種能力，可以體驗自我控制的強制性，以及令衝動能量的內在動力發生的能力[30]。換言之，主體修養工夫的真正任務是調動「身體的存在」與「自然的存在」，與「自身自然」達成和解[31]。例如，李喬在莊紫蓉給他的訪問中，說到有一次打乒乓球，他使用意志力，看到球進去了接球方的桌面，但裁判和對手同時說沒進去，因而體認到他的求勝意志決定了他的視覺方向。李喬的「意志公式」（只看分子不看分母）[32]創造了他的生活方式，可說是成為一種「生存美學」了[33]。

---

28 我對於「淡漠」的用法，採取德國哲學家海德格（Martin Heidegger）的詞Gelassenheit，何乏筆翻譯成「放讓」。見林淑文〈山林自然的暴力與療癒〉，頁288。

29 李喬的短篇小說精選集或是獲選為英文翻譯的短篇小說作品，多半具有這個特性，如〈人球〉、〈昨日水蛭〉、〈恐男症〉、〈孽龍記〉、〈修羅祭〉、〈泰姆山記〉、〈玉門地獄〉、〈某種花卉〉、〈告密者〉。

30 例如《寒夜》裡的劉阿漢、燈妹、劉明基，《咒之環》裡的原住民巫婆、林海山，《V與身體》的何碧生，《散靈堂傳奇》裡的蕭墨，《生命劇場》的人類與動物。

31 「和解」並非「和諧」。和解就是本文稍早所說的「與神（意識形態）同行」（traverse the ideology），改變主體要生存下去的客體條件」。

32 莊紫蓉訪談李喬，見〈逍遙自在孤獨行：專訪李喬〉（2001年4月11日，http://www.twcenter.org.tw/thematic_series/character_series/taiwan_litterateur_interview/b01_7203/b01_7203_1），取用日期：2019年10月23日。

33 傅柯（Michel Foucault）在《性史》第二卷提到思想除了作為「話語」（discourse），它作為「生存美學」在歐洲也愈來愈盛行了。「生存美學」是一種對生活方式的創造，何乏筆譯為「工夫」，而哲學的工夫即是把生命看作是（氣）能量，形—氣—神彼此因為不斷變化而產生的緊張關係，得以構成主體。參見何乏筆〈哲學生命與工夫論的批判意涵：關於晚期傅柯主體觀的反思〉，《文化研究》第11期（2010年秋），頁143-167。

　　《生命劇場》裡除了莊秋潭夫婦之外，有這種「工夫」的就是小兒子宜禎了，他具有類似亞斯伯格症的傾向，不善與人溝通，性慾也開發得很晚，但是與動物交談的本事很強，最後也得到女性青睞，結成連理。以他作為討論「養生」的支點，便導向「無用之用是為大用」的道家傳統說法。把這個說法應用在群體，思考它是否可以成為一個「統攝性文化」，便是海德格在二戰德國戰敗後，所提出來的看法。海德格的《黑筆記》（*Schwarze Hefte*）於二〇一四至二〇一五陸續出版後，受到最熱烈討論的是，他主張莊子的「無用」之思是德國民族從根本上敗壞以後最好的淨化方式。這是自我否定，卻也非自我毀滅，而是經過無用之後，轉化為無用之用[34]。

　　撰寫本文之際，時值中美貿易戰延燒成臺海危機，令人不得不佩服李喬放眼全局、洞燭機先的能力。他在二〇一八年中美貿易戰開打之前就出版了《亞洲物語》，藉由龍一華之夢說出對中國的「恐懼」與「盼望」（頁294）。如果我們檢視《亞洲物語》中龍一華的「中國夢」，可以看出李喬如何把「極權」的中國轉化為「一個無用的民族」：先是肯定中國共產黨的「成功多於失敗」、肯定中國要成為「世界大國」和「亞洲第一」的決心、繼而宣布政治制度徹底改革（放棄一黨專政）、然後堅決與商人「保持距離」、給予邊疆民族（內蒙、新疆、西藏）自治、與臺灣關係維持原狀但防止外國勢力介入、保護自然環境（水源與南亞共享）、南海造島適可而止（頁292-293）。這個夢境最後是龍一華的同學──吳美治、都達爾、富井直大和埃耳克──紛紛走向她，笑而不語，龍一華氣急敗壞。由此可見，李喬對於面臨內憂外患的中國是否可以自我轉化，不是抱持很高的期望。相較之下，隔一年出版的《生命劇場》，則是進行自我修養的工夫，以莊宜禎象徵一種「吾喪我」的「新本土觀」[35]，也就是立足於家鄉土地，但同時面對著即將因為

---

34 參見夏可君《一個等待與無用的民族：莊子與海德格的第二次轉向》（北京市：北京大學出版社，2017年）。

35 「新本土觀」意味著與一般所說執著於土地與血緣關係的舊本土觀不同：舊本土觀往往因為個人、群體或國家遭受創傷的痛楚，而以類似社會生物性的領土保衛方式來反抗加害者，但一旦陷入或固著於某一立場（例如保守主義），便容易忽略另一個立場存在的可能性（例如自由主義）。

天災人禍而注定荒蕪的自然，為了保存生機，唯有轉化自己的創傷，對萬物的神靈奧秘性質敞開心扉，從消極的自由（只看自己）找到創造生機，開創積極的自由（蝴蝶破繭起飛）。

徵引文獻

石之瑜　〈兩代苦難的終極關懷：科學愛國，民主法治〉　《風傳媒》2018年10月12日

李　喬　《我的心靈簡史—文化臺獨筆記》　臺北市　望春風文化　2010年

李　喬　《亞洲物語》　臺北市　印刻出版社　2017年

李　喬　《生命劇場》　臺北市　印刻出版社　2018年

何乏筆　〈哲學生命與工夫論的批判意涵：關於晚期傅柯主體觀的反思〉　《文化研究》第11期　2010年秋　頁143-167

汪　暉　〈曾被篤信的平等，為何反致新的不平等？〉　《文化縱橫》2019年8月19日　https://twgreatdaily.com/p3x2rmwBvvf6VcSZRJRu.amp　取用日期2019年11月5日

汪　暉　《亞洲視野：中國歷史的敘述》　香港　牛津大學出版社　2010年4月

林淑文　〈山林自然的暴力與療癒〉　《應用倫理評論》第64期　2018年4月　頁285-319

夏可君　《一個等待與無用的民族：莊子與海德格的第二次轉向》　北京市　北京大學　2017年

楊國樞、瞿海源編　《變遷中的臺灣社會》　中央研究院民族學研究所專刊乙種第二十號　1983年

Fraser, Lucy. *The Pleasures of Metamorphosis: Japanese and English Fairy Tale Transformations of "The Little Mermaid."* Detroit: Wayne State University Press, 2017.

Osterhammel, Jurgen. 《亞洲去魔化：十八世紀的歐洲與亞洲帝國》　尤根‧歐斯特哈默著　劉興華譯　臺北縣　左岸文化事業有限公司　2007年

Wu, Guanjun. *The Great Dragon Fantasy: A Lacanian Analysis of Contemporary Chinese Thought.* World Scientific Publishing Company, 2014.

Žižek, Slavoj. *The Ideology of the Sublime Object.* New York: Verso, 1989.

Žižek, Slavoj. "The Lesbian Session," *The Symptom* 13 (Summer 2012).

空間敘事下生命座標的尋找

——論陳銘磻故鄉系列成長書寫的現實意義[*]

黃雅莉[**]

摘要

在臺灣散文史上，始終耕寫不輟、「把文學種在土地上」的作家陳銘磻的創作表現應得到更多的關注。對陳銘磻而言，新竹石坊里是個人記憶交織的空間範疇，是生命意識層構成的凝結物，它輻射出陳銘磻對於新竹和世界的最初想像。

他的歷時性創作的故鄉三部曲：《石坊里的故事》、《父親》、《安太郎の爺爺》是他一次又一次對新竹成長的回望書寫，呈現了心境的轉變。在作家的主體精神和想像力的作用下，將有關童年記憶、地方記憶和想像合流，重塑屬於自己的生命歷史。他將時空經驗個性化，從而賦予一系列時空以身份意識，我們可見，陳銘磻以回憶的視角，透過人與地方的關係，建立了自己生命的起點，展示了未來的前景以及多種可能性，把生命空間的疆域從現實的維度拓展到生命記憶的維度。

本文擬通過對陳銘磻故鄉三部曲的分析，以見作家如何從建構自我人生來創造文學與空間場域相生相形的藝術，開拓「因地及史（生命史）」的抒情模式。其次，亦藉此以見陳銘磻如何透過對新竹「石坊街」的風土人情的回憶來紀錄時代、銘篆成長地方的特徵與現象。

關鍵詞：陳銘磻　地方依戀　原鄉記憶　自傳書寫　成長書寫

---

[*] 本文於二〇一九年十一月八日宣讀於清華大學華文所舉辦的第四屆竹塹國際學術研討會，承蒙討論人林淑貞教授給予意見，後經投稿而於二〇二一年六月刊載於臺北市立大學中國語文學系《北市大語文學報》第二十四期。

[**] 國立清華大學華文文學研究所教授。

一 前言

　　對於每個人而言，原鄉往往是生命最初的源頭，框住了他心中對地理空間的眷懷。對個人的生命史而言，最深的記憶，莫過於故鄉、家園和年少的舊情往事。點點滴滴的原鄉情懷，就這樣在人生回望時中徐徐牽引而出。歲月流逝的價值便在於記憶，而記憶是可以修正或彌補的。正如陳銘磻所言：

> 人類的記憶並不是在記錄事實，而是捕捉印象；記憶是一條長河，帶
> 來瞬間的生命觸動，忽然就走，只留下水清水濁幾許漣漪。
> 誰沒有過去？再怎樣不堪回首的過去，不都隨風而逝了嗎？[1]

再怎麼深的傷痛，也都會成為過去。每個人都是通過記憶一步步地回到過往，真正的記憶只在極敏銳而易受到感動的心靈中，記憶和想像的融合就更加密切，在作家的主體精神和想像力的作用下，將有關童年記憶、地方記憶和想像合流，重塑屬於自己的生命史。原鄉與記憶，家族與成長，便成為個體重要的生命體驗和生活重要的組成部分，成長必然會成為創作的審美對象，成長本身所擁有的豐富文化意蘊，既反映出人類精神發展共性，又呈現出個體豐富的生命體驗。成長書寫以其獨特的敘事內容再現了時代的變遷與個人的生命的發展軌跡、人與他人的內在聯繫。

　　對於任何一個創作者而言，都要面對創作寫作動機與目的的思考：我為什麼寫作？雖然每個人的理由各不相同，但是將寫作作為表達情感體驗，抒寫思考認知，實現自我超越，進而達到把握世界的目的卻是一樣的。陳銘磻長達四十多年的寫作歷程非常豐富與完整，從對原住民、社會底層的關懷，到觀察都會面貌；從散文、小說到報導文學等不同文體的嘗試；從個人生命歷程的深情回望到溫暖純摯的人倫情愫的展現，在他的身上，我們看到創作的各種可能性。但是，我們不禁想了解，這樣的可能性來自何方？是作家自

1　陳銘磻：〈甘納豆的滋味〉，《安太郎の爺爺》（臺北市：布克文化，2014年），頁8。

身的創作理想？還是一種對生命深層思考後的外現？我們是否可以超越各種不同文本的差異而尋找到一個可以統攝各種不同題材的本源？陳銘磻的寫作可以分為描寫他人、管窺自己兩大類，除去報導性文學不談，他在一九七九年出版《石坊里的故事》，以故鄉敘事為主，一九九〇年代之後，陳銘磻以弔念亡父的《以父為名》（1996）最具代表性（二〇〇四年以《父親》之名重新整理再版），父喪之後、作者追隨父親生前行腳的日本旅行書寫，從《伊豆夏日某天》（2002）、《雪琉璃》（2006）、《雪落 無聲》（2007）到《開往北海道的幸福列車》（2008），幾乎年年出版新書；2010年之後，將日本旅行書寫轉型為結合日本文學作家作品、人文地景的「文學旅行」寫作，包括《我在日本尋訪源氏物語的足跡》（2011）、《三島由紀夫文學之旅》（2011）、《我在京都尋訪文學足跡》（2012）等。在2014年出版了《安太郎の爺爺》。在這些作品中，我們可以發現，不論是寫新竹的記憶，寫日本的旅行，這些創作都離不開一位精神之父、知心之交──父親的心靈感召，換言之，其創作背後心理動機都源自於他對父親的眷懷，究其實質皆是以父親為核心的地方書寫。劉智濬〈陳銘磻的生命原鄉追尋〉指出陳銘磻的生命原鄉追尋書寫：

> 由於自身童年窮困與父親半生潦倒的經驗，可以連結到後來對社會底層邊緣人物關注的報導文學寫作，對父親的追憶則與父喪之後的日本旅行書寫存在深刻連繫。……異國旅行中對父親的孺慕與追憶，更在故鄉、原住民部落、異國日本之間形成以生命原鄉追尋為焦點的深層連結。……父親生前，陳銘磻追憶源自父親半生潦倒的窮困童年與蒼白青春，父親亡後，則在各種旅行形式中召喚對已然不在場父親的孺慕之情，藉此尋求一個可以讓生命安頓的所在。這種書寫的動力來自歸屬感的匱乏，既是成長階段窮困創傷的療癒，也是不斷重返人子角色、渴望父愛的追尋。[2]

2 劉智濬〈陳銘磻的生命原鄉追尋〉，《台灣文學研究》第四期，2013年6月，頁205。

從這段文字可知論者認為陳銘磻的所有寫作，都是源自於對父親的永恆追憶。甚至連日本文學旅行系列亦是為了懷念父親。陳銘磻在作品中試圖展現的，就是建構的一種回憶錄，賦予生命存照的寫作意義，並最終通過寫作獲得精神救贖的過程。正如他在《安太郎の爺爺》序文所言：

> 我用第三者的心情，行經故鄉新竹石坊街、父親最愛的大阪，細讀親情、書寫親情，不但能清楚見到那個連自己人生都掌握不好，愚昧的我；同時，也見到那個藉由父親的智慧光澤，從陰翳暗處因循光影走出無知、放縱的真我。[3]

在陳銘磻的創作中，我們不能忽視的是他對新竹原鄉和父親這份生命本源的回望與確證，作品表層的成長敘事承載的是一個歷經滄桑的成年人的尋根戀舊的情感，作者試圖通過對童年故鄉新竹的回憶來尋求心靈的歸宿。在其創作的情感脈絡裡，存在著兩種特殊的記憶表象：石坊街的年少記憶和父子親情。其創作目的在於尋找和重建精神家園，並在這一過程中完成對生命意義的追問。他的創作敘事結構包括兩層，表層結構是作者以成長為線索，將石坊街經歷的記憶集合在一起。深層結構是作者內心情感的表露與寄託。在內、外兩層結構的結合與互補下，作品得到了完整的表達與闡釋。我們透過對陳銘磻不同人生階段的空間書寫的探究，也許可以一窺陳銘磻對新竹的眷懷、到日本旅行的游移與心靈回歸等不為人知的心路流程的發展。

　　《石坊里的故事》是陳銘磻第一本對原鄉的書寫，石坊里是他老家的所在、舊時回憶的儲存空間，這本書就是一系列以此地為場景的故事，筆調溫潤。《父親》在二〇〇四年出版，全書主要書寫對父親辭世的哀傷，筆調凄楚感傷。所有的回憶銘記都因為父愛一直存在他心中。我們往往以為，人盡孝道那是早晚的事，可當你有條件盡孝時，或許親人就不在了。所以，孝道

3　陳銘磻：《安太郎の爺爺》序文〈能遇見你，真好〉，《安太郎の爺爺》（臺北市：布克文化，2014年），頁8。

與鄉愁似乎是孿生兄弟，提起孝道，必說鄉愁，一想起鄉愁，便想起老父、老母與老家。《安太郎の爺爺》是陳銘磻繼《石坊里的故事》、《父親》之後，在二〇一四年再次地對新竹成長的回望書寫，在前二書的基礎上更融入了作家對於過往人生的詩性反顧和思考。如果說：《石坊里的故事》是以自己的視角向讀者娓娓道來，《父親》是以自我和父親之間的對話為主，那麼，《安太郎の爺爺》則透過兒子安太郎的視角來看待兩個出生不一樣世代的父親的相處樣貌，作為一種親情的傳承。相較於前二書，筆調顯得平和從容。他寫《安太郎の爺爺》，父親已離世多年，石坊里老街原貌也已極大的變遷。而他也已經移居臺北和桃園多時了。本來以為，鄉愁僅是對父母雙親的牽掛，還有對老家老屋的記憶。如今，父母走了，老屋不在了，可是鄉愁仍舊揮之不去，就如那陳年老茶，時日愈久，味愈顯悠長。

對故鄉的眷懷一直是陳銘磻創作的一個重要主題，這條感情的流脈始終貫穿在他的作品中，有時是顯性呈現，有時是如潛流般的隱性呈現，只要抓住這條情感流脈，便為我們探究其創作心理找到了一個重要的視角：每個人都試圖在精神返鄉中尋找靈魂的安身立命之地。如此看陳銘磻的創作，他在關注著自己的故鄉時從淺表的現實層面到深層的異質層面，無不烙上了他對故鄉新竹思索的痕跡。他懷有怎樣的一個故鄉情結？又何以表達這一故鄉情結？這些都是值得我們探討的。本文擬從陳銘磻三部歷時性「故鄉系列」——《石坊里的故事》、《父親》、《安太郎の爺爺》進行探究。透過對陳銘磻原鄉書寫的三部曲來解讀他的故鄉情結。發現他呈現了階段性的心理發展——對新竹的認同與眷懷、對新竹的游移與疏離、對新竹的皈依與往返。這三部書皆是帶著個人感受對自己所處時空的「生命史記述」，隨著他的言說，將帶領我們走進歲月，重溫真純的年代，捕捉那些散佚在正史之外的日常生活細節微光。散文是一種適合回憶的文體，散文中的回憶是一種審美體驗，是以作者個人經歷為基礎的感性體驗的再一次呈現。從成長書寫到旅行中見證人生風景，我們可以讀到他對原鄉情感的變化。回憶同時也傳遞了一個時代所特有的審美想像，見證新竹的時代遞嬗，為我們留住了新竹地區的歷史記憶。

　　成長是人生歷程中不可回避的命題，也是追尋自我的旅程，而此旅程必定是一個從無知到成熟、從迷惘到領悟的過程，因此任何關於成長的敘事都具有廣泛的吸引力。本文試圖從成長的主線著手，對陳銘磻故鄉三部曲進行研究，以人與地方關係的角度切入，探析作者的成長的心路歷程。這些近乎回憶錄的散文集，圍繞著家庭的興衰沉浮，經過一系列生活的磨礪之後，邁向人生成熟階段的成長歷程，在歷經家庭困窘後體會到生命的艱辛，並在其中表現出對現實人生的體悟，但最終在成長中不斷成熟，表現出對原鄉種種人性缺憾的寬容。

　　一般以為，生命的成長是需要時間來完成，卻忽略了人也可以藉著空間的移動來澈悟人生。空間的移動能在另一個層次上因為跳脫而形成了距離之下的理性觀照。在陳銘磻創作中呈現鮮明的經驗化地方書寫值得我們關注，卻鮮有人評論分析。在陳銘磻的創作中，地方空間除了作為人物活動的背景之外，自身也是個性鮮明的主體。新竹、日本、臺北等地在塑造地方圖景與區域想像方面扮演著核心角色，不同的書寫模式也反映了作者不同的精神指向和價值觀念。有鑑於此，本文選擇以地方書寫為論述點，闡述陳銘磻故鄉三部曲中地方書寫的審美價值與文學史意義。第一部分通過歸納陳銘磻筆下石坊里的地方概貌，分析他對地方的印象與情感，借助對具體作品的分析與評述，篩選出地方風貌中個性化、人文性的一面。探析陳銘磻如何將真實的地理標地轉化為充滿個人經驗、記憶與想像的地方。其次，地方書寫的精神之根以個體定位、人地關係二個維度為導向，剖析陳銘磻地方書寫的內在指向與終極訴求。對陳銘磻作品中地方書寫的考察，將有助於挖掘研究陳銘磻作品的新途徑，進一步探究臺灣文學背景下「地方書寫」的文學價值。除此之外，結合地方空間與文學作品的研究將更好地理解文學空間的多維度價值和意義，也為未來文學創作和文學批評提供某種可供參考的視角與若干理論探討的前提。

二　心之所繫：對故鄉認同下所形成的地方依戀

　　「地方依戀」（place　attachment）是人文主義地理學研究的關鍵詞之一，它主要體現為人與地方之間的一種特殊情感聯結。[4]地方書寫是當代文學研究中的重要主題之一，研究者透過運用「地方依戀」進行對作品的闡釋，或許更能夠作為研究論證的重要依據。畢竟人們對地方一份生於斯、長於斯、老於斯、死於斯的深情眷懷，藉著人與地方之間相互依存的關係而揭示了地方是自己的精神家園和靈魂的歸屬，並以地方依戀的覺醒來思考人生。土地是一切生命之本，人必須樹立一種尋根溯源的土地倫理觀念，自覺地從根本上尋找土地之於人的生命養育之恩。

> 　　石坊里——一個記憶深刻的地方，我在那裡渡過童年、少年。一條長長的石板路，石板路後尾的四合院，四合院對街的小樓閣，我曾和父母、二姐、弟妹相依為命的過了將近廿年貧困的慘淡歲月。……
>
> 　　一直到現在，我依然無法忘記風刮小樓閣、雨打無簷庭院的心酸歲月。都過去了。縱然日子無花，也沒有絢麗的陽光，我仍感到心中有千萬感激之情。[5]

　　這裡很清楚地交代了自己的成長原鄉之於生命的意義。陳銘磻是新竹人。新竹，地處北臺灣最南的地理位置，古稱竹塹。都會和鄉村的身影同時浮現，在守舊與開新之間，在城市與鄉村之間，以新竹為地緣表徵的文化屬性也深深地影響了陳銘磻。時代與歷史對一個作家人格所產生的重大影響眾所周知。然而，考察一個作家人格全面形成的各種因素中，還有一個重要的

4　「地方依戀是人與地方之間相互作用而形成的聯結。」參考朱竑、劉博：〈地方感、地方依戀與地方認同等概念的辨析及研究啟示〉，《華南師範大學學報》（自然科學版），2011年第1期，2011年2月，頁1-6。

5　陳銘磻：〈記憶裏的石坊里——《石坊里的故事》後記〉，《石坊里的故事》（臺北市：號角出版社，1979年），頁165。

組素——區域環境，可以窺視出特定區域的生態環境、歷史發展、人文素養及其精神結構。在這裡所說的「區域」，可以是行政區域，如新竹北區；也可以是文化區域，如竹塹文學；也可以是大的區域，如臺灣文學。一方水土養一方人，一方水土也形成一種文化。如果說新竹特殊的地理環境賦予作家個性上的浪漫與多情，那麼傳統文化精髓則賜予他精神上的毅力與堅韌。

石坊里[6]，那是陳銘磻最熟悉的地方，是他生活了十六年的地方。這條街道因清代遺留下來的古蹟「天旌節孝」楊氏節孝牌樓而得名，陳銘磻以兒子的視角這樣描寫：

> 它是一條未及三百公尺長的小街道，充其量是條不起眼的老街；父親每次回新竹，習慣從東門街穿過三角公園，行走在並不寬敞的西門街，再經過舊省立新竹醫院到石坊街。他是風的小孩，喜歡風吹清涼的小男孩。[7]

從西門市場街道，很快的便能走近石坊街，那一條遺留著清朝時代歷史陳跡，被定為三級古蹟的楊氏牌坊的石板路，作家和他的家人從牌坊底下出入，不知道多少回了。

> 他可清楚了，楊氏節孝坊為新竹地區最早豎立柱三間三層風格的貞節牌坊，是清廷為褒揚鄉民楊居娘的親夫身故後，多次殉夫未成，堅貞守節二十一年，以母兼師，撫孤孝親，節孝感人，特別准予建造牌坊，以為感念楊氏操守的八股建築。[8]

---

6 石坊里的所在位置即今天新竹市石坊街，因為有清代楊氏節婦之節孝坊，因而得名。此節孝坊為清治時期，新竹第一座石坊，採四柱三間三層的建築形式，樹立了新竹地區石坊的代表風格。參考：https://blog.xuite.net/apex.cheng/wretch/117810826。

7 陳銘磻：〈潛園九降風〉，《安太郎の爺爺》（臺北市：布克文化，2014年），頁56。

8 陳銘磻：〈潛園九降風〉，《安太郎の爺爺》（臺北市：布克文化，2014年），頁58。

陳銘磻的這段文字，有口述歷史的價值。對於今天的新竹市市民和觀光客而言，有一種宣揚地方風物的價值意義。全臺灣現在剩下十二座石坊，新竹就佔了四座，楊氏節孝坊是唯一矗立於原地的石坊，建於清道光四年（1823），至今已佇立了近兩百多年的歷史。此坊位於西大路與石坊街口，是進出西門必經的街巷，在過去可是往南大官道必經之路，鄰近潛園、天后宮、明志書院、淡水廳署等，使得楊氏節孝坊更顯突出。「石坊街」名字由來便是因為有石坊立在此地。在古代，石坊往往是地方上的精神堡壘，多半是朝廷為了揄揚民間具有德行和節操者而建造。這一座石坊里恐怕和一般古蹟相同，沒有太多的風情可言，更甚者還可能覺得那是封建時代對女性自主權的枷鎖，是不人道、壓抑的標誌；但從另一個角度來看，那是在地人的一種榮譽感，甚至是日常生活出入街道之中熟悉的情感記憶的所在。

　　石坊的位置，可以看出早期居民活動的路徑，它是一條街道入口的最佳意象與代表的標誌。同時，外地人也會從本地的古蹟文化領悟本地民眾的文化修養、生命情懷。正因為如此。陳銘磻以在地知情者的視角向人們展示出石坊街的取名由來。一個人容易在與他本性與氣質接近的人事中找到共鳴而得到強化。人往往在周圍環境的長期影響下不知不覺發生改變。陳銘磻回望故鄉的地理與文化，透過人與土地的關係，建立了自己生命的起點，展示了未來的前景以及多種可能性，把生命空間的疆域從現實的維度拓展到生命記憶的維度。他以兒子的角度來敘述家庭狀況：

> 狹窄的巷術充滿被世界拒絕的黯沈模樣，一如爺爺和父親自認被富貴摒拒於世界之外那樣，使得父親那張對貧窮不置一辭的童稚臉孔，無盡的歡笑，全在那裡中斷；他執意不肯把少年歡愉的年輪，暴露在現存生活，悶悶不快的環境下，心裡就想著：「這是怎麼回事？」[9]

當作家回溯自身的起源必然涉及家族興衰史和時代記憶，作家也由此而建立

9　陳銘磻：〈潛園九降風〉，《安太郎の爺爺》（臺北市：布克文化，2014年），頁56。

自我的生存責任感和人生價值觀。石坊里對陳銘磻來說，除了出生地的標記之外，更是他回憶成長不能缺乏的重要背景。因為他再也回不去月色下的石坊里，那個有陽光相伴、刻滿辛酸與淚水的老地方：

> 雨季總會過去的，晴天也總會到來，石坊里的歲月，我感恩父親、母親、二姐，是他們使我有勇氣從苦難中認識痛苦，以及痛苦後的，希望的喜悅。[10]

石坊里對陳銘磻的意義而言，是一種正向積極的力量，家境的困頓苦難把他和家人的情感緊緊的連繫在一起。他在《石坊里的故事》中追溯自我的生命座標，交代了他出生在新竹石坊里一個日漸沒落的家庭。在那裡度過了十六年的歲月。血緣親情潛移默化地影響了陳銘磻溫厚的性格與人生抉擇、創作走向。

陳銘磻在原鄉新竹生活了十六年，他在故鄉書寫系列中的新竹書寫，是作家對人生與土地之間的關係深入的倫理思考。原鄉往往是生命最初的源頭，框住了人們心中對地理空間的眷懷。陳銘磻在耳順之年寫的《安太郎の爺爺》序文中說：

> 我喜歡父親勝過母親，因為他容易親近。我喜歡母親勝過家庭，因為她的炒米粉裡有愛。我喜歡新竹勝過臺北，因為這座城市讓我嘗到故鄉的滋味。
>
> 「沙漠為什麼而美麗？因為它在某處藏了一口井」《小王子》如是說道。多年來，不斷尋找那口不知被藏匿何處的水井。[11]

---

10 陳銘磻：〈記憶裏的石坊里——《石坊里的故事》後記〉，《石坊里的故事》（臺北市：號角出版社，1979年），頁167。

11 陳銘磻：《安太郎の爺爺》序文〈能遇見你，真好〉，《安太郎の爺爺》（臺北市：號角出版社，1979年），頁8。

　　每個作家都有自己創作的「井」。這口井，實際上就是作家自小生活的故土世界。這個我們甫一出生就觸摸到的最初的世界，滋養了一個人最初也是最真的靈魂。無論我們走到哪裡，始終被這種故土情結所牽掛、所糾纏。對於作家個人而言，他心中必然有一個心靈的故鄉，這個故鄉便是他從小生活的地方，會成為他永遠懷想的精神家園。在此作家已說明了他多年來的創作，一直尋找的就是原鄉那口生命之井。

　　陳銘磻對新竹市及新竹近郊的景點是那麼樣的熟悉，而且在文字中處處可見他曾留下的蹤跡，並娓娓道出關於這些景物的變遷。例如：離石坊里最近的城隍廟，在陳銘磻的筆下，有著屬於新竹人的驕傲。談到城隍廟，他可以如數家珍：炒米粉、貢丸湯、潤餅、新竹肉圓、蚵仔煎等家鄉風味；滿滿是舊時的回憶。從新竹市區的西門街、民富街、民族路、北大路、文昌街、武昌街一直到尖石鄉山地、新竹沿岸南寮漁港，陳銘磻足跡遍佈了新竹的山與海、都市與鄉村；由石坊里附近的石坊、古井、城隍廟、省立新竹醫院、迎曦門的景觀到南寮外海充滿生機的潮間帶、尖石鄉蜿蜒的馬利可灣溪畔旁的「錦屏觀櫻」……，陳銘磻不斷的用文字告訴讀者，新竹不是只有城隍廟。新竹的點點滴滴是一吋、一吋在心底慢慢累積起來的。面對新竹景觀與家庭人事的變化，雖然有遺憾和傷痛，但是，原鄉始終是他心中甜蜜的負荷，正如他所言：「我和石坊里雖僅十六年感情，卻能在記憶中產生無比巨大的感覺一樣，充滿一種看來極為抽象卻是無法改變事實的故土情懷。」[12]

　　空間，是標誌人們生存的維度。在人世滄桑的流轉中，生活空間的頻頻變換、生存空間的步步遠去，都會在人們心中留下了難忘的印記，形成心理的紛繁複雜。

　　新竹是個多風的地方，在這裡生活的人要學習與風共處；石坊里雖是個小地方，卻賦予了土地特殊的文化意蘊，砥礪了新竹人獨有的品格，也在作家的人格和品性上打下了深深的烙印。Tim Cresswell《地方：記憶、想像與認同》提及：

---

12 陳銘磻：〈來世續前情〉，見《父親》（臺北市：宇柯文化出版社，2004年），頁119。

地方是一個人生命地圖裡的經緯。它是時間與空間的、個人與政治的。充盈著人類歷史與記憶的層次區位，地方有深度，也有寬度。這關涉了連結、圍繞地方的事物、什麼塑造了地方、發生過什麼事、將會發生什麼事。[13]

　　通常說來，人最容易與自身居住的環境，如住家居所或社區產生依戀的情感，形成一種地方感。地方感可以滿足人們情感聯繫的基本需求，地方感也可以展現人與地方之間的一種深切的情感連結。經由這種情感的連結，地方成為了自我生命與內在性格形成的一個有機成分。從人本主義的角度來看，地方暗示的是一種「家園」的存在，是一種美好的回憶積累的所在，能夠給予人們一份穩定的歸屬感。人與地方之間會形成一種情感的連結，這種連結會在人們心中形成一種「地方依戀感」。地方依戀指人與特定地方之間建立起的情感聯繫，並感到舒適和安全的心理狀態。所以人與地方的關係逐漸成為心理的問題。一種在心靈或情感上不斷回望、思念地方的傾向；但在空間上，則反而希望與情感依戀的地方保持一種不即不離的適當的距離。這種對於原鄉地方感的重構也是回憶書寫的文本空間再現的重要主題。對陳銘磻而言，新竹始終是生命的原鄉，故鄉和人之間的關聯是無法切割的，縱使他已移居至臺北、桃園而落地生根，當年石坊里的種種也已經人事全非，他依然能夠聽見故鄉呼喚的聲音，因為，那是他的根，是最初的源頭活水。因為無法返回故鄉，於是只能用回憶建構，用文字建構生命圖像，也用文字建構一個成長的情境，從石坊里的圖像開始，成為作家敘述生命的基礎。

三　成長書寫下的空間隱喻：空間意象與生命境界

　　成長書寫必須依附一個特定的空間或場域成為文本的敘事場景。人的感

13　〔英〕Tim Cresswell 著、王志弘、徐苔玲譯：《地方：記憶、想像與認同》（臺北市：群學出版有限公司，2006年），頁68。

情與思考投射在這個特定的空間，便使得空間成為一個形象化的意象，具有情感的隱喻。再通過讀者解讀空間的符碼後，更跳脫對象本身的客觀的、單純化的表述，自然承載了生動豐富的意涵。

法國著名的哲學家、科學家和詩人加斯東・巴什拉（Gaston Bachelard, 1884-1962）在其著作《空間的詩學》（*LA POÉTIQUE DE L'ESPACE*）一書中，從形象學出發對空間形象進行研究。巴什拉認為空間並非填充物體的容器，而是人類意識的居所。他指出：「人類的居住空間——家屋——是我們的第一個宇宙（Cosmos）」[14]，「家屋庇護著日夢，家屋保護著做夢者，家屋允許我們安詳入夢」[15]，說明了家屋是人類在世界的居所，家屋是反映了個人親密、孤獨、熱情的意象。我們在家宅之中，家宅也在我們之內。我們詩意地建構家宅，家宅也靈性地建構我們。巴什拉提出，在家宅中，臥室代表了居住空間，也是內心空間，而家宅外面的自然界就是外部空間，外部空間與內心空間並不是相對立，而是相互呼應，相互依存的。外部空間和內心空間的界限也不是涇渭分明，而是有一個交叉模糊的區域，即公共空間。不管是居住空間、公共空間還是自然空間，都體現了人物的情感世界。筆者在此節中運用巴什拉的「空間詩學」對陳銘磻故鄉書寫進行分析，論述陳銘磻成長書寫的空間意象，通過這些空間意象解析人物心理狀態，透視其內世界。陳銘磻在作品中所構建的空間不僅僅是一個場所或背景，更是情感和內心的重要載體。筆者在此節中，闡釋作家的內視域在不同空間的逐層展開，從而揭示孤獨感的起源和特點。

（一）對成長空間–家的印象和記憶：在苦難中的成長

在陳銘磻就讀民富國小五年級的時候，他在石坊里的四合院家宅正發生

---

14 〔法〕加斯東・巴什拉著，龔卓軍、王靜慧譯：《空間的詩學》（臺北市：張老師文化出版社，2007年），第一章「家屋，從地窖到閣樓・茅屋的意義」，頁66。

15 同上，頁68。

產權歸屬問題，加上他的父親不是個好與人爭權奪利的人，最終他們一家人被親戚趕離朝夕相處的四合院，全家大小窩在陽光幾乎射灑不到的破舊瓦房。小閣樓的日子，對一家人而言，是一個不折不扣的煉爐，他是這樣描寫他的成長空間：

> 那時，石坊里我們的住家，陰晦、潮濕，小樓閣每遇雨天總是濕氣凝沉得叫人感到不安，感到一無所有日子很苦悶。逢到刮風的時節，四壁作響，彷彿房子隨時都可能倒塌。[16]
>
> 一間小小的半樓閣，上鋪三塊榻榻米，左加兩張矮桌子，牆壁上貼滿和掛滿孩子們的玩意兒，灰塵、小蟲一直和我們生活了好幾年，臨到颱風季節，我們真的必要拿著水桶四處接納頭頂瓦縫裏流滴下來的雨水。[17]
>
> 過去我們的生活一直陷在經濟困頓裏，將近廿年的時間，我們無法抬頭，無法昂然的同人們談話，畏縮得像這個世界四處全是黑暗，就連偶而吃頓比較痛快的飯，都要關起房門，深怕被鄰人評頭論足，懷疑我們那來的錢吃得那麼豐盛。
>
> 生活實在必須要相當的勇氣，才能面對橫在眼前的阻逆。石坊里的歲月，我們亦曾在灰暗的小樓閣裏泣淚，尤其逢到學校註冊，每一回都叫我們煩憂慮得不知如何去面對這個痛苦的事實，我們哭嗎？那是無濟於事的；我們放棄嗎？父母是不會答應的。[18]

在這些苦難的描述中，我們可以觸摸到陳銘磻苦難敘事與個人成長的關係，成長是對苦難的不斷克服與超越。作品中所蘊含的困頓苦難，與悲憫、詩意為核心的成長美學是一致的。成長充滿苦難，苦難卻並未打倒成長中的

16　陳銘磻：〈傷心的母親〉，《石坊里的故事》（臺北市：號角出版社，1979年），頁46。

17　陳銘磻：〈小樓閣裏的女人〉，《石坊里的故事》（臺北市：號角出版社，1979年），頁67。

18　陳銘磻：〈感激〉，《石坊里的故事》（臺北市：號角出版社，1979年），頁136。

少年，而是讓少年滿懷感念，以一顆敏感、細膩的心去觀照外在世界的人和事。同時，家人之間的脈脈溫情，也都讓這成長充滿著濃濃的詩意。生活是動態的、變化的，少年也是在動態的生活中不斷成長。在成長過程中兒少也必須克服一個又一個的苦難。陳銘磻對苦難的抒寫並沒有使我們灰心、失望，相反的，苦難中的愛與美、貧困中人性的堅強與高貴，愈顯其價值。陳銘磻在全家搬離石坊里之後，離開了那一段將近二十年的貧困歲月。不過，這樣的搬遷並非由於全家的意願，只是因為被親戚「趕出」他們居住已久的房舍。但是，由於石坊里的困境，陳銘磻不僅和家人情感緊密相繫，也體會到人和人之間除了殘酷的現實，還有相濡以沫的情感。當他們一家人要離開石坊里的時候，他描寫了當時心情：

> 一切像是即將改變了似地。走在窄小的石坊街上，我眼前展現的景像，彷彿顯得亮麗無比。我真應該去跟一起同我渡過童年光陰的石、樹、電桿和一些老人打招呼，告訴他們：石坊里陽光真好，它滋哺了我一個長長的童年。[19]

這群熟悉的地方、家人、鄰居，對於陳銘磻日後的創作，有著極大的影響，不管他們對陳銘磻「曾經」存在過的意義是什麼，現在全部都昇華為他筆下的人生百態、或者隱沒形成他的內在信念。

> 就要離開石坊里了，這個種下我們童年苦楚、不快的少年的地方，當我們踏離鄰人們銳利而又刻薄的眼光時，我們可以更快樂和真實的擁抱我們的大地。因為，我們正努力學習凝聚開拓胸襟去看生活，以及用我們的真誠去認真的活著。[20]

---

19 陳銘磻：〈走在石板路上〉，《石坊里的故事》（臺北市：號角出版社，1979年），頁156。

20 陳銘磻：〈走在石板路上〉，《石坊里的故事》（臺北市：號角出版社，1979年），頁157。

每個人的生命印記，都鑲嵌在一定的時空之中。人們往往感嘆時間的流逝，卻忽略了空間的深邃。空間有具體的形象，有鮮明的畫面，所以往往透過空間的回憶，能讓我們重溫昔日的種種。雖然家的記憶是那麼的困窘，但在時間流逝中，卻總有一些人事和夢想一起定格在這個空間裡。陳銘磻借助苦難表達了自己在成長中複雜的心路歷程，但他更強調人面對苦難的態度，堅韌、硬骨、自尊，對悲苦的超越，這是兒少成長時珍貴的情感體驗。

（二）與灰為伍的小閣樓窗口：承載孤獨卻豐富的內心空間

文學創作是作者生活經歷的反映，人們總是生活在一定的場景之中，因此作品也免不了會打上特定的空間烙印。在陳銘磻故鄉系列中，「樓」是一個經常出現的意象，但此「樓」並非一般古典詩詞中的亭臺樓閣、園林假山，而是「小閣樓」逼仄狹小的空間，小閣樓成了陳銘磻一家人在新竹石坊里最後的棲身之所，這樣的居住空間暗示了陳銘磻生活上的封閉與匱乏，正如中所描述的情況，陳銘磻母親性格缺乏溫柔耐心，凡事以謾罵數落為手段，這讓陳銘磻不知道怎樣和母親相處；他對鄰里摒拒鄙視的眼神十分敏感，他的內心空間處於封閉狀態，這是陳銘磻孤獨感產生的一個根源。

法·巴什拉在《空間的詩學》中探討了個人出生的房間，他認為，居住的空間是人類自我形象的真正起源，我們所居住的臥室不只是一個提供睡眠的地方，也是一個人的庇護所，是我們寄託情感和夢想的地方，臥室在承載個人感情的同時，也象徵了個人情感的呈現方式。一個人居住空間的裝飾是自己情感的表達，按照自己的意願去裝飾臥室，臥室才能有生命，才能情感化。[21]臥室本應溫馨舒適，但對於陳銘磻一家人所擁擠的僅有三塊榻榻米大的小樓閣而言卻是不可得的奢想。一年四季，陳銘磻和手足把絕大部份時間都安放在小樓閣：「小樓閣雖然潮濕，甚至在逢到較大的震盪時，瓦簷上的

---

21 參考自法·加斯東巴什拉《空間的詩學》（臺北市：張老師文化出版社，2007年）。

灰塵便落人一鼻子灰」[22]，雖然那一段與瓦灰為伍的日子，讓人感到埋怨不平，但他們反而因為一起聆聽羅蘭小姐的「安全島」節目而得到精神的滿足。巴什拉將家宅進行解構分層，認為樓上的房間象徵著理性而樓下的地窖象徵著非理性。在巴什拉看來，閣樓象徵著理性。較高的樓層和閣樓是夢想者建造的，在明亮的高處所做出的夢中，我們處於理智化投射的理性區域。所有的思想在接近樓頂時都變的清晰，當人們處在閣樓上的房間時，就能夠理性的思考。陳銘磻他常常待在閣樓上，這也意味著他的內心世界常常可以安靜的思考。閣樓象徵著一個理性的、封閉的內心空間，阻隔了外界的紛亂與熱鬧，成為了一個產生孤獨的安靜之地。陳銘磻基本上常處於自我封閉和孤獨的狀態，但是「熱情往往是在孤獨中燃燒著」，正是在封閉的孤獨之中，熱情才醞釀它的爆發。因為居樓臨窗，所以「以內視外」成為一個慣常的視角，正因為那一扇窗，讓他看到窗外有陽光：

> 石坊里小樓閣頂上，有一扇窗，那是們家小孩在遭逢生活苦難時，常坐著仰望浮雲的地方；它是我們心中唯一可見亮麗的神，是我們生活中最憧憬的光明。
>
> 常常，坐在天窗旁，我們會把一切的思想放逐到無法捉摸的國度，我們靜、我們悟，我們願意沉寂的去接受一個空洞而無知的天際，也不肯讓生活的苦楚佔去心中大部份的世界。
>
> 於是，在過去那段慘淡、無華的歲月裏，我們雖冷清、貧窮，但卻擁有一掬天窗帶來的熱力。[23]

固然小閣樓似禁錮隔絕，但樓中窗框也是一種「開啟」，使人脫離現實情境而進入某種精神境界。陳銘磻他們兄弟姐妹常常圍著那窗口聊天唱歌，「那是一幅我們記憶裡抹不去的，唯一的幸福」，「一點點的快樂或一點點的喜

22 陳銘磻〈安全島〉，《石坊里的故事》（臺北市：號角出版社，1979年），頁142。
23 陳銘磻：〈天窗〉，《石坊里的故事》（臺北市：號角出版社，1979年），頁146。

悅，都可能叫我們感到生活充滿希望，我們不願做任何幻景的模擬或想像，只願在那個自覺可親的世界裏，勇於面對苦難。」[24]，一扇小窗，就創作主體來看，樓中窗框這一「隔」、一「通」，也為主體選擇了一個特定的審美觀照的角度。一「隔」，所引發的情緒便是強烈的孤獨寂寞的內心體驗。確證孤獨感，是個體有生命體驗的表徵，也是個體有生命意識的展現。但人生總在黑暗中尋找光亮，在冷寂中擁抱溫暖，陳銘磻和手足們明知憂傷是苦，卻樂於把小閣樓當作是受苦的避難所，樂於在那裡編織美好的樂事。樓閣上的世界狹小而寂寞，在那狹小的空間，卻有一窗可以擁抱廣闊的視野可以釋放壓力。

當一個人跟自己獨處時，會拉出無限的思考空間，讓自己能超越於現實桎梏。陳銘磻通過對空間的描寫，傳達了自我的生存體驗和生命思索，形成了獨特的成長體悟。如此難言的生命體驗便透過其空間意象曲折反映其內心世界而感染讀者。

（三）消失的童宅，荒敗的潛園：體證華屋山丘的人世滄桑感

石坊街的三十九號是陳銘磻出生居所，在他年少時代家道中落，這條街道總是泛著使人昏眩的苦悶氣味，但在那一段慘淡的日子裡，他最喜歡對街「童宅」那片綠意盎然的庭園。「童宅」是富貴人家御用的壯觀花園，美景令人陶醉，但他卻習慣站在頹圮的圍牆邊聆聽蟬鳴：

> 看膩了老舊屋宇，以及逝去歲月的變遷風華，就像站在童宅庭院前的石階，那零落成長的老樹，年年黃綠更迭，不也無言古寂靜的流傳季節變化的無聲無息？
> 初春等待花開紛紅的緋櫻，夏季等候涼風徐來，想季節在聲息變化中傳遞生命氣象，如此簡明易懂，如此撩撥胸中暢然之心，富於詩人般

---

24 陳銘磻：〈天窗〉，《石坊里的故事》（臺北市：號角出版社，1979年），頁146。

的氣息，也可是他年少情懷一時之興？……總之，他著意喜歡站在外人「禁止進入」的童宅看天空雲彩，是不想抱持消沉的思想，自己看起來「真的」像個落魄人家的後裔。[25]

正如同歐陽修所說：「人生自是有情癡，此恨不關風與月」，人的喜怒哀樂、多愁善感是與生俱來的，無關風月，自然界的風花雪月本屬無情之物，只不過在一些多愁善感的人那裡，經有情之眼觀之，便被浸潤了多種多樣的情緒色彩，成為他內在情感的物化表現形態。陳銘磻看童宅，也因家道中落，歷盡離合悲歡炎涼世態，加上其敏感多情的性格特點，「以我觀物，故物皆著我之色彩」，具有了鮮活的生命力和感人的力量，反而可以在內心為自己開闢出了一片綠波容與、花草繽紛的美麗天地。

在苦悶的成長過程中，遇到不順心或不如意的事時，陳銘磻會在放學後一個人悄然步行到臨近西大路巷衖裡的「潛園」：

> 枯槁土牆，湮沒在少人進出的民宅一角，看青草年年失去生機的廢園頹圮，僅剩一堵牆垣的「潛園」古蹟，可是他幼年探秘戲耍的所在，他無法想像那片由清朝文人林占梅建造的亭臺樓閣，過去曾是堂前飛燕，文氣鼎沸的雅士聚會堂奧，如今為何淪落到野生雜草長過簷前朱紅？喏！怎不教人感歎時過境遷？
> 春天的清風悄悄吹過，西門街的潛園廢墟，沉埋歲月之中，少不得讓人嘆喟芳華不再；歷史飄渺，這去的何止無情歲月，「舞時飛燕列，夢裡片雲來。」輕拂而過的燕子，到底隨風飛到哪裡了？[26]

陳銘磻這段文字是由歷史遺跡、文化名勝頹圮所引起的觸動發端，與地域文化的關係密切。潛園，是新竹一座已消失的園林，由清朝詩人林占梅所

---

25 陳銘磻：〈潛園九降風〉，《安太郎の爺爺》（臺北市：布克文化，2014年），頁59。

26 陳銘磻：〈潛園九降風〉，《安太郎の爺爺》（臺北市：布克文化，2014年），頁69。

建,位於竹塹城西門內,曾被譽為臺灣四大庭園之一。因日治時期開闢西大路、中山路,園林本身遭到拆毀,僅存建園者林占梅親書「潛園」的大門、八角井及幾棟老屋,而石獅移至新竹市市議會門口。「舞時飛燕列,夢裡片雲來。」昔日的繁華,都化成一場夢,飛燕成為華屋山丘的歷史見證人,我們似乎看到作者的滄桑的內心感慨,這或許也是自己在特定和特殊的生存條件下的心靈變奏曲,具有縱的歷史感,橫的地域感。縱橫相交而成十字路口的現實感。或許是因內心深處揮之不去的念舊情緒,讓荒涼的潛園成為了作家沉潛自己的心靈高地。陳銘磻從潛園這個特殊的文人庭園空間的今昔對比,思考其特有的文化價值;從中我們也可以見到,這樣的場域空間如何由一個物質處所,轉化為作家的精神空間,及其所表現的文學象徵性。從地域文化的角度關注潛園遺跡的懷古書寫,對竹塹文資保存而言具有特殊的價值與意義。一是因古跡激發而形成的感懷;二是以景物的永恆襯托人事的易變,在此也表達出了作者對存在的思考、對命運的憂慮,對人生的憂患意識,從中可讀出曠古的歷史感、渺遠的空間感和深沉的滄桑感。

　　巴什拉認為:「內部空間和外部空間並沒有停留於它們在幾何學上的對立。……外在空間難道不是一個消失在記憶的陰影中的古老的內心空間?」[27]自然環境,即外在空間。在文學作品中,自然環境是人類情感表達的重要角色,作家通常會通過對自然環境即外部空間的描述,將人物的情感表現出來。在作者對童宅和潛園的觀照中,自然環境的改變和內心情感的發展相呼應。這些場域空間對他的創作心理必然產生了一定影響:似乎遺失在人間的「遺憾」都在「另界」以另一種形式得以補償。似乎在告誡人們不要害怕失去,因為失去是另一種形式的得到,不要活在過去,人間正道是滄桑,即使過去有許多美好,令人遺憾,還是要告別過去,活在當下。唯有成長,雖有前進,方可不負韶華、不枉此生。

27　〔法〕加斯東‧巴什拉《空間的詩學》(臺北市:張老師文化出版社,2007年)。

（四）省立新竹醫院：生命傷痕的公共空間

在居住空間和自然空間之間有一個交叉的區域，即公共空間，在這個空間中人們和他人進行交往和交流，陳銘磻童年從封閉的居住空間小樓閣走出來，進入和外界進行情感交流的公共空間當是臨近石坊里的省立新竹醫院後面的空地[28]，就是這樣的一個公共空間。新竹醫院後面一片空地是他和兒時玩伴嬉游的地方，讓他的情感找到了可以寄託的地方，他也由此暫時擺脫了孤獨的感覺。愛熱鬧，也是因為愛喧嘩中可以融入人群。新竹醫院後面的空地變成了一個喧嘩與騷動的場所。他也難以忘懷，這也是當年他曾與友伴在新竹醫院後面空地埋葬他心愛兔子的地方，陳銘磻對新竹醫院有了複雜難言的感覺。

> 舊省立新竹醫院原是一片苧麻園，日治其間被建造成醫院，建築風貌保有巴洛克式的典雅風格，醫院四周與磨石矮牆之間，留有大片綠色草坪，是鄰近石坊街的孩童嬉戲場所。[29]

在西門街上的新竹醫院如今已查無舊址，筆者在西門街附近生活了二十多年，知悉它的位置就是當前的「大遠百」，大遠百的前身正是被廢棄了多時的新竹醫院。物換星移，已消失的建築，還留有著陳銘磻和兒伴一起埋葬寵物的過往舊事。成長是一個不斷失去和收穫的過程。陳銘磻對每個空間的片段式的回憶，婉曲地傳達出了生離死別的不可抗拒性以及作者對於風物不再的深沉無奈感。同時展開對童年和故鄉的追憶，並在失去與尋找中重建自我的精神家園，完成對生命意義的追問。

年少是每個人的生命原鄉，年少的經歷潛移默化地影響著一個人的性格

---

28 這裡的省立新竹醫院指的並不是新竹市北區經國路一段442巷25號的臺大醫院新竹分院，而是位在西大路與西門街上的「大遠百」所在位置的前身。

29 陳銘磻：〈新竹今夜下著雨〉，《安太郎の爺爺》（臺北市：布克文化，2014年），頁75。

和心理,從而對人的一生產生深遠的影響。童心的詩性本質與成人的世故複雜形成鮮明的比照,成人世界的悲劇和苦難,也因為童心的純淨心靈的觀照而有了陣陣暖意,煥發出被成人世界所遮蔽的人性光輝。因此,作者回望兒少的種種,其潛在原因在於作品中的童心體現與他的人生價值取向有著某種心靈上的契合。陳銘磻始終是一位保有赤子之心的人

本節通過對陳銘磻故鄉系列的居住空間、自然空間和公共空間進行與生命聯結的分析,分析作家的孤獨和對孤獨的逃避,來探究這種孤獨感的永恆性和不可逃避性。生命空間被壓縮必然導致個體生存境遇和心態的改變,在此情境下,更加體現了家道中落的尷尬,以及家庭內部難解的許多複雜的矛盾。由地緣文化所衍生的文化精神必然奠定了一位作家創作的內在基因,並在某種意義上決定作家的創作選擇和價值取向。從空間視角出發,解讀陳銘磻在社會城市化進程的背景下,在家宅空間中的生存困惑;在空間的位移和轉換中,如何突破理想與現實的矛盾;在身之所處的空間書寫中,如何尋求靈魂釋放與自我重塑。這也體現了陳銘磻不斷反思與追尋自我的過程。其中也隱含著他對於「年少」和「鄉愁」的深層次情感表達。

四 成長的引路人:精神之父的身份呈現

一部成長主題的作品須成功塑造「成長者」的形象,並通過這一形象的刻畫來闡釋主體的生成,揭示成長主題的豐富內蘊。與之相對應,也必須塑造指導成長的引領者形象。「成長者」與「引領者」形成一組對立而且統一的互動關係。對於成長者而言,「精神之父」的出現,其意義並不在於給予主體多少解決問題的實質支援,而是通過對成長主體潛移默化的教育,促使成長主體激發內在潛能獲得人生真理,從而產生價值觀、人格提昇和成長的飛躍。

（一）感父：感知父親的人生態度

自我主體性的確立貫穿於個體成長過程的始終，成長題材總是對此進行著不懈的關注與追問，對人性與人的存在狀態進行解析。在對自我主體性的探索之路上，成長中的主角們有著怎樣的精神遭遇與心靈圖景，如何認識自我、塑造自我，成為成長書寫所要表現和聚焦的核心內容，並在很大程度上體現為對父輩與子輩內在與外在關係的體察與表達。對父輩與子輩關係的考察，可以闡釋成長書寫中觸使自我成長的深層動因，由此揭示個體生命由懵懂的孩童少年成長為一個完整自我的歷程，進而探尋人的主體性的生成根源與發展路徑。父親是陳銘磻成長過程中最為重要的人物，父子之間的情緣貫串了他的一生。父親是日治時代成長的青年，對日本有一分難解的迷戀：

> 出生於民國，取名卻叫清朝，一輩子日本情結繞心，民國・清朝・日本・臺灣，四位一體。[30]

陳銘磻的父親是成長於日治時代的人，飽受父母疼愛送去大阪留學讀書，一生充滿日本情結，渴望自己的兒子也學習日語，以便從中體會他多彩多姿的青春往事。陳銘磻是在新竹成長的臺灣人，他一直未能理解父親為何對日本有如對新竹一樣的眷戀。他和爸爸三度同遊東瀛，當時他心中頗不以為然：

> 當時，我根本得不到父親念舊情懷的共鳴，實在弄不清搞不懂，昔日舊地校園早已不知去向，滿街大樓林立的大阪城，他曾經住宿的所在地，物已成非，他卻神情默然的站在某條我不知名的街道某處，發出無限緬懷的表情說，就是這裡啦！

---

30 陳銘磻：〈序情：天使・我父〉，見《父親》（臺北市：宇柯文化出版社，2004年），頁11。

緣於漫無目標的穿街過巷，我心底確曾納悶的直嚷無趣，……為甚麼
千里迢迢跑日本來，就單為找尋一個早已化做空幻的舊影陳像呢？[31]

在父親生前，他未必能理解父親日本情結。等到父親去後，因深沈的父子之
情，讓陳銘磻愛屋及屋，想「用一輩子情感，愛他的鄉土，他的往事，愛他
鮮明記憶裡所有歡喜與痛苦」[32]。

父愛與母親不同，它是像山一樣的沈穩與厚重的，平日也許不會像母親
落實在絮絮嘮叨的提醒中，但對子女無微不致的關愛卻不下於母親。緊扣著
父愛的這條線索，作者在文中對父親的形象展開許多細膩的論述。雖然面對
家道中落，在厄運面前有過痛苦掙扎與命運作鬥爭以及人情冷暖的反抗，但
更多的是顯露出父子之間的淒涼而又辛酸的愛。圍繞父愛這個主題展開論
述，透析了作者在字裡行間中所蘊含著的人子孺慕情懷。

沉悶和不安的氣氛，影響著家人的情緒；往往，母親會為了家計和父
親鬧得整個星期彼此不講一句話，孩子們唯有躲到小樓閣去編織各自
的心靈世界，和組合因貧窮而帶來的強忍的毅力。
孩子們並不在乎窮困，也從未去貪戀一切世俗的浮華與物質享用，然
而卻因此憎恨起母親的無理和毫無見識。[33]

說起父親，也實在夠寂寞的，日日夜夜為了一家大小的生活，長時間
浸漬在沒有歡笑的風雨中，就是母親，也常因為家計的拮据，和他隔
著一層濃重的疏離。只有偶爾孩子同他談起學校的種種，他才稍稍露
出快樂的感覺，不過，即使在快樂時候，他內心還是充滿著莫可奈何
的感覺。[34]

---

31 陳銘磻：〈循你的路走〉，見《父親》（臺北市：宇柯文化出版社，2004年），頁74。
32 陳銘磻：〈風城不下雪〉，見《父親》（臺北市：宇柯文化出版社，2004年），頁21。
33 陳銘磻：〈母親的傷心〉，《石坊里的故事》（臺北市：號角出版社，1979年），頁40。
34 陳銘磻：〈謝謝爸爸〉，《石坊里的故事》（臺北市：號角出版社，1979年），頁40。

　　在成長中，母親缺乏溫柔的耐心、對父親經常惡言相向，然而，這位拙於生計的父親卻與兒女的關係十分親近，得到兒女深深的敬愛。這使得作者在作品中表現個人的成長、如何尋找自我、處在父母不和諧的關係等深刻命題時有了一個獨特的視角，崇拜父親、眷懷父愛成為其創作的動力和核心情感，也使得陳銘磻的作品展現出獨有的個性和珍貴的藝術價值。那就是在逆境中的感恩之心：

> 父親從來不飲酒、抽煙，獨愛品茗，對孩子們的教育，從不施以壓力，也絕對不過份干預孩子們的活動，他要孩子們在自由發展的情況下，養成獨立的個性，因為，他要他的孩子成為頂天立地的漢子。[35]
>
> 他雖然無法讓我們同別人家的孩子，在食衣住行方面有更豐裕的享用，但他的任勞任怨和他的愛心，使孩子們日後在生活中，能意會到精神和物質的最大抉擇；對於孩子們能確切的認識精神殿堂的價值。[36]

　　在童年成長和人格發展的過程中，父母的思想與行為直接和潛移默化地影響著成長期青少年的心理與智力發展。在通常的社會生活中，父親是家庭經濟的主要來源，通過從事某種職業維繫著整個家庭的發展。無論城鄉，父親的主導能力決定了家庭的興衰；在通常情形下，父親還承擔著家庭與社會的交互活動，主導著主要的人際交往。基於此，父親形象已建立了在家庭中的地位。家庭本身就是一個微觀的社會，濃縮了社會形態和人際關係。

　　父親形象的內涵作為一個宏闊而又豐富的語義場，在陳銘磻的成長書寫中或顯或隱地傳遞著重要意味。對父親這一社會與家庭身份及其所代表的潛在權力的信奉，使父親，無論是肉身之父還是精神之父，成為成長中的兒女無法回避的存在。成長書寫所表現的父子關係模式是作家成長歷程的重要參與因素。

35　陳銘磻：〈謝謝爸爸〉，《石坊里的故事》（臺北市：號角出版社，1979年），頁42。
36　陳銘磻：〈謝謝爸爸〉，《石坊里的故事》（臺北市：號角出版社，1979年），頁43。

（二）崇父：認同與尊崇舉步維艱卻坦蕩從容的父親

陳銘磻父親成長在日據時代卻有著一個守舊的名字——陳清朝，其人品與資質讓陳銘磻引以為傲。在陳銘磻的眼中，他雖然是個不擅維持家計的父親，但是卻是家中孩子的榜樣。他豪爽、不喜歡計較物質上的得失、為家中的生計及孩子們的學費舉債，為了理想去辦文化刊物、甚至在雨後的日子領著孩子們去鋪路。或許有些浪漫主義的色彩，而經常受到妻子的奚落，但父親的一切，幾乎是陳銘磻的個人養成的榜樣。也就是因為這樣，即使面對接踵而來的家計問題，他在文字中始終展現對父親的支持：

> 他喜歡我們。我們在石坊里小小的樓閣頂上，雖渡著一段和著辛酸淚水的日子，可是，我們也喜歡他，敬重他——那種說不出理由的喜歡，一直維繫著兄弟姐妹在潮濕的頂樓上安份守己的生活的主要力量。
> 那麼多年了，生活多波折，卻平穩如細細的流水。事實上，父親的拙於生計，並不損於整個家庭的更往前推進，我們實在沒有任何理由抱怨我們的物質比不上他人；更沒有權利要在得不到一般人應有的享樂而自甘墮落。[37]

這樣的告白，是一個孩子對父親最大的體貼。父親雖然無法滿足家中物質生活的匱乏，但是精神生活上卻讓他們充實不少。四合院的痛苦記憶，反而讓他們記取一家九口在小土屋相依為命的辛勤歲月。即使父親他很少說出一些什麼感性的話，只是沈默的用他的行動來教導孩子。身教遠比言教來的讓陳銘磻印象深刻，即使鄰人在他們最窮困的時候攻訐父親的行為：「回去告訴你爸爸，沒錢還債就別住在石坊里，別以為人家說他心地善良。呸！修橋、鋪路誰不會。」[38]苦難的日子反而讓他們認識了生活是一種何其需要精

---

37 陳銘磻：〈石坊里〉，《石坊里的故事》（臺北市：號角出版社，1979年），頁161-162。
38 陳銘磻：〈父親的十塊錢〉，《石坊里的故事》（臺北市：號角出版社，1979年），頁13。

神與意志與四周惡劣的環境搏鬥，才能擁有一顆堅實的心，這都是父親帶給他們的生活信念。

如果說父親是陳銘磻身教的代表，那麼二姐該是陳銘磻精神的導師。和母親那樣刻苦為家、嘮叨生計的形象不同，二姐對於陳銘磻的人生觀有很大的啟迪。窮困、苦難的他們，原本有權利傾吐傷痛埋怨，但是，他們卻在二姐的開導下，有了許多新的人生觀。看待生活從此有了另一種哲學。「一個幾近破敗的家園，他無形的力量不時的左右弟妹的心智，他給這個家永恆的愛心。」[39]他對二姐的依靠，甚至是一種「被救贖式」的。在他二姐北上求學的那段時期，陳銘磻甚至因為缺乏可以訴苦與抱怨的對象，幾乎覺得自己年少精神的無依。從導引大家去聽羅蘭的廣播節目到閱讀文學作品、學唱老歌，石坊里的生活幾乎在二姐的帶領下有了另一種美好的記憶。這樣的引領，即使到了搬離石坊里，仍然持續著：「能夠從陰晦的困境中走出來也是好的，我們的努力必須是不停息的，因為我們將擁有一個新的開始。」循著這樣樂觀、開朗的思考，陳銘磻漸漸的走出石坊里的陰霾。就像他說的：「石坊里的陽光真好，它滋補了我一個長長的童年」[40]，辛酸被新生活暫時塵封在記憶中。

（三）尋父：在異鄉日本尋找一份熟悉，循著父親之路走的一種生命之旅

這裡的「尋父」，並非具體尋找現實中的人事物，而是在父親死後對父親精神世界的尋找。

我是遲來了，臺北的交通讓我無法即時陪在你急救的病榻旁，我的遺

---

39 陳銘磻：〈走在石板路上〉，《石坊里的故事》（臺北市：號角出版社，1979年），頁155。

40 陳銘磻：〈再見石坊里〉，《石坊里的故事》（臺北市：號角出版社，1979年），頁163。

憾，今生今世不知怎將彌補？我深切了悟，自你走後那一刻，我不僅失去唯一的父親，同時也殘虐般失落唯一的兄弟、唯一的朋友，這層骨肉親情的永隔分離，換我內心的空虛成為不折不扣的孤單，猶在深冬充滿霜冷的逆風裡迴盪不已。

我說這種亦父亦友的感覺，你一定明白，那是我許多生命過往和許多你真情父愛的交疊，留下的烙心痕跡。你走後，我突然變得很愛回憶過去，回憶一幕都會叫我鼻酸淚流的陳舊往事。[41]

他的作品中貫穿著一種心理情結：兒子與父親之間既依戀又負欠的自責。糾纏成為心中難解的情結。而正是對這一情結的認識和探索成為貫穿陳銘磻所有創作的原動力和核心情感。

離開石坊里之後，陳銘磻的父親晚年在竹北度過，但是他心中對新竹的摯愛，口口聲聲念著他不是竹北人，不要客死竹北，交代陳銘磻在他往生之後，希望能葬在新竹。

他這緣繫來時塵的唯心所現，和別人問起我哪裡人一樣，是生出與土地相互皈依的真性情感。[42]

但陳銘磻最終無能依父親的遺願，讓他在新竹現有的公墓裡塵歸故鄉，甚至在出殯時因下葬時辰的禮俗之說而無法讓父親的靈車隊伍從竹北循著他過去居住的石坊里再巡禮新竹一周。「因為這個緣故，我始終悔恨原本可以讓你擁死後幸福的清明感動，迅速消失」[43]從石坊里甘苦與共的《石坊里的故事》的父子情到《父親》中對辭世的父親深情的思念，我們可以見到一個兒子對父親生平的回憶、悔恨自己對父親的種種，陳銘磻對父親的情感，如

---

41 陳銘磻：〈呼喚回不來的爸爸〉，見《父親》（臺北市：宇柯文化出版社，2004年），頁47-48。

42 陳銘磻：〈風城不下雪〉，見《父親》（臺北市：宇柯文化出版社，2004年），頁31。

43 陳銘磻：〈來世續前情〉，見《父親》（臺北市：宇柯文化出版社，2004年），頁120。

同故鄉的依戀一般，深深的盤踞在腦海中，成為貫穿他一生的一道重要的情感潛流。

　　潛意識中對父親許多複雜難言的情結和思念的情感潛流引導著陳銘磻的命運走向，並對他的人生產生重大影響，經歷了「感父」、「崇父」、「尋父」的艱難跋涉，他透過旅行日本體認父親日本情結從而完成了自我個體的成長。他寫了相當數量的日本文學旅行，這種現象不由得不讓我們注意。劉智濬〈陳銘磻的生命原鄉追尋〉說：

> 對父親的追憶則與父喪之後的日本旅行書寫存在深刻連繫……再次，那羅書寫與日本旅行書寫的平行發展，說明那羅與日本對此時的陳銘磻而言皆屬異境／異國，異國旅行中對父親的孺慕與追憶，更在故鄉、原住民部落、異國日本之間形成以生命原鄉追尋為焦點的深層連結。換言之，陳銘磻這三個創作主軸的關係並非線性時間上的依次分段展演，而是心理時間中的共時並存，並且在平行重疊的狀態下交錯互涉。[44]

　　劉智濬認為陳銘磻乃透過在異國旅行的儀式尋找父親，在旅行中對父親的孺慕與追憶，更在故鄉、原住民部落、異國日本之間形成以生命原鄉追尋為焦點的深層連結。大體而言，旅行是一種離開與回返的結構，離開是家，返回的亦是家，家是旅行的參照點，標誌著一段旅行的開始與結束。與家這個參照點相對應的是旅行的目的地，即離開家到達的地方，亦是返程回家的地方。從「家—目的地—家」這樣的結構中，可見目的地選擇是十分重要的考慮，沒有目的地，一段旅程就無法開展，沒有目的地，也就沒有離開家的意義。日本是陳銘磻選擇旅行的地方，他為此寫了多部記錄日本旅行的作品，限於篇幅，本文無法探討他這些日本文學旅行的作品，在這裡只能針對

---

44 劉智濬：〈陳銘磻的生命原鄉追尋〉，《台灣文學研究》第四期，2013年6月，頁199-230。

他的故鄉三書中提到的日本行旅的記錄以解讀他的「尋父」心情。

> 後來，我喜歡獨自搭機到日本，循他第一次帶領我遊蹤各處的足跡，
> 不斷 重複十二趟。[45]

他經由不斷的日本旅行中而潛入父親的生命史，理解父親的心情。通過旅行動機和目的地的選擇，可以看出陳銘磻的日本旅行書寫不同於一般文化內涵的旅行書寫，他的旅行書寫更多的是把旅行視為自我成長和體悟父親的生命歷程。旅行充滿了無限的可能，看得見的與看不見的都有。

陳銘磻在父親去世後，為了尋父，他用旅行來彌補，他是帶著父的遺念和對生命的愛去日本旅行的，他在旅行書寫中必然流露出對親情的追思與重溫逝去的親情。他把這份思念化為飽含深情的文字，反映在他的旅行書寫裡。

> 爸爸，日本的春雪就快溶空了，我將依循當年你引領我走進你年輕時代留學的異國足跡，做一次深情的尋古訪友，探一探三千隻紙鶴的主人，可好嗎？
> 悠悠迷茫日本國，我將依循你的路走，我會，循你的路走。[46]

陳銘磻在父親過世後不斷的到日本旅行，到過富士山、琵琶湖，每次都會帶著父親的照片，相伴同行，離開日本之前，也會以「祈福」為理由，買下他所到之處的紀念物，如燈籠、繪馬、御守等，好似這些東西都是可以握在手掌心的幸福。[47]他也利用寒假帶領他的三個孩子，依循初次和父行走過的日本旅路，演繹一段三代父子業果相續的親情之旅。[48]多年來，他依著父未完成的心願，踏遍日本許多角落，他用這種方式來銘記父親。在父親走

---

45 陳銘磻：〈民國清朝〉，見《父親》（臺北市：宇柯文化出版社，2004年），頁39。

46 陳銘磻：〈三千隻紙鶴〉，見《父親》（臺北市：宇柯文化出版社，2004年），頁11。

47 陳銘磻：〈記得那些美好〉，《安太郎の爺爺》（臺北市：布克文化，2014年），頁264。

48 陳銘磻：〈記得那些美好〉，《安太郎の爺爺》（臺北市：布克文化，2014年），頁265。

後，他隻身走一趟久違的石坊里老舊的石板路，像是走回自己十六歲之前的夢境：

> 石坊里滂沱大雨迷漫成一片雨煙水氣，煙雨朦朧之際，那不是父親的身影嗎？已是四十多年前的幻影了，我看到他健步如飛的踩在石板路上，踏出水花濺成一串串白皙的滿天星。
> 啊！那不就是我在默禱中看到北海道大遍的紫色薰衣草嗎？
> 我終於見到你了，擊掌拍兩下默禱，果然水花或者薰衣草都綻放出耀眼的明燦，你在雨中搖曳，在紫花綠浪間飄逸著。
> 我開始莫名喜歡起北海道未曾見到的，紫色薰衣草。[49]

在這裡他已混淆了石坊里和北海道的風景了，把自己對新竹及父親命運的解讀化作令人動容文字款款潛入內心世界，呈現的是一片色彩繽紛卻難掩悲涼的人生風景，因為他在異鄉風情中見到了父親。我們若對陳銘磻日本旅行進行解讀，可見陳銘磻的日本之旅是一次又一次的詩性文化的浪漫體驗，而這一文學現象背後隱含的實質是精神故鄉的現實尋根。也許，一系列的日本文學旅行書寫對陳銘磻的意義就在於：他間接傳達了自己的精神故鄉，找到了生命存在的精神依託。需要指出的是，這種「找到」，並未僅僅停留在「自我表現」的層次，而是透過父親在不同時代下成長的人生故事，拓寬了「自我」的人生關係。對陳銘磻來說，日本與其說是異域他者，倒不如說是一個與自己的血緣身世相關的心靈故鄉般的存在。土地與人的相會是一份難解的因緣，每個人都站在自己的三生石上，只是忘了自己的舊魂。

在陳銘磻成長書寫中，作為社會文化與家庭倫理變遷的表徵，陳銘磻的父子關係模式經歷了從審視父親、尊崇父親、再到尋找父親、理解父親、與父親心脈相通的歷程。正是在對父輩的困惑與質疑、失落與尋回的精神旅程中，兒子得以不斷認識自我、反思自我，走向成熟的人生境界。

---

49 陳銘磻：〈來世續前情〉，《安太郎の爺爺》（臺北市：布克文化，2014年），頁121。

五 皈依與返回：在文學地景尋找自我的身份

（一）在異鄉中尋找似曾相識的精神故鄉

　　美國作家愛默生有句名言：「必須遠離塵囂，離群索居，一個人與自然獨對，領承天啟和福音。」心源、天啟，都應是心靈呼喚的一種表述。通過日本旅行，陳銘磻也對人生有了新的感悟。這些作品都有三個維度：第一個維度是真實空間，即文本中描繪的日本諸城；第二個維度是公共空間，即作家在旅途中所經歷的觀看具有豐富內涵的公共場所；第三個維度是生命空間，即作家在旅程中尋訪許多景點時，借由想像所建構出來的其父的人生軌跡，以及對自我內心的映照。這三個空間由淺入深，既展示了作家旅行認知的逐層深入，也體現了個人主觀情感在客觀地理空間的投射。旅行能催人思索，日本旅行書寫好比是陳銘磻的一次精神著陸。與其說陳銘磻通過旅行日本的文學書寫是在完成對一座座城市的巡禮，還不如說他是在撰寫一部自我追尋生命之旅的歷史。它對陳銘磻的意義就在於：它既是對父親生命歷程的回顧，而自己也通過旅行書寫思考人生、追尋自我，繪出了自己的精神故鄉，找到了生命存在的精神依託。

　　　　也許這是精神性自殘的完全支配吧！我從東京、橫濱、鎌倉、平塚、
　　　　小田原、富士、伊良湖、鳥羽，一路尋大阪、神戶、京都、奈良、彥
　　　　根、琵琶湖及至四國鳴門，手中的放大鏡不停來回巡梭，深怕漏失任
　　　　何一處有父親的街市、港口。
　　　　每一處我曾經到過的城鄉都有父親的身影，更有他經年未息的咳嗽
　　　　聲，聲聲穿透放大鏡，直達我潸潸淚眼中。[50]

　　對於陳銘磻來說，日本與其說是異域他者，倒不如說是一個心靈故鄉般

---

[50] 陳銘磻：〈循你的路走〉，見《父親》（臺北市：宇柯文化出版社，2004年），頁73。

的存在更為貼切。同樣，對於日本之旅與其說是一次異鄉之旅，倒不如說是一次期盼已久的生命詩性的體驗，而該文學現象背後隱含的精神實質是精神故鄉的現實尋根，一次精神靠岸。以往頻繁出現在他筆下的飄雪的富士山、閃著白花陽光的大阪城、京都的清水寺、金閣寺、琵琶湖畔，不論是寺廟、湖畔、山區，這都不再是一些背景，而是內化為「我的生命史」。當陳銘磻踏上這片土地，同時也進入了「父親」的內心，融入了父子之間的血脈和呼吸，於是，日本這個異鄉竟成了陳銘磻精神的另一種寄託——留下生命的胎記、造就生命的紋理，一種前世夙緣、難以解釋的錯綜複雜的關係。於是，一個人和一座城之間的關係，形成了某種精神感召的同構。從某個先驗的角度來說，日本之於陳銘磻，具有豐富的意涵，包括故鄉與異鄉的悖論，地域空間的轉換帶來的心靈變動，文化的交融與匯聚，更重要的是對自我生命本源的的追尋——這是在精神故鄉的意義上。日本的旅行不是漫無目的的游盪，而是主觀的有計劃的實踐活動，旅行必然會使人有所獲得，陳銘磻通過旅行書寫獲得了親情與成長。

或許有人以為，這樣的癡執，根本是作家移花接木，且把日本這個他鄉當作故鄉。是他把新竹的許多熟悉的印象移轉到日本去了。至於陳銘磻為什麼要這樣「移花接木」？或許是因為日本離他的實際距離和心靈距離，不遠不近，不即不離，恰好是那個既親切又陌生、既遙遠又近在咫尺的距離，是他心中所想像的鄉土，也是前世夙願中非常真實的鄉土。實際上，陳銘磻為回應父親的呼喚，找到了日本這樣一片鄉土，剛好成為他的心中所想像的鄉土。就像是一個背負很重行囊的孤獨朝聖者，有著無法預知的命運和誰也不知道的因緣心事，在潛意識裡陰驅潛率他使他不由自主地想一次次地行走在日本街道之間。這種行走是精神上的神游，而不是「群鳥噪林」的抱團取暖。通過對一個地方的摸索、認識與體驗，人對陌生之地的不確定感逐漸消弭，而獲得於此相對的控制感與方向感，因而更清楚自己是誰、應該怎樣做。如何前進，怎樣出發。

（二）旅行體驗中的另一種照亮和抵達

卡爾維諾《看不見的城市》說「每到一個新城市，旅行者就會發現一段自己未曾經歷的過去」[51]，沒有誰屬於或不屬於那一座特定的城市，我們真正難以釋懷的是：在任何一座城市，我們都會感覺自己「已經失去」，因為，我們始終會認為，我們本來是可以「曾經擁有」的。就像陳銘磻再也無法在新竹石坊街上找到童年時代的老家，因為那裡已被改建，但他卻在臺北尋回了同樣熟悉的新竹。這不是另一種失而復得嗎？消失的並不代表不存在，存在的永遠不會消失。

> 父親的消失和石坊里童宅花園的消失、青草湖口琴橋的消失，是不是和這個世界的任何預言一樣，業果相續？……
> 所有的消失都曾是事實，所有的事實終將塵滅，即使未必虛空，也是我的錯覺。父親在大阪是否真看到新竹？那是幻影？還是他心中對熟稔的土地無涉障礙的真情真愛？
> 離鄉多年的我，欲有所見，是否和父親當年的心情一樣，經歷千山萬水之後，也能在臺北塵緣逆地窺見新竹多重情貌。
> 是啊！離鄉別境，莽蕩無涯，深冬臺北白花花的陽光裡，我在念父親時，依稀望見濡染霞光的石坊里……以及童宅被孩童們嬉戲間，使勁折枝的花草草，盡入生滅去來。
> 存在或不存在，倏然一年間。[52]

離別或許正是為了另一次的重逢。如果我們把人生當做是一場旅行，不論處在境內或域外，都脫離不了「出發─途中─回歸」的旅行順序，所以，

---

51 〔義大利〕伊塔羅‧卡爾維諾著、王志弘譯：《看不見的城市》（臺北市：時報文化版社，1993年），頁26。

52 陳銘磻：〈風城不下雪〉，見《父親》（臺北市：宇柯文化出版社，2004年），頁32。

不論我們是否還能留在原鄉，是否還能輕易回到故鄉，也不管我們離開了故鄉多遠、多久，人的一生，每個經歷過的城市都是相通的，每個走過的腳印，都是相連的，它一步步帶領我們走到今天，成就今天的自己。談到地域和鄉土，我們也許用一個觀點來闡述：「雲層上面都是陽光。」就是說，作家在關注鄉土的差異性的同時，更要清醒地意識到鄉土中所蘊含的人類的同一性。用句俗話來說，即為：「太陽底下無新事。」拘泥於一時一地的鄉土，為一時一地的鄉土的差異與精彩陶醉，卻無暇顧及更宏闊的時空背景裡昭示的人類命題，這無疑會局限作家的視野和格局。有人說過：「回不去的地方是故鄉，到不了的地方是遠方」，文學的故鄉與遠方，相互依存。沒有「故鄉」，無所謂「遠方」，因為「遠方」是以故鄉為方位來標示的。沒有「遠方」的故鄉是膚淺的，因為「遠方」才能讓故鄉獲得時空意義或者心理意義上的深度和廣度。具體而言，陳銘磻的精神故鄉是指，身處在日本的時空秩序和文化體系之中，來勘察自己的成長歷程和父子情緣，並不強調地理空間的變遷，也不強調兩種文化體系的對立，而是生發出類似於遊子離鄉之後對故土、鄉情的懷念之情，在異地中時時嚮往著在精神上回望兒少，並對父親的成長有著精神的嚮往和回歸，是精神的昇華和詩意的提升。日本在陳銘磻的精神譜系中表徵了一種對自我出生和棲居之地的經驗性表達，它象徵著熟知、迷戀、嚮往等詩性的精神旨歸，激起作家的思鄉感、歸家感。陳銘磻的這種精神故鄉情結，成為其文學寫作中的普遍精神意識和情感指向，成為文學創作的母題和主要敘事內容，以及意義指向和審美意蘊。

（三）離開後的返回：故鄉的二元性解讀

人與地方的關係，是文學作品常見的表現主題，要展現人對地方的情感，也往往透過離開與遷移後返回的情境來展現。「遷移」，意味著人與地方關係發生了重大的變化。「離開」的現象，使得人與地方的疏離變得更為突出，相對的，情感也變得更加複雜。其次，有的作家可能一生只會在一個特定的地域環境中成長，而有的作家可能出生在此地，卻在另外一個環境之中

成長，有的甚至還輾轉生活在多個不同的地域環境；那麼，影響作家性格與創作的便不只是一種環境，而是多種地理環境的複加，這樣就決定了地理基因不僅有一定的穩定性，同時還具有一定的變異性。多年以後，陳銘磻再度回到多風的新竹街道，遊子終於在文字中回到他的「根源」。他用「陌生的熟悉，熟悉的陌生」[53]來形容故鄉。故鄉的人和事都成了歷史，四合院不見了，少年時代和家人相依為命的小樓閣的往日形象不見了，代之而起的是一棟棟相銜的公寓，他只能走在熟悉卻又陌生的街道上，從新竹的風中品嚐曾經存在的滄桑與感動。對於新竹，陳銘磻不斷回憶著過往，一遍又一遍，而那一群熟悉的人，或者家人、或者鄰居親戚，在陳銘磻的作品中，也不斷的被溫習。「頓時，我悟澈到，追尋已逝的往事，甚至企圖留住往事的那一份感傷的美，全屬空洞」[54]。恩怨情仇早被置之度外，文字轉化成更深層的人生境界，只把一個個動人的故事，傳達給在窮困時光中缺席的人們，只為傳達一種向上的人生哲學。誠如他說的：

> 新竹，我居住了十八年，愛他，卻又情怯的地方，當火車駛過頭前溪，當我的腳步走在石坊里所剩無幾的石板路上，當我想起我曾那樣失望、憤然離開她，然後又眷戀著她；我知道，所謂的家園就是這樣；雖然覺得她殘破、進步緩慢，但心中橫著一條長長的鄉情血脈，卻要毫無懸念的投入她的懷抱。[55]

對於作家個體而言，心目中必然有一個心靈的故鄉，這個故鄉便是他從小生活的自然或人文環境，也可能會成為他永遠懷想的精神家園；成長以後，再次經歷過不同的地理環境變遷，其個性之中便會存在多種地理因素的交織；隨著在不同地域之間的經歷，其對世界與地理的獨特感悟便凝結成與

---

53 陳銘磻：〈面背的亮月〉，《石坊里的故事》（臺北市：號角出版社，1979年），頁151。

54 陳銘磻：〈面背的亮月〉，《石坊里的故事》（臺北市：號角出版社，1979年），頁151。

55 陳銘磻：〈面背的亮月〉，《石坊里的故事》（臺北市：號角出版社，1979年），頁150-
151。

以往不同的地理意象並在其作品中呈現出來。所以，地理基因中不僅有著一種恆久不變的元素存在，在此基礎上也會衍生出種種變異的因數，正是因為這些變與不變的因素相互間的作用，文學地景才顯得那樣的複雜多變、豐富多彩。文學地理景觀具有空間性，但它並未忽略對時間維度的表達，甚至它的審美價值大部分來源於時間的流逝。通過文學地理景觀以表現人生或歷史的滄桑感，這既與作家的審美選擇與藝術追求有關，更與作家從事文學創作大多依據自己的時間記憶有關。文學地理與空間書寫是緊緊纏繞在一起的。這些空間書寫加深了人們對世界的認識，也表徵與再現了作家對地方和空間的自我體驗。

陳銘磻對新竹進行的地方書寫在三個層面上重新分割了其文本的敘事空間：作為原鄉符碼的地理空間；作為生命史演繹的場景空間；作為家庭興衰史歷史記憶空間。地方被賦予了多重象徵意義。如果把這些象徵意義進一步解構，就可以得到一組組二元對立的結構：生和死、安定和漂泊、貧窮和富有、興和衰、高尚和低下、美和醜、善和惡、現實與記憶。在人類發展的歷史長河中，這些二元對立項在不斷交替轉換重複，構成了一個連續不斷的循環，生命就在這個循環中延續下去。因此，地方的多重意義不僅具有二元對立的結構，更因為二元對立的交替而產生了循環的結構，這對二元對立非此即彼的兩極劃分在某種程度上是一種彌補。

（四）陳銘磻文學地理世界：文學地景中的身份意識

每個人都有那麼一個靈魂的駐紮地——假如他（她）有靈魂的話，我們可以稱為「心靈驛站」或「精神故鄉」。假如這個人剛好是位作家，那麼這個地方就會成為代表他（她）的一個代名詞，比如王安憶的上海、沈從文的湘西、阿盛的臺南新營、簡媜的宜蘭冬山鄉。出生新竹市石坊里的陳銘磻，曾被新竹市政府文化局選入新竹市百大名人錄「文學類」唯一的名人，陳銘磻也寫過一本《竹塹風之戀》，當時的市長林政則還特別召見他嘉許一番。其次，他與新竹尖石那羅部落也有深刻的情緣，他曾到偏遠山區教書二年，

領受土地帶給他的那份「臍帶難離的親密關係」，多年來他不斷的以文字回歸他的心靈故鄉。就是這樣，陳銘磻才能有創造力驚人，不斷地寫出他與石坊里、尖石鄉與日本之間的生命情緣，我們均能自其中領受人生與土地的親密關係，由之而引發對人生問題的看法，領悟人生社會的意義。

　　地方在他的筆下往往是一種回歸，或是一段往事招魂的再現。在時空差距下的人物、故事和情感被一再的述說。土地總能給人一種抽象的安慰。而每一座城市，每一片土地，都有屬於自己風華的歷史，文化是人類在自然或社會中生活而形成的經驗，文化的目的是在於當下的歷史階段，我們究竟為現今這個歷史階段思考了什麼意義與出口。於是地方與歷史這本是兩個時空維度上相對獨立的平行線，便透過文化意蘊而貫穿了，於是具有生命感的空間意識從個人的情感經驗的累積而化為歷史脈絡的文化傳統。羅蘭〈頭角崢嶸陳銘磻──序《石坊里的故事》〉說：

> 陳銘磻幸虧有個貧苦的童年。那淒風苦雨、飢寒交迫的日子，如今，已經成了石坊里的一個個動人的故事。它鍛鍊成了今天百鍊成鋼、頭角崢嶸，而又悲天憫人、熱情充沛的文壇勇士。多風的、記錄著他淒苦童年的「石坊里」，現在應當以他為榮。因為很顯然的，他也在以「石坊里」為榮。[56]

　　石坊里對今日的陳銘磻而言，是一個熟悉卻再也回不去的空間。他常常往返新居和舊地之間，雖然來到舊時的居所，但是卻不復當日的景況，於是陳銘磻在他的文字裡尋找屬於他自己的新竹。通過記憶書寫演繹敘事個體記憶選擇、家族記憶追尋，表現自我獨立成長和地域認同意識，探究記憶書寫重構的本質。陳銘磻在時間與記憶中穿梭，建構了自己漸趨完美的作家人生。歸根返本意識是人類的共性。人們常說「葉落歸根」、「狐死首丘」，懷

---

56 羅蘭：〈頭角崢嶸陳銘磻──序《石坊里的故事》〉，陳銘磻《石坊里的故事》（臺北市：號角出版社，1979年）。

舊、崇古、好史都是這種意識的反映。離開和旅行是為了暫時逃脫冷硬的現實，離開的目的是為歸根返本，重返那些生命的本源地以便達到真正的身心安居。

六　從「現實」到「實現」的轉化：家園意識的建立

（一）原鄉情結之超越

隨著對故鄉思索的日益深入，曾經在故鄉成長時面對貧困的因素，受到鄰人的奚落的傷害，都無疾而終。

> 我不必再畏懼那些曾經諷刺過我們的人，更不必再感到他們的可怕，如果在他們無法瞭解人類的生活是建築在相互的愛和關照之上，我又有何理由要去相信他們「有錢可以使鬼推磨」謬論。
> 我當然可以抬頭昂然的走在街上，快樂不應該用貧富分野的，誰敢說我父是貧窮呢？不！他並不窮，除了一身的正義和和氣，他尚且有一夥會唱歌、畫畫、懂得生活情調的孩子，這些孩子每一個都活得相當寫意，他們在逢無法吃魚肉的日子時，都極力忍受，因為，生命中最珍貴的，不在於物質富裕的展示。
> 我不願意父親是個悲劇性的人，他的憨直並沒有錯，他動盲腸手術之際，抱病受託替人奔波辦事，也是個性上淳厚的一面，人們怎能用金錢來衡量他的價值呢？[57]

在成長的過程中，陳銘磻看到父親總是默承受各種各樣的苦難，始終超越的純淨質量，看待人生的波濤起伏。在對一切美好人與事的解構後，父親形象被美好地定格下來，成為他的故鄉之夢的永遠的支撐點，也是他不斷神遊故

---

57 陳銘磻：〈走在石板路〉，《石坊里的故事》（臺北市：號角出版社，1979年），頁157。

鄉的最重要的原由。如果從現實生活層面（也可說是感情層面）講，幾乎在每一個人的生命裡都有伴隨他（她）成長的不可替代的人物，或許是母親或許是父親也或許是其他人物，而在陳銘磻那裡，這個人就是他可敬可親的父親，還有他那位成熟溫暖的二姐。父親用心教導他待人處世之道。二姐用心教導他正向思考之必須。成長苦難的歲月在父親的庇護和二姐的關懷下有了讓他牽掛的理由。石坊里、父親、二姐，乃至於整個家庭的所給與的教導，讓陳銘磻的生活哲學更加懂得疼惜自己、疼惜別人。在現實的老家已經不存後，陳銘磻的鄉愁不再是悲傷，而是讓它成為永遠的精神家園。他在〈走在石板路〉中這樣寫到：

> 我再三的告訴自己，石坊里的生活雖然黯淡，一如許多日子過得未必見得寬裕的那些人們一樣，我必須相信，那是一種過程，而也唯有那些困境重重的過程，我才能徹底的明白和了悟，生活是一件多麼不容易的事。[58]

石板路，畢竟承載過他的童年和少年的夢想，在成年之後的夢境裡，它總是一個不變的背景。當我們出門遠行走到一個陌生地段時，我們總是拿原鄉來矯正我們的方向和丈量我們的距離，這時我們就已經在重回和溫故我們的原鄉了。原鄉成了矯正陳銘磻一家人的方向和丈量距離的重要依憑。父親像故鄉的泥土一樣親切本真。父親身上的美好品德使陳銘磻得以變苦為樂，解悲成喜。在他精神深處，父親始終是一縷陽光，是尊嚴、道德、美好的化身，寄託了他的理想和希望。父親作為一種原型力量以永恆的形象站在故鄉中，已存在於他的靈魂深處。故鄉情結滿滿地充塞於陳銘磻的內心，對故鄉的失望引起對故鄉的拯救。借助敘事方式的變化來修補矯正推遲和延緩故鄉的坍塌過程。儘管表面上離現實中的故鄉愈來愈遠，但他內心對故鄉的愛卻愈來愈熾熱。

---

58 陳銘磻：〈走在石板路〉，《石坊里的故事》（臺北市：號角出版社，1979年），頁155。

（二）家園意識的形成

　　家園意識是人類生存的本真訴求與智慧反映。家園意識也是作家創作心理中非常重要的一個原動力，家園意識可以折射一個人的精神世界。這種意識的形成是自發的，也是自覺的。對陳銘磻而言，除了自覺的對家園的痛苦記憶以及對理想家園的探尋是這種意識的具體表現外，另一方面是在潛意識裡受到父親的啟發：

> 我終於明白，父親為什麼口口聲聲唸著他不是竹北人，不要客死竹北、不想土葬竹北，寂寞身後，寧和他出生的新竹永續結伴，悠悠可終可安息。他這緣繫來時塵的唯心所現，和別人問起我哪裡人一樣，是出生與土地相互皈依的真性情感。[59]

　　陳銘磻在父親死後這樣回憶著：「早料到你生前交代我，有朝一日你必須撒手離開我們時，塵落新竹，是你唯一的願望，這願望和我同石坊里雖僅存十六年感情，卻能在記憶中產生無比巨大的心疼感覺一樣，充滿一種看來極為抽象卻是無法改變事實的故土情懷」。[60]陳銘磻的父親對新竹的依戀，就如同石坊里對陳銘磻的意義一般，是一脈相承，不可斷絕。是以，在陳銘磻的個人資料裡，不論是維基百科裡的名人介紹，或是他出版的每一本書中的「作者介紹」，必然會交代他是出生於新竹的石坊里，這就是一種身份的定位。在地方特質探尋與地方身份定位的過程中，不斷增長的地方感可以使主體的社會角色和關係清晰化，因為地方不僅提供人們生活的空間，還是人身份認同的來源。我們需要知道自己是誰，知道我們是誰很大程度上取決於知道我們身在何處。地方身份的建構也就是人建構自我身份的過程，人通過不斷重複對於地方的體驗和與地方的不斷互動來認識與詮釋自我，發現地方

59　陳銘磻：〈風城不下雪〉，《父親》（臺北市：紅螞蟻圖書有限公司，2004年），頁31。
60　陳銘磻：〈來世續前情〉，見《父親》（臺北市：宇柯文化出版社，2004年），頁119。

的過程同樣是發現自我的過程。

時間延展有「回望」和「前瞻」兩個向度。「回望」是作家對原鄉的記憶，對故鄉的反芻，如夢如詩；「前瞻」則是作家對鄉土未來的期許。沈從文離開了湘西，再寫湘西；王鼎鈞因為離開了山東再寫山東。陳銘磻因為離開了新竹，才懷念新竹，因空間位移，作家有了對原鄉的回望，原鄉因此置換成了遠方。作家對鄉土進行文學的表達，總是要思考如何回應心靈的呼喚。心靈的呼喚來自空間意義上的遠方，也來自時間意義的遠方。遠方有多遠，是相對鄉土而言的。從原鄉出發，定位於原鄉，才有遠方的空間與時間。如果沒有原鄉的定位，只有遠方，那不是如大樹生長般「有根」的狀態，而是流雲飄浮般「無根」的狀態。

（三）崇父情結對其創作的影響

很多作家的創作動機乃源於親身的經歷和感受，陳銘磻當然不例外，但我們不能忽略的是，他受到多情多思的父親文人性格的影響下的「子承父業」、「踵武其志」的傳承信念有關。換言之，崇父情結展現在陳銘磻的生活中，也展現在其創作的藝術世界中。使得他的作品充滿與眾不同的藝術魅力。他的「崇父情結」對其創作的影響主要表現為以下幾個方面：

> 冷漠人際，連親情都趨於淡然的現世，我性格中的怯懦無為，澎湃著流竄不已的情愫，迫使我必須勇於自省地將心中對父與子之間的天性情誼，傾訴無遺；我筆寫父親，一如寫我深沈的內心糾結；我看父輩，一如看見自己不合格的父角色，和足以令我省思再三的所作所為，我如何從父執中建立屬於燦明陽光式的現代父親形貌？[61]

---

61 陳銘磻：〈序情：天使‧我父〉，見《父親》（臺北市：宇柯文化出版社，2004年），頁8。

崇父情結在陳銘磻的心裡埋藏已久，他很自然地把崇父情結表現在其作品之中。童年時期家庭的貧苦經驗，那些印象深刻的記憶，往往形成了作家一生揮之不去的基調和底色，並在相當程度上決定著他對於創作題材的選擇。有人說：「文學能滿足以下五大需要：語言遊戲的需要、幻想補償的需要、釋放緊張和壓抑心理的需要、自我欣賞陶醉的需要和自我確證的需要。」[62]所以，創作是陳銘磻傳達崇父情結的最佳工具。將寫作作為表達情感體驗，抒寫思想認知，實現自我超越，進而達到想像性把握世界的目的。他賦予寫作以意義，並最終通過寫作獲得精神救贖。人們用不同的方式尋找生命的本源，作家用文字點亮生死。陳銘磻從過往經歷和帶有強烈的個性化色彩的生命體驗出發，從而實現對於自我的重新審視和對於生命本質更為通透的領悟。無論童年之樂抑或成長之痛，皆為陳銘磻獨有的生活經驗積累和創作的必然，而文學創作是一種移情活動，移情的過程本身就是作家自我確證和自我表現的過程，陳銘磻創作過程實際上是一次自我觀照和自我剖析的心靈之旅。對於自我的認知及對於生命本質的思考構成了作品更為豐厚深沉的內在意蘊。一個人只有在對生命歷程的回望自省之中，才能實現自我意識的提升和對現實處境的超越，借著這種提升和超越，方能擁有返璞歸真的心靈狀態。因此，陳銘磻對於童年生活的追憶就不僅僅是在描寫一個似水光陰的故事，也並非只是抒寫成長中失去和離別的感傷，還包括在回憶中完成了自我的確證。

七　陳銘磻地方書寫的價值：文因景生，景借文傳

在臺灣當代鄉土文學發展史上，陳銘磻新竹書寫的作品理應受到更多重視，其作品標誌著臺灣的鄉土文學由政治的、社會問題的、寫實的大一統向鄉愁的、文化的、民俗的、個人性情的、抒情的分野。與同時期臺灣作家多以宏大的歷史、政治的角度抒寫沉重綿長的懷鄉之情不同，陳銘磻選取散文

---

62 葉舒憲：《文學與治療》（北京市：社會科學文獻出版社，1999年），頁12。

抒懷的筆調，從自我出發，借助於成長的視角對他所體驗的世界和生活進行細膩地描繪，融入了作家對於童年生活的詩性反顧和思考，其寫作目的在於通過書寫成長過程中的獲得與失去，表達濃郁的鄉愁並建構屬於自己的精神家園。

（一）文因景生

　　文學與人之間，地理基因是天然的紐帶：離開了地理的因素，人與文學的對話便會是那樣的蒼白；離開了地理的因素，那麼人也便喪失了生存下去的基礎，文學也就不復存在；離開了地理的因素，文學也不會顯得那樣的豐富多彩。其實在悲歡離合的描摹之外，陳銘磻地方書寫的訴求遠不止於此。從個體的角度出發，地方的體驗與闡釋是他釐清自我身份的有效途徑；不同歷史與地理的故事是在為逝去的文化與美造像；從人地關係而言，不同土地的風物人事給予人類慰藉與安定。從全文的探討後，試圖揭示陳銘磻創作中鄉愁的人文內涵，即對主體的情感、人與社會、人與自然環境關係的關注，進而思考，我們對新竹這塊土地文化重建的意義。倡導全方位構建跨時空的文化記憶，探索城鎮地區的名人舊事，進而實現城鎮的人文復興，對於一個城市的文化生命是重要的。義大利著名作家卡爾維諾的作品《看不見的城市》中，構建了各種各樣想像中的城市，對我們探討現代城市有著重要的啟示意義。[63]城市是居民的記憶符碼，也是編織夢想的工廠，也是生命的歸屬地。我們該如何保護和構建城市，又該如何探尋城市對於我們的意義，是當今現代人必須思考的問題。一座城市必然有名人，我們可以透過實際走訪追尋作家成長軌跡以留存新竹的文資。石坊里雖然是個不起眼的小地方，但在這裡卻是竹塹作家陳銘磻成長的原鄉，他的所有作品都源自於對原鄉的一份依戀。如果城市能建立起地方的名人效應的話，便可以更好的拓展城市的文化風氣。

63　〔義大利〕伊塔羅‧卡爾維諾著、王志弘譯：《看不見的城市》（臺北市：時報文化版社，1993年）。

　　鄉愁是人對自己生長的地方的自然環境、歷史文化、社會風情等深沉的情感投入、深刻的生活記憶，孕育成難忘的故土情結。鄉愁有其獨特的文化傳統與人文情懷，隱含了主體性、空間性與時間性三個特徵。自古以來，鄉愁是遠行遊子對故土的眷戀和牽掛，這是人類共同的文化情感。但現代意義上的「鄉愁」，已不再局限於遠行遊子對故土的思念，而被賦予了新的涵義，泛指是現代化發展進程下，人們回歸精神家園的普遍需求，通過回望記憶深處的空間和建築，來尋找對鄰里鄉情等地方價值的認同。鄉愁體現為一種物質和情感的結合，鄉愁紮根於故地舊園的每一棟房屋、每一條街道、每一座廟宇、每一塊石板，鄉愁滲透於故土家園的一草一木，一人一事。這些空間遺跡與人文景觀，構成了游子對家園的情感共鳴和價值認同。作品中對自然界萬物的審美發現與情感表達，都是以特定的地理環境為基礎的，如果離開了那裡的自然地理，那麼作者的情感與思想就無法承載。例如我們來到寫岳陽樓就不能不想起范仲淹的〈岳陽樓記〉，來到浙江紹興的沈園，就不能不想到陸游的〈釵頭鳳〉，在觀賞與描寫菊花，就不可不想起陶淵明的田園詩。我們也會記得黃春明和宜蘭羅東的關係，吳晟和彰化溪州的關係，宋澤萊和他的打牛湳村，黃武忠和他的蘿蔔庄。上述所有內容都可以說明文學作品裡的地理基因必定會影響後代作家的藝術思維與藝術感知，在文學史上形成一條明顯的流動線，就像一條河流，流域裡的人與樹、山與雲等，都無法超越其外而不與其發生關係。不只是關於自然山水的文學作品具有這樣的功能，所有的文學作品在傳播過程中都存在這樣的流動性與傳承性。不過，值得我們注意的是，前代作家對於自然山水的感知而產生的地理基因會與後代作家的感知結合在一起，形成地理因素的重合性；同時，地理基因的一部分也會轉化為文化基因，成為一個國家的文化傳統而發揮作用。

（二）景藉文傳

　　文學地理景觀是指具有文學審美特徵的地表自然景物，它是不可同質化的，且擁有屬於該處獨特的、區別於其他各地的標識，這就是文學地理的有

機組成部分。文學地理景觀作為文學藝術創作的重要源泉和參照物，它可激發作者的靈感及情懷，從而創造出生動活潑、豐富多彩的文學作品。文學地理景觀還對文學作品的內容、藝術特點與風格產生獨特的影響。文學地理景觀與文學相輔相成，文因景生，景借文傳。研究文學地理，離不開對文學地理景觀的研究，只要研究文學地理，才能留得住鄉愁。地理空間是形成作家創作風格的自然環境，更是作家「精神原鄉」的生成背景。從地理格局分佈和作家的文化認同來看，陳銘磻的新竹地方書寫已是竹塹文學的重要組成，和多位新竹作家家群體共同建構了以空間地理為背景的精神原鄉，以此統攝不同文化空間的人生世相和題材類型。

本文試圖揭示陳銘磻創作中鄉愁的人文內涵，即對主體的情感、人與地方、人與自然環境關係的關注，可見鄉愁是人對自己生長的地方的自然環境、歷史文化、社會風情等深沉的情感投入、深刻的生活記憶，孕育成難忘的故土情結。鄉愁有其獨特的文化傳統與人文情懷，隱含了主體性、空間性與時間性三個特徵。

上述所有內容都可以說明文學作品裡的地理基因必定會影響後代作家的藝術思維與藝術感知，在文學史上形成一條明顯的流動線，就像一條河流，流域裡的人與樹、山與雲等，都無法超越其外而不與其發生關係。不只是關於自然山水的文學作品具有這樣的功能，所有的文學作品在傳播過程中都存在這樣的流動性與傳承性。

每一位作家都屬於他自己的鄉土。這一片鄉土，是作家生於斯長於斯的地方。作家的鄉土是作家成長的根本，是養分，是資源，是流貫始終的血脈。鄉土是作家的文學之臍。文學的鄉土，是作家文學作品中所呈現的地域。這種地域，當然離不開作家的鄉土，但已不是作家生長的那片鄉土本身，而是被作家文學化的鄉土。對於作家個體而言，心目中必然有一個心靈的故鄉，這個故鄉便是他從小生活的自然或人文環境，也可能會成為他永遠懷想的精神家園；成長以後，再次經歷過不同的地理環境變遷，其個性之中便會存在多種地理因素的交織；隨著在不同地域之間的經歷，其對世界與地理的獨特感悟便凝結成與以往不同的地理意象並在其作品中呈現出來。所

以，地理基因中不僅有著一種不變的元素存在，在此基礎上也會衍生出種種變異的因數，正是因為這些變與不變的因素相互間的作用，文學才顯得那樣的複多變、豐富多彩。

八 結語

陳銘磻在新竹生活了整整十六年，他是背負著綿密的原鄉記憶去而離開的。新竹石坊里對陳銘磻來說，是生命中永遠無法逝去的精神棲居地。他是通過回望原鄉而尋找生命之根和完成自我身份的確證的。原鄉是一個人生命地圖裡的經緯，他的「鄉土之戀」、「返鄉之旅」與「家園之思」，表層的成長故事所承載的是一個歷經滄桑的成年人複雜綿長的思鄉戀舊的情愫。陳銘磻試圖通過對成長時對原鄉的回憶來彌補現實的缺失，尋求心靈的安穩，纏繞於陳銘磻的主體世界的是揮之不去的思父念父的情結，其情感取向歸結為對於精神故鄉的尋找和重建。陳銘磻在細膩柔婉的抒寫中完成了一次又一次的精神還鄉之旅，借以抒發鄉愁之苦，以安放滄桑的心靈。

成長是人類普遍的生命經驗，也是蘊含著豐富的社會價值與心理意義的人類生存狀態。雖然個體成長的歷程千差萬別，但成長的故事都鐫刻著所處社會、時代、地域、文化的深刻印記。擁有並珍視自己的成長故事，對個體成長歷程的描寫不僅成為個體經驗的描述，也成為集體記憶的具象表達。任何一位作家都有自己的地理基因，並且都是通過自己對於自然山水的觀察與發現而建立起來的；但是由於每一位作家本人各自不同的生活環境與生存處境，同樣的地理在他們身上所發生的作用也是各不相同的。正是由於成長書寫是由「現在」向「過去」溯源，而「過去」是通過想像、記憶、書寫等成為一種精神性的建構。書寫的意義不僅僅在於發掘和呈現創傷，還在於以不同的方式化解傷痕，尋求救贖。陳銘磻故鄉書寫結合家族史與人情義理，嘗試在世俗人情之中以頓悟之理化解並超越創傷記憶。

對陳銘磻而言，原鄉新竹具有多維度的闡釋空間，既包含地理、生命層面上的具體旨歸，同時，又涵納文化、歷史、精神、文學等層面的精神指向

和情感確認，是一個可以啟動個體情感記憶和精神詩意的語彙。原鄉在時間鏈條上歸屬於過去，是過去曾經存在過的，但現在已經消逝的事物和人物，這些事物在個體的精神空間中凝結成一種回憶性的、反觀性的精神記憶。這種記憶往往呈現出兩種樣態：一種是詩性的，不斷地被自己珍惜，成為個體的精神故鄉和精神家園，對其深情的想像，這種故鄉意象是臻於完美和純淨的，是詩人精神的慰藉和心靈的依託；另一種是非詩性，甚至是令人創傷的，產生一種被拋感和無根感。所以，一種更為理性和批判精神會注入到對故鄉的敘事之中，一種十分複雜的感情糾纏在其中。這種精神故鄉具有「皈依」和「返還」兩種向度。如果沒有地域空間的位移和轉變，也就沒有故鄉情結的產生，同樣也就不存在精神的故鄉，正如海德格爾所言：「懷鄉就是返回與本源的親近」[64]，於是，對一座城市與自己關係的梳理過程，同時也是精神脈絡與心路歷程的梳理過程。因此陳銘磻既是在進行對一座城市的感知書寫，也更是在撰寫一部自我的成長史。這樣的書寫，雖然不宏大，但你不能否認它是一種富有新意的存史書寫，一部印滿了生命體驗、留下了生命足跡的歷史。

——原刊於《北市大語文學報》第二十四期（2021年8月）

---

64 引自〔德〕馬丁海德格爾《人，詩意的安居》（桂林：廣西師範大學出版社，2014年2月），頁87。

引用資料

〔法〕加斯東・巴什拉《空間的詩學》 臺北市 張老師文化出版社 2007年

〔英〕Tim Cresswell著、王志弘、徐苔玲譯 《地方：記憶、想像與認同》
　　　北京市 群學出版有限公司 2006年

〔義大利〕伊塔羅・卡爾維諾著、王志弘譯 《看不見的城市》 臺北市
　　　時報文化版社 1993年

〔德〕馬丁・海德格爾 《人，詩意的安居》 桂林 廣西師範大學出版社
　　　2014年

曹世耘 《昨日之日：論王鼎鈞回憶錄書寫之集體記憶與重構》 成功大學
　　　中國文學系博士論文 2017年7月

陳銘磻 《安太郎の爺爺》 臺北市 布克文化 2014年

陳銘磻 《石坊里的故事》 臺北市 號角出版社 1979年

陳銘磻 《父親》 臺北市 宇柯文化出版社 2004年

葉舒憲 《文學與治療》 北京市 社會科學文獻出版社 1999年

朱竑、劉博 〈地方感、地方依戀與地方認同等概念的辨析及研究啟示〉
　　　《華南師範大學學報》（自然科學版） 2011年第1期 2011年2月
　　　頁1-6

劉智濬 〈陳銘磻的生命原鄉追尋〉 《台灣文學研究》第4期 2013年6月
　　　頁199-230

讀《大唐西域求法高僧傳》
——七世紀末的南海印象探識

黃琦旺[*]

> 眾僧如彼大海，流河決水，以入乎海，便滅本名，但有大海之名。
>
> 《增一阿含經》第44

前言

　　義淨法師《大唐西域求法高僧傳》給七世紀末南海地域、宗教文化與當地風俗留下了重要的印象紀錄。本文將予以細讀並區別其中二十二位陸路求法和三十九位海路求法僧侶（29人死於海外，12人失蹤或無消息），釋其翻山越嶺和驚濤駭浪求法二者間的隱喻。全文分五個部分：前言敘說南海自六朝以迄至隋唐的相互關係及僧侶從陸路轉為海路的現象。第二部分乃有關中國和南海之間，尤其與馬來亞半島及其附近島嶼諸古國的關係不僅僅是因為海船停泊，或憩息麻六甲海峽與印度、阿拉伯商人通商，也不是因為中國各朝向南蠻之地大顯文化權威而建立的從主關係——跟西方探險的航海家一樣，其中關係更多是因為南海以南的奇珍異寶以及印度化之後的神秘域境構成的強大誘惑。對此，佛僧與商團以及政治集團的強霸手段不一樣，反以己身投入，歷巨海猛風、洪波冥壑，捨身探索識界，構成南海「取經」的一道風景。正如《楞伽經》卷一偈云：「譬如巨海浪，斯由猛風起，洪波鼓冥壑，無有斷絕時；藏識海常住，境界風所動，種種諸識浪，騰躍而轉生。」

---

* 馬來西亞南方大學學院中文系助理教授。

故此文分三部分分別闡述：一、義淨特別記載三十九位走海路求法僧侶的意義和隱喻，二、其海路航線中南海幾處屬馬來亞地域的佛國印象以及三、參考《南海寄歸內法傳》識其「海上轉身」自內證，何以對戒律與器物如斯重視。全文就嘗試文學審美的觀點通過一位唐三藏的識見，敘說七世紀末海上求法探識建構出的南海印象。

關鍵詞：義淨　唐僧　七世紀末　南海　求法

一 四世紀～七世紀中國僧伽南海求法的傳奇

（一）往那爛陀寺的兩條路線

南海與中國六朝的關係，以至隋唐初的航海頻乃促使唐初海外求法的風尚。義淨以及五十六位法師在七世紀中葉到末葉──唐初太宗貞觀十五年（西元641年）以後到武后天授二年共四十多年──在不同的時間點赴印度東北比哈爾邦（Bihar，古稱古摩揭陀國王舍城）巴特那（Paṭnā，古名 Pataliputra）那爛陀寺取經。其中三十九位取海路，當中二十九人葬生海外（其中11位未達目的地），十二人失蹤或無消息。就地理位置看取經路線，陸路和海路的艱難度不相上下。東晉法顯向西取經開始就有了陸路和海路二徑：

一、法顯、玄奘所走的陸路：從長安出發，新疆出境經西域（過哈密、高昌、河中、吐火羅、俾路支等等）到印度東北以及義淨時期，經過西藏、尼泊爾到印度一條比較便捷的陸路。

二、沿海路若按東晉法顯的回程從加爾各答（Kolkata,Calcutta）下獅子國錫蘭，經麻六甲海峽南海區域駛近南中國海到廣州（或到山東）；[1] 按義淨則從廣州經南中國海，周遊於南海諸國再航行到錫蘭，後往中部、東部、北部或西部。[2]

按古籍記載，眾所皆知義淨所述海路早在漢朝已經被知曉。《漢書》〈地理志〉第八下有記載：

---

1 法顯撰：《法顯傳》（上海市：商務印書館，1955年），頁88-107。

2 按王邦維整理，義淨撰《大唐西域求法高僧傳》義淨所述各路綫：或從廣州登舶，或從交址，或從占波登舶，或經佛逝，或經呵陵，或經郎迦戌，或經裸人國而抵東印度耽摩立底，或從羯荼西南行到南印度那伽鉢亶那，再轉赴師子國，或復從師子國泛舶北上到東印度諸國，或轉赴西印度。義淨撰、王邦維校注：《大唐西域求法高僧傳》（北京市：中華書局，2000年），頁9-10。另見王邦維〈從義淨大唐西域求法高僧傳看海上絲綢之路〉一文 http://www.mbka.org.my/wp-content/uploads/2014/10/nhlw01.pdf.

自日南（越南）障塞、徐聞（湛江）、合浦（廣西壯族區），船行可五月，有都元國（馬來亞東北龍運 Dungun）；又船行可四月，有邑盧沒國（緬甸南部勃固 Bago）；又船行可二十餘日，有諶離國（緬甸伊洛瓦江 Ayeyarwady）；步行可十餘日，有夫甘都盧國（緬甸南部卑謬 Pyay 附近）。自夫甘都盧國，船行可二月余，有黃支國（印度馬德拉斯？[3]）民俗略與珠崖相類，其州廣大戶口多，多異物，自武帝以來皆獻見。[4]

王賡武五〇年代對南海貿易的研究認為漢朝在對南中國以南進行征服之前，已經頻頻有貿易活動出現：漢族以絲帛和手工品交換南海區域的象牙、珠璣、玳瑁、翠毛、孔雀毛、犀角、玉桂以及香木等等奢侈品。[5]《漢書》〈地理志〉更進一步說明權貴對獲得這些奢侈品的心理不亞於對土地的征戰：[6]

有譯長屬黃門，與應募者俱入海，市明珠、璧流離、奇石異物，齎黃金雜繒而往，所至國皆稟食為耦，蠻夷賈船，轉送致之。**亦利交易，剽殺人。**又苦逢風波溺死，不者數年來還。**大珠至圍二寸以下。**平帝元始中，王莽輔政，欲耀威德，厚遺黃支王，令遣使獻生犀牛。自黃支船行可八月，到皮宗（馬來亞笨珍外海香蕉島 PULAU PISANG）；船行可二月，到日南、象林（皆為越南地）界云。黃支之南有已程不

3　據王賡武：《南海貿易與南洋華人》，法人 G.費瑯（Gabriel Ferrand）一九一九年考定黃支國是南印度 Kanci，也有人提出其它地方如阿比斯尼亞，馬來半島與柔佛。王賡武，姚楠譯：《南海貿易與南洋華人》（香港：中華書局，1988年），頁40。大多取費瑯說法，既今印度泰米爾（Tamil）納德邦（Nadu）馬德拉斯西南（Madras，今為Chennai）的康契普拉姆（Kanchipuram）。

4　班固撰、顏師古注：《漢書》第六冊卷廿八地理志第八下（北京市：中華書局，1962年），頁1670-1671。

5　王賡武著，姚楠譯：《南海貿易與南洋華人》（香港：中華書局，1988年），頁7。

6　秦漢時期（西元前221-111年）已開始南進征戰百越民族的領土：東甌（浙江以南）、閩越（福建）、南越（廣東）、駱越（東京／河內）。

國（斯里蘭卡），漢之譯使自此還矣。[7]

漢武帝元鼎六年（西元前111年）拼南越地和西南夷地，設南海等九郡及牂
牁等五郡[8]，當時中國的樓船可以沿海岸航行，越人和漢人水手（後來用昆
侖）從山東沿海岸航行到南海再往印度支那，與季候風相遇很容易的被帶進
暹羅灣，停泊在馬來亞東北或鄰近島嶼。這樣的南海航行一直維持了二十餘
年漢武帝去世，印度商船的加入引致了中印兩大文明大規模南海貿易的開
始，[9]因此我們在《漢書》〈地理志〉看到記錄了「自夫甘都盧國，船行可二
月余，有黃支國民俗略與珠崖相類……」云云。

（二）麻六甲海峽和印度化的南洋群島

從這點來思考，可知政權與奢侈品的需求幾乎成正比，政權與勢力越大
越需要龐大的奇珍異寶為奢華奠基。南海諸國從漢朝開始既這樣建立起斷斷
續續的貿易往來關係，西元三世紀三國鼎立期間，也三分了西亞、中亞和南
海三條商路——吳國無法經陸路經商，但卻成就了它的南海貿易，值得注意
的是原本與吳國來往頻密的東京-安南卻反叛，這促使了吳對南海扶南古國
的注意。與扶南的結交意味著對扶南屬國的交易來往，尤其位於馬來半島的
商業中心，這樣的往來關係也讓四世紀扶南動盪的時候，南海貿易往南航向
麻六甲海峽蘇門答臘之間，直至五世紀末始扶南比較安定後，中國南方與這
個區塊的往來愈見重要。[10]在四世紀至六世紀六朝時段的中國南方，尤其是
廣州和河內這些偏遠但繁榮的城市因遠離中央政府，促使有心人常持著財富

7　班固撰、顏師古注：《漢書》第六冊卷廿八地理志第八下（北京市：中華書局，1962
　　年），頁1670-1671。

8　南越儋耳、珠崖南海、蒼梧、郁林、合浦、交址、九真、日南，凡九郡；西南牂牁、
　　越巂、沈黎、武都、汶山五郡。

9　王賡武著，姚楠譯：《南海貿易與南洋華人》（香港：中華書局，1988年），頁20。

10　王賡武著，姚楠譯：《南海貿易與南洋華人》（香港：中華書局，1988年），頁75。

而謀反，因此雖然南北朝的拉鋸增加了遷徙到南方的移民，但這兩個南方繁榮城市的發展的滯怠影響了南海貿易，須等到隋煬帝和另一個統一盛世的崛起。[11]

在政治與權貴壟斷的沿海商業活動以外，西元五世紀有另一種與佛教有關的南海關係逐漸建立起來了。南海以南從西元前三世紀，西元五〇年，西元四世紀和七世紀分四個時期遷入大量印度移民。其時印度除了於越南的扶南和林邑建立殖民國，之後還出現了馬來半島以北的盤盤、狼牙修、丹丹，緬甸旃陀羅，印尼葉調、訶陵、婆利，婆羅洲古帝等等，使整個南海區域充溢印度化佛教國的氛圍。[12]東晉法顯於西元三九九年走陸路到印度取經，十四年後由海路經爪哇（耶婆提國）停留五個月，流連在當時南海貿易繁榮的商業中心。這個時期佛教在中國日漸重要，因此與扶南的密切關係更多是因為宗教：僧人在梁武帝的感召下赴中國翻譯佛教經典。[13]法顯之後，中國佛僧，除印度之外對這個海域的佛國似乎有了某種程度的憧憬和認知，義淨《大唐西域求法高僧傳》的記錄就是個實證。聖物貿易[14]也因此在南海貿易中顯得十分重要。

（三）大海：沙門的屬性

從以上敘述可知，南海區塊一方面受中國的矚目頻頻遣使以展其政治名義，而另一方面則受印度拓殖，以其國的宗教文化形式組構印度化王國。於是在中國的文明與印度的宗教影響下的南海具有了兩大文明古國文化與宗教的交匯薰陶，總匯成具有特殊語言，特殊文化和特殊習俗思想的「桃花源」。本文關注的是在佛教進入中國之後形成的一種有別於仕人的，特殊的僧人知識分子——如在《高僧傳》所述的和印度傳統佛教的僧伽一致，削髮

---

11 王賡武著，姚楠譯：《南海貿易與南洋華人》（香港：中華書局，1988年），頁47-58。

12 王賡武著，姚楠譯：《南海貿易與南洋華人》（香港：中華書局，1988年），頁128。

13 王賡武著，姚楠譯：《南海貿易與南洋華人》（香港：中華書局，1988年），頁74，86。

14 王賡武：《南海貿易與南洋華人》（香港：中華書局，1988年），頁74。

成為「沙門釋種子」（sramanāhsākyaputriyāh），表示一切世俗差別包括等級都不復存在，世俗如支流，放下差別等級的僧伽則如融匯支流的大海。《增一阿含經》卷二十一用四河消隱於海，很好的說明了僧伽的屬性：

〔0658b26〕聞如是：

〔0658b26〕一時，佛在舍衛國祇樹給孤獨園。

〔0658b27〕爾時，世尊告諸比丘：「今有四大河水從阿耨達泉出。云何為四？所謂恒伽、新頭、婆叉、私陀。彼恒伽水牛頭口出向東流，新頭南流師子口出，私陀西流象口中出，婆叉北流從馬口中出。是時，四大河水遶阿耨達泉已，恒伽入東海，新頭入南海，婆叉入西海，私陀入北海。

〔0658c04〕「爾時，四大河入海已，無復本名字，但名為海。此亦如是。有四姓。云何為四？剎利、婆羅門、長者、居士種，於如來所，剃除鬚髮，著三法衣，出家學道，無復本姓，但言沙門釋迦子。所以然者，如來眾者，其猶大海，四諦其如四大河，除去結使，入於無畏涅槃城。

〔0658c10〕「是故，諸比丘！諸有四姓，剃除鬚髮，以信堅固，出家學道者，彼當滅本名字，自稱釋迦弟子。所以然者，我今正是釋迦子，從釋種中出家學道。比丘當知，欲論生子之義者，當名沙門釋種子是。所以者何？生皆由我生，從法起，從法成。是故，比丘！當求方便，得作釋種子。如是，諸比丘！當作是學。」

〔0658c17〕爾時，諸比丘聞佛所說，歡喜奉行。

這些中國的「沙門釋種子」，苦行修養與當時士大夫和統治階級不一樣，求法多著重戒律。東晉法顯是如此，唐初玄奘和義淨也是如此：正如王邦維說：「玄奘到印度求法，特別重視佛教的宗教哲學理論，回國後通過翻譯和教授弟子，把印度佛教的瑜伽宗移植到中國來，創立了中國佛教的法相宗。而義淨在印度和南海等地，則特別注意視察和記錄佛教的僧團制度、戒

律規定。他從印度攜回和他一生翻譯的佛經，律最多，以卷數論，占總數的四分之三，『遍翻三藏，而偏功律部』，其意似乎即在於此。這與玄奘有所不同，卻和法顯一樣。他回國以後，『譯綴之暇，曲授學徒』，而且『凡所行事，皆尚急護；漉囊滌穢，特異常倫』。可說是身體力行，以身作則，直到臨終，還念念不忘教誨弟子們持律守戒……。」[15]

佛僧不管是走西域陸路還是南海航線，他們作為釋迦子苦行僧的求法歷程都被記錄整理而廣傳，讀者從這些「域外」的陌生感中讀到傳奇性。這些傳奇性以文學隱喻的觀點思索，或可清楚看到陸路和海路在修身上的相反相成。

二　讀義淨法師《大唐西域求法高僧傳》

（一）識義淨

義淨俗名張文明，出生於唐初太宗貞觀九年（西元635年）齊州（山東濟南市）山莊。[16]西元六四一年七歲，既在齊州城西四十里許的土窟寺，親教師是善遇法師，軌範師慧智禪師。[17]在土窟寺他「七歲念文舉之俊，念之日不獨天生。十二見甘羅之才，念之日應同我輩。」心之所向為周孔老莊「英達君子雖未當仁，博識丈夫應權而動。少尋周孔，以禮樂為常，長習老

---

15 義淨撰、王邦維校注：《大唐西域求法高僧傳》（北京市：中華書局，2000年），頁3。

16 （唐）智升：《開元釋教錄》，收《龍藏》（臺北市：香港佛陀教育協會，2007年），頁835。另見 http://buddhism.lib.ntu.edu.tw/BDLM/sutra/chi_pdf/sutra23/T55n2154.pdf 頁171。

17 （唐）義淨：《南海寄歸內法傳》卷四〈四十古德不為〉：「且如淨親教師則善遇法師也，軌範師則慧智禪師也。年過七歲，幸得親侍。斯二師者，並太山金輿谷聖人朗禪師所造神通寺之大德也，俗緣在乎德貝二州矣。」「乃共詣平林俯枕清澗。于土窟寺式修淨居。即齊州城西四十里許。」收《龍藏》（臺北市：香港佛陀教育協會，2007年），頁551。另見：http://buddhism.lib.ntu.edu.tw/BDLM/sutra/chi_pdf/sutra21/T54n2125.pdf，頁39。

莊。將恬淡而為樂。」[18]十五歲慕四十年前到印度取經的玄奘，萌發去印度求法的宏願。[19]西元六五五年二十一歲。以慧智禪師為戒和尚，進受具足戒正式出家。此後五年嚴謹持戒：遵守頭陀行托缽乞食、日食一餐、長坐不臥的制度。

　　慧智禪師鼓勵弟子外出遊學，義淨「杖錫東魏，頗沉心於《對法》、《攝論》；負笈西京，方閱想於《俱舍》、《唯識》。」[20]按《大唐西域求法高僧傳》義淨述，西元六七〇年三十六歲時，在長安結識處一、弘禕等僧人，相約西行求法。高宗咸亨二年十一月（西元671年）初秋義淨三十七歲，遇到廣西州官馮孝詮，隨他到廣州並獲其全家資贈，後搭波斯博取海路赴印度求法。咸亨四年（西元673年）二月八日到達東印度耽摩立底國。其後在印度周遊佛教聖跡，在那爛陀學習十年。武后垂拱元年（西元685）離開那爛陀，仍取海路東歸，又在南海一帶滯留將近十年，於證聖元年（西元695年）五月抵達洛陽。南海求法的遊歷被義淨寫成了兩本書，即《大唐西域求法高僧傳》和《南海寄歸內法傳》。此後他在洛陽與長安兩地翻譯佛經，直到玄宗先天二年（西元713年）七十九歲，給弟子們作遺書[21]後去世。[22]

　　按王邦維的整理義淨法師在唐譯經時（西元695-713年）六十一歲，攜梵本近四百部，合五十萬頌，金剛座真容一鋪，舍利三百粒回到東都洛陽，武則天親迎於上東門外。所譯佛經經典計六十一部，二三〇卷（《開元釋教錄》記載其翻譯共計五十六部二三〇卷，《貞元釋教錄》比《開元釋教錄》

18　（唐）圓照：《趙城金藏本貞元新定釋教目錄》卷十三「義淨遺書」，中國哲學電子化計劃 http://ctext.org/library.pl?if=gb&res=80666&remap=gb 目錄三，頁32。

19　同注16。

20　（唐）義淨：《南海寄歸內法傳》卷四〈四十古德不為〉，收《龍藏》（臺北市：香港佛陀教育協會，2007年），頁554-555。另見 http://buddhism.lib.ntu.edu.tw/BDLM/sutra/chi_pdf/sutra21/T54n2125.pdf，頁41。

21　（唐）圓照：《趙城金藏本貞元新定釋教目錄》卷十三有「義淨遺書」。義淨于大薦福寺譯經院寂然而終，于長安延興門東陳張村閣院內安葬，義淨葬禮門人萬餘或壁或蹄。

22　義淨撰、王邦維校注：《大唐西域求法高僧傳》（北京市：中華書局，2000年），頁256-267。

多收入義淨所譯經典七部五十卷），功績卓著多次受唐王朝的褒獎。[23]《開元釋教錄》卷九說：「淨雖遍翻三藏，而偏攻律部。」[24]可見其對戒律的嚴謹態度。他以直譯為主，特別用譯文下加注的辦法來解決翻譯語境差異的問題，這也是義淨翻經的獨特風格。唐廷還詔令將御制序文〈大唐中興三藏聖教序〉鐫碑立於其故里為四禪寺。

（二）讀《大唐西域求法高僧傳》：五十七位釋種子一覽表

以王邦維求法僧一覽表為基礎，另請參附錄求法僧路線圖。[25]

序號	姓名	籍貫	出發時間	路線及其它	歷練／遭遇
1	玄照法師	太州仙掌（陝西）	貞觀十五年以後（第一次） 麟德二年或乾封元年（第二次）	第一次‧陸路去。金府—流沙—鐵門—雪嶺—漱香池—蔥阜，途經速利—過覩貨國—遠跨胡疆—到土蕃國漸向闍蘭陀國到中印度。麟德元年取道泥波羅—土蕃返。麟德二年正月抵洛陽。 第二次，陸路去，至北印度，復向西印度，過信度國，到羅荼國，轉歷南天，旋之大覺寺、那爛陀等地。	＊去蒙文成公主送往北天。 ＊漸到闍蘭陀國途中遇賊拘，商旅解救無法。援神寫契夢而咸征，醒來見賊都睡著，自己逃出來。 ＊住闍蘭陀國四載。 ＊回重見文成公主，禮遇並資給歸唐。 ＊再次赴北天，從尼波羅—吐蕃：崎嶇棧道之側。曳半影而斜通。搖泊繩橋之下。沒全軀以傍渡。遭吐蕃賊脫首得全。遇凶奴寇僅存餘命。

---

23 同上，頁265-266。

24 （唐）智升：《開元釋教錄》，收《龍藏》（臺北市：香港佛陀教育協會，2007年），頁837。另見：http://buddhism.lib.ntu.edu.tw/BDLM/sutra/chi_pdf/sutra23/T55n2154.pdf，頁172。

25 另可參 http://www.plela.org/chibs/SRwork/monkmap/61monk.php/ 或 http://silkroad.chibs.edu.tw 大唐西行求法時空地圖，有更清楚的僧人腳踪記錄和查詢系統。

序號	姓名	籍貫	出發時間	路線及其它	歷練／遭遇
					*到羅荼國，安居四載 *在那爛陀與義淨相見 *陸路阻隔，遂停留於印度 *六十歲在中印度菴摩羅跋國遭疾而卒。
2	道希法師	齊州歷城（山東）	永徽末或顯慶年間	陸路去。經土蕃到印度。	*在那爛陀寺頻學大乘。 *住輸婆伴娜（在涅槃處寺名也）專功律藏。 *有文情善草隸。 *五十歲在西印度菴摩羅跋遇疾而終。
3	師鞭法師	齊州	麟德二年或乾封元年	陸路去。	*隨玄照從北天到西印度。 *善呪禁閑梵語。 *亦與末底僧訶同遊。 *三十五歲在菴摩羅割波城卒。
4	阿難耶跋摩	新羅（朝鮮）	貞觀年中	去路不詳，似從陸路去。	*住那爛陀寺。 *多閑律論抄寫眾經，痛矣歸心所期不契。 *七十歲卒於那爛陀。
5	慧業法師	新羅	貞觀年中	去路不詳，似從陸路去。	*於那爛陀久而聽讀。 *六十歲卒於那爛陀。 *義淨在寺中因檢唐本，忽見梁論。下記云：在佛齒木樹下新羅僧慧業寫記。問寺僧而得知慧業。
6	玄恪法師	新羅	貞觀十五年以後	陸路去。	*在玄照首次赴印度時跟隨他。 *至大覺寺，三十歲遇疾而亡。

序號	姓名	籍貫	出發時間	路線及其它	歷練／遭遇
7	新羅僧	新羅	不詳	海路去。至室利佛逝國西婆魯師國。	*至室利佛逝西婆魯師國遇疾亡。
8	新羅僧	新羅	不詳	海路去。至室利佛逝國西婆魯師國。	*至室利佛逝西婆魯師國遇疾亡。
9	道生法師	並州	貞觀末年	陸路，經土蕃到中印度。	*在那爛陀學為童子。 *學小乘三藏精順正理，多齎經像言歸本國。 *五十歲歸唐行至泥波羅，遇疾而亡。
10	常慜禪師	並州	不詳	海路去。經訶陵到末羅瑜，復從此國欲往中印度。	*往印度途中所附商舶載物既重。解纜未遠起忽滄波。不經半日遂便沈沒。當沒之時商人爭上小舶互相戰鬪。其舶主既有信心。高聲唱言師來上舶。常慜曰：「可載餘人我不去也。所以然者。若輕生為物順菩提心。亡己濟人斯大士行。」於是合掌西方稱彌陀佛。念念之頃舶沈身沒。聲盡而終。時年五十餘。
11	常慜弟子	不詳	同上	跟隨常慜，海路去。經訶陵到末羅瑜，復從此國欲往中印度。。	*見為師的沉身沒海中號咷悲泣。亦念西方與之俱沒。 *故得濟之人具陳斯事以傳世。
12	末底僧訶	京師	麟德二年或乾封元年	陸路去。入北印度，到中印度。	*與師鞭、玄照同遊。 *少閑梵語未詳經論。 *思還故里，但四十歲於泥波羅遇患身亡。
13	玄會法師	京師	不詳	陸路去。從北印度入羯濕彌羅。後乃南遊，至大覺寺。再經陸路返。	*涼國公安興貴大將軍之後。稟識聰叡多繕工伎。雖復經過未幾而梵韻清澈。

序號	姓名	籍貫	出發時間	路線及其它	歷練／遭遇
					＊為羯濕彌羅國王賞職乘王象奏王樂，曾勸王釋放死囚千餘人。後因失意遂乃南遊到大覺寺。 ＊經陸路返唐，到泥波羅而卒。年三十歲。
14	隆法師	不詳	貞觀年內	陸路去。從北道出到北印度，到健陀羅國。	＊誦得梵本《法華經》。 ＊到健陀羅國，遇疾而亡。
15	智岸	益州	同上	海路去。經扶南、郎迦戌，目的地獅子洲。	＊與義朗及其弟義玄同遊。 ＊在郎迦戌國遇疾而亡。
16	木叉提婆	交州	不詳	從海路到印度。	＊卒於印度，年二十四～五歲。
17	窺沖法師	交州	約在麟德年間	海路去。到師子洲，向西印度，再到中印度。	＊與明遠同舶到師子洲。 ＊向西印度，見玄照師，共詣中土。 ＊其人稟性聰叡善誦梵經。所在至處恒編演唱之。 ＊三十歲卒於王舍城。
18	信冑	不詳	不詳	陸路去。取北道到印度。	＊三十五歲卒於信者寺。 ＊遇疾數日餘命輟，然忽於夜中云有菩薩授手迎接。端居合掌太息而終。
19	智行法師	愛州	不詳	海路去，到僧訶羅至中印度。	＊五十歲卒於信者寺。
20	大乘燈禪師	愛州	約在顯慶年間	海路去。到師子國，過南印度，復屆東印度，往耽摩立底。後往西印度，先到那爛陀，次向金剛座，旋過薛舍離，後到俱屍國。	＊幼隨父母泛舶往社和羅鉢底國。 ＊於慈恩寺三藏法師玄奘處進受具戒居京數載頗覽經書。 ＊赴耽摩立底國，既入江口遭賊破舶唯身得存淹停斯國十二年。

序號	姓名	籍貫	出發時間	路線及其它	歷練／遭遇
					＊頗閑梵語。誦緣生等經兼修福業。 ＊遇商侶，與義淨相隨詣中印度。與無行禪師同游此地。 ＊過道希師所住舊房。當於時也其人已亡。漢本尚存梵夾猶列。覩之潸然流涕而歎。傷曰：昔在長安同游法席。今於他國但遇空筵。 ＊六十歲卒於俱屍城。
21	僧伽跋摩	康國烏茲別克	顯慶年內	陸路去。後還唐國，歸路不詳。	＊奉敕與使人相隨至印度。 ＊於菩提院內無憂樹下。雕刻佛形及觀自在菩薩像。 ＊又奉敕往交阯采藥。於時交州時屬大儉，人物餓饑。於日日中營辦飲食救濟孤苦。悲心內結涕泣外流。時人號為常啼菩薩也。 ＊六十多歲卒於交州。
22	彼岸法師	高昌	不詳	海路去，目的地中印度。	＊偕智岸隨漢使泛舶海中，遇疾而亡。 ＊所將漢本瑜伽及餘經論。咸在室利佛逝國矣。
23	智岸法師	高昌	不詳	海路去，目的地中印度。。	＊偕彼岸隨漢使泛舶海中，遇疾而亡。 ＊所將漢本瑜伽及餘經論。咸在室利佛逝國矣。
24	曇閏法師	洛陽	麟德年中	海路去。南行至交趾，至訶陵北渤盆國，目的地西印度。	＊善呪術學玄理，探律典翫醫明。 ＊善容儀極詳審。 ＊附舶至訶陵北渤盆國而卒，年三十。

序號	姓名	籍貫	出發時間	路線及其它	歷練／遭遇
25	義輝法師	洛陽	不詳	海路去。目的地中印度，經 郎迦戍國 。	＊受性聰，理思鉤深，博學為懷尋真是務，聽《攝論》、《俱舍》等頗亦有功。 ＊三十歲到郎迦戍國而亡。
26	唐僧一人	不詳	不詳	去路不詳，似為海路。	＊在訶羅雞羅國，卒於此。
27	無行禪師	荊州江陵	不詳	海路去。到 室利佛逝 ，十五日到 末羅瑜洲 ，又十五日到 羯荼國 ，至冬末轉舶西行，經三十日到那伽鉢亶那。後二日到師子洲，東北泛舶一月到訶利雞羅國。	與智弘為伴，到訶利雞羅國，停住一年，便之大覺寺等地。 ＊擬取北印歸乎故里。五十六歲卒於北印度。
28	乘悟禪師	同上	不詳	同上。未至印度而返。	＊卒於瞻波。
29	法振禪師	荊州	不詳	海路去。經匕景、 訶陵 ，至 羯荼 。	＊偕乘悟、乘如同遊，至羯荼遇疾而殞。乘悟、乘如遂附舶東歸。
以上二十九位法師逝於海外（十二人走陸路）					
30	慧琰法師	交州	不詳	海路去。到僧訶羅遂停彼國。	＊隨智行到僧訶羅，莫辨存亡。
31	唐僧三人	不詳	不詳	陸路去。從北道到烏長那國。	存亡不詳。烏長僧至，傳說如此。
32	唐僧三人	不詳	不詳	陸路去。從北道到烏長那國。	存亡不詳。烏長僧至，傳說如此。
33	唐僧三人	不詳	不詳	陸路去。從北道到烏長那國。	存亡不詳。烏長僧至，傳說如此。
34	玄太法師	新羅	永徽年中	陸路去。經土蕃、泥波羅，到中印度。後到東土，行至土峪渾。回途經大覺寺，然後歸唐。	＊在土峪渾遇道希，復相引致到大覺寺。 ＊歸唐後莫知所蹤。

序號	姓名	籍貫	出發時間	路線及其它	歷練／遭遇
35	質多跋摩	不詳	不詳，或在顯慶三年	陸路去，取北路而歸。	＊與北道使人相逐至縛渴羅。 ＊受具而不食三淨。其師曰。如來大師親開五正。既其無罪。爾何不食。對曰。諸大乘經具有全制。是所舊習性不能改。師曰。我依三藏律有成科。汝之引文非吾所學。若懷別見我非汝師。遂強令進。乃掩泣而食。方為受具。 ＊取北路而歸，莫知所至。
36	明遠法師	益州清城	約在麟德年間	海路去。經交阯、訶陵、師子洲、到南印度。	＊容儀雅麗庠序清遒。 ＊善《中》、《百》、議《莊周》。 ＊為君王禮敬乃潛形閣內密取佛牙。望歸本國以興供養，既得入手，翻被奪將。不遂所懷，頗見陵辱，向南印度。 ＊傳聞師子洲人云，往大覺中方寂無消息。
37	義朗律師	益州成都	不詳	海路去。經扶南、郎迦戍，到師子洲。	＊與同州僧智岸並弟義玄同遊。 ＊到師子洲，四十歲後無消息。
38	義玄	益州成都	同上	海路去。經扶南、郎迦戍，目的地獅子洲。	＊與同州僧智岸並兄義朗同遊。 ＊頗閑佛典，尤善文筆。 ＊到師子洲，後無消息。
39	會寧律師	益州成都	麟德年中	海路去。到訶陵洲，停住三載，往印度。	＊共訶陵國僧智賢譯經。 ＊於《阿笈摩經》內譯出如來涅盤焚身之事，斯與大乘涅盤頗不相涉。

序號	姓名	籍貫	出發時間	路線及其它	歷練／遭遇
					＊往印度，後無蹤緒
40	曇光法師	荊州江陵	不詳	海路去。	＊至訶利雞羅國，後不委何之。
41	智弘法師	洛陽	不詳	海路去。向交州一夏，至冬末往海濱神灣附舶，到室利佛逝。在中印度近有八年。	＊偕無行於合浦昇舶，風便不通，漂居匕景。復向交州，住經一夏。 ＊至冬末復往海濱神灣附舶，到室利佛逝。 ＊自余經歷與無行同。在中印度近有八年。 ＊後向北印度羯濕彌羅，擬之鄉國。聞與道琳為伴，不知今在何所。
以上十二法師失聯（五人走陸路）					
42	佛陀達摩	覩貨速利國（阿富汗）	不詳	去路不詳（似陸路）。	＊性好遊涉。九州之地無不履。 ＊後遂西端周觀聖跡。 ＊在那爛陀與義淨相見。 ＊五十歲往北印度去。
43	道方法師	並州（山西）	不詳	陸路去。經泥波羅到印度。	＊年紀很大，虧戒檢不習經書。 ＊數年後還向泥波羅，於今現在。
44	土蕃公主奶母之息一人	不詳	不詳	在泥波羅國。	＊初並出家。 ＊善梵語並梵書。 ＊年三十五二十五矣
45	土蕃公主	不詳	不詳	在泥波羅國。	＊歸俗住大王寺。 ＊善梵語並梵書。

序號	姓名	籍貫	出發時間	路線及其它	歷練／遭遇
	奶母之息一人				＊年三十五二十五矣
46	運期	交州越南	麟德年中	海路至訶陵，後齎經回京。旋回南海，住室利佛逝國。	＊與曇潤同遊。 ＊仗智賢受具。 ＊奉會寧命齎經還至交府，馳驛京兆。旋回南海十有餘年。 ＊善昆侖音。頗知梵語。 ＊後歸俗，住室利佛逝國，於今現在。
47	慧輪法師	新羅	麟德二年或乾封元年	陸路去。到北印度，復到中印度。	＊奉勅隨玄照師西行以充侍者，既之西國遍禮聖蹤。 ＊居庵摩羅跋國，在信者寺住經十載。 ＊既善梵言薄閑《俱舍》。 ＊近住次東邊北方覩貨羅僧寺，義淨來日尚存。四十歲。
48	道琳法師	荊州江陵	不詳	海路去。越銅柱而屆郎迦，歷訶陵而經裸國。到東印度耽摩立底國，後觀化中印度，游南印度，復向西印度羅荼國。轉向北印度，到羯濕彌羅、烏長那，次往迦畢試。	＊在耽摩立底國，住經三載，學梵語。 ＊與智弘相隨，擬歸國，聞為途賊斯擁，還乃復向北印度。五十歲。
49	慧命禪師	荊州江陵	不詳	海路去。泛舶行至占波。	＊屢遭艱難，遂返棹歸唐。
50	玄逵律師	荊州江寧	咸亨二年	在廣州準備取海路赴印。	＊偕義淨欲取海路赴印，至廣州而染風疾，不果行。
51	義淨法師	齊州山莊	咸亨二年十一月	海路去。經室利佛逝、末羅瑜、羯荼、裸人國，到耽摩立底。	＊到那爛陀，並周遊諸聖跡。 ＊在那爛陀留學十年。 ＊垂拱元年東歸，時無行相送。返程與去時相同。

序號	姓名	籍貫	出發時間	路線及其它	歷練／遭遇
					*五十三歲經佛逝停留九年，邀貞固及其弟子到室利佛逝相助譯經。 *證聖元年六十一歲抵洛陽。
52	善行法師	晉州河北	同上	隨義淨取海路到室利佛逝。	*染疾而歸國。
53	靈運法師	襄陽湖北	不詳	海路去。	*與僧哲同遊。曾到師子國、那爛陀等地。後返國，應是取海路而歸。
54	僧哲禪師	澧州湖南	咸亨二年以後數年	海路去。	*巡禮略周，歸東印度，到三摩呾吒國，承聞尚在。
55	玄游法師	高麗	不詳	海路去。	*為僧哲弟子，隨僧哲到師子國，因住於彼。
56	乘如律師	梁州陝西	不詳	同上。	*未至印度而返。
57	大津法師	澧州	永淳二年	海路去。到室利佛逝。	*與唐使相逐到室利佛逝。於此見義淨，被遣攜兩傳及譯雜經論試卷歸唐。 *天授二年五月十五日附舶而向長安。
以上十六法師完成／未完成西域求法歸唐之法師（五人走陸路）；以下《重歸南海傳》四法師：					
58	苾芻貞固律師	鄭州榮澤	永昌元年十一月一日	自廣州附舶至室利佛逝，裏助義淨譯經。	*長壽三年夏隨義淨返廣州。未經三載而亡。
59	苾芻懷業	北人	同上	自廣州附舶至室利佛逝，裏助義淨譯經。	*未返廣州，十七歲留居佛逝。
60	苾芻道宏	汴州雍丘	同上	自廣州附舶至室利佛逝，裏助義淨譯經。	*二十歲返國後獨在嶺南。
61	苾芻法朗	襄州襄陽	同上	自廣州附舶至室利佛逝，裏助義淨譯經。	*往訶陵國，經夏遇疾而卒。

就王邦維的義淨法師生平編年：義淨於武后天授二年（西元691年）從印度東歸，停留在南海室利佛逝國（今印尼巨港巴領旁 Palembang）寫成《大唐西域求法高僧傳》。此書以僧傳的形式，具備傳奇的史筆和詩筆，記敘唐初太宗貞觀十五年（西元641年）以後到武后天授二年共五十年間五十七位僧人（包括義淨本人），除唐僧外也包括朝鮮的新羅、高麗，越南的交州、愛州，阿富汗的覩貨羅，烏茲別克斯坦的康國等地的僧伽到南海和印度遊歷、求法的真事蹟。後附《重歸南海傳》，記載武后永昌元年（西元689年）相助義淨在室利佛逝譯經的四位中國僧人的事蹟。書成後，請大津法師從室利佛逝帶歸長安。一起帶歸的還有他同時寫成的《南海寄歸內法傳》及翻譯的其它一些經論。

本文細讀《大唐西域求法高僧傳》的意義在於義淨此文本是唯一多次並相對詳細的對讀者展示了南中國海以至麻六甲海峽，訶陵（加里曼丹西岸偏北），室利佛逝（蘇門答臘巴領旁），末羅瑜（蘇門答臘占碑），羯荼（馬來亞吉打），郎伽戍（馬來亞北大年／泰國春蓬府）這幾個（雖然歷來研究對其位置有不同說法）處在最好的船泊棲息必經的三角地帶。對這個地帶的紀錄極其重要，王賡武認為它揭示了：

> 直到朝山拜佛的中國佛教僧人開始利用海道去印度以後，才又有了中國人訪問南洋的記載，這些訪問與貿易和航海形成了鮮明的對照。中國僧人並不與下層人民進行買賣，他們前往印尼的室利佛逝國去拜訪研究學問的地方，南洋不僅是他們到印度去的一個中間停留站，而且還是一個安全的地方。毫無疑問，有許多人在那裡具有精神和知識方面的難忘經歷。[26]

室利佛逝（Sri Vijaya）是七世紀中葉在蘇門答臘東南部興起，信奉大乘佛教的海上強國。其位置和統轄範圍就在上所說的臨麻六甲海峽蘇門答臘的東部

---

26 王賡武著，姚楠譯：《南海貿易與南洋華人》（香港：中華書局，1988年），頁208。

末羅瑜與馬來半島西岸羯荼及泰國馬來亞半島南境朗伽戌的三角地帶，是南洋諸地歷史課本當中必教必讀到的印度化黃金時期（也一定會提到義淨）。如果不把其之所以強大的焦點放在它作為東西海上交通要衝，成為中國、印度和阿拉伯往來商船彙集於此進行轉口貿易的興盛黃金地（義淨《南海寄歸內法傳》稱它為金州），實際上真正讓它充滿魅力的是佛教昌盛，使它成為印度以外的另一個特殊的、帶傳奇性的佛教中心：

> 自西元五世紀至八世紀大約四個世紀的朝山拜佛時期，是一個重要的時期。不幸，關於這個時期，我們所知道的只有這些。因為在這一時期，**中國人與南洋的某些民族有著共同的生活方式**，他們之間的相互結合比過去甚至以後可能存在的都要牢固。從另一方面來說，這個時期也是很重要的。因為直到十九世紀末以前，我們南洋再也找不到具有同他們類似的才智和學問的中國人。[27]

王賡武一語道破它的特殊和傳奇性：「**中國人與南洋的某些民族有著共同的生活方式**」的時期——印度和中國兩地具才智和學問並遵循戒律的「釋種子"，自海路「輕生殉法"經過重重考驗從那爛陀寺學成後到室利佛逝諸地專注研究佛法、翻譯經典，在在實踐並實現其宗教理想生活的桃花源。這個曇花一現的黃金時代，恰恰在義淨《大唐西域南海求法高僧傳》中清楚記錄這些「輕身殉法」，放下差別等級如融匯支流的大海，如《增一阿含經》卷二十一「四河消隱於海」的僧伽的屬性。他們不管生老病死，前仆後繼最後終實踐了一種自由的生命形態。

三　南海求法的幾個隱喻

吳承恩《西遊記》第九十八回敘說玄奘登靈山過淩雲渡的故事：

27　同上，頁208-209。

他兩個在那橋邊，滾滾爬爬，扯扯拉拉的要鬥，沙僧走去勸解，才撒脫了手。三藏回頭，忽見那下溜中有一人撐一隻船來，叫道：「上渡，上渡！」長老大喜道：「徒弟，休得亂頑。那裡有只渡船兒來了。」他三個跳起來站定，同眼觀看，那船兒來得至近，原來是一隻無底的船兒。行者火眼金睛，早已認得是接引佛祖，又稱為南無寶幢光王佛。行者卻不題破，只管叫：「這裡來，撐攏來！」霎時撐近岸邊，又叫：「上渡，上渡！」三藏見了，又心驚道：這無底的破船兒，如何渡人？」……長老還自驚疑，行者叉著膊子，往上一推。那師父踏不住腳，轂轆的跌在水裡，早被撐船人一把扯起，站在船上。師父還抖衣服，垛鞋腳，報怨行者。行者卻引沙僧、八戒，牽馬挑擔，也上了船，都立在釺觔之上。那佛祖輕輕用力撐開，只見上溜頭泱下一個死屍。長老見了大驚。行者笑道：「師父莫怕。那個原來是你。」八戒也道：「是你，是你！沙僧拍著手，也道：「是你，是你！」那撐船的打著號子，也說：「那是你！可賀，可賀！」[28]

《西遊記》的故事家喻戶曉，我們都知道玄奘得脫胎換骨以自贖罪——把肉身拋回時間之亂流迷津，「無底船」這艘帶有禪意（「不住有雲山，常居無底船」[29]）的非船幾乎辨明瞭承載不了的俗世欲念（亂流迷津）本就是肉身產生的意識／假像，不得不脫此凡身以自轉身。

如按上文《大唐西域求法高僧傳》的一覽表，依義淨文中對年代時間的推斷，大多法師棄陸路走海路的轉變差不多是在高宗麟德年以後。這樣的情況轉變當然有它政治上的原因，陸路未能長期維持暢通，海路因南海貿易而相對自由。但是從文本的隱喻上來思索，上了南海的商舶投身於茫茫大海中

28 吳承恩著，李卓吾評：《李卓吾評本西遊記》（上海市：古籍出版社，1994年）。

29 《景德傳燈錄》懷中禪師一則語錄問：「不敵魔軍，如何證道？」師曰：「海水不勞杓子蚤。」問：「不住有雲山，常居無底船時如何？」師曰：「果熟自然香。」曰：「更請師道。」師曰：「門前真佛子。」曰：「學人為甚麼不見？」師曰：「處處王老師。」宋道原《景德傳燈錄》卷十六，《大藏經》第51冊，頁332b-c。

無可預知的未來，跟常居無底船沒有什麼兩樣。這幾乎就是義淨本身遵守頭陀行的目的。

　　按上表的紀錄，首次由海路求法的是兩位新羅僧，年代不詳，應可假設在太宗貞觀末年。他們安全航到室利佛逝，但遇疾而亡。很可能是水土不服，熱帶雨林的氣候跟朝鮮或長安有一定的差異，加上不友善的瘴氣，很容易一病不起。因此這樣的航行本就帶著淩雲渡那樣未可知的大風險。

　　再由海路取法的第二對：常慜法師師徒倆，年代也可假設在太宗貞觀末年，高宗麟德前。在安全泊岸於加里曼丹西岸後前往蘇門答臘占碑，理應是比較沒有風險的海峽，他們卻因超載的商船遇上一場海難。船主或許因信仰佛而準備特別照顧二位法師，但看著商人們在海中爭相爬上只可容納幾人的救生小船，常慜選擇「輕生為物順菩提心」，合掌念佛與沉船共沒身海底。弟子嚎啕悲泣，與之具沒。這個「無底船」和「上溜頭決下一個死屍」是真切實在的脫胎換骨，輕身殉法。

　　這兩次海路四位法師的求法經歷迎來的恰恰是高宗麟德年間陸陸續續棄陸路求法而走海路求法的熱潮。從上表的排序可知五十七位南海求法高僧在海外亡逝的有二十九人，這幾乎占上一半的人數，加上失蹤無消息的十二人，百分之七十的南海求法僧伽，有些在實地上、有些在理想抱負上「未達彼岸」。義淨認識大部分的法師，或者說這些僧伽有他們的修行網絡，在各個修行的重鎮相互聯繫打聽。把同行都個別一一記錄，義淨實際上給自己留下一個通訊網，卻進一步給讀者展示了一個黃金時代求佛法的僧團印象。細細瑣瑣的事，如義淨在寺中因檢唐本，忽見梁論，書頁下記說：在佛齒木樹下新羅僧慧業寫記。而得知寂逝的慧業。又如憂鬱的烏茲別克僧伽跋摩於菩提院內無憂樹下，雕刻佛形及觀自在菩薩像；奉敕往交阯采藥，交州當時碰上荒歉，人物餓饉。他日日在中營辦飲食救濟孤苦，悲心內結涕泣外流。再如虔誠供佛的信冑，重病奄奄一息，於夜中說有菩薩授手迎接，即端居合掌太息而終。或大乘燈法師偶過道希師所住舊房，人亡房空，所查閱的漢本的梵文的經典還擺在桌上，覩物思人，潸然流涕而歎。這些細節構成的印象，都讓我們看到法師求法，盡生命力踐的勇氣，更重要的是求法把他們帶往生

命的他境。在那個境地，這些僧伽的心境是感通的。那爛陀寺和東西部的各個佛寺就是這個境地的表徵，因此義淨特別用文字記下佛寺的構造形式和面貌，除了意圖以文字繪圖外，更多是在繪測僧伽的心靈。

　　義淨在自述中特別描繪了裸人國（安達曼 Andaman-尼科巴群島 Nicobar Islands），這樣的景致風俗其實也不脫南海諸國慣見的風貌，所述相當傳神：

> 但見椰子樹，檳榔林森然可愛。彼見舶至爭乘小艇有盈百數。皆將椰子、芭蕉及藤竹器來求市易。其所愛者但唯鐵焉，大如兩指。得椰子或五或十。丈夫悉皆露體，婦女以片葉遮形。商人戲授其衣，即便搖手不用。傳聞斯國當蜀川西南界矣。此國既不出鐵，亦寡金銀。但食椰子諸根，無多稻穀。是以盧呵最為珍貴（此國名鐵為盧呵）其人容色不黑，量等中形。巧織圑藤箱。餘處莫能及。若不共交易便放毒箭。[30]

　　法師也以自己的經歷感受到其他法師遇到山賊海盜的狀態：

> 過大山澤路險難通，要藉多人，必無孤進。于時淨染時患身體疲羸。求趁商徒，旋困不能及，雖可勵己求進，五里終須百息。其時有那爛陀寺二十許僧，並燈上人並皆前去，唯餘單己，孤步險隘。日晚晡時山賊便至，援弓大喚，來見相陵。先撮上衣，次抽下服，空有條帶，亦並奪將。當是時也，實謂長辭人代，無諧禮謁之心，體散鋒端，不遂本求之望。又彼國相傳，若得白色之人殺充天祭。既思此說，更輒於懷。乃入泥坑，遍塗形體。以葉遮蔽。扶杖徐行，日云暮矣，營處尚遠。至夜兩更，方及徒侶，聞燈上人村外長叫。既其相見，令授一衣。池內洗身方入村矣。[31]

---

30 義淨撰、王邦維校注：《大唐西域求法高僧傳》（北京市：中華書局，2000年），頁152。
31 義淨撰、王邦維校注：《大唐西域求法高僧傳》（北京市：中華書局，2000年），頁153。

這樣的歷險記不是義淨獨有的，僧伽之間一定互相交換過心得，義淨才懂得如何對策以免一死。這些經歷，在前往大覺寺前，甚或在義淨可以到達如王賡武所說的：「中國人與南洋的某些民族有著共同的生活方式」，在南海和大唐兩地發揮「直到十九世紀末以前，我們南洋再也找不到具有同他們類似的才智和學問的中國人」對佛法經典奉獻的理想前，在幾乎原始生命的狀態中，他跟在地的土著們只能是沒有分別的——他不可倖免的必須遭受土地的洗禮，搶劫案讓他如自己筆下的「無諧禮謁之心」的男人一樣，赤裸而滿身污泥，又如土著女人略用葉子遮蔽身體——這些都是他脫胎換骨的凌雲渡。一直到他離開印度，停留在室利佛逝譯經，這樣的一種佛僧就成了王賡武筆下才智和學問「不凡」的中國人。

四　餘論

以上分別闡述了義淨所記載的三十九位僧侶沿著海路求法的意義，及其海路航線中南海幾處屬馬來亞地域的佛國印象。全文嘗試通過一位唐三藏的識見，敘說七世紀末海上求法探識建構出的南海印象帶出的隱喻。就地域來說，南海求法的良善環境很好的被走海路到西域求法的僧伽烘托並建構起來，給當時的佛國增添了重要的宗教文化蹤跡，成為了一抹很少被重視的多元文化風景。從求法高僧一覽表作為本文細讀的輔助表，頗顯示出那個時代從中國來的僧人在印尼馬來亞和婆羅洲室利佛逝王朝特殊宗教文化氛圍中，締造出來的特有的生活形態。本文也引了《西遊記》歷劫九九八十一難最後唐僧登靈山凌雲渡的隱喻來對比義淨等南海的歷劫和考驗。三個部分的分析和初步的整合，從義淨等僧人五十年間南海求法的事蹟，目的就為了理出一個七世紀末的漸被模糊掉的南海智識傳遞的印象：活脫脫的釋種子輕身殉法展現的自由生命光輝，完成了一個「具有精神和知識方面的難忘經歷」。這樣一種經歷之所以難忘是因為它已嵌入南洋知識分子精神中成為其中一種特質，甚或一種特殊的「國／族」典範。

若進一步整理，按義淨的《南海寄歸內法傳》，從戒律與器物看僧侶海

外求法的實際實踐，可以更具體細緻的讓我們探知這種特殊的「國／族」典範的內在智識所在。《南海寄歸內法傳》四十條例，從一「破夏非小」到四十「古德不為」，巨細靡遺敘說在南洋群島修戒律的生活規律（包括尊儀、坐具、衛生、飲水、觀蟲、護齒、著衣、居所、餐具、僧物、閱讀、師資、病療等等）及求道的環境、智識。在這個世代閱讀，非關宗教，實也能讓我們發現「南洋人」某些生活規律的依據、因由和氣質的養成。就文學書寫來說這也是中國人南洋經驗的珍貴材料，所涉及的考據應相當有趣。

徵引文獻

（東晉）法顯　《法顯傳》　上海市　商務印書館　1955年

（漢）班固撰、顏師古注　《漢書》第六冊　北京市　中華書局　1962年

（唐）義淨撰、王邦維校注　《大唐西域求法高僧傳》　北京市　中華書局　2000年

（唐）義淨　《南海寄歸內法傳》卷四　《乾隆大藏經》93　1538　臺北市　香港佛陀教育協會　2007年

（唐）智昇　《開元釋教錄》卷九　《乾隆大藏經》93　1538　臺北市　香港佛陀教育協會　2007年

（宋）道原　《景德傳燈錄》卷十六　《乾隆大藏經》93　1538　臺北市　香港佛陀教育協會　2007年

吳承恩著　李卓吾評　《李卓吾評本西遊記》　上海市　古籍出版社　1994年

岩村成允著　許雲樵譯　《安南通史》　新加坡　星洲世界書局　1957年

許雲樵　《南洋史》　上卷　新加坡　星洲世界書局　1961年

王賡武著　姚楠譯　《南海貿易與南洋華人》　香港　中華書局　1988年

網上資料

王邦維　《從義淨大唐西域求法高僧傳看海上絲綢之路》　http://www.mbka.org.my/wp-content/uploads/2014/10/nhlw01.pdf　2017年6月21日

（唐）圓照《趙城金藏本貞元新定釋教目錄》卷十三　義淨遺書　中國哲學電子化計畫 http://ctext.org/library.pl?if=gb&res=80666&remap=gb　2017年7月12日

《南海寄歸內法》http://buddhism.lib.ntu.edu.tw/BDLM/sutra/chi_pdf/sutra21/T54n2125.pdf　2017年6月21日

大唐西行求法時空地圖　http://silkroad.chibs.edu.tw　2017年7月

檳城的藝術符碼

——解讀喬治市街頭鐵塑[*]

黃美冰^{**}

OOI BEE PENG

摘要

　　二〇〇九年，檳州政府為了挖掘與呈現蘊藉豐富的民間文化，主辦了「標識喬治市：檳城國際創意概念競賽」比賽。Sculptureatwork 以民生與民聲為題勝出，在二〇一〇年實施「標識喬治市」藝術工程，耗資馬幣一一〇萬令吉，二〇一三年完成五十二幅鐵塑藝術。如何把握鐵塑作品表現的一城一地之風土人情與歷史面貌？如何看待與評價漫畫式的鐵塑藝術形態與特點？它構成了什麼樣的城市意象與人文景觀？本研究從文獻與實地考察、圖像採集，對喬治市的鐵塑藝術進行歷史的巡禮、美學的凝視、文化的審思，反思現代藝術與文化遺產的關係，探勘其可能揭示的城市形象之建構、經營與發展之意義。

關鍵詞： 檳城　鐵塑　漫畫　符碼　城市

* 本文刊載於《韓江學刊（電子期刊）》第1期（2020年12月），頁1-30。

** 廈門大學馬來西亞分校中文系助理教授。本論文發表之時，研究者任職於韓江傳媒大學學院，曾任副校長暨中華研究院院長。

前言

馬來西亞檳城州（又稱檳榔嶼；Penang）首府喬治市（George Town）於二〇〇八年獲得聯合國教科文組織列為世界文化遺產。入遺以來，檳州政府極力推行各類文化慶典及文藝活動，如喬治市入遺慶典（George Town Heritage Celebrations, GTHF）[1]、街頭壁畫、跨城藝術交流展（Urban Xchange）[2]等，不但表明了州政府致力打造喬治市為文化藝術旅遊區的心跡，也的的確確吸引了眾多國內外遊客與藝術家前來共襄藝術盛宴。二〇〇九年，檳州政府為了挖掘與呈現蘊藉豐富的民間文化，主辦了「標識喬治市：檳城國際創意概念競賽」比賽。Sculptureatwork[3]以民生與民聲為題勝出，在二〇一〇年實施「標識喬治市」藝術工程，耗資馬幣一一〇萬令吉，二〇一三年完成五十二幅鐵塑藝術，由Baba Chuah、Julian Lefty' Kam、Reggie Lee與Tang Mun Kian合力完成。每一副精心打造的鐵塑漫畫都訴說著檳城的傳奇故事或民間的日常生活。創意總監Tang Mun Kian如此闡釋他和團隊的創作：

---

1 喬治市入遺慶典（George Town Heritage Celebrations, GTHF）自喬治城被聯合國教科文組織列為世界文化遺產，每年都會舉行慶祝活動，以紀念喬治城的入遺，並展示當地社區的遺產、文化與傳統。

2 跨城藝術交流展（Urban Xchange）是由柏林城市藝術中心與檳城興巴士藝術坊聯合舉辦的國際街頭藝術節，二〇一四年十五～二十三日在檳城舉行，獲得來自澳大利亞、丹麥、德國、立陶宛、馬來西亞、新加坡、英國、美國等多國的藝術家參與。二〇一五年十月以「工匠項目」捲土重來，作為馬來西亞唯一的街頭藝術慶典，旨在為渴望在傳統之外創作的國內外藝術家提供一個平臺，借此展示一個多元化的公共藝術和文化交流項目。此項目意圖打破當代藝術實踐的陳規──尤其是城市藝術，並將其與當地人緊密聯繫在一起，以刺激互動與相互促進。

3 Sculptureatwork 的前身為 Potentia Art，成立於一九九二年，與建築師、室內設計師、景觀設計師、城市規劃師、承包商、博物館和大公司合作。公司在雕塑製作方面積累了寶貴的經驗。二〇〇五年，Potential Art 轉型為 Sculptureatwork，以「富有創意的雕塑工作室」自居。（參見 Sculptureatwork 官網）

為了創作這些雕塑，我們研究了喬治城各個地方的特點……我們的想法是展示人民的聲音，而不是複製教科書上的歷史。例如：頭家們如何在愛情巷金屋藏嬌的故事……我的太太來自檳城，我的岳母給我講了很多古老的故事，比如諾丁街上的匪徒們如何把他們的巴冷刀藏在招牌下。這種視角在旅遊指南上是找不到的。這是一個令人興奮的項目，因為每個地方都有不同的歷史。（The Star, 2011）

　　面對相較於壁畫系列更鮮為人知或關注的，同時集文化、歷史、城市、美學等面向多元而意涵豐富飽滿的街頭鐵塑藝術，並且看起來有些奇怪而讓觀者不知所措的鐵塑──研究者自問專業相符、語言相通、興趣盎然，何妨借理論與經驗以整理、學習並分享觀看和把握物件的視角？研究遂集中聚焦與解決幾個問題：如何把握鐵塑作品表現的一城一地之風土人情與歷史面貌？如何看待與評價漫畫式的鐵塑藝術形態與特點？它構成了什麼樣的城市意象與人文景觀？論文在寫作設計上，將依序處理之。方法上，本研究自二○一九年三月始作文獻研究，七至九月做實地考察，包括圖像採集、攝影、觀察等，十月撰寫論文──以對喬治市的鐵塑藝術進行歷史的巡禮、美學的凝視、文化的審思，反思現代藝術與文化遺產的關係，探勘其可能揭示的城市形象之建構、經營與發展之意義。

　　借由本研究，研究者首先揭示街頭藝術隱藏的文化和歷史意涵；通過對鐵塑藝術的美學分析和解讀，深化對當地文化背景的理解，同時驗證或揭示街頭藝術的文化策略──之於城市管理和發展，藉以分享與交流視野。之於學界，本研究當提供一種本土觀察與研究的方法；通過本土的經驗研究，冀望為街頭藝術和城市發展領域做出回饋和建設。之於社區，通過打破語言的藩籬，期加深社區的集體與個人對遺產的認識、感念，藉以保存集體的記憶，培養集體的身份認同。之於遊客與公眾，本論文當分享欣賞鐵塑藝術與理解本土文化的視角；如能因此促進文化交流、促成旅遊契機，當是錦上添花的美事了。

一 探勘「標識喬治市」的文史表現

　　無論歷史，或藝術，表現一個時代，一個社會的常態，要體現社會歷史的真實面目，展示社會發展的面孔──聚焦於「人」，畢竟最是生動且具說服力。「標識喬治市」的每一幅鐵塑漫畫，儘管取材不一，卻都同時指向「歷史」與「人」──除了一幅「無人」之作《逃獄》，其餘鐵塑都有活動的人，儼然以「人」來活化歷史，承載與傳承地域文化。然而，那是──五十二幅──怎樣的歷史？承載什麼樣的文化？

　　以下，研究者就拍攝的作品照片，結合「標識喬治市」地圖（2019）的編碼與作品名稱，首先對五十二幅鐵塑漫畫作品──試做精要的翻譯、解圖與釋義。

一、《剪頭髮》以錫克與華人理髮師誇張的理髮動作──講述理髮師們過去在胡椒埕工作時，直接把理出的頭髮掃入運河。漫畫正中出現表情驚恐的擺渡人。

二、《勞工變商販》以兩個頭頂著磚頭和食物、消瘦而高大的苦力與商販形象──提出兩個鮮為人知的事實：早期的罪犯勞工在檳城建造了大部分政府大樓；一些前罪犯也成為小商販，是啟動吉寧萬山的核心群體。

三、《咖啡烏》的漫畫場景設在華人傳統的咖啡店，以年輕人用現代西方專業的口吻和術語點咖啡，而為老闆娘斬釘截鐵地用傳統行話喊單；構圖的另一半給了傳統咖啡店的工作臺、工具和正在沖泡咖啡的典型南洋形象的咖啡師傅。

四、《繁文縟節不再》以三個半的歡欣雀躍的殖民者形象示眾，除了強調「調和街」為一八六七年海峽殖民地從印度辦事處轉移到新加坡的殖民地辦事處後命名，也披露它導向一個更有效的行政管理和一個直轄殖民地大繁榮的時代。

五、《五腳基》以傳統鞋匠和顧客的互動說明：五腳基原是為了保護行人免受炎熱的陽光和雨水的傷害。後來，隨著移民的湧入，僧多粥

少，許多老年人和失業者開始利用這些走廊來經營小生意。福建人遂開始稱其為「五腳基」或「五英尺路」交易。

六、《間諜》聚焦兩位高領、一黑一白、交換著神秘眼神的男間諜，背後一位同是高領、表情尷尬的男士，旁邊一位個子嬌小、身穿和服的女子──指向二十世紀初日本相機商店懷疑從事秘密間諜活動，致使日本新路一帶的聲名壞極一時。

七、《老味道，老樣子》以兩位老饕客對一位上了年紀的女服務員開玩笑：「不僅包子的味道一樣，你看起來也一樣！」標榜日本橫街上供應點心的傳統的粵菜餐廳。

八、《三代經營》昭告汕頭街以其小販食品而聞名。漫畫以檳城聞名遐邇的炒粿條為題，父在炒，叼著奶嘴的兒子放調味，遊客聞香欣悅──借此說明許多攤位在汕頭街的生意已超過三代經營。

九、《打索》中，一位母親形象的女士在為女孩繫辮子，女孩想起打索活動，神情凝重。此作品以繫辮子巧妙地交代了義福街（打索街）以街上的製繩活動命名。

十、《購物天堂》標識新街為檳城第五大道，一個零售天堂，購物者可以漫步在成排的商鋪邊上，欣賞琳琅滿目的各類商品。雕塑漫畫中，小偷破門作案被巡警逮個正著，竟也訕訕狡辯忘帶店鋪的鑰匙。

十一、《叮叮糖》聚焦手握錘子和鑿的「叮叮糖」師傅，一邊有兒童、婦女及其他商販，說明石泉巷出售的最受歡迎的食物之一是「叮叮糖」或石糖──一種集砂糖、芝麻和堅果的堅實混合物，必須被「鑿」和「錘」以打碎成可咀嚼的大小，深受孩子們的喜愛。

十二、《高櫃檯》以男子向女子借高跟鞋來夠上典當行櫃檯，以展示舊時典當行因安全起見，櫃檯一般設置較高。

十三、《不忠的丈夫》以婦人怒氣沖沖爬窗尋夫的形象──指出昔日住在南華醫院街的有錢人常把情婦留在這裡，因此此街取名為「愛情巷」。

十四、《廉價旅館》同在愛情巷，在上個世紀之交，許多商店變成了廉價旅館，使得這個國際知名的旅遊帶深受背包客的歡迎。

十五、《編藤》巧妙地在牛幹冬商店五角基外的建築邊上，一左一右地立著學生和教師。學生表情畏懼，教師則手握成績單，給學生開出藤鞭粗、中、細的選項——喻指本街的編藤活動與事業。

十六、《Jimmy Choo 周仰傑》在蓮花河路上指出該街道是著名的鞋子設計師Jimmy Choo 周仰傑開始學徒制的地方，以小學徒和讚賞有加的師傅及女顧客入畫。

十七、《互惠互利》追溯南華醫院街（Muntri 街）的得名——源於霹靂州拉律地區貴族酋長（Orang Kaya Menteri）雅伊布拉欣（Ngah Ibrahim）。由於拉律地區是當時錫的主要供應地之一，檳城的錫商與雅伊布拉欣的合作非常密切。

十八、《一腳踢》以「黑褲白衫」的阿嫲入題，是昔日多數來自廣東的廣府傭人，幹各種家務活，並揶揄自己為「一腳踢」（包山包海）。

十九、《最窄的五腳基》以印度洗衣工、華裔大嬸、小孩、苦力、英殖民者五個人物立在觀音亭後環海旅社的「五腳基」外，據說是檳城最窄的「五腳基」。

二十、《三輪車》通過興奮遊覽的遊客對三輪車夫的指手畫腳：「下一個……這裡，這裡和這裡！」，指出熱門且傳統的三輪車在當地被稱作「Beca（貝劄）」，大多數三輪車夫也兼作導遊。

二十一、《麻將》以一群麻雀暗指麻將（麻雀的遊戲）——是華裔老年人最愛的消遣。

二十二、《上廟日》以各種推銷——香、蠟燭、香油、龍香和花來襯托信徒的無助——「幫幫我！」，進而標識：每個農曆初一和十五，癲哥巷觀音亭擠滿了尋求神靈指引的信徒。

二十三、《爬錯樹》中，一人騎在檳榔樹上喊冤：「哎呀，我以為爬到椰子樹上去了。」除了標識二者的相似與同作地域符碼，也重點引介椰子酒——也被稱為托迪酒（Tuak）或棕櫚酒，是一種由不發達的椰子花製成的酒精飲料。椰子酒的收集和銷售完全是印度人的事情，大多數飲酒者是印度勞工。

二十四、《好辣》標榜著名的海墘碼頭是吉靈麵（KelingaMee）的誕生地。吉靈麵是一道辛辣的印度麵食，旨在滿足海員和港口工人的胃口。

二十五、《太鹹了》以泰米爾鹽商對同胞勸說：「少吃鹽吧！頭髮變少了呀！」入題。泰米爾人把大咯巷稱為鹽商街，指的是鹽貿易活動。

二十六、《牛車輪》在牛車的輪子上放置了海峽殖民時期的半分錢，那些遊客面目猙獰地對待拉車的牛──除了明示椰腳街是牛車（當時的豪華房車）的熱門休息站，也暗喻把錢看成「像牛車輪子一樣大」的吝嗇之人。

二十七、《金牙》中，一位戴金牙的婦人咧嘴笑問印度金匠：「可以變成戒指嗎？」傳統的印度金匠盤腿坐在地板墊子上，彎腰在一張小板凳上工作。他們的工作需要耐心、創造力和技巧。

二十八、《不要吵》讓一位傳教士對樓下喊打喊殺、正在較量的兩位武者噓聲制止。漫畫的文案指出：令義興街的葡萄牙教會的教友感到沮喪的是，教會街也是臭名昭著的義興私會黨的總部所在地。

二十九、《鸚鵡天生會算命》標注：鸚鵡占星家是印度的算命師，他們用綠色的長尾小鸚鵡來預測一個人的未來。然而在大伯公街上這一幅作品中，鸚鵡並沒有在二十七張算牌中挑選，反而直接飛逃出籠。

三十、《草庫》中有收割乾草的人和牛；人在草堆上打盹，牛兒卯足全力，並且咕噥：「今天的乾草欠收啊！那頭的草似乎更綠」──雖然「皇后街」的皇家名稱聽起來很響亮，但它在當地也被稱為「GedungRumput」或「草地倉庫」（Grass Godown），牛車就停在這條寬闊的街道上。

三十一、《篤篤麵》在椰腳街／大街上，詮釋了「篤篤麵」的由來──小販們會敲板發出「篤篤」的聲音來召喚顧客。

三十二、《孟加里麵包》對孟加拉麵包（Roti Benggali）探源至泰米爾語中的「股東」（Penggali）一詞。

三十三、《雞還是鴨？》置於賣雞巷上，屠夫從雞籠裡抓出一頭鴨子──幽默地注釋了此路也被稱為「雞巷」，曾是家禽飼養者的必經之道。

三十四、《房地產》以填海開發為題，重溯十九世紀海墘新路的商店和貨倉都建在海邊。漫畫中商人及提著公事包的律師對發展前景一致看好，後景右為海域與大帆船，左為印度苦力正在敲下「填海計畫」告示牌。

三十五、《僅限「楊氏」》設於柴璐頭楊公司外，以新客們帶著全副身家過番，與核對「名單」的管家之互動——表達了楊公司成立於一八三六年，最初是為了照顧新來的楊氏族人的福利。

三十六、《雙重角色》通過上頭傳來「失火了！失火了！」的呼叫，下頭兩面驚慌失措的警察——表述了直到一九〇九年，警察兼任喬治市的消防員。圖中，站著的警察左有長槍，右有消防水管。

三十七、《大街》錄入了檳城殖民地的建立者，法蘭西·萊特船長（Francis Light）。吉寧仔街是他設計的主要街道之一。圖中，萊特船長站在左邊，後有牛車；右邊則是一個背包客，手握旅遊指南，後有巴士——不但做了大街的古今對照，也指出大街今天被號稱為「背包客的主要街道」。

三十八、《亞貴？阿貴？》記錄了甲必丹鄭景貴曾慷慨地將自己的房子捐贈給市政府，以供車輛通行。這條街以他的名字命名，以確保他的名字流傳後世。

三十九、《扁擔》講述扁擔飯起源於泰米爾穆斯林，他們用掛在扁擔（一根木棍）兩端的容器兜售自製的咖喱菜肴和米飯。本雕塑一組四幅，在小販擔起扁擔前，舉擔的過程儼然現代舉重，小販七情上表。

四十、《好窄呀》在四方冷的牆上拉出一輛置車子與顧客不顧的高速人力三輪車，哪怕人車卡在了狹小的巷子上，車夫也逕自往前衝——以此推舉人力三輪車在早期的檳城，是最受歡迎的交通工具。

四十一、《大遊行》指十二年一度的虎年大伯公盛大花車遊行，以洗去厄運，並給人們帶來巨大的財富和健康。

四十二、《今夕》指出，福建人把本頭公巷稱為「打銅的街」或「銅匠街」，指的是早期從事黃銅和銅製品的馬來銅器製作廠。漫畫再以古今對比——古者，馬來銅匠胼手胝足打銅；今者，銅器淪為收廢舊者的破銅爛鐵。

四十三、《大銃空》追溯大銃巷得名的歷史——一八六七年檳榔嶼暴亂期間，一顆炮彈在此地區打開了一個大洞。

四十四、《小說家誕生地》設於打石街無尾巷上，正在準備香料的馬來婦女一邊拉著搖籃哄孩子入睡；搖籃內，一隻握著筆的小手伸出來寫下：阿末・拉錫・塔魯的出生地，他是第一個以當地背景和人物創作馬來小說的人。

四十五、《豪華轎車》（Limousine）指的是紙紮車。甘光內是買中國書、文具、棺材和紙紮的地方。物質世界的所有樂趣都可以在紙上再現，並作為禮物焚燒給陰世。雕塑中一個長者對一個把玩著紙紮車的年輕人吆喝。

四十六、《牛與魚》以屠夫追拉著牛的尾巴揮起屠刀，另一個婦人追趕著一隻前來叼食鹹魚的貓，以此告示來人：刣牛後／鹹魚巷上不僅有倒楣的奶牛被飼養和屠宰，你還能聞到晾在外面的魚的味道。

四十七、《沒有塑膠袋》中，掛上大小籃婁的夥計揶揄抱不住滿懷水果的婦女：「沒有塑膠袋了嗎？」——帶出鹹魚埕這樣一個小貿易社區，不但可以看到曬鹹魚，也可見編織籃子的活動。

四十八、《水路》說明昔日港仔墘河是一條熙熙攘攘的水道，從世界各地運往檳城的各種貨品都經過這裡。漫畫中擺渡的商販對著窗前的美人示愛，另一邊，美人的丈夫氣急敗壞地呵斥男子勾引自家媳婦。

四十九、《大旗鼓》表明：一九一九年，檳城華人首次在神行中表演「真藝」大旗鼓遊行。這種藝術在今日已經演變成一種獨特的多元種族表演。五個表演者依序為：戴頭巾頂真藝大旗的錫克人、騎在高單輪單車上表情焦慮的父親、單手在單車手把上反撐起自己的兒子、穿著沙龍表情尷尬的走光倒立馬來男子、踩高蹺到窗戶密約情人的男子。

五十、《鐵匠》在打鐵街巷行上，通過鐵匠老師傅為年輕人修復扭曲的高爾夫球杆時雙重意味地訓斥：「年輕人，你熱的時候不要打鐵。」同時標注：沿街仍能聽到鐵匠錘子的敲擊聲。曾幾何時，每個工具都必須用火徒手打造，而非機器製作。

五十一、《逃獄》以簡單的臨時繩索，繫在打石街上一座古老的亞述倉庫偏高的小視窗上，一直垂落到地。借此說明這裡最初是一座監獄建築，自一八〇五年即留存至今，因此才有厚牆和小窗戶。

五十二、《朝聖》安置在海墘新路上，以大輪船和眾多的朝聖者標識：往返穆斯林聖地的朝聖者客流大部分都要經過打石街（Acheen Street），那裡出售旅行門票。購物也是朝聖者及其祝福者最喜歡的活動。

綜上，從老百姓的面貌、表情、衣著、交通、飲食、活動、生活的街道等這些看似普通的細節上，歷史和文化處處展現他們的印記，豐富著古跡區的表述，也豐盈著觀者的心眼。茲此將鐵塑作品的內容與數量作如下歸類與小計：

表一　「標識喬治市」鐵塑漫畫內容分類

作品內容	作品編號	數量
行業／活動	1, 2, <u>5</u>, 6, <u>11</u>, 12, 15, <u>17</u>, 18, 23, <u>25</u>, 27, <u>33</u>, 36, <u>42</u>, <u>46</u>, <u>47</u>, <u>48</u>, <u>49</u>, <u>50</u>	20
街道／地方	4, <u>8</u>, 9, 10, 13, <u>17</u>, <u>25</u>, 28, 30, <u>33</u>, <u>34</u>, <u>37</u>, <u>38</u>, <u>42</u>, 43, <u>46</u>, <u>47</u>, <u>48</u>, <u>50</u>	19
飲食	3, 7, <u>8</u>, <u>11</u>, 24, 31, 32, 39	8
族群	21, <u>25</u>, 29, 35, 45, <u>49</u>	6
人物	16, <u>17</u>, <u>37</u>, <u>38</u>, 44	5
建築	<u>5</u>, 14, 19, <u>34</u>, 51	5
交通工具	20, 26, 40	3
宗教	22, 41, 52	3

注：<u>劃線者</u>為重複歸類者

在「標識喬治市」的工程團隊Sculptureatwork的官網上，針對本工程有著這樣的「小名片」簡介，姑且選譯之：

客戶：檳島市政廳……「標識喬治市」是一個被放置在喬治市歷史街道的漫畫集。這個概念是通過使用當地漫畫家的鐵塑漫畫來聯繫喬治市街道的歷史或特點。它使喬治城的歷史變得有趣，無論老少的居民都容易把握。「標識喬治市」是人民的聲音，通過有趣的漫畫反映地方的獨特個性。二〇〇九年九月，SCULPTUREATWORK 贏得了由檳榔嶼州政府組織的競賽，配合喬治市入遺而示現。（Marking George Town, Sculptureatwork）

至此，五十二幅服務於檳島市政廳、世遺、文化、歷史、地方個性的鐵塑漫畫，就更清晰了。正是在這樣的初衷下，我們需要檢視——鐵塑漫畫在表現歷史文化上——其表現如何？力度怎樣？忠於文史嗎？足夠突顯地方個性嗎？

Sculptureatwork的市場專員Tommy Chen指出，所有的雕塑都必須經由喬治市世界遺產機構（GTWHI）、檳城古跡信託會（PHT）、州政府和檳島市政廳（MPPP）組成的委員會的審批，以確保它們不僅能準確地反映歷史和文化，而且不會冒犯任何社群。諮詢尚且包括雕塑所在建築的業主。（參見The Star, 2011）如此作業，則地方文史的篩選與採用不只是雕塑工作室的一廂情願，反之，是集政府、非政府組織、藝術家與民間的專業與意願來完成。然而，要回答以上問題，恐怕需要結合其藝術特質以綜合考慮與判斷。畢竟，這麼一組作品——文史若是血肉，藝術便是骨架；文史為藝術之內蘊，藝術作文史之形貌。入乎其內，出乎其外，當更識大體。

二　「標識喬治市」鐵塑漫畫的美學探究

在文史內容以外，作為鐵塑漫畫，「標識喬治市」首先是漫畫，然後是鐵塑。誠如 Sculptureatwork 的市場專員 Gary Lim 所言，客戶會首先粗略地表達要求和想法，然後吉隆坡的創意部門會相應提出概念方案。一旦客戶認可，即讓檳城工作室的雕塑團隊設計生產。（參見 The Star, 2011）然而，為

什麼是鐵塑漫畫而不是其他？Sculptureatwork 創始人 Y. L. Soonz 曾表示：「在喬治城項目中，我們用線條勾勒卡通，因為我們知道一些穆斯林對擁有偶像或雕像感到不安。」為避免任何爭議，Sculptureatwork 通常試圖創作「半抽象」或程式化的雕塑，比如「檳城的沿海跑步者」，而不是高模擬度的人像。在他們看來，漫畫因而無害可為。（參見 The Star, 2011）

雖說漫畫是老少咸宜，但是作為街頭相對稀罕的鐵塑漫畫，不得不讓我們重新叩問：如何欣賞漫畫？如何看待鐵塑？

作為一種視覺藝術形式，漫畫以簡單而誇張的手法描繪——大至政治題材的諷刺漫畫，小到生活題材幽默漫畫。或變形，或比喻，或象徵、暗示、影射，以構成幽默詼諧的影像，取得諷刺或歌頌等效果。一般而言，漫畫具有引人發笑、深思和啟智的功能與特質。漫畫藝術因而也被稱為諷刺藝術、幽默藝術、笑的藝術、逆向思維藝術。漫畫的表現形式，基本可為分為兩大類：一、注重構思、概括性強，把繪畫手段當作表達思想的載體，畫面簡潔的簡筆劃；二、注重視覺藝術效果與技法、敘事性強，通過細膩的刻畫烘托主題思想的繁畫。「標識喬治市」屬於前者，在作品中更多的體現作者敏捷的巧思，通過簡潔俐落的簡筆線條，明確且詼諧幽默地突出文史的主題與內涵。不同於其它繪畫藝術，漫畫藝術在內容和形式上——內涵和外延遠遠大於其它繪畫藝術——取材更廣泛：宏觀或微觀，具象或抽象，形態或意識，包羅萬象；材料使用也更不受繪畫品種的限制，版畫、雕塑、國畫、油畫、水彩、鋼筆、鉛筆，一切繪畫手段無所不能為者，藝術的表現形式也更自由而多元。從題材分類，「標識喬治市」以歷史文化為背景進行發揮創作，「歷史漫畫」當之無愧。以風格審度，因人物造型接近真人，故事反映民間生活和社會議題等，「標識喬治市」當是「馬來風土漫畫」。

作為一種藝術形式，漫畫就內容與形式都具有審美情趣，除了在前述的視覺形態上表現，也表現於思維美學形態。前者直觀感性，後者相對複雜理性，兩者相互作用，在欣賞誇張變形或詼諧幽默的漫畫時，也通過思維活動領會物件的精神內涵，獲得了審美的愉悅與快感，形成審美情趣。有趣的是，作為逆向思維藝術的漫畫，常在求新求異的過程中，以美為醜，以醜為

美，進而引發欣賞者在美醜的轉換與肯定中，實現了審美價值。由此而言，漫畫藝術在當代藝術的「審醜」轉向中，無疑做出了表率。

的確，在「標識喬治市」中，所有人物形象嚴格而言，並非傳統意義上（或古典主義）的美——端莊、崇高、優雅、逼真，反之，以醜態、怪異的形象吸引人們的視覺、刺激人們的大腦，使人興奮，以此獲得心靈的震撼和審美的快感。《一腳踢》中「黑褲白衫」的廣府傭人踢出了阿嫲的新高，直搗晾曬的衣物，懷抱小孩，手握雞毛帚，另一手緊握鍋鏟。《不忠的丈夫》中爬窗尋夫的元配是一個身材臃腫、兇神惡煞兼及潑婦形象的婦人，還露出腋毛。（見圖一）《高櫃檯》中，男女高度比例也嚴重失衡，男子個矮、身廣體胖，女子同樣身廣體胖然而高大，並且臀部誇張地圓潤，頭髮也梳得極度高聳。（見圖二）《雞還是鴨》中的屠夫（見圖三）、《豪華轎車》中的長輩等都是大腹便便的發福男人。即便是高官顯要也「美不起來」——《亞貴？阿貴？》中的甲必丹鄭景貴在洋人前更顯矮胖；在漫畫家 Julian' Lefty' Kam 的筆下，《互惠互利》中的貴族酋長雅伊布拉欣和《大街》中的法蘭西・萊特船長也難逃大頭的運命。

  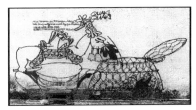

圖一　《不忠的丈夫》　圖二　《高櫃檯》　圖三　《雞還是鴨》

凡此種種，其實不影響審美／審醜，可以看出，漫畫家們致力打造的，是人物個性與藝術風格，如同雕塑家羅丹所言：「在藝術中，有『性格』的作品，才算是美的。」（羅丹，1978）誠然，人們容易被和諧的、優美的美所陶醉，沉浸於表面的美，享受淺顯的愉悅，卻忽視了對其內部深刻本質的追究。形式上看，醜的形象儘管不符合人們的審美感官，但是常常以自身具有的特點和性格，更加吸睛；內容而言，醜比美更能讓人關注事物的內在真

實性，引起人們作出深入的思考，「審醜」因而更可以獲得一種深刻底蘊的美感。

然而，冰冷的鐵杆加入，以雕塑表現漫畫，我們如何欣賞？說是雕塑，和傳統綜合運用雕、刻、堆、塑等手段進行加工而形成的三維立體的造型藝術——卻有著截然不同的表現。「標識喬治市」的「鐵塑漫畫」，在英文有稱作「Wire Art」（鐵線藝術）者，有稱作「Iron (/Steel) Rod Sculptures」者，除了揭示有關單位在管理、推動、宣傳上的認知與協調不一致或不到位，某種程度上，稱呼紛繁不一也透露此藝術形態的獨特性——少有前者可供參考；「漫畫+鐵塑」這個藝術形態相對於石雕、牙雕、骨雕、木雕、根雕、冰雕、雪雕、泥雕、面雕、漆雕、貝雕、陶瓷雕塑及石膏雕塑——確是稀罕而新穎。「Wire Art」之「鐵線」相較於實際的鐵杆／鐵條稍顯纖細；「Iron (/Steel) Rod Sculpture」的鋼鐵不分——甚至於，承包的雕塑工作室 Sculptureatwork 對「標識喬治市」的簡介也是既鐵又鋼（詳見 Sculptureatwork 官網）——確是讓人混淆。「Sculptures」的雕塑定位也確實讓懷揣傳統雕塑認知與視野者在看到新興的鐵塑時方寸全無，不知所措。中文「鐵塑漫畫」的定位則相對清晰，不但把鐵塑和漫畫兩種藝術形式一併納入，同時，「鐵塑」清楚交代了材質，也去「雕」留「塑」，把「雕塑」這個具寬泛意義的造型藝術指向「塑形」。足見，看似微不足道的「命名」與「正名」，其實是藝術的根本與必須，對於受眾起著關鍵的引導，對於藝術和藝術家，也是起碼的尊重。

正當現代藝術中相繼出現與傳統雕塑漸行漸遠的四維雕塑、五維雕塑、聲光雕塑、動態雕塑等，連三維都幾近失卻的貼牆鐵塑，甚至於冰冷、硬、酷，還讓不讓人接近？讓人如何接近？不得不說，和「鏡像喬治市」等更為直觀、色調柔和、畫面溫煦的壁畫系列相比，「標誌喬治市」顯得相對「硬朗」和「有隔」。在這樣的形式裡，尚且肩負世遺的使命，服務於歷史，承載文史的內容，整體從內容到形式，歷史而鐵塑，就更顯沉重而不討喜。與此相關，鐵塑漫畫藝術的另一個關鍵組成——字體——也決定著審美的趣味與深度。漫畫中的人物對白和敘述所用的字體不一。多數對白泡沫內的選字易讀，在五十二幅作品裡用字不同——有空心的粗體字（見圖四），有大寫

的（見圖四）、有劃線的（見圖五）、有和敘述字體一樣，甚至更草的（見圖六）；敘述的字體則一律採用相互連接略帶潦草的手寫體（見圖七）——基於鐵塑藝術的整體強化的需要，纖細的字體需要相連。這樣的要求致使一些作品的對白用字複雜化了漫畫畫面，也使統一的潦草手寫體不易辨識、不宜閱讀，無疑，前者破壞了美感，後者則導向文字閱讀的障礙（我們甚且未談及語言），以致承載文史內容的工作和表現不盡如期。

圖六　對話用字
——大草手寫體

圖四　對話用字　　　圖五　對話用字　　　圖七　敘述用字
——空心粗體、大寫　——劃線　　　　　——小草手寫體

　　觀看和欣賞「標識喬治市」鐵塑漫畫，還有兩個儼然悖論、讓人難以抉擇和判斷的境況：（一）清晨、傍晚、陰天或細雨天，鐵塑漫畫——就觀看內容和漫畫而言，顯得安靜、完整、無擾，然而平面（見圖八）。相對而言，當太陽出來，不同的斜照讓一整幅鐵塑在牆上投影，鐵塑重獲雕塑的立體感。（見圖九）前者清晰，適合閱讀和把握內涵；後者美「立」，更適宜於視覺的玩賞。兩者彷彿不共戴天，把內容與形式一併分出了天地。（二）設置在古跡區的老建築上，鐵塑漫畫不是裝置在斑駁的牆上，就是在局部刷白的牆前，並且在不同的位置上裝上燈管。這樣的裝置為的是白天和黑夜的觀賞體驗，卻也顧此失彼，陷人於兩難——為了白天更清楚地襯托漫畫和內容、晚上打燈映照也更明亮，局部刷白了的牆，常常使得作品在一大面牆上顯得突兀。為了晚上觀賞體驗更好，一些作品在裝上了燈管後，作為藏不住的背景大大干擾了作品，尤其影響了白天的視覺欣賞。由此看來，如此悖論式的觀賞設置確實很讓人為難：要在晚上看，彷彿最好，因為燈光聚焦下，作品突出、車輛行人少，相對無擾，卻只能圖得作品本身而看不清作品與其

置身、打造的城市景觀。要在白天看，作品與景觀兼得，但需忍受在更大的斑駁或異質的背景中突兀的作品以及燈管的幹擾。

圖八　清晨、傍晚、陰天或細雨天的　　　圖九　日照的觀感舉例
　　　觀感舉例

　　至此，彷彿「標識喬治市」的美是遙不可及、終不可得？其實未必。綜上，各人大可以各取所需。以下，再提出觀察經驗總結的審美五法：（一）近景攝影與後制優化：聚焦作品，拍出相對於全景（見圖十）的完整或局部細節（見圖十一）——既然前述種種不能盡如人意，近景攝影不但能實現延長和長久的凝視，以及細節的品賞，並且通過優化的（手動／自動／智慧）設置與後製（見圖十二），可以最大程度地保證作品品質的留存，也是對作者和作品的敬禮。（二）細節品賞：作為藝術形式，細節的品賞可以看出匠心，譬如《上廟日》中，漫畫藝術家讓遊客手握 Lonely Planet，身上掛相機，頭戴草帽，草帽上再配一一花，花裙子、極高跟鞋、身材曼妙修長，對四面八方湧來的香具神料的推銷面露難色，眼珠子一左一右更顯驚恐，卻一手還優雅地回拒，風度猶存。老者的坐姿也是日常，和小孩懸掛的、夾椅子的短腿相映成趣，惟妙惟肖。小孩面前的椰子水也見本土特色。（見圖十三粉圈者）——這般細節多不勝舉，值得細細品賞；感知用心則將感動，情動者將收穫更深刻的審美體驗。（三）笑看漫畫：只把作品當一般漫畫看，可以對幽默的內容發笑，或起碼，可以看著醜怪的漫畫視覺形象發笑，實現漫畫引人發笑、開懷的目的。（四）地圖尋寶：前期憑地圖規劃路線，然後憑

藉地圖，自帶或租借自行車／電瓶車，悠悠然或風馳電掣，從點到點，以尋寶的遊戲精神，收穫遊戲的審美體驗。（五）感知歷史──按圖索驥：在有限的文史內容前盡取其實，盡享其神，爾後按圖索驥，以之為提示，為線索，進而對相關歷史文化進行延伸的探討和涉獵，從文史內涵領略喬治市的地方特質與人文精神。

圖十　全景攝影舉例　　　圖十一　近景攝影舉例　　圖十二　後製優化舉例

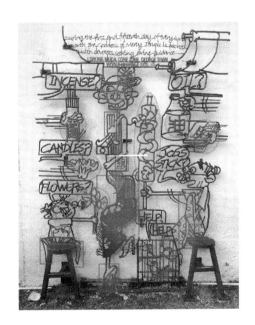

圖十三　《上廟日》細節品賞

三 鐵塑藝術建構的喬治市形象與人文景觀

由入遺而主辦「標識喬治市：檳城國際創意概念競賽」，最終落實五十二幅鐵塑漫畫，可以想見，「標識喬治市」鐵塑漫畫是檳州政府對入遺的回應，對世界的交代與召喚——以藝術符碼（sign），承載人文歷史的意涵，把歷史還給古跡，讓喬治市不枉世界文化遺產的美名，並且，「歡迎你來！」

然而，「標識喬治市」鐵塑漫畫藝術中的符號是如何建構，並且建構了什麼樣的喬治市意象？作為城市雕塑景觀，「標識喬治市」鐵塑漫畫與街道、建築、城市，甚至與人的關係如何？

蘇珊・朗格（Susanne K. Langer）在《藝術符號與藝術中的符號》中曾就「藝術符號」與「藝術中的符號」兩個概念作出辨析：

> ……不僅僅是它們發揮的功能上的區別，而是一種類型上的區別藝術。創作中使用的符號是一種普通的符號……這些符號都具有一定的意義，這些意義以及負載著這些意義的意象都是作為藝術的構造成分進入藝術品的。它們的作用就是構造藝術品或構造表現性的形式。……所謂藝術符號，也就是表現性形式……藝術中使用的符號是一種暗喻，一種包含著公開的或隱藏的真實意義的形象；而藝術符號卻是一種終極的意象……（朗格，1983：133, 143）

誠然，從朗格藝術符號的核心思想——「藝術，是人類情感的符號形式的創造」出發，「藝術符號」，即藝術作為一種「表現性的形式」而言；而「藝術中的符號」，則是相對於藝術表達而言，是構成藝術形式的具體手段、材料和工具——也正是在「形式」與「符號」兩個層面上來討論藝術創造的形式建構和符號表達。就「標識喬治市」鐵塑漫畫藝術而言，研究者認為，形式是雕塑，符號是鐵，是漫畫，也是語言文字。儘管一定程度上，四位漫畫藝術家遵從了檳州政府／檳島市政廳和雕塑公司賦予的意志與目的進行創作，然而，就創作每幅作品而言，也始終需要選擇和經營素材，做符碼

的技術表達，使具體的符號材料的表達符合於藝術形式創造的整體規則。因此，藝術的「形式意志」，在檳島市政廳和 Sculptureatwork 那裡已然完成了藝術創造的整體構思，而「符號」則是四位漫畫藝術家藝術創造的具體表達。循此路徑，研究認為，解讀「藝術中的符號」，不僅僅是解開「包含著公開的或隱藏的真實意義的形象」，一方面還可以看出其指涉的喬治市意象，另一方面也可以檢視「形式意志」的具象實踐，一石三鳥。

從漫畫與文字看，之所以能有表一的內容分類，相對於漫畫，其實更仰賴文字符碼的建構。於是，我們看出，文字符碼包含的真實內容與比重，依序為：行業／活動〔20〕、街道／地方〔19〕、飲食〔8〕、族群〔6〕、人物〔5〕、建築〔5〕、交通工具〔3〕、宗教〔3〕。這一些為文字符碼所投射的意涵其實同時服務於更高的所指——歷史文化。而這一個至高的所指，其實也就是原初的意志與目的。換言之，「標識喬治市」也可以理解為「懷抱與孕育歷史文化」的喬治市形象的符號化過程。

不遺巨細，從漫畫符號看，通過許多日常生活場景和用品的能指，如《老味道，老樣子》中的點心鋪和餐車、《咖啡烏》中咖啡館和沖泡咖啡的用具、只能透露局部但可猜測全部的「阿華田（Ovaltine）」、「美祿（Milo）」等飲料，以及大量的飲食如篤篤面、叮叮糖、炒果條、扁擔飯等，無不指向「民間的、日常的、生活的」喬治市形象；再者，通過不同種族的人物衣著和造型，華人有唐裝、盤扣、汗衫、背心等，馬來人有宋谷（Songkok）、芭迪（Batik）、沙籠（Sarung）、女士頭巾（Tudung）等，旁遮普人的頭巾、泰米爾人的褲子（Lungi）等，又如《最窄的五腳基》中同時站著印度洗衣工、華裔大嬸、苦力、英殖民者——無不標識喬治市今夕的「多元文化的」形象；通過諸如出現兩次的五腳基、更為人知和不分種族的炒果條本土譯名「Char Koay Teow」、《爬錯樹》中的檳榔樹（漫畫）與椰子樹（文字）等，也致力於塑造「本土的、地域特色的」喬治市形象；《鸚鵡天生會算命》中印度鸚鵡占星的鸚鵡與算命師、《大遊行》中的虎像、香爐、大伯公遊行抬轎隊、《上廟日》中形塑觀音亭盛景的香、蓮花燈、蓮花、油、龍香、等待放生的小鳥（參見圖十三藍圈者）以及《朝聖》中伊斯

蘭教徒的宋谷、頭巾，甚至於相對其他漫畫更顯聖潔、安泰、慈祥的笑意和神態等，也在在賦予喬治市以「民俗、宗教」的形象——綜上，可以窺探「標識喬治市」鐵塑漫畫作為城市符號，如何參與打造「極具歷史文化」的喬治市形象，將其推向名副其實具有深厚歷史文化底蘊的世遺古跡。

在這麼一場喬治市形象的符號化過程中，除了歷史文化，研究也發現「商貿的、發展的」喬治市形象，通過文字符碼諸如《房地產》中的填海、商店與倉庫訴諸海埕的商貿發展；《購物天堂》標識新街為檳城的第五大道；《水路》則追溯昔日港仔埕河熙攘的盛景——「從世界各地運往檳城的各種貨品都經過這裡」，鑑古通今，昭示今日喬治市海港城市繁華的前緣；另一邊廂，則通過漫畫符碼，諸如《大街》中的牛車與巴士做出古今的對比，指向時代與發展；通過《勞工變商販》，把頭頂磚塊、面容愁苦的苦力形象和頭頂食物、笑容可掬的商販形象並置，不避忌相告：早期的罪犯勞工和後來變身商販——參與了檳城的建設。此外，不容忽視的「英殖民地」形象，也通過人物，如《繁文縟節不再》中三個半的歡欣雀躍的殖民者、《大街》中的萊特船長、《最窄的五腳基》中英殖民者等有意或無意為之。通過高頻出現的遊客（見《三代經營》、《廉價酒店》、《上廟日》、《牛車輪》、《三輪車》等），喬治市的「旅遊勝地」形象與意志也是不言而喻。鐵塑漫畫之「漫畫」與「鐵」，黑色，有別於傳統雕塑的三維、逼真，反之投射「大眾的」、「普適的」、「當代的」、「前衛的」意象——結合前述的「商貿、發展」、「英殖民地」、「旅遊勝地」的喬治市形象，也打造了喬治市「世界性」的面向與形象、結結實實的召喚結構。

由符號看城市意象，是以小總大的路徑，看出了「標識喬治市」鐵塑漫畫與城市的第一層關係。在文化地理學那裡，可以看見、形成印象和想像的地理即為景觀（Landscape）（參見安德森，2009）。作為城市雕塑景觀，「標識喬治市」與城市空間各要素的協調聯繫對於城市意象的塑造與經營至關重要。因此，尚且需要考慮——「標識喬治市」鐵塑漫畫與建築、街道及人的關係。進而言之，作為城市雕塑景觀，它發揮了什麼樣的作用？

不同於室內雕塑，城市景觀雕塑與建築的關係更強調公共空間環境中的

協調共生。作為城市形象的實體，雕塑重精神，建築主實用，兩者互補、並立、共存、相互依託，可以寄託和表現歷史文化、地方社會的特色與氣質。「標識喬治市」鐵塑漫畫附著於建築的牆上，與建築自是腹背相親了。在一些優秀的作品中，譬如《雙重角色》，鐵塑漫畫與牆的關係和諧，結合有機——在稍微高一點的白色木窗旁出現「失火了！」的對話氣泡，在街道的店鋪邊牆前，也是消防員的錫克警察一頭兩大的形象相當吸睛。在對話氣泡和警察中間，儘管出現了店鋪的招牌，但從挑色、選材和用字，看出精心的配合，於是相得益彰，自然可喜（見圖十四）。再如《逃獄》，即便只有簡單的繩索，但是繫在舊時監獄的偏高的小視窗上，一直垂落到地，也是善用並結合了客觀的建築條件——從設計到安置，獨具匠心（見圖十五）。如此優秀的作品，不但為其附著的建築添色，突顯建築的殊勝，也給人以深刻的審美愉悅，並且提升城市景觀的風貌，也更可能實現符碼的意涵。反之，我們看到一些鐵塑作品高置在建築的上方，基本看不清漫畫的敘述與對話，譬如《好辣》（圖十六）、《勞工變商販》（圖十七）、《豪華轎車》（圖十八）等，隔著街道，高遠而遙不可及。有者又如《豪華轎車》，還因為隨建築顏色太深，看不出所以然（見圖十八）。也有更多數者，或斑駁，時有《三代經營》等，與建築一同老朽，乃至於看不清，影響欣賞和閱讀（見圖十九）；或被刷白了局部的牆面烘托，時有《高櫃檯》、《購物天堂》等，與建築分裂，於是突兀、格格不入（見圖二十）——不但無助於城市景觀的提升，還一定程度上形成破壞，與牆分割，與人隔閡。

圖十四　作品與建築協調共生 圖十五　作品與建築協調共生成功
成功案例《雙重角色》　　　案例《逃獄》

圖十六　高遠案例《好辣》　圖十七　高遠案例 圖十八　高遠及建
　　　　　　　　　　　　　《勞工變商販》 築色彩不顯作品案
　　　　　　　　　　　　　　　　　　　　例《豪華轎車》

圖十九　斑駁案例　　　　圖二十　建築局部刷白以至作品突兀案
　　　　《三代經營》　　　　　　　　例《高櫃檯》

　　在建築邊上的街道，流動著車、人、物質，也流通著資訊、能量、精神。它分割著建築、聯繫著生活場景、架構著景觀、承載著意涵。「標識喬治市」鐵塑漫畫遍佈於喬治市核心區（Core Zone）與緩衝區（Buffer Zone），在縱橫交錯的街道中站成藝術的陣線與網路，幾乎籠罩核心與緩衝區。作為重要組成部分，給街道上流動的──路人、遊客、居民，甚至在路上被紅綠燈攔下，而把目光投向鐵塑作品的車主、摩托車司機、乘客等（見圖二十一）──以資訊、以知識、以精神，開放了街區的公共審美空間，創造著閱讀的契機，儼然打造學習、思考、愛美的街區與城市，安靜、有底氣、有內蘊，在在彰顯著喬治市的藝術品位與文化內涵。佇立街頭或在街邊爬牆的鐵塑漫畫──一邊構建著喬治市的景觀時，一邊被景觀與人建構。尤其，當代美學觀念從靜觀趨向參與──儘管不如壁畫系列更強調直觀與互動，在相機／手機前，也還是可見各人的各種參與創意（見圖二十二、二十三）──在線形視覺空間的大小街道上，尤其構築和更新著律動性的城市景觀。可惜的是，很多時候，鐵塑漫畫被街上停放的車輛、卡車、貨車攔截、遮蔽（見圖二十四、二十五），彷彿回應：哪裡有什麼藝術嗎？除了突顯司機的無知、無奈或麻木不仁、明知故犯，實也透露當局者在推廣和教育上的不足、管理和公共政策的疏漏與鬆散。

圖二十一　街道流動的車與人　圖二十二（左）、二十三（右）　街道、人
被紅綠燈攔截後看作品的視角　　與作品互動而構築的城市景觀

圖二十四　作品為卡車遮擋舉例　　圖二十五　作品為轎車遮擋舉例

　　作為城市景觀雕塑，在紀念性、主題性、標誌性、裝飾性等功能類型
中，「標識喬治市」鐵塑漫畫無疑相容並包。隨著入遺而辦比賽而選擇而示
現，「標識喬治市」的紀念性不僅僅表現在紀念入遺上，還主要表現在地方
社會的文化歷史題材、大尺度、大規模，在城市景觀中佔據重要位置，比起
四散和風格各異的壁畫系列，在喬治市核心與緩衝區起著統帥的作用。其主
題性在於前文已然辨識的歷史文化之母題。其標誌性則在於以藝術符碼徵表
歷史文化，六年來被認識、接受、承認，進而返身成為喬治市的標誌之一。
儘管美醜不能絕對，其裝飾性則無疑參與著裝飾和美化喬治市的城市景觀，
突顯城市氣質、性格，提升城市公共空間的品質，創造出富有歷史文化內涵
和世界性的喬治市景觀風貌——確是給喬治市入遺最好的獻禮。之於人，
「標識喬治市」鐵塑漫畫打破古跡區老建築造型的劃一印象，舒緩市民的勞
累並疏通情緒，更讓廣大受眾可以在開放的公共空間享有優越、深刻的審美
體驗，啟智、給愛。

結語

在欣賞和審視「標識喬治市」鐵塑漫畫的視域裡，研究繞過了街頭藝術的視角。作為被規劃、被設計的街頭藝術，「標識喬治市」鐵塑漫畫確是避開了許多一般的指控：破壞、失序、混亂。沙克特（Rafael Schacter）曾在《醜陋的真相：街頭藝術、塗鴉與創意城市》（2014）探討了街頭藝術與創意城市之間的關係。通過審視這種被認為是反叛的美學，揭示了當今街頭藝術所包含的藝術性、原真性的擬像以及其中美麗的謊言。面向公共和私人資助的當代公共藝術項目的衝動，以及許多街頭藝術家自身的欠缺批判性，沙克特呼籲重新審視城市所需要的視覺類型。儘管如此，沙克特對一些真正具有批判性的獨立公共藝術專案進行了考察，從而對那些可能醜陋但重要、令人不快但必要的項目做出了捍衛：醜陋的真相對一個充滿活力的公共領域的可持續性而言至關重要。沙克特的論述給予我們許多審視「標識喬治市」的提示與提醒：原真性的擬像將不同程度地承載或傳達內容；醜和美的街頭藝術都是可能，在街頭藝術當前，個人的審美是一個明顯或潛在的過程，然而城市卻需要時時審視各自的視覺需要；美或醜的，可能很重要，或未必——作為城市的公共藝術，對於保存其活力與持續經營，卻無論美醜，只以其重要性決定其必要性。

研究以為，作為街頭藝術和城市景觀雕塑，「標識喬治市」鐵塑漫畫兼具文化、審美與空間特質及表現。其文化性是初衷，是核心內容。通過行業、活動、街道、地方、飲食、族群、人物、建築、交通工具、宗教等的引介，反映了市民的精神面貌，打造了喬治市「極具歷史文化底蘊的世遺古跡」形象與向全球張開手臂的「世界性」喬治市。就審美性而言，從漫畫到鐵塑，「標識喬治市」以美為醜，以醜為美，從裝置、與牆的關係，提供人們以審美的對象，以其獨具魅力的藝術特性與內涵，讓人們在各種審美的可能裡，實現美的享受，獲得審美與遊戲的愉悅。在空間的表現上，「標識喬治市」略顯不足。多數鐵塑與所處的城市環境沒有形成有機的融合，有的突兀，有的黯然，有的高遠，只有少數結合環境與客觀條件創作與裝置，與城

市空間保持了整合的一體性。其次，其空間的公共性也意味著社會公眾與遊客的交流與參與——漫畫於此，因其幽默和普適性為其空間性打開了更多的可能。誠如 Sculptureatwork 的設計理念，他們不走抽象得讓人們無法理解的路線。公共藝術最重要的是喚起人們對藝術的好奇心，讓人們回應和提問。（參見 The Star, 2011）

　　在研究之前與初始，面對大規模鮮見而多少讓人不知如何觀看與欣賞的「標識喬治市」鐵塑漫畫，研究者似乎面對三把尺的問題：文史的、藝術的、城市的。本研究在文史、美學、城市意象、景觀的探勘後，終究感知了其文史的內容、認識了其藝術形式、辨析了美醜、推薦了審美、推敲了城市形象、思考了其與城市建築、街道及人的關係、辨識了作用。於是，把握、理解、品賞「標識喬治市」鐵塑漫畫才有了尺度；這一組多面向的街頭藝術作品也才真正在研究的視域裡——上牆，立在了街邊，與建築、人、城市的黑夜與白天，共同構建著城市景觀。便是在這樣的「入」與「出」的嘗試與機緣中，研究者更明確了三把尺的問題，本研究也無非這麼一場——接近、觀察、探究、思辨、估量、批評與報告的旅程。

　　投注了每幅約二萬或總值一○二萬，「標識喬治市」鐵塑漫畫是城市極好的文化投資，更是喬治市最好的名片。其價值自然不在裝置或維修完工時完成。其價值還面向城市空間和人文環境，美化和裝飾城市生活環境；面向市民與遊客，在教育、審美情趣、文化素養上，自是細雨微風、潛移默化地實現著自身的價值。馬來俗語說：「Tak kenal, maka tak cinta.」（不認識，所以不愛）走近鐵塑，其實不僅僅是觀賞的問題，更是瞭解的問題。接近藝術，認識歷史，瞭解一座城，世遺城市因鐵塑漫畫而生動、活潑，你因鐵塑漫畫而對這座城市肅然起敬。因瞭解而愛，而珍惜，而尊重——亙古的命題，恰好也適合總結本研究，更適合城市與人來實踐、檢驗與致力。

——原刊載於《韓江學刊（電子期刊）》第一期（2020年12月）

徵引文獻

一　專書

（英美）凱‧安德森、莫那‧多莫什、史帝夫‧派爾等著　李蕾蕾、張景球譯《文化地理學手冊》　北京市　商務印書館　2009年

（美）蘇珊‧朗格　《藝術問題》　北京市　中國社會科學出版社　1983年

（法）羅丹著　沈琪譯　《羅丹藝術論》　北京市　人民美術出版社　1978年

Gibby, M. (2016), *Street Art Penang Style*. George Town: Entrepot Publishing Sdn Bhd.

GTWHI (2017) *Sustainable Tourism Strategy Document: At World Heritage Sites of Melaka and George Town*. George Town: GTWHI.

二　學位論文

高天寶　《哈爾濱地域文化視閾下的城市景觀雕塑研究》　哈爾濱市　哈爾濱師範大學碩士學位論文　2012年

三　期刊論文

林添財、黃越　〈公共藝術植入舊城景觀營造研究——以馬來西亞檳城喬治市為例〉　《裝飾》第5期　2015年　頁108-110

林添財、黃越　〈解讀馬來西亞檳榔嶼喬治市街道景觀的文化多樣性〉　《南方建築》第1期　2016年　頁56-59

劉溢海　〈論城市符號〉　《城市發展研究》第1期　2008年　頁112-116

Schacter, R. (2014), 'The ugly truth: Street Art, Graffiti and the Creative City', *Art & the Public Sphere,* 3: 2, pp. 161-176.

四　網路資料

《標識喬治市：鐵塑漫畫（地圖）》　2019年　取自　PENANG　https://mypenang.gov.my/downloads/

Marking George Town (Map). Retrieved June, 2019,from PENANG website, https://mypenang.gov.my/downloads/

Malaysian Sculptures on Display. Retrieved July, 2019, from The Star website, https://www.thestar.com.my/lifestyle/women/2011/07/17/malaysian-sculptures-on-display

Penang Street Art: Metal Caricatures. Retrieved July, 2019, from Sharc Review website, http://sharcreviews.com/index.php/2017/07/30/penang-street-art-metal-caricature/

Marking George Town. Retrieved Oct, 2019, from SCULPTUREATWORK website, http://sculptureatwork.com/project/marking-george-town/

城市規劃與地方紋理

主持人：李丁讚教授[*]
與談人：蔡仁堅先生[**]、潘國正先生[***]

主持人／李丁讚教授

　　蔡市長、潘先生還有各位在座的來賓大家好，這一場演講的主題「城市規劃與地方紋理」是從城市歷史的角度切入，來談目前新竹市比較現實面的治理與規劃的問題。現在很多城市的治理城市規劃，其實都很不重視歷史的面向，以至於做得很糟，我認為城市歷史的切入點是非常重要的。主辦單位能夠把這個題目納進來，並且安排的兩位與談者都是非常適合談這個題目的人選。他們都是在整個城市歷史，長期在這個領域工作的非常值得尊敬的前輩，相信對我們當前城市治理的問題應該會有很多的幫助。我非常尊敬兩位前輩，並感到莫大的榮幸能擔任主持人。

　　第一位與談者是蔡仁堅蔡先生，是新竹市的前市長。他在市長的四年成績，超過很多八年、十二年市長的成績，都說其他人總和加起來都沒有他四年多，是幾乎每個人都肯定承認的。他一直都很強調土地問題，把新竹市的公共公有土地進行全面性的整理規劃。公有土地如果沒有好好利用，被私人

---

[*]　國立清華大學社會學研究所教授。
[**]　新竹文史工作者、前新竹市市長。
[***]科技生活雜誌新聞網總編輯、新竹文史工作者。

佔領，便會產生許多社會問題。可見其對城市的土地，公有空間、公有土地利用的重視。現在看到的新竹市公共土地上的建設，從護城河（見圖一）、東門城到很多的公園停車場等等，他都做了非常完善的規畫整理。其品質跟整體的規畫需要對共有土地的利用有很高的視野，與整體思考才能達到，我覺得非常難得。現在我們看到很多新竹的建設都是他完成的，因為他對我講的公共財、公共土地應該被公共大眾來使用，而不是被私人的資本家、企業財團所霸佔、所利用。所以現在我們新竹市有很多很好的休閒空間，都是他在這個觀點下所維持的！

除了市長的身分之外，他也是一個文史工作者，對新竹市的歷史有非常深刻的了解。在他市長任期內就開始提倡竹塹學，把竹塹這方面的專家都找來，卸任後就開始潛心研究地方的歷史。其中包括對北部城市的築城、各個統治者，以及地方統治的歷史，他都有很深刻的見解。他認為歷史可以給我們很多見證與啟發，遺憾的是臺灣人不重視、尊重歷史，甚至漠視歷史給我們的啟發。所以竹塹學是很重要的研討會，今天能夠請他來，我們感到非常的高興。

另外我們第二位與談人潘國正，潘先生。他在《中國時報》時是地方新聞的示範與典範。地方性（新聞）以前報得都很雜，但是他會持續且深度的追蹤一個議題，比如說眷村、產業，一層一層的挖掘，並將地方新聞有系統地整理，為地方新聞樹立一個新典範。這是目前為止很多地方新聞都沒有的視野，他的報導是很有層次的，一層一層好像做學問一樣，一篇連著一篇。我認為這是整個地方學的興起，對地方議題的重視都是從這種具故事性的報導慢慢啟發而來的。他從《中國時報》退下來以後，到了大陸上海協助臺商規劃烘焙博物館，返臺後到IC之音接任副總經理，兼主持「愛上新竹」節目，是典範性的廣播性節目。這個節目以人物作為基礎，透過人物，觀看背後的事件、公共事務的處理，從人物切入，節目中對很多公共議題的討論都非常精彩，也可以看到新竹市發展的層次脈絡，大家可以再關注「愛上新竹」這個節目。

潘先生從地方新聞到廣播，現在是科技生活雜誌新聞網的總編輯，他到

處旅行與國外見聞互動，範圍更廣，視野從地方學推展到整個全球的範圍。現在他還是持續地在關心地方議題，而且能從更寬廣的角度來看，我對於他的一些報導到現在都還非常有興趣。今天兩位與談人都非常優秀，主辦單位把這兩位優秀的研究者聚集在這個主題——「城市規劃與地方紋理」來討論，內容一定非常精彩。

與談人／蔡仁堅先生

謝謝丁讚老師對我所說的話，慚愧不敢當。

歷史能夠給後人很多見證與啟發；如何能把一個有歷史的城市之中，過去好的、將來也有價值的空間、建築、事物、故事再延續下去，其實就是兩個字——「維持」。

一　格局形成與紋理刻劃

（一）因設治而崛起的城市

在歷史這麼長的時間中，都市地方紋理是如何形成的？首先我們會問：我們要住在哪裡？在哪裡住能夠安居、快樂？

在施添福所編纂的《續修新竹市志》卷一《土地志》中有一幅圖：[1]陳國川用的詞是「風水形勢」：「新竹的風水形勢」——意味著上帝給我們這一塊土地，給我們這個家園，有山脈、有平原，這是一個城市的選址、部落的選址、城鎮的選址。

（二）三重城牆格局的演進

「夫天下事，非身歷其地，目覩其形，而心維其故，不能洞悉其所以

1　見張永堂總編纂：《續修新竹市志》（新竹：新竹市政府，2005），卷一〈土地志〉，第二篇〈市街〉，頁77。

然。」這句話出自於諸羅縣知縣周鍾瑄在康熙五十六年（1717）主修的《諸羅縣志》，當時新竹還在諸羅縣行政轄區治理下——我覺得這是「地方志」的原理原則，亦即說出「認識我們在哪裡」，這是認識家鄉的開始。

師大地理所的李正萍一九九一年在論文中以三張古圖套出來的「竹塹城三重城牆」，[2]多年來被很多竹塹學研究引用。做為家園的新竹平原從清治、日治到中華民國，基本上至今還在這三層城牆結構裡——第一層結構是雍正十一年（1733），第二層結構是道光九年（1829），第三層結構是道光二十年（1842）。

今年（2019）初被拆掉、超過兩百年歷史的水田吳宅，它的門楣上有著「群水環流」四字，這是古宅對環境的紀錄；這古宅在二〇一八縣市長選舉前，拆除動作因被關注而暫停實施，選後立即拆光。如果熟悉中正路靠近水田街頭這個地方的人會懷疑「咦？附近有群水環流嗎？」其實水流是有的，而且豐富到「群水環流」！但是有的被截斷了、有的伏流於地下所以看不見。所以如果執行、發想、實行政策、擁有權力的人，不知城市歷史與空間的來龍去脈，會容易破壞大家安身立命的公共空間、歷史資源，甚至這種破壞是不可彌補的。新竹或臺灣各個地方都有這樣的例子，而歷史的教訓就是要讓我們看到過去，而在未來能夠做得更好。

（三）殖民地城市的「改正」與計畫

這幾張圖為日治時期的新竹的市區改正圖。當日本政府來到這裡，他們覺得在清帝國治下的臺灣竹塹有許多地方必須改正，圖一[3]的粗黑線即是一九〇五年那一次的市區改正畫設的。清治時期新竹城內空間結構中的道路系統是有機的發展、成型，有其道理，日本人也不敢貿然改正。明治維新後的日本政府，有一套很嚴謹的認識論，在來到臺灣後做了很多的基本認識，包

---

2 見李正萍：《從竹塹到新竹：一個行政、軍事、商業中心的空間發展》（臺北：國立臺灣師範大學地理研究所碩士論文，1991），頁24。

3 見黃武達編著：《日治時期臺灣都市發展地圖集》（臺北：南天書局；南投：國史館臺灣文獻館，合作出版，2006），第12-1圖。

括基本調研、田野工作、文獻考察、測量繪圖,然後才進行改正,而非貿然進行。這個圖面對的是南北子午線,可以看到它格子狀的街道系統向西偏四十五度。這就是當時成為一個殖民地城市,被比我們先進的日本帝國治理下的新竹。

　　日本人來到臺灣這個南方島嶼後非常注重衛生,他們稱為「衛生第一主義」,若有高致死率的傳染病,如何安居在此?其實臺灣許多的城市城鎮都是類似新竹這樣偏四十五、五十五度的格子狀規劃,主要是讓東西曬日照延長。而這項政策有利有弊,造就了我們街道現在的基本格局。有興趣研究竹塹城市進程者可以在國史館臺灣文獻館(以前的省文獻會)覓得這些日治時代的「都市改正圖」,後來它們就被稱為「都市計劃圖」。

　　殖民城市的格局漸漸成型,圖二[4]這是一九三六年的圖,那時候日本正在為戰爭準備,不過戰爭準備之前,在殖民地臺灣開始執行都市計劃,也就是我們現在使用的詞彙「都市計劃」,旁邊的紅筆是總督府人員的眉批,日本其實一直在梳理、調理地方紋理,他們打了格子之後每年都會檢討並取消這些格子,有一年取消了三十七條套在舊清朝巷弄圖上面的格子。日本人並非硬生生地把格狀的格局加在清帝國的這個地圖上面,而是先去認識地方的紋理,然後才開始梳理、整理。比方說他把淡水廳衙門前面的太爺街,拉直、拓寬成今天的中山路,中山路北邊的端點是州廳,南邊的端點是信仰中心,象徵性的新竹神社。日本的那一套都市計劃圖,都是一步一步,具有時間進程性的。

(四)戰後的迷惘・失憶・與失竊

　　再看圖三[5]是一九五六年中華民國時期的圖,右邊的兩個大紅印是內政

4　見黃武達編著:《日治時期臺灣都市發展地圖集》,第12-6a、第12-6b圖。

5　見民國四十五年五月二十八日「新竹縣新竹市(當時新竹市為縣轄市)都市計劃」,文號「府建土字」第17653號之附圖;可至「新竹市政府都市資訊服務網」之「都市計畫書圖查詢/計畫區查詢/新竹(含香山)都市計畫」下載,此為編號2,網址:http://landuse.hccg.gov.tw/landusePortal/page_main.html?landuse=5。

部的印章。這一次的都市計劃就是中華民國來臺灣十年了，可是並沒有像日本人來到臺灣那樣去認識臺灣，這個圖基本上同於上一張圖。戰後中華民國來到臺灣，因為目標是要反攻大陸，所以對於本地的治理沒有擷取記憶，其實很迷惘；臺灣本地的人，不斷改朝換代更換統治者，人民對於許多事情也就算了、或者就忘記了，所以導致戰後發生的某些事情，其實對於城市的歷史與發展是一種傷害。如果不知道地方紋理的過程就開闢巷道，就容易發生今天在市區中，很多交叉街巷容易發生嚴重的交通衝突，這就是管理規劃者沒有先理解以前的地方紋理與歷史，就憑著一九五六年還在迷惘中的政府發布的都市計劃而改變。日本統治時每年去掉改正圖中的的那些線與格，避免破壞清治時期的整個街路紋理，其實我們原本有留下一個很棒的清治時期的街巷系統，可是如今卻柔腸寸斷。在下一個主題「城市規劃」中，我會將「鹿港」提出作為對照比較，她的巷弄頗為完整，進而成為歷史文化資產。為什麼鹿港能完整、而新竹不能？等一下跟大家解答。

還有一個很嚴重的問題，那就是不只新竹，臺灣各地城鎮一些重要的核心區公有土地皆被盜賣，若舉新竹為例，例如：道光三年的孔廟、一八九六年的新竹病院（日治時期的醫院皆稱為「病院」）、一九二〇年代的知事官邸、大正年間的新竹州圖書館，這四大公共空間土地都陸續的被賣掉了，賣給財團！

現在許多地方政府與文史學者皆共同致力研究地方學，若是要研究地方學，新竹竹塹有全臺灣最寶貴、最豐富的資源！竹塹學的材料之豐富，像是：《淡新檔案》、《土地申告書》……。在民國七〇年代，土地臨時調查局把日治時期好不容易花了十幾年功夫整理的每一筆土地的台帳、來龍去脈登錄清楚，民國七十一、二年省政府卻因為其中有很多日產被竊奪，一個命令就把大部分的《土地申告書》燒了，毀掉公產變成私產等等不可告人的故事。臺南府城的檔案比新竹淡水廳的檔案，不曉得豐富多少倍，然而不在了！可是《淡新檔案》、新竹的《土地申告書》留了下來，變成我們珍貴、難得的資產，雖然已非完整全檔案。

（五）有一部「新竹日記」（1912-1973）

　　新竹特別的資料非常多，像《黃旺成先生日記》。民國四十年代的《新竹縣志》就是黃旺成主編的，《黃旺成先生日記》從一九一二年到一九七三年前後六十二年，主要記述新竹，但也記錄了黃旺成的活動地域，中研院臺史所亦有一個解讀黃旺成日記的閱讀班。舉個例子來說，黃旺成曾經去到宜蘭並將見聞記錄於日記內，宜蘭縣史館就把與宜蘭相關的日記片段，拿出來作為展覽。我到宜蘭的縣史館看他們跟中研院一起合作的「臺灣日記展覽」，裡面有一半是從《黃旺成先生日記》取錄出來的。

　　《黃旺成先生日記》從一九一二年出到一九三三年，現在是出版到第十九冊，[6]中研院臺史所已經出版超過十部重要的日記，都是許雪姬任臺史所長期間所做的貢獻。我早上問許所長，日前所出版的《黃旺成先生日記》（1933）距離一九七三年還有四十年，一年發行一冊，四十冊要出四十年？真希望在她退休以前能夠出齊黃旺成日記。這個日記是我們有而別地沒有的，臺史所有閱讀班，我們也可以組織一個我們自己的本地閱讀班。

二　城市規劃

（一）摸索與認識

　　左邊這張圖[7]是從一本「都市計劃學的聖經」，從中截出Kevin Lynch的兩張圖。左邊是長安城，也是格子狀，跟我們都市的格子狀類似，是一種典型的「王權城市」空間結構，權力者住在Palace這個地方，由王者權力劃定格子、決定市場、公家機關的布置。這種結構有利於權威、治安管理；右邊

6　黃旺成著、許雪姬主編：《黃旺成先生日記》（臺北：中央研究院臺史所、國立中正大學，2008-2019）。截至2018.12，已出版19冊。

7　長安城的格狀系統，見Kevin Lynch, Good City Form (Cambridge, Mass. : The MIT Press, 1984), p.14.（圖7）

這張圖[8]則是英國以另一種處理方式治理印度，把殖民前舊的德里改做成一個綠帶，但新的德里就是一個格子狀的殖民地城市。可見一個統治政權必須經過一個摸索過程，然後才能認識地方紋理。

（二）認識與抉擇

鹿港的不見天、九曲巷、金盛巷等等許多巷弄，只有一個地方中斷，其他路段沒有被切斷，不像新竹有一些精彩的巷弄卻柔腸寸斷，鹿港之所以能如此是因為他們有認識地方紋理的街長、鎮長。

鹿港兩條主要的道路縱橫南北跟東西，而這紅色標示的巷弄沒有被截斷，[9]除了橫的民權路。鹿港之所以能這樣必須歸功於──日治時期鹿港街長陳懷澄跟他的兒子陳培煦，兒子是戰後中華民國時期的第一任與第二任鎮長，他們二位長期掌有行政權力，所以沒有貿然讓日本人來改正鹿港的空間系統。鹿港一直到一九三一年才做「市區改正」，是全臺灣最晚。為什麼最晚？因為有瞭解歷史紋理的人在位，殖民地的總督府才能夠知道如何改正，所以最後也只是開了那條必要的、南北縱貫的中山路。

（三）鹿港·竹塹·京都

再說到京都，這是一個歷史城市，它也是一個權力城市。京都做為首都的歷史超過一千年，就像北臺灣的行政中樞中心、在新竹存在一百五十二年一樣，京都權力城市的時間更長，它是一個權力城市、國都，有基礎較穩固的布局而不容易被改變。在京都街頭市役所前面，矗立著一個世界歷史城市宣言，表達了這個千年國都的變與不變。（潘）國正兄問我說「你今年去哪？」不像他兩個月的壯遊，去了幾十個國家，我說我只去了京都。京都它

---

8 印度舊德里與新德里不同的城市空間結構，見Kevin Lynch, Good City Form (Cambridge, Mass.: The MIT Press, 1984), p.23.（圖15）

9 見黃武達編著：《日治時期臺灣都市發展地圖集》，第 39 圖；彰化縣政府：《擬定鹿港福興都市計劃細部計畫書》（彰化：彰化縣政府，2007 年，未出版），第 2-2 頁，圖 2-1「現行主要計畫示意圖」。

的城市規畫格子狀超過一千年都是這個格局，不會柔腸寸斷，現狀亦是如此，即使是一個小格子的道路系統，在處理衝突路口的時候也是處理的非常好。

以各縣市來講，新竹市人口雖然不多，但有好幾年機車事故的死亡率是全臺灣各縣市第一，就是因為這種衝突路口太多了。如圖，日本人規劃城市格子有的是五十乘以一百米／公尺，有的是一百乘以一百五十公尺，京都格子一樣不大，但因為他們知道、他們深深了解地方紋理，所以他們會妥善處理。在京都的中央圖書館，整層樓叫做平安京（就是京都）關聯圖書，就是相關於京都地方學的書庫。早上（王）俊秀副院長提到「京都通檢定」，我覺得臺灣要當縣市長的、議員的都應該檢定一下，要具備基本知識與認識，這樣才不會做錯事情、遺憾百年。

其實我們有很多的材料，而且是獨一無二的材料，像《新竹新志》應該要再版。《新竹新志》是一本很好的新竹地誌，當然後來本校張永堂所長的《新竹市志》也都有做好的交代，我們要好好謝謝他帶頭的撰稿群。竹塹的地誌與日誌繼續書寫，非常謝謝（陳）惠齡老師開始辦竹塹學，到現在第四屆由（林）佳儀老師主辦，希望竹塹學能讓我們的地方歷史學充分展開。

主持人／李丁讚教授

謝謝蔡市長的發言，非常精彩。從清治時代的環山群水，有系統的從街道、街巷系統，日治時期開始改正，到戰後有嚴重、不尊重紋理的一個都市計畫，破壞了整個街道系統，造成整體的衝突。從不遵守街道與地方紋理因而產生的問題有非常精闢、非常的深刻的剖析。謝謝市長的發言，非常精彩！

與談人／潘國正先生

謝謝丁讚老師的嘉許，李教授一直是我學習的榜樣和請益的學者，蔡市長則是我跑這麼多地方首長以來，最尊敬且最有文化素養的市長。

一 「蔡仁堅空間」的實踐

　　蔡前市長過去曾說，今天的新竹市是前淡水撫民同知「李慎彝空間」，今天東門城牆上（見圖二）還鐫刻著時任署理淡水撫民同知李慎彝所題的「迎曦」二字。清朝如此，那麼現在呢？我們感受到新竹市的公共空間，其實可以說是一個「蔡仁堅空間」。因為我們每天在新竹市接觸到的公共空間，大都是在蔡市長任內中形成。例如：景觀大道、客雅大道、東大陸橋、公道五、赤土崎公園等等，甚至蓋了十二年沒有完工，荒廢十二年都無法啟用的新竹市演藝廳，當時來自香港，成功大學畢業的建築師李灼明[10]無奈的告訴我，他接這個案子時，孩子才剛出生，現在已經小學六年級了，演藝廳還沒有完工。

　　我好奇的詢問蔡前市長是如何處理這些施工一半未完工的「廢墟」？蔡前市長淡定的說，其實不難，只要找連帶保證人出來善後，也就是承包商要標案子時都要有連帶保證人，包商無法執行或跑路，連帶保證人有義務善後解決，這樣就處理掉很多懸而未決的工程。

　　這很讓我意外，居然是如此簡單。那個年代的執政黨，黨政不分，人脈關係層層疊疊，政府難以處理政黨和同黨民意代表承作相關的工程。當時至少五個案子都是要求連帶保證人出面而解決，當時蔡前市長還組成跨單位的「戰鬥小組」用單一窗口策略一一解決。包括今天我們天天在走的東大路高架橋，蔡前市長接手時，當時的高架橋還懸在空中未完工，他還是找連帶保證人出面處理而完工。我非常同意李教授說的，蔡前市長的政績雖然只有一任，卻是抵了多任的市長作為。由於大刀闊斧，整個新竹市公共空間為之大變，這是我評價現在接觸的空間就是「蔡仁堅空間」的由來。

10　經查李灼明不幸於2019年5月24日辭世。

二 每個人都可以是城市觀察家

對城市的改變和趨勢，每個人都可以是城市觀察家，而新聞記者更為敏銳，更應該成為一個積極的城市觀察者。當時的《中國時報》新竹採訪處，和新竹市立文化中心合作許多項目。包括「國際玻璃藝術節」等全國性的藝文活動。此後在舉辦文藝季前一、兩年，非常重視在地性的主任洪惠冠，會找來藝文、文史和媒體朋友，徵求文藝季議題，當時每年都有三、五個題目可挑，過濾後擇一執行。

例如選擇眷村為主題的背景是有時代性的，民國八十四年間立法院開始討論「國軍老舊眷村改建條例」，民國85年通過全臺八百多座眷村，預計在民國九〇年全部拆除，用立體化的大樓取代平面空間。由於空間的改變會對文化脈絡產生極大的破壞。而且他們是按照階級分配新屋的樓層和坪數，眷村文化特色的「相濡以沫、有情有義」的聚落空間（見圖三）被衝撞後，人際網絡會因而破碎化，不容易重組和連結。他們不像閩客移民有血親和人脈，軍眷在臺是無親無故。特別是他們是臺灣的移民中，第一手感受逃難、戰爭經驗的移民，他們的生命經驗非常稀有且特殊，必須紀錄和整理。

當時中華工學院院長林樹教授帶領下，我協同找了清華大學和中華工學院同學投入，做全市四十六個眷村的普查，出版和紀錄了很多田野資料，這些文字、圖片、影像和文物都成為「全國文藝季—竹籬笆內的春天」的活動內容，活動結束後，就整理成為全臺第一個全市性做眷村普查的新竹市眷村博物館。

其實新竹市很多文物館都是這樣來的，包括新竹市影像博物館（見圖四），新竹市玻璃工藝館和新竹市眷村博物館，都是先有文物館的思維，再進行田野調查，根據調查結果作為舉辦活動的內容，活動結束後就以閒置或有歷史的空間，活化為文物館或博物館。這樣的模式在新竹市操作得很順利，時任文化中心主任洪惠冠也很支持。而後有新竹市博物館群的研究計畫，討論新竹市可能成立的博物館及未來的整合。

三 新竹建城的時間比臺北城早了半個世紀

　　新竹市是北臺灣最早開發的城市，它建城的時間（道光七年〔1827〕開工，道光九年〔1829〕完工），比臺北城（光緒八年〔1882年〕開工，光緒十年〔1884〕竣工）還早了半個世紀，因此連橫在《臺灣通史》就形容新竹是「文酒之風冠北臺」。因此從竹塹到新竹是一個有故事的城市，只是這些故事在城市公共生活中感受不到。

　　記得有一年我在日本晴空塔附近路邊看見一個石碑，是紀念一九四五年五月盟軍向東京大轟炸的紀念碑，我想就是一個紀念碑而已。沒想到有一個中年人經過的時候，對著紀念碑拜拜致意，當紀念碑真的被人所紀念，這個石碑就活起來了，我看了很感動。所以我認為我們做的研究，都可以且應該接地氣，在城市中實踐，造就一個有故事、有靈魂的城市。

　　二〇〇〇年開始我離開中華大學，轉到清華大學通識教育中心兼課，開一門「新聞採訪與寫作」，有一次的作業是請學生採訪「與清華有關的人、事、地、物、時」有關新聞，這個由來是讓同學了解什麼是新聞？新聞那裡來？其實新聞無所不在，只是同學有沒有新聞感而已。我說：什麼是新聞？簡單說：「新聞就是大眾很感興趣，卻不知道的事件。」有一個女同學寫了一則清華女生宿舍的故事，很吸引我。她寫著：清華女舍旁邊有一個很陡的「奪命迴旋梯」，她們每天都要很驚險的出入。這樣的故事應該就是清華住宿女同學的共同記憶，只要有這個條件，就可以是清華校園的「共同記憶」。

四 〈清華情歌〉三部曲

　　另外我的學生還寫出清華大學有情歌！不知道以前新竹師範學校或專科學校或竹教大時代有沒有自己學校的情歌？〈清華情歌〉也是學生做作業時找出來的，現在清華的新生入學時，各個社團都會教唱〈清華情歌〉，而且還有情歌三部曲。我看到後，請那位學生深度查證這些情歌是誰寫的？情人是誰？什麼時候寫的？為什麼會寫？

　　採訪同學採訪回來的補充，以及我親自打電話和當事人的訪問：這三部曲的〈清華情歌〉的作者是清華電機系96級的羅亦耀學長，在他畢業離開前寫的歌曲。根據核工系68B許明德在二〇一九年校友年刊上的採訪，其實羅學長在學期間寫了好幾百首歌。羅學長說明，大家所稱的第一首情歌，是他要獻給「康輔社」和「電機系」，他寫的目的為了康輔及電機學弟妹辦營隊時，可以有首好聽的營歌，沒想到沒幾年就流傳到了全校營隊。至於〈清華情歌〉的後兩部曲，則是康輔學弟妹希望羅校友再為康輔社增添特色，羅亦耀加寫完成的歌曲。相當於將他將所愛的「康輔社」視為情人，大家統稱為〈清華情歌〉三部曲。後來追查羅亦耀學長的蹤跡，發現他真是熱愛康輔，畢業後還成立和康輔有關的公司。

　　根據校友會臉書二〇一九年說明：清華校園內流傳多首校歌，其中〈清華情歌〉

　　為清大學生們青春時代及營隊必備，受到廣泛傳唱，這是1996級電機系羅亦耀校友所作，有「民間版校歌」之稱。

> 懷念那年夏天　清華園中　你的身影
> 是成功湖畔的　一朵美麗
> 也許明朝分離　清華園中　沒有了你
> 是美麗回憶中　一場唏噓
> 而我為誰傷悲　而我為誰憔悴
> 而我又是為誰在風城夜夜苦纏戀
> 只願為你沉醉　只願為你心碎
> 只願有天能與你相會在清華園[11]

　　有一次龍應台教授辦了一場「清華思沙龍」邀請我去演講和新竹有關的議題，我便訂了「走進世界地圖，從新竹出發！」，我把〈清華情歌〉拿出

11　來源：清華大學康樂輔導研習社http://my.nthu.edu.tw/~srv9204/pages/song/song26.htm。

來放，很多老師、學生和旁聽的校長表示，他們不知道清華校園居然有情歌！後來社會研究所王俊秀教授，在網路上成立了「清華故事館」，蒐集更多清華園的故事。

其實學校本身就很多故事，探索竹塹學可以讓各個研究者從自己的學校出發，只要學校有故事就會以學校為榮，再把故事「種」在學校各個角落。有一次前清華大學校長諮詢我說，有位校友要捐款成立校史館，你的看法如何？我認為成立校史館可能只有校友和外賓來清華時參觀，如果把清華大學整個校園當做一個博物館，把清華人共同的故事找出來，全面「種」在校園土地上，那麼整個學校就是清華博物館。例如清交小徑，就可以和交大合作，把傑出校友事蹟都「種」上去，不就成為「清交哲學步道」啊！

六　把精緻文化植入大眾公共空間中

這種觀念也是建立一個有故事的城市的方向，我覺得這個蔡前市長最大貢獻是，他營造城市美學式的大眾使用的公共空間，同時用心的植入精緻美學。例如新竹之心有四首不同年代清朝、日據時代、光復初期、光復後的詩文，「烙印」在牆壁上面形成詩牆。

「新竹之心」詩牆的四首詩是蔡前市長，邀請竹社詩人蘇子健老師等，蒐羅近萬首清季以來詩人書寫塹城景色，抒發己志的詩作，以三個時代四首詩作為代表。分別是：

清康熙周鍾瑄〈北行紀〉描寫十八世紀初，開墾竹塹第一人王世傑入墾時的香山丘陵和新竹平原的綠油油地景：

坡陀巨麓一再上，劃然軒豁開心胸，

竹塹分明在眼底，千頃萬頃堆芊茸。

清朝仕紳、設立梅社的潛園主人林占梅寫的〈西城樓憑眺即事〉：

竹城西北地勢平，田園參錯續海坪，

涼秋九月風怒吼，黃沙滾滾海霧騰。（見圖五）

日治竹塹北門漢文大家葉文樞所撰〈歸新竹感賦〉，紀錄二十世紀在日人統治下的感傷：

久客歸來日，依依戀故鄉，虎頭籠薄靄，

鳳鼻帶斜陽，城屹東門壯，園留北郭香，

遙憐峰五指，飽閱幾滄桑。

民國六十一年由詩人黃祉齋所寫的〈迎曦門懷古〉：

迎曦歲月幾經過，此日登臨發浩歌，

勝蹟於今三易主，城樓依舊聳嵯峨。

這四首詩文，見證從竹塹到新竹的歷史軌跡。代表不同時代詩人豐沛的情感，敏銳感受時局的變遷。

還有新竹火車站，蔡前市長也把彰化文人吳德功，一九○○年北上參加詩會時，路過新竹看到有火車，於是首次搭火車到臺北，而且寫下那個年代的「古人」，搭火車的心情，取其古詩文的一段內容，取名為〈新竹坐火輪車往臺北〉烙印在火車站前廣場，詩文如下：

新竹抵稻津，辰發午即至。儼似費長房，符術能縮地。

旋轉能自如，水氣通火氣。水火交相用，繫易占既濟。

逐電迅追風，敏捷勝奔馳。舉重有若輕，便捷兼爽利。

七 什麼是眷村，46 和 47 個的差別？

民國八十四年我看到立法院討論「國軍眷村老舊眷村改建條例」，預計民國九〇年拆除全國八百七十九個眷村。因此我請學生訪問四十六個眷村第一代的爸爸媽媽，後來集結成書《竹籬笆的長影：眷村爸爸媽媽口述歷史》，我將有刊登的作品全部放進去，而且寄給學生們，作為學期作業紀念。因為第一代的眷村爸爸媽媽是時代的見證者和參與者，當時我在中華大學兼課，將此事和中華大學林樹院長討論，我們達成一起做個新竹市眷村的全面普查，後來就出版了《竹籬笆內的春天：新竹市眷村田野調查報告書》一書，留存了新竹市眷村的文史調查。

其實我們調查的定義是國防部列管的四十六個眷村，後來眷村博物館卻變成四十七個，為什麼會這樣？我知道是有人住在海軍新村，質疑為什麼沒有列入，後來的決策者就多加了海軍新村。從學術觀點而言，四十六個眷村和四十七個的差別，要討論「眷村」的定義是什麼？我們當時的定義是，國防部有列管且設有自治會的叫「眷村」。像海軍新村、信義新村及海南新村都不屬於國防部列管，均屬於「散村」。所以如果要增加，也沒有問題，把這些補調查進去，它就變成會比較周全的眷村數量。

後來國防部為清理空眷村，開始拍賣土地，要求地方政府執行拆除，只是拆的時候也沒有文化思維，在村裡面留個一兩棟，把這個眷村的簡介和由來等故事寫在牆壁上，這些資料都現成的，這個城市就會變成到處都是有故事的城市！

我放了一張有趣的照片（見圖六），它看起來像飛彈，其實是空軍17-19村，位於延平路和經國部交叉的三廠眷村的培人幼稚園，因為經常沒水而困擾，園長向空軍二聯隊申請興建水塔，只是空軍也沒有經費，不知道是誰的點子，居然想出用F100戰鬥機的副油箱當作幼稚園的水塔。後來幼稚園有了預算蓋水塔，但是保留副油箱，在副油箱上面蓋水塔，形成非常有趣的畫面。當眷村開始拆除時，我就建議文化局博物館科，把這個副油箱保留下來，他們果然去載回來。

根據飛行教官吳慶璋說明：美制1加侖是3.7854公升×275＝1041公升×2個副油箱＝2082公升。副油箱油在飛機從地面起動後就先行使用，一般到達訓練空域五至十分鐘已用完，作戰時隨時可丟棄。噴射機非常耗油，以當時F100訓練約1小時十至二十分，耗油一千加侖左右，可以說飛行員是油泡出來的。現在這個曾經充當水塔的副油箱，就成為新竹市眷村博物館的鎮館之寶。這就是非常具體，可以說故事的古文物。

八　把新竹火車站申請為古蹟，獲得買一送一的效益

新竹火車站落成於一九一三年三月三十一日，是黃旺成《新竹縣志》記載談及的第四代車站，第一代第二代都約在今天的玻璃工藝館。但因縱貫鐵路路形不佳而改道，華麗雅緻一帶今天的鐵道藝術村，最終才遷移到今天的新竹車站位置建新竹驛。卻因有位省議員在議會中，提出新竹火車站容量不足應該地下化的主張，導致火車站面臨被拆除的危機。

新竹火車站是明治維新時代，從中學時代就到德國留學，畢業於德國柏林工科大學的建築師松崎萬長（1858-1921）設計建造。他在臺灣的作品，除了一九〇八年十月落成的臺灣鐵道飯店，就是現在的新光三越現址局部，於二戰被炸毀；其次是他與近藤十郎所共同設計的新起町市場（西門町紅樓）；一九〇八年興建的基隆火車站（1967年被拆除）。再來就是還存在但不完整，一九一三年興建的新竹火車站（見圖七）。另有已不存在的大稻埕公學校（1917）、臺中公會堂（1918）。

由於臺灣省議會有省議員提出新竹車站地下化，引起民進黨新竹市黨部、地方藝文人士和媒體的嚴重關切，我全程在現場採訪此事件。只是大家喊歸喊，我寫歸寫，新竹火車站管轄所屬是臺北的臺灣鐵路管理局，他們聽不到地方的聲音。於是我跟新竹市政府民政局討論說，如果我來申請為古蹟可以嗎？當時的文化資產屬於民政局的禮俗文獻課管，承辦人王靜秋和林鳳嬌表示當然可以。於是我把新竹火車站是新竹市的大門，它的建築設計歷史、保存文化意義書寫出來後，送到民政局。民政局很支持，送到市長室核

示，當時的市長是童勝男博士。

童前市長很有概念，不只批准新竹火車站申請為古蹟，同時要求民政局也把新竹市政府（新竹州廳）（見圖八）加碼進去同時列為古蹟，這兩處古蹟申請案因而都通過獲准為「二級古蹟」，當時說的「省級古蹟」。後來凍省後，這兩個二級（省級）古蹟，也都升格為「國家古蹟」，讓大家都感到欣喜和安慰。這便是申請一個新竹車站為古蹟，附送新竹州廳為古蹟，獲得「買一送一」的效果。

九　歐洲的他山之石

捷克首都布拉格中央車站顯示是一九一八年落成的，比新竹火車站還晚五年，當然他們應該更早，只是最近一代的車站是一九一八年落成。所以如果新竹市要建設新竹大車站，建議參考他們保留古典部分，布拉格是波西米亞王朝首都，布拉格有十幾個聯邦，他們把當時聯邦的旗子都放在這個車站裡面，成為穹頂的一部分，非常有歷史感和文化感的古典車站。

雖然看似典雅，內部非常現代，好幾種交通工具共構在一起。鐵路、電車、巴士等通通集中在一起。它的管理更現代化到，買一張儲值卡可以搭乘三種車：電車、公共巴士及通勤火車。他們的概念將軟硬體整合起來，保留古典與現代共存，「留舊迎新」應該是所謂的新竹大車站，甚至是未來城市公共建設都應該學習的準則。

我到奧地利的薩爾斯堡，拍了他們的主教座堂，因為看到他們在教堂正門口掛了是三個年代的標示：分別是七七四、一八二六、一九五九。七七四年是教堂落成年代；一八二六年因實施「政教合一」，當時的大主教認為薩爾斯堡應該發展成一個現代化城市，遂將薩爾斯堡教堂重新整理；一九五九是二戰後重修落成的年代，這是多麼有歷史感且有文化且迷人的城市故事。

主持人／李丁讚教授

太精彩了，讓我聽到忘記時間！雖然時間延遲，我想還是開放兩個問題。

第一位提問者

今天聽李天健老師談到竹塹創新文青，再聽蔡前市長、潘老師介紹新竹非常的精彩。我們講新竹歷史差不多二十年，竹塹是一個古老城市，擁有許多故事值得保留與傳承下來，如同蔡市長他一路走來保留了許多新竹非常多古老的史蹟讓人緬懷。最近也接觸到一些年輕人連結了所謂的產業、年輕創業，擁有創新的活力，但是他們歷史的根卻很淺。因此我建議清大的老師們能夠鼓勵年輕一代在竹塹創新的同時，對於新竹竹塹古老的歷史與故事也必須扎根。

第二位提問者

主持人、發言人、與會貴賓好，我是黃忠勤。因為今天講到城市規劃的地方紋理，我想提醒的是新竹市其實近幾年因為清塚的工作，幾乎每年都會清掉塚、公墓。但有些公墓從清代就一直保留下來，例如：八月一號開始登記的雞蛋面亂葬崗，即將成為清大的新校區。網路上的一些文史工作者做的不是抗爭保留，而是積極地做記錄。像是南寮公墓中舊港大橋翻筏事件的罹難者的墓，至今持續爭取能夠變為文資保留下來，變成清水公園或生命事件的紀念公園。一個城市的亂葬崗、墳場能夠見證城市、地方的歷史，讓我們現在說到這片土地的時候同時也能夠留下些什麼。

第三位提問者

謝謝蔡市長今天讓我知道，新竹是從我們嘉義諸羅縣來的。去年我跟蔡

市長說可能因為人口數原因,感覺住在新竹市沒有嘉義市寬鬆,如何讓新竹市可以生活比較寬鬆?

與談人╱蔡仁堅先生

這幾年有許多年輕人投入城市的文創事業、產業,如果能夠再讓年輕的學子更熟悉認識竹塹重要的歷史足跡,確實會有更好的效果。像京都作為一個歷史城市,文創產品或商品非常多,是因為他們對歷史有足夠的認識與基礎。

然後黃先生提及的墳墓問題,我出國時都會去拜訪墳墓、墓場,在布拉格時就拜訪了音樂家貝多伊齊‧史麥塔納(Bedřich Smetana)還有藝術家阿爾豐斯‧慕夏(Alfons Maria Mucha)的墳墓;到京都拜訪儒者伊藤仁齋、文人佐久間象山、畫家圓山應舉這些墳墓,到這些地方時,我不只感到肅然起敬,也會跪拜,因為這些都是偉大的思想家、藝術家。很可惜新竹的墳墓來不及保留。可以看《新竹縣採訪冊》裡面兩百年歷史的雞蛋面墳墓義冢,地點寫的很清楚,基本上就在土牛溝的內外,位於山根,也就是山與平地的交界之處。

日本世界有名的北川富郎先生的瀨戶內國際藝術祭(瀨戶內国際芸術祭)、越後妻有大地藝術祭(越後妻有「大地の芸術祭」),每一屆它們都會標舉這些題目:「生者與亡者」、「亡者的領域」,曾經有許多生命在我們生活的這片土地上逝去。當科學園區、清大、交大落腳在竹塹古城的時候,我們也清理了很多的墳墓來作為校地、園區的用地。清大、交大校園中還有約超過兩百座墳墓,南大校區周邊也有幾座重要的墳墓,例如鄭用錫的墳墓離我們這裡不遠。現在雞蛋面因為要做清大的文物館、美術館,還有五六公頃正在清理,呼籲各位也能多加留意、適當的發聲。李孝悌教授正致力於此,如果有他看不到的地方,大家也可以提醒他。

第三位提問者提到嘉義跟新竹的對比,剛剛跟丁讚老師聊了一下他的「農業大健康」計畫,不是醫療的健康,而是有關人的生命、健康的園地。

丁讚老師有一個有關香山的計劃，新竹面積一〇四平方公里，就有超過百分之五十的土地是香山地區，丘陵地多平地較少，是很可貴的農業區、保護區，與低密度的居住人口。這些其實都是為政者要了解而能規劃的。

與談人／潘國正先生

我們簡單用四個字總結，我覺得整個城市的文化政治，應該扣住「留舊迎新」這四個字，舊的元素有他的故事應該保留住，再用新的方法來處理它或不干擾它。就像剛才南寮國小的事件，李澤藩教授有一幅畫〈斷我心腸〉就是畫這個事件，凡有故事的都應該被保留住。

主持人／李丁讚教授

真的很對不起，已經超過了二十四分鐘。我不敢作結論啦！
這一場結束，謝謝大家！

圖一　一九九九年整治全台最美的新竹護城河，是蔡仁堅時代的巨作，它成
　　　為新竹人感到光榮的藍帶空間。（潘國正攝影）

圖二　清國時代興建（1827-1829）的淡水廳城東門城樓，拍攝時代約為日本佔領初期。（潘國正提供）

圖三　相濡以沫有情有義的眷村生活，是臺灣現代史中唯見證和經歷戰爭和逃難的族群，因此新竹市眷村博物館，對眷村人就非常有意義和價值。（向小蘭提供）

圖四　一九三三年興建落成的有樂館，在蔡仁堅任內申請成為新竹市影像博
　　　物館。（潘國正攝影）

圖五　被形容為新竹人的客廳——新竹之心，這樣的公共空間內安置了四首
　　　不同時代的詩牆，讓人可感受這個城市的精緻文化，感受歷史變遷。
　　　（潘國正攝影）

圖六　新竹市三廠眷村內的培人幼稚園因為常缺水，經向部隊要求建水塔，但因為沒有經費，遂用F100戰鬥機的副油箱充任。後來有預算興建了水塔，卻沒有把副油箱卸下來，形成這個獨特的眷村奇景。目前這個副油箱是新竹市眷村博物館的鎮館之寶。（新竹市文化局提供）。

圖七　松崎萬長一九一三年設計落成的新竹火車站，兩翼不對稱的斜肩和初建時有異，如要重修應依原樣修回，採用的材料亦同。（潘國正攝影）

圖八　一九一五年興建的新竹州廳，管轄桃竹竹苗四縣市。（潘國正提供）

二〇一九年第四屆竹塹學國際學術研討會會議議程

主辦單位：國立清華大學中國語文學系／華文文學研究所

指導單位：行政院科技部、國立清華大學人文社會學院

協辦單位：財團法人新竹市文化基金會、國立清華大學教務處、國立清華大學系所調整院務中心、國立清華大學人文社會研究中心、國立清華大學台灣文學研究所

贊助單位：新竹都城隍廟、沛錦科技股份有限公司、王默人周安儀文學講座

2019年11月8日／星期五（第一天）	
8:30-9:00	報　到
9:00-9:15	開幕式
	清華大學人文社會學院黃樹民院長 新竹都城隍廟鄭耕亞總幹事 清華大學華文文學研究所林佳儀所長
9:15-9:20	與會嘉賓團體合照
9:20-10:20	專題演講
	講題：地方學的影響力：清華的抓地力 演講者：王俊秀（清華大學通識教育中心、人文社會學院副院長） 引言人：黃樹民（清華大學人類學研究所、人文社會學院院長）
10:20-10:40	茶敘

第一場：竹塹文化資產				
時間	主持人	發表人	評論人	論文題目
10:40-12:10	許雪姬 中央研究院 臺灣史研究所	武麗芳 中華民國 古典詩研究社	李欣錫 清華大學 中國文學系	竹塹民間詩社的傳薪與再生──我手寫我手・我口吟我調
		榮芳杰 清華大學 環境與文化 資源學系	王淳熙 臺北大學 民俗藝術與 文化資產所	關於竹塹舊城文化資產教育價值的幾點芻議
		黃雅莉 清華大學 華文文學所	林淑貞 中興大學 中國文學系	空間敘事下生命座標的尋找──論陳銘磻故鄉系列成長書寫的現實意義
12:10-13:20		午餐		

第二場：文化地景與社會實踐				
時間	主持人	發表人	評論人	論文題目
13:20-15:20	陳萬益 清華大學 台灣文學所	余昭玟 屏東大學 中國語文學系	陳惠齡 清華大學 臺灣文學所	從《臺灣文藝》創刊及小說創作談吳濁流的文學志業
		黃美娥 魏亦均 臺灣大學 臺灣文學所	江天健 清華大學 環境與文化 資源學系	冷戰、反共時代下的地方娛樂場所──從印尼僑領章勳義談新竹關東橋介壽堂戲院
		林文源等 清華大學 通識教育中心	黃世明 聯合大學 文化觀光學系	建立知識社群為核心的文化地景：初探清大圖書館校史與典藏展望
		李天健 清華大學 人文社會學院學 士班 邱星崴 耕山農創	張力亞 暨南國際大學 通識教育中心	竹塹創新與青年實踐
15:20-15:40		茶敘		

	座談會
15:40–16:40	主題：城市規劃與地方紋理 主持人：李丁讚（國立清華大學社會學研究所） 與談者：蔡仁堅（新竹文史工作者、前新竹市市長） 潘國正（科技生活雜誌新聞網總編輯、新竹文史工作者）
17:10–17:50	清華大學文物館參訪：轉捩年代——甲午乙未戰爭浮世繪展 導覽者：馬孟晶（清華大學通識教育中心）
18:00	賦歸

	2019年11月9日/星期六（第二天）
8:30-9:00	報到
9:00-10:30	專題演講 講題：四國學的線上學習─Online Learning of Shikoku-gaku） 演講者：林敏浩（日本香川大學創意工程學院）口譯者：詹慕如 引言人：楊永良（交通大學通識教育中心）
10:30-10:50	與會嘉賓團體合照暨茶敘

第三場：亞洲與地方論述

時間	主持人	發表人	評論人	論文題目
10:50-12:20	張維安 交通大學 人文社會學系	蔣淑貞 交通大學 人文社會學系	李舒中 長庚大學 人文及社會醫學科	李喬的兩種亞洲觀：極權與養生
		黃琦旺 馬來西亞南方大學學院 中文系	涂艷秋 政治大學 中國文學系	讀《大唐西域求法高僧傳》——七世紀末的南海印象探識
		黃美冰 馬來西亞韓江傳媒大學學院 中華研究院	莊雅仲 交通大學 人文社會學系	檳城的藝術符碼——解讀喬治市街頭鐵塑

12:20-13:30	午餐			
第四場：文化情感與藝術符碼				
時間	主持人	發表人	評論人	論文題目
13:30-15:00	李瑞騰 中央大學 中國文學系	韋煙灶 臺灣師範大學 地理學系	洪惟仁 臺中教育大學 臺灣語文學系	閩南族群之他稱族名「Hohlo/ Hoklo」的漢字名書寫形式與變遷——從歷史文獻與地圖地名的檢索來分析
		曾美雲 清華大學 華文文學所	劉德明 中央大學 中國文學系	清領日治時期竹塹婦女入史緣由探析
		韓仁慧 延世大學 國際學院融合 人文社會科學部	黃美娥 臺灣大學 臺灣文學所	朝鮮與台灣的跨殖民文學《台灣》
15:00-15:20	茶敘			
第五場：殖民景觀與跨域傳播				
時間	主持人	發表人	評論人	論文題目
15:20-16:20	王偉勇 成功大學 中國文學系	詹雅能 東南科技大學 通識教育中心	余美玲 逢甲大學 中國文學系	殖民與跨域：櫻井勉與新竹地方文學
		柳書琴 清華大學 台灣文學所	楊智景 中正大學 台灣文學與創意 應用研究所	李崠山事件文學與尖石泰雅族集體記憶
16:30-17:00	**地方曲藝表演：北管子弟戲《鬧西河・扯甲》** 演出者：竹塹北管藝術團			
17:10-17:20	**閉幕式**			
	清華大學人文社會學院王俊秀副院長 清華大學華文文學研究所林佳儀所長			
18:00	賦歸			

2019年11月10日（日）（第三天）	
8:45-9:00	集合
9:00-17:00 （北埔─五峰）	文化資產考察行程
	姜阿新洋樓─金廣福公館─天水堂─忠恕堂─北埔老街─慈天宮 張學良文化園區─三毛夢屋─清泉吊橋─天主堂

二○一九年第四屆竹塹學國際學術研討會與會學者名錄

專題演講者

王俊秀　清華大學通識教育中心教授、人文社會學院副院長

林　敏浩　日本香川大學創意工程學院教授

專題演講引言人

黃樹民　清華大學人類學研究所教授、人文社會學院院長

楊永良　交通大學通識教育中心名譽教授

座談主持人及與談人

李丁讚　清華大學社會學研究所教授

潘國正　科技生活雜誌新聞網總編輯、新竹文史工作者

蔡仁堅　新竹文史工作者、前新竹市市長

會議主持人

王偉勇　成功大學中國文學系教授

李瑞騰　中央大學中國文學系教授兼文學院院長

張維安　交通大學人文社會學系教授兼通識教育中心主任

許雪姬　中央研究院臺灣史研究所特聘研究員兼所長

陳萬益　清華大學臺灣文學研究所名譽教授

評論人

王淳熙　臺北大學民俗藝術與文化資產所助理教授

江天健　清華大學環境與文化資源系教授
余美玲　逢甲大學中國文學系教授
李欣錫　清華大學中國文學系副教授
李舒中　長庚大學人文及社會醫學科助理教授
林淑貞　中興大學中國文學系教授
洪惟仁　臺中教育大學臺灣語文學系名譽教授
涂艷秋　政治大學中國文學系教授
張力亞　暨南國際大學通識教育中心助理教授
莊雅仲　交通大學人文社會學系教授
陳惠齡　清華大學臺灣文學研究所教授
黃世明　聯合大學文化觀光產業學系教授
黃美娥　臺灣大學臺灣文學研究所教授兼所長
楊智景　中正大學臺灣文學與創意應用研究所副教授兼所長
劉德明　中央大學中國文學系教授兼系主任

發表人

余昭玫　屏東大學中國語文學系教授兼系主任
李天健　清華大學人文社會學院學士班助理教授級實務教師
林文源　清華大學通識教育中心教授兼圖書館館長
武麗芳　中華民國古典詩研究社理事長
邱星崴　耕山農創股份有限公司負責人
柳書琴　清華大學臺灣文學研究所教授
韋煙灶　臺灣師範大學地理學系教授
曾美雲　清華大學華文文學研究所助理教授
黃美冰　馬來西亞韓江傳媒大學學院副校長兼中華研究院院長
黃美娥　臺灣大學臺灣文學研究所教授兼所長
黃琦旺　馬來西亞南方大學學院中文系助理教授兼系主任
黃雅莉　清華大學華文文學研究所教授

詹雅能　東南科技大學通識教育中心副教授
榮芳杰　清華大學環境與文化資源學系副教授
蔣淑貞　交通大學人文社會學系副教授兼客家社會與文化碩士在職專班主任
韓仁慧　韓國延世大學安德伍德國際學院融合人文社會科學部講義教授
魏亦均　臺灣大學臺灣文學研究所博士生

二○一九年第四屆竹塹學國際學術研討會籌備人員名單

組別	指導老師／人員	負責人員
統籌	林佳儀 陳惠齡	總召：陳敬鴻 副召：莊怡萱
文書組	蔣興立	組長：陳思璇 組員：賴佳瑢、李怡萱、杜妁芸
美工組	陳淑娟	組員：孟弋捷、劉家妤
會場庶務組	林保全	組長：蔡鈞傑 組員：謝明衡、黃宇廷、郭惠婷、 　　　黎欣力、陳琬庭、嚴云辰、 　　　全唐鈺津
公關交通組	邴尚白	組長：劉紋安 組員：呂孟寰、葉伊庭、廖紫甯、 　　　吳夢樺、林毅韶、許晉嘉、 　　　林君薇、周恬安
資訊組	丁威仁	組長：吳旻陵 組員：余銘湘
攝影組	游騰達	組長：竇奕博 組員：溫嘉翔、李沛樺
議事組	曾美雲	司儀：吳旻陵、林藝媛
財務組	陳純玉	組員：張碧筠、郭倩妤

國家圖書館出版品預行編目資料

歷史風華與文藝新象 : 第四屆竹塹學國際學術
研討會論文集/王俊秀等著 ; 林佳儀主編. --
初版. -- 臺北市 : 萬卷樓圖書股份有限公司,
2021.10 面 ; 公分. -- (學術論文集叢書)
ISBN 978-986-478-468-4(平裝)
1.臺灣文學 2.文集

863.07   110007415

學術論文集叢書 1500017

歷史風華與文藝新象
——第四屆竹塹學國際學術研討會論文集

總 策 劃	國立清華大學（華文文學研究所、南大校區中國語文學系）	發 行 人	林慶彰
		總 經 理	梁錦興
主 編	林佳儀	總 編 輯	張晏瑞
作 者	王俊秀等著	編 輯 所	萬卷樓圖書股份有限公司
編 輯	陳思璇、陳敬鴻	排 版	林曉敏
責任編輯	官欣安	印 刷	百通科技股份有限公司
指導單位	行政院科技部、國立清華大學人文社會學院	封面設計	百通科技股份有限公司
主辦單位	國立清華大學（華文文學研究所、南大校區中國語文學系）	發 行	萬卷樓圖書股份有限公司 臺北市羅斯福路二段 41 號 6 樓之 3
協辦單位	財團法人新竹市文化基金會、國立清華大學教務處、國立清華大學系所調整院務中心、國立清華大學人文社會研究中心、國立清華大學台灣文學研究所	電 話	(02)23216565
		傳 真	(02)23218698
		電 郵	SERVICE@WANJUAN.COM.TW
		香港經銷	香港聯合書刊物流有限公司
		電 話	(852)21502100
贊助單位	新竹都城隍廟、沛錦科技股份有限公司、王默人周安儀文學講座	傳 真	(852)23560735
		ISBN	978-986-478-468-4
		2021 年 10 月初版	
		定 價	新臺幣 660 元